U0533705

窥夜

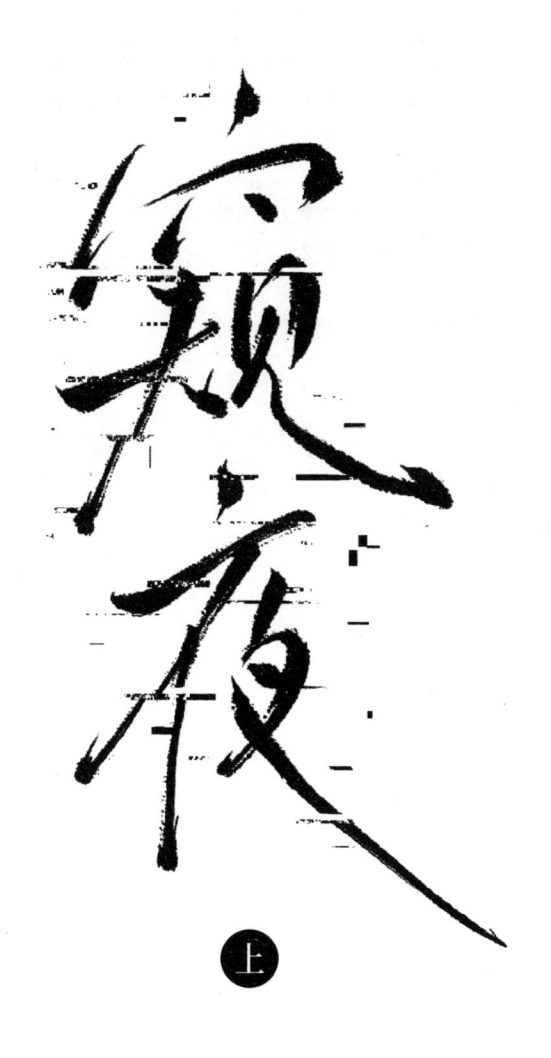

上

金笑 著

© 中南博集天卷文化传媒有限公司。本书版权受法律保护。未经权利人许可，任何人不得以任何方式使用本书包括正文、插图、封面、版式等任何部分内容，违者将受到法律制裁。

图书在版编目（CIP）数据

窥夜：全二册 / 金笑著 . -- 长沙：湖南文艺出版社，2025.3. -- ISBN 978-7-5726-2247-2

I. I247.5

中国国家版本馆 CIP 数据核字第 2025AP1816 号

上架建议：悬疑小说

KUI YE: QUAN ER CE

窥夜：全二册

著　　者：金　笑
出 版 人：陈新文
责任编辑：匡杨乐
监　　制：邢越超
策划编辑：刘　筝
特约编辑：彭诗雨
营销支持：周　茜
封面设计：潘雪琴
版式设计：梁秋晨
封面插图：一条鱼
内文排版：百朗文化
出　　版：湖南文艺出版社
　　　　　（长沙市雨花区东二环一段 508 号　邮编：410014）
网　　址：www.hnwy.net
印　　刷：北京天宇万达印刷有限公司
经　　销：新华书店
开　　本：680 mm×955 mm　1/16
字　　数：762 千字
印　　张：40
版　　次：2025 年 3 月第 1 版
印　　次：2025 年 3 月第 1 次印刷
书　　号：ISBN 978-7-5726-2247-2
定　　价：79.80 元（全二册）

若有质量问题，请致电质量监督电话：010-59096394
团购电话：010-59320018

目录

C O N T E N T S

卷一　他的一切都是假的　/ 001

卷二　关键线索　/ 053

卷三　消失的少年们　/ 097

卷四　实验　/ 139

卷五　他近在咫尺　/ 193

卷六　终极目标　/ 261

卷一

他的一切
都是假的

窥夜

第1章
失踪

苏甄上学的时候追求者就很多，她无论是样貌、性格，还是自身能力都很优秀，谈过两三场恋爱，她觉得男人都一个样，便专心搞科研。

直到她遇到姜旭东。他和以往的追求者比，实在算不上优秀，之所以能俘获芳心，苏甄觉得是因为姜旭东非常注重细节。

她说的每一句话，很多时候她自己都忘了，对方却会放在心上，他从不许诺，不说花言巧语，却处处细致周到。这份细致，在婚后尤为突出。

结婚两年，苏甄没有经历别人所说的婚姻磨合期，相反越发地依赖姜旭东。所以在姜旭东失踪后，苏甄彻底蒙了，不知所措。

姜旭东与其说是失踪，不如说是不告而别。苏甄无数次回想那天早上，他和往常一样，冲一杯美式，在她脸上吻了一下，拎上旧公文包出门。他做什么都很有规律，到公司会给她发信息，吃午饭时会给她发信息，快到家前会问她需要带什么。

苏甄那天上午本来要去参加一个科研讲座，可教授有急事便取消了，她也懒得起来，就睡了个回笼觉，直到十二点才饿醒。拿出手机未看到姜旭东的短信，也没放在心上，因为昨晚他说过最近有个项目很急。

她给姜旭东发了一条微信，洗漱完就去了研究所，一直到五点才看手机，可没有收到预想中的信息，除了两条广告，微信里并未有人找过自己。

看她对着手机皱眉，同组的张美曦一脸过来人的样子，说："你和你家那位三年了还腻腻歪歪的，本来就不是正常现象，婚姻就是把爱情变成亲情的催化剂。"

这番话在苏甄看来除了幸灾乐祸没有别的意思。她索性开车直接去了姜旭东就职的贸易公司。

电话没人接听。时间一分一秒地过去，大楼里的白领疲惫地走出来，可她始终都未见到姜旭东，再打他的电话竟然关机了，这无疑让苏甄的愤怒升到了顶点。

她只来过他的公司一次,还是在恋爱的时候,她打扮得娇艳,在公司门口等他,里面的人直起哄。

苏甄尽量收敛脾气,来到了十五层,前台是个陌生的小姑娘,不是记忆中的那个。那小姑娘询问她找谁。

"销售部的姜旭东。"他年前升了副经理,她还送了他一条新领带。

小姑娘皱皱眉,又问了旁边的人,然后对她说:"不好意思小姐,请问是不是别的部门的人?销售部没有叫姜旭东的。"

"不可能,他刚升副经理。"

"实在抱歉小姐,我刚查了一下,销售部真的没有姓姜的副经理,职员也没有,倒是行政部有一位姜主任。"

话音未落,身后的电梯响了,小姑娘像看到救世主一样:"姜主任!"

苏甄回头,可失望了,来人是个大腹便便的中年男人。那人看到小姑娘的眼色,上下打量苏甄:"您好,请问有什么需要帮助的?"

苏甄扫过他的名牌,姜阮,女气的名字和人一点都不匹配。苏甄的心情更低落了。

她拿出手机,把屏保上的婚纱照给他看:"我想找一下姜旭东。"

姜主任推了推眼镜:"公司没有这个人。"

"怎么会没有?我还跟他一起来过。"

此时的苏甄在中年男人眼里,应该是被人骗色,找上门发现一场空的可怜女人。对方语气和缓:"我才入职一年,也许他在这里工作过吧,但现在真的不在这儿。"

这边的声音有点大,几个还在加班的人出来看,都是陌生面孔,除了一个早早白头的三十多岁的男人。苏甄一眼认出了他,两年前,这个人打趣过姜旭东。

苏甄和男人对视,那人想躲,但来不及了,只好硬着头皮出来。

他跟苏甄说了两年前姜旭东因和上司起冲突愤而辞职的事。当时因为项目问题,有好几个人辞职。"不过这样的公司人来人往也正常,你不会以为老姜一直在这里工作吧?"

两年前……男人的话仿佛打在苏甄心上,姜旭东两年前就换了工作为什么不告诉自己?甚至还骗她说升了副经理。那这两年他都在哪儿工作?给家里添家具,给她买包包的钱都是从哪儿来的?是不是换的工作不好,不想告诉自己?还是在做不能让自己知道的工作?苏甄不敢想了。

没人知道姜旭东辞职后去了哪里高就。

一切都混乱不堪。但此时苏甄对姜旭东的隐瞒并不觉得愤怒,相反,更多的是恐惧，她只想马上找到姜旭东，想知道他到底去哪儿了，可直到晚上姜旭东都没有出现，电话也一直关机。

苏甄甚至觉得自己是被厌弃了，被抛弃了，她想到他们之间的许多事，回想自己这两年是否太矫情了，只一味地想着索取，没有付出。

胡思乱想中的女人想象力真的是非常丰富的，她甚至想到了很多玄学方面的事。

她在沙发上躺了很久，从最初的焦躁到最后的平静，直到天亮姜旭东都没有出现。第二天她也没心思上班了，在家不停地打他的电话，但一直关机。她把所能想到的朋友都询问了一遍，但他们都没有姜旭东的消息。

这时候苏甄才发现，他们共同的朋友那么少。这三年跟姜旭东在一起，大概是性格使然，苏甄没有再交别的朋友，不知不觉中，她的世界被姜旭东圈起来了，而此时此刻她才发觉她对姜旭东的了解太过浅显。

苏甄生气无奈过后，对爱人的担心越来越强烈，他是否出了意外？电视打开又关上，她很害怕，又期待听到他的消息，一直折腾到半夜，闺密方琼找上门来。

"你不会一天没吃东西吧？也许他就是有什么事耽搁了。"

听到她的宽慰，苏甄更难受了。"你了解他的，方琼，他能有什么事耽搁？有什么是我不知道的？他怎么会不接我的电话？"

方琼张张嘴，没再说下去，想说他离职的事就是你不知道的。但现在不是说这个的时候，方琼抱住她："阿甄，你这样折磨自己也没用，他回来了会心疼的。"

第 2 章
烧焦的尸体

方琼好言好语地哄着，苏甄却把手机砸了。"要回来早就回来了。"

"报警吧。"方琼叹了口气。

苏甄抬头，泪眼蒙眬。

她没想到会走到报警这一步，之前潜意识里一直不觉得他是失踪了，此时才感到害怕。

到了派出所，由于是半夜，只有一个老民警和一个新来的实习民警在值班。两个人对视一眼，以为又是因家庭纠纷丈夫离家出走的案子。

他们的态度叫苏甄火大。"我都说了，我们没有吵架，我们感情很好，他肯定是出了意外。"

她太过激动，小民警有些急了，站了起来，老张却一巴掌拍在小民警肩上，拉来一把椅子，说："我来，你去吃饭吧。"

小民警觉得苏甄是无理取闹，老张倒很和蔼的样子："苏小姐，来，慢慢说。那他失踪前和平时有什么不同？你仔细想想，如果他是主动离开的，一定有迹象的。"

苏甄摇头："真的和平时一样。"

"那他走的时候穿什么衣服？"

"去年他生日我送他的格子西装，黑色皮鞋，还拿了个旧公文包，棕色的，我给他买过新的，可他总拿那个，习惯了。"

"他平时开车吗？"

"不，家里就一辆车，我在开，他平时坐地铁。"

"几号线？"

"四号，转三号，在华西东路下车。"

老张把情况都记录下来。"你后来给他打电话了吗？"

"打了，之前还是忙音，后来就关机了。"

老民警掏出自己的手机拨过去。

"他关机了，一定是出了意外，我……"

苏甄话音未落，就听见民警外放的电话里竟然有忙音，她一下瞪大眼睛，手都在抖。

那边忙音没了，有人接起来了，一时间所有人屏住呼吸。方琼则松了一口气，靠在椅背上，说："那孙子不会是把你拉黑了吧？你俩真没吵架？一会儿你一定要揍他。"

那边"喂"了一声，是男人的声音，可苏甄听出来了，那不是姜旭东。

老民警不知道，看了一眼苏甄，问："请问是姜旭东先生吗？"

电话那边沉默了许久："你哪位？"

"不是他，这声音不是。"

苏甄站了起来，老民警皱眉，继续问："请问是姜旭东先生吗？这里是明阳派出所，你的太太找你。"

那边沉默了几秒："我是市刑侦大队的刘亚民，你是明阳的老张吗？"

老民警哑然，半晌，心一跳，看向那个捂住嘴满眼惊惧的姑娘，咳嗽了一声,问:"刘队?电话怎么在你手里?这个是姜旭东的电话吧。"

去市局的路上苏甄腿都是软的,方琼几乎是半扛着她。她一遍一遍地问方琼:"是出了什么交通事故吗?还是姜旭东在协助调查?还是他犯了什么罪?"

方琼一直没回答,逃避着她的目光。

其实苏甄心里有答案,不过是不肯面对现实。

刑侦大队的办公室里人来人往,散发着红烧牛肉方便面的味道,刑警们不像电视剧里那样英姿飒爽,相反眼圈乌黑,蓬头垢面,查案才是他们的日常。

"非常抱歉,苏小姐,我们能体会你此时的心情,但按照惯例,我们还是需要对你做一些讯问。你最后一次见姜旭东是什么时候?"

苏甄心里一惊:"你们现在在干什么?他在哪儿?我要见他。"

"苏小姐,真的很抱歉。"

"你们把他抓起来了?他犯了什么事?"

"尸体是在植物园找到的,手机、证件都完好,因为尸体烧得很严重,没法辨认,DNA比对还在进行中。"

"你们胡说,那个人一定不是他,一定不是!"

苏甄已经什么都听不进去了,负责讯问的刑警叫方琼进来安慰她,顺便也做一份笔录。

姜旭东失踪了,植物园里有人看到烧焦的尸体报了案,姜旭东的手机和证件却完好无损地出现在附近。这是对警方的挑衅吗?明晃晃的抛尸。

苏甄醒来的时候在家里,方琼一直陪着她。她好像做了一个梦,梦里的场景是姜旭东向她求婚的时候。

她对着婚纱照发呆,方琼端着面过来:"好歹吃一点,警方最近还要找你做笔录。"

"找我做什么?问的话我都回答一百遍了。"

"你名下有一份你老公的意外保险你知道吗?保险金高达三百万。"

苏甄茫然:"保险?"

"受益人是你。昨天看警方的意思,他们怀疑你是肯定的,这年头社会新闻里杀妻骗保之类的案件那么多,夫妻间一方出了事,另一方就容易招人怀疑。你真的不知道你名下有一份保险?"

苏甄摇头:"他从未提过。"

"他工作早就换了,还买了保险,你怎么什么都不知道啊?一开始我以为你家你做主,现在看出来了,都是姜旭东做主,看他老实巴交的,心眼倒很多。"

方琼说到这儿又觉得不合时宜,便问:"你想想他有没有得罪人什么的,他换工作,为什么不告诉你呢?一定有什么见不得人的事。"

接下来的几天,事情却意外地发生了转折。本来警方已经把视线放在了苏甄身上,可 DNA 检测结果推翻了所有的设想,那具烧焦的尸体并不是苏甄的丈夫姜旭东,可姜旭东的手机、证件为什么会在现场呢?

又一轮讯问结束,苏甄已经开始麻木了。警方问不出任何有用的信息,只好叫她回去等消息。确实,杀人案比失踪案更严重。警察很多信息都没有和苏甄透露,那么苏甄的难题谁来解决呢?

事情过去了一个月,研究所那边瞒不住了,好几个同事打电话过来询问,苍白地安慰她,日子还要过。可上班的时候,苏甄总觉得别人在看自己。

她恍恍惚惚的,好在有方琼陪着她。

晚上接到母亲的电话,苏甄才想起已经两个星期没给父母打电话了。

母亲问她是否出了什么事,苏甄支支吾吾的,没敢告诉母亲实情,放下电话才想起来,姜旭东的父母可都健在。

虽然这两年他的父母一直在老家,只偶尔跟他们通电话,但她是去过他们家的。想到这儿,她打电话过去,但是很久都没人接。

她连打了几天电话都没人接。苏甄想起来,她能想到的事,警方肯定早就想到了,于是她又打电话给那个负责联系她的小陈警官,后者叹了口气,只问苏甄是否真的了解姜旭东。

第 3 章
火车上的男人

姜旭东在老家的所谓父母,根本就是假的,是他花钱找人来扮演的,对方一看警察过去讯问,直接就招了。

苏甄不敢相信,也不肯相信。一夜未睡后,她瞒着所有人买了一张火车票,直接去了姜旭东老家。

火车上,她半梦半醒间,很多以前想不到的、没在意的细节都浮现在眼前。比如,她提出回他老家过年,他就温柔地说:"在你父母那儿过年吧,我父母和我感情不好,不喜欢我回去。"打电话给他父母的时候,也是他先说两句才给苏甄听,每次来来回回都是那几句话:"吃饭了吗?最近工作忙不忙?"

她曾经也怀疑过，但将一切归结于姜旭东早早离家独立，所以跟家人不亲近，甚至还暗喜过没有婆媳烦恼。现在看来，爱情真的会眯住人的双眼。

她躺在中铺，半眯着眼，突然过道上走过一个身影，她一下惊醒，轻轻地叫了一声："姜旭东。"

这一声轻喊在全是呼噜声的黑暗中显得很清脆，可那身影却没迟疑就走过去了，苏甄跑下去，鞋都没穿。

但空荡荡的卧铺过道上没有人，去了洗手间也没看到人。是自己梦魇了吧，姜旭东怎么会在火车上呢？他失踪了，再也不会出现了吧。

无力感让她心跳加速，她一下跪在过道里，看起来像是摔倒了，这时一只手接住她的手肘，问道："小姐没事吧？"

苏甄抬头，周围很暗，她借着厕所那边的灯光只看到了对方的剪影，她觉得那身影和姜旭东像极了。"旭东？"

对方的手机亮起来，照到那张脸，清秀极了，苏甄像从梦里醒来："不好意思，我认错人了。"

对方呼出一口气，笑着道："我以为您刚才梦游呢，没摔倒吧？"

"没，谢谢。"

两人站直了。车窗外的灯光一晃一晃的，透过窗子打在两个人的脸上，苏甄这才发觉，这男人的身高和轮廓真的和姜旭东差不多，但如果看清脸就会发现一点都不同。

姜旭东是那种棱角分明的硬汉气质，一笑有小虎牙，苏甄以前总笑他是糙老爷们儿。可眼前的男人虽身形和姜旭东相差无几，但脸部线条阴柔，眉眼狭长，却不带任何女气，有种说不出来的气质。

大概苏甄盯他的时间有点长，后者笑着问道："小姐有事？"

"不好意思，我觉得你的身形和我一个朋友有点像。"

对方挑了挑眉，苏甄差点咬掉自己的舌头，在这个场景下说这话仿佛是自己故意搭讪。

梦已经醒了，苏甄也睡不着了，索性掏出保温杯泡了一杯速溶咖啡，坐在过道的折叠椅上看着窗外。

"也去侠城？"

没想到那个男人也拿着一个保温杯坐在了她对面。温热的气息喷在她脸上，苏甄觉得两人挨得有点近，在这样的环境下显得很暧昧。她笑了笑，说了句："嗯，早些休息。"便爬回了自己的中铺。

余光能看到那男人依然坐在那儿看着窗外，苏甄说不出来，但总觉得这男人的气场给人的感觉过分熟悉。

可那双眼睛看过来却异常地陌生。

她警惕性很强，一直等到那男人的咖啡喝完了，回到了自己的铺位上，才闭上眼睛，只可惜，再也睡不着了。

到小县城的时候是凌晨五点半，有点冷，苏甄茫然地走出火车站。

一个打着哈欠，拿着旅店小牌子的大妈走过来，问："住店吗，姑娘？"

苏甄摇头，往路边走，想打一辆车，可在小城镇，早上几乎看不到出租车，只有一些三轮车，苏甄不敢坐，上次和姜旭东回来的时候，他就说过，一个人不要坐这种车，很危险。

苏甄有些犹豫，想拿手机查附近的公交车，没想到那个大妈又跟上来，问："姑娘，要车吗？你一个人啊？"

苏甄想避开，大妈贴了上来："我这边有车有住宿，你是来这儿旅游的吗？咱们五峰山最近项目可多了，我有打折票，还有纪念品，回去给家里人带的特产也有，你要是都订了，我给你打折，我家里困难，你就当照顾我生意啊。"

苏甄摆脱不了，对方盯得很紧，把那些宣传册往她手里塞。和她一起出站的还有几个人，也有三轮车追上去。强买强卖、拉客宰客在这里很泛滥，整顿了几次都没什么效果，没想到这里的人为了挣钱起这么早。其他人都是三五成群的，别人也不敢硬来，这个大妈似乎就盯住了她一个人。

苏甄自命受过文化教育，不喜欢也不会呵斥人，被逼得脸红，只想赶紧脱身，想着拿出钱来打发，可刚把钱包摸出来，肩膀上就一沉，一个声音在头顶上响起："闪一边去，小心我报警。"

那大妈张张嘴，可看到来人的脸色，有点犯怵，嘟囔着和那些开三轮车的一块走了，一边走还一边盯着这边。

苏甄被这一声吓了一跳，一抬头，竟然是火车上的男人。

那人挑着眉，说："你若是给他们钱，后面就更打发不了了，也许还会被人盯上，这就叫江湖险恶。"

苏甄警惕地退了一步，男人松开手："抱歉。"

"不，谢谢你帮我解围。"

苏甄防备地往前走，可那男人竟然跟了上来："前面就是公交车站，我没有恶意，只是顺路。"

苏甄也觉得自己有点过分了，毕竟人家帮了自己两次。

等公交车的时候那男人站得远了一些，大概是想叫她放心，苏甄远远地观察那个人，他正叼着一根烟看手机，她看着这个背影，又恍惚起来。

苏甄没想到这个人竟然和她上的是同一辆公交车，因为是那人先上车的，所以她也不能说是人家跟踪自己。车上人不多，有些颠簸，她又回头看那男人，那人已经靠在车窗上睡着了。

要坐二十多站才到，苏甄头很疼，回忆着姜旭东老家的位置，可下车后还是有些傻眼，两年没来过，这里变化很大。

苏甄不停地打他老家的电话，可都没人接。

苏甄在街口的牛肉面店吃了面，已经没看见那个男人了，她笑自己太过敏感。她吃饭的时候顺便向老板打听了街道办事处，就在附近。

第 4 章
同样的遭遇

方琼打了二十多次电话后，苏甄接了，那边早就炸毛了，一顿数落，最后说："你太冲动了，具体位置都不知道在哪儿，还敢自己买票去？你现在还是警方盯着的对象，就随便走？我劝你还是主动给那位陈警官打电话，他已经向我打听你的行踪了，你想被抓啊？"

"我又不是嫌疑人。"

苏甄说得没什么底气，还是拨通了陈立警官的电话，后者知道她的意图，叹了口气："苏小姐，你其实不应该在这个时候离开 A 市。"

"可你们一直掌握着我的行踪呢，不是吗？"

对方没有正面回答。"咱们已经谈过了，苏小姐，我理解你的心情，但你要面对现实。你要去的所谓老家，警方已经探察过了，你去也没有什么意义。"

对方觉得苏甄冥顽不灵，可还是给了她那对老夫妇的地址，但要当地派出所的人陪她一起去，苏甄不好拒绝，只能在面馆里等，其实那对假父母就住在这巷子尽头，很近。

等派出所的人来的时候，街上突然响起了喧闹声。

很多人出来看热闹，苏甄也走了出来，没想到竟然是火车上的那个男人，他似乎有些气急败坏。然后就是老太太的哭声，撒泼的那种，正好派出所的人过来，了解情况后让人群都散开了。

苏甄则意外地站在外围盯着事件主角，那个男人，和他对立着哭闹的，正是自己两年来一直当成婆婆的人。

现在苏甄甚至不知该开口叫她什么。

她看着地上哭闹撒泼的老太太，想起视频通话时戴着眼镜的斯文有礼的人，那个人她叫过妈。她从姜旭东口中得知，她的婆婆是教师出身，为人严肃，却知书达理，可正是因为这种性格，她对老公和儿子管得很多，所以姜旭东和他母亲的关系一直是很疏远的。

这种印象刻在她的脑中，此时看到撒泼的老太太，苏甄只觉得好像在做梦。

不过此时她更好奇的是，火车上的那个男人和老太太又有什么联系呢？

围观的人都散了，那个男人和派出所的人都进了老夫妇家的小院子里，那里有个小秋千，还有下棋的石凳。

苏甄摸着院墙上经年的苔藓，想起姜旭东当时细致地和她介绍家里的每一个角落，告诉她哪里是他童年时留下的痕迹，那么真切，难道都是假的吗？

苏甄依然无法相信。而另一边，那个男人在绘声绘色地和派出所的人说自己的遭遇。

"我的女朋友临走前拿了我很大一笔钱，老家的地址就写的这里，我不认为他们和云溪没有任何关系。我知道户籍上没有云溪，也许是别的关系呢？我知道小溪没有父母，但她为什么要写这里的地址？现在我找不到她了，我们都快结婚了，我难道不该来这儿质问吗？"

那个老太太一边哭叫着，一边捶自己的老头子："都是你，都是你，现在咱们甩也甩不掉了，都往咱们身上赖，警官，我们都说了很多次了，我们不过就是贪财装过姜旭东的父母，可没干别的，什么一大笔钱？这是讹人，我们没拿过钱。"

"你说没拿过就没拿过？她留下的地址就是这里。"

那男人激动起来，拿着票据对她家的门牌号。

苏甄一边看着，心里一边剧烈地颤动，眼前的这个男人和她有同样的遭遇？

不过她尚且保持着一丝理智，这男人此时的愤慨，和在火车上表现出的那种淡定，判若两人。

苏甄眯起眼，再看那男人，后者正好抬眼和她对视，眼中似乎闪过一丝惊讶，但随即声音又高了起来："那笔钱对我的公司很重要，她突然不见了，以前留下的地址是这儿。我不过是询问一下，这老太太就开始哭闹，我不认为哭闹就可以摆脱嫌疑，我希望警方重视起来，刚才这位警官也说了，您是有前科的吧？"

"什么前科，我们有什么前科？都是被人糊弄了。"

小警察咳嗽着："按理来说，您收钱装别人父母骗人家女孩子，本身就形成

011

诈骗了。"

那男人听了以后更加愤慨，嚷嚷着也要到警局报案。

"你要报案？"

小警察擦着汗，他不过是受委托来陪苏甄了解情况的，却没想到遇到这么复杂的事。

一听报案，老太太直接就炸了，他们最近摊上了官司，警察来来回回地讯问检查，已经让左邻右舍议论纷纷了，还传他们就是杀人帮凶，唾沫都能淹死人。听说还要负法律责任，老年人是很怕这种事的，一个案子还没完，又来一个，只觉得活不了了。"我们都和警方说清楚了。"

小警察叹着气："老太太，您确定不认识这位先生？这案子的性质和之前姜旭东那个可不一样。你们不认识他说的那个姑娘吗？那个姑娘为什么给你们汇钱啊？"

"钱我们没收到。"

"可收款人是您的名字，您再想想？"小警察已经打电话通知所里的人了，同时这边的刑侦大队也会派人过来，怕不是要把这事和姜旭东的案子合并调查。

苏甄没想到到了侠城会遇到这样的事，又进了警局，只是警察对她的讯问并不多，大多是讯问那个叫方酌的男人。

听说A城的人也要过来。

苏甄走出警局大门，旁边就是个小食杂店，老旧的街道透着二十世纪八十年代的气息，让人有种莫名的焦躁。苏甄看着柜台，说："给我来一包炫赫门。"

姜旭东之前一直抽这种烟，她总闹着让他戒，可他却戒不了，这是他唯一没听她的事。

苏甄抽出一根烟靠着墙点燃，动作笨拙，她吸了一口，连连咳嗽，呛得眼泪都出来了。

"有些事不适合就不必勉强。"

一只手抽走她手里的烟，是方酌。

此时的他带着淡淡的笑，却满眼凉薄，这才是火车上的样子，苏甄心里判断这也是男人真实的样子，所以刚才那个叫嚣着被骗的傻男人形象才那么叫人疑惑。

"听警官说你和我遇到了一样的事。说不定他们认识，不然怎么会有同一个地址？现在的骗子真是无所不用其极。"方酌冷哼一声。

"我和你不一样，我丈夫不是骗子。"

第 5 章

人心险恶

方酌不屑地一笑，眼神像是子弹："确实不一样，我这边只是被骗财，你那边还涉嫌谋杀。"

"你放屁。"

苏甄有一瞬间的愤怒，只觉得委屈至极。她把打火机朝方酌扔过去，他欺身上前，抓住她的胳膊，眼神冷极了："你们还结婚了，我不得不怀疑你也是同伙。"

"你放开。"

方酌没再逼迫她，过了一会儿，平静了许多："抱歉，一时激动，但我真的觉得我女朋友当时留了这个地址，和你丈夫不会一点关系都没有，我觉得咱们无须争论，我不过是想拿回钱，你要的是一个真相，其实我们可以合作。"

"我和你没什么好合作的。"

苏甄心情差极了，一句话也不想多说，躲开他往前走，他也没追上来。

苏甄眼泪止不住，冷风吹着她的脸，像刀子刮一样生疼，她委屈至极。

她哭够了，回了假公婆家。

那两口子刚做完笔录，也身心俱疲。"你就算耗死我们老两口也没用，我们认判，你要问的事警方早就问了一百八十遍了。"

"阿……阿姨，"苏甄咬着嘴唇，"我知道你们确实也烦了，但请理解一下我的心情，能和我说说他吗？"

老太太还要拒绝，老头从后面打开门，叹着气说："姑娘啊，你叫小苏是吧？咱们也算是熟悉了，这几年逢年过节你都打电话过来，我们老两口呢没孩子，其实骗你心里也不好受，可当初姜旭东找到我们说他找了个好姑娘，怕人家嫌弃他从小没父母，配不上人家，才叫我们装一下的。我们老两口没恶意，这几天警方问了好几遍了，该知道的你也都知道了，有些事你自己得想开了。"

"叔叔，我就问一句，你们真的不知道他在哪儿吗？"

苏甄眼泪流下来，换来的也只有沉默。"能让我再进去看看吗？"

"看也没用，他当时找上门自己布置的，我们这几年都没动过。"

老头老太太回屋了，房门落锁，苏甄一个人在院子里看着墙壁，看着小秋千，还走进了姜旭东所谓童年的房间。

多真实啊，墙上的旧海报，桌子上的少年照片，苏甄苦笑，以前她还笑这照片上的少年和他不像,想来也是别人的照片吧,这房间里的一切都是拼凑出来的假象,如同自己和姜旭东这一年恋爱两年婚姻的幸福是假象一样。

突然听到院子里有动静,她以为是老两口,想着自己待的时间也有点长,该告辞了,可出了门就看到方酌坐在院子里的秋千上。她问:"你怎么在这儿?"

"你为什么在这儿,我就为什么在这儿。"

"这里有我丈夫的痕迹,可没有你女朋友的。"

"我就是怀疑这一点。"

方酌看向苏甄:"警方已经调查清楚了,老两口确实不认识云溪,就是我女朋友。那她和这里有什么关联?"

苏甄知道他要问什么,也不得不承认:"她认识姜旭东吧。"

"你的事我也从警局了解了,想过吗?姜旭东要找一个地方装成自己的老家,为什么选这儿?大可以说国外,或者更远的地方,不是更不会让你发现?这里到A城坐火车只要七小时,而且,你和警方说过,你的丈夫特别熟悉这里,你有没有想过是为什么?"

苏甄被问得哑口无言。

"心理学家说过,一个人做任何选择,都是有前因的,哪怕他自己是随机选择的,但潜意识里一定有诱因。"

苏甄心里震撼,不自觉地想到了姜旭东当时和自己细致地介绍过他成长的环境。

"想到什么了?"

苏甄板起脸来:"那和你女朋友又有什么关系?"

"他们一定有联系,其实很多时候不要太计较经过,你和我不就是要找到人、找到真相吗?所以收起对彼此的厌恶,现在有兴趣听听我的故事吗?"

苏甄不知道自己为什么会坐在咖啡厅里,就像不知道为什么方酌在绘声绘色地讲述的时候,自己的思绪飘到了别的地方。其实听来听去他的经历和她差不多,只是这个故事里,方酌的女朋友拿走他很大一笔钱,可姜旭东却给自己留了保险金和房产,显然不是单纯的诈骗。

"苏小姐有什么感想?"

"方先生是做什么工作的?"

"你觉得呢?"

苏甄闭口不言。

"IT(信息技术)码农。"

"不像。"

"这不重要,重要的是,苏小姐应该和我共享信息,不是吗?"

"我的信息你早就知道了,还有什么可共享的?归根到底,你和那些警察一样,都觉得姜旭东和我还有联系。"

"警方关注的点在杀人案上,虽然都是要找到他们,可目的不一样,角度自然就不一样。那个陈警官肯放你过来,说明他是个好警察,知道他们来和你亲自来会有不同的收获。"

"事实上并没有。"

"谁说的?"他指指自己,"你我的交流也许会产生新的火花。"

苏甄非常不喜欢他这种态度,可还是耐着性子说:"好吧,那我们现在重新捋一下,姜旭东今年三十二岁。"

"云溪二十八,年龄正合适。"

"什么合适?"苏甄有点气急败坏。

"那你觉得他们的联系在哪儿?"

"那也不一定是情人。"

"我也没说是情人,倒是你脱口而出。两个有秘密的人一起失踪,还有交集,一男一女,人们通常都会觉得是骗子卷钱远走高飞了。"

"姜旭东不是那样的人。"

"你有多了解他?"

方酌这个人总有一种本事,三言两语就让人火大。

"抱歉,苏小姐,我没有恶意,只是希望你认清一个事实,我们要共享信息找到他们,如果你在这个过程中一直感情用事,会一无所获的。"

苏甄承认眼前的男人说得很有道理,但未免太过绝情。"你爱过那个什么云溪吗?"

"现在谈爱未免太轻浮。如果她爱我就不会带着我的东西不知所终。"

"也许是出了意外呢?抱歉。"

"看看,这就是人心险恶,宁愿是对方出了意外,也不愿承认自己被人骗了。"

第 6 章
方酌的谎言

"方先生如果一直这么带刺地说话,我觉得咱们没有必要合作了。"

"刚说两句你就急了，苏甄，你知道这件事如果查下去，以后还会遇到什么事吗？这条路上会遇到很多阻碍和威胁，现在讽刺你两句你就受不了了？"

方酌依然笑着，可眼神中的冷意却让人不寒而栗，仿佛一下渗透到人的灵魂里，苏甄那一瞬间几乎想要尖叫。

"看来苏小姐真的什么都不知道，不知道自己经历了什么，也不知道事情的严重性，我现在有点犹豫要不要和你合作了，但除了你没有别人了。"

他仿佛在自说自话，苏甄云里雾里的，非常生气："方先生，警方都查不到的事，你觉得凭你我二人可以查到？与其在这儿浪费时间，不如去警局了解更多情况。"

说完苏甄拿上包就要往外走。

"你现在走了会后悔。看看窗外。"

入夜，就算是县城，主街道上也是灯光明亮。

"在你看不见的地方有警察盯着你呢。确切地说现在也包括我。"

"你什么意思？"

"你不会天真地以为没人怀疑你吧？你设计一场杀夫骗保案也是有可能的，别摆出这副表情，如果我是警察也会怀疑你，现在有一个人陪你一起被怀疑不是很好？"

"你有病。"

"这群怀疑你的人，你觉得他们找人的精力和咱们一样吗？"

苏甄抿着嘴，心跳极快，又坐回了沙发上："可我和你的情况不一样。"

"我只是希望你能时刻保持冷静，你的目的是找到姜旭东，之后怨也好，恨也好，爱也好，才能继续，不是吗？"

他说得很有道理，可苏甄就是本能地讨厌他，她忍不住讽刺几句："正常人都会不冷静，毕竟是自己爱过的人，现在看到方先生的态度，是因为被欺骗了所以充满恨意吗？"

"苏小姐还真是得理不饶人，不过我遗憾地告诉你，我和她之间的感情并不浓烈，之所以想和她结婚是因为适合。"

苏甄皱眉，只要一想到方酌说的可能姜旭东是和云溪一起失踪的，就觉得仿佛被卷入了一场巨大的骗局。

"真相往往让人难以接受。苏小姐要有心理准备，这只是开始。"

"那我能做什么？你找我合作，想从我这儿知道的我都告诉你了。甚至，我现在都未必真的了解姜旭东，不知道他到底是个什么样的人。"

"所以才要查下去。"

"怎么查，就你和我？"

苏甄越发觉得荒唐，方酌把名片放在她面前："回到A城后可以打电话给我。"

苏甄走出咖啡厅再回头，方酌依然坐在落地窗边上。抛开偏见，方酌确实是个很优秀的男人，难道真的会因为钱而不遗余力地找一个自己不爱的女人？那要被骗多大一笔钱才会如此这般呢？

回到A城，苏甄第一时间就去找了方琼。这个闺密虽大大咧咧，可工作能力很强，是一家网络公司的主管，人际交往能力堪称一流，找她帮忙打听事半功倍。

方酌确实是一个码农，同时也是一家网络公司的老板，只是苏甄没想到，他的公司不是普通的小公司。

"方天科技听说过吗？"看苏甄一脸茫然，方琼恨铁不成钢，指着她的手机说，"现在你用的通信软件都是他们开发的。"苏甄震惊，这么厉害？她心中的疑虑更大了。

"你怎么打听他？"

苏甄奇怪地问："你在这儿没听小陈警官说？他找失踪的女朋友，这两个案子应该合并调查了吧？"

"有这事？"

苏甄诧异："你一直关注这案子竟不知道？"

"我可没听说什么合并调查。不信你亲自问小陈警官。"

小陈警官也觉得疑惑，原来方酌并没有报警，至于他在侠城做的笔录不过是说他找女友心切，警方已经比对过收款人姓名，是同音不同字，方酌承认是自己一时心急搞错了，也承认之前和女友产生过矛盾，对方可能不告而别把他甩了，并没有真的报警。

苏甄放下电话，只觉得世界颠倒，最后明白了一件事，气到了极致。

方琼一脸奇怪："怎么了嘛，怎么突然调查这个新贵？转性了？终于把心思从你家姜旭东身上撤走了？也是，姜旭东总归是骗了你，你也要开始新生活，但失踪两年才能申请离婚吧？"

方琼看她脸色不错，都开始打趣了。

苏甄却没心思开玩笑，拿着资料就出了门。

方琼看她急匆匆的，叫住她："等会儿我，你去哪儿？我送你。"

苏甄已进了电梯，方琼气喘吁吁地跟进来："你走这么快干什么？还穿了高跟鞋。"

"高跟鞋怎么了？我一直都穿。"

"你回来的时候没看到小区门口在施工吗？"

"施工？"

苏甄住的是个新小区，物业管理得极好。

"前两天，就是你去侠城那天，我晚上来差点吓死我，据说你们小区中间那个喷水池里的自由女神像手里的火炬掉了，把小区里一个晚上遛狗的人砸了，好死不死，那人的狗疯跑把人带进了喷水池，当时远处正跳广场舞呢，那音乐大得，谁也没听见呼救。

"后来那人是自己爬上来的，人都糊涂了，一直爬到大街上，被人送到医院，昏迷了好几天，昨天醒了才来找物业要说法，物业调监控才发现出事了，那人说要赔钱呢，物业赶紧把水池拆了，现在正填坑呢。所以说啊，要不你搬家吧，或者先去我那儿，这个小区的风水可不咋好。"

方琼在一边喋喋不休，苏甄却没什么心思听，电梯正好从十五层到了七层，一个挂着拐杖、包了头脸、打了石膏的男人进了电梯。

第 7 章

利用价值

方琼一下闭了嘴，给苏甄使眼色，意思是好像是这个人啊。

苏甄向来不八卦，礼貌地询问了一下，对方说去负一层，她帮忙按了楼层，电梯里安静得令人尴尬。

苏甄有点烦躁。

两人下了电梯率先往车子那边走，而那人一瘸一拐，朝另一个方向走了。方琼回头张望，说："你说他都摔成那样了还来车库？你们小区怪人可真多。"

A 城虽是二线城市，可也是处处高楼林立，冰冷的钢筋混凝土让人心生向往。方天科技就在前面这座标志性的写字楼里。

苏甄本以为要等，可很顺利地就进去了，到门口的时候还能听到办公室里面布置任务的熟悉声音。秘书敲门，里面的几个主管出来，苏甄和方酐对视，后者一点都不意外："苏小姐，这么快就来找我了。"同时示意女秘书退出去。

门一关，苏甄气血上涌，把资料砸在他面前："我问过陈立警官了，你没报警，你是骗我的，而且，那个云溪，你的未婚妻，半年前就不在你公司了，我猜那个时候她就失踪了吧，而且侠城的警方查了，汇款的根本不是云溪，而是你公司的一个员工。

"我就说嘛，就算姜旭东是骗子，也不会弄出这么大的纰漏，假父母还要和人共享？钱是你汇的吧，在我面前演戏，说你和我是一条船上的，你的目的是什么？说吧。"

"你说得对，我就是为了接近你。"

苏甄没想到对方这么坦然，让她措手不及。"我有什么好接近的？"苏甄冷笑，"而且你的谎言太拙劣了吧，只要我一问小陈警官，你马上露馅，你以为能骗我多久？"

"我本来也没打算一直隐瞒，而且我的目的已经达到了。你，苏甄，现在站在我的办公室里，也没有把这件事告诉警方，这就是我的目的。如果我一开始就向你坦白，你会信吗？这样效率比我直接找你快。"

苏甄只觉得脑子空白，这个人的思维太过跳跃，她跟不上。

"我疯了吗？如此敏感的时期，你接近我，我大可以猜测你和姜旭东的失踪有关，我已经告诉警方了。"

"你没有，不然你不会在这儿，而我也应该在警局。"

苏甄的心猛地一跳："你就这么有把握？"

"苏甄，你是聪明女人，而且你的弱点太明显，你爱姜旭东，情感容易让人错乱，你满腔怒气，但更渴望姜旭东能出现，你这样的女人我见多了。你也知道警方现在把你视为嫌疑人，无论从哪个方面看，你在警方那边都不会那么快得到姜旭东的消息，所以只要有一点可能性你都会抓住，哪怕觉得我也是个骗子，这就是病急乱投医。"

苏甄狠狠地瞪着他，却无法否认这个男人把她解读得一清二楚。

苏甄冷笑一声，举起手机，上面显示正在录音。

方酌挑眉。

空气凝固，二人仿佛在无声地对峙。最后方酌把电脑转到苏甄面前，点了点："现在你该感激你做了正确的决定，先来找我。"

屏幕上是一张照片，照片应该是在街对面偷拍的，有些模糊，但苏甄还是一眼就认出了姜旭东身上的衣服和他手里好多年都不肯换的旧公文包。

在姜旭东对面，是个非常漂亮的女人。

苏甄诧异极了，但第一反应是，这女人应该就是方酌的未婚妻——云溪。

"这是两个月前有人寄给我的，寄件人查不到，但照片说明了一切。"

"两个月前？"苏甄惊讶，"两个月前你就知道姜旭东和云溪的事有关？"

"是的，私下里我还找过姜旭东，很显然他没和你说。"

苏甄没想到这件事从这么久之前就开始了。

"当时我问姜旭东他在哪儿见的云溪,他俩什么关系,姜旭东说是老朋友。可据我调查,云溪和姜旭东无论是祖籍还是生活环境都完全不一样,他们在成长过程中应该没有交集。"

"你怎么知道?"

"我们搞互联网的总有点手段。这不重要,苏甄,重要的是姜旭东说谎了,他一定在隐瞒什么。"

"你是在哪儿找到他的?他在哪里工作?"

"这是重点,苏甄,我自认为我想查一个人没有查不到的,可是姜旭东,"方酌摇头,"把自己刮得很干净。不知是我打草惊蛇了还是如何,去跟踪他的人看到他只是出入菜市场、商店,无所事事,要不然就在网吧待上一天,然后西装革履地回家扮演下班的好老公。你身为他老婆都没发现他的异常,我更查不到什么了。"

苏甄觉得受到了很大的侮辱:"你不是互联网高手吗?"

"是的,但能从我手上逃脱的自然也是高手。怎么,你不知道姜旭东是个黑客?这是我唯一查到的他的过去。"

"黑客?"

苏甄只觉得不可思议,那个老实的好丈夫,邻里之间称颂的老好人,怎么可能是行走于法律边缘的黑客?

"我猜这一点警方也查到了吧,但小陈警官并未和你透露,他在怀疑你,姜旭东身上有太多秘密。这张照片很有价值,说实话我本来准备用点手段逼迫他,可姜旭东也失踪了。"

"你为什么不报警,要自己查?"

"我有不能找警方的理由,正如你所见,我的公司眼看就要上市了,如果被人知道我未婚妻盗走了马上要发出来的项目核心技术,我在董事会的地位就会不保。"

"那你为什么会把这件事告诉我?"

"总要有人先抛出橄榄枝,合作才能继续下去。"

"我自认为对你没价值。"

方酌笑了笑:"一开始我也怀疑你,所以在警方调查你的时候我并未找上你。"

"你是想看看我到底是什么人对吗?"

"防人之心不可无,希望苏小姐能理解。现在你应该能明白吧,也许是我找上他,他才离开的,他和云溪不简单,身上有我们不知道的秘密,这个秘密大到他要失踪,甚至抛弃妻子。"

"可我对找姜旭东没什么帮助。"

"你有,姜旭东给你留下了房产和保险金,苏甄,你对他来说一定不一般,有你在,我相信姜旭东会现身的。"

第 8 章
开始合作

苏甄恍然大悟,原来这个心机深重的方酌是想着这一点才找自己合作的。可自己如果对姜旭东那么重要,这三年他就不会骗她,她也不会像现在这样被抛弃,还成了嫌疑人。

"所以你知道我为什么找你而非警察了吗?因为我必须在警方之前找到云溪,拿回公司的核心技术,而你也想找到姜旭东。我可以提供的线索远远比警方的要多,你可以好好考虑。"

"你就不怕我报警?"

方酌摊开手:"报也没关系,凡事都是一场赌博。"

苏甄盯着窗外看了好半晌,这里的视野极好,苏甄想起了那年姜旭东在摩天轮上向自己求婚。

"我不知道这张照片是谁给我的,有什么意图,但很显然,对方故意暴露云溪和姜旭东的关系,一定是和他们对立的。如果没这张照片,我不可能找上你,不可能知道这条线索,所以你一定是关键。如果姜旭东在乎你,看你我出双入对,不知会做何感想。其实这也是检验你二人感情的方法,不是吗?对你没什么坏处。"

当晚苏甄就高调地坐着方酌的卡宴回了家。

有认识的邻居议论纷纷,苏甄知道他们在说什么,大众八卦的想象力远比小说、编剧要厉害,隔天就听到传闻说她有外遇,是跟人合谋害死丈夫,以至方琼都得到了消息:"你知道吗?昨天……"

"知道,业主群里那些人忘把我屏蔽了。"

"那是真的?"

苏甄从电脑前抬眼看方琼,笑着说道:"你怎么还混进了我家小区的业主群?"

"这不重要，你昨天和方……"

"方酌，你说的那位新贵来了我家。"

"为什么？"

"没有为什么，朋友而已，上来喝杯茶，找点东西。"

"苏甄你不对劲，很不对劲，你以前眼里除了姜旭东没有别的男人，昨天还那么高调，还调查他，你和方酌是什么关系？"

"真的只是朋友。"

苏甄的目光又回到电脑上，昨晚方酌在她家一顿搜查，并未找到监听的东西，他在苏甄家里的电脑上安装了一个软件，如果有人用非法途径入侵，会被第一时间捕捉到。

苏甄当时很诧异，没想到对方会用这招来查姜旭东的行踪。

"你可知道外面的人说得有多难听？你就不怕警方找你？"

方琼话音未落就来了电话，是陈立，方酌说了若是苏甄同意他的计划，必然要承受来自警方的压力。

后来苏甄果然被请到了警局，也看到了方酌，两人早就对好词，方酌在侠城对苏甄一见钟情，开始对她穷追不舍，反正方酌是一个花花公子，在夜店一掷千金的事圈里都知道，突然看上一个姑娘发疯追求并不新鲜。

至于苏甄，说自己因为姜旭东失踪一时寂寞，但守住了道德底线，也说得过去。

陈立透过玻璃看着审讯室若有所思，他师父，老刑警薛大队长拿着个茶杯过来，说："这个方酌很不简单。"

"师父，我的直觉告诉我这两个人在说谎，可没有任何证据，还有这方酌很值得怀疑。"

"凡事不能凭直觉。尸体身份找到了吗？"

陈立叹息着摇头："查了DNA数据库，没有这个人的信息，从失踪人口里也没有查到匹配的，说明死者应该不是本地人，可能是外来务工人员，甚至可能没有社会关系。一个身份成谜的死者身边放着姜旭东的证件，师父，你觉得凶手会是姜旭东吗？"

陈立也开始怀疑了，这案子挺离奇。

"上面说这个案子耽误太长时间了，恐怕……"

"档案室里的悬案很多，很多二十年后还被翻出来，是因为还有人愿意追查，如果没人愿意查下去，就真的是无头公案了。"

陈立心里燃起一团火，薛大队长点着玻璃："看出点什么没？"

"他俩在说谎。"

"我说过作为刑警不要只简单地揭穿谎言，要看到谎言背后的动机。苏甄很好分析，说谎只会因为一件事——姜旭东失踪。至于方酌，你觉得他是因为什么？"

"他的女朋友？"

薛大队长笑了笑："听说你去调查云溪了？"

"对。"

"没立案也去查，有什么结果？"

"痕迹像是被人擦掉了，没有任何头绪。"

"这就是头绪，有这种技术的人不多。"他盯着里面的方酌，"你眼前就有一个。"

从警局出来，苏甄要往另一边走，方酌小声地提醒她："你背后有很多双眼睛看着。"

说着他搂过苏甄的脖子，苏甄想挣开，可对方把她搂得更紧。

"你在警方面前这么高调，他们一定怀疑我。"

"就是要他们盯紧一点，灯下黑，他们盯得紧咱们才能从警方这边套出更多的消息。不然你以为警方会告诉你细节吗？你可是嫌疑人。"

"可是……"

苏甄头皮发麻，突然有点后悔，这太危险了。

"害怕别人说闲话？其实从姜旭东的证件出现在尸体旁开始，你就是话题中心了，不过有时候在风口浪尖上未必不是好事。"

陈立在窗口看着二人上了车，眉皱得越发紧了。

苏甄和方酌出入各种高级西餐厅，俨然一副感情受伤，富二代乘虚而入的戏码。然而几天过去，调查毫无进展，她甚至怀疑自己被方酌耍了。

苏甄承受了前所未有的压力，但她都按照方酌的指示挺住了。哪怕是被踢出了本来说好让她负责的项目组，顶替她的是张美曦。张美曦还假意安慰自己，苏甄厌恶极了。

苏甄这股没憋住的火，在被导师梁教授找去谈话的时候直接就发泄出来了。

"教授也听八卦吗？项目已经没了，还找我谈什么？是要拿掉我的助教资格，还是我研究员的身份？我苏甄走到今天是凭实力，如果因为闲言碎语就把我拿下来，我不服。"

教授张张嘴，半晌说道："小苏，最近情绪不好？"

苏甄也意识到自己有些过了："很抱歉，教授。"

第 9 章
核心项目组

"我知道那个项目把你拿下来你心里不平衡，所里也有很多流言蜚语，但我收学生一向看重人品和能力，我是绝对相信你的。"

老教授眨眨眼睛，跟老顽童似的。他一向和蔼，可在学术上非常严谨。苏甄这一刻心里一酸，说："老师，我……"

"唉，年轻人要懂得把工作和生活分开，以前觉得你很独立，你可别让我打自己的脸。"

"好的，老师。"

"这些日子你也休息够了吧？就像做项目，很多项目前期投入极大的人力物力，可最后还是实验失败，能怎么样呢，就此放弃吗？浪费国家培养你的钱？只能硬着头皮开展下一个项目。听说过姚教授的事吧？她是所有人的榜样，她这辈子苦不苦？"

苏甄没说话，姚教授是在每一届的干细胞相关课上都会被提起的人物。一个女教授，为了科学事业，没结婚，在实验室一辈子，失败了五十多次，甚至一度精神崩溃住进疗养院，后来终于成功了，成为这一学科的领军人物。

可从听到这个故事开始，苏甄就不觉得她是榜样。一个女人最好的年华都耗尽了，投身科学是很伟大，但这一生也够苦的。苏甄自觉做不了这样的人，所以也没有当科学领军人物的资格，她只想做好自己的事，有个幸福的家庭。

"现在你们年轻人的心思和我们那时候不一样了，我都理解，我和你说这个道理，是想告诉你婚姻也一样，你不甘心也没办法，不能因为不甘心就一蹶不振。"

"我知道了，谢谢教授。"

梁教授推了推眼镜："别为把你弄出项目组而不开心，那个项目虽然名气大，但成果几乎已经出来了，当时他们提出把你拿出项目组我没反对，是因为我觉得没什么意思。我这边有更重要的项目要你加入。"

梁教授拿出了项目书，苏甄心一跳，之前听说梁教授申请了一个国家级大项目，有关干细胞智能再生，那个项目几近魔幻，没想到竟然是真的。

"你是我最得意的学生，其实项目早就申请下来了，但是一直没选好人，现在我国外的几个老朋友也回来了，项目就可以正式启动了。"

苏甄颤抖地看着项目参与人员的名字，那几个人都是自己曾经拜读过论文的大佬，自己怎么配进这个项目组？

"别妄自菲薄，小苏，你之前一直说要做干细胞智能再生，这个想法我一直很欣赏。"

"教授，我那是孩子话。"

苏甄刚入行的时候想法很天真，随着学习的深入才知道自己当初的想法多不切实际，后来便脚踏实地了。人类的能力有限，所谓干细胞智能再生，当下真的无法完成。但如果是这几个人做，苏甄有一种强烈的预感：能够成功。她几乎激动得快要流泪。

"好好做，这个项目暂时保密，所里现在除了所长没人知道。"

"我明白，教授。"

苏甄很激动，如果这个项目研究出成果，不，即便失败了，也会成为自己今后的履历上最漂亮的一笔。

直到梁教授离开，苏甄都没从震惊中缓过神来。

然而让她震惊的不只是这件事，她下班走出研究所就看到了方酌的车，苏甄有些不悦，想当没看见，结果对方鸣笛，反而引起了下班的同事的注意。

苏甄脸色不好，上了车，说："我不是和你说了，我最近工作上有事，你要开我玩笑也换个日子，更何况这段时间照你的提议行动事情也没什么进展，我之前答应你真是疯了。"

这些日子自己的绯闻愈演愈烈，被警察盯得越来越死，而姜旭东的消息真是一点都没有。

方酌只是笑笑，凑近暧昧地帮她系上安全带，还轻佻地摸着她的头发。苏甄警惕起来："你干什么？"

"别动，现在可不止一双眼睛看着我们。"

"你什么意思？"苏甄意识到了什么，"是警察？"

"不止，我怀疑你老公也许就在附近看着你。"

"什么？"

苏甄的心揪起来，惊恐地朝外面张望。

"你到底什么意思？说清楚。"

"我之前在你的电脑上安的软件有反应了，这两天有人偷偷入侵你的电脑，又把自己的痕迹刮干净了，但我远程控制，还是发现了他。我现在需要去你家，把对方揪出来。"

苏甄心中颤抖。

回到家，看着方酌在那台电脑前噼里啪啦地敲键盘，苏甄问："查到了吗？真的是他吗？"

"对方用了海外的 ID（账号），而且非常鸡贼，在你的电脑里安了窃听装置，看来你老公还是很在乎你的。"

"你怎么能确定是他？万一他是被人胁迫的，是胁迫他的人做的呢？"

"到现在还嘴硬。"

方酌继续操作电脑。

苏甄担心地说："我们要不要告诉警察？"

她话音未落，方酌就一拳砸在键盘上，骂了一句。

"失败了。"他脸色非常不悦，站起身来，"我先走了，不然来不及了。"

方酌拿上外套就往外走，苏甄傻眼了，跟着他出门，可是电梯门正好在他们面前打开，陈立和另一个警察走出来。

陈立看了一眼方酌，却对苏甄说道："苏甄小姐，刚才我们的网警接到消息，有人试图攻击刑侦大队的数据库，根据 IP 地址（互联网协议地址）查到了您家。"

"什么？"苏甄惊呼。

她马上看向方酌，后者脸色很黑，攥紧了拳头。

无论电脑那端是姜旭东还是谁，在方酌自以为聪明地偷偷放了追踪软件并捕捉到对方后，对方直接把方酌引向了刑侦大队数据库的漏洞，网警本来就在监测苏甄的电脑，这属于自投罗网。

苏甄明白这一切的时候只觉得害怕。她自然是实话实说，说她求方酌帮忙，让他看看能不能从电脑上找到丈夫的踪迹，也不算说谎。至于方酌怎么说是他的本事。

在警局一直待到了傍晚，方酌的律师才把他俩弄出来。

苏甄都快哭了。

她经历的究竟都是什么事？刚才听警察的意思，若她不实话实说，就是踩了警戒线了，也许会被判刑。她还有大好的年华，大好的事业，才刚进核心项目组，这些日子的压力叫她崩溃。

第 10 章
一环扣一环

她怎么会走到今天这地步？她是对姜旭东感到失望，也不甘心就这样算了，可面对坐牢的风险，苏甄生出了退缩的心思，这是人之常情。

她是否应该像方琼说的那样放弃？

苏甄甚至看都没看方酌就先走了，谁都没见，她需要平复心情。然而在后半夜，她半梦半醒的时候，有人敲门，她一下跳起来，那敲门声让她想起了以前应酬完半夜回家的姜旭东，可没想到竟然是方酌。"你来干吗？我就不该信你的话。"

"这就怕了？"

苏甄抓起茶杯扔向他，方酌躲开，茶杯碎了满地。

"发泄够了吗？够了就跟我走。"

"去哪儿？你以为我还会陪你疯？"

"你现在气急败坏是因为差点坐牢，还是因为想到如果对方是姜旭东，为什么会对你这么狠？"

"你给我滚出去。"

"我已经找到了姜旭东的位置，现在就要过去，你跟不跟着随便。"

苏甄人还蒙着，就已经和方酌开车上高速走出一百多公里了。

所谓螳螂捕蝉，黄雀在后，方酌是故意让对方引他上钩进了警局，让对方得意放松，其实方酌在对方撤回的目标上早安了一个小程序，非常简单的一个小程序，但钻了对方空子，破解了对方的代码，发现这个伪装的国外ID背后竟然是国内的坐标，只是结果连方酌都震惊了，对方竟然不在A城。

难道真的不是姜旭东？

这更加重了苏甄的担心，难道姜旭东被人胁迫了，甚至是被人害了？

这是个危险的举动，可看着正在开车的皱着眉头满眼冒火的方酌，她想，相比她，他更迫切吧。

两人开了一夜的车，方酌满眼血丝，脸上透着疲惫，可两人都没有歇一会儿的想法。时间紧迫，也许下一秒钟警方就会出现，他们必须赶在那之前见到人。

坐标落在了一个网吧，他俩到那个小镇的时候是凌晨四点多，敲开网吧门的时候网管睡眼惺忪，这个时段，就算是包夜的人也昏昏欲睡了吧。

方酌简单粗暴地给了钱，畅通无阻。本准备一个个电脑排查，就听到前台"叮"的一声响，网管打着哈欠一看："又是这个姜旭东，这个点还不睡，吃什么泡面？"

网管嘟囔着，苏甄却像被人定住了，看了方酌一眼。

这里的网吧和城里的没法比，就是以前那种设施老旧的网吧，充斥着泡面味和烟味，乌烟瘴气的。大厅里几个人趴在电脑前睡着了，还有几个戴着耳机眼下青黑的人在和游戏奋战，往里面走是包间，包间要十五块钱，比大厅贵五块，可也不过是木板隔出来的，里面的双人沙发都破了，连个换气口都没有。

方酌看了看四周，知道对方没地方跑了，可在拉开门板的一瞬间，苏甄却抓住他的手腕，只有她知道自己的手在抖，姜旭东失踪一个多月了，此时她不知该如何面对。在揭开真相的前一刻，她迟疑了。

方酌嘲讽一笑，丝毫不怜香惜玉地把她推开，里面的人正戴着耳机骂着，眼睛没离开屏幕，感觉到有人，说道："泡面怎么这么慢？"

他一抬头，愣住了："你们？"

方酌也傻眼了，眼前的所谓姜旭东是个快两百斤的胖子，一条腿支着，旁边放着经年磨损的拐杖。

"你是谁？"

苏甄发了疯一样将他的耳机甩出去，动静太大，外面有人看过来，方酌皱着眉，一把拉上包间门。

苏甄放了五十块钱在网吧前台，拿了一包烟和打火机，站在凌晨四五点的小城网吧门口看着这座城市，打火机打了两三次才有火苗，她的手还在抖，手上擦破了皮，她依然呛得咳嗽，可还是深吸了一口烟，旁边传来网管和方酌的对话。

"姜旭东啊，他真是姜旭东，我俩一块长大的，还是小学同学，他的腿是上高中的时候摔断的，从那之后脾气就不好，很少出来见人。他妈和他爸离婚去南方了，多少年了也没回来过，他爸总喝酒还赌钱，总不回家，头些年我们这些人都以为他得饿死，可没想到人家就是有钱花。"

"出远门？他那腿脚能去哪儿啊？去街口包子铺都费劲。隔三岔五来吧。身份证？都认识他，说没带也就那么回事了，街坊邻居的。"

方酌从苏甄手里抽了一根烟点上："吓到了？"

他刚才关上门，打掉了那个两百多斤的胖子的两颗门牙，当然最后都用钱给补上了。

方酌这人看起来文文静静的，可也有如此控制不住情绪的时候。

可比起眼前人身上的戾气，苏甄觉得整件事更恐怖。

大概十年前，姜旭东，确切地说就是她丈夫，买了真的姜旭东的身份。而这个被买身份的人，唯一要做的就是不再用身份证，至于他父亲和母亲的身份自然也被人买断了，那人买断三人的身份后把户籍迁到了侠城，之后的事顺理成章。假的姜旭东做事滴水不漏，一环扣一环，包括真姜旭东的母亲离开，一切乍一看都是那么顺理成章，合情合理，不会叫人怀疑。

所以谁能想到姜旭东的身份是假的？如果不是方酌这一次抓到痕迹，又怎么会被引到这儿?

而这也是假姜旭东的高明之处,让人以为找到了问题的关键,到头来一切都是假象,线索彻底断了。

方酹把烟在墙头摁灭:"你老公真是……我这么多年没遇到过这样的对手。"

苏甄张张嘴,却再也说不出反驳的话。

一个人若身份都是假的,还有什么是真的?

这个人到底是谁?她竟然都不知道。

"你不查查ID吗?"

"还查什么?"方酹苦笑,"对方把我引到这儿是早就计划好的。不过,苏甄你想没想过,他到底干了多见不得人的事,才把自己一环一环藏得这么深?"

这句话是灵魂拷问,是无解的题。

苏甄没有任何胃口,只想回去。方酹抽完烟后倒平静了很多:"我开了一夜,先吃点东西吧。"

"你要是不想开,回去我来开。"

方酹笑笑:"放心,咱俩谁也不用开。"

苏甄不明白他什么意思,挑着面条也没吃下去几根。但方酹一碗面连汤都喝了,之后靠在椅背上抽烟。

"要是累的话找个地方休息吧。"

"不急,等一等。"

"等什么?"苏甄疑惑。

方酹没说话,没过一会儿,苏甄就看到了陈立。

第11章
仓库

苏甄站起来:"陈警官?"

陈立每次出现都是跟其他警察一起,只有这次孤身一人,带着满眼疲倦,似乎话也懒得说,坐下来也要了一碗面,方酹递过去一根烟,两人吞云吐雾起来。

苏甄皱眉:"陈警官为什么在这儿,不解释一下吗?"

"苏小姐应该先解释吧，又一次瞒着警方私自离开A城。"

苏甄哑口无言，方酌笑出来，对陈立说："也不算没收获，至少证明姜旭东确实有问题，陈警官也可以把视线多放在这一点上，而不是老盯着我和苏小姐。"

苏甄云里雾里，可也不傻，此时看二人互动，一下站起来，带动椅子发出很大的声音。方酌拉她坐下："你这也太引人注意了，万一附近有人在监视呢？"

"监视什么？我看你们就是把我当猴耍吧。只有我一个人被蒙在鼓里，还有你，陈立警官，你可是个警察，你怎么可以……"

"苏小姐这话可不要瞎说，我没做任何违背法律的行为。"

"是啊，对方把咱们引到警局，警方调查我们很正常，只是我当时偷偷和陈警官提了一点建议，将计就计，在对方以为咱们上当了的时候，乘虚而入，对方看咱们进了警局，肯定会松懈的，反正这对小陈警官来说也没什么损失。苏小姐，我做事一向本着遵纪守法的原则，我还有那么大一公司呢，你不会真以为我带你出来抓人之前没和警方报备吧？"

苏甄虽然承认他做得没错，可为什么只有自己彻头彻尾被当成小丑？她豁出去了陪方酌闹，连警方都不顾，游走于法律边缘，此时人家告诉她早就和警方报备了，她心里有种哑巴吃黄连的感觉，赌气地说："我就那么不值得信任？"同时看向陈立。

陈立咳嗽了两声，说："这边的警方会找真的姜旭东做笔录，还有他在南方的母亲。这是个很重要的发现，可对案子的进展并没有大的作用，反而切断了线索，现在我们连嫌疑人的身份都不知道了，案子恐怕……"

"恐怕什么，就不找了吗？"苏甄语气尖锐。

"苏小姐知道一个城市有多少黑暗的角落吗？也许你吃着早餐的时候就有命案发生，我们不可能只处理一个案子，但我可以保证我会继续查下去。"

"继续查，可你们查到了什么？当初人失踪调监控的时候你和我说什么？说出了小区监控就没了。你们那么多天眼查不到？那花的都是纳税人的钱。"

方酌出来当和事佬："陈警官，苏小姐，别这么针锋相对好吗？好歹现在咱们在一条船上。"

"谁和他（她）一条船？"

苏甄和陈立异口同声，同时瞪了对方一眼。

"别啊，苏小姐，这个案子毫无头绪，陈警官也没办法，上面都要停摆了他还坚持继续查案，你该理解。"

"陈警官，苏小姐的丈夫突然失踪，你也该理解理解她，你们何必针锋相对呢？你看这次若不是我们，警官你也不能有这么重大的发现吧？有了这条线索，上面对这案子肯定会重视起来的，说不定还会成立专案组，你这是立功了。"

"人民警察为人民，我不在乎立功。"

方酌挑了挑眉："正义之士，高尚。可您现在是不是应该把监视我俩的人撤了？"

陈立没说话，过了一会儿，站起身来，说道："苏小姐，我觉得你对警方还是有所保留，没有完全说实话。案子到了今天，你也该明白自己的处境，姜旭东的身份是假的，你还为他兜着，不值得，希望你好自为之。"

苏甄只觉得火大："陈警官你给我说清楚，这意思还是在怀疑我？你放着案子不查，失踪人口不找，你怀疑我？你们若是再在我身上浪费时间，耽误找人时机，最后谁能负得了这个责任？"

陈立显然不想多说："总之，限你们今天回A城。"

"别啊，这么不近人情，好歹我刚给你提供了线索啊。"

方酌靠在椅背上发牢骚，看着陈立正气凛然的背影，喊住他："你和我说好的事呢？"

陈立脚步停了一下："苏小姐可以查一查自己名下的房产以及租赁关系，毕竟丈夫都失踪了，名下别有欠款的好。"说完头也不回地走了。

苏甄火大，站起来要追。"哎，他什么意思？这是在讽刺我吗？"

方酌却叼着烟说："你冷静点，他是个好警察，再说了，你这样能不叫人怀疑吗？"

"方酌，请注意你的言辞，我怎么叫人怀疑了？"

"其实我也一直觉得你有所保留，你一定有什么没和我们说。"

苏甄脸色变了，冷哼道："你们还真自以为是啊，以为能看清所有？"说着拎上包就要走。

方酌吊儿郎当地拉住她："开个玩笑，别那么认真嘛。"

他把手机扔给苏甄："看你手机没电了，打电话吧。"

"打什么？"

方酌看看表："八点半了，官方部门该上班了。查你名下的东西啊，刚才陈警官说的。"

"你？他那是讽刺我，你竟然也……"

"冷静一点，陈警官这是好意提醒，我这一晚上费了多大劲才给他提供了这条线索，换了点回报，你这姑娘怎么一根筋啊？"方酌戳了戳苏甄的脑袋，一副恨铁不成钢的样子。

苏甄一下明白过来，陈警官虽为人死板，但绝不会说讽刺人的话。虽然和方酌合作并没让陈立抓到她的丈夫姜旭东，但陈立还是给了他们不知道的信息。

苏甄从自己名下的相关资产查起，倒真查出了点东西。她抬头看向方酌："我名下竟然有一个租的仓库，就在 A 城边上，我完全不知道。"

"那就是姜旭东以你的名义租的，走吧，回 A 城。"

因为仓库是以苏甄的名义租下的，所以找过去也没费什么劲，中介就给开了，还说之前警方已经查过了。

警方查过，看来仓库里没什么有价值的东西，苏甄有点失望了。这边是 A 城郊区，仓库在郊区的一个老小区里面。听说这小区以前是工厂的家属楼，后来工厂倒闭了，几经转卖，现在住的人不多，大多数是外地务工人员或者孤独老人，所以在这儿租仓库一年花不了多少钱。

第 12 章

每样少一点

听说仓库租了四年了，苏甄认识姜旭东才三年，难道姜旭东以前就以她的名义办过事？苏甄"细思极恐"。

可打开仓库，苏甄愣住了。

仓库一眼能看到底，两个铁架子靠着侧墙，中间放着更换的雪地胎。每年冬天都是姜旭东负责给她的车保养甚至加油，方琼曾说她被姜旭东宠成了一个十指不沾阳春水的女人。

苏甄有点感慨，走过架子，上面都是她熟悉的东西，有苏甄扔掉的旧帽子，淘汰的鼠标，甚至还看到了自己扔掉的快递盒子。

"你老公真是个奇人，爱你爱得发狂了，这简直就是个变态啊。"

苏甄眼眶发酸："能有多爱啊，如果你爱一个人，会欺骗她吗？"

方酌靠在仓库门边抽烟："那可说不定，有时候说谎是保护一个人唯一的方法。"

"那是你们自己的想法，所谓为另一个人好不过是一厢情愿罢了，爱是互相信任，互相坦白。"

"这话可不准确，如果两人坦白到了极致，爱也就没了。"

"怎么会没呢？爱就是互相信任，相濡以沫。"

"也许吧，但很多人可以共患难，未必可以共富贵，这就是人性。再说了，人和人若是都说真话，想想也可怕。"

苏甄说："和咱们发现姜旭东的身份是假的比起来，你和陈警官的交易赔了。"

方酌一边翻看着架子上的东西一边回答："也不算赔吧，至少让你知道你还有个仓库。"

苏甄叹息着："没什么有价值的信息，若是有警方早就找我了，你看看这里的东西。"

她叫方酌走，可叫了两声对方都没动。她奇怪地走过去，就看到方酌蹲在一个小角落里，盯着一把苏甄用过的废弃的电动牙刷。

苏甄挑眉："圣诞节姜旭东送了新的，旧的帮我扔掉了，这个他也留着。"

方酌举起来，发现牙刷磨损的地方被整齐地剪掉了一撮。如果不仔细看真的发现不了。

"可能是太旧了吧。"苏甄说。可方酌又拿起旁边的一条毛巾，这一次两人检查，发现少了一个角。

两人对视一眼，开始看别的东西，然后他们惊奇地发现大部分东西都缺了一点点，不仔细看真的看不出来。

正常人根本不会留意到这一点，苏甄奇怪地问方酌："你是怎么发现的？"

"以前有个朋友得过传染病，当时医生会把他的每一个日常用品都剪一点点拿去化验。"

他说到这儿，突然停顿，抬头看苏甄，后者被他看得毛骨悚然："我可没病啊。"

"化验。这是我唯一能想到的几乎所有的东西都少一点点的原因，是姜旭东拿去化验了。"

"化验什么？我又没病。"

苏甄想到看过的科幻片："这不是电影吧？找我用过的东西提取我的DNA再造一个我？"

她想开玩笑缓和一下恐惧心理，却皱起眉头。

"想到什么了？"

苏甄摇头。其实她想到了她的工作，他们研究干细胞的时候，确实会提取同事的毛发DNA或者血液，做干细胞相关实验，可姜旭东又不是自己，而且姜旭东根本不懂什么干细胞实验。说他是黑客她倒是相信，毕竟他是做网络策划的，但是搞研究……以前她还埋怨过姜旭东不懂自己是干什么的。

"你想到什么就说，即便荒唐，也是线索。"

苏甄摇头。

"想到你的工作了？"

苏甄警惕地看着方酌。

"你防我干吗？我为了和你合作，当然把你的所有事都调查清楚了。你想到你的实验项目了？你说他有没有可能当初是有某种目的才接近你的？"

这个想法吓到了苏甄，她马上否认："不可能，我有什么好接近的？我要是在做国家保密工作或者什么了不起的实验，说有特工接近我还情有可原，可我就是一个普通研究所的。"

"说得好听是搞科学研究的，说得不好听就是给人打下手的，而且所里也没什么需要人演好几年戏盗取的信息吧？我们的信息都是公开的，每年都和医院合作。"

方酌收起玩世不恭的态度，严肃地问："你确定你没有做什么特别机密的实验？"

"我确定，百分之百确定。"

"那就是你工作上接触的人。"

"我觉得你这个判断没有根据。"苏甄嘴上否认，但心里有巨大的恐慌。

方酌的眼神幽深："如果之前我还不确定，那么现在我敢打赌这个假姜旭东接近你一定有不可告人的目的，这个目的很大程度上和你的工作或者你在工作中有交集的人有关。"

"你凭什么如此断定？"

"我自然有我判断的依据。"

这话说得隐晦，但苏甄抓到了关键信息："你是不是知道点什么？"

"关于姜旭东吗？不。"

"那就是云溪。"

这一次方酌没有正面回答，但也没否认："在后来的调查中，我发现云溪应该是有意接近我的。"

"为了拿到你公司的核心技术？你公司的核心技术到底是什么？"

"IT网络的商业机密，说了你也不懂。"方酌打着哈欠，"这一点我要报告陈警官，他松口，我才能出手。"

苏甄还想再问，可对方显然不会告诉她，方酌这人狡猾得很。苏甄不禁讽刺了一句："你还真是遵纪守法。"

"这是每个公民应尽的义务。"

苏甄翻了个白眼，觉得这人太道貌岸然了。

第13章
车祸

离开仓库时苏甄还有些不舍，拿走了一个毛绒玩具，这是她和姜旭东一起去游乐场打枪中的，她以前很喜欢，可后来装修搬家，就没在意这东西了。

曾经珍惜的东西，也会在岁月中被遗忘。曾经珍惜的人大概也是这样吧。

看苏甄磨磨蹭蹭地抱着娃娃上车，方酌觉得好笑："大姐，都到这个地步了，你还睹物思人呢？真是长情。"

"要你管？"

"我这不是找话题平复你的心情吗？回去好好休息，估计明天陈立就要找你了。"

"找我干吗？"

方酌翻了个白眼："线索啊线索，继续查的线索。"

"还有什么线索啊，都是假的。"

"你的工作。"

"我都说了和我的工作没什么关系，你不会要告诉陈立吧？"陈警官是个年轻刑警，想象力特丰富，苏甄害怕他影响自己的工作，毕竟自己刚进了保密项目组。

"别……"想着直接说不好，她又说，"你这只是猜测。"

"走投无路的时候任何猜测都可能破局。"

方酌心情倒很轻松，说送她上楼，苏甄拒绝了，现在也没必要和他演出双入对的戏码了。苏甄抱着大玩偶走在小区路上了才觉得有点害怕，不知为何小区里的路灯少了好几个，走出很远才能看到一点亮光，苏甄总觉得这幽暗的环境非常瘆人。

苏甄走进电梯，电梯门正要关上，突然被一根拐杖挡住，吓了苏甄一跳，是那个住七层的受伤的男人，他的头上和脸上还缠着纱布，在这样的灯光下有些骇人。

"没吓到你吧？"对方声音很沙哑。

"没。"

苏甄只想让电梯升快一点，那男人盯着她手里的脏玩偶，看得苏甄心里发毛。她问："有事吗？"

"没有，我想起我女儿也有一个。我女儿在乡下，我是来务工的，每次回去她都吵着让我给她买毛绒玩具。"

苏甄放松了几分，想着都是邻居，便礼貌性地回答："小孩子都喜欢，我小时候也喜欢，不只小时候，都挺大了还想买呢。"

"等有机会我想把女儿接来，她现在在乡下和我父母在一起。"

"您爱人呢？"

"嫌我穷和人跑了，后来遇人不淑，被人骗了。"

苏甄没想到是这样的回答，她心想自己和陌生人说什么话？不知道这人是因为受伤了还是如何，说话很慢，不知不觉让人放松了警惕，此时苏甄却又尴尬起来。

那人咳嗽着："不好意思啊，苏小姐。"

"你认识我？"

"物业群里。"

那人停顿了一下，苏甄立马明白了，苦笑道："人生啊，什么事都能遇到。"

"是啊。"

"那你妻子被骗了以后回来找过你吗？"

"没有，明知被骗，她还是想着那个人。"

明知被骗也继续爱着，这话戳中了苏甄的心，她强忍住泪水，好在那个人很快下了电梯，苏甄只觉得心里发酸。

回到家，没想到方琼已经在了。"你怎么这么晚回来？又和方酌约会了？"

苏甄有点烦，又不敢和方琼说，陈警官和方酌都让她保密。"你别造谣。"

"还造谣，我刚才在窗口都看到他的车了。"

苏甄无力解释。方琼一屁股坐在沙发上，说："我是来帮你收拾东西的，明天搬我那儿去。"

本来苏甄想说不用了，可想到回来时坏了的路灯，周围人的议论，也就同意了。方琼看她还抱着那个玩偶，说："脏死了，赶紧扔了吧。"

苏甄不舍得，和她争抢，可能那玩偶太旧了，这一扯，便露出了里面的棉絮，方琼张张嘴，说："对不起啊。"

苏甄这时注意到了玩偶的肚子里有个什么东西露出个角，拿出来一看，竟然是一张发黄的纸。

"你从哪儿弄来的玩偶啊？二手市场买的？那你发达了，听说有人发现有金条啥的藏在自己从二手市场淘的旧东西里面。你这是什么啊，地契？看起来好多年了吧。"方琼拿过来对着灯看。

纸张已经泛黄，可仍然能看到上面盖的章。

只是上面的很多字有所磨损，看不清卖方的名字，只能看到一半的买方名字，买主姓徐，另一个字左边是个耳刀旁，好在地址勉强能看清："大兴镇小岭村。"

这地名怎么那么熟悉呢？

方琼皱眉。苏甄脑子转得很快,这个东西在只有她和姜旭东才知道的玩偶里,不是她的,自然就是姜旭东的,这个假姜旭东到底是干什么的?这名字会不会是他的真名?

苏甄仔细地看那张纸,很大一片模糊了,大兴镇小岭村这样的地方应该不多吧,苏甄赶紧打开电脑查阅。

可惜了,网上有大兴镇,有小岭村,却没有大兴镇的小岭村。可这是盖了章的,大兴镇的章。

"我想起来了。"方琼突然一拍脑门,"你记不记得你名下的那份保险?上面备注的联系电话除了你家姜旭东的,你的,还有一个。上次警方就说那是个作废好几年的号码,号码所在地以前就是什么小岭村。"

苏甄一下站起来:"这事我怎么不知道?"

想到这儿,她打电话给陈立,后者听她说到大兴镇小岭村,非常诧异。

苏甄在电话里声音颤抖。陈立疑惑地问:"你怎么对这个地方这么感兴趣?我们查了,那个电话号码所在地是小岭村,不过不是在你说的大兴镇,而是在一个叫水周的地方,在云南一带,以前是个小卖部的号码,废弃很多年了,根本查不到什么,而且通过身份轨迹判断,姜旭东从未去过云南。"

"还什么身份轨迹啊,他身份都是假的,他本人肯定去过。"

苏甄摔了电话,第一反应就是告诉方酌,她觉得和陈立没法沟通,那个警察说话让她脑仁疼,可打了三遍方酌的电话都没打通。苏甄觉得奇怪,这家伙可是夜猫子,还有不接电话的时候?

到了第二天,苏甄才知道,头天晚上方酌送完她回家,没看到路上的钉子,车胎被扎了,紧接着撞到了垃圾桶,跌进了还没填上的沟里。

苏甄看着病床上手脚都打着石膏的方酌,第一反应是想笑,后者气得不行:"你家那是什么破小区啊?"

第 14 章

捡垃圾的人

"我家小区刚有人摔成你这副模样,看来方琼说得对,那儿风水不好。"

"我可是送你受的伤,这段时间你得来伺候我。"

"想得美。"

话没说完，物业就带着礼品进来慰问了，后面还跟着警察，那物业一个劲和警察解释，说设了路障，不可能看不见的。

方酌听了后气得差点跳起来："老子瞎吗，有路障还能掉进去？先是钉子，然后是垃圾桶，最后正好撞到你们那树上，跟一条龙服务似的，你说有这么巧的事吗？"

物业一个劲地道歉。

苏甄却越过物业看着门外的老熟人："陈警官，找我吗？"

其实他应该是来找方酌的吧。

陈立知道苏甄在暗讽他和方酌合作瞒着她的事，也不在意："去你家找你，方琼说你来医院了，我就顺便过来了，昨天你和我说的事有进展。"

看陈立的黑眼圈，他应该一夜没睡。

"这么积极，你们警察不是都很忙吗？"

陈立被她噎得皱眉："我不会放弃任何一个案子。"

苏甄看到他手里的档案袋，伸手就拿，陈立躲开了。

"我可是提供线索的人，警官。"苏甄一把抢过去，"如果想提供线索的人提供更多线索，就给我看吧。你这人真古板。"

正说着话，病房里的物业出来了，警察在旁边做笔录，物业擦着汗说："是，是第二次了，但真的是意外，路障是被人拿掉了，我们看过监控了，监控我都拷贝下来了。"

做笔录的警察看到这边的陈立，惊讶地喊："阿立。"看来是熟人。"你小子到刑警队后越发精神了。"

"开什么玩笑呢，怎么样？"陈立和那个警察打招呼。

物业路过苏甄身边："苏小姐，你也在这儿？"物业小张觉得有点尴尬，上次他们几个人在监控室里说苏甄八卦，后来发现苏甄就站在门口等着看她老公失踪的监控，他此时有点不自在。

苏甄却笑笑说："其实说来也不怪你们物业，谁也不想出这种事，路障被人拿了也不是你们的错。"

"就是啊。"

"可昨晚我回来的时候路灯都坏了好几个，就在施工部那边，你们真的没尽心吧？"

物业脸红了，本来他们今天带视频过来就是为了推卸责任，避重就轻，此时苏甄来这一嗓子，陈立和那个警察都看过来了，物业咽着口水说："我们物业的管理水平苏小姐知道，她住了两年多了，从没出过什么事。可最近也不知道怎么了,自从喷水池坏了之后,地下塌陷,又要施工,至于苏小姐说的路灯坏了,这种事之前从来没发生过,昨晚也不知道是怎么回事,也是凑巧了。"

"所以那位先生掉到沟里很大一部分原因是路灯坏了,看不清?"

物业只能点头。

警察赶紧记录着:"你们物业全责知道吗?现在主要得看人家肯不肯和解。"

物业都快哭了,之前那个受伤的务工人员给点钱就和解了,可这回是个老板,用钱估计摆不平了,赶紧告辞,回去想办法了。

小警察做好笔录和陈立打招呼要走,陈立却拦住他:"这个案子你们打算怎么办?"

"什么怎么办?就是物业全责,赔医药费。而且方酌的身份摆在那儿,本来还有记者要过来采访,好在方酌觉得没必要闹大,不然物业就倒霉了。"

"刚才的笔录我看看。"陈立扫了一眼,皱眉道,"去找两人看一下那边的路灯电路。"

小警察一愣:"你怀疑是人为的?"

"有视频吗?"

小警察掏出手机。

"是个捡垃圾的,那路障因为挖沟的时候放在垃圾桶旁边,估计被他当废品拿走了吧。"

陈立看着视频,说道:"这人有问题,赶紧查吧。"

"啊?"

"这捡垃圾的穿着清洁工的衣服,可你看看他的手。"

"手怎么了?"

视频里看不清,陈立将其放大,手腕那儿露出了手表的一角。

"这……"

"最新款名牌手表,大几十万,这人有很大问题。"

小警察瞪大眼睛:"阿立,刑警队的果然不一样。"他兴奋地说,"我得赶紧去向所长汇报。"

"这个案子算刑事案件了,估计你们会报到刑警队,至于是不是我处理这个案子就不知道了。"

"好嘞。"小警察兴奋地走了。

苏甄看向陈立,突然对这个年轻男人改变了看法,他做什么都很守规矩,看起来有点古板,却心细如发。"陈警官的意思是,有人故意做了个局,让方酌出事?然后自然而然地让物业以为是他们的责任,是意外。可那人怎么判断昨天方酌会送我回家?"

"他最近不是一直在送你回家？"

苏甄脸色一变。

陈立透过玻璃窗看着病房里的方酌，说："刚才我先去医生那儿了解了一下，若非方酌开的车质量好，估计现在断的就是颈椎，必死无疑。"

苏甄惊恐地捂住嘴。

"即便如此，气囊弹出来，还是把手臂弹骨折了。"

"是谁想害他？和姜旭东这案子有关吗？"

苏甄第一反应就是这个，难道真是躲在暗处的姜旭东干的？可她又认为姜旭东绝对不是这种人。可他又是什么人呢？

陈立叹息着："未必是你想的那样，现在一切都是未知的，方酌是一个即将上市的公司的老板，也可能是商业对手或者别的人干的，他的性格你也知道，很能得罪人，回头刑警队会派人来进一步核实的。"

"不是你来接这案子吗？"

陈立指着她手里的资料："这个我已经报告过了。你提供的新线索上面觉得有必要核查，我们已经和云南那边打了招呼，那边说有点问题，我打算亲自带人去一趟。"

苏甄刚要说话，陈立就严肃地打断她："你和方酌不要跟着去了。之前的事，我在队里已经被记过了。"

苏甄瞪眼睛："你是为了查案。"

"警方没有和嫌疑人合作的道理。苏甄，之前是我鲁莽了，但让我重选一次，我仍然会这么做。在我看来，升不升职不重要，把案子破了才是最要紧的。但这次，如果你们还跟着去……"

他没说下去，但苏甄明白，规矩就是规矩，他们确实不好和陈立一起行动。

"还是很感谢你提供线索，苏甄。"

苏甄此时对陈立的芥蒂倒是消除了一些，还跟他开起了玩笑："不怀疑我了？"

第15章
方酌的家

陈立笑了笑，没回答，苏甄翻了个白眼："有消息了会告诉我们吗？"她又加了一句:"我是失踪人的家属。"

"队里有进展会通知你们的。"

"好吧,还是祝你一切顺利。"

"谢谢。"

陈立抽回她手里的资料,进病房打了个招呼就走了。

苏甄还未从刚才的事中缓过神来,病床上的方酌先开口了:"我饿死了,没看见我手断了吗?饭盒打不开。"

"你就没个亲朋好友来帮忙?"

苏甄还是帮他打开了,把勺子递到他左手边,看着他笨拙地往嘴里塞饺子。方酌已经狼狈得失去了往日锋芒,冷笑着说道:"现在还对我上心的只有我的下属了。我这一撞,公司为了运转,已经开始讨论让谁接替我了,还有下属愿意给我送饺子已经很不容易了。至于家人,我可没那么奢侈的东西。"

苏甄一愣:"他们……?"

"都死了。"

方酌没抬头,苏甄知道自己触了雷区:"抱歉。"

方酌没吭声,低头吃饺子,过了半响,说:"一会儿你帮我到楼下取个快递。"说着拿出一张房卡扔给她:"算了,还是先回我家给我拿点衣服,还有笔记本电脑。老子今天就算成植物人了,也不能把我辛苦多年站上的位置让给公司那帮孙子。"

苏甄就这么被他安排了。她的第一反应是凭什么,但又想到案子有进展还多亏了他,就没拒绝。其实他俩现在也算是朋友了吧。自己的性格说不上好,很多时候还是有点傲气,所以朋友不多,这是方琼以前总结的。

陈立的发现其实很简单,苏甄说了藏在玩偶里的地契后,陈立查了那个电话号码的所在地,那个小食杂店开了二十多年了,十年前注销了座机号码,因为手机普及了。

只是那地方不在大兴镇,而是在水周,是水周的小岭村。对照门牌号,还真有地契上那一户,不过据当地的人说那里不值钱。水周在二十年前开发后,经济发展得很快,尤其是建了大游乐场后,又连带开发了很多当地旅游项目。虽然小岭村也属于水周,但比较偏,被大山环绕。

那个村子也不知道为什么特别穷,官方修了几次路都塌陷,里面的年轻人都出来上学务工,渐渐地村里人口老龄化,没几个人了,乍一看会以为是荒村。

而且当地少数民族方言杂,一个山沟一个样,开发不起来。所以虽然只隔着一座山,但这边特别现代化,那边还是很原始,而这房子就在小岭村最偏的山脚下。

当地警方已经了解了情况，走访了周围的人，但因为房子荒废了太久，所以也没什么信息，可陈立总有预感：这房子是关键线索。他坚持要去一趟，写了很长的报告，警队就派了另一个警察跟他一起去。

苏甄一路思索着去了方酌的公寓，一进大厅就感觉这里不是一般人住得起的，跟五星级酒店似的，有极高的举架，有管家说着欢迎回家，凭卡出入，私密性很好。

方酌住在九层，一梯两户，苏甄进电梯的时候，正巧一个漂亮女人进来了，她跟方酌住同一楼层，还多看了苏甄一眼，问道："你是方老板的女朋友吗？"

苏甄忙摇头："只是朋友。"

那女人不信似的一笑，刷卡进自己家前朝她挥挥手："估计不久后就是了，方先生就喜欢你这种类型的。"

苏甄还想反驳，人家就关门了，苏甄忍不住在心里吐槽，怎么方酌的邻居也和他一样自以为是，难道有钱人都有这个毛病？

她进了方酌家，没有想象中的乱七八糟，相反特别整齐，整齐到像没有人住一样，整体用黑色大理石装修，显得冷冰冰的。苏甄拉开冰箱，里面只有矿泉水和几个鸡蛋。

苏甄转向卧室，衣柜里衣服很整齐地按黑白灰排开，她拿内衣的时候在抽屉的底部看到一个保险柜按钮，吓得马上合上，又进书房拿笔记本电脑。

书房的桌上有一张合影，是他和云溪的，苏甄仔细看，云溪的穿衣风格和她很像。

苏甄挑挑眉，刚要放下，手机突然响了，大概是因为心虚，手没拿稳，相框竟然掉到了地上。

苏甄咬了下牙，接起电话，是方酌。"这么久还没回来？"

方酌声音慵懒，苏甄差点喷出来："你家这么大，装修得和科幻片里的场景似的，找东西很费劲的。"

苏甄一边打电话一边蹲下来捡起碎掉的相框，把碎玻璃处理掉了，相框里的照片又掉下来了，她才发现相框背后还有一张照片，只是被烧了一半，露出个红房顶。苏甄奇怪地看着，想着每个人都有不为人知的故事，这男人的过去很复杂啊。

自己不小心窥探到了别人的秘密，如果对方知道了，估计会不开心吧。苏甄挑挑眉，想着他最近回不了家，便直接把相框放进了自己的背包里。她打算等有时间去买个一模一样的相框神不知鬼不觉地送回来，不然那个话多的男人肯定要问自己为什么动他的东西。

苏甄拿上东西就回了医院，到医院门口，正好方酌的快递也到了，苏甄一边上楼一边看寄件地址,是个没听说过的地方,不禁多看了两眼,然后手里的快递就被人抽走了,是不知道在哪儿弄来了轮椅的方酌。他一脸坏笑:"突然对我这么好奇啊?"

苏甄把东西塞进他怀里:"看你活蹦乱跳的,我要回研究所了。"

结果苏甄刚一转头,方酌就拉住她,突然换成一副可怜的样子说:"就这么走了?不陪我一会儿?"

"我还要工作,大哥,我和你什么关系啊?"

"没关系?现在总算是朋友吧。你最起码把我推回去吧。"

苏甄拗不过他,只好把他推回病房。她离开时却没想到在楼梯口遇到了个熟人。

"苏小姐?"

第16章
陈立出事

竟然是他们小区那个在喷水池里摔伤的男人。他依然穿着那件灰色外套,挂着拐杖,走路一跳一跳的,苏甄不知道他叫什么,但因为是邻居,也只好笑着点头。

那人问:"看你男朋友啊?"

"不是,就一个朋友。"

苏甄不回答又觉得没礼貌,说完就往外走,结果那人又叫住她,很不好意思地说:"苏小姐,实在是不好意思,能扶我一下吗?"

苏甄诧异,看到那人努力地扶着墙,原来是拐杖坏掉了。"我本想找护士来帮我,可医生护士那边太忙了,我半天也没叫到人。"

那人非常不好意思的样子。苏甄虽不情愿,但到底是邻居,就搀着他走出了医院。"上次见你好像没这么严重。"

"是啊,在家不方便,洗澡的时候滑了一跤,加重了,昨晚救护车接我来的。在这儿住院太贵了,所以我就想回去养。"

那人说话的声音渐渐变小了,很窘迫的样子。

苏甄不好接话,一直扶着他走到门口,招手想帮他打车,那人制止了:

"前面就是公交车站，谢谢你啊，苏小姐，我自己坐公交车回去就行，打车太贵了。"

苏甄也不好勉强，点点头，要往停车的地方走，可那人却摔了，身上的手机、钥匙都摔出来了。苏甄捡起那人的身份证，是个还算周正的男人，1982年的，快四十岁了，真没想到这人竟然这个岁数了，大概是每次见他都包着，以为他才二十多岁呢。

那人半天没爬起来，苏甄叹了口气说："坐我的车回去吧。"

"那多不好意思，太麻烦你了。"

"没事，我也要回家，顺道罢了。"

最后那个人还是坐上了苏甄的车，好像怕弄脏，哪儿也不敢碰。

"刚才看到你的证件，你是杭州人？"

"是的。"

"廖先生？"

"算什么先生，叫我老廖就行，我是上城里来务工的。"

"上次你说到你女儿。"

"是的。"说起女儿，男人满眼的慈爱，"她可喜欢穿小花裙子了，还爱吃枣糕，咱们这儿有个百年枣糕铺子吧，她就爱吃那个，我每次回去都给她带。"

"恒记，我也爱吃。"苏甄笑出来，"我小时候也总吵着让母亲给我买花裙子，买枣糕。"

"我女儿怎么能和苏小姐比呢？"

"再说说你女儿还有什么爱好吧，我总觉得和我小时候好像。"

苏甄是想起了自己的父母，因为一直瞒着他们姜旭东的事，所以她最近借口有项目工作忙没回家，其实父母就在隔壁省养老。他们家以前在A城，后来父母退休就去了隔壁省的海滨城市。

"你怎么会到A城来打工？离杭州很远。"

"之前跟了个老板，后来老板跑了，我就找散活。"那人解释，"这个房子之前是老板住的，他卷钱跑了，还有半年的房租没用完，我反正没地方住，就住这儿了。现在还有四个月就到期了，我本想着到时候就回家，可又发生了意外，总不能叫女儿担心，所以……"

车子正好开到了，苏甄扶他下了车，把他送进电梯，却没上去。"苏小姐不进来？"

"我想起要去买个东西，您上去吧。"

"今天谢谢苏小姐了。"

苏甄点头，看着电梯门关上，长叹一口气。她其实不该和陌生人说太多的，最近发生了很多诡异的事，苏甄的警惕心还是有的，可这人总让自己想起小时候。她转身回停车场，想去研究所，路上正好遇到物业的小王。

小王看到她，忙跟她打招呼。小王有个本事，楼里的住户他都认识，并且能分清谁和谁是一家的。

苏甄好像刚想起什么似的，叫住他："对了，下个月是不是该交管理费了？"

小王笑着说："这楼里就您交得最及时了。"

苏甄翻出钱来，说："听说你们物业还有业绩，谁收的管理费户数多奖金就多。"

她把钱塞到小王手里，问道："对了，门口的路灯修好了吗？"

"修好了，其实压根就没坏，那天晚上不知道为啥突然就灭了，后来我们检修没毛病啊，可能还是新安的系统不对。您不知道，咱们这儿换的是高科技路灯，用网络控制亮灯的时间，智能是智能了，可这智能的就是比不上人工的妥帖，给您添麻烦了。"

"没事，就是接二连三地出意外让人有点烦心。听说上次在喷水池摔倒的那个人，昨晚又叫救护车了？"苏甄假装八卦。

"是，哎呀，救护车一响我就惊醒了，赶紧出来看，那位大哥在浴室摔倒了，真是倒霉啊。"

苏甄笑笑，也表达了惋惜，然后往前走，小王赶紧笑着让开路，还喊着："回头我把收据开好了，给您送过去啊。"

苏甄上了车，长出一口气，无奈地笑着摇头，自己现在还真是草木皆兵啊。

方酌恢复得挺快，确切地说是意志力挺强的，一个星期就拄着拐杖出院说要回公司，苏甄也就没见过他了。

这边梁教授的实验还没开始，苏甄百无聊赖，打给陈警官想问问案子的进展，可是电话始终没人接听。

就在苏甄以为很久才能有消息时，突然被刑警队召唤过去做笔录，出现在警局门口的还有她两周未见的方酌。"难道是陈立有消息了？"

方酌扫视着四周："给你打电话的是陈立吗？"

"不是。"

"我这边也不是。若有进展找你就行了，找我来这儿干什么？我和你的案子在警局这边又没关系。"

苏甄也迷惑："给我打电话的警察严肃得很。"

这次给苏甄做笔录的是陈立之前的搭档，此时他脸色很不好，讯问的也不是姜旭东的案子，而是陈立的事，问让陈立去云南的这条线索是不是她和方酌提供的。苏甄心里有点慌，但对方非常严厉，苏甄只好一五一十地回答了。

"请问警官,陈警官是在云南出了什么事吗?还是案子有进展了?我不太明白你们为什么要问我这些,陈警官难道没和你们说?"

讯问的警察皱着眉合上本子:"这不是你该知道的。你可以走了。"

苏甄一头雾水,不甘心地问:"那我想问问我丈夫的案子。"

那个人还是官方回答:有进展会通知家属的。

"我想见见陈警官,可以吗?"

警察尹生终于忍不住回头,叹了口气,说:"陈立警官现在还处于被调查阶段,不方便见你,但你说的话对他帮助很大。"

"他是出了什么事吗?"

第 17 章

栽赃陷害

尹生和陈立的关系应该不错。

苏甄心跳极快,陈立能出什么事?还被调查,会受处分,难道是去云南不合规矩?不可能啊,他不是请了领导吗?可陈立显然是出事了。

出了警局,方酌正靠在苏甄的车门上抽烟。

"怎么,也问你陈立的事了?"苏甄过去。

"嗯。"

"嗯什么啊,你也不知道他出了什么事?"

方酌掐灭了烟,脸色看起来很不好,上了副驾驶座,说:"上车。"

"去哪儿啊?"苏甄系好安全带,问道。

结果方酌像是忍不住了,一拳打在车门上,脸色极其难看:"陈警官是出事了,不过和咱们的案子没关系,他在那边调查姜旭东,可意外地被卷进了边境走私案,被卧底举报了,现在非常麻烦。"

"什么?不可能吧,他是去调查案子的,而且他应该不是一个人去的吧?"

"对,和他一起去的警察说他们一直在那个小岭村走访,那天晚上他也不确定陈立到底是几点出去的,他睡得很早,可是第二天天亮陈立不在,那边的刑侦队就联系 A 城这边的刑警了,陈立是警察,所以现在非常麻烦。云南那边怀疑他打着查案的旗号,帮黑恶势力走私。"

"不能吧？"苏甄瞪大眼睛，"要不是咱们提供这条线索，他也不可能过去，还是说他利用了咱们？不不不，这条线索是我给他的，不会那么巧。"

"确实不是巧合，除非他一开始就是和咱们打太极，演戏，为了把咱们的案子当借口。"

苏甄心一下乱了，还是摇头："我总觉得不对劲。"

"确实不对劲，如果不是陈立自己的问题，那么又是什么呢？"

苏甄心猛地一跳，看着方酌的眼睛，摇着头。

可方酌却说出了她心中所想："或者，是姜旭东不想被调查，故意栽赃陈立？可他有那么大能耐？和走私团伙还有关系？"

"太玄幻了。"

苏甄说得越来越无力，她印象中的姜旭东是个老实巴交的人，可最近这一系列的反转，让她也说不清姜旭东到底是个什么样的人了。

"所以咱们需要见一下陈立。"方酌盯着警局大门，说道。

"怎么见？他现在正被调查。之所以找咱们做笔录，就是为了他这件事，不是吗？"

方酌皱眉，没说话，只觉得头疼。

"我猜警方还会怀疑这条线索是咱俩故意提供给他的，毕竟太巧了，也许怀疑咱们是陈立的同伙呢。"

苏甄摇头："我还是觉得陈警官是被冤枉的。"

"如果他是被冤枉的，那么姜旭东和云溪失踪的案子就更复杂了。苏甄，你有没有想过，姜旭东背后隐藏的究竟是什么？如果陈警官是被冤枉的，那么就证明姜旭东他们和走私团伙也有关系，如果云溪和姜旭东是一伙的，他们接近咱们是有目的的，苏甄，事就大了。"

方酌突然看着苏甄的眼睛："假如陈立是被冤枉的，那么苏甄，你看到后果了，你确定还要查下去吗？现在抽身也许还来得及。"

方酌目光灼灼，一直看到苏甄的心底。她倒吸一口凉气，每一根汗毛都竖了起来。"那你呢？"

"我是一定会查下去的。"

"因为你的钱、你公司的核心技术、你的事业比命还重要？"

"对男人来说是的。"方酌扯起嘴角，自嘲了一下，这个时候他竟然还笑得出来。

"那你凭什么叫我退出？"苏甄虽然心里害怕，但很不喜欢方酌这个态度，"觉得我胆小怕事？"

"我只是觉得苏甄你是个好姑娘。"方酌难得有如此温和的时候，声音带着点沙哑,"咱们不一样。"

"哪儿不一样?"

"很多,比如经历。你比较干净。我只是觉得这件事越查越危险,苏甄,你现在抽身还来得及。"

车里安静极了,车窗外喧闹着,仿佛是另一个世界。

"我是有点怕,可如果一辈子不知道真相,我不甘心,也许有一天我会后悔追查,可现在一想到姜旭东失踪,我就呼吸不畅。"苏甄的声音很低。

方酌也没回答,半响,眯着眼挥挥手:"先送我回公司吧,我这腿还没好,没开车,我想想办法,咱们必须见到陈立,当面和他对质。"

想见到陈立,首先必须找个内部的人,苏甄一下就想到了刚才给她做笔录的小警察尹生,于是就把车停在了警局附近的街道旁守株待兔。

方酌觉得她脑子坏了。"大姐,我一天没吃饭,我这胳膊腿还疼呢,而且我明早还要开会。"

苏甄瞥了他一眼,扔给他一个面包:"等一会儿你能死啊?马上就傍晚六点了。"

"这是警局,你以为都像你们研究所,到点就下班啊?我们那儿也有加班到后半夜的。"

"那你说咋办?"

方酌像看傻子一样,叹了口气,拿起手机打电话。

苏甄很疑惑。没一会儿,从一辆车上下来一个人,这人苏甄认识,是方酌的律师,何律师和他俩打了个招呼就进了刑警队。

"你叫何律师来干吗?"

"现在陈立遇到了危险,自然需要律师帮他辩护,我这也是帮他。"方酌坏笑。

苏甄皱眉:"这是他们警方内部的事,他本来就被人怀疑,你这不是火上浇油吗?如果他被误认为是和咱俩一伙的,那咱俩的证词岂不是就没用了?你想害死他啊?"

"你怎么对咱们的警察叔叔这么没信心啊?要相信警方不会冤枉一个好人,也不会放过一个坏人。而且我有那么蠢吗?"

"那你想干什么?"

方酌转着眼睛坏笑。

没一会儿,一个人跟着何律师从警局出来了,走近了,正是给苏甄做笔录的尹生。

尹生黑着一张脸出来,见到靠在胡同墙上抽着烟的方酌,气得牙痒痒:"你给陈哥找律师,是想害死他?"

第 18 章
故意脱身

"不是有你拦下吗?我的律师一进去就直接找了你吧?"

"你要找我可以大大方方走进去,这叫人看到了多不好。"

尹生都要气炸了。

"怎么样,尹警官,一起聊聊吧?"

"我和你们没什么好聊的。"

"我可有正当理由,让我的律师来了解我案子的情况,不是说我受伤的案子送到你们刑警队了吗?是您负责的吧。"

苏甄在一边很迷惑,物业这个案子因为一直没见到方酌,她还没来得及问呢,还真到刑警队了?看来是有人故意害方酌的,不过现在不是想这些的时候。

尹生的脸色缓和了一些,看了看四周。

"走啊,一起吃夜宵。"方酌拉开车门。

"夜宵就不必了,你的案子现在还在调查取证中,我已经和你的律师说了。"

"那陈立呢?"方酌直截了当地问。

"这个不方便透露。"

"我和苏甄是被分开讯问的,我俩的证词可以替他证明,而且是刑警队同意他过去的,所以说一定是有人冤枉他,故意制造了这个局面,说不定是因为小岭村发生过的事是姜旭东失踪的原因,有人不想让他查下去,故意栽赃他。"

苏甄在一边看着方酌咄咄逼人,不知道该说什么了。尹生眼神一动,方酌话锋一转:"不过这么说未免太玄幻了是吧?你们刑警队也一定这么认为,觉得是他故意以查案的名义去做害人的勾当。"

"陈立不是这样的人。"尹生叹了口气,"他的案子我不能多透露。"

"但你是相信他的对吧?相信他的为人。"

尹生没有回答,过了好一会儿才说:"警察只看重证据。"

"所以他会如何?他的事现在应该还没法定性吧。抱歉,我好奇也是因为苏甄丈夫失踪的案子是陈警官负责的,所以我们关心一下。"

"他暂时还在被调查。"

"我们能见他吗?"

"不能。"

"调查多久会有结果?"

049

"我不知道。"

"怎么才能见到陈立?"

尹生盯着方酌,一把揪起他的领子:"你别得寸进尺。"

方酌双手举起来,道:"我的律师就在旁边呢,这还是在警局附近,尹警官最好放手。"

尹生最怕这种无赖,皱着眉甩开他。

"尹警官,大家都是关心陈警官,别这么不近人情。"

"作为警察,我没什么人情可讲。"尹生的性格和陈立很像,很耿直。

"好的。"

方酌看了一眼律师,律师说:"方先生会委托我做陈警官的代理律师。"

尹生气得直哆嗦:"你别在这儿添乱好吗?你这样对陈立很不利的。"

方酌歪着头抽烟,没说话。

尹生叹了口气:"因为陈立的事要进一步取证,云南那边还在调查,所以他暂时被停职察看,而且不能离开 A 市,不过最晚明天下午就会出来。"

"早说不就完了,这有什么可保密的?"方酌撇嘴。

尹生却急了:"你懂什么?对我们来说这是很严重的事,如果你再让你的律师乱来,会害死他的。对他来说,如果不能当警察,比死还难受。这段时间你们不要找他了,他会被人抓住把柄。"

说到这儿,尹生闭了嘴。苏甄没听出问题,但方酌是商场上的老油条,一下就明白过来了,看来他们内部也不太平。

"我敢打赌,这件事不仅不会让他停滞不前,他应该还会越挫越勇呢。"

方酌的话很模糊,说完便挥手示意律师可以回去了,看都没再看一眼尹生,叫苏甄开车。

苏甄愣住了:"去哪儿?"

"这里可是警局后街,全是摄像头,你想在这儿停多久?开车。"

车子开起来,苏甄还云里雾里的。"咱们还能见到陈立吗?还有你刚才和尹生在说什么?我怎么没听懂?"

方酌挥着手:"咱俩的笔录是很重要的证据,结合你提供的地契什么的,其实陈立可以翻身,那为什么警局还要进一步调查?说明他隐瞒了什么东西。你了解他的性格吧,他那么重视自己神圣的工作,没有人能逼迫他隐瞒什么事,只可能是他自己故意隐瞒,那他为什么要这么做?"

"为什么?"

"肯定有些事是他脱离警察的身份才能做的,明白吗?"

苏甄一惊,一个急刹车,眼睛放光:"什么事是他要脱离警察的身份才能做的？"

方酌说："反正如果陈立真的不是打着查案的名义跟走私势力勾结，那他肯定是被人栽赃的，这件事肯定和姜旭东失踪有关，和小岭村有关。还想不明白吗？他被人盯上了，最好的办法就是从那个位置上下来，这样背后操纵的人、陷害他的人才能对他放松警惕。"

苏甄心跳得极快，脑子迅速转着，只觉得这些事太颠覆自己的世界观了，却又没有其他解释，她看着窗外的黑夜都觉得恐惧。

"那咱们现在怎么办？"

"开车。"

"去哪儿？"

"先去吃饭，我这一天先是在公司开会，又来警局处理这些事，都要饿死了。这顿你请。"

关键线索

卷二

窥夜

第 19 章

师兄田锋

第二天上班的时候苏甄还在想着方酌说的要和陈立见面的事,想着案子的无数种可能,以至张美曦在她耳边说了好几遍老公刚给自己买了项链,自己又接了项目之类的,她都没有听见。

张美曦一向把苏甄当作自己的假想敌,说了两遍,看苏甄没反应,便故意看向窗外,说道:"哎哟,那不是方天科技方总的车吗?"

苏甄一听到方酌的车,马上抬头,张美曦笑着露出鄙夷的表情:"哎哟,不好意思,我看错了。不是我说你啊,苏甄,你丈夫虽然……"她又仿佛触了什么忌讳一样停住了,转而说道,"哎哟,你别生气啊,我这人就是心直口快,你遇到这样的事呢,我也很难过,但咱们女人还是要注意的,方总各方面是不错,可他这样的男人身边不缺女人,你可别被他骗了,到时候舍了孩子还没套到狼。"

这话就说得难听了,周围人小声议论,苏甄回过头说:"小美,你是警察吗?有证据吗?没有的话就闭嘴,长舌妇可不是好当的。"

苏甄站起来抱着资料出去,张美曦红着脸追出来,就看苏甄进了梁教授的实验室。她也要跟进去,苏甄转身指指禁止喧哗的牌子,又指了指旁边,说:"非项目组成员不得进入。小美,你现在没有参与梁教授的项目吧?所以不能进。"

这话戳到了张美曦的痛脚,可她无法反驳,苏甄在张美曦面前把门"啪"地关上,才觉得解气。

没想到梁教授和他的另一个得意门生田锋都在背后看着,两人笑着点苏甄:"你这是要气得她午饭都吃不下了啊。"

苏甄看到田锋,惊喜地笑道:"师兄,你什么时候回来的?都不告诉我。要是我今天不来实验室,岂不是都见不到你了?"

田锋比她高两届,是她的学长,素有化学系流川枫的美名,成绩优异,是学校的传奇人物,这两年出国深造,在这个领域小有名气。

田锋笑着指着外面，说："给你带了礼物，在柜子里呢，没瞒着你，我这次是咱们这个项目组的先行成员，随后我那边的老师，也就是教授的老朋友们也会回来，我是先带数据过来的，正想着一会儿去找你呢。"

"你也在项目组？"

"是啊，一起做实验，你可别欺负我啊。"

苏甄笑着说："是你别欺负我，多给我点实验课题做，老师兄要带带我。这次回来打算待多久？"

"估计两年内不会走吧，如果实验顺利的话。"

"太好了，师兄你在，看那些人还欺不欺负我。"

"你还能被欺负？老师都说了，你不欺负别人就行了。"

田锋应该是通过梁教授知道了她丈夫的事，所以避重就轻，只问她父母，没问别的，之前他可是每次回来都会约她和姜旭东一起吃饭的。苏甄知道他是心疼她的，也不好流露出烦恼。

中午去食堂吃饭，不少人过来和田锋打招呼，也包括张美曦，她就当没看见苏甄似的。

看张美曦扭捏地走了，苏甄撇嘴说："张美曦大学的时候追求你追得那叫疯狂，现在还是你的迷妹呢。"

"别瞎说。"田锋笑着说，"人家都结婚了。"

"你怎么还不结婚啊，青年才俊？"说到这儿苏甄看向教授，"都怪你，教授，给他点不重要的实验啊，每次都让他参与机密实验，搞得他现在还没女朋友。话说师兄给你打视频，每次你都神秘地说两句就挂，说你在实验室不方便接听，啧啧啧，知道的是做实验，不知道的还以为他在犯罪呢。"

田锋觉得好笑，说："别那么夸张好吗？我做的也不是什么机密实验，很多成果后来都对外公布了。"

苏甄酸溜溜的："你就'凡尔赛'吧。"

"实验没完成的时候不能曝光，是怕不法分子借机犯罪，完成了公布成果能造福人类，所以不一样。"

"好好，你光荣，你伟大。"

正说话呢，苏甄的手机响了，是方酌打来的电话，苏甄一下又被拉回现实，脸色变了变，按掉了没接，回了个信息。看她这操作，田锋扬扬下巴："听说你最近有新的追求者，不错啊。没事，妹子，向前看，少了一个老姜，以后会有无数个老姜站起来。"

"有你这么安慰人的吗？"

"那你打算怎么办？"

苏甄也是一肚子苦水，正巧梁教授吃完饭先回去午睡了，周围没有人，便朝他吐了点苦水，说了姜旭东身份造假的事。苏甄实在是能信得过的人不多，除了方琼，田锋算是她最依赖的人了。没想到田锋皱眉，说了句："怪不得。"

"什么怪不得？"

"别怪我马后炮啊，之前你俩没结婚的时候，记不记得我和你说过他表妹的事？"

第20章
他接近你的目的

苏甄和姜旭东刚谈恋爱的时候，田锋有一次看到姜旭东和一个女生在咖啡厅见面，动作还挺亲密。当时他以为姜旭东出轨了，后来姜旭东看到他了，主动过来介绍，说那是他表妹，那女孩也挺大方的。

田锋后来问过苏甄知不知道他表妹的事，苏甄记得这事，姜旭东当年主动说了，和他父母视频的时候，他父母还解释了。

可苏甄现在知道他父母是假的了，这个表妹自然也是假的。"那女的长什么样子，你还记得吗？"

"挺漂亮的，我奇怪的是我有一次又看到那个女的了，在你家附近，那时候你们已经结婚了，我还想和你提，可后来想着我总和你说这些，好像是在挑拨你俩的关系似的，早知道就和你说了。"田锋说到这儿有点自责。

苏甄却想到了另外一件事，在手机里翻了半天，翻出了那张云溪和姜旭东见面的照片。"是这个女的吗？"

"对，就是她。"

苏甄心里一惊，原来云溪和姜旭东联系这么久了，当时自己怎么就没怀疑一下？看来被爱情蒙住双眼的女人智商真是低啊。

看苏甄脸色不好，田锋试探着安慰她："其实这种情况你可以单方面起诉离婚，他连身份都是假的，你们的婚姻不成立的。"

苏甄叹了口气："现在这还重要吗？"

"你不是交了新男友吗，怎么不重要？"

苏甄无奈，是不是全天下的人都在误会她和方酌啊？她也懒得解释，自己戳着米饭郁闷。田锋说道:"当初你说不举行婚礼的时候,我真是吓了一跳,你当时真是被下了蛊了。"

"是啊,那时候姜旭东说什么就是什么。"

姜旭东说他有密集恐惧症,说结婚是两个人的事,婚礼太过浮于表面。自己怎么就答应了呢?甚至都不觉得委屈。现在想来姜旭东哪是老实人?他根本就很会说花言巧语。自己才是个傻子。

看苏甄脸色不好,田锋也觉得自己说多了:"我觉得你还是向法院起诉离婚吧,这才是你现在最应该做的。"

"你怎么那么热心地叫我离婚啊?要是没有牵扯了,我就不方便查姜旭东的事了。"

"不放手就说明不死心啊。"田锋拿着自己的托盘站起来,"走吧。"

"去哪儿?"

田锋朝她的手机抬了抬下巴,苏甄这才看到方酌又来电话了,她刚把手机调成静音了,没注意。

"假我刚才帮你向梁教授请好了。走吧,我亲自送你出去。"

方酌已经在门口了,苏甄介绍着:"田锋,我师兄,美国回来的博士后;方酌,准上市公司董事。"

说到"准"字的时候,田锋笑了一下,这对方酌来说绝对是侮辱。他俩握手握得很紧。

"久仰久仰。"

"彼此彼此。"

田锋看了看苏甄:"明天早点来啊,我带回来的实验数据,梁教授说叫你整理。"

"你师兄很厉害?"车上方酌问道。

"他当然厉害,他可是梁教授的第一个入门学生。梁教授你不知道吧?国内顶尖细胞学专家。而且田锋也是第一个申请到华菱大学博士的人,全美知名。之前发表的SCI(科学引文索引)震惊了细胞学论坛。他是化学系的,同时还攻读医学、心理学、细胞学,简直就是学霸。"

"说白了就是学术界人物呗。"

"是细胞学的未来,这是梁教授给他的评价。"

方酌却皱起眉头:"上次我和你说的话,看来你没放在心上啊。姜旭东为什么接近你?姜旭东认识田锋吗?"

"你这是无端猜测,我说过我没有接触什么机密实验。"

"你没有,田锋有吧?你仔细想想,姜旭东刚和你在一起的时候,问过你身边的人吗?"

苏甄沉默了,之前方酌说这事的时候她一口否认,因为心里还尚存一点对姜旭东的信任,可之后接二连三发生的事彻底颠覆了她的认知,女人脱离爱情以后会变得理智一点,智商也上线了,所以此时听了这话沉默了。

"我猜对了吧?"

"现在所有的想法都建立在猜测的基础上,可能跟事实会有很大的偏差,但你这么一说还真是。师兄跟姜旭东很早就认识,我刚和姜旭东约会的时候,他还强烈反对呢,我挺伤心的,和他冷战过一段时间,后来姜旭东说请师兄吃饭,想让师兄接受他。这算吗?"

"算。如果假设成立,姜旭东应该还会进一步接近你师兄,你师兄有什么机密的研究成果吗?"

第21章
无处不在

"你也说了,机密,我上哪儿知道去?"

"你俩不是关系好吗?"

苏甄气笑了:"关系再好,在学术上,实验就是实验,机密就是机密。而且我和姜旭东好了没多久,田锋就出国了。姜旭东要真是为了这个,那早该和我分手啊,怎么还会……"

"怎么还会和你结婚?当然这段婚姻也是假的。"方酌撇撇嘴。

"你这段时间多和你师兄接触接触,从他那儿套套话,没准就能有新线索了。反正云溪从我这儿盗走的是互联网机密,如果姜旭东和她真是一伙的,肯定是想通过你接近谁,盗走你们的专业机密。"

"互联网和我们细胞学有什么相通的?驴唇不对马嘴。而且,最近田锋有封闭实验,没时间理我。"

"那可不一定,你主动约他试试,他一定同意。"

苏甄还在想这事,方酌就把车子开到了目的地,陈立的家。

"你从哪儿打听出来他家地址的?你和他打电话了吗?"

"他电话打不通,问那个尹生,那人神神道道的,像生怕我害了陈立一样,不过我自然有点手段。其实我觉得有点奇怪。"

"奇怪什么？"

"陈立因为这事被停职了，不管在那边发生了什么，他出来第一时间应该先联系我们啊。可他没联系不说，电话也打不通，你不觉得很奇怪吗？"

苏甄皱皱眉："那你就这样不请自来？"

方酌锁好车，看着这个老式小区，陈立住六楼，没电梯，楼下是下棋、遛弯的老头老太太，很有生活气息。

两人上楼敲门，开门的是个老奶奶，戴个老花镜，问他们："你们找谁啊？"

"奶奶，我们是陈立的朋友。"

"啊，是阿立的朋友啊，阿立。"

老奶奶让开，屋里是老式格局，一进门就是客厅，陈立正穿个跨栏背心坐在饭桌旁吃面呢，看到他俩，很诧异的样子。

苏甄也愣了，陈立现在的样子和他平时少年老成、一本正经的样子相差太大。

"哎哟，陈警官吃面呢。"方酌凑过去闻闻，"茄子卤，真香。"

老奶奶有点耳背，看他俩坐下了，忙活着给他俩也盛面。

苏甄刚吃过，不饿，方酌倒自来熟地吃上了。老奶奶说了几句话就出门买菜去了，陈立看到她关上门了，皱着眉问："你俩怎么来了？不知道嫌疑人不该到警察家来吗？"

"你都被停职了，大家现在平等啊。大哥，你说话有点过分了。这次去怎么样？"

谁知道方酌话还没说完，陈立就一脚踹向他的凳子，方酌没防备，摔了一跤，急眼了，他那只胳膊还没好利索，这一碰疼得很。"我说陈立你有毛病吧，你没事发什么疯？你是警察，你这是知法犯法。"

陈立继续吃面，面不改色："你刚才也说了我不是警察了，你都找到我家里来了，我忍你很久了。"说着把自己手里的面盆扔了过来。

方酌感觉这人发火发得莫名其妙，便开始撸袖子："好，那就打，你这副祖宗样我也忍很久了，好好和你说话，你还来劲是吧？我要让你看看我们搞互联网的也不是吃素的。来啊来啊，朝这儿打！"

方酌气得要打人，苏甄这才反应过来，赶紧拦着："这是怎么了？好好说，都吃枪药了？"

"是他突然发疯。"方酌话还没说完，陈立又扔了个碗过来，方酌一躲，胳膊顿时疼得要命，他没想到陈立这种性格的人会突然发神经。

陈立却指着方酌，说："在警局的时候你就缠人，你以为你是谁啊？干涉警察办案,对我死缠烂打,现在看我被停职了,就来我家落井下石?"

方酌气得都哆嗦了:"谁落井下石了?"可陈立根本不给他说话的机会,气得他跳脚。"你看看他,苏甄,他……"

方酌气得要死,苏甄却看到陈立在那边打着手势,气势汹汹地在桌面上用面汤写了几个字。方酌先是一愣,随即就用脚踹凳子发出极大的声响,又骂骂咧咧,苏甄也在旁边帮腔,三人吵得不可开交。

实际上三人已经在用眼神交流,交换信息。陈立又在桌上匆匆写字。两人点着头,临出门时,方酌还指着屋里大声地骂他:"什么东西!"

左邻右舍都出来看了。

陈立把门摔上,方酌才长出一口气,拉着苏甄赶紧开车,开出去很远才停下,刚要张嘴,又想到什么,在车里上上下下检查了一遍,最后还是觉得不放心,找了个麻辣串的摊子坐下。

此时是下午两三点钟,人不多,里面的老板无聊地打着哈欠,给他俩上了锅底,就回去继续打瞌睡了。

确定没人后,苏甄忍不住笑出来:"咱俩这样好像做贼。"方酌却长舒一口气。

刚才陈立在桌上写了八个字:"有人窃听,无处不在。"

苏甄第一反应是跟上次她家电脑被人做手脚的那种情况一样,不过陈立既然知道有窃听设备,为什么不拆除呢?还是想将计就计干点什么?

苏甄对"无处不在"不太理解,但方酌明白个中意思。"从上次你家电脑的情况来看,姜旭东还是个网络高手。"看苏甄皱眉,他马上改口,"也许不是姜旭东,反正那只看不见的黑手,是个网络高手,不只是电脑,他们随时可以出入各个地方的网络,比如说可以入侵商场的系统操控商场的电动门、电梯,甚至是操控大楼的灯,入侵你的手机什么的更不在话下。所以我刚才让你把手机留在车上,回头我会系统地检查一下我俩的手机。陈立说无处不在,肯定是他发现不仅手机上,也许他们家附近,他家里都有窃听的痕迹。所以我怀疑我们周围也有。"

苏甄感觉脊背发凉,这种时刻被人盯着的感觉非常不好,她也明白了方酌为什么找了个胡同里的小店。这里别说摄像头了,连个收音机都没有。

"这也太吓人了吧?陈立去了一趟云南就这样了?而且他被监视,真的和查咱们的案子有关?"

"一开始我还觉得陈立诓骗咱们和被陷害的概率一半一半,可涉及监听……"方酌皱眉,"肯定和姜旭东这事有关。从一开始云溪失踪我就觉得不对劲,想盗用我们公司商业机密的人很多,但我们公司的这个核心技术,对普通人来说没什么大用途，就算从商业角度看，也不是一般公司用得上的，它只是个概念，而且还是未完成的，还只是在研究阶段，云溪接近我那么久就为了盗走它，没什么必要，我一开始也以为是误会，或者是她出事了，可是……"

方酌看了一眼苏甄："云溪的身份也是假的。"

第 22 章
消失不见

苏甄一愣。

"然后我查云溪查到了姜旭东，姜旭东失踪，身份也是假的，紧接着你发现了地契，陈立就去查，被人陷害停职，现在还被监听，你觉得这事还只是单纯的失踪事件吗？

"背后肯定牵扯到了很大的事，不是咱们普通人能理解的那种层面。我甚至怀疑这一系列的事件不是一个人做的，云溪也好，姜旭东也罢，可能都只是幕后黑手计划的一环里的一个棋子，可能只是小人物。

"真正的大人物一定在规划着一个反人类的大事件和阴谋。不过咱们既然搅进了这个局，就该查下去。"

"可会不会有危险啊？"

"应该暂时还不至于，咱们要是一直在明面上跳着，对方有所顾忌，就不会再动手。对方躲在暗处，所以咱们越高调，对方越不能下手。"

虽然这么说，可苏甄还是觉得害怕。

"可咱们所有的线索都来自姜旭东，包括玩偶里的地契，如果像你说的，云溪和姜旭东是整个计划中的一环，姜旭东为什么要把线索留在玩偶里？这不是在暗示我吗？"

"你到现在还在做爱情梦呢？什么暗示？我要是不帮忙，你能阴错阳差地找到那张地契？还留线索给你，别抱希望了，他就是骗了你。反正你也别瞎想了，陈立不是和咱们约了地点吗？晚上问他就行了。"

因为时间紧迫，陈立给的地点写得特别简单："仓库。"当然是约在了苏甄名下的那个仓库，因为那儿被警察检查过，所以不会有任何不法窃听设备。

苏甄和方酌吃完饭，把两人的手机和其他电子设备检查了一番，确定没人监听才松了一口气。"这也太吓人了。不过陈立都有人盯着，咱俩怎么没有呢？"

"谁知道呢？没有最好，这玩意防不胜防。"

安全起见，两人开车在郊外绕了好几圈才到了仓库，到的时候陈立已经在门口抽烟了。

他脸色不好，在门口观察了半天才进仓库。"知道我这几天是怎么过的了吧？"

"所以，这就是你自愿停职的原因？到底是怎么回事？"

原来陈立和他同事小许到了云南，一开始很正常，那边刑警队的人和他们交接，先说了勘查情况，然后陈立就准备亲自去一趟小岭村。但因为那两天下雨，山路塌方进不去，陈立只能在水周等着雨停路通。其实没什么好看的，地契上的地址就是个荒屋，村子里也没什么人。

这几年村里有条件的人都搬去水周这个开发得比较好的城市了，所以陈立前期一直在水周调查。那个荒屋已经荒废二十多年了，知道那家的人不多，但经过走访排查，还真有个老人知道。

也是巧了，老人正是电话号码原来所在的那个食杂店老板的奶奶，只是之前她一直在上海的闺女家，这两天正好回来，陈立也算运气好。那老太太年纪虽大，但脑子还清醒，据她说小岭村二十年前就没什么人了，只有老人和孩子，没比现在好太多。因为水周当时刚开发，所以有不少人跑来打工，村里就有很多留守儿童。可水周后来出了事，好像是工厂爆炸死了不少人，村里的留守儿童就变成孤儿了，官方就把这些孩子转移了。

陈立听了以后非常疑惑，这件事其他当地人都不知道，当地的警察竟然也不知道，按理说二十年前不算久，这么大的事当地人应该知道啊。可要不是这老太太说，连食杂店的老板都不知道。

于是陈立和当地警察查了档案，还真有此事，但档案里记载那个工厂并不是发生意外爆炸，而是员工罢工，情绪激动，有人放了火。那几个闹事的工人也葬身火场，还有个头目在警察抓他之前上吊自杀了。陈立看了档案，诧异极了，档案中有完整的叙述和证词，还有主要头目的背景资料，记载得详细清晰，可这么大的事，现在当地却没几个人知道。

刑警队的老人说是因为影响太不好了，那时候还在招商引资，所以这事媒体也没怎么报道，而且那时候通信也不发达；还有就是这几年水周主打的游乐场不吃香了，他们这里的旅游业头十年还行，但现在各地都在开发，就显得没什么特色了，来的人少了。这十几年一些当地人陆陆续续跑到外地开网红客栈了，所以现在当地没几个人知道这件事。

随着人口流失，这个小城人不多了。

陈立唏嘘的同时也觉得这个案子很蹊跷，但因涉案人员都死了，也没什么好探究的了。陈立更关注的是留守儿童被转移到哪个福利院去了，因为据他们分析，那个荒废的房子，也许就是姜旭东本人的房产，查到福利院就有可能查到姜旭东的真实身份。

可让陈立意外的是，转移当时的留守儿童的并不是官方组织，而是一个民营企业。

"民营企业？"苏甄听到这儿觉得奇怪，"这种福利机构不是必须由官方运营吗，怎么和民营企业有关？"

"二十年前，小地方体制不健全，有个大企业说要捐赠福利院，走的是官方渠道，但是是民营捐款，这种事到现在也很常见，为福利院冠名的都是民营企业，现在办福利机构官方不缺钱，头二十多年可正是缺钱的时候。"

陈立去了解情况的时候，当地的机构也是这么解释的，但让陈立不明白的还在后面。

那边说当时水周还没有正规的福利机构，所以新建了一个，但因为出了意外，孩子后来被转移到云南其他地方的福利机构了。而陈立最疑惑的是，档案馆里有这个福利机构的地址以及建造时办的各种手续的资料，但后来就一点记录都没了。确切地说，后续的人员转移什么的，也没有相关的记录。

"什么意思？那些意外身亡的工人的孩子，就这么凭空不见了？"

第 23 章
探访的人

方酌听到这儿也抓到了问题的关键。"这不可能，难道官方一点记录都没有吗？那些孩子去哪儿了？"

这句话陈立也质问了当地的官方机构，官方的回答是，当时福利机构出了意外，死了不少人，资料几乎都烧没了。当地的地方志只有最近二十年的，因为小城当时的档案都在一处，而管理档案的那栋楼就在福利机构隔壁，也烧了个精光。

"说得好听是转移了，听说其实最后只有几个老师和孩子被送到了其他福利机构，其他人都不在了。"

陈立当时下了狠心一环一环追问，得罪了不少人，可资料都在那场大火中被烧没了，无从查证。

"水周是个小地方，当时还没联网，都是纸质档案。"

"是巧合吗？先是工厂着火，然后是福利机构着火，全都烧了个精光，什么都没有了。这你信吗？"

苏甄越想越害怕，想到陈立还被走私势力陷害，便问："你说不会是当地有什么势力把孩子神不知鬼不觉地拐卖了吧，然后故意烧了一把火掩盖真相？"

国外有类似的案子，有些不法机构把福利院的孩子卖到世界各地，甚至还有人买卖器官。

陈立却摇头："我查了，确实是意外着火，很多孩子都死了。我甚至根据仅存的福利机构资料找到了当时的幸存者，证实了是意外，是厨房做饭操作失误引起的，当年还在用煤气罐呢。而且当年游乐场的建设者就是福利机构的赞助者，也就是后来的勤天集团，这个你们听说过吧？勤天集团前些年是个很有名的公司，但当时的主要负责人不是蒋先生，而是蒋先生的堂哥，那位老板意外身亡的事听说过吧？二十年前电视台也播过。"

"勤天集团，"苏甄叫道，"我知道。"那时苏甄还不到十岁，这事不少人都知道，那个老板在浴缸里滑倒身亡，听说是心梗，新闻一出来挺轰动呢。

听陈立这么一说，苏甄感叹："工厂爆炸、福利院被烧这么大的事大家不知道，反而对老总意外身亡的事有印象。"

陈立叹息着说："大家都说是因为出了太多意外，那个老板才心脏病发，那么多事，搁谁谁不犯心脏病啊？"

"后来呢，还有别的事吧？不然你也不会被人陷害。"方酌说着。

陈立看了他一眼："你相信我是被陷害的？"

"不然呢？你是时间管理大师吗？"

这话虽然不好听，但陈立心里还是有点感动，他这事闹开以后队里的人反应极大，有几个以前就看他不顺眼的人更是落井下石，但也有相信他的好兄弟，比如尹生。

"但你是去调查姜旭东失踪案的，后来牵扯出这么多事……"苏甄皱着眉，若有所思地说着。

"是的，我的举动让当地的很多部门不高兴，这边的警队还催促进展。"

可陈立有种预感，他总觉得，是有人故意用那张地契引他去的，他觉得这些事也许和对方想让他们知道的有关，但这只是他单方面的想法。查了一通，福利机构案和姜旭东的失踪毫无关系，并且那个案子早就结案了，查到最后陈立都觉得是自己想太多了。

在水周待了一个多星期，山路总算通了，他和队友小许就进了山。那个村子真的很荒，没几个人住，只有几个老太太，听不太懂普通话，找人翻译才能勉强对话。后来总算找到个还算清醒的老人，说以前那栋房子里住着一个老太太和一个小姑娘，家里人都在工厂事故中去世了，祖孙俩相依为命。老太太还痴呆了，小姑娘就去城里的福利院了，她奶奶去了养老院，但那女孩在福利院的大火中死掉了。

陈立再问她家房子是不是卖了，那老太太说不知道。陈立之前在当地的房产管理部门查，查不到这边的房产登记，宅子太老，很多都没有登记在案，民间买卖只要写了契约，公证了就算数，这几年才建立起档案，但因很多房子没人住了，所以手续也不健全。

听说更久之前都不用公证，不过这里也没什么人进行房产买卖。

没想到这边这么落后，什么都查无凭证。陈立这一查，带出许多当地需要查缺补漏的问题，甚至有官方机构找他谈话，但陈立很耿直，压根没理这些事。

陈立亲自去看了房子，里面什么有价值的东西都没有，就是个普通的老房子，年久失修，只有很厚的灰尘和一些以前留下的生活用品。之后陈立又去了养老院了解老太太的情况，结果得知了一件事，就在十年前，老太太过世之前，突然说要把房子留给孙女。

一直没人敢告诉老太太孙女已经死了，外加她有阿尔茨海默病，一直以为孙女和父母去了外地，还逢人就说儿子不孝顺，都不回来看她，可怜得很，医院里也没人和她说破。

老太太总闹着要找孙女，医院没办法安抚，经常让护工、志愿者之类的人冒充她孙女，可老人看了就忘。而且据传，老太太之前确实把房子转让出去了，但具体转让给谁了不知道，因为那里的房产凭证都是手写的地契。

说到这儿，苏甄拿出那张发黄的地契，说："不会就是这张吧？医院说具体给谁了吗？"

陈立皱眉，说："不知道，来来往往的护工、志愿者那么多，有人心怀不轨，骗了老人也说不定。"

"可那房子也没什么用，又不值钱。"苏甄皱眉。

"谁说的？"方酌指着地契说，"看这纸上的转卖时间，说明当时拿到房子的人又转手卖了，卖给了这个姓徐的。"

"可，谁会买那个房子呢？"

陈立摇头："那个年代的志愿者各个地方的都有，登记的信息也不全，我翻看了，十几年前的记录早就不见了，无从下手，不过……"

不过陈立心思够细，还是发现了点什么。养老院去世的人，官方很重视，在当地八宝堂专设了一面墙，上面密密麻麻的都是养老院去世的工作者和老人的照片，这些人的骨灰也存放在那儿。

当地政府把这当作非常人性化的事例加以宣传，新闻上还报道过。陈立查了来访记录，当然没有任何关于老太太的来访记录，但陈立根据老太太的生日，对照她出生的阴历生日，查了近十年所有她生日那天的来访记录，最后终于在众多探访的人中发现了一个可疑的名字：冉兰。

第 24 章
三人合作

这个冉兰每年的那一天都来祭拜，登记的祭拜对象是个叫石长盛的老头，可有意思的是，这个石长盛的"隔壁"就是老太太岳梅庄。

"所以那个冉兰打着祭拜石长盛的旗号，实际上是来祭拜老太太的？她是谁呢？是老太太的孙女吗？也许她根本没死呢。"

"也有这种可能，因为当时大火后清点人数，她床的位置有人，但是只有部分 DNA 吻合，不排除这种可能性。"

"都烧成灰了还部分 DNA 吻合，你俩在这儿写科幻小说呢？"

"你用过的东西上都能查到 DNA。"

方酌皱眉："那就查这个冉兰啊。"

"查了，我估计是跟姜旭东用了一个方法，冉兰这个人从二十年前起就是一个植物人了，一直在当地疗养院疗养，所以说对方是用了假名。"

苏甄泄了气，靠在架子上："说来说去，线索又断了。"

"也不尽然，医院说那个真正的冉兰的医药费每年都有人打过来，但是以匿名捐款的形式。"

苏甄眼睛又亮了："那你又往下查了？你这人说话怎么大喘气啊？还一段一段地讲，整得我心里起起伏伏的。"

陈立哭笑不得："还没等再追查，我就出事了。"

他本想第二天找技术部门帮忙查，结果当天晚上他和小许因为太累了，他心理压力又大，两人就在一个烧烤摊吃了点东西，喝了点酒，结果根本没喝两瓶，小许就吵吵醉了头晕，两人就回招待所睡了。

陈立说大概是因为喝了酒，睡得特别熟，不知道自己被人转移了，半夜是被人抽醒的，醒来就在一个小黑屋里，直到听到警车声，可惜对方没给他任何机会解释，他就被以走私犯罪的名义带到了看守所一顿讯问，他表明身份，那边和刑警队核实，又和A城警队联系，可最后说他被卧底举报参与违法犯罪。

"那这个卧底有问题吧。"

"我也这么提了，但据卧底说，他亲眼看到我和那些人交易，甚至有录像为证。"

"录像？"

"是。"陈立叹着气，"录像我亲自看过，我都觉得是我自己，太像了。"

"像？"方酌皱眉，"什么意思？"

"卧底也许根本没说谎，但卧底看到的那个人不是我，而是有人穿了我的衣服，打扮成我的样子。"

"费这么大劲，找了这么多人证物证，就是为了栽赃你？陈立，你究竟得罪过什么人啊？"方酌惊叹。

"你也觉得很可笑吧？我自己都觉得可笑。我就是个小警察，可就是有人费尽心思地栽赃我。我这两天冷静地分析过了，如果卧底没说谎，说明对方知道卧底是卧底，是故意让他录的，那么为什么这些人还被一网打尽了？前后矛盾啊。"

那又是谁栽赃他呢？栽赃他是为了什么？

"你觉得和咱们查的案子有关吗？"

陈立摇头："不完全确定，也有可能是我在当地调查的事太多，动了某些人的根基，有人怕我查出点什么，所以……"

"看你这性格，把当地搅得乱七八糟的，可能人家真有点啥事，以为你是上面派来微服私访的，所以先下手为强，现在不管如何，你都只能这样了。"方酌调侃道。

陈立也没生气，叹息着说："我之前也是这么想的，可我返回A城时，发现有人在监听我。"

"在你手机上？"

"不止，还有我家里，我今天中午回家就发现了，我问过我姥姥最近来过什么人，她说有个修水管的，说例行检查，可我查了，最近社区根本没有派人来检查水管，所以水管工百分之百就是进我家安窃听装置的，因为我家没电脑。"

苏甄倒吸一口冷气："太可怕了。你怎么不把窃听的设备卸了，反而留着？"

"我倒要看看谁这么胆大包天，敢对警察做这些事，我要把他们连根拔起。所以我宁愿被停职也没说出这件事，我怕真是内部人，但我相信不会是我的兄弟们。总之我先从我的位置上下来，也好让对方放松警惕，不管这件事和姜旭东的案子有没有关系，这个人我一定要揪出来。"

"那你这段时间打算怎么办？"苏甄问出了最关键的问题。

陈立叹了口气："得需要方酌帮忙了。我现在不是警察，很多事不方便查，还找了一个以前的老朋友帮忙，他是派出所的。"

"好吧，之前我检查了我和苏甄的手机，没被监听，至于你被监听的事，放心，我帮你查吧。"

"谢谢，还有，你再查一下那家疗养院的转账记录。"

"哎，我丑话说在前头啊。"方酌为难地说，"无论是疗养院的转账记录还是监听追踪，都别抱太大希望，人家既然敢动警察，肯定做好了万全的准备，估计查不到什么。"

第 25 章

无人知晓的幸存者

方酌说："咱们能想到的，那个布局的人肯定也能想到。不说别人，就说姜旭东，咱们查了那么久，结果查到他的身份是假的，线索都断了，无论是他还是云溪，还是他们背后的什么神秘人，手段肯定厉害着呢。"

"那你说怎么办？"

"换个角度，记录和监听的事当然要查，但还有一点，陈立在骨灰堂查到了冉兰，后来又查到真正的冉兰是植物人，那么这么多年来有人来看过那个植物人冉兰吗？这一点陈立你查了吗？"

"查了，没人来看过。这个冉兰我查过她的身份，也是福利院的，家里没亲戚。住院之后，官方部门给了几年的医药费，可后来就靠社会捐款，汇款就是通过社会捐款渠道汇进来的。"陈立说到这儿，心里一亮，"我知道该查什么了，社会捐款。"

"三个臭皮匠，顶个诸葛亮。没手机的人，"方酌笑着，扔给陈立一个手机，"我有好几个，先用我的吧，别谢啊。"说完起身，"在这儿腿都蹲麻了，走吧。"

"去哪儿啊？"苏甄瞪着眼睛。

"送你回家。"方酌弹了一下苏甄的脑门，"九点了。"

他回头对陈立说："有监听的那个手机你先别扔，改天我给你追踪一下啊，这两天就拜托你演戏了。还有，陈警官不用我送吧，毕竟你有二八自行车。"

苏甄从后视镜里看到陈立骑自行车走了，说道："陈警官真倒霉啊。"

"他性格那么直，在云南遇到的问题肯定比他说的严重多了，一开始我还纳闷姜旭东他们怎么有这么大能耐，现在看来没准是他得罪了其他人。"

第二天方酌也没闲着。陈立在家利用监听的手机假装自己睡着了，还放了呼噜声，同时上了方酌的车。

"去哪儿查？"方酌有点兴奋，"哎呀，陈警官没想到吧，有一天你和我会并肩查案，是不是感到很神奇？"

"去明阳派出所。"

"干吗？"

"有个熟人，算是我师父。"

"这个派出所的名字怎么这么耳熟啊？不是苏甄家附近那个吗？当初姜旭东失踪，她就是在那儿报的警。"

"对，那边的老张是我师父，我以前在明阳派出所，后来才被调到刑警队。"

"关键时刻还得靠熟人，要找苏甄一起吗？"

方酌问得很自然，陈立看了方酌半天，说："还是不要了吧，苏小姐还要上班呢，不像咱俩这么自由，总耽误她不好。"

方酌顿时心里不是滋味："敢情我就不用上班啊？"

老张早就听说陈立的事了。陈立的事一出，闹得沸沸扬扬的，好多人打电话来问，唯独他师父没有打，所以看到老张的时候，陈立有点不好意思，觉得给师父丢脸了，没想到老民警却拍着他，说："好样的。"

陈立抬头。方酌都疑惑了，上下打量老张。说老张是老民警，其实是因为他辈分大。他才四十多岁，年纪不算大，可整张脸却显得很老态，外加别人都叫他老张老张的，要是不说，乍一看真的以为他是个快退休的老头。

这个派出所一直以来出了不少人才，都被调到刑警队或者海关去了，来的新人干了几年也都上调了，只有老张一直在这儿。

陈立说很多刑侦的手段和看问题的角度都是师父教他的，而且老张很有耐心，陈立这种性子耿直的人刚到派出所就被群众投诉，跟所里其他人的关系也不好，但老张带着他，硬是把他磨炼出来了。

方酌在路上听陈立这么讲的时候还很疑惑："那你师父怎么没被调到刑警队？按理来说早该升职了。"

"我也问过师父,他说人各有志。你问问这一片的人,谁不知道民警老张啊?他非常负责,谁家丢个猫丢个狗他都尽心尽力地找,人缘也好,邻里有纠纷都是他调解,有人丢东西,以他的逻辑思维能力,很快就能破案。他很厉害的,可他说他就喜欢这样的生活。"

方酌听完了,冷哼一声,通常不得志的人都拿自己低调做借口,但他没敢说出口,怕被陈立打,看得出陈立把这位老张当精神偶像呢。

陈立对老张也不避讳,给他大概讲了整个事件,老张陷入沉默。过了半晌,在方酌以为这老头说不出什么的时候,老张提出了一个他们之前没想过的问题:"去骨灰堂祭拜老太太的人,到底是谁?"

这个人现在很关键,很可能就是房子买主。房子又不值钱,为什么会有人费劲巴拉地从别人手里买走?而且还不去住。如果买主就是每年去祭拜老太太的人,她和老太太又是什么关系?

老张皱眉:"最关键的一点是,那个村子不大,农村人邻里之间往来多,有没有可能是老太太的孙女以前的小伙伴?毕竟大家都是留守儿童。

"村里留守儿童的父母不一定都在水周打工,也有去外地的,所以这人有可能不是福利院事件的幸存者。但这人为什么用别人的名义?必然是怕被人发现,那么就排除了这个人不是幸存者的可能。但如果是福利院仅有的幸存者,为什么不敢用真名?而且陈立查了几个幸存者都不是。其实这事没什么可隐瞒的,但这个人藏头露尾,我们是不是可以大胆地假设,这个人是当时福利院火灾的幸存者,但是……"

老张看向二人的眼睛:"会不会她活下来了,但没在福利机构统计的幸存者名单中?"

第 26 章

荒唐的实验

这句话惊得方酌心里一抖,他脑子里的线索仿佛串成了一条线。

陈立激动地说:"师父,您这个想法虽然大胆,但很多地方都说得通了。"

老张笑着喝了口茶水:"其实你也能想明白,不过是身在其中,很多事看不清。怎么,还有什么需要我帮忙的?"

陈立笑着，不好意思地说："我现在被停职了，所以查人什么的需要您帮忙，我今天来就是先和您打个招呼。"他指着方酌，"我和他，还有苏小姐，现在我们仨一块查案呢。"接着解释了方酌的事。

老张停顿了一下，说："越查越深。如果你们就此收手，也许不会有太大的问题，但如果继续查下去，陈立就是例子。"

方酌之前也问过苏甄要不要抽身而退，苏甄犹豫了，可方酌自始至终非常坚定。"我必须找到云溪。"

老张愣了一下，过了一会儿，说："你们要找什么人，我能帮上一定帮，但要在不违法的前提下。"

"那是自然，师父。"

陈立笑着，方酌却陷入沉思。

从警局出来，方酌没说话，陈立还沉浸在对师父的崇拜中："看到了吧？你一开始还问我为什么先来找他，咱俩盲目地调查，还不如让我师父先给指个路，我在案子上一遇到难题就会来问我师父，看看。"

方酌被他叨叨烦了，说："你师父说得很对，但没有他咱们也会想到的，不是吗？而且他也没说要怎么查，最后还不是要靠我的技术查？"

方酌心烦，直接回击了他，陈立拉下脸来："你这叫马后炮，技不如人就承认吧，输给我师父没什么丢人的。"

"你师父你师父，真想不到沉默寡言的陈警官还有这么会拍马屁的一面。"

这句话气得陈立想立马反驳，可他是刑警出身，敏锐地观察到方酌的脸色有些不对，便问："你怎么了？"

"没什么，我就是觉得，你师父……"

"我师父？"

"你师父对这个案子的反应不太对，一般人听到这种牵扯很深的案子，应该是苏甄那种反应吧。"

"苏小姐什么反应？"

方酌想想，像苏甄那样反应那么大的也很少吧，于是笑着摇头。

"我师父那叫处变不惊，别说你这种失踪的小案子了，什么杀人碎尸案之类的，我师父分析起来眼睛都不眨一下。"

"你师父一直在这儿当民警？"

"对啊，怎么了？"

"他是不是像电视里演的那样，以前是刑警队长，后来因为纪律问题或桀骜不驯的性格被贬了，最后在地方派出所做幕后顾问？刑侦片里不都这么演吗？而且你才毕业几年，你师父没准进过刑警队呢。"

"这个我还真没问过，赶明儿我去打听打听，说不定我师父以前真是一方神探呢。"

方酌开车直接拐去了苏甄的研究所。

"你不去查汇款记录和摄像头？"

"汇款记录我昨晚就查了，汇款的账号每年都不一样，一看就是盗用了别人的账号，查不到。至于摄像头，陈警官，你真当我是万能的啊，那是千里之外的摄像头，我这边怎么查？"

说到这儿，方酌、陈立都是一愣，方酌一个急刹车。

陈立皱眉："你的意思是即便是网络高手也不可能控制千里之外的摄像头？"

"也不完全是。现在大部分天网都是全国网，但水周那种三四线城市，还是比较原始的。"

"那我家这边呢？"

方酌从后座拿出个笔记本电脑，噼里啪啦一顿查："你所在的小区也是单线路的。"

"云南的人手伸不到我这边，在我家安窃听装置的是A城的人，也许和监听我手机的不是一路人？"

方酌开车去陈立家的小区查监控。

"查也没用，我当时就查过了，有一段被人删了，查不出是谁弄的。"

方酌冷哼："不是有我吗？删得多干净我都能恢复。"

他一顿操作，两人终于看到了那个伪装成水管工进出他家单元楼的人。那人穿着标准的工作服，戴着鸭舌帽，看不清脸，可陈立还是敏锐地观察到了什么："等等，放大。"

陈立眯着眼睛："看到手表了吗？和你出车祸前拿走路障的清洁工戴的是同一块高档手表，也就是说，在我家安窃听装置的和害你出车祸差点死了的，是同一个人。"

这个发现足以震惊两人，两人半天才缓过劲来。

"幕后那只手想除掉我，怕我查云溪的事，然后栽赃你，因为你也在查这件事。这么大手笔，你说他们到底在隐瞒什么？而且对方的势力未免也太大了，一手遮天，他怕咱们查到什么？"

"这要问你和苏甄啊，你不是说云溪和姜旭东是故意接近你俩的吗？"

方酌脸色变了变。

"你要找的技术核心是什么？这个东西你们研发团队的其他人都不知道吗？到底是什么东西？"

"抱歉。"

"我就说你和苏甄在隐瞒什么,咱们仨都到这地步了,能成熟一点吗?"陈立也没勉强,"你可以好好想想,走吧。"他看了一下手表,"苏小姐快下班了,去接她吧。"

苏甄最近要开始整理田锋带回来的数据。梁教授这个实验室分里和外,里面是封闭实验室,有窗口可以看到里面的情况,苏甄站在玻璃窗前看田锋皱着眉做分离实验,他那一关最是精密,做一次实验长达五六个小时。

没过一会儿,封闭实验室的门打开,田锋满头大汗地出来了。

"怎么这个表情?"苏甄问道。

"其实这是第九次做分离实验了。我试图分离出细胞间质将其导入一个稳定环境,可它们最多只能存活两个小时,还是在低温的情况下,我有点气馁了。"

苏甄觉得好笑,说:"气馁这词和你不配啊,我认识的田锋可从没在实验上气馁过,以前你还是研究生时,因为一个数据三天都没睡,最后硬是被你攻破了。"

"因为我知道那个实验一定会成功,只是我的技术欠缺。可现在……"田锋一脸无奈,"我不是自傲,我这双手分离细胞,国内没人比得上。"

对方没有夸耀,苏甄知道他说的是实话。

"可是,我本身并不确定这实验会成功,其实一开始我听梁教授说的时候,就觉得玄幻,他简直在说不可能完成的事。苏甄,你觉得呢?"

第27章
翻窗

苏甄愣了愣,其实她一开始听到这个实验的时候就觉得很难办。要知道,细胞再生国内很多人尝试,但其他人研究的是在动物身上再生器官,然后移植到人身上,这早在很多年前就成功了。

可梁教授是要直接在人身上激活坏死的细胞,让其重新分裂生长。例如,让断了的腿重新长出来,让脑死亡患者的大脑重新被激活。说直白一点,就相当于起死回生。以人工智能辅助医学,利用人工智能激活多种干细胞分裂达到再生。但前提是他们必须保证从身体内活跃的细胞中分离出来的介质在正常温度下的存活率。苏甄一开始听到这实验,诧异极了,她年轻时不懂事,也幻想过未来文明，还为此写过一篇论文，但那终究是年少轻狂。随着深入研究，她渐渐发现人类其实发展得并不快，攻克的难题虽多，但是一步一个脚印进行的。

其实梁教授的这个实验设想提出很久了，大家都觉得太悬了，没想到梁教授真的申请了下来。不过大概他自己也觉得荒唐，所以在所里暂时还是保密的。

苏甄看到实验带头人都是泰斗级别人物时也曾有过希望，可现在田锋的话让她疑惑了。田锋在美国是跟着摩尔教授学习的，如果他都觉得这个实验玄幻，那么实验会成功吗？

"我现在非常迷茫，不知道这个实验的意义是什么。"

"你和梁教授说过你的状态吗？"

"他知道，这个分离实验在美国我就做过。摩尔教授一开始以为梁教授在开玩笑，觉得根本不可能成功，那天我回国没有先去找你，而是来实验室，其实就是和他说这件事。"

"梁教授怎么说？"

田锋摇头："尽人事，听天命。他的原话。"

苏甄觉得不可思议，她最了解梁教授，他讲究脚踏实地，做事向来胸有成竹，怎么会说这种话？如果梁教授也觉得实验不能成功，为什么积极地把项目申请下来，还召集国外的老朋友一起研究？

看出苏甄的疑惑，田锋摇头："摩尔教授说梁教授非常迫切地组织这个实验，大概是人上了岁数，想实现自己憧憬的事吧，毕竟利用人工智能再生干细胞如果真的实现，是能造福全人类的。"

苏甄皱眉："我就是觉得奇怪，难道你不觉得吗？"

"我早就觉得了，可你没看到梁教授的样子，他几乎在求我，我这些天压力很大，从业这么多年从没这么颓废过。"

苏甄有些心疼，拿出一盒巧克力："给你。"

田锋笑了，说着拿过她面前的实验数据："其实不着急，本来摩尔教授这个星期要回国，但突然得阑尾炎住院了，恐怕要待到下个月了。"

"你和梁教授说了吗？"

"说了，梁教授的反应很奇怪，他很急，叫摩尔教授先把资料传给我研究。"

两个人都很无奈，明知道不可能还要继续花大量时间研究，苏甄决定找时间和梁教授聊聊，可最近教授家里好像有事，一直没有来。

她下班出门就看到方酌的车，三人都饿得够呛，抱着"混在人群之中是最隐蔽的"的想法，在夜市找了个小烧烤摊子坐了下来。周围人都在喝酒聊天，还真没人在意他们在这个小角落说什么。

苏甄看着烟火气十足的夜市，心中怅然，曾几何时，她和姜旭东也来过这种夜市。

方酌说得口都干了，要了瓶啤酒。"知道吗，我小时候最想到这里来吃饭。那时候穷啊，你们都不知道我小时候多穷，就想吃这个。"

"你方总还有穷的时候？"

方酌挥挥手笑着："哎呀，我说这话干什么？"

苏甄也倒了一杯酒："这话姜旭东也说过。"

"什么？"

"说他小时候穷，就羡慕别人吃烧烤，那时候就想着吃肉。"

他说这话时，苏甄发誓这辈子一定让他天天吃肉，可她和他还有以后吗？

看着这两个唏嘘感叹的人，陈立一脸鄙夷："你俩平时吆五喝六的，喝酒一瓶就倒？你们可都开车了，我一个人送不了两个。"

"不用送。"苏甄叹着气，对方酌说，"我刚才订了明天早上的票，所以你也别睡了，飞机上再睡。"

正好摩尔教授住院了，苏甄想趁这段时间请假，托词都想好了：回老家。毕竟幕后黑手在和他们竞赛，时间就是生命。

方酌一下清醒了："你这女人，都没打声招呼，你怎么知道我的身份证号？"

苏甄冷哼一声："你别以为只有你有手段，以后少瞧不起人。"说着直接拿瓶喝，还给方酌比了个鄙视的手势。

陈立开车把苏甄送回家收拾东西，至于方酌，用他自己的话说，他一大老爷们儿要什么行李？到哪儿都现买。

苏甄收拾的时候才觉得自己不该喝那么多，脑袋晕晕乎乎的，她努力保持清醒装换洗衣服，最后看了看床头柜上扣着的和姜旭东的合影，还有在他的假老家拿回的他小时候的照片，咬咬牙都放进行李箱里了。

两个大男人没跟上来，苏甄是自己乘电梯下去的。没想到电梯到了七楼，进来了熟人，是那个摔伤的廖先生。他拄着拐杖，看到苏甄也很诧异："苏小姐，去哪儿啊？"

苏甄没想到这么晚还能碰到人，回道："回老家看父母。"

"这么晚自己走不安全。"

"朋友送我。"

廖先生点点头："那祝您一路顺风。"

"谢谢。"

苏甄快步走出电梯，廖先生故意落后她一步，苏甄走到门口回头，看着他一点一点往外挪，心里一暖，这个老廖没什么文化，但人挺好的，很懂分寸，也有礼貌。

她上了车，陈立皱眉朝单元门看去："碰到人了？"

"嗯，邻居。"

陈立小心地扒在窗户上看，里面的灯还亮着，没一会儿，一个挂着拐杖的人出来了。"这么晚了，这个瘸子去哪儿啊？"

苏甄这才意识到，现在是半夜十二点了，这个受了伤的人怎么出来了？

陈立开车绕了一圈观察，结果看他一个垃圾桶一个垃圾桶地翻矿泉水瓶，半个小时都过去了，他还在捡，三人才放松警惕。

苏甄和方酌下了飞机，又坐火车，转汽车，到水周时已经晚上八点多了。他们吃了东西，想找地方住下，苏甄想随便找个快捷酒店，方酌非要住当地最好的，结果市中心那个所谓四星级酒店，一进去就看到设施老旧，让人倍感失望，好在服务还不错，太晚了就懒得换了。苏甄真累了，倒头就睡，半夜时却被一阵敲打声惊醒。

苏甄朝门的方向看，声音不是从那儿传来的，清醒了一点才发现声音是从窗户那边传来的，顿时吓了一跳，她住的可是六楼。

第 28 章
酒店惊魂

她拉开窗帘，惊恐地看到方酌挂在窗外。

"你疯了？"

方酌脸都白了，摔进来，满头大汗。

"怎么了？"

他本来住隔壁，也就是说他刚才是从自己的房间爬过来的？

方酌比了个"嘘"的手势，爬到墙边。

苏甄也把脑袋贴墙上听，可惜隔音太好，什么都听不见。

过了好半晌，方酌又去看猫眼，走廊上空空荡荡的。

"你到底怎么了？"

方酌才冷静下来一点。他本来正睡觉呢，他睡眠质量一直不太好，有点动静就会醒，所以门锁开了的时候，他一下就惊醒了。他的第一反应就是滚到床下，那简直是最恐怖的几分钟，他看着两双皮鞋在床边走来走去，那两人还低声交谈，然后又去了洗手间。他就趁着他们进洗手间，从窗户翻出去了，也是铤而走险。

"你不会大叫啊？报警，四星级酒店能让他们为所欲为？"苏甄叫道。

方酌吓得赶紧捂住她的嘴："他们手里拿着家伙。"

"那你反应也太快了。"

苏甄看向窗外，从他的房间到这儿虽然有一个空调外机，但爬过来还是太危险了。

"是什么人？"

"我哪知道？大半夜摸到房间来肯定不是好人。"

"你是怕像陈立那样被神不知鬼不觉地带走？"

"陈立可是警察，人家是想陷害他，我有什么身份？巴不得我死的人有的是，这要是被带走了，我怕是就凭空消失了。"

说到这儿，他一愣，苏甄也是心下一抖。凭空消失，姜旭东和云溪就是凭空消失的，如果这整个案子背后涉及一些见不得人的勾当，有一股看不见的黑恶势力，那么姜旭东和云溪是否也是这么消失的？

苏甄感到恐慌："可谁知道咱们来了这儿？而且这些人是怎么进来的？咱们刚到云南就被人盯上了？我总觉得太玄幻了，会和咱们的案子有关吗？"

方酌摇头，不过苏甄有一句话提醒他了，他需要查一下酒店的其他客人，这儿到底是四星级酒店，不可能随便放人进来。

走廊里没人，那些人可能还在他的房间。而且他突然想到一种可能性，那两人会不会接下来就来苏甄的房间？像是要印证他的想法，紧接着两人就听到房间的门锁"咔嚓"一下，是有人在拧。

方酌顺手拿起床头柜上的台灯，苏甄火急火燎地要报警，可还没按出去，方酌就摇头："咱们不能报警，万一背后的人知道咱们来云南，更麻烦。"

"人都找上门了，还怕什么暴露行踪啊？"

门外静了一会儿，方酌大着胆子看向猫眼，就在这时，房门的铃声"叮当"一声响起，吓了他俩一跳。只听门外的人说："您好，客房服务。"

一切就和做梦似的。

方酌愣了几秒，将门拉开一条缝，就看到一个穿着马甲的服务员。"不好意思，打扰您了。"

"有事吗？"

方酌脸色很不好，此时是半夜两点多钟。

服务员带着歉意，奇怪地问："不是您这个房间叫的服务吗？"

方酌一愣，去看服务铃，可能是刚才他从窗口跌进来时不小心碰到了。

方酌面色缓和了一些:"哦,刚才我太太肚子不太舒服,想要点胃药,可后来又好了,忘了取消服务了。"

服务员带着礼貌的笑容,毕恭毕敬地说:"您现在还需要胃药吗,先生?"

"不必了,谢谢,打扰了。"

"没事,很高兴为您服务。"

服务员转身刚要走,方酌突然叫住他:"你刚才上来的时候,走廊有人吗?"

这服务员来得很快,在门锁被晃动后没多久就来了。方酌盯着服务员的表情,后者疑惑地说:"没有人,先生是有什么事吗?"

方酌摇头:"我们这层除了我们这间和隔壁房间有人入住外,还有别人吗?"他解释道:"就是刚才走廊里有点吵,好像是有人带孩子了。"

服务员笑着说:"这层除了您这间和隔壁房间,还有一个房间有人入住,据我所知,好像并没有小孩子,可能是住客回来晚了,吵到您了,非常抱歉。"

"没事,我就是问问,谢谢。"

方酌关上门,开了灯,苏甄都吓得虚脱了。"到底怎么回事啊?"

"我猜刚才进我房间的人应该是这层的住客,刚才拧门锁的也是他们,服务员出电梯,他们就躲了。"

方酌此时只穿着条短裤,裤子还在隔壁呢。他也不管了,披上一件浴袍就拉着苏甄出房门。酒店走廊里灯火通明,寂静无比,苏甄却觉得每扇门背后都有一双眼睛盯着她。

下了电梯到了酒店大堂,只有刚才上来的那个值班服务员。服务员看到方酌这身打扮,觉得真是太奇怪了,便询问他有什么事。

方酌大声问:"附近有网吧吗?"

服务员一愣,还是礼貌地说了附近的一个地址。方酌看了看四周,便拉着苏甄出去,苏甄尴尬得要死,大半夜的和一个穿着浴袍的男人待在一起,现在还要一起出去。"你究竟要干吗?"

"我要把那两个人从酒店引出来。"方酌眯起眼,声音阴冷,她不禁一愣。

一出去方酌就看了眼酒店门前的摄像头,然后拉着她拐了方向,一下把她拽到树丛里。

"干吗?"

"大半夜去什么网吧?我那是说给那些人听的。"

"你怀疑这个酒店有问题?可这不是四星级的吗?"

"你看里面的设施,什么四星级?一看你就没住过真正的四星级酒店。"

苏甄被他噎得生气。

"那你现在想干什么?"

方酌把自己的浴袍脱下来,扔到对面的树上,然后拉着她偷偷跑到酒店后门。"你到底要去哪儿啊?"

方酌查看着门口的消防地形图,拉着她到了一楼尽头的保安室,监控录像都在里面。

此时一个保安打着呼噜,另一个在玩游戏。

方酌推了苏甄一下:"想办法把玩游戏的引开。"

"啊?"

这种事苏甄只在电影里看过,马上摇头。方酌一狠心,把苏甄推进去,那保安抬头,苏甄头皮发麻,想往后退,可看到门口的方酌打着手势,只好硬着头皮说:"不好意思,我是楼上的房客,刚才按服务铃没人来,下楼发现大厅没人,我需要一个充电器,你们这儿怎么都没人啊?我都迷路了,竟然走到保安室来了。"

苏甄装作要发火的样子,那保安也愣了,挠着头说:"前面没人?不可能啊。咱们这儿服务还是很好的,今天谁值班?不响应服务铃,是要扣奖金的。"

"真的没有,您和我到前面看看吧。"

那人看了一眼同伴,拍了一下他。同伴含糊地答应着,却并没有起来的意思。

保安不好意思地说:"对不住了,小姐,我陪您到前面看看,真不好意思,我们从来没遇到过这种情况。"

苏甄朝门口阴影处看,意思是求救,可方酌没反应,苏甄只能硬着头皮往前走。这里距大厅也就五十多步,苏甄走得极慢,保安走在前面,苏甄甚至有把他打晕的冲动。

马上就到大厅了,都看到亮光了,苏甄计算着从这里走到门口需要多久,却听到前面的保安疑惑地"咦"了一声。苏甄这才看到大厅竟然真的没人,前台的服务员不在。

第 29 章

小岭村

保安到了前台里面,回头和苏甄解释:"不好意思,这两天人手不够,就一个值班的,一般晚上很少有人叫服务,所以可能错过您的服务铃了。您是几号房间?"

苏甄说了房间号。

保安看了看:"您的服务铃没亮啊。"

"是吗?不应该啊,我那边都亮灯了。"

"是吗?也许是出故障了,您有什么事吗?"

苏甄拿出手机:"我想要个充电器。"

保安在前台登记好了,苏甄只好进了电梯。她长舒一口气,在心里把方酌骂了一千遍。

方酌出来的时候电梯正好停在一楼,一进去就看到苏甄蹲在里面已经快睡着了。苏甄看到他过来了,要打人,方酌比了个"嘘"的手势。

"大哥,你知道我不敢回房间,在这电梯里上上下下多少回吗?"而且还遇到了那个去五楼的服务员,场面尴尬得要死。

"要不是五楼有人按服务铃,我就死定了。"

方酌撇嘴:"大半夜的谁按服务铃啊?是我入侵安保系统救了你一命。"

苏甄诧异,差点忘了他是高手。"怎么样?"

刚才时间不多,苏甄为了多给他争取时间,又出电梯要了一回毛巾。

"对我来说几分钟就够用了。"

他入侵了整栋楼的摄像头和服务系统,最先看他们所在的六楼的录像,可惜六楼的系统都不好使了,确切地说他发现这个安保系统已经被人入侵过了,被某些人控制了。

但这一点方酌之前就想到了,所以刚才故意将浴袍扔到街对面的树上,那边街上的摄像头可不是酒店的,是交通局的,是官方的,对方要是追出来,一定能拍到。

"现在咱们去哪儿啊?"

"回房间拿电脑。"

"你刚才不是说房间不安全吗?万一他们还在呢?"

"如果我预料的没错,现在应该没人了。"

看酒店的服务员来了之后那些人躲了起来便知道,对方只是入侵了酒店的安保系统,并不是酒店的人,这让方酌松了口气。那之后他在大堂说的话,肯定已经把人引出酒店了。

"所以你刚才要走,还跑出去,都是演戏给对方看吗?"苏甄不得不感叹方酌有时候还真是靠谱。

房间里一片狼藉。

方酌没耽误时间，在电脑上一顿操作，最后长出一口气："那两个人贪心，偷了我的手机，箱子打不开，所以没发现我的电脑，我在我的手机里放了入侵官网的病毒，刚才把网警引到了那个网吧，他们很快就会去抓人了。"

"接下来怎么办？"

方酌对着电脑沉默了一会儿："那两个人顶多关几天就会被放出来，毕竟没有实质性证据，手机也不是他们的，但也能给咱们争取点时间。所以我们明天先进山，回来再调查那两个人什么来路，不过冲在前面的通常都是没用的炮灰。"

"你是说他们是被人雇用的当地痞子？"

"被雇用的也能查出雇主，就怕是……"

"是什么？"

方酌摇摇头。

从水周到小岭村要坐五个小时汽车，最后还要徒步走一段。

走了二十多分钟才过了泥泞路段，苏甄用湿巾擦掉鞋上的泥，总算知道为什么这条路总坍塌了。看天气预报说多云，应该不会下雨吧。

又走了一个小时才到小岭村，远远望去，这小村子就在两座山的中间，这儿地势低洼，房顶都被漆成红色了，据说是当地少数民族的习俗，有希望天空放晴的意思。

此时已经下午了，村里多是老人，应该都在家午睡，所以显得特别空旷。

苏甄按照陈立画的地图一直走到山脚下，才看到那栋房子，就是一个快倒了的破屋。褪色的红房顶，烂墙头，看起来很多年没人住了。屋里还有一些落满灰尘的生活用品，厨房还有半袋已经发霉的米。

然后他们去房间看了看，一间是老太太住的，有些棉被什么的，另一间里有张桌子，桌上还贴着卡通贴纸。苏甄一愣，蹲下来看那张褪了色的贴纸，是小时候看的动画片里的卡通形象。土墙上还贴着一张奖状，上面的名字是"付岭西"，这应该是房主老太太孙女的名字。

"看什么？"

苏甄指着墙上的奖状。

方酌看过去，笑出来："优秀小组长，看来这孩子学习不怎么好啊，不然也不会把这个都贴上去。"说着顺手把奖状摘了下来。

苏甄看到，惊讶地问："你干什么？"

她赶紧抢过去想重新贴回去，可纸张太脆了，掉了一角，苏甄心里莫名有点难过，接着便意外地发现奖状后面竟然有字，是歪七扭八的孩子的字，有好几种字体，写着"小西大傻冒""小西兔子牙"。

他们在屋子里前前后后找了个遍也没找到什么线索，明明早知道是这样的结果，可苏甄还是感到失望，想去村里那个知情的老太太家问问，可惜翻译还没到，在这里手机信号也时有时无。

苏甄看着路两旁的空房子，提议去其他空房子里看看。

这里的空房子有十几户，上锁的人家是去外地打工了，但回来的可能性不大；没上锁的人家大多数是绝户了，人都死于那两次意外，陈立说来了解情况的时候村里人都说小岭村是被魔鬼下了咒，大人死在水周的工厂里，孩子死在水周的福利院里。

看着屋里的一些生活用品，苏甄能想象到有人曾经在这里过着幸福的生活，但一夜之间便家破人亡，不禁有些唏嘘。

走着走着，苏甄看到一个荒凉的院子，微微皱眉。

"怎么了？"看苏甄停在了那个院子前，方酌疑惑地问。

院子里有两个石凳，一个小石桌，角落里还有一架坏掉的小秋千。

"这里，像不像姜旭东布置的院子？"

第30章
唯一活着的人

方酌皱着眉走过去检查："其实农村的院子大多都是这种格局。"

苏甄摸着长了苔藓的墙壁，只觉得奇怪。她进了房间，其中一个像是孩子房间的土墙上也贴了一张卡通形象的贴纸，还有好像贴过海报的痕迹，可纸张已经被撕了，也没有其他的东西了。

接下来又走了几家，有秋千的就有两家，苏甄笑自己太敏感，方酌说得很对，那种格局就是大多数农村院子的样子。

大概看出苏甄心情不太好，方酌提出找个地方休息一下。翻译没来，他们没敢去老太太家，就找了一处荒屋待着。

这个荒屋里的东西还算多，厨房里竟然还有些咸菜罐子，还有一口空的大水缸。苏甄四处看着，竟又在墙上看到了卡通贴纸。"这个村子的孩子似乎很喜欢卡通贴纸。"

方酌打了两个喷嚏，苏甄递纸巾给他："是灰太大了吧？"

方酌的脸色看起来不太好。"没事，头有点疼，昨晚没睡好。"

昨晚发生那种事谁能睡好啊？

方酌接过刚才的话题："全天下的孩子都喜欢。你小时候不看动画片？"

他似乎真的累了，进了堂屋看到床铺，也不管上面多脏，直接就坐上去，头靠在墙上休息。苏甄被他问得有点愣住，过了好一会儿才说："我不喜欢看动画片。"

"不会是没看过吧？"

"有什么好看的？有那个时间不如多读点书。"

"你从小就学习很好吧，你们那个研究所的人都是博士以上学历。啧啧啧，听说学什么生物、化学、医学的都很聪明。"

"和聪明人相比，我更欣赏努力的人，因为他们态度端正。"

方酌听她这一板一眼地回答，笑着说："你从小人缘就不怎么好吧？你这样的人在大人眼里叫好学生，在孩子们眼里就是特能装。"

苏甄有点生气。

方酌觉得好笑，问："你说说，这么多年，你有什么朋友吗？"

"有，在派出所你看到方琼了吧？我俩认识很多年了。"

"哦，就这一个，小时候没有玩伴？那你假期都是怎么过的啊？"

"我假期都去补习班或者图书馆。"

苏甄很认真地回答，方酌却"扑哧"一声笑出来。"那真遗憾，你错过了很多童年的乐趣，我小时候啊……"他靠在床头看着天花板，"就喜欢和小伙伴下河摸鱼，摸了鱼在岸上烤着吃，没事光着脚在田野里跑。那时候不怕被人欺负，因为有人替你出头，就是有时候大人看我一身泥回家，会骂得我狗血淋头。"

"你小时候不是在国外长大的吗？"

苏甄看过方酌的资料，他小时候和父母生活在美国，一直到大学毕业才回来创业。因为算是归国富二代，所以他在夜店玩得很开，是很多名媛网红追逐的对象，一直绯闻不断。只是在接触方酌之后，苏甄才觉得他和传言中的很不同，业界也有人说他创业后越发沉稳，已经不总去夜店了，后来竟然还有固定的女朋友了，就是云溪。

方酌耸耸肩："我说出国前的日子。"

"那你在国外的生活呢？"

"国外哪有国内好？所以我才回来。"方酌说着，不耐烦地挥挥手，"还有水吗？我有点渴。"

苏甄翻出矿泉水瓶，水已经喝完了。

她刚想说一会儿翻译来了去老太太家喝吧，就听到外面有声音，一回头，竟然下雨了，山里的雨总是下得非常突然。

一瞬间屋子里就被潮气笼罩。苏甄是土生土长的北方人，很受不了这种潮湿感，往屋子里走，半天没听到方酌说话，回头看他半眯着眼，像是睡着了。

雨雾朦胧，山里起了一片水雾，竟有种古代诗词中的意境。"这里可真美，其实在这儿长大也挺幸福的。"

方酌微微睁开眼，迷茫地盯着雨看，也没说话。苏甄感觉他情绪有点不对。"怎么了？"

他又打了个喷嚏，苏甄这才注意到他脸有点泛红，伸手一摸，竟然发烧了。看来是昨晚穿着短裤折腾的。

苏甄皱着眉看向外面，雨下得越来越大，她在屋里找了一圈也没找到伞，索性拿了发霉的棉被给他盖上，拿矿泉水瓶去接雨水，想把随身带的手绢打湿放在他头上降温。可方酌越发烧得厉害，嘴唇泛白，还喊着："小溪，别走。"

苏甄叹了口气，这男人平日里嘴硬，其实对云溪还是一往情深的。这样的方酌少了往日的锋芒，真的如同大男孩一样。苏甄坐在床边，方酌睡得并不踏实，像是在做噩梦。苏甄想起之前姜旭东也做过噩梦，每次梦里都在哭，可苏甄问他做了什么梦，他都说忘记了。

此时方酌也在梦里极其痛苦地哭着："爸、妈，别扔下我一个人。小溪，小溪。"

他梦里叫着好几个人的名字，模模糊糊的，听不清。

苏甄百无聊赖地坐在小木桌旁，打量着周围。房间的主人像是个小男孩，因为桌角贴的那个卡通贴纸是个搞笑的小土狗图案，桌上有用圆珠笔刻的歪七扭八的字，有脏话，还有武侠小说的名字，乱七八糟的。

苏甄在桌子下方一个不起眼的角落里看到了"小西最好看"的字样，像是发现了小男孩的秘密，刚要仔细研究，那边的方酌就发出声音了。

"你醒了，好点没？"

此时外面天都黑了，但其实才六点多。

"我怎么了？"

"你发烧了，迷迷糊糊地睡过去了。"

方酌眼睛发红，苏甄也不知道他这样算清醒了还是没清醒，问道："怎么了？"

"烧点水，我渴了。"他说着，挣扎着爬起来，就往后面走。

"你去哪儿？你睡糊涂了，这里不是酒店，没有水。"说完就看到他一下栽在厨房的水缸边上。苏甄气笑了："你真是糊涂了，都多少年了，水缸里哪还有水？我刚才接了点雨水，你先喝吧。"

"水缸里有水。"

苏甄无奈地摇头。

苏甄是被外面的太阳照醒的,醒来已经是上午十点了,她头痛欲裂,没想到自己也睡着了。床上的方酌也不见了,苏甄前前后后找着,看到他站在院门口。这栋宅子地势比较高,从院门口望出去,能看到大部分村屋。

阳光照在方酌的肩膀上,有一瞬间苏甄感觉他的背影看起来异常落寞。

大概是听到动静了,他回头:"起来了?"

"头还疼吗?"

"好了。"

"也不知道说你什么好,塑料体格,就这么感冒了,你昨晚烧得很吓人,怎么之前一点预兆都没有?现在好得也这么突然。"

方酌笑笑不回答,只说:"翻译说昨天下雨路又塌了,现在还没挖通,要下午才能出去。"

"那还等翻译吗?"

方酌举着手机:"陈立昨晚就来信息了,说这些空房子的主人的信息都找到了。"

"有活着的吗?"苏甄燃起了希望。

"有一个,不过几年前也失踪了。"

第31章
乡村白骨

苏甄拿着他的手机看,这些空房子原来的主人大多是工厂和福利院事故的受害者,家里基本都绝户了。只有一家例外,那家的父亲早逝,母亲在外地打工,扫黄打非时还被抓过,后来因为得性病死了。他们的儿子陈钟,小时候是留守儿童,在村里吃过百家饭,十五岁辍学四处混,后来也不见了。

"失踪?"

苏甄现在对"失踪"这个词太敏感了。

方酌拿过手机翻看资料:"这样的混子与其说是失踪,不如说是没了,街上混的都不知道怎么死的,尤其是这种没家的,也不会有人关心。但是陈立给的资料很详细,说他在失踪前几年一直在水周的网吧混,坑蒙拐骗,小偷小摸,在那一片混得还挺有名的。"

"可他和咱们要找的这些孩子没什么关系吧?"

"这村里谁不认识谁?他们都算是从小一块长大的。我觉得若是找到这个人,没准能了解更多事情,毕竟老太太看到的很多都是表面,孩子之间的事情孩子才是最清楚的。"

"可这个人比其他孩子要大四五岁,后来也没再念书,而且现在是死是活都不知道。"

"也不一定,查不到用过身份证的信息不代表这个人死了,忘了真的姜旭东是怎么生活的了?窝在网吧里,过着用不上身份证的日子。"

"可那是逃避人生的人才会过的日子。"

"你看看这个人的经历,我都替他心累,为什么不能逃避?现在也就这一个活人能找找看,而且我有预感,祸害遗千年,这种人通常不会早死的。"

最后他们还是去老太太家看了看,虽然翻译进不来,但方酌给他拨通了电话,让他在电话里翻译,信号断断续续的,但也勉强能听清。

那老太太身子还算硬朗,听翻译说他们是陈警官的朋友,很热情,还请他们吃了早饭。

说到付岭西,老太太印象很深刻,说她的小孙女和付岭西在一个班读书,后来她儿女去了上海发展,孙女就转学了。那天听陈警官问起,她还叫小孙女传了她们小时候的一张合照过来。

老太太拿出自己的手机给他们看,苏甄看到两个漂亮的小姑娘,老太太指着左边的说:"这个就是小西。"

之前陈立给的资料里,意外去世的工人照片都有,可孩子们的照片却找不全了,只有陈钟这个和意外事故无关的人的照片。所以老太太拿出的这张照片很珍贵。

方酌有点激动:"能把这张照片传给我吗?"

老太太说可以。再问起还有没有其他孩子的照片,老太太遗憾地说只保留了这一张。

其实陈立翻来覆去地查过了,没什么可疑的地方。老太太说付岭西家的人和村里其他人一样都是普通乡下人,打工的打工,上学的上学。

苏甄又问起那个陈钟,老太太唏嘘不已,说那孩子也是可怜。他母亲很早就守寡,在村里风评不太好,导致这孩子也被人看不起,村里的孩子也离他远远的。不过她一直认为陈钟是个好孩子,有一年小兰她们在山上玩,小兰不小心从山坡上滚下去了,还是陈钟路过把她救上来的。

苏甄惊讶:"小兰?"

"就是老裴家的小丫头,裴冉兰。"

苏甄想起刚才看的资料,有一家的孩子确实叫裴冉兰。

下午村里有人说路通了,他们就向老太太告辞了。只是还没下山,就听到村那头有人惊呼,村里的人都跑去看,方向竟然是苏甄二人昨晚住的那边。

他们跟着村里人走过去,原来是昨夜下暴雨,他们昨晚住的房子隔壁那间房的后墙塌了。这种荒屋塌一面墙没什么好惊讶的,之所以引人围观是因为雨水冲掉了泥土,露出了下面的半截白骨。正好有去山上捡柴的老头经过,吓得都中风了,随行的老伴赶紧叫人。

苏甄看到露出一角的已经发灰的白骨,吓得往后一退,身后的方酌接住她。这村里大部分都是老人,此时已经乱成一团。

方酌走过去,拦住要上前的人:"封锁现场,报警,马上报警。"

他比画着,那些人总算懂了。方酌就站在塌方的墙边,朝苏甄晃着手机示意,还在发抖的苏甄这才拿出手机打电话。

因刚下过雨,路不好走,警察过了好一会儿才到。方酌为了防止别人接近,一直坐在墙边。苏甄此时也冷静下来了,对照资料,发现这处塌方的地方正是那个陈钟家的后院。

警方封锁现场,疏散人群,方酌二人因是报警人,被带去做笔录,苏甄余光看到法医清理现场,挖出了很多白骨,看来这里埋了不止一具尸体。法医初步判定,这两具已经白骨化的尸体死了有十几年了。警方开始准备通缉最大嫌疑人陈钟。

而苏甄二人也被带回了水周警局,毕竟他俩太可疑了,千里迢迢来这么一个不知名的小乡村,还在荒屋住了一宿,就在发现尸体的房子隔壁,另外前两天抓到的攻击警局资料库的带病毒的手机的主人也是方酌。

二人被一顿审问,可苏甄一点都不担心,她在A城报过警,实话实说,他们就是来查姜旭东失踪的案子的,甚至希望警方多问一点,也许能给她更多的线索。

然而他们只在警局吃了一顿盒饭就被放出来了,手机也还给了方酌。按方酌的话来说他是搞网络的,手机上有点超前的东西无可厚非,他自己并没有违法,网警卸载了他手机上植入的病毒就还给他了。

方酌从警局出来就接到了陈立的电话,陈立说他托人在这边要了袭击方酌的那两人的笔录,可惜没太大作用,方酌早就料到对方不会承认,顶多承认偷窃手机。那两人估计过几天就会被放出来了。苏甄为此担心,方酌却说,对付这种人他自有手段。

087

方酌从警局出来后情绪就不太好,这种低气压一直持续到去骨灰堂做调查。出乎意料,骨灰堂的管理员说,之前陈立查的那个冉兰昨天下午就来过,还带了花祭拜。这件事震惊到了苏甄。

"昨天?"

从记录上看这个人每年都在老太太生日那天来,从没有多来一次,也没缺席过,怎么会突然来了呢?

第32章
手指缺了一点的人

到了祭拜的地方,管理员指着其中一束塑胶花,说:"就是这个。她今年本来来过了,上次陈警官说,我就注意了一下,没想到又出现了,可陈警官的电话打不通,没法通知他。"

"她每次来都带塑胶花吗?"

"不,每次都是鲜花,不知道为什么,这次是塑胶花。"

苏甄看了一眼方酌:"你说是什么事让她突然来祭拜呢?而且还带塑胶花,这里几乎没人送塑胶花吧。"

方酌一语道破:"鲜花放不久,塑胶花却能,突然带塑胶花过来,是否意味着她以后很长时间都不会再来祭拜了?"

苏甄心里一沉:"那个人知道有人发现她了?她想跑?"

方酌赶紧去查监控,那人捂得很严实,穿着长风衣,戴着帽子,只能看出是个女人。苏甄有些泄气:"这怎么查啊?看不清长相。"

方酌反复看了几十遍,突然问:"那个人长什么样子,你看清长相了吗?"

管理员想了想:"戴了口罩看不清,就记得眼睛挺大的。哦,对了,她的手指好像缺了一点,之前每次来都戴着手套,可这次说要给骨灰堂慈善部捐款,要签字,所以她就摘下手套了。"

管理员比着右手小拇指的位置,方酌一僵,颤抖着拿起手机:"是这个人吗?"

管理员皱着眉,用手捂住照片上的口鼻:"对对,还真像。"

苏甄看方酌的脸色暗下去了:"怎么了,你认识?"

"来祭拜的人，应该是云溪。"

酒店房间里，看着堆满一床的资料，苏甄脑子很乱。

"咱们现在捋一捋，我总觉得所有的事之间都有联系。"

"两个袭击我、偷我手机的犯罪嫌疑人，买走老太太房子的人，云溪，还有那个陈钟，你说他们到底是什么关系？"方酌叼着烟，推测，"我觉得最后买走老太太房子的人也许就是云溪，因为云溪的身份是假的，而且她为什么每年都去祭拜老太太？"

"你怀疑云溪是当年福利院的幸存者，是老太太孙女的朋友？"

方酌点头："还有这个人，陈钟，现在这个人是咱们的重点调查对象，他家院子里可有命案，而且按时间推算，命案就是在他失踪前后那两年发生的。"

"你怀疑这个陈钟是因为杀了人才躲起来生活的？可这和咱们要查云溪有什么关系？他也不是福利院的。"

"对，但现在既然一张地契引咱们来小岭村，那这个村子里的任何人都可能是线索，还要多亏那场雨，现在警方介入，资料能收集得更快。"

"警方查到了咱们也不知道啊。"

方酌冷哼一声，晃晃自己的手机。

苏甄瞪大眼睛："你不怕被抓啊？"

"你想什么呢，我现在就在警方眼皮子底下，你以为咱俩卷进这么多事，警方没盯着咱俩？我可不敢做违法乱纪的事，我的意思是，资料能不能拿到，要看陈立那边给不给力。"

苏甄点着头，有点泄气了："你说这些事到底有什么关联？怎么感觉越往下查事情越扑朔迷离呢？和咱俩最初想知道的事几乎毫无关系了。"

"只能说一环扣一环，从那张地契开始，不，确切地说从我收到那张匿名照片开始，我们就被一只看不见的手推着往前走，然后发现地契，发现小岭村，发现陈钟，那只无形的手到底想让咱们知道什么？"

"不仅如此，在咱们深入调查的过程中还有阻碍，还有另一只手安排人来阻挠我们，陷害陈立，似乎有什么不想让人知道的事。"

"所以你和我都只是棋子，我们没有选择，只能继续查下去，因为咱们早就错过了可以脱身的机会，而且云溪和姜旭东当初接近咱们一定有其他目的，咱们早就被卷进整个事件当中了。"

苏甄皱眉："我就是好奇他们到底在隐瞒什么不得了的事，如果说推着咱们不断调查的是一只白色的手，那阻挠咱们、陷害咱们的就是另外一只黑色的手，显然这只白色的手知道黑色的手的目的，可他没有直接曝光，而是让咱们一步步揭开，为什么？你不觉得奇怪吗？"

"只有一种可能，这只白色的想要曝光什么的手说不定也是这局中的一环，说不定就是黑色的手身边的人，而他也许有不得不曝光的理由，或是别的目的，总之对手的对手就是朋友。"

"我看未必吧，说不定是他们分赃不均。算了，想这些也没用。"苏甄沮丧地说。

"谁说的？查出真相，很多问题自然就迎刃而解了。"

苏甄没接话，不管最后查到什么，她的婚姻都保不住了，她和姜旭东再也无法像曾经那样亲密无间了，这是她可以预料到的悲剧。

方酌似是看透了她的心思："与其烦心那些有的没的，不如好好想想姜旭东接近你究竟是为了什么，你前段时间在研究所，有没有好好和你师兄套话啊？"

苏甄拿出手机："你看，这是我师兄之前发表的所有论文，他的每一个研究成果最后都公开了，根本不需要特意接近他来获取信息。"

方酌看着那些论文："你给我看这些也无济于事，反正你自己好好想想，姜旭东接近你肯定有其他目的。别这么看我，只有朋友才愿意跟你说实话。"

苏甄拿起一个靠垫朝他扔过去："麻烦你做个人吧，我不需要朋友。"

方酌笑了笑，盯着云溪的照片，说："真没想到还能再见到云溪。"

这话说得无力。苏甄感觉得到，他们和云溪几乎是擦肩而过，如果出现的是姜旭东，自己此时应该更受不了吧。

"你打算怎么办？"苏甄朝着云溪的照片扬扬下巴。

"云溪的事我之前没有报案，所以现在警方也不会搜捕她，只能靠我自己了。"

"什么意思？"

方酌眨眨眼睛："多亏了昨天那场雨，水周的交通一塌糊涂，进出水周只能乘汽车，所以我只要监测汽车站的监控就行，只要云溪这两天露面，我就能第一时间知道。"

苏甄瞪大眼睛："厉害啊，不过你想好真找到她，要怎么办了吗？"

方酌故作轻松地说："还能怎么办？拿回我的核心技术，把她送到警察那边，我和她彻底结束。"

苏甄可不信他像他嘴上说的这么洒脱，本想揶揄他在烧糊涂了的时候还喊着人家的名字，后来想想还是算了，苏甄觉得这是方酌心里的痛，自己没必要揭人伤疤。"要是有一天我遇到姜旭东，也能像你这么平静就好了。"

"怎么，现在对姜旭东还没死心？"

苏甄没答话，方酌看她情绪低落，笑着说："今晚带你玩点刺激的？"

第33章

秘密的核心技术

入夜，县城街角的洗头房亮着粉红色的迷醉灯光，远远看去像黑夜中的眼睛。一个胖脸、小眼睛的男人出来，身后的姑娘撒娇说："下次还来啊，别忘了，我叫丽丽。"

男人敷衍着，出门点了一根烟。这个老羊常进局子，每次出来都喜欢来这种地方。

他刚拐到街角，就有一辆车"嗖"地过去，带得他栽了个跟头，他嘴里的烟都掉了，骂骂咧咧的，还没站稳，刚才过去的那辆车又回来，速度很快，这一次老羊想躲都来不及，直接跌进了旁边的一条巷子。

那车子斜着堵在巷子口，正好挡住了路灯，车上下来一个高瘦的男人，逆着光，看不清脸。

"哥们儿，干吗的啊？开车不看路。"老羊火大。

对面的人抽着烟，点点火星闪动，走近了，老羊本能地胆战，往后退，结果这是条死胡同。他骂了一声："×。"

老羊往前跑，那人追了上来，速度很快。他喊道："哥们儿，道上的？我刚从里面放出来，身上没钱，别耽误哥们儿发财。"

可面前的男人把烟拿下来，直接朝老羊甩过去，老羊一抖，那人的烟贴着老羊的眼睛飞过去了，差一点就扎进了他眼睛里。

过了十几分钟，方酌从巷子里出来，车上的苏甄有点不安，看他阴着脸上车，问："怎么样了？"

"先开车。"

刚才停车的位置正好挡住巷子口。苏甄看不到里面的情况，本想下车看看，又不敢，只听到里面老羊的惨叫声，此时偷看坐在副驾驶座的男人，他的脸阴冷得厉害。

"和之前那人一样，是常进警局的老油条，说是有人联系他们，叫他们做事。"

"那陈立被陷害呢，是他们做的吗？"

方酌摇头："应该是另外的人干的。对方很阴，出钱叫人做事不一定能达到目的，所以抓住了他们的把柄，这两个人之前抢过一辆私家车，害得车上的人掉沟里，老羊说他俩不是故意的，当时那人把他俩甩下车要逃，结果自己油门踩猛了栽进沟里，他俩当时也吓傻了，看那人趴在方向盘上不动了，所以钱也没敢拿就跑了。但打电话的人准确地说出了时间地点，甚至说手里还有他们犯罪的录像，如果不帮忙，马上就给警方，让他们吃不了兜着走。"

苏甄瞪着眼："这？"

"老羊说他一开始不信，后来收到了照片，他和老黄就干了，在酒店先是潜入我房间，后来追出去，全程都有那个神秘人指挥他俩，和我料想的差不多。"

苏甄倒吸一口冷气，也惊讶于方酌到底用了什么手段，让老羊把这么隐秘的事都交代了。她不由得往巷子的方向看了看。

方酌烦躁地说："放心，还死不了。"

"这事听着怎么这么玄乎呢？"

方酌冷哼道："那两个傻子怕是被人下套了。"

"你是说有人拿人命下套？"

"做了手脚。刚才老羊交代了之后我就查了，那几天根本没人因车栽进沟里死亡，是有人故意给这俩傻子下套，让老羊老黄以为自己害死了人，都是骗他俩的。说不定当时他俩打劫的车就是背后那只黑手安排过去的，也可能那辆车的司机就是下套的人。"

苏甄倒吸一口冷气："你说老羊和老黄可能见过背后的那个人，你仔细问了吗？"

"问了，他俩说当时在夜市上看到一个男的出手阔绰，他俩就跟上他想干一票，这一听就是被人下套了。他们说看他的长相就是个普通的中年男人，逼问了有什么特点，也说不出来。夜市，听明白了吗？就意味着没有摄像头。"

"一环扣一环，为了找人弄咱们，早有预谋？"

苏甄觉得害怕。

方酌冷哼一声："也不算吧，只能说这人手段高，心理素质也好。老羊说那件事就是这几天发生的，就在你和我来云南之前。"

苏甄情绪有点失控，一个急刹车停在路边："方酌，这太可怕了，也许那个神秘人就在我们附近。"她朝着黑夜中看去，只觉得夜色中像是有无数双眼睛在看不见的角落里盯着自己。

苏甄看着茫茫黑夜："咱俩是不是随时都有可能被人解决掉？"

"对方暴露得越多，破绽就越多。能下这个套，必然是观察了很久，这是线索，也是机会，咱们早就站在这个人的对立面了，你现在害怕也来不及了。"

方酌点了一根烟，也看着车窗外："最起码现在我知道云溪就在这座城市里，躲在暗处，知道吗？我还真害怕老羊刚才说找上他们的是个女人。"

苏甄张张嘴，不知如何安慰他，方酌反倒无所谓地挥挥手："苏甄，告诉你一个秘密吧。"

他突然严肃起来，苏甄看到了方酌眼中的冰冷，甚至是绝望。"你知道人工智能吗？"

"知道，AI技术，怎么说起这个？"

方酌看向她："AI，人类赋予一堆代码名字，其实是赋予它们生命，如果这个代码够精密，有一定的大数据支持，就有独立处理问题的意识。"

"我知道这个，科幻片都这么演，只是现在AI技术没有那么先进，哪怕是国外研发出的机器人，很多动作也是设定好的噱头，人类文明还没进步到那种地步。"

"是啊，可有人不相信，他用了很多年，用了很多技术和大量的数据做支撑，甚至研究了人脑结构、仿生学，创造了一段可以媲美人类大脑的代码，也许很荒唐，可如果那段代码成功运行了，比如说被运用于安保系统，就能使安保系统更加人性化，它的自主性是你无法想象的。"

"可很多东西都有利弊两面，这种自主性好的一面必然是造福人类，可如果被用来犯罪，那就是灾难。苏甄，你知道网络高手有多厉害，他们可以越过官方的安防系统，可以制造完美的复制品来蒙骗别人。"

方酌突然有一丝哽咽，苏甄一惊，意识到了什么，坐直了，愣愣地看着方酌。方酌捂住自己的脸："其实从我在你的电脑里第一次发现监听软件时就意识到了，苏甄。云溪偷走的核心技术，就是我一直以来研究的AI仿生芯片。这个芯片插入任何电子机械，都可以自主检测原机的配置，然后进入操控模式。而我的理想是，它会有自己的意识、善恶观，来规避坏的一面。但它只是个概念，像你说的人类并未进步到那种程度，它只是我的一个想法，你要相信我最初真的只是有一个美好的憧憬，是我太天真。何况人自己都不一定能分清善恶，AI又怎么知道什么该做，什么不该做呢？所以这方面还是需要人来操控，这是我一直没完成的部分。

"可已完成的部分已经非常智能了，就算是使用者不了解的领域，只要将芯片插入，它就会自动操控解锁，甚至能达到超预期的深度控制。

"可我为什么要拿给云溪看？也许因为她曾经是我最信任的人吧，我想和她分享我的成果，我的理想。可我没想到会走到今天这一步。

"一直以来我都不敢把这件事告诉你和陈立，不敢告诉任何人，是我酿成了大错，我害怕被人知道，更害怕曝出来后引起社会恐慌，那样我的公司也全完了。"

第 34 章

山里的习俗

苏甄瞪着眼看着崩溃的方酌："你什么意思？咱们不是一直在追那个网络高手吗？"

"对方是不是网络高手我不能完全确定，但从你家被监听，到陈立被监听，再到酒店安防系统被破坏，我每每追踪，都看到了同源代码，那个代码就是我的 AI 自主芯片的手笔。知道我为什么能那么轻松地破解吗？因为我在和我自己作战。你懂吗，苏甄？"

苏甄听不懂那些术语，但明白了一件事，对方用方酌发明的 AI 芯片，在网络上攻击、监听目标人物，以达到自己的目的，甚至方酌都怀疑陈立被人陷害，也是对方利用那个 AI 自主芯片侵入了警方数据库，传递了假消息给卧底。当然他能知道卧底是谁，也是因为 AI 芯片攻破了保密信息库，得到了机密信息。如果这样的技术被不法分子掌控，会如何？

苏甄害怕地说："那现在怎么办？你怎么才说？我们应该早点和警方说实话。这是大事，不能隐瞒，你明白吗？"

苏甄说着就要拿手机。

"苏甄，你要是告诉陈立，我的公司就完了。"

"现在是在讨论公司的事吗？"

"你听我解释，苏甄，那个技术根本没有你想的那么完美，我说了人类文明没有进步到可以无所不能，你懂吗？那只是个概念，它的自主性如果那么好，我也不会一直不发表。

"我承认我当初是想在自己的女人面前炫耀一下，所以说得夸张了一点，可没想到云溪信了，但我发誓它没有那么厉害，只不过对手以为很厉害而已，它的自主性看起来是很优秀，可有致命的弊端，这个缺点我了解，在酒店的时候我就远程控制了，而且我能锁定它。"

"你觉得你现在解释有用吗？如果你的锁定那么好用，陈立就不会被人陷害了。"苏甄眼神如刀。

看到方酌的表情，她很惊讶，像是参透了什么："不对，既然你在我家的时候就发现了，那陈立为什么还会被人陷害？你一直没有锁定，为什么？"

"那是我一辈子的心血，一旦锁定，大部分数据就会自毁。"

方酌没说下去。

"所以你是舍不得你的成果，害了陈立。"

"我承认我错了，苏甄，我错得离谱，所以我已经在努力弥补了。"

"方酌，你有想过陈立的梦想吗？如果陈立一辈子都不能再当警察怎么办？你只在乎你自己的梦想，你在乎过他的吗？"

方酌一拳打在玻璃窗上："我承认我错了，可你现在就算告诉警方，他们又能做什么？AI自主芯片只有我懂，对手都不知道它真正的用途，这几次我就看出来了，对方不可能破解它，你指望警方能破解吗？到时候除了毁了我的公司，还能干什么？"

苏甄反而冷静了几分。

"那你就任由对方用它肆意妄为？"

"苏甄，那个东西是我做的，对方如果知道如何运用，就不会在它只是一个半成品的时候就盗走了，不管是云溪信了我的鬼话还是什么原因，对方都只能用到这种程度了，你懂吗？"

"可对方已经把陈立陷害了，你就不怕对方再拿这东西做什么？"

方酌摇头："我当初给它设定了自毁功能，就是怕它被拿去犯罪。如果我没料错，在陈立那件事后，这个功能再也不能使用了。至于入侵安保系统这种程度的操作，任何一个网络高手都可以做到，这是我和你说的实话。"

"苏甄，我不愿意承认我自己的失败，但那个技术真的只是看起来强大，对方也许也发现了这一点，所以才想要对我下手。那两人接到的任务不是弄死我，而是要绑架我，你明白吗？"

方酌颓废起来："但我承认，这件事走到今天这个地步是我的错，如果我不虚张声势地弄出一个AI，那只黑手也许就不会出现了。"

夜风萧索，苏甄仿佛透过方酌颓废的外表看到了他失落的灵魂。她张张嘴，却不知该说什么。

接下来的两天方酌都没出房间，苏甄叫服务员定时给他送饭。

苏甄没有把这件事告诉陈立，就像方酌说的那样，说了也于事无补，只会引起恐慌，到时候万一警方插手过多，她和方酌就不能继续查了，这是苏甄的私心。

而对方酌来说，承认他自己的失败和看到云溪出现都是打击，即便他装作不在意，苏甄也明白那种感觉，可能他也和自己一样，曾有那么一瞬间希望那个爱过的人没有骗自己，是出了意外或者被胁迫了，而不是处心积虑地接近他、蒙骗他。

线索到这儿似乎都断了，包括陈钟的事，他们从陈立那儿得到消息，他托人了解陈钟家后院白骨的案子，可因为白骨是十几年前的，陈钟又失踪了，所以没进展。至于案件细节，陈立也需要时间才能弄到。

这一下子，看着好像可以查的很多，她和方酌却什么都做不了，陈立也打电话来问过他俩要不要先回去，毕竟在这边有点危险。

研究所那边，田锋也打电话来问过。

可就这样回去吗？苏甄不甘心。从头到尾她只想知道姜旭东去哪儿了，就那么难吗？但她也明白，没有方酌，她自己查只是徒劳。

方酌休息的时候，她又去骨灰堂看了看，结果在翻看来访记录的时候发现一件事，这个登记簿上被祭拜的老人几乎都是大兴镇人。

她突然想起姜旭东留下的那张地契上写的就是大兴镇小岭村，可陈立当时查到的只有水周的小岭村，从没有什么大兴镇的小岭村。

苏甄疑惑地问管理员，后者笑道："小姐啊，一看你就是外地人，这是当地少数民族的习俗啦。当然了，现在也很少有年轻人知道，只有老一辈人才晓得。

"人死了呢，籍贯要从阳间的写法变成阴间的写法，意思是去了另一个地方，咱们这边的习俗管死了叫上山，因为以前人死了要埋在山上，可现在哪还有山可以叫你埋？"

"那大兴镇是什么意思？"

"就是山名啊。水周这个地方呢就那几座山，阴间的说法都叫什么什么镇，意思就是人死了要住到这个镇子上去。哎呀，现在很少有人知道的，就算是我们做殡葬行业的，也得是老行内人才知道，其他人根本不懂啦，也难怪。"

苏甄的心一下提起来："所以这个大兴镇，是座山？"

老管理员皱着眉想了想，又拿册子查了查："这个，风北山，就在小岭村前面。"

"那边有山吗，我怎么没注意到？"苏甄忙打开百度查。

"现在看着不像山了，以前是正经的山呢，后来上面建了游乐场，就是那个乐享游乐场，刚建的时候是我们这儿的旅游招牌，哎哟，不得了，当时水周一下就火了。

"近几年不行了，官方还说要不然把老游乐场拆了，恢复山的样子，还能更好地发展旅游业。哎哟，现在的人也不知道怎么了，以前是山的时候要做现代化旅游，现在又要回归自然，瞎折腾。

"不过啊，游乐场在这半边，那半边还是山，那些年大家还不习惯，还闹过一段时间呢，不过这都是好多年前的事了，那块地方太好，后来就有人在那儿做起生意了，有没有墓都不一定了。"

老管理员还在喋喋不休，苏甄却心都提到嗓子眼了。所以，那张地契上的位置根本不是什么小岭村的房子，而是一处埋死人的地址？难道是个墓地？

消失的少年们

卷三

窥夜

第35章
摩天轮

苏甄这个发现太惊人了，也不管别的了，跑回酒店把方酌叫起来。两人把车子开到游乐场那边。

此时是下午，游乐场仍在营业，可人很少，只有一些当地情侣和旅游团的大爷大妈。苏甄二人停车时，还有大妈在和导游说这是给孩子玩的，他们要退票。

再看整座游乐场，依山而建，当年可谓轰动一时，算是南方这边的大型游乐场。不过这些年各地都兴建游乐场，随着各种更新的、更壮观的游乐场出现，这个游乐场就显得越发简陋和寒酸了。因为年头久了，上面的很多彩料都掉色了，乍一看，在这种阴天，游乐场透着一股诡异的阴森感。

它是从什么时候开始衰败的？据陈立查到的地方志资料，大概是十年前吧，过山车出事故卡死过人，有人说是因为这场意外，也有人说是因为时代的变迁，但无论是哪种原因，过去的辉煌都不再有了。

"怎么样，要玩什么？我去买个套票。"

方酌看着四周，眼睛盯着卖烤肠和棉花糖的摊子，苏甄拎着他的领子把他拽回来："买什么？咱俩的目标不是游乐场，是后山，据说后山没有入口，只能从这里进。那几年生意好做，一些人在后山建了旅馆啊，餐厅啊之类的，墓都几乎看不到了。"

"在墓地建酒店谁敢住？外地人不知道，还当是旅游胜地呢。"

苏甄撇撇嘴："你说咱们直接问入口是不是太明显了？"

"当然，这里一共才几个人啊？说不定有人正盯着咱俩呢。"

他这么一说，苏甄吓得一哆嗦。

游乐场里人最多的项目就是摩天轮了，苏甄本想说继续找，或者找人旁敲侧击问一下，却没想到方酌买了摩天轮的票，理由是那个升得高，到最高点说不定就能看到入口了。

这个摩天轮很高，到达一定高度，能看到游乐场里大大小小的亭子、纵横交错的小路和稀稀拉拉的游客，据说很多人喜欢来这里看日出，但这里人工开凿的痕迹太多，去过大城市游乐山庄的人，自然会觉得这里很简陋。

摩天轮升得更高了，苏甄终于看到了后山。后山的植被和前面比更茂密，也更凌乱，显得原始自然一些。

"可入口在哪儿？不是说有旅馆和饭店？"

"来之前我让陈立查了资料，来游乐场的人越来越少，这边的旅馆和饭店尚且亏损，后面的自然大多都倒闭了。"

苏甄看到后山是有几栋房子，可墙面已经掉漆，周围杂草丛生，和前面的游乐场之间还有很高的栅栏隔着。

"那总有入口吧？陈立的资料里有说后山入口在哪儿吗？"

"没有。"

"可咱俩又不能贸然打听。"

方酌突然盯着下方的一片区域："你看那儿。"

他指着游乐场的一个小楼，有管理员正从后门出去，后面正好是后山的树林。

第36章

冒险屋

二人从摩天轮上下来，走去在上面看到的那栋小楼，小楼入口是鲨鱼嘴形状，牌子上写着"冒险屋"。

这个冒险屋还是为数不多的来玩的人挺多的设施，外面看起来简陋，里面还挺有氛围的。他们坐着的小火车开进景区，长长的小火车上还坐了三对情侣，这三对还是分开坐的，中间都隔着两排，苏甄想说往前坐，方酌把她拉到最后一排："坐后面，和他们保持点距离，不是要找出口吗？"

一进去后面的大门就关上了，灯光也暗了，周围有流水声。接着到了一处类似医院的场景，旁边是手术台，上面有带血的剪刀，场景布置得还挺好，音乐也很应景，继续往前是解剖室，苏甄已经缓过来了，可前面有一个姑娘一路尖叫，最后叫得苏甄都有点烦了。

再往后，小火车的速度快了，到了什么食人鬼洞，突然蹦出来的假肢吓得前面的姑娘直接钻进了男朋友的怀里，都吓哭了。

火车停在了一处，要下车走着继续冒险了，苏甄没有在意周围恐怖的场景，在心里盘算着小火车刚走过的路线，刚才在摩天轮上看到的管理员出去的后门应该还在前面，苏甄一边走着一边计算着方位，方酌倒是还玩得挺投入的。

就在苏甄比画着计算路程的时候，方酌一把拉过她。"小心。"

苏甄疑惑，周围并没有什么，结果两三秒后那边跳出了一个伸长舌头的小丑，苏甄瞪着眼睛看那个假玩偶，惊讶地问："你怎么知道这儿有？"

方酌指指前面："刚才一对情侣经过的时候跳出来过。"

继续往前走，里面是迷宫式的，已经看不见前面的人了，苏甄感叹："外面看着普通，里面还挺大的啊，比想象的好，二十块钱票价也值了。不过要是真想走出去，还需要点智慧，肯定有在这里迷路的，迷路了可以求助对吧？"苏甄晃着门口保安给的手环，是个呼叫器。

苏甄想起什么，说："咱俩要是找入口是不是不能戴着这个？有定位吧。"

苏甄看了看四周，找了个还算明显的地方把手环放上去："回来取。"

他俩继续往前走，不知道是不是因为里面越来越暗，苏甄觉得有点没安全感："在这里面走没有手环，还真吓人，你说这里这么大、这么乱，要是人走丢了，工作人员也找不到，就被困在这里了吧。"

她说了半天，方酌竟然也没回应，她疑惑地回头问他怎么了，却发现他头上有一层薄汗。"你怎么了？"摸他的头没发烧，苏甄松了一口气。

方酌停下来坐在旁边的石凳上："我没事，空气有点不流通。继续走吧，往这边走，快到了。"

苏甄觉得方酌的反应有点奇怪，但这里确实很闷。苏甄的手表带指南针，很快二人就找到了那个小门，也看到了工作人员休息站，管理员正在小屋里看电视呢。

方酌皱眉："看这里的布景，以前应该也是冒险屋的一个环节。可能像你说的，这里太乱，所以里面也安排了工作人员吧。还有监控。"

老管理员喝着茶水看着电视，旁边就是监控显示屏，能看到上面有人在走，但因苏甄把手环放在了树上，所以他们那组的屏是空的。

"时间长了，他不是会发现咱们没按规定的路线走？"

"不会，你看他都不看一眼，而且有的游客喜欢冒险就不戴手环，他们也睁一只眼闭一只眼，不出危险就行。"

苏甄点头，再看那个后门就在休息室旁边，二人避着老管理员的视线小心地从后门出去了。

外面是清新的空气，夕阳此时已经隐没，树林里有点暗。

苏甄大口喘着气，直皱眉。"你说咱俩明明可以找管理员光明正大地过来，偏要这么偷偷摸摸的。"

"走明面太引人注意，背后那只手可能还在盯着咱们，小心为妙。"

苏甄按照在摩天轮上看到的小路往里走。没走几步就看到几栋小楼上面挂着褪色的写着炒海鲜、风味小吃、寄宿、丰华旅馆等字样的牌子，不过都已残破，很久没人打理了。

"老一辈的人那么相信葬在山上能为子孙后代谋财，可还是在金钱面前低头，把陵园都改成营业场所了，不知道该说是人性的弱点还是什么。你说世上真的有气运这种东西吗？会不会因为这样这里才衰败？"方酌突然有感而发。

第 37 章
活人的墓碑

"你什么时候这么多愁善感了？"

他俩继续往前走，看到的都是这样的设施，苏甄怀疑是找错了，这里真的会有陵园吗？

"再往下走应该就有了，据说当年修成陵园的时候还有人管理，可后来改建以后，就没有人了，墓也没多少，都迁走了，按老人的说法，墓地不应设在闹市区，剩下的还没迁走的墓自然是被亲人遗忘的，应该不多。"

苏甄皱皱眉，继续往前走，低头看到地上竟然被风吹过来一张纸钱，然后就看到了墓碑，上面还有新鲜水果。"谁说剩下的都是被遗忘的？你看，还有人来祭拜呢。"

苏甄看了一眼墓碑上的照片，是个老太太，碑上写着"刘王氏之母"，落款是儿子，地上还压着些纸钱。方酌则注意到墓碑下面刻着一个 b-4，皱皱眉："姜旭东那张地契上写的是 f-30，离得很远，继续找吧。"

这里的墓确实不多，隔很远才有一个，而且因为有的地方一看就是后来填平了，墓碑没有了，所以很不好找。眼看天就要完全黑了，苏甄累得够呛，这时方酌叫道："这儿。"

没想到墓竟然在一个非常不起眼的角落，在一个坡下面，若不是方酌脚滑滑下去了，没人会想到这里还有墓碑。这个墓年头很久了，但看得出来有人来

101

祭拜过，因为墓碑前有腐烂的水果。

苏甄拿手机照着看编号，没错，再看墓碑，上面没有照片，只写着"徐曼妮之墓"，落款是父母立。

"徐曼妮？"苏甄皱眉，"听过这个名字吗？"

方酌摇头："查查吧。"

他指着上面的忌日，二十年前的五月三十号。生辰也有，苏甄算了一下，这个人死的时候才十二岁，好年轻啊，但上面没写生平，只有日期和姓名，不像其他墓碑上还有一些简介，这上面什么都没写。

苏甄记下日期，四处看了看："有人祭拜，说明她父母还活着。你说我是不是想错了？姜旭东的地契上的地址，要说是小岭村那栋宅子，我觉得还有可能，可是这个徐曼妮是谁啊，感觉跟他毫无关联，是我想错了吗？"

"应该没错，地址、编号全对上了，而且，那张地契上写着买主是个姓徐的，这个死者也姓徐，可能是他的亲戚，查吧，肯定有关。"

大概两人耽误的时间太多，回来的时候被管理员抓了个正着，老管理员严肃地批评了他们，说这样很危险，苏甄趁此好奇地问："这里以前出过事故？"

老管理员看了她一眼，说："也不算什么事故，以前有人说朋友在这儿走丢了，不过那都是坑钱的，警察都说不关我们的事，不过我们发现确实有漏洞，就搞得严格一点了，也是为了游客的安全着想。"

两人从冒险屋出来，外面已经完全黑了。方酌给陈立打了电话，托他找官方的人调查徐曼妮。

陈立这次回复得挺快，不仅发来了徐曼妮的资料，还有关于陈钟的。但很出人意料，首先死亡日期对不上，根据死亡人口筛查结果，那个日子当地死亡的人中没有叫徐曼妮的，根据生日倒是在水周找到了两个，可都还活着呢。

苏甄正疑惑他们是不是找错了，方酌却看着资料皱眉说："没找错，这两个徐曼妮，有一个是咱们要找的。"

他指着陈钟的资料里的一条，十年前，陈钟失踪前总在育华高中附近的网吧游荡，似乎和育华高中的一些学生有过交往。

"育华高中？"

方酌指着其中一个叫徐曼妮的："这个人就是育华高中的，应该不会那么巧。"

"可这个徐曼妮还活着，怎么会？"苏甄疑惑了。

如果他们要找的徐曼妮没死，那墓碑又是怎么回事？苏甄陷入了极大的困惑中。

"这个育华高中的徐曼妮应该还在水周，只是资料很奇怪，似乎在她高中毕业以后就没有更新信息了。"

"什么意思？"

"你看另一个徐曼妮的生活轨迹，她高考后去了京城的一所大学，后来工作，再后来去香港，生活轨迹清晰。可这个育华高中的徐曼妮，她十八岁毕业之前的生活轨迹都很正常，可十八岁以后就断了，没有更新，不奇怪吗？"

"你是说她出了意外？"

"出不出意外不知道，但是你看。"

方酌指着徐曼妮父亲那一栏："姓名，徐阳。"地契上的买主姓徐，另一个字带了一个耳刀旁。

"地契的主人是徐阳，是她父亲？是她父亲买了墓地，给女儿？"

"奇怪吗？如果这些不调出来看，水周人口就算再少也不会有人注意到的，而且他们没有申报死亡，更没报过失踪，有意思吧？"方酌点着资料。

苏甄拿起那张徐曼妮十八岁时的身份证照片，说："方酌，你觉不觉得这个徐曼妮有点眼熟，可说不上来在哪儿见过？"

方酌拿过来看："看不出什么，你们那个时候的女生都梳这种刘海吗？"

齐刘海，当时很流行，现在看看很土。

苏甄摇摇头。"那咱们接下来怎么办？"

"找她父母，调查她十八岁以前的生活轨迹，人活着的时候总有人记得吧。"

"可你怎么找她父母的地址啊？通常户籍上的地址都不是最新的，如果她父母有事情要隐瞒，肯定会搬家的。"

方酌拍拍自己的电脑："我说过一个人只要活着就会有痕迹，况且看祭拜的东西，她父母应该没离开水周。"

其实那对老夫妻的地址很好找，正常生活自然就要用到身份证，方酌通过在互联网上查到的信息发现徐阳新买了房子，就在水周新开发的楼盘，一室一厅。

第二天方酌二人就准备会会这对退休夫妻。

在见这对夫妻前，苏甄二人走访了这对夫妻这些年租房的邻居。是的，这么多年他们频繁地换住处，这足以引人怀疑。

只是邻居对这对夫妻都是赞不绝口。

"哎呀，老徐是工厂车间主任，人缘好得不得了，他媳妇可贤惠了，老两口有孩子，女儿出国读书了，过几年还要接他们去外国呢。为什么搬家？谁知道？说是工作原因吧。"

"女儿？我们见过照片。哎哟，漂亮的啊。十八岁以后啊，听说出国读书去了，没见过了。"

走访了一圈，除了最初住的地方有邻居说见过他们的女儿，剩下的邻居都只是听说过而已。

第 38 章
不止一人

"怪不得要频繁搬家，若是女儿真的死了，时间长了邻居也会起疑的。"苏甄都替这对老夫妻感到心累，他们仿佛活在梦里。

下午苏甄和方酌到了老夫妻刚买了房的小区，四周人不多，因为在郊区，显得挺荒凉的。方酌怕对方不肯开门，所以叫苏甄敲门称是社区的，小姑娘嘛，能降低他们的防备心。

两个老人还挺有警惕心，没让他俩进门，就在门口的走廊里跟他们说话。

苏甄象征性地询问了一下他们的家庭情况，徐阳很自然地说到了女儿，和他们听说的一样，说女儿在国外。

苏甄特意观察了一下他俩的表情，很自然。

"哦，是吗？在国外，在哪个国家？"苏甄眼神锐利。

"在美国读书，后来就在那儿工作了。"

"结婚了吗？"

"还没，那孩子挑剔。"

徐阳像是不愿意提及这些，说社区怎么还问这些事，快点问，他正做饭呢。

苏甄和方酌对视一眼，合上手里的本子，单刀直入："最近去过风北山吗？"

徐阳的妻子疑惑地看着苏甄，倒是徐阳愣了一下，苏甄没给他开口的机会，继续道："现在应该没人叫那里风北山了，应该叫乐享游乐场，用老话讲，后山那里叫大兴镇。最近你们去过吧，因为墓碑前的祭品还没完全腐烂。"

苏甄紧盯着徐阳的脸，那老头眼神中显然闪过一丝惊恐，但很快否认："不知道你在说什么，什么墓碑？问完了吧，问完了我们还要做饭呢。"

他说完就要关门，方酌一把拉住门："乐享游乐场后山有你女儿的墓碑，可你却说你女儿没死，而是出国了。可实际上根本没有你女儿出国的记录，甚至她的生活轨迹在十八岁高中毕业后就再没有更新。普通人你们骗一骗也就算了，我们，你糊弄不了。"

他妻子显然已经慌了，手都在抖，徐阳却很冷静："不知道你在说什么，什么女儿死了？我的女儿活得好好的。"

苏甄说出了墓碑上的死亡日期，盯着徐阳的妻子："立墓碑的是您二位，日期显示你女儿十二岁就死了，那你们是怎么把女儿养到十八岁的？十八岁以后她又去哪儿了？"

如果苏甄一开始还怀疑他们找错人了，现在看徐阳的妻子眼泪在眼眶打转，心里就笃定了，肯定是，他们就是死去的徐曼妮的父母，而且他们一定在隐瞒什么。

"不知道你们在说什么，你们不是社区的人。"

徐阳很激动地推了苏甄一把，苏甄差点跌下楼梯，方酌一把接住她，可对方直接锁了门。

"糟了。"苏甄拼命地敲门，"你们逃避也没有用，那个墓碑是你们立的吧？她十二岁就死了，可据我们调查她一直在念书，到十八岁才失踪。你们在逃避什么？"

可对方铁了心不开门。因为是新建的小区，旁边都还没人住，所以苏甄也没法大叫引起邻居注意给他们施加压力。正一筹莫展时，方酌把她拉开，轻轻敲门，说："徐叔叔，我们没有恶意，我们在找一个朋友，查线索查到了您女儿这里，这条线索对我们很重要，如果您肯说实话，我们不会为难您。"

对方还是没出声，方酌眼睛眯起来，声音极冷，说："我知道您就在门边上，听得真切，您也不敢报警吧？怕警察介入查您。这么多年您和您的妻子搬了这么多次家，不就是怕人注意到您的女儿不见了吗？如果您不肯配合，我就报警了。您二位到底想隐瞒什么？"

门里传来了老太太悲切的哭声。过了好一会儿，门开了。

徐阳阴着脸盯着他们："你们不是社区的，你们到底是什么人？"

方酌声音缓和了一些："我有个朋友失踪了，我们查到了一个叫陈钟的人，之后就注意到了你的女儿徐曼妮，发现她十八岁之后就没有社会活动痕迹了，碰巧，我们也发现了她在山上的墓碑，我希望听实话，否则……"

徐阳有些激动："你们到底想知道什么？"

"你的女儿在哪儿？陈钟你认识吗？"

苏甄注意着徐阳的表情，那老头脸色的变化让人确定，他听过陈钟这个名字。

新房子还有些刚装修完的气味，茶几上放着几个苹果，老太太一直在旁边哭，徐阳有些颓废。"我就知道迟早要出事，我们当初就不该……唉。"

徐阳没再隐瞒，按他的话来说，都过去这么多年了，其实他们也没必要隐瞒了，只是有时候还是会怕，更多的也是不想承认女儿死了，街坊邻居问，就说女儿出国了，久而久之自己也信了。

苏甄看着那个流泪的母亲，心里有些不是滋味，但关于徐曼妮的故事更让人心惊。

据徐阳说，他们的女儿在十岁的时候就病了，得的是肾病，他们以前还是小康之家，但时间长了也倾家荡产了。而女儿日渐衰弱，必须换肾，肾源有，可钱去哪儿找啊？他们那时候就把房子卖了。

徐阳说，那天他去医院给妻子女儿送饭，突然有个男孩子找到他，说可以给他十万块钱，十万啊，在那个年代够女儿换肾的医药费和后续的保养费用了。男孩子也就是十七八岁的样子，一开始徐阳觉得他是骗子，可那男孩竟然把钱拿出来了，就那样一捆一捆地用报纸包着。那天下了很大的雨，徐阳说那一刻他以为是老天垂怜，终于让他们看到了希望。

可对方还有个条件，若是他拿了这钱，以后他们的女儿就不能以徐曼妮的身份出现。

"那时候我还不明白是什么意思。"徐阳叹着气，"我当时只想要钱给女儿治病，就算对方是骗子，就算最后他要我的命，我也得答应啊。可惜换肾手术后不久，女儿还是死了，我俩都不想活了，可'债主'找上门来了。

"那男孩说我当时立了字据，他没有别的要求，之前还想让我俩把女儿送走，现在死了更方便，叫我不要对外声张。女儿是死在家里的，不能申报死亡，他要买的是我女儿的身份，至于我女儿的尸体，他们处理。

"我不同意，我不能让我女儿最后连尸骨都没了，我们连个祭拜的地方都没有吧，我又和他谈，那男孩子同意我们在风北山买个墓，钱也是他们出的。

"我也疑惑他们要我女儿的身份干什么，是不是用来犯罪，可后来我们见到那个女孩了，还很小，和我女儿一样大，才十二岁，她说她父母都死了，是被人害死的，她是从福利院逃出来的，没有身份，害怕被抓回去。"

"这你们也信？从福利院逃出来的，能有那么多钱？"苏甄忍不住插嘴。

徐阳低着头，半晌才说："我当然不信，我和妻子也试过调查，可我们的行为让对方很不满意，那个男孩晚上到我家……"

徐阳说到这儿缩了一下，那是他一辈子都忘不了的记忆。"那是亡命之徒，你不知道他有多少同伙，他点了你的房子，你报警都来不及。"

徐阳叹了口气："其实一直当女儿没死也挺好的。"

苏甄无语了，看到这老两口一个沉默了，一个还在哭，已经明白是怎么回事了。

"你说他们不止一人？"

第39章
复杂的母爱

"应该是，虽然我只见过那姑娘和陈钟。"

据徐阳说，那姑娘顶了女儿的身份后，转学到陌生的学校念书，很少和他们接触，但怕被人发现，周末也偶尔回来一趟。老两口因失去女儿，久而久之，也就习惯了这姑娘的存在。"有时候我甚至有她就是我女儿的错觉。"

徐阳双眼通红。其实苏甄能理解这对老夫妻的复杂心情。

"我们提出过领养她，可那姑娘不肯，我老婆子有一次还想给那孩子送点包子，在寄宿学校吃不好、穿不好的，我们是真想把她当女儿。"

可后来他们发现自己错了，那次去送包子，老太太看到了陈钟去接女孩放学，身边还跟着几个孩子，几个人在胡同里围着学校的小孩子打，欺负同学，那个温柔的小姑娘仿佛一个恶魔。老两口再没领养她的想法了。

"你们没想过报警或者深入了解一下这小姑娘是谁吗？"

"不敢不敢，陈钟威胁过我们。直到成年后，那姑娘和那些人突然就不见了，是真的不见了。高考完之后，我们想着等她上大学了走了就好了，可学校联系我们，说她没参加高考。他们常去的网吧我也找过，陈钟也不在了，一夜之间就消失了。但我俩害怕，所以这么多年就东躲西藏的。"

"他们都不见了，你们还怕？"

徐阳没说话，方酌却冷笑起来："你们这属于包庇罪，当然怕了，更何况你们也得到了好处，除了那十万块钱，他们还给过你们钱吧？你俩频繁搬家，包括现在买这栋房子的钱都是他们给的吧？"

徐阳缩了一下，盯着方酌，有一种想开口问又害怕的样子。方酌笑出来，说："放心，以后你们也可以继续装下去。但你们跟那女孩一起待了六年，当真一点都不知道她的身份？"

徐阳的眼神很坚决："我们什么都不知道。"

"怕惹事？"方酌一掌拍到老头身上，又盯着旁边哭哭啼啼的老太太，"还是故意隐瞒？"

苏甄心里一沉，似乎明白了方酌的意思。人非草木，她温和地说："阿姨，您就和我说说这个姑娘吧，这涉及人命，我的朋友生死未卜，也许这就是线索，您不能只顾自己不顾别人吧？"

那老太太哭得更厉害了，直摇头："我们知道什么？我们不过是收钱闭嘴。"

"有陈钟在,我们了解得越多越危险,至于那个小姑娘,六年里我们也没见过几次。"徐阳坚定地说。

对方一口咬定不知道不了解,苏甄明白无法勉强,可真相也许就在眼前。她叹了口气,觉得不能逼得太紧,回到之前的问题:"那女孩说过她爸妈是被人害死的,还说什么了?"

"没有了,真的没有了。"

"那您有照片吗?我是说,她刚到你们家的照片。资料上只有她十八岁的照片,初中的照片都没了。"

似乎所有她十二岁以后的照片都一夜之间消失了,除了一张成年后的身份证照片。

"没有,我们怎么会有她的照片?"徐阳说,"你们问得太多了,我们……"

苏甄却盯着他的妻子,问:"阿姨,那我能看看你们女儿的照片吗?"

老太太迟疑了一下,拿出了一本旧相册,翻开第一页就开始流泪。苏甄看相册里有夫妻俩和女儿的合照,有小姑娘的单人照,都是很小的时候照的。苏甄留意了相册上写的照相馆名字,和老夫妻告了别。

从小区走出来,方酌皱眉,问:"你刚才为什么要看他们亲生女儿的照片?是怕他们说谎?"

"他们应该没说谎,但我总觉得这对老夫妻,尤其是那个老太太肯定隐瞒了什么,那时候她刚刚丧女,肯定会把感情寄托到这假女儿身上,这是人之常情,从她去送包子就可以看出来。"

"可她也说了看到那女孩欺负同学,和地痞混在一起,马上就像梦醒了一样。看看,这就是亲生和非亲生的区别,如果是亲生的孩子,肯定得上去教育教育,而非亲生的就避之不及。"方酌眼神中闪过一丝轻蔑,"所以说没有血缘牵绊的关系总是这么脆弱。"

苏甄却摇头,说:"你说出这话就表明你不了解女性,尤其是女性成为母亲之后的感受,所以我记下了那个照相馆的名字。"

"什么意思?"方酌疑惑地问。

"经历了丧女之痛,无论假女儿是什么样,老太太为了有个情感寄托,肯定会把其当作女儿。既然那小姑娘没有父母,成长过程中肯定也要依靠他们,我觉得老太太和那姑娘之间肯定没那么简单。但我也明白,如果他们之间真的存在感情,咱们无论如何都是问不出来的,逼急了老夫妻可能会走向极端。"

看苏甄分析得头头是道,方酌笑出来:"你还挺懂心理学?"

苏甄笑笑:"不懂,只不过我了解母亲。"

方酌皱眉,很疑惑,他查过苏甄的家庭,她从小就很幸福,父母很宠她,她和父母之间也从未有过任何隔阂。

大概看出了方酌的疑惑，苏甄笑了，眼神淡漠，表面轻松地说："其实我和姜旭东有过一个孩子，只是两个月的时候就没有胎心了，打掉了。"

方酌一愣。

"这事谁都不知道，方琼、我父母、同事。我想知道的人越少，这件事就好像没发生过。"

方酌张张嘴，最后说："抱歉。"

苏甄笑笑："刚结婚的时候有的，过去很久了，我只是想说为人母的女人情感是不一样的。"

方酌没有解释，他觉得抱歉的是他当初斩钉截铁地说姜旭东是有其他目的才接近她的，这句话一定给苏甄造成了很大伤害。

"所以我想去照相馆看看，如果老太太当时移情到小姑娘身上，肯定会以照顾女儿的方式照顾她，从送包子上就能看出来，不过大概也发现了这姑娘和他们死去的女儿非常不同吧。"

"所以这和照相馆有什么关系？你是怀疑老太太和她也去照过母子照？"方酌觉得荒唐，"你觉得那姑娘会同意？从初中照片都不见了就能看出，他们应该是有意销毁以前的照片。"

第40章
书店

"我明白，可我总觉得那姑娘和老太太的感情会不一样，我不认为老夫妻俩纯粹是因为被陈钟威胁这么多年才东躲西藏的。即便照片被销毁了，老太太会不会偷偷留了照片？"

他俩找过去的时候，那家照相馆早就倒闭了，那儿现在开了一家影楼，可以拍婚纱照和证件照。

"这地方都更新换代了，你觉得十几年前的照片还会有底片吗？"

"碰碰运气吧。"

可事实就是运气不是那么好碰的，影楼的老板并不认识照相馆的老板，之前的老板也早就去世了，这个店铺是从他儿子手里租的，问起细节，没人知道。

苏甄觉得自己查了个寂寞。

方酌说："别灰心,你这个思路是对的。徐曼妮六年中虽和老夫妻疏离,但感情肯定不像他们说的那么淡漠。徐阳和他太太一个是国有工厂车间主任,一个是电大老师,他们单位有没有组织过什么活动,可以带家属的那种?有活动会不会照相?"

苏甄恍然大悟："去徐阳退休的单位查?"

"国营厂早就变成股份制了,要找老职工老领导,咱们就没有权限了,得找人帮忙。"

方酌打了个电话,显然找的不是陈立。

没一会儿消息就来了,还真的被他料中了,不过不是徐阳的单位,而是老太太的,看来老太太和徐曼妮的感情更好一些,但也只有一次,是电大组织的活动,地点很有意思,就在乐享游乐场,有一张集体照,员工都是带着孩子的。

苏甄看了半天照片,找到了年轻时候的老太太,但她身边的小女孩看不清长相。"照片太老了。"

方酌在电脑上操作："不知道老照片是能修复的吗?你要是想合成和四大天王的合照我都能帮你整,现在科技发达着呢。"

在第三次放大修复的时候,苏甄惊讶地说:"等等。"

她不确定地翻出手机里从小岭村得来的照片,说:"我说怎么一开始看徐曼妮的身份证照那么眼熟呢。"女孩子发育期间变化太大,她一时没想起来,可这张集体照是在徐曼妮十三岁时拍的,所以她认出来了。

苏甄颤抖着把照片举到方酌面前:"这不就是付岭西吗?"

没错,这个顶替徐曼妮的人,正是小岭村的付岭西。

苏甄之前想过很多种可能性,可万万没想到是这种结果。"太荒唐了,付岭西没死,还顶替了别人的身份?"

然而现实就是这样的。大胆猜测,当初和付岭西一样,有几个孩子没在事故中身亡。他们为什么不露面,并且还要千方百计地换身份?最重要的是,他们的钱是从哪儿来的?听徐阳的意思,那个陈钟出手阔绰,不在乎钱,可他们了解的陈钟是个没有父母四处混的孩子,有时候饭都吃不上,他到底做了什么?

"还能做什么?十七八岁在街上混,肯定是做违法乱纪的事。"方酌皱眉。

"那倒是,陈钟的资料里他小偷小摸被抓到过几次,还进过少管所。但一出手就是十几万,我不觉得他能有这么多钱。"苏甄疑惑地继续分析。

"不管如何,陈钟肯定是这个案子最关键的人物,那些孩子都和他有关。十二三岁的孩子能干什么?肯定是他策划的。不,也许他背后还有人,肯定有人,一群孩子策划不出这么大的事。还有那么多钱是从哪儿来的?肯定是有成年人教唆他们。"

苏甄仿佛看到了案件的轮廓，也由此联想到一些新闻，街上讨饭的残疾孩子很多都是被人拐卖的，被人弄成残疾的样子挣钱，会不会他们也是？苏甄的心提起来。

方酌突然问出一个问题："你确定这些孩子背后真的有大人在操控？"

"不然呢，小孩子能干什么？"

方酌摇头："到目前为止沿线索只查到陈钟，你从哪儿看出他们背后还有人？"

"肯定有人的，不是说当时陈钟是混混吗？那他混的那条街上的地痞，说不定就跟他有关系，这个一定要查。"

方酌点头："查江湖事方便，找人打听就行。"

苏甄翻看着之前关于陈钟的资料。"什么时候才能拿到关于陈钟的第二份资料啊？"

"陈立那边已经在求爷爷告奶奶了，等等吧，不过咱们现在可以去陈钟之前待的网吧看一看。"

苏甄眼睛一亮："他以前混的那个网吧还在？"

"不在了，现在是一家书店，但老板是以前网吧老板的表弟。"

苏甄二人到那家书店的时候，发现书店就在育华高中斜对面，位置很好。以前这儿还是网吧时据说就很火，那时候网吧刚兴起，家长和老师还总来抓人呢。现在书店生意也不错，老板很有经商技巧，里面还卖奶茶和一些小玩意，此时正是放学的时候，可以说生意火爆。

两个人在店里逛了一会儿，觉得与这里格格不入。

现在人太多，看来找老板要等一会儿了。书店的后门正对着一条窄巷，苏甄从后门出来到了巷子里。这条巷子看起来没前面整洁，很拥挤，都是待拆迁的小矮房，还有招牌油腻的各种小吃店、美发店，像隐藏在城市角落里的泥垢。

方酌拍着她："看什么？"

"觉得很神奇，这书店前街对着学校，宽敞、明亮、现代化，后街竟然这么破败。"

"有光的地方就有影子，没什么奇怪的。"

方酌走到对面的食杂店买了包烟，靠在巷子的墙壁上，苏甄望去，有一瞬间的恍惚，这男人和这座陌生的城市竟然有一种浑然天成的融合感。"你以前来过这边吗？"

方酌看了她一眼："怎么可能？我现在在揣摩陈钟的感觉。你说这城市当时那么多网吧，他要小偷小摸，在偏点的地方也好下手，资料上不是说了他一开始在横四道街,还和那儿的地痞交好吗?你是乖乖女不晓得,就算是县城,每条街也都有不一样的地痞老大,越界了有时候是要付出代价的。"

苏甄又翻出手机里的资料,似乎想明白了什么:"你的意思是资料上陈钟那次打架进派出所,是因为要到这边的街道来?"

第41章

知情人

"时间上差不多,和他打架的那个王跃生,我也查了资料,他也是混子,为人非常狠,十几年前就在这两条街上混,后来跟对了人,和当时的勤天集团,也就是开发游乐场的集团一个外包项目的包工头混在一起,专门帮这个包工头李经理做拆迁。拆迁你懂的,经常有钉子户,有时候就需要找些狠人威胁一下。

"王跃生一战成名,在拆迁那一片成了人物,不过当时和陈钟打架进派出所的时候他还是个小混子,后来才发达的,据说自己开了夜总会,当然这个夜总会后来也倒闭了,但那几年他在水周混得风生水起。"

"这些资料你都是在哪儿查的?"苏甄诧异。

"水周贴吧,当地市井故事在贴吧里都能找到。"

苏甄撇嘴:"所以你是说陈钟为了来这条街上混,才和王跃生打了一架?"

"大概是他越界,王跃生为了面子找他的麻烦,都闹到派出所去了,肯定挺严重的,不过后来也私了了,这种人打架也不会闹到起诉的。"

苏甄转着眼珠,看着这边的巷子若有所思:"你的意思是陈钟之所以来这条街混,是因为付岭西在这所中学读书?"

方酌点头:"肯定不止付岭西,还有别的孩子,忘了徐阳说他们不止一人吗?但我现在不清楚都是谁,也许是他在街上认识的混子,也许是福利院事件的其他幸存者,但估计人不会太多,因为福利院当时统计了尸体数的。"

"那咱们现在怎么查?走访当初见过他们的人?可都过去十几年了,陈立上次说当地很多人都去外省了,恐怕很难。"

"有一两个也是线索。"

方酌抬头,眼神突然变冷,带着戒备,朝书店扬扬下巴:"这儿不就有一个?"

苏甄回头,只见一个高个男子出现在书店后门,也叼了根烟,正盯着他二人。

书店的生意虽忙，但过了人多的时段就冷清了，他们来之前打听了这个书店的老板，叫冯朝，以前也是不学无术的混子，后来进去了几年，出来后人老实多了。

他抽了两口烟，看着苏甄二人，问："是来找我的吧？你俩一看就不是逛书店的。"

在外面混过的人眼力都好，但苏甄还是有点意外。

书店老板大概看懂了她的表情，说："你们不是警察吧？看着不像。"

"我们不是警察，就是想了解点事，关系到我一个失踪的朋友。"

那个人笑笑，也没邀请他们进书店，就在巷子里说话："里面打工的岁数小，啥也不懂，咱们就在这儿聊吧。前些日子警察刚来过，我一听警察问的话，就知道是怎么回事了，问陈钟，必然会问起我哥唐宁，欠下的早晚要还，我早料到了。"

这个人开门见山，也不打什么马虎眼，大概从苏甄二人进店起就看出他们是来干吗的了，是个聪明人，但也让人担心，因为和这种人打交道，被骗的概率很高。

"其实我和警方都说过了，那时候我岁数还小，才刚成年，我哥比我大好几岁，他当时开网吧挣了不少钱，又和王跃生交好，在这一片挺风光的。陈钟我就见过几次，那次在我哥的网吧砸了十几台电脑，被王跃生堵在这儿打得牙都掉了两颗。"

据冯朝说，当时他吓傻了，他也见过王跃生堵人，基本是仗着人多装装样子，可那一次，是真的见血了。他说陈钟跟不要命似的，说他表哥唐宁调戏人家女学生，但大家都知道是借口，他就是来抢地盘的。

"那女学生我也见过，太小了，那么干瘪，才高一，刚从初中升上来的，我哥也不会饥不择食的，再说了那时候我哥有固定的女友，都打算结婚了，不可能惹事，可陈钟疯了似的挑衅。"

苏甄看了一眼方酌："那个女学生是不是叫徐曼妮？"

"对对，就是徐曼妮。我记得很清楚，因为后来那女生总来我们网吧。"

"都打到一块了，你哥和陈钟是怎么混熟的？"

"还不是王跃生？陈钟不知道有什么路子，怎么说呢，我哥当时和我说，陈钟有两下子，给王跃生介绍了什么生意，当时勤天集团的老总刚死，他堂弟接了集团，内部乱死了，下面的人各自为王，陈钟好像给王跃生介绍了个贵人，王跃生把他当什么似的供着。

"所以陈钟想到这边来，王跃生发话了，我哥自然不敢多说一句。我哥那人就是狗腿子，还挺愿意讨好陈钟，叫人家钟哥，那小子比我哥小好几岁呢，当时我就料定这人有问题，我和我哥说过几回他也不听，最后把自己搭进去了。"

苏甄听到这儿，疑惑地问："什么意思，你哥不是得阑尾炎耽误治疗了去世的吗？"

冯朝冷笑一声，没多说话，眯起眼看着巷子深处："我哥惜命得很，说他为了打游戏耽误治疗丧命了，也就是骗骗警察吧。"

苏甄下意识地问："你什么意思？"

"我没什么意思。"

"你怀疑你哥是被人害的？"

"我可没说啊，警察来问我，我也是实话实说。当然了，我也不能瞎说，我哥都死这么多年了，我还在这儿开店。"他看着方酌，"但是吧，有些话不敢和警察说，但哥们儿一看就是道上的，我就多说两句。当年王跃生杀了人之后逃了，谁也找不着他，我就不信那么巧。"

苏甄听出了什么，问："陈钟是在王跃生失踪之后不见的？你知道什么细节吗？"

"我不知道，那时候我还在牢里蹲着呢，我是后来听说，陈钟那些人一下就消失了。"

他耸耸肩："都说树倒猢狲散，王跃生没了，我哥死了，他们也就消失了。可我总觉得世界上没那么巧的事，若是消失，一晚上全都没了，那扫黑的可真省事。"

苏甄若有所思，理着思路，回忆刚才方酌跟她说的事。网吧的老板唐宁在陈钟消失的前三个月突发阑尾炎，但当时在打游戏，硬挺了半晚上，被发现的时候人已经没了，当时惊动了这条街。至于王跃生，在自己的夜总会为一个妞和人争风吃醋，把人给捅了，然后就跑了，再也没有出现过。

在那之后陈钟也消失了。

第42章

冯朝旧案

联想到前不久刚从陈钟老家的后院里挖出了两具白骨，苏甄觉得这事没那么简单。

方酌盯着冯朝:"若说你哥的死不是意外,最大的嫌疑人应该是你吧,毕竟你是因为你哥才进的监狱。"

冯朝脸色一变:"说话要讲证据,我哥死的时候,我可还在牢里,下不了手。"

方酌笑了笑:"开个玩笑,要是你,你就不会和我说怀疑你哥是被人害的了。你和警察也讲过吧?"

冯朝皱眉,没说话。

"我有内部消息,你想调查什么,你表哥真正的死因?不对啊,你该恨他把你弄进去,要不是你和你嫂子眉来眼去,你哥也不会找王跃生做套。"

"这些瞎话你都是听谁说的?"冯朝急了。

"贴吧里你们的恩怨都能写本小说了。"

冯朝却笑笑说:"以讹传讹罢了,写故事的人总喜欢往玄乎了写,关键是还有人信,知道吗?之前警察也这么问过我。"

"真相不是这样的吗?"

"不是。"

"那是什么?"

"不重要了。请问二位还有要问的吗?该说的、不该说的我都说了。"冯朝有些不耐烦。

"你如此坦诚,反倒叫我不放心了。"方酌调侃道。

冯朝耸耸肩,说了句:"不送。"便进了书店。

苏甄皱着眉半天才缓过神来:"这个人,说的话可信度大吗?"

二人回到车上,方酌说:"那条巷子看着乱,但里面全是摄像头,说明这人很谨慎,是怕被人听见,抓他的把柄。混久了的人都有防备心。他的话不能全信,但也有一部分可信。可这冯朝肯定还隐瞒了什么。"

"你刚才说他和他嫂子怎么了?"

"都是在贴吧里看到的爱恨情仇。他蹲了三年监狱,因为打人,你不觉得奇怪吗?王跃生或者他表哥摆平这事很容易,却让他蹲了三年,也难怪贴吧里会这么写。更何况他后来还和他嫂子结婚了,接管了他哥的铺子。"

苏甄瞪大眼睛:"你的意思是他哥陷害了他,他后来杀了他哥?可他有不在场证明,当时在蹲监狱,难道是他嫂子下的手?"

方酌盯着苏甄笑了出来。"你想象力太丰富了,你都想到了,警察当年想不到?刚才你和他聊天的时候,"方酌晃晃手机,"我就让陈立找人查了冯朝的案底,还有他那个嫂子,也就是他现在的老婆,王语嫣。"

"这个王语嫣早在听陈钟说唐宁调戏女学生的时候,就和唐宁分手了,估计

115

也是借口，去了外地嫁给了一个京城的老板。

"这个冯朝蹲了三年监狱才出来，一开始没在水周，在外面混了好些年，后来在京城遇到了王语嫣，那时候王语嫣被家暴，正打离婚官司呢，他就和王语嫣好上了。

"两人在广州、深圳、上海都待了一段时间，再后来回水周开了这个书店，这个铺子也是从他二叔手里租的，顺便替唐宁给他爸养老。所以他们和唐宁的死应该一点关系都没有。

"而且有记录说唐宁那天和人家一起打比赛，还喝了酒，他估计是被酒精和止疼药麻痹了，感觉不出肚子疼，就死在了网吧里。"

"可他为什么说他哥的死不是意外？"

"那只是他的怀疑。"方酌耸耸肩，"这人很敏感多疑，没看出来吗？"

苏甄还是觉得有问题，摇着头说："而且听他话里的意思，陈钟消失、王跃生消失应该是有问题的。我觉得这个人我们还需要再见几次。"

方酌点着头。

苏甄想起点什么："对了，冯朝当初是因为打架进去的？如果他跟他哥没有隔阂，他哥和王跃生为什么不保他？"

方酌皱皱眉，拿出资料，刚才他根本没留意，此时仔细看，却是一愣。

"怎么了？"

苏甄看到他的表情，拿过手机，不可思议地说："陈钟？他是和陈钟打架进的监狱？"

资料上写着，冯朝和陈钟在网吧因打游戏起冲突，把陈钟打得脑震荡，还捅了他一刀，属于故意伤害，对方不肯私了，冯朝就被判了三年。

按理来说他不该和陈钟打架啊，他知道陈钟是什么人，刚才他话里话外也表示和陈钟不熟。而且陈钟知道他是唐宁的弟弟，应该会卖他面子，怎么也不能告他啊，唐宁也不管吗？

"这中间肯定有事，他没说实话。"

苏甄跳起来："不行，要回去找他。"

"你觉得他会说实话吗？问他肯定不行。"

"那怎么办啊？现在这人是最大的突破口，他说不定知道当年的事呢。"

"你傻啊，当年处理他案子的刑警不比他清楚？"方酌把车子开起来，"陈大警官早就想到了，现在陈警官的熟人已经在警局门口等咱们了。"

苏甄一愣："这么快？"

当然快，方酌几乎是给陈立直播的，陈立当时就想到了这一点，于是就和这边的刑警打听，多亏这边的刑警队里有个和陈立一起上过警校的同学帮忙，方酌二人到警局门口时，那个高大的小伙子已经出来了。

"你们是老陈的朋友吧？他都和我说了，你们要查冯朝的案子。说来也巧，当时负责这个案子的刑警后来出了点意外，在家休养了很长时间，后来就不见了，队里都传他被派去当卧底了，但这十来年了谁知道啊？当年他那个案子的档案现在都不知道在哪儿，我也不敢在队里多打听。"

魏然笑出来，转而补充道："但当年负责冯朝案子的那个刑警的师父就在区养老院，我这就带你们去，我刚和他通过电话，他说记得这个案子。"

养老院里好不热闹，魏然大概经常来看老刑警，远远地就跟人打着招呼。老刑警虽拄着拐杖，但精气神一看就跟别人不一样，还习惯性地上下打量来人，看得苏甄有点不自在了。

"听魏然说你们是陈立的朋友，小陈我也见过一次，是难得的好警察，前段时间听说他被人栽赃了，怎么，你们查冯朝的旧案和他有关？"

第43章
郝亮

"从目前来看关系不大，但这中间弯弯绕绕的，也不好说。"

方酌点到为止，对方是聪明人，一点就透，没多问。

"我呢，退休了，但若能帮上忙我一定帮，看你们也不像违法乱纪的人。"

这话说得很有艺术性，方酌和苏甄呵呵地干笑，谈话很快步入正题。

"原来你们想知道陈钟的事啊，前段时间魏然他们刑警队也在查陈钟对吧？"

魏然点头："对，老师，这二位就是发现陈钟家后院尸体的报警人。"

老头挑眉笑着："陈钟这个人，我有印象，地痞混子，但脑子好使。我当时负责的都是王跃生那样的人，陈钟算不上人物，我本来没在意，但是我带的徒弟，就是郝亮……"

他朝魏然点了一下头，魏然解释道："就是当时负责冯朝案子的刑警，我刚和你们说的那个现在我们找不到的那位警察。"

老刑警继续道："郝亮说他觉得陈钟这个人有问题，包括他身边的几个人都有问题，他还查过这几个人。"

苏甄的心提起来："陈钟当时的哥们儿？"

"郝亮就提了一嘴，说是和育华高中的一个女学生有关系，还有和他一起在网吧混的两个小孩子，年纪很小的，也不读书，四处混，郝亮当时好像还去找过陈钟，让他别耽误别人，不让孩子读书，后来那两个小孩子好像就真的去读书了，但读的学校是技校。具体的事我都不记得了，不过让魏然在局里给你们查查，应该能查到，虽然没那两人的资料，但关于陈钟有几次走访记录。"

那老警察继续说冯朝："当时案子是郝亮负责的，但他习惯了有什么想不通的都来问问我，所以我也略知一二。他说冯朝刚被带到局里的时候非常气愤，说打架是为一个女学生争风吃醋，哎呀，反正就是小年轻那点事。

"但他当时口述打的人不是陈钟，是陈钟身边的一个人。但其他人包括网吧老板，都一口咬定是陈钟和冯朝在网吧因为打游戏打起来了。

"冯朝后来不知道为什么也改口了，一口咬定当时打的是陈钟。他以为自己捅死了陈钟，害怕，想逃避法律制裁才故意说的别人。那就调解吧，可私了陈钟不同意，最后冯朝被判了三年，他自己也认了。"

苏甄听出了问题："他突然改口了？"

"对，郝亮当时也怀疑，后来私下里又找了冯朝几次，冯朝都咬死了是自己打了陈钟，说自己早就看他不顺眼了，再也没提女学生和其他人。他自己认也没办法，人证物证都在，但郝亮后来调查过，还去问过这个女学生，好像叫什么曼妮。"

"徐曼妮？"苏甄直接说出名字。

"对，那个女学生好像整天和陈钟那帮人混在一起，郝亮还去找过她的父母，可她父母嘴上说管教，却并没有实际行动，郝亮后来就一直盯着，这个我知道，他说他总觉得这帮人有问题。"

"那后来呢，他查出什么了吗？"

老刑警摇头："就算查出什么也没用了，王跃生倒台以后，陈钟那帮人很快就消失了，据说那个女学生也出国了。我那时候没心思管这个，我当时在外地执行任务，忙得要命，郝亮出车祸一个月后我才从腾冲回来，才知道他受伤了，家里也没人，多方打听后才知道他住疗养院了。

"他伤得很严重，差点死了。当时出意外后他就给队里递了辞职信，说怕拖累队里。队里当然不同意，一直给他保留着职位，领导去看他，他也不见，我回来后领导找我，说郝亮估计是年轻气盛，受伤太重，心里受不了。

"我在疗养院见到他的时候，他跟变了个人似的，瘦了几圈，问他咋出的车祸，他就说是自己开车撞的，人也不太爱说话了，脑子也不咋清醒了。

"后来他也没回队里,他的辞职信队里一直没受理,可他也不知道上哪儿去了。我去找过领导,领导含含糊糊的,也不说。"

苏甄插话:"听魏然警官说他去当卧底了。"

老刑警笑出来,点着魏然:"就你们年轻人在这儿瞎说,他当没当卧底我能不知道啊?局长说他就是递了辞职信,一直没回来。"

魏然不服:"局长的话那么含糊,说不定他真的去当卧底了呢。"

老刑警叹息着:"唉,我倒希望是这样。不过啊,他那会儿出车祸摔断了腿,内脏也受伤了,能去哪儿啊?"

老刑警说起昔日的徒弟,一阵唏嘘。

从养老院出来魏然就回队里给他们查了档案,还真的有群众走访记录说,总看见陈钟和两个男孩、一个长发女孩在一起,他们四个人经常去后街的火锅店。

女孩不用查了,肯定是徐曼妮,也就是换了身份的付岭西。另外两个男孩,也通过技校的档案查了,一个叫张小北,一个叫樊晓东。学校都有学生档案。

魏然和苏甄、方酌去学校的时候,负责档案的人和副校长还支支吾吾地解释了半天,大概意思是他们刚上任没几年,以前的档案管理不严格,和他们没关系,苏甄这才明白过来,这两人在推卸什么责任。

"敢情以为咱们是突击检查档案的?"

他们看了之后发现,这两个学生的档案非常简单,就两张体检表和一张入学申请单,户籍什么的都没有,照片倒是有,这两个青涩的少年长相并不出众。

"怎么会没有登记户籍?"

两人登记的住址是同一个,就是那个网吧的地址,这一看就很假了。

"当时入学都不查户籍的吗?"

魏然无奈地说:"前几年整顿了。当年的一些私立学校和技校什么的,里面花钱上学成风,学生都是些学习成绩不好的,家里花几个钱买文凭,很多都没来上学就给发证书了,后来严打过一阵。以前的学生档案不入网,不规范,这两个人显然是钻了空子。"

第 44 章
两个男孩

"这么说,陈钟的两个小伙伴花钱进了技校,他们没有身份?"

"对。"

苏甄看了一眼方酌,对方秒懂。如果没猜错,那两个和付岭西年龄相仿的孩子应该也是福利院事件的幸存者,显然他们没有再花钱买身份。是啊,他们当时还那么小,怎么会有门道买身份?买一个都花了十几万,还是阴错阳差才有的机会,另外两个怎么可能那么轻易地再买身份?所以他们跟着陈钟在唐宁的网吧混。

老刑警说过,郝亮当时注意到他们不正常,没有父母,整天跟在陈钟这样的痞子身边,他觉得奇怪,在他找过之后,陈钟大概也觉得这样太扎眼,所以送他俩去了技校,就是混文凭的,可以逃课,只要交够学费,给办入学的人几个钱,就可以连资料都不交全。还可以很好地掩饰身份。

"当时学校里的老人还在吗?"

"那次整顿后从上到下撸了一批干部,但还有几个老教师在,只是十来年了,不知道他们记不记得当年的事。"

接下来几人走访了老师,有魏然警官帮忙询问,自然顺利很多。

问了好几个还在学校的老师,还真有一个女老师记得那个叫张小北的。

"那孩子很聪明的,我们是技校,他报了计算机,也不总来上学,一次来了,看着心情不太好,正逢考试,我有点生气,教训他浪费家长钱,结果他考了全班第一,操作非常快,水平超出班里很多人,我们班当时学习好的都不如他。"

她觉得有点可惜,想去他家劝劝他父母,可地址是错的,她还问过招生办怎么地址是错的,也没什么结果。

"樊晓东和他总是一起出现,玩计算机也很厉害,可没张小北厉害,这两个男孩子都挺聪明的,可惜没遇上好家长,好家长也不会不管孩子,因为好多年都没见过计算机玩得那么好的孩子,所以这么多年我还有印象。"

"你们没有见到过他们的家长?"

"没有。"那位老师感叹道,"不过像他们这种被扔到技校的孩子,大多数是父母不怎么管的,不是父母在外地打工做生意,就是没爹或者没妈,或者父母离婚了。唉,技校的孩子其实都是好孩子,学习不好很大一部分都是家庭原因。"

苏甄继续问道:"您对这两个孩子有多少了解?他们不和同学来往吗?"

"他们都不经常来,那些学生也不和他们一块玩,好像是说他们和社会上的人混在一起。唉,那个岁数的孩子最容易误入歧途。"

"社会上的人,这个您知道多少?我看您当初好像挺关心他们的。"

能去找家长挽救孩子,说明老师挺上心的。

那老师叹了口气:"我见过他们和社会上的人在一起,那人一看就不是好人。奇怪的是,那两个孩子平时在学校和同学也不好好相处,可和那个人在一块还挺开心的。"

老师有一次看到他俩翻墙逃课就追了出去,想教育一下他们,结果看到那两个孩子和一个社会人在一起,还有个背着书包的小姑娘跟他们一起,四个人特别开心,老师叫了几声,他们也没听见。老师跟着过去想看他们要干什么,后来看到他们进了网吧,那时候学校对网吧深恶痛绝,结果老师进去看到四个人围在后面吃火锅,看上去就像一家人,老师迟疑了,但还是过去了,当时吓了几人一跳。

"还是那个张小北出来和我解释,说那是他哥哥和妹妹。"

"您信了?"

"当然不信,姓氏都不一样。"

"那后来呢?"

"我苦口婆心地给他们讲道理,让他们好好学习,回归家庭,但他们油盐不进,第二天也没来上学。我也找不到他们的家,只能这样了。后来过了好长时间张小北才出现在学校,态度还是不冷不热的,我也懒得管他了,我尽力了,对每个学生我都尽力了。"老师感叹着。

苏甄想到什么,拿出陈钟的照片问:"那个和他们混在一起的社会人是这个人吗?"

老师皱皱眉:"应该是,我记不太清了。不过听学生八卦,那个常和他们在一起的女生,学校里有人为了她打过架。那女孩子我记不清长什么样了,但应该挺漂亮的。"

从技校出来,苏甄分析道:"也就是说除了陈钟、付岭西,还有一个叫张小北、一个叫樊晓东的孩子。三个福利院的孩子没死,和陈钟在一块。不过显然张小北和樊晓东是假名字,福利院的孩子有二十多个,他们是谁呢?他们又和后来的事有什么关系?"

接下来,苏甄二人又去了育华高中,这里是正规中学,还是重点学校,档案管理方面的规矩很多。因为魏然警官给学校打了招呼,所以教导主任亲自带他们查了档案，记录里能看出徐曼妮学习成绩很好。

"成绩好，长得好看，当时在学校还挺'风云'的。"教导主任笑着说，"我带过好多届学生了，对几个学生印象尤为深刻，这个徐曼妮就是一个，因为年级里好多男生为她打架，让我头疼死了，我就记住她了。"

"她是挺漂亮的。"

苏甄看了一眼方酌，继续问："有没有传言她和校外的人有交往？"

教导主任想了想："没有吧，你看她记录里还是三好学生呢。"

出了育华高中，苏甄只觉得肚子都饿瘪了。他俩找了个地方吃面，正巧对着冯朝的那个书店。此时正是午休时间，大批学生拥进去买参考书和奶茶，个个脸上青春洋溢。

苏甄不禁感叹着："年轻真好啊，无忧无虑的，不像大人做什么事都瞻前顾后。这个徐曼妮，整天和校外的人混着，学习还能这么好，脑子肯定是好的，而且她也算是女神了。"

"男孩子为她打架就是女神？"方酌笑出来。

苏甄翻着白眼："当然了，那个年纪，要是很多男生能为你打架，就说明你人气高。学生时代无聊嘛，那个年代家里条件好的也是少数，能攀比的也就是学习成绩和有没有男生追。"

苏甄想起自己的少女时代，突然觉得和徐曼妮比，自己真是白活了。

"就是想不明白这几个孩子哪儿来的钱。"

方酌眯着眼睛："我倒是觉得这个徐曼妮未免太高调了一些。"

第45章
相似的情节

"什么意思？"

"假身份，冒名顶替别人，即便转学了，就不怕遇到以前的同学？就不怕别人怀疑她？可她太高调了吧，就算不为自己着想，也要为另外两个没身份的小伙伴想一下吧。"

苏甄反应过来："是啊，咱们可以查当年有没有人认出她，不会和原来的同学一点交集都没有吧？不过徐阳不是说了吗？真的徐曼妮病了两年多，之前在郊区汽轮机厂家属小学上学，上小学时就经常缺课，上初中后又住院了，之后付岭西顶替了她的身份，就转学了。"

苏甄说着找出水周的地图："水周虽不大，可汽轮机厂在很偏的位置，那个年纪的女孩子变化也大，长得快，也许真没人认出她呢？"

"你信吗？反正我不信。而且，刚才在育华高中你光顾着问老师，我把那一届学生的名册都看了，发现他们这个学年有从汽轮机厂学校转过来的，你说这人认出过她吗？"

苏甄惊讶地道："真的？不过刚才也听教导主任说了，她学习很好，很出名，人缘也好，若是有人认出她了，肯定会惊动其他人，学校也会知道点的吧。还是说，那个同学以前就不认识这个徐曼妮？"

方酌摇头："不仅如此，这个徐曼妮太高调了，惹了好几个学校的人为她打架。"

"你觉得她是故意的？或许就是那个年纪的女生的虚荣心作怪。"

苏甄想着，有说不通的地方，可又觉得不重要。"现在理一下思路，这四个人，三个身份都是假的，隐藏在网吧里，其间涉及的人物有冯朝、死去的网吧老板唐宁，还有个失踪的王跃生，好像很清晰了，可又有好多想不通的点。"

苏甄陷入了逻辑的怪圈，又走回了原点。

"不管如何，这里面的关键人物就是他——陈钟。这个人生死不明，可是现在所有线索都指向这个人。你说给你照片的那个人是不是也想让咱们调查清楚当年的事？"苏甄盯着方酌的眼睛。

方酌摇头，看着斜对面的书店发呆。

苏甄疑惑地问："那之后给你照片的人没再给你别的线索吗？如果那人真想让咱们找到真相，咱们现在陷进了怪圈里，这人怎么不再给线索了？"

"你当是打游戏呢，到一定关口还有提示？"方酌收回视线，笑着，指着对面的书店，"也不算查不下去，这个冯朝肯定没完全说实话。"

正说着话，陈立那边又发来了最新的资料，方酌一边打开一边笑着说："陈警官的办事效率越来越高了，看来他们局里还是相信他的。"

"什么？"

"你傻啊，他找人办事，你以为别人真的是卖他人情？官方系统严格着呢，都是请示过上面的。"

"可陈立不是说是他师父帮忙吗？"

"他那个师父就是一个普通警察，我看他师父不是真不行，就是故弄玄虚。就陈立跟个傻子一样崇拜他。"

"不是你说他师父没准以前是个刑警吗？"

"我查过他师父张春恒了，就是个普通的派出所警察，在来这个派出所之前在别的派出所干过，估计也有颗想当刑警的心，可惜啊，能力不行，一直没升。"

方酌似乎不愿多说，继续看资料。"他这次发来的是王跃生的资料，这个王跃生是个人物，坑蒙拐骗，什么都干过，在水周这一片算地头蛇。怪不得外包公司的经理会见他，在当地想要推动什么项目，不认识地头蛇很难做下去。王跃生帮这个人拆迁，他们项目的进度都加快了。"

"拆迁就是半夜砸人玻璃，威胁人家？"苏甄皱眉。

"这东西都是相互的，有些人贪心，狮子大开口，就想多捞一笔钱，其实拆迁给的钱已经很多了，就是人心不足蛇吞象，有时候还真需要这样解决。"

苏甄并不赞同，可又懒得和方酌理论。再往下看，资料重点是王跃生杀了人失踪的案子，她皱眉。

"怎么了？"

"王跃生当时已经混得有模有样，有两个台球室，一个夜总会，他要的女人谁敢和他抢？还是在他自己的夜总会里。"方酌冷笑着指着下面一行，"你看看他捅死的是谁？就是他的贵人，承建的那个李经理，当时让他入行干拆迁的那个。"

"啊？"苏甄瞪大眼睛。

"档案里就是这么写的。你说也真是的，勤天集团来水周，对当地的发展起了这么大的作用，但先是死了个老总，又死了个外包公司经理，怪不得老总弟弟接手后，就把集团往深圳那边转移了，可能也觉得这儿风水不好吧。"

"你说会不会是勤天集团内斗？"

"你能想到的当年警察都想到了，但他弟弟以前一直在国外，那时候年纪还小，老总死后集团乱过一阵，后来他弟弟回国了才在家人的帮助下接手。而且当初那位老总的死，警方已经调查过了，陈立上次来特意查了档案，那人当时住的是高级别墅区，周围都有摄像头，没拍到任何有嫌疑的人，所以排除了他杀。"

"可很奇怪啊，这个李经理不是王跃生的贵人吗？他俩怎么会为了女人争风吃醋？这个案子有问题。"

"档案里记载了，那个女人是个叫小雨的酒吧女，从农村进城打工的，她是案子的主要证人，没有疑点。"

苏甄摇头："没有疑点，才是这个案子最大的疑点吧。"

"当时负责这案子的警察也认为不对劲，所以深入调查了。"

方酌又找到一份资料："这案子正是那个后来谁都找不到的警察郝亮负责

的，魏然给了我一份郝亮的调查笔记，这个并没有被纳入卷宗。"

"又是郝亮？"苏甄皱眉，"他查过这些人，消息肯定不止卷宗里那些。"

"没错。"

有一页，郝亮在一个人的名字上画了一个圈。

"徐曼妮？"

苏甄瞪大眼睛。

"他是怀疑那个小雨是被人收买顶替的，真正惹两人争风吃醋的女人是徐曼妮？这个情节听起来有点耳熟啊。"

第46章
王语嫣

"是啊，这个女人最喜欢在男人中间制造矛盾。"

"不过王跃生和李经理都是成年人，怎么会为一个小丫头打起来？而且郝亮的笔记本上也没写清楚，只是单纯在她的名字上画了圈，也没继续调查的记录啊。"

"那是因为这位警察出了意外，好像是车祸。"

昨天听魏然和老刑警说过这件事，可，一切都这么巧吗？

线索总是查着查着就断了，苏甄有点烦躁。

"这个小雨有点难找，需要点时间，我在搜索她的记录，估计要晚点才能找到。"

"怎么牵扯的人越来越多？而且，好像每个人都没说实话，所有人都在隐瞒什么，是出于什么目的隐瞒？到底在隐瞒什么？"

苏甄烦躁地看着方酌，后者摇摇头："每个人都有秘密，你看这街上的人都是普通人，但挖一挖，谁没有说过谎？谁没有秘密？看开一些吧。"

苏甄撇嘴："你心态倒是好，你不急着找你的核心技术吗？"

方酌笑笑没说话，苏甄也不想再揭他的伤疤，看着街对面的书店，最后决定再会一会这个冯朝，方酌却拦住她："再等等。"

"等什么？冯朝肯定没说实话，现在就他一个活人在眼前，其他人都活不见人死不见尸，你还要我等？"

"那你现在要如何?"方酌挑眉,"干巴巴地问,人家会回答吗?你最起码得有点计划吧。"

苏甄被他噎住了,支吾着说:"我有计划的。"

"什么计划,美人计吗?"

方酌拦住要发火的苏甄,说:"美人计对我好用,对那个冯朝可不一定,不信你看。"

"你说什么呢?"

苏甄疑惑地回头,正好看到冯朝从车上下来,和他一起下来的还有个女人,她身材极好,长相有种混血感,穿着裙裤和高跟鞋,很优雅,冯朝在她面前笑得跟孩子似的,两人往书店里面走。

"王语嫣,唐宁以前的女朋友,现在是冯朝的老婆。"

"还真当得起王语嫣这个名字,真漂亮啊。要说当年那些人是围着这个女人争风吃醋还差不多。"

"冯朝似乎在京城挣到了钱,后来去深圳也淘到了金,后来回老家开了店,也给家里买了房。冯朝长得不错,正值盛年,还有钱,为什么娶王语嫣?"

"真爱吧。"

"所以啊,咱们应该从这个女人入手,你说她和冯朝好的时候会不会时常想起她的老相好唐宁?"

苏甄挺不喜欢方酌这般说话的:"你这话怎么这么难听?她当时离开唐宁去京城,后来又离婚,这女人心里肯定有伤,是冯朝的爱感化了她。"

"苏甄,你总有本事把残酷的现实美化成童话故事,然后自我感动,不然也不会一直看不清事实。"

"什么事实?"

方酌想说姜旭东,可最后还是闭嘴了,看了看表说:"每周三下午他老婆会来书店喝茶看书,冯朝去进货,七点多钟进货回来和老婆一起吃饭,然后回家。"

方酌话音未落就看到冯朝从书店出来,他老婆还送他到门口。

方酌站起来说:"开始吧,感情专家。"

"什么?"苏甄有点蒙。

"难道要我这个男人出面吗?你不是自称了解女人?那你来吧。你出面,这个王语嫣没准真能说点什么咱们不知道的事。"

苏甄也不知怎么被方酌洗脑了,真的走进了书店,此时书店已经过了人流高峰期,她远远地看到王语嫣坐在靠窗的桌子旁,手里拿着一本小说看得津津有味。

苏甄瞟了一眼,是著名推理大师写的一本悬疑小说,她本以为王语嫣这样的女人会喜欢看一些时尚杂志，没想到她对推理小说感兴趣。

苏甄在一旁静静地观察王语嫣，她的穿着简单大方，细节满满；长相也很完美，都说美人在骨不在皮，王语嫣虽不年轻了，可骨相好，鼻子高挺，眉眼狭长，加上高挑的身材，即便脸上有岁月的痕迹，但仍然很漂亮。难怪冯朝会对她着迷，这样的女人只是静静地坐在那儿都散发着魅力。

苏甄在她对面坐下，王语嫣抬头看了一眼。

苏甄慢慢开口："可以和你聊聊吗？"

王语嫣笑着问："是警察吗？"

"不是。"

"最近已经有警察找我聊过几次了，我都和冯朝说了不要回来，可他这个人偏不听。很多时候我觉得冯朝有点偏执，还有点自虐倾向，不然也不会非要回水周在他哥的这个铺面开店，果然警察现在找上门来了，但我和警方说过很多次了，我跟陈钟这人不熟，他刚来没多久我就离开这儿去京城了。后来这边发生的事我都不了解，也没关心过，那时我遇人不淑，也处于水深火热之中，哪还有时间管别人？"

王语嫣很淡定，苏甄心里有点没底："陈钟你不了解，那能问问你唐宁这个人吗？"

"小姑娘，你这样不礼貌。"

苏甄抱歉地笑笑："希望您谅解，我丈夫前段时间失踪了，警方在查，我自己也在查，查来查去查到了水周这个跟我八竿子打不着的地方，所以任何线索我都不会放弃。"

王语嫣挑眉："你丈夫？"

"他叫姜旭东。"

"没听过这个名字。"

"是假名字。"

王语嫣合上书："唐宁的事你其实应该问他表弟冯朝，我没什么可说的。我十几岁的时候在学校被他追求，因为和他跑出去玩，摔断了腿，断送了我的舞蹈生涯。当然，没有他我也不一定能在舞蹈上有什么成就，但我父母为此生了很大的气，我年少无悔，爱情大过天，一意孤行。后来他开网吧赚了钱，我父母也同意了我们的事，但什么都有了的时候，反而没以前的激情了，这大概就是人性吧。"

苏甄微微诧异："什么人性？你们不是要结婚了吗，是因为一个叫徐曼妮的女学生？"

"你连徐曼妮都打听到了？"王语嫣笑着摇头，"唐宁以为是，其实不是，我知道唐宁不会背叛我，更不可能对那个女学生有什么感情。别人不知道，我和唐宁在一起这么多年，他的一些癖好我都清楚，所以他不可能喜欢那个小丫头。我承认那小丫头特勾人，用现在的话怎么说来着？说是白莲花、绿茶也不为过。她说话的方式男人肯定抵抗不了。我第一次见她就看透了，这个网吧里的男人迟早都要死在那丫头手里。"

苏甄有些意外："徐曼妮是那种人？"

"说不上是哪种人，看着娇滴滴的。陈钟对她是真好，还有陈钟身边的那两个人，他们四个在一起时似乎谁都融入不进去，但我总有种感觉……"

"什么？"

王语嫣摇头笑出来："没什么，就是女人的直觉，事实证明我的直觉没有错，最后那个网吧里的男人都出事了，不是吗？"

第47章
冯朝的秘密

"你觉得所有的事都是徐曼妮这女孩引起的？"

"有的人天生就是祸水，越和她交好越惨，谁知道呢？"

苏甄听出话题有点走偏了，一时不知该如何问下去。

"那你当时不爱唐宁了吗？为什么会离开他？"

说到这个王语嫣很坦诚："唐宁一心要在水周混出头，在这条街上吆五喝六的，还兴奋地和我说我以后会当什么大哥的女人，他以为我会高兴，他以为这是港台电影吗？说到底还是不成熟。"

"所以你找了个成熟的京城男人。"

王语嫣也没生气，盯着苏甄："只有小姑娘才看重爱情，女人成熟了就知道自己想要的是什么了。"

"那冯朝是你想要的人吗？"

"冯朝对我很好。"

苏甄有点不懂了，王语嫣也没解释，末了突然开口："那时候我有种感觉，我觉得徐曼妮这小姑娘不是表面看上去的那个样子。"

"什么样？"

"你会羞于在同学面前介绍你的朋友吗?"

苏甄皱眉:"不会。"

"可她会。陈钟他们对她那么好,每天都在学校后墙等她,有一次我看到他们刚走,有同学问徐曼妮那是谁,她说不认识。"王语嫣笑出来,"其实我早就看出来那小丫头和我是一样的人。"

"哪种人?"

苏甄心揪起来,仿佛有什么呼之欲出。

"厌恶这里的一切,却没机会离开,所以为了一个离开的机会,不择手段。"

王语嫣笑着说:"看你的穿着打扮就知道你一定没有过这种感觉。我很厌恶这里的一切,厌恶我的父母,我身边的人。我一开始觉得唐宁能带我脱离这个环境,可他也是混在其中的,我根本离不开这儿,这感觉你永远也无法体会。"

"既然那么讨厌这里,为什么还和冯朝回来?这不是又回到原点了?"

王语嫣突然笑出来:"不一样了,以前我是酒鬼的女儿,不检点的母亲的产物,现在我是冯朝的妻子,书店老板娘。同样的事物处在不同的环境中,人们对它的态度就会不同。十块钱的啤酒放在进口超市里打上蝴蝶结就可以卖一百块,别管它本身是什么,人们承认它的价值就行了。"

"你现在有衣锦还乡、扬眉吐气的感觉了?那你爱过冯朝吗?"

王语嫣笑笑,没正面回答,只说:"小姑娘,别觉得我可怜,每个人活着的方式不一样。"

苏甄叹了口气:"我没觉得你可怜,我觉得你活得很努力。可你不觉得这么淡漠地看待感情对冯朝很不公平吗?他应该是真的很爱你。"

"怎么判断一个男人很爱你?对你好,把你照顾得无微不至,整天叫你宝贝?你又怎么能知道一个人心里在想些什么?"

王语嫣的眼神如同利剑扎进了苏甄心里,她哑口无言,想起姜旭东,突然心有点乱了。

"所以说小姑娘就是小姑娘,很多时候都在自我感动,既然无法看清一个男人的心,就无须对你自己心里的想法感到抱歉,大家就这么糊里糊涂的不也挺好吗?哪一对夫妻不是糊里糊涂过日子?真正坦诚相见有时候更让人难以接受。"

苏甄心里发慌,咳嗽了一声,继续道:"能再说说你眼中网吧的这几个人吗?或者说说冯朝吧,毕竟你们现在已经结婚了,都说他蹲完三年监狱性格收敛了,变了,你觉得呢?"

"男人不管如何成长,永远都是孩子,能变到哪儿去?"

苏甄疑惑,王语嫣却看向窗外,眼中闪过一丝迷茫:"知道吗?其实我和徐曼妮很像，我不是说长相，是性格，所以我看到徐曼妮的第一眼就知道这个女人不是省油的灯。"

苏甄有点意外，却不明白。王语嫣笑出来："虽然我很早就离开了水周，但陈钟那伙人来到网吧的时候我还没走呢，我只知道冯朝第一眼就喜欢上了徐曼妮，而且是那种很疯狂的喜欢。他很专情，他后来的女人都是跟徐曼妮一个类型的，或者说是她的影子。我那时候劝过冯朝，陈钟太狠，叫他别招惹徐曼妮，他偏不听。"

"你是说徐曼妮是陈钟的女人？"

王语嫣摇头："应该不是，陈钟对她很好，可不是男女之情，他们那几个人之间的关系很奇怪，我也说不清。陈钟洁身自好，唐宁那时候巴结陈钟，给他找过女人，陈钟很厌烦，唐宁还私底下猜测他是不是不行。陈钟这人，做事特别狠，据说帮王跃生做过很多事，唯独对那几个孩子好，那三个孩子也只听他的，但有的时候他就像一个偏执的父亲，很偏激。"

"你说冯朝喜欢徐曼妮？"

苏甄突然想起资料里记载冯朝第一次说他和另一个人争风吃醋，第二次就改口说打了陈钟，心里串联起一条线。"徐曼妮是不是很多人喜欢？他们那几个人里除了陈钟，是不是有另外一个孩子喜欢她？叫什么名字？"

"另外两个人的名字我都不知道，陈钟称呼他们小东和小北，那两个孩子都沉默寡言，若说起徐曼妮和他们谁好，真看不出来。徐曼妮很高调的，喜欢她的人很多，若不是有唐宁和陈钟罩着，她不知道会被堵多少回。"

苏甄心一下乱了，冯朝当时是唐宁的弟弟，肯定经常来网吧，他还喜欢徐曼妮，所以冯朝当时其实不是和陈钟打架，而是和小东或者小北打架，但陈钟把案子顶下来了，还逼着冯朝改了口，因为什么？因为小东和小北没有身份，陈钟怕这事暴露，一定是的。

苏甄激动得手都有点颤抖，但还有一点不明白，冯朝怎么会同意坐三年牢呢？

"冯朝坐牢的事，你了解吗？他应该和你说过吧。"

王语嫣突然抬头："我今天回答得够多了，对你很有用吧？至于冯朝，他到底是我的丈夫。"大家都是聪明人，王语嫣能说这么多已经很不易了。

可就在苏甄起身准备离开的时候，王语嫣突然叫住她说："对了，唐宁在死之前和我通过一次电话。"

第 48 章

疗养院

苏甄惊讶地回头，只听王语嫣轻描淡写地说："他大概知道自己快死了吧，和我说了很多话，说对不起我，那之后没多久他就出意外死了。"

王语嫣在"意外"两个字上加重语气："其实他有慢性阑尾炎我知道，一直拖着不肯去做手术，发作的时候吊个水吃个药就行了，说到底还是自己不知道惜命。"

王语嫣说完站起身来，把那本《白夜行》放回书架："苏小姐，不好意思，我丈夫来接我了。"

苏甄看向窗外，不知何时冯朝已经回来了，再看手机，有好几个方酌的未接来电，似乎是想提醒她早点撤，可自己刚才竟然没发现。冯朝皱眉透过玻璃盯着苏甄，王语嫣出去和他说着什么，朝这边看来，最后两人扬长而去。

书店的小姑娘过来收奶茶杯子，苏甄一把拉住她问："你们老板和老板娘感情好吗？"

店员疑惑地打量苏甄，大概是联想到小三找上门的狗血剧情，店员口气不太好："当然好了，我们老板很宠老板娘的，他们在京城的时候就结婚了，到现在有四年了吧。"

"那他们为什么一直没孩子？"

店员脸色变了变："关你什么事？"

苏甄从书店出来，方酌有点急了："我不是和你说了吗？时间有限，在冯朝回来之前离开，给你打了几次电话都不接，你俩到底说什么了？"

"我觉得王语嫣有点奇怪，查一查她的底。"

方酌一愣，很少有苏甄主动要查人的时候，于是点头："哪方面的？"

"各个方面，我就觉得这女人和我想的不一样。"

"那你们就聊这么久？你知道冯朝在窗外盯了你们多久吗？"

"盯就盯，我和王语嫣谈话，你还指望瞒着冯朝？"苏甄冷笑着。

她和方酌说了谈话内容。

"冯朝喜欢过徐曼妮，那么案子就清晰多了。只是陈钟到底用什么方法威胁了他们，甚至冯朝本人都守口如瓶？其实他答应了，就没必要让他坐牢了。"

"只能说陈钟是真的狠，他这一把捶死了冯朝，之后再也没人敢招惹徐曼妮了吧。"

苏甄的这句话让方酌一愣，只是还没再说什么，方酌的手机就响了，是魏然。魏然派人去找了从汽轮机厂学校转学到徐曼妮学校的女生，很意外，那女生在精神疗养院里，病情时好时坏，这么多年以来都是这样。

她父母后来又生了个儿子，移民了，这个人算是被抛弃了。一开始她父母还给她汇医药费，后来就找不到人，治疗资金是社会和官方机构出的。

据说她高中快毕业的时候，高考压力大，离家出走被人欺负了，都传她是被家庭教师侵犯了，当时闹得很大，后来家庭教师承受不住这种压力，留了一封自白书自尽了，但很多媒体依然说他是畏罪自尽。

苏甄看完这份资料只觉得心惊肉跳。"你发现没？凡是和徐曼妮他们这帮人沾边的，似乎都没好下场。"

"说是扫把星也不为过了。"

"你怀疑是徐曼妮他们做的？可根本没证据。而且这件事挺大的，不可能是这几个小孩子策划的，我觉得是碰巧。"她看方酌的表情，"难道今天还要去趟精神疗养院吗？"

"其实那个疗养院你去过，就是咱们查到的那个真正的冉兰住的疗养院。水周就这么大，疗养院只有一个。"

苏甄叹了口气："今天累死了。"主要是脑子乱，不知为何，查到现在无论是那对老夫妻，还是冯朝、王语嫣，他们说话都含含糊糊的，得自己分析话里的内容，苏甄头都疼了。

"抓紧时间吧，咱俩在这儿都两个星期了，我公司那边电话都打疯了，你不是也要回研究所吗？"

苏甄点头，确实不能再拖下去了，田锋这几天给她发信息，说摩尔教授要提前回来，就在下周二。再说这边查来查去，越查越乱，案子也越查越深了，调查也不知多久才有结果，可生活还要继续下去，要回归现实了。

"你说他们说话为何都含含糊糊的？好像每个人都在隐瞒什么，让我越发好奇真相到底是什么了。"

"你到现在还认为陈钟他们背后有人？"

苏甄点头："小孩子能干什么？背后肯定有人教唆，这个案子越查越成谜。"

"这两天最后再查查吧，不管查得如何都要回A城了。"

疗养院在西郊，整个水周就这一个疗养院，不管是精神病人还是单纯来休养的人都在这一个地方，分几个楼层，人也不多。苏甄到疗养院的时候有点恍惚，仿佛这个场景在梦里出现过，有种熟悉感。

他们要去的是三楼精神科，那个区域进去要登记。

苏甄只去过那种静养的疗养院，还是第一次来精神科。登记完护士带他们进去，走廊是纯白色的，一尘不染。病房条件很好，但都带了锁和铁栏杆，从窗口看进去，有人大吵大闹，有人坐在床边傻笑，双手都被束缚住，所有病房也都是纯白的，一点装饰物都没有。

第 49 章
同学王姗姗

没等深问，护士就停在了一间病房前，说："她胆子很小的，你们不要吓到她，这么多年也没什么人来看她，其实很可怜的。她清醒的时候看着和正常人一样，不清醒的时候就说胡话，医生诊断她有妄想症，之前警察也来问过话，但在法律上不能作为证词。"

苏甄在门外看到在病床前发呆的王姗姗，她的头发被护士梳得很整齐，穿着白色的衣服，手被束缚着。

听到动静，她回头，苏甄有种错觉，仿佛这个已经三十岁左右的女人身上还保留着少女气息。

"你们是记者吗？"

苏甄看了方酌一眼，本来想谎称记者，但王姗姗直接问她，她也不好意思说谎了，好在有魏然那边的铺垫，苏甄摸摸鼻子说："我们是配合警方查案的，当然我们不是警察也不是记者，就是查点东西正好查到您，所以来问问。"

王姗姗看向门的方向，护士刚才出去了，已经把门关上了。想出去是要按铃的，这里的安防措施很好，以前出现过病人跑出去伤人的事件，所以现在管理很严格。

"放心，如果你愿意说的话，我们会为你保密。"

"哪有什么秘密？"王姗姗抬头看向墙角的摄像头，"我在这里十年了，再也没有秘密了。"

苏甄哑然，不想浪费时间，直接问道："我知道这样问有点唐突，但你还记得高中时候的事吗？"

王姗姗的表情带着讽刺。苏甄之前了解到她之所以精神出问题，就是因为那个时候舆论压力太大，记者上门去追问她细节，把她逼疯了，于是苏甄补充道："我不是想问你的事，我是想问问你还记得你高中时候的一个同学吗？叫徐

133

曼妮。你以前是郊区汽轮机厂家属小学的,她也是,她刚上初中就住院了,很长时间没去上学,后来你们去了同一个高中,你可能不认识她,也可能你对十几年前的事印象不深了,但我就是想碰碰运气,你高中的时候有没有觉得徐曼妮和小学的时候不同?"

苏甄问完心里有点没底,毕竟过去十几年了,这个王姗姗自己的事就够多的了,哪还能记得一个不一定认识的同学?

结果出乎意料,王姗姗眼神清明,说:"徐曼妮,我记得她。"

苏甄惊讶地看了方酌一眼,他始终靠在墙上皱眉盯着王姗姗。

"你记得她?"

"她小学是我隔壁班的,因为她总生病,所以我和她没什么来往,但也有印象。中学时我因家里原因转学到育华高中,我性格本身就内向,所以一听说同年级有个叫徐曼妮的,我就想起我们以前是一个学校的,也许她对我也有印象,人在陌生环境中总是想找到熟悉的东西,而且徐曼妮那么有名,我要是能和她交好……"她笑着摇头,"可见到人我才发现认错了,她太漂亮了,和我印象中的徐曼妮一点都不一样,可能只是同名吧。我还和朋友说过这事。"

王姗姗低头,苏甄听出说到"朋友"二字时,她迟疑了一下。

"后来呢,你觉得她不是你以前的同学就没再跟她接触过?"苏甄心里生出失望感。

可没想到王姗姗摇头,说:"我朋友说他也认识一个叫徐曼妮的人,之前他邻居弟弟住院,他去给那孩子补课,那时他还没大学毕业,正好邻床就是个叫徐曼妮的小姑娘,因为肾病耽误了学习,他看着可怜,给邻居弟弟补课的时候也教过她几天数学。那孩子还画过一张贺卡送给他,她父母也跟他道谢,所以他有印象。

"但有一次我朋友去接我放学的时候,正好徐曼妮和他们班的女生一起出来,她妈妈来给她送包子,我朋友认出她妈妈了,非常奇怪,说徐曼妮怎么变样了?"

苏甄听到这儿心惊,这时候付岭西已经顶替了徐曼妮的身份。

"你去找她问过吗?"

"问过,她承认自己就是我的同学,至于长相,她说整容了。"

"你信吗?"

"我那时候对整容没什么概念,她说得头头是道,我虽然觉得很奇怪,但也没怎么问她,本来我俩就不熟,就算好奇也不好多问。可我没想到……"王姗姗笑笑,"没想到不久后,有个男人来找我。"

苏甄心里一抖:"谁?"

"一个叫陈钟的，问我为什么打听徐曼妮，这个陈钟我以前就听说过，那时候那条街上的人谁不知道他啊？很多人追求徐曼妮，有男人为她说话很正常，但我不明白陈钟什么意思，他说我到处说徐曼妮和以前长得不一样，实际上我没跟任何人说过，但他还是威胁我了。"

"威胁你什么？"

"他说我要是再乱说，就把我的事公之于众。"

王姗姗说到这儿，瞳孔缩了一下。

苏甄皱眉："你的什么事？"

"我和朋友的事。"

苏甄看了一眼身后的方酌，他依然皱着眉头一言不发。

"是你被侵犯的事吗？"

"我根本没有被侵犯过，我喜欢老师，他只比我大七岁，我当时已经十八岁了，成年了，我为什么不能喜欢他？我们为什么不被允许？为什么给他安上那么多罪名？"

王姗姗突然激动起来，几乎在哀号。苏甄束手无策，想叫护士，方酌却阻止她，走到王姗姗面前，说："你觉得是徐曼妮把你的秘密告诉别人了，是吗？"

第 50 章

伪证

王姗姗情绪很激动地摇着头："不是啊。"

"如果不是她说的，你和老师的事怎么会有人知道？要么就是陈钟说的。"

"我不知道我不知道，我只知道他们都冤枉老师，他们都冤枉老师。是我的父母，是他们不肯让外人知道是我自己愿意的，所以他们杀死了我和老师的孩子，还冤枉老师，他们说我精神有问题，说我胡言乱语，说我被侵犯了，不是的，我根本不是，我爱老师，我们是两情相悦的，我喜欢他，我愿意为他生孩子。"

苏甄只觉得心惊肉跳。

"没有人相信我的话，是我的父母，一定是他们。"

方酌紧盯着王姗姗的眼睛："你觉得是谁告密了？那么秘密的事，只有徐曼妮和威胁你的陈钟知道，是不是他们说出去的？你就没有怀疑过？如果不是他们曝光这件事，你也不会沦落到没人相信，变成一个神经病，你的老师也不会受不了舆论的压力自尽。"

方酌这段话扎心，那女孩捂着头大叫，惊动了护士，护士赶紧过来打镇静剂，同时脸色不好地让他们出去。

苏甄看着里面的姑娘，心如刀绞，难道她就没人管了吗？没有人相信她的话。

护士看着苏甄，愤怒地叹了口气，说："苏小姐，就是因为记者一开始信了她的话后来才引起轩然大波。医生当时都检查了，王姗姗没怀过孕，也真的被人侵犯过，如果是心甘情愿的不会那么惨的，她再也不能怀孩子了。"

护士说得隐晦，苏甄却听懂了，心头发冷。

"她是真的被人侵犯过？"

"没错，你们可以去查一查档案，警方最清楚，她那天晚上是在学校后面的仓库里被发现的，是收废品的人发现的，那时候凶手已经跑了，她受了很大的刺激，那时候就开始说胡话了。

"后来警察问她话，她完全不记得为什么去仓库，见过什么人，甚至没有这一段记忆了，她一个劲地否认自己被侵犯了，当时不知道从什么渠道曝出来她和家教的事，舆论就那么愈演愈烈。警方自然注意到了，就找了老师问话。唉，若真是那个老师，两个人又真是两情相悦，怎么会发生那种事呢？也不可能在学校仓库里吧。

"警方自然也有判断，可唾沫能淹死人，那时候那个老师惨啊，学校要开除他，走到哪儿都被人骂，还有王姗姗的父母，像是咬死了这个老师一样，让他负责，不然那个老师也不会自尽。"

"那最后抓到凶手了吗？"

"没有，她完全不记得了，警方也没法破案。从她体内提取出了凶手的体液，可根本找不到人。十几年前啊，凶手没找到，世人的嘴和眼神却把受害者逼到了绝境。"

"那她说的话都是胡话吗？"

"她有妄想症，当时可能受的刺激太大，身体的保护机制让那段记忆消失了。她一直在否认自己被侵犯的事实，她只记得她心里的老师。有医生分析她情感上的自我保护机制让她以为自己是自愿的，不排除这种可能性，但最后真相是什么，也许永远都不会有人知道了。毕竟那位老师也去世了。"

听完护士的话，苏甄头皮发麻，体液其实早就证明老师无罪，可世人的唾沫还是让老师失去了活下去的勇气。但王姗姗和老师的事是谁散播出去的？会不会是陈钟？

苏甄脑子很乱。方酌叹了口气，说："完了，这回案子更不清晰了。"

"你说这件事会和徐曼妮、陈钟有关系吗？真的是他们把王姗姗和老师的关系透露出去，才酿成悲剧的吗？我总觉得他们不会这么做。"

在苏甄心里，他们不会做这种可怕的事，毕竟当时他们还是小孩子，但她害怕知道真相。

方酌摇头："非常不好说，王姗姗说的话可信度很低。妄想症啊，一开始她说的话我都信以为真了，可事实证明都是她臆想出来的，她和老师根本就没有孩子。在老师的自白书里，他也说了他对女孩是有过好感，但绝对没有进一步发展感情，也许是这个小姑娘自己一厢情愿，恰巧害了老师。但我觉得，不会那么巧，徐曼妮、陈钟和这事应该有关系。"

"可王姗姗和家教的事被曝出来，对徐曼妮等人有什么好处？还是说王姗姗被侵犯这件事也是徐曼妮他们做的？"

苏甄一下捂住嘴，只觉得太可怕了。

方酌却皱眉，说："我个人觉得应该不是，你忘了当时警方重点排查了所有可疑人员，尤其是无业游民、混子，给他们做了DNA检测，陈钟等人肯定也被排查过，最后也没找到凶手，说明应该不是陈钟，另外两个更不可能了，他们当时还是孩子。"

苏甄听到这话，心里好受了一点，但还是头疼。"也许像你说的，这个案子真的只是一个意外，一切都是偶然。"

"那这个王姗姗怎么办？我们还要再见她吗？"

方酌摇头，说："应该不用了，她的话可信度有限。"

王姗姗的悲剧让人心里非常难受，两人一路沉默着开车回来，可刚到酒店就接到电话，是魏然，说已经找到了王跃生案子的主要证人，那个夜总会的小雨。

找她费了很大一番功夫，她原名叫丁雨薇，但在王跃生的案子发生后就改名叫丁雨了，而且还回了农村老家。魏然带人过去问话的时候，她一开始还支支吾吾，后来警方一诈，她就交代了。

这个丁雨薇承认自己当年在案子上说谎了，因为当时陈钟威胁她，如果不按他们教她的说，就告诉她乡下的妈她在城里都做了什么，而且那时候她弟弟结婚没彩礼正好需要钱。

陈钟给了她三万块钱，三万啊，那个年代，她就算在夜总会做到死，可能也没法攒下三万，所以丁雨薇就鬼使神差地做了伪证。一开始她也害怕，可因为摄像头拍到王跃生慌慌张张跑出夜总会,一切都合理,有她的证词,案子就定性了,她也就放下心来了。

王跃生活不见人死不见尸,这事不了了之,可丁雨薇没想到她以为没事了的时候,却有个警察找上她,那个警察就是郝亮。

实验

卷四

窥夜

第 51 章
其中一具尸体

郝亮走访排查后总觉得这事不对劲。丁雨薇当时详细描述了事件经过,王跃生如何生气,如何摔了酒瓶,摔倒,手里的碎玻璃怎么不小心扎进了李经理的脖子,听起来合情合理,而且证据确凿,可郝亮还是发现了漏洞。

郝亮追问她,丁雨薇因为害怕,当时就和郝亮承认自己说谎了。她甚至和郝亮说好了,第二天郝亮汇报后她就去警局做证,可没想到就是那天晚上,下着大雨,郝亮出了车祸,之后就没回过警队,这件事也就不了了之。

一开始丁雨薇也想过去自首,可知道郝亮出了车祸生死未卜后,她就有种侥幸的感觉,毕竟做了伪证,就算后来主动投案,也是要坐牢的。

谁也不想坐牢,丁雨薇就回老家了,一个月过去,半年过去,都没人找她,再去打听,得知郝亮警官辞职了。丁雨薇自己都不敢相信,她做伪证的事没人追究了,逃过一劫。后来她也担心过,时不时地打听郝亮,可始终没有这个警察的消息。

听人说他撞坏了脑子,也许根本不记得她这件事了。她也不敢再去城里待了,这些年也攒了点钱,就在乡下嫁了人,到如今都有俩孩子了。

魏然等人去找她的时候,她说知道迟早有这么一天,所以警方只诈了她一下,她自己就交代了。

据丁雨薇说,当时在包厢里的人不是她,是个女学生,经照片确认,正是徐曼妮。不过更让人意外的是,丁雨薇说,房间里不止三人,还有别人,但具体都是谁,她不知道。她承认陈钟找过她,给她钱,告诉她在警方面前怎么说。至此,警队重新立案侦查,并和陈钟的案子合并调查了。

看着方酌皱着眉挂了电话,苏甄诧异地问:"为什么和陈钟的案子合并?警方怀疑杀了李经理的是陈钟?可摄像头不是拍到王跃生惊慌地跑出夜总会吗?他要是没杀人也不至于惊慌地逃走,再也不出现,生意都不要了吧。"

方酌有些严肃地看着苏甄,把手机举起来,说:"魏然来电话前给我发了一个报告单,陈钟家后院的两具白骨,其中一具已经查明身份,正是王跃生本人。

而且按法医的说法,他死的时间差不多正是他失踪的时间,也就是说警方现在重新立案,是因为王跃生被杀,警方充分怀疑,陈钟就是杀死王跃生的凶手。"

苏甄一愣,拿过资料细看,捂住嘴,脑子里把这些事串联起来了。"所以?"

"所以,根据丁雨薇的证词,陈钟杀王跃生很可能就是因为那天在夜总会包厢里发生的事。记住,丁雨薇说里面不止三人,还有别人。据我推测,里面的人很可能就是徐曼妮、陈钟、李经理、王跃生,以及张小北和樊晓东。毕竟陈钟、王跃生、李经理是一根绳上的蚂蚱,至于徐曼妮几人为什么会在,最后到底是谁杀的李经理,就值得探究了。

"之前因为丁雨薇做伪证和外面的摄像头,警方以为包厢里只有三个人,两人因为一个女人大打出手,王跃生失手杀了李经理,然后畏罪潜逃,再也没出现,成为板上钉钉的凶手。再加上他一直没下落,一直被通缉,这案子就这么着了。

"但现在不一样了,如果丁雨薇推翻了她的证词,那么,王跃生也许就不是凶手,那天包厢里到底发生了什么就是个谜,需要进一步调查。而且王跃生的尸体在陈钟家后院埋着,说明王跃生跑出去没多久就被陈钟杀了,为什么杀他?

"也许李经理不是王跃生杀的,是陈钟杀了李经理,嫁祸给王跃生,然后又对王跃生下手,让案子死无对证。这个案子一下就复杂了。"

苏甄有点接受不了这突然的转折,王跃生竟然已经死了,而且就被埋在陈钟家后院,太荒唐了。"那另一具尸体呢?"

"另一具尸体的死亡时间和王跃生的死亡时间有几年的时间差,这也是警方最疑惑的地方。先挖出来的是他,陈钟埋尸就可着一个地方埋,埋了两具,还是不同时段埋的,但第二具白骨一直没找到身份,但可以确定陈钟当年杀了两个人,也许还不止两个。"方酌眯着眼感叹。

"那么问题来了。"苏甄突然想到一个问题,"那个郝亮警官本来已经知道丁雨薇说谎了,他只要报告给局里,当年这案子就会重新查,那时候陈钟还没失踪,应该也好抓捕,可他就在这个节骨眼上出了车祸,我不得不怀疑这场车祸是人为的。"

方酌点头:"警方已经开始调查当年的车祸了。但你要知道,当年郝亮出了车祸第一时间可没报警,根据医院记录,他当时出事了也没立即去医院,是第二天才进的医院,撞得那么严重,他自己回家了?"

苏甄睁大眼睛:"有这事?"

"是啊,当时因为郝亮说的话,没人去调查这起车祸,现在案子被翻了出来,警方第一时间就怀疑这起车祸,一查才发现郝亮是第二天下午才住院的,

141

那么他一个晚上加一个白天干吗去了？他为什么说谎？还有他当时明明已经醒了，见到警方了，为什么不和警方说自己之前的发现？"

苏甄皱眉："你不是说他当时伤得特别严重，很多事不记得了吗？"

"对。"方酌皱眉看着魏然刚才发来的资料，说，"按当时的记录，他几次昏迷，是被救护车从家里接出来的。腿骨骨折，内脏也受伤了，但救护车去之前已经处理了，手法很专业，没有危险了，应该是在医院处理过的，但没有记录。进医院后他又昏迷了，几天后才醒，也是他自己给局里打了电话，递交了辞职信。后来警队的人去医院看过他，他迷迷糊糊的，话都说不清。

"警队就给他放假了，他也没人照顾，那时候他师父也在外地执行任务，队员想过来轮流照看，他拒绝了，自己请了个护工，说警队太忙了，不必担心他。

"等他的队友几天后腾出空去看他的时候，却得知他转院了，也是突然不见的。医院都以为人丢了，后来他汇款给医院结医药费，医院才发现他自己到疗养院去了，就是上午咱俩去的那个疗养院。

"警队同事要看他，领导要看他，他一律不见，直到后来他师父回来了他才跟他师父见了一面。按那老刑警的话，他受伤后很颓废，跟变了个人似的。再后来也是非常突然地从疗养院走了，但医疗费都结了，人去哪儿了就不知道了。"

第 52 章
案发当晚的秘密

"之前魏然说想查这个失踪刑警的档案，上面的态度很微妙，这次能名正言顺地查了吧？"

方酌点头："但他的档案好像有什么内容涉密，所以要打申请，估计要过段时间才能查到。"

方酌叹了口气，靠在椅子上，说："但这都不是最重要的。"

他表情突然变化，让苏甄心里一惊："还有什么事？"

一个又一个消息就跟炸弹似的投过来，苏甄想不到还有什么更重要的事。

方酌拿出笔记本电脑，放大了刚才魏然发过来的丁雨薇的证词记录，指着其中一条，说："魏然也许没注意到这一点，但我第一眼就看到这条了。"

142

苏甄凑过去，盯了半响才反应过来，不可思议地看向方酌。这一点确实很容易被人忽略，但方酌不会，因为那是他最熟悉的，丁雨薇的证词中有这样一条描述："我当时在包厢外，听到里面有打斗的声音，接着王跃生就跑出来，脸色极其不好，甚至把门口的我一把推倒，我从门缝看进去，听到里面那个女孩子在哭，右手举着，小手指上带着血，哭着喊着：'断了。'旁边有人抓着她的手腕，说：'没事的，只是一点，没事的，赶紧去医院。'然后另一个人说：'不能去医院，只是一小点没事的，小拇指少了一小点不明显，先止血。'"

方酌眼神变得冰冷："一开始我就有怀疑，到现在我可以确定陈钟这些人和云溪、姜旭东是什么关系了。苏甄，你就没怀疑过吗？姜旭东和云溪很早就认识，是如何认识的？"

他点着电脑屏幕，说："现在我可以百分之八十确定，这个顶着徐曼妮身份的付岭西，就是后来的云溪。"

回Ａ城的飞机上，随着飞机一点点升高，苏甄看到水周离自己越来越远，心中感慨万千。没想到来水周一趟竟挖掘出这么多事。她初步推断，云溪和姜旭东都是当年福利院事故的幸存者，福利院却不知道他们活下来了。其实之前苏甄一直在想姜旭东、云溪背后有什么故事，他们到底是什么身份，如今推断出来了，苏甄却一点都开心不起来。

解开一个谜团，但还有一万个谜团在等着。虽然查到了他们的身世，但背后错综复杂的案子让人仿佛走入迷雾森林，更加看不清周围的图景了。

方酌把关于云溪的猜测告诉魏然，那边重新调查旧案，并开始全城搜索云溪。按方酌的说法，云溪应该没有离开，汽车站的摄像头并未捕捉到她，高速出口也没有检测到，但不排除云溪有别的方式离开水周。

总之查云溪的行踪还需要时间，她也有可能像当初一样，就那么消失了，再也找不到。另外警方也开始通缉陈钟，但他失踪太久，身份证再也没有用过，找他比找云溪还难。

还有那个郝亮警官，可以肯定他当初发现了什么，所以找他也势在必行，一切都需要时间，可苏甄和方酌耗不起了，登上了回Ａ城的飞机。

飞机上两人都很沉默，大概是查到的事太让人惊讶，苏甄知道姜旭东、云溪的事后久久都没缓过神来。她此时转头看着闭眼假寐的方酌，戳了他一下，说："咱们就这么回去了？书店老板夫妇，还有那对老夫妻，其实都可以再查查。"

方酌睁开眼，眼中一片清明，很理智地说："公司催得紧，要上市，我已经丢了个核心项目，不能再耽误其他事了。"

苏甄点头："我所里也有事，不过话说回来，他们当初突然消失，后来出现，顶着别人的身份生活，那好好的为什么突然又消失了？如果不是他们消失，咱们也不会查得这么远，知道他们的秘密。还有如果像你说的，他们接近我们是为了拿到技术，那么为什么要拿？如果当初他们换身份是因为怕杀人的事曝光不得不为之，现在他们干这个干吗？他们大可以永远隐姓埋名地活下去。"

方酌看苏甄的表情，说："你还是坚信他们背后有人指使？"

"对。他们肯定是在为某个组织卖命，这样一切就说得通了，不然怎么解释几个小孩说换身份就换身份，还消失，又改头换面，有目的地接近我们？肯定是在为某个反人类组织做事，这点要重视，不然也许会危害社会。"

"你真是科幻电影看多了，要真有神秘组织，官方早发现了，也轮不到你在这儿疑神疑鬼的。"

苏甄皱眉，觉得自己想的合情合理。

回到 A 城后，又回到了现实生活中。方酌因公司上市，忙得好多天见不到人，苏甄本想再打听打听水周的案件进展情况，可摩尔教授已回国，直接进了实验室，说他在美国住院的时候突发灵感，可以试试采用激光培养层模式来实现细胞长时间存活。这个想法惊人，接下来的几周，苏甄和田锋饭都没时间吃，一头扎进这个实验中。

有的时候两人做一个分离实验要持续十几个小时，不过这样的日子虽累，却异常充实和充满希望，苏甄的状态也好了很多。

一天，在一个激光层细胞终于存活了长达十五个小时后，田锋激动地取样，苏甄盯着显微镜颤抖地问："这算是成功了吗？"

"当然，这是这几个月来存活时间最长的细胞，只要我们争取到了最长的时间，就给下一步合成实验争取了很大机会。多亏了摩尔教授，我要写个报告告诉他和梁教授。"说着田锋就坐在电脑前开始写报告了。而另一边苏甄依然很激动，这是进实验室以来她做的最有成就感的一次实验，她几乎热泪盈眶。

两人整理完报告将细胞冷冻，给梁教授和摩尔教授发信息，此时已经半夜两点了，苏甄却一点困意都没有，异常兴奋。

苏甄傻笑："之前我还觉得这个实验项目简直是天方夜谭，现在终于看到点光明了。"

"是啊，如果真的可以利用人工智能再生细胞，也算是没白忙。"

苏甄正低头吃着泡面，闻言抬头，疑惑地问："这种可以帮助细胞再生的人工智能肯定相当厉害，需要非常复杂的程序，现在的技术能达到这种水平吗？这项目前期投入也大，还很可能最后没有成果，能找到合作方吗？"

田锋皱皱眉："我一开始也这么想，但摩尔教授那天和我说，梁教授似乎联系了一个大型项目，想和他们那边合作研究，类似利用人工智能，模拟人的生活作息，激发干细胞的分裂和再生。你说这种高度模拟人类细胞自然分裂的情况，还能说是计算机吗？那就是人了吧。我都怀疑人工智能最后会发展到有自主意识。"

苏甄心里一抖："自主意识？"

第 53 章
梁教授的反常

"开玩笑的，就是科技开发的一种吧。"

苏甄不由得想到了方酌的 AI 芯片，可又觉得这二者不会有联系，若有所思地问："梁教授这边不是和医院合作开发吗？"

"是的，可他还有另外的实验基地，这可以说是国家级大项目了，我猜最后咱们会去京城的大实验基地做实验。"

田锋非常向往，苏甄却莫名地有点心慌，再问田锋细节，他说他也不知道，摩尔教授也只是听梁教授说起过。

"怎么了？看你脸色不太好。"

苏甄想说，可又不知从何说起。她也不想让田锋知道自己在调查姜旭东的事，便只笑笑说："没什么，大概是累了吧。"

"那我一会儿送你回家。"

田锋开车送苏甄回去，研究所和苏甄家隔了几条街，此时是后半夜，街上车辆极少，车子正好停在一个红绿灯前，侧面正是研究所后面那条街，苏甄一瞥，竟然看到一辆熟悉的车停在那儿。"咦，那车？"

田锋闻声转头，也皱眉："这不是梁教授的车吗？"

"梁教授最近好像总是不来，是师母身体不好吧，这段时间他总是一副很着急的样子，上次师母住院之后他才这样的。他平时干什么都云淡风轻的。"

"师母最近身体怎么样了？"

田锋摇头："我问过梁教授，他说没什么事，就是小毛病，他不想说，我也不好再问。这么晚梁教授来所里干吗？"

说着车子拐了个弯停在了梁教授的车后面，他们发现车是锁着的，梁教授来所里了？可是他俩刚出来并没看见啊。也许是他们刚才和教授汇报阶段实验成功了，他太兴奋了，大半夜跑过来看成果了吧。

苏甄二人想着教授都来了，他俩也回实验室吧，实验成功太兴奋了，回去估计也睡不着。可他俩刚从后面绕到前门准备进去，就在大门口碰见了出来的梁教授。

"教授？"

梁教授一愣："你们还没回家啊，刚才进实验室看你俩都不在了。"

"刚拐过去，看到您的车，我们就回来了。您这么晚怎么来了，是着急看成果吗？"苏甄笑着，很兴奋。

梁教授点点头。

"走啊，上去一起看，我俩干脆给您演示一遍刚才的方程式。"

苏甄说着拉梁教授往里走，梁教授平时对她和田锋就像对自己的孩子一样，跟他们关系非常亲近。可没想到梁教授身体一僵，笑着说："不了，你师母还等着我呢，我来看一眼就走了。"

苏甄还要说什么，田锋在后面拉了她一下。

梁教授往外走，突然想起什么，又回头说："对了，刚才你做出来的方程式报告完成后再发给我一份。"

田锋赶紧道："我刚才已经完成了，现在就可以给你，教授。"

"不急。"教授突然拍了拍田锋的肩膀，意味深长地说，"你是我教过的最有出息的学生。"

苏甄不乐意了："教授，这个实验可是我和师兄一起完成的，你怎么只夸他？"

教授却笑笑："小丫头，当然不会漏掉你，这第一阶段的实验是最难攻克的，果然青出于蓝而胜于蓝。"说完便又急匆匆地走了。

苏甄一时没回过味来，站在研究所门口看着空旷的街道，问田锋："你刚才拦我干吗？"

田锋皱眉："你不觉得梁教授很奇怪吗？"

"怎么？"

"我之前和你说过梁教授对这个实验的态度，他之前根本没觉得这个实验有成功的希望。"

"可能是上了年纪，患得患失吧，我爸说人年轻的时候不管多么自信，到了岁数也会想很多，这就是更年期，男人也有。"

田锋忍不住笑出来了："这谬论，伯父也太逗了。不过我说真的，不知道是不是我感觉错了，我觉得教授好像并没有因为咱们的阶段性实验成功而高兴。"

苏甄皱眉："有吗？这个实验梁教授费了很多心血，他为了申请下来都费了很大劲呢，怎么会不高兴？"

"问题就在这儿，我回所里的这段时间，也听到了一些流言蜚语，细细打听了，听说梁教授因为要申请这个实验，和所长拍了桌子，两人都闹翻了，据说当时有人经过办公室外面，都吓到了。"

苏甄一愣，梁教授虽然在学术上较真，但为人平和，即便是做实验也永远慢悠悠的，他会和所长叫板？苏甄觉得不可信。"风言风语罢了，多少人眼红梁教授有单独实验室，他们说的你也信？"

第54章
酒会

田锋皱眉："可我总觉得梁教授为这实验有点疯狂了，但是对实验成果本身似乎并不在意，不知道是不是我的错觉。"

"我觉得你是最近休息得不好，疑神疑鬼吧。"

苏甄笑着，田锋还想说什么，但看了看苏甄纯真的眼睛，最后叹了口气，觉得算了。他准备上楼。

"干吗去？不是要送我回家吗？"

"梁教授让我把实验报告发给他。"

"明天再发也行。"

苏甄觉得奇怪，田锋却执意上楼，苏甄只好跟上去。进了实验室，就看到田锋在保温箱前发呆。"怎么了？"

苏甄过去，顿时皱眉，只见里面的培养皿已经空空如也。"怎么没了？"

虽然只是实验品，但苏甄二人还想着让梁教授和摩尔教授来看看成果，可此时里面竟然空了，当然这也不重要，空了或者坏了，他们都可以马上重新培养，因为公式已经确定了，那只是样品。

但苏甄还是很不解，这个实验室只有小组的人能进，显然不是他俩拿的，那么就只有刚刚出去的梁教授。他大半夜的来看成果，可以理解，换作他俩任何一个人都会忍不住想来看，但拿走成果根本没意义，因为离开这个恒温环境，最多坚持两小时，这个分离出的样本就会死亡。

苏甄回头看田锋："也许，也许教授就是想……"

苏甄实在想不通教授为何多此一举,他明明可以在实验室里改报告、改实验,或者是完善实验品本身,可为什么要拿走呢?

"苏甄,我觉得梁教授可能有什么事瞒着咱们。"

"什么事?"

田锋摇头,没说下去,但苏甄明白了,田锋一向心细如发,细微的实验变化他都能注意到,何况人的异常。

"我之前在美国听摩尔教授说梁教授求他做实验的时候就有所怀疑,回来后我不止一次追问,可梁教授始终回避我的问题。这实验可大可小,梁教授的事我觉得应该弄清楚。"

"会不会是咱们多心了?教授拿走实验样本也没什么用,这只是阶段性成果,何况这个东西最多两个小时就会死亡。"

"这正是我疑惑的一点。"田锋皱眉,"还有那个咱们不知道的人工智能基地,我问过摩尔教授了,他说他也只是听梁教授说过这个基地,而且那个基地和咱们并没有合作,和咱们合作的是省二院,也就是说这个所谓的基地只有梁教授一个人知道,具体的公司在哪儿都没标注。"

"你怀疑梁教授做违法的事?不可能。"

苏甄绝对相信教授的人品,他不可能假公济私,拿实验成果去做伤天害理的事。

田锋摇头:"也许是我想多了。"

苏甄被他说得心里七上八下:"这事要和摩尔教授说吗?"

田锋沉思了一下:"像你说的,也许是咱们误会了,所以最好还是不要把我们的猜测和过多的人说,但是咱们是科研人员,警惕性还是要有的。最近梁教授不是说师母病了吗?我觉得身为学生,咱们应该上门去看看。"

"可梁教授现在不经常来,我上次也给他打电话说想去家里看看师母,他拒绝了。你不会是要直接上门吧?"

"唐突一次也无所谓。"

苏甄有点胆怯:"哪天啊?"

田锋看看手机上的日历:"这个周末吧,买点东西直接上门。咱们第一阶段的分离实验结束,下一阶段就是摩尔教授的合成实验了,我会帮忙,一直要到周末才能培养出样本,而且,梁教授的假就请到周末,下周一就要回来了。"

苏甄的心里莫名紧张。

回到家都凌晨四点了,天都要亮了,她还是没任何睡意。因为这段时间一直在做实验,所以摩尔教授特批了他俩休息一天再去上班。苏甄因为田锋的话,心里很乱,辗转反侧到早上九点多才睡着,结果下午两点就被方琼的敲门声给惊醒了。

"干吗啊？"

苏甄开了门，方琼的声音一下就高起来："还问我干吗？你电话不接，短信不回，我打到你们研究所，那边说你请假了，你请假竟然不告诉我？我还想找你逛街呢。"

"我这段时间一直在忙啊。"

"是啊，忙得快一个月一点消息都没有，给你发信息你就说在搞研究，研究出什么来了啊？"

苏甄被方琼的声音震得耳朵生疼，倒在沙发上想继续会周公。"好不容易休一天假，你干吗啊？不让人睡觉。"

"大姐，都下午了，你再不起床天都黑了。"

看着一桌子的一次性餐盒，方琼夸张地说："大姐，你没了姜旭东能不能别活得这么糙？挺漂亮一女的，家里怎么搞得和垃圾场似的？一进屋一股什么味？不知道的还以为你家厕所爆炸了呢。"

苏甄被她逗笑了，索性也不睡了，坐起来。"味大吗？你也知道我到这个季节就犯鼻炎，闻不到。"她起身开窗，"我工作这么忙，哪有时间打扫？"

方琼上下打量她蓬头垢面的样子，把她拎起来："走走。"

"干吗去？"苏甄有点蒙。

"买衣服、做头发，赶紧刷个牙出门。"

"干吗啊？我好不容易休息一天。"

"我们公司应邀出席酒会，你陪我去。"

"我说，你要是青年才俊需要女伴我陪你，你一女的参加酒会我陪你干吗？"

"你不懂，我们公司好不容易挤进酒会，是行业大佬开的发布会，他们公司上市了，你懂什么，你以为大家就是去寒暄几句啊？这里面都是资源，做生意就靠这里的资源。二组的头儿王启明这段时间和我竞争得太激烈了，能不能坐上总经理的位置，就看我能不能拿下一个大单了，你得给我加油助威啊，我自己一人胆怯，你是不是我的好姐妹啊？"

"我不想去，你又不是不知道我，我很少出席那种场合，我们研究所连年会都没有，过节顶多发两盒点心，我最常穿白大褂，都没穿过礼服。"

方琼摆出一副高深莫测的表情："你现在年轻、单身，在酒会勾搭几个金融大鳄，也算是我投资了。"

苏甄翻着白眼："我这边刚提出和姜旭东离婚，法院还没有结果呢，现在出去找别人可不行。"

"知道今天酒会的主咖是谁吗？"

"不想知道。"

"是方总，前段时间追你追得很紧的那个人。"

苏甄忽略方琼的调侃，一下想到什么："你说方酌？他的公司真上市了？"

"看来你知道？"

"我知道什么？前段时间听他说的。"

第55章
保镖

那时候方酌火急火燎地从云南回来，说是要忙上市项目，苏甄以为他又夸夸其谈，没想到他的公司真上市了，不过这么算起来两三个星期没见到他了，因为忙于科研，苏甄只觉得时间过得飞快。

再回想在云南的经历，仿佛已经是上辈子的事了。方琼趁苏甄迟疑，拽着她就出门了，方琼经常出席这种场合，有相熟的造型师，让人给苏甄打扮了一番。

一下午都在忙活，到了晚上六点，方琼租的车准时来接她们了。

酒会在A城最大的罗马酒店举办，天还没完全暗，酒店门口已灯光璀璨，两匹高头大马上的罗马人物在门口非常显眼。无数豪车开过来，下来的人西装笔挺，有的还带着子女和伴侣，和电视剧里面的场景似的。门口有两个记者，但不是八卦记者，都是金融版面的。

进到里面，大家都很礼貌。方琼拿过一杯香槟到处和人家搭话，递名片，连苏甄的手包里都塞满了方琼的名片。

方琼今天只要签成一单生意，绝对能把二组踩在脚下，可冤家路窄，她在这个酒会里竟然看到了二组的组长王启明。他年纪和苏甄她们差不多，很高很瘦，有点娃娃脸，但因这个人出现在方琼无数深夜的谩骂中，所以苏甄第一次见他就带了点敌意。

他和方琼两人握手，像老朋友似的，实则暗中火花四溅。方琼更是燃起了熊熊斗志，满场飞，最后都不管苏甄了，留她一个人在桌边看着这边方琼和某老总把酒言欢，那边王启明和某项目负责人畅谈未来。

有时候苏甄觉得这两人简直是绝配。

看到长条桌上的蛋糕，苏甄才想起来自己一天就吃了一碗泡面，此时真有点饿，刚吃到第三块，身后有声音传来："我本来还想给你请柬，又怕你这张毒嘴说我向你炫耀，没想到你还自己来了。"

她一回头，竟是方酌。今天他收起懒散的样子，穿着一身墨绿色西装，梳了个大背头，还真有点老总的气质。苏甄看了看四周，说："听说今天是你们的主场，公司上市了，恭喜。"

"和方琼过来的？"

方酌显然已经看到那边的方琼了，苏甄点点头，方酌笑笑说："吃好玩好。"

他指着一个巧克力小蛋糕："那个好吃。"

苏甄看有人叫他，赶紧挥手："快去吧，不用管我。"

方酌还是笑笑，不慌不忙地夹了块蛋糕放在她的盘子里："陈立来了，一会儿我让他过来找你。"

"陈立？你请他了？"

"不止呢，最近有很多事没来得及和你说，他现在是我的保镖，我去个厕所都跟着我，先不和你说了，我失陪一下。"

方酌拿着酒杯朝一堆商人走过去，那边的人还起哄，苏甄正纳闷呢，一抬头就看到陈立站在旁边，很别扭地摆弄领子，领带已经歪了。"刚才非要让我换这身衣服，耽搁了，没发生什么吧？"

苏甄觉得好笑，说："酒会上能发生什么？你怎么成他保镖了，警察彻底不当了？"

陈立看了一眼苏甄，严肃地说："我还在停职阶段，和队里请示了，现在保护方酌。"

"为什么？"

"上次他在你们小区出车祸掉沟里的案子调查结果出来了，安保系统被入侵，那次事件不是意外，是谋杀。"

苏甄瞪大眼睛，虽然早有心理准备，但听到"谋杀"两个字还是忍不住心惊。"就像上次咱们分析的那样，那个给你家装监听设备的，和想杀他的是同一个人？"

陈立点头："已经开始调查这个人了，但还没有结果，警队那边要派人保护方酌。"

"没必要吧？我俩都去过云南了，虽然那边也有人想对他下手。"

陈立点头："所以要一直跟着他，我申请让我来，反正我已经被搅进这个局了。正好他的公司上市，竞争对手，包括董事会里也有不服他的，这些人也挺危险，方酌就说让我暂时当他的保镖。"

苏甄挑眉，看着陈立领带的牌子，忍不住八卦："给你多少保镖费？"

陈立愣住。苏甄笑着说："我没开玩笑啊，现在他是妥妥的有钱人，上市公司的大股东，必须宰他。"

陈立被苏甄逗笑了，轻松了不少，顺手拿了块蛋糕塞进嘴里，眼睛却四处看着，特别谨慎，弄得苏甄在一边都紧张兮兮的。"那人应该不能再出手了吧？云南那两人说是有人指使，说不定警方排查出来抓到了人，发现也是被人收买的。"

陈立却摇头："我总觉得这边要害他的和云南要抓他的不是同一伙人。"

"怎么说？"

"这边的人想置方酌于死地，而那边的人是想抓走他搞研究，有本质区别。"

苏甄想想，觉得很有道理。正在这时，主持人开始介绍来宾，之后方酌上去讲话。苏甄看得有点愣，眼前的方酌和任何时候都不同，苏甄看惯了他老谋深算、油嘴滑舌的样子，而此时的他西装笔挺，滔滔不绝地谈着自己的新项目和公司的前景。

在场的多是大腹便便的中年成功商人，方酌这样的青年才俊在这些人中非常突出，在场的女性都忍不住多看他一眼。苏甄感叹："就方酌这样招摇的，别说凶手了，平常也有不少人想弄死他吧。"

陈立笑着说："谁说不是呢？竞争对手，公司内部有利益纠葛的人都有可能，他们商场上的厮杀还真是让人叹为观止。对了，过会儿有时间吗？他还没和你说照片的事吧？"

"什么照片？"

"方酌从云南回来之后，收到了上次给他寄照片的神秘人寄来的另一张照片。其实你俩去云南之前就邮过来了，但那天你们走得太匆忙，所以回来他才看到。如果你俩是去之前看到的，估计在云南的调查进度会更快。"

苏甄正不解，那边的方酌就从台上下来了。接下来是其他人发言，他挤过人群，苏甄二人拍手道："厉害啊，你现在的身价跟以前可不一样了。"

方酌有点不好意思地笑着，那边又响起一阵掌声，三人循声望去，是一个中年男人。这个中年男人苏甄看着眼熟，再看下面一个劲鼓掌的方琼和王启明，才想起这就是方琼说的要拿下的客户。方琼和王启明是一个公司的，却抢同一个客户，为了总经理的位置。苏甄不由得好奇地问："这个人很厉害吗？也是搞网络科技的？"

第56章
姚总

"今天来的大多数是科技公司,这个姚总是老派公司代表,算是国内第一批搞网络科技的,现在是老前辈了,但思想老化,要不是先抢占了市场,恐怕早就被淘汰了。"

看苏甄皱眉,方酌笑着补充:"不过这个姚总之所以名气大、地位高,不只是因为开网络公司,网络科技只是他们尚悦集团业务的一小部分。他们的主营业务是桶装矿泉水,二三线城市桶装水送货业务都是他们集团主营,现在他们还开发了净水机,A城一半的公司里配的净水机都是他们研发的,包括我们公司。"

"怪不得。"苏甄感叹。

方琼他们公司虽然是网络科技公司,但主营的是金融,方琼他们最近在做一个什么城市循环系统,必然要和净水公司合作。苏甄看方琼和王启明在下面手舞足蹈,瞟了一眼方酌,问:"方老板和姚总说得上话吗?"

"怎么,想帮你朋友走后门啊?"

"算不上走后门,就是帮忙介绍,我朋友在竞争总经理的位置。"

"我帮忙有什么好处啊?"

苏甄好声好气地说:"方大老板,咱们仨不是一块的吗?我也能当你的保镖。"

陈立想保持严肃但没憋住,"扑哧"一声,惹来苏甄瞪视。方酌觉得好笑,说:"保镖我已经有了,不如你当我保姆吧。"

苏甄脸顿时红了,赌气说:"不帮拉倒。"

方酌笑着说:"不是我不帮,是这位老总现在在集团里已经不管业务的事了。"

苏甄疑惑,方酌继续说道:"他今天能来我很意外,他很久没露面了,之前他们公司有大变动,公司原来是他和妻子一起创办的,后来,你懂的,男人有钱就变坏,他老婆和他离婚了,但没离开公司,一直在和他竞争董事长的位置。

"他和前妻也没有孩子,和现在的妻子有一个女儿,这事上过八卦新闻,也一度对公司造成了不良影响。现在主导公司主要业务,尤其是矿泉水业务的是他前妻,不然他为什么会管网络科技这边?是在那边说不上话了。所以如果你朋友想要合作的是矿泉水那边的业务,别浪费时间找他,不如找他前妻洪总。这消息可没有多少人知道,一般人我不告诉。"

苏甄惊讶:"他前妻?"

153

"对。别问我为什么知道,之前我参与董事会竞争,去拉拢过我们公司的大客户,姚总算一个。那时候我找人调查过,现在他前妻洪梅才是他们公司的主导者,估计他们公司过不了多久就会对外宣布任命洪梅为董事长,他彻底下台。"

"不过也很奇怪,前几年他和前妻内斗过,但他一直占主导地位,最近姚总似乎无心事业,才被前妻占了上风。大概真的是人到中年,心有余而力不足吧。"方酌感叹道。

那边姚总的发言结束了,王启明和方琼赶紧跟上去,但姚总只是朝他们点了点头就挤出人群,走到角落里的一位老总面前,很殷勤地跟他攀谈起来。

苏甄的视线一直跟随着他们几个,说:"这位姚总很高冷啊。"

方酌也看过去:"和他攀谈的是林总。"

"你认识?"

"这圈子里凡是做网络科技的谁不认识谁?但这个林总是刚刚进入网络这个领域的,算新人。他以前主营医疗器械,但现在网络科技发展迅速,谁都想来分一杯羹,他俩之前可能认识吧,我还真不知道。"说到这儿方酌有点在意。

苏甄调侃:"你们这些做生意的大老板还真是会关注行业动态。"

"没办法,商场上瞬息万变,多注意点能有个防备,不然分分钟要被淘汰出市场。"

苏甄又看向那位姚总,却看他皱着眉,不知道在和林总说什么,突然手机来电话了,他惊慌地往外走。苏甄看到方琼和王启明跟出去了,她赶紧过去拦住方琼。

"方琼。"

"苏甄,你晚上自己回去吧,我有事。"

眼看王启明已经追出去了,苏甄却不放手:"我帮你问过方酌了,现在你要想和他们公司合作,要找他前妻洪总,找他没用。"

方琼本来很着急,一听这话愣住了,再看她身后站着的方酌,立马双眼放光:"方总,您好您好,久仰大名。"

苏甄翻白眼,方琼之前又不是没见过方酌,现在为了生意摆出这副嘴脸,真的很丢人。

他们正聊着,有人来和方酌敬酒,苏甄和陈立自然退到了圈子外,方琼却往前冲,想借着方酌多结交几位老总,说着说着就看到刚才和姚总攀谈的那位林总也过来敬酒,方酌笑着和他碰杯。

林总似乎有点受宠若惊,然后和方酌就现在网络科技的发展前景开始了无聊的攀谈,谈到苏甄和陈立在后面都不耐烦了。

末了,方酌悠悠地说:"刚才姚总似乎和您相谈甚欢,怎么,林总的公司和尚悦有合作？恕我直言，据我了解，现在尚悦的董事比较拥护洪总上位，所以就算现在网络这块是姚总负责，林总将来怕也会一场空。"

林总一愣，赶紧笑着摆手："没有，就是老朋友闲聊，这几年老姚哪有什么时间顾及公司啊？"

他似乎是说漏嘴了，但明眼人都能看出来他是为了巴结方酌，故意说漏嘴的。

方酌接下话头："怎么，有内幕？"

"没什么内幕，都是家事。洪总不被家人所累，自然能一心扑在事业上，股东们也是看谁能为公司做更大贡献就支持谁。老姚就不一样了，还要照顾家人，不瞒您说，我和老姚可不是因为公司层面的合作认识的，是我太太和老姚现在的夫人相熟。"

林总的太太是省二院有名的脑科医生，而姚总现在的妻子据了解应该是一个三线小明星出身，说她们是闺中密友，方酌可不信，看来是老姚的老婆或者女儿生病了。

不过根据方酌对姚总的了解，他老婆就算死了他也不会那般不顾公司。可谁不知道老姚是个女儿奴，难道是他女儿生病了？不是说他女儿几年前就出国了吗？他妻子也常年在国外，很少回来，就是为了在国外陪读。

林总点到为止，也算是卖了方酌好，方酌自然见好就收。

一场酒会下来，除了陈立事不关己，其他人都累得要死。方琼不知道从哪儿打听到洪总喜欢打高尔夫球，在那边和一个以前专业打高尔夫球后来嫁给富豪的夫人聊得热火朝天，俨然一副闺中密友的样子，想通过这位夫人搭上洪总，而另一边方酌被灌酒，酒会结束的时候都有点喝多了。

方琼和她那位"闺中密友"先走了，说要去选打高尔夫球需要的装备。苏甄看看时间，晚上八点多了，再看方酌站不稳了，便和陈立把他送上车，可方酌偷偷捏了她的手臂一下，苏甄瞪着眼睛说："你是装的？"

第57章
合照

方酌做了个"嘘"的手势："我要是不装醉，那些人还得灌我，没完没了。"说着看没人注意，朝苏甄招手："上车。"

"干吗？不用送我了，你和陈立快回去吧。"苏甄说着，却被方酌一把拉上车。

"一身酒味，先让陈立送你回去吧。"

"一起回去，我还没给你看神秘人给的第二条线索。"

苏甄这才想起来陈立之前说的照片的事。

结果没想到陈立直接把车开到了一处别墅区。

"你搬家了？"

苏甄去过他的公寓，不是这里。

"我现在也是要保镖保护的人了，以前的公寓不敢住，这边的安保更好。"

苏甄揶揄道："作为上市公司老板，觉得大平层公寓容不下你了是吧？"

方酌也不生气，只是因为多喝了几杯脸有点红。车子开进别墅区，这边到处都有摄像头，别墅是二层的小别墅，带个院子，田园风格很浓。"陈立最近都和我住在一起，二十四小时贴身保护我。"

苏甄撇嘴："你工资必须给陈立开高点。"

"必须啊，我这边工资特别高，你要不要考虑辞了研究所的工作来我这儿当保姆？"

说话间进了门，苏甄看着大理石装修的大厅，不知道是不是因为有陈立住进来，四处都是方便面和餐盒，沙发上还有外套，显得比他之前的公寓有人气。

方酌很快去书房拿出一个档案袋，说："秘书说这个东西早在我走之前就寄到了公司，一直躺在我办公桌上。之前咱们遇到瓶颈的时候，苏甄你说神秘人会不会再给线索，我当时听到这话还犹豫了，没想到真有。可惜啊，咱们要是没那么突然地走，没准就看到了，能省下很多推理的过程。"

档案袋里是一张微微发黄的旧照片，照片上有一处红房顶建筑，但不是正面而是侧面。画面中五个孩子站在一起，画面中间正是十二岁的付岭西，也就是后来的徐曼妮。她的左边站着两个少年，是张小北和樊晓东。右边是陈钟，不过引起苏甄注意的是陈钟另一侧站着的一个小姑娘，苏甄看长相很熟悉，可想不起在哪儿见过。

这五个人站在楼的侧面，远远看去隐约能看到楼正面也有一群孩子在拍合照。

方酌指着照片，说："若是咱们调查之前看到这张照片，就不用推理付岭西、陈钟他们的关系了。"

苏甄点头："原来神秘人早就告诉咱们这些孩子的关系了。"

"而且这个建筑我已经找魏然查过了，就是那家福利院，是福利院刚建成的时候拍的，应该是福利院和赞助商在组织孩子们拍照，但不知为何他们四个人偷跑到侧面和陈钟拍了一张照片，也许在他们心里，陈钟才是他们真正的朋友和家人吧。"

"他们几个应该在小岭村的时候就和陈钟关系好，后来出事了，他们阴错阳差没死，被陈钟收留，带去了水周？但这个女孩是谁？看着好眼熟。"

"记不记得云溪之前去骨灰堂看老太太顶着谁的名字？"

苏甄瞪大眼，一下想起来："冉兰，这个女孩是躺在医院的植物人冉兰？"

方酌点头："这张照片就是解题的关键。虽然晚了一些，但太重要了。魏然联系上了福利院幸存的工作人员，那个工作人员虽然对以前的事记不太清了，但她记得冉兰，因为她是为数不多的幸存者之一。她说冉兰当时和一个女孩、两个男孩关系最好，他们四个总在一处，非常亲密。"

之后魏然拿当年福利院的一些剩余资料加幸存者回忆，和小岭村出事的家庭做对比，终于知道这个张小北和樊晓东的真实身份了。

"苏甄，还是你给了我灵感。"

"我？"苏甄疑惑。

"对。"方酌点头，"你在付岭西家不是看到有张卡通贴纸吗？那是一个动画片里的角色。后来魏然查了除了陈钟家，哪家还有贴纸，对号入座，才查到另外两个孩子的身份。"

陈立在一边点头："那个张小北原名应该叫晋北，他父亲是当时工厂罢工的主力之一，后来死在了爆炸中；樊晓东原名罗东，我们也从罗东留在小岭村的一些生活用品上采集了DNA，和这边刑警队采集的DNA做了比对。"

陈立看着苏甄的眼睛："这个罗东应该就是你丈夫——姜旭东。"

姜旭东是这两个孩子中的一个，苏甄和方酌在云南就推理出来了，可当真的确定他到底是谁的时候，苏甄还是心里颤了一下，追寻那么久的姜旭东的身份就这么解开了，可心里有一种说不出来的感觉。

"所以现在案件清晰起来了，和十几年前的陈钟杀人失踪案有关。根据丁雨薇的证词，我们无法判断在夜总会的那天晚上是谁动的手，所以，云溪、姜旭东还有那个什么晋北、陈钟都有嫌疑。就像你俩调查出的那样，这背后错综复杂，很可能是有黑恶势力控制了这些孩子，帮他们改头换面，让他们当间谍。"

"间谍？"方酌撇嘴，"这个词太夸张了，顶多算是，潜伏在身边的演员吧。"

"总之刑警队对这个案子相当重视，但因为不知道他们背后的集团到底有多少人，都是哪些人，以及有没有人潜伏在刑警队这边，所以成立专案组的事暂时保密。这些事只有专案组的人知道，并没有对外宣布。专案组也酌情对我的事展开调查,让我暂时不要归队,暗中保护你们并且暗中调查。至于你俩,我的直属上司——专案组组长,也就是我们局长,特批你俩可以继续跟着调查。"

第58章

植物人

苏甄脑子里很乱,拿起照片,看着右边那个叫罗东的男孩,想到什么,说:"记得姜旭东那个假老家吗?其实细想,姜旭东'老家'的布置和他在小岭村的家真的很像,而且他还在房间放了一张他小时候的照片,当时我没在意,他早就暗示过那是他的过往,可我根本没往那边想。"

"所以你至今还觉得他对你是真心的?"方酌一针见血地问。

苏甄却摇头:"要是真心的,又为何消失呢?"

苏甄本来想警方查案还需要时间,最近应该没什么大事,可以专心忙工作了,然而第二天方琼那边就出了大事。

苏甄刚下班方琼就开车来接她,忍不住叽里呱啦地一顿吐槽,在公司她憋了一天了。末了,她说:"知道吗?这次总经理的位置我坐定了。"

"你勾搭上洪总了?"

"没。"说到这儿方琼脸色惨白,"你知道吗?那天幸亏你拦着我没让我去追那个姚总,王启明不是追过去了吗?结果出车祸了,他们的车也在里面,几车连撞,今早本地新闻都炸了。"

苏甄惊讶极了。

"快上国道的地方不是有个坡吗?姚总的车失控滑下坡,他当场就死了,王启明的车在后面被前车撞翻了,人到现在还昏迷不醒呢。刚才下班同事们自发去医院看王启明,他爸在医院都急疯了,说这几天王启明要是醒不过来,可能以后都醒不过来了。天杀的,我亲眼去看了,还问了医生。虽然能顺利当上总经理,但王启明这么活生生的一个人,突然就……我心里不是滋味。"

苏甄理解方琼,知道她在商场上再怎么跟人争斗,心底也是善良的,再说了,苏甄也受不了昨天还活蹦乱跳的人今天就死的死,昏迷的昏迷。

"你说大晚上的姚总去国道那边干吗?半夜出省?"

"是他们离开酒会那会儿吗?"

"不是，车祸是半夜十二点多发生的，咱们散场才八点多。"

苏甄听到这儿皱眉："怎么这么晚？"

"谁知道呢？也许是姚总有事，王启明着急跟上去了。也是倒霉，怎么就翻车了？据说是发动机失灵，姚总的车可是名车。啧啧啧，王启明也挺倒霉。他们公司的股价今早就跌了，我们和他们公司的生意估计也吹了。"

苏甄照常去上班，但她的任务已经完成大半，合成实验主要是摩尔教授和田锋做，所以她也没加班，却没想到下班的时候方酌来接她，更意外的是，陈立没跟在他身边。

"你的保镖呢？"

"陈立有事回局里了，其实我真不用他跟在我身边，我觉得比起保护，陈立更多的是想监视我，光天化日的，我还真能被人怎么样？"

苏甄忍不住笑着问："他怀疑你什么？"

"反正陈立这人疑神疑鬼的。"方酌看起来脸色很不好。

"怎么了？"

"之前不是在酒会上看到过那个姚总吗？"

苏甄想起方琼说的，道："他出车祸了，方琼和我说的。方琼的同事王启明的车跟在后面也遭殃了。"

方酌烦躁地说："不知道是不是意外，车子突然出毛病，警方怀疑是有人做了手脚。"

苏甄瞪大眼睛。

方酌一副悔不当初的样子："我在酒会上跟人打听了姚总，按我们商业上的习惯，无论是对手还是合作伙伴都要了解清楚，可警方不这么认为。陈立告诉我，刑警队把近期明里暗里打听姚总的人都列为嫌疑人，我刚在警局做完笔录，你说倒不倒霉？不只是我，我在警局做笔录的时候还看到好几个熟悉面孔呢。

"如果警方想靠这个抓人，我估计很难，昨天姚总那么反常，肯定有不少合作伙伴打听他们尚悦集团的状况。我们公司得到小道消息，他们集团网络科技这块不行了，我们想把他的分公司吞并，所以我就找外面的人查了查，结果被刑警队查到了。"

苏甄听完觉得诧异极了："你打听他什么了？"

"就那些，估计大家查的都差不多，家庭状况啊，公司状况啊，股份什么的。还有最近的行程，这点惹了警方怀疑。不过他前妻洪总嫌疑最大，已经被警方扣住了。反正陈立叫我老实点，别再出岔子了，他回局里估计也是去汇报我这段时间都干了什么，我也不指望他帮我说什么好话了。"

"也许真的只是意外呢？"

"你信吗？他那个车是进口的，相当贵，性能很好。而且怎么就那么倒霉？他车里还有他的女儿和私人医生。"

说到这里，方酌眯起眼："这个案子最大的疑点在他女儿身上，据陈立给的消息，他女儿在车祸两个小时前就死亡了。"

"什么？"苏甄很惊讶。

方酌细细给她讲："姚总的现任老婆以前是个三线明星，给他生了个女儿，他对外一直说女儿出国了，警方这次调查才知道根本没出国，他女儿是生病了，脑子里有个瘤，手术失败成了植物人，一直在家请私人医生照顾，得有三四年了。他一直没对外说，包括他前妻竟然都不知道，藏得够深的。"

"为什么女儿出事不能让人知道？"

"他有一个什么基金是以他女儿的名义弄的，如果外界知道，估计会影响股价吧。"

苏甄听得很蒙，有钱人的想法有时很难理解。

"他接电话回去就是因为医生通知他女儿病危，不知道中间发生了什么事，没想到后来还出了车祸。"

"不过时间点很有趣啊，他走的时候是晚上八点多，出事时是十二点多，他十二点去国道那边干吗？"

"谁知道啊？医生和护士也当场死亡，只有王启明活了下来，还不一定能醒。"方酌皱眉，"现在警方一方面在调查，另一方面就寄希望于王启明能醒来说说情况，从一路上的监控能看到王启明的车一直跟着姚总。"

苏甄点头，看方酌烦躁地发着短信，很忙的样子，问："那你找我有什么事？"苏甄想来想去，姚总这事和自己没什么关系，难道方酌也像方琼那样，只是想找她吐槽？

第 59 章

冯朝的初恋情人

"查王语嫣和冯朝的人回信了，找你一起看资料。"

王语嫣和京城老板结婚离开水周后就闹翻了，京城老板在水周这小地方是大老板，可回到京城就什么都不是了，但有两套房产，而资料上显示王语嫣在离婚后把两套房子都拿到手了。

"听说她老公家暴，闹到妇联去了，最后法院把房子判给了她。"

"问题就在这儿，我找人打听了，王老板现在过得非常惨，很落魄，而且一直否认自己打过王语嫣。不过这种事谁说得清？王语嫣有证据，她丈夫在大马路上就对她动过手，还有路人上前拦过，都有录像。跟街坊四邻也调查了，他们倒是说没注意过，可验伤发现王语嫣身上确实有淤青。"

"你是怀疑王语嫣故意说自己被家暴，实际上是为了离婚拿到王老板的两套房？"

"她也不一定完全是说谎，但这女人不是省油的灯。她离婚后卖了一处房产——那房子在三环以内，京城的房价什么样你知道——然后在三里屯开了一个酒吧。据可靠消息，她在那个酒吧里干了点不正当的生意。"

方酌比画了一下，苏甄瞪着眼睛："这女人胆子真大。"

"据说她离开京城的时候把酒吧转卖了，不过我的人打听到她仍然在里面抽成，而且她就是在那个酒吧遇到冯朝的。有人纠缠王语嫣，冯朝看见了，认出是她，就把那人揍了，还进了派出所。这些事都有记录。别看王语嫣和你说得轻描淡写，和冯朝可谓是惊天动地，轰轰烈烈。王语嫣爱他爱到愿意为他在京城不干了，金盆洗手，和他去上海。"

"金盆洗手？"

"不然你以为她在那地方开酒吧靠什么？离婚前她就和社会上的人勾勾搭搭，酒吧最大的股东是个叫老四的地头蛇，离开的时候，冯朝差点被那老四弄死。"

苏甄没想到王语嫣肯为冯朝放弃大好事业和靠山，不过从她和王语嫣在书店的谈话内容看，王语嫣似乎和冯朝爱得并没那么浓烈，难道她是故意装的？为什么？苏甄想不通。

"后来他们到上海也开了酒吧，但和当地地头蛇关系不好，不挣钱，后来又开了旅馆，也没做长久，之后又去了深圳，在深圳总算挣到了点钱。"

苏甄打断他："在深圳怎么挣到的？"她看了资料，两个人似乎是做了食品生意。

"开火锅店。王语嫣在那里和冯朝闹翻过一次，甚至回了京城。"方酌说起八卦眼睛开始冒光，"那段时间她好像又和老四好上了，不然她不可能继续抽酒吧的成。"

"啊？"

苏甄觉得太狗血了，都没听下去的欲望了，方酌却继续道："不过后来不知道怎么了，她又从京城回到深圳，和冯朝重归于好，两人就把大城市的一切都

161

放弃了，回水周开了书店。"

"还真是个回归田园的爱情故事。"苏甄觉得这简直是小说里的情节，两人经历风风雨雨，最后回到小县城过着平凡的日子。她不知道方酌兴奋个什么劲。

"问题就在于有人传王语嫣之前喝多了说漏嘴的话。"

方酌笑着，拿起酒杯一饮而尽。"她和冯朝闹翻是因为冯朝又和初恋女友联系上了。初恋女友。"方酌强调。

苏甄皱眉，一时没想明白，看方酌笑着笑着就连干了两三杯酒，眼睛发红，她有点疑惑："方酌你……"

"王语嫣喝醉了说出了一个名字——徐曼妮。"方酌笑着，"你说徐曼妮还能是谁啊，不就是云溪吗？"

此时此刻苏甄才明白方酌今天为什么那么奇怪，他看着好像很兴奋，实际上从接自己出来，就不对劲了，他一直在隐忍。这些话他能和谁说，和陈立？方酌也想把陈立当朋友，但彼此立场不同，想到他今天说陈立还在怀疑他，苏甄也知道了方酌此时的心情。

再看他身边的人，商场上的人哪有真心？必要时刻不是你弄死我就是我弄死你，他能倾诉的人也不多。

"没事，我就是突然有点……"他皱眉，"算了，有什么的？自从知道云溪接近我是为了什么，我就死心了，我只是想和你讨论案情而已。"

方酌低头没说话，半晌才抬头，情绪平复了一些，笑笑，无奈地摇头："对不起啊，让你看笑话了。"

第 60 章
分寸

"我们是朋友。"苏甄很认真地说。

方酌愣了一会儿，突然无奈地笑出来："苏甄你知道吗，你有时候真是天真，对人没防备，若我是骗你的呢？若我是演戏给你看呢？你肯定被我玩死了。"

苏甄看他油嘴滑舌的，知道他没事了，便拿起王语嫣的资料说："这里有个问题。"

"什么？"

"既然王语嫣有地头蛇罩着，谁敢对她动手动脚？不觉得她和冯朝相遇时的英雄救美太牵强了吗？"

"你怀疑她是故意接近冯朝？"

"不止呢。"苏甄皱眉，"冯朝为什么去京城？因为一次英雄救美二人就爱得轰轰烈烈？我不信。"

"你是说王语嫣和冯朝在水周的时候就有瓜葛？"方酌挑眉，"不能吧，种种迹象表明冯朝在水周的时候就喜欢徐曼妮，并且有很大可能是因为徐曼妮才被陈钟陷害入狱。何况那时候冯朝虽然和唐宁一起混，但年龄还小，一直在读书，王语嫣比他大。"

"比他大又如何？越是那种环境，越容易出不道德的关系。何况她还嫁给他了。"苏甄眯起眼，仿佛福尔摩斯上身，"冯朝的资料呢？"

"差不多就那些，没查到他和可疑人见面的记录，说明他很小心。若不是王语嫣，还真不知道冯朝和云溪一直有联系。"

"可按咱们猜测的，那时云溪不是已经改头换面了吗？"苏甄愣住，"你的意思是，冯朝也是那个神秘组织的人？"

"如果你的想法成立，当年那些孩子都是被一个组织控制着，后来换身份接近你我，那冯朝有可能也被吸纳进去了，所以，这个人可以盯住了。"

"但当初他应该很恨徐曼妮才对啊，毕竟因为她，他坐了三年牢。"

"看王语嫣的态度，应该是冯朝一直没忘了徐曼妮。男人就是这样，没得到的就一直念念不忘。"

苏甄抬头："能说出这话，说明你有故事啊，你对初恋也念念不忘吗？"

方酌没想到她会突然问这个，笑笑，倒了一杯酒，眼里的冷厉一闪而过："初恋，大概是所有人都难以忘怀的吧。"

"你的初恋呢？讲讲。"

"现在谈案子呢，说什么初恋？"

"反正资料就这些，接下来又要等警方调查了。"

"是的，我把这个消息告诉魏然了，那边已经盯上冯朝了。"

"所以啊，说说你的初恋。"

方酌被她逗得笑出来："你还真执着，我知道你是不想我一直想云溪，故意转移话题，谢谢。"

职场很残酷，那边王启明还在病床上昏迷着，这边方琼就走马上任了。她说那天早上所有人都意味深长地恭喜她，顶头上司也找她谈话，字里行间流露出对她的器重。统领了两个项目组，可方琼一点都不开心，相反还有点同情王启明，更同情自己。

"若是那天你没拦着我,也许躺在医院的人就是我了,那时老总肯定也会拍着王启明的肩膀告诉他,他是最优秀的。"

第 61 章
目击证人

方琼说这话的时候在冷笑,猛灌了自己两口酒。苏甄看着四周,她们跟酒吧欢乐的气氛格格不入,她只想把方琼拉走了事。"你都如愿以偿当上总经理了,可别伤春悲秋了,不是你说的商场如战场吗,怎么还同情对手了?"

"你不懂,王启明之前人缘多好,比我好。其实王启明人不坏,就是立场跟我不一样,我俩注定水火不容,可今天我当了总经理而他躺在医院,我心里也不是滋味。"

不知道是不是真喝多了,从酒吧出来方琼就说要去医院看王启明。"大姐,现在晚上十点多了,你看什么王启明啊?"

苏甄拦不住,怕她出事,赶紧跟上。医院大厅人还真不少,有病人家属,有挂急诊的。现在早过了探视时间,护士用异样的眼神看着满脸通红、一身酒气的方琼,苏甄在一边都想找个地缝钻进去。

"你也看到了,不让见。"

苏甄好说歹说把方琼拉出医院大厅,没想到方琼竟哭了起来。"我要去告诉王启明,再不醒,别说总经理的位置,他的一切我都要占了。让他看看人情凉薄,平时和我讲大道理,现在就让他看看,他都这样了,就我一个来看他的,这都是什么世道?"

她也是发了狠,竟然从住院部后院爬窗。

"大姐,你也太夸张了吧?"

方琼喝了酒,力气很大,苏甄根本拦不住。眼看她顺着后院的树够到二楼洗手间的窗户跳了进去,苏甄在下面想喊不能喊,好在后院没人,苏甄也是疯了,脱了高跟鞋,跟着爬上去。

"别疯了行吗?"苏甄想,这要是被人看见了,多尴尬啊。

王启明的病房在三楼,方琼光着脚跌跌撞撞地上楼梯,事到如今苏甄也不拦了,看她趴在王启明病房的玻璃窗上看 ICU 里插满管子的瘦弱男子,苏甄靠在门上大喘气。

方琼倒没大喊大叫，很安静地趴在窗户边上，眼神呆滞。

"人看到了，走吧。"

"苏甄，我无数次想，那天晚上在车上的如果是我，现在躺在里面的如果是我会怎样，你说我们这些人在职场上争破头到底是图什么？"

"图名图利，没什么丢人的，正正当当。"

方琼苦笑一下："你说得对，堂堂正正地追名逐利。"

苏甄看她这样子，一时有点无奈，想抽根烟，又不敢走远，看看四周，下到楼梯间打开窗户，刚把烟拿出来，还没点，就听到楼下有往上走的脚步声，她一下就清醒了，上来拉着方琼压低声音说："来人了，赶紧走。"

可王启明的病房在走廊这头，电梯在那头，这边只有楼梯，脚步声越来越近，苏甄想着被医生护士碰见多尴尬，两人还都没穿鞋，感觉脸烧得慌，情急之下，看到对面病房的门开着，和墙角形成了一个死角，她就拉着方琼蹲下躲在门后。几乎刚藏起来就看到一个穿着白大褂、戴着口罩的男子出现，看打扮应该是医生。

可能是视线低的原因，苏甄注意到了对方白大褂下的那双鞋，微微皱了一下眉。那是一双黑色运动鞋，脚底沾了些干草和泥，苏甄下意识去看方琼的丝袜，也是沾了些干草和泥，心中顿生疑惑。

眼看着医生进了病房，背对着这边，苏甄抓着方琼想趁没人发现赶紧溜了，却不想拽了一下没拽动，回头就见方琼半蹲着盯着对面病房的玻璃窗，眼神竟清醒了一些。

"走啊，一会儿让人发现了，把咱俩当小偷了。"

却不想方琼颤抖地指着病房里："那个……"

苏甄顺着她的视线看过去，只见白大褂已经把王启明的呼吸罩拿下来了，王启明顿时呼吸困难，表情难看，旁边仪器上的数字也乱了。白大褂快速地从口袋里摸出一个针管，对着王启明的输液管就扎了下去，电光石火间，苏甄的反应快于大脑，叫了出来。

里面的人被惊动，直接扔了手里的针管跑出来，顺着刚才的楼梯跑下去。

而此时王启明病房里的监测仪器响起，走廊那头有医生护士跑过来，看到苏甄二人，一愣，随后赶紧进去抢救。有护士问："怎么回事？"

苏甄指着楼下："有人，刚才有人进来，穿着白大褂。"

里面的医生捡起地上的注射器，看着上面的标识说："这不是咱们医院的，快报警。"

苏甄脑子一下炸了，也不管那么多，直接从二楼追下去。那人刚跑，如果现在追，也许还来得及。

一楼是大堂，苏甄下去的时候，因为有两个急诊病人送进来，大堂里有些乱。苏甄刚才在二楼的缓台上看到了白大褂，也就是说这人已经脱下白大褂和口罩混在大堂的人里了，苏甄扫视了一圈，看到一个低着头走的中年男人就穿着刚才她看到的那双鞋。

"站住！"

苏甄直接扑了上去，那人撒腿就跑，推倒了两个护士，朝着医院外狂奔。保安跑过来，苏甄大叫："抓住那个人，他是凶手！"

保安也不管那么多了，赶紧追上去，苏甄大喘着气，也跟上，可迎面就撞到一个人，对方惊讶地喊她："苏甄？"

她定睛一看，竟然是方酌。"你怎么在这儿？"苏甄来不及和他多说，指着前面，"有人要杀王启明。"

刚才那人就和方酌擦肩而过，方酌眯起眼就追上去，一时间医院门口震动，那人可能也没想到会惊动这么多人，也不管车多不多就朝着马路对面跑过去，结果被迎面过来的救护车撞飞了。

因为二道街市场出现漏电，好几个人被送到医院，救护车开得很急，也是没想到医院门口会突然冲出来人，一时路口乱作一团。苏甄跑过去的时候，方酌一下捂住她的眼睛："别看。"

可她还是看到了，那人被撞得一抽一抽的，地上全是血。那个画面几乎定格在了苏甄的脑子里。

那一幕给她的冲击太大，以至苏甄坐在警局，手里捧着热水，闭上眼还是那人躺在血泊里瞪着眼的样子，她忍不住发抖。

一边的刑警已经给方酌做完笔录，方酌向女刑警借了一双拖鞋，放在苏甄脚边。

"缓过来点了吗？"

苏甄点头："我还是第一次看到死人现场。"

"那你这人生经历一般人比不上。"

苏甄瞪他，这人竟然还有心情开玩笑。

"你俩这爬窗的行为真的……让我说什么好？"方酌无奈地笑出来，"不过也是那人倒霉，若是你俩不发疯，他就得逞了，你们也算是救了王启明一命，刚听刑警说针管里是氰化钾，好在没有注射进去。"

"那人是谁，为什么要杀王启明？"

方酌摇头，耸耸肩："这是警察需要查的。"

另一边方琼头发凌乱，妆都花了，还迷迷瞪瞪的，警察跟苏甄说叫她明天酒醒了再来做笔录。折腾完从警局出来都晚上十二点多了,方酌拉开车门:"送你们回去啊?"

苏甄看了一眼方酌,想说什么,最后只是默默点头。

第62章
变成嫌疑人

安顿好方琼,等她睡下了,苏甄才长舒一口气,走到客厅发现方酌还没走,有点意外。"今天谢谢你,不过你怎么在医院?那么巧。"

方酌笑着说:"不巧,你给我打了电话。"

"啊?"

苏甄拿出包里的手机,确实有一通拨给方酌的电话,像是不小心按出去的。

"抱歉啊,不小心按出去了。"

"没事,我就知道你是按错了,不过我听到你和方琼的对话,怕你俩出事,就赶过去了。王启明这人我认识,在商场上游刃有余,为人圆滑,即便有竞争对手,也不至于有人要铤而走险到医院来灭他的口,而且这么急。"

苏甄冷静下来,也很疑惑:"是啊,他到底得罪了什么人,非要让他死?"

"我现在怀疑王启明那天晚上看到不该看的了。"

"那天晚上?"苏甄抬头。

"对,就是姚总出车祸的那天晚上。晚上八点到十二点,四个小时啊,王启明这么有毅力,为了一个项目一直跟着?"

"他和方琼确实对这个生意很上心。"

"可若跟回家了,应该不至于在门口等吧,他知道姚总还出来?据警方调查,那天晚上姚总从酒会出来就去了郊外的一栋别墅,在里面待了两个小时才出来,街角的摄像头都拍到了。"

苏甄心一颤:"你是说王启明是发现了什么,才跟上了他的车?"

"没错,正常来说他跟车是想找机会和对方搭话,可如果对方进了家门,这么晚了,他还会在门口等吗?肯定不会。如果是你会怎么做?"

苏甄想了想:"他为了做生意,就算对方回家,也一定想敲门见一面。"

"没错,我猜王启明应该是敲门介绍自己了,但这中间出了什么事就不得而知了。之后姚总开车出来，王启明也开车跟上了，姚总出了车祸，包括姚总的私人医生在内，车上的人无一幸免，王启明也出了事，但王启明命大，没死成。"

苏甄一下明白了："你怀疑姚总的车祸不是意外？"

"对，姚总为什么大晚上把车开到国道那边？为什么发动机突然失灵？为什么会滑下那个坡？一切都太巧了。"

"王启明倒霉，看到了不该看的，可他看到了什么？试想那天姚总从酒会回家前接到了女儿病危的通知，在别墅的两个小时，他干什么了？抢救女儿了？可最后警方证明他女儿在八点到十点之间已经死亡了，他十二点才从别墅出来，干吗去？车上还载着死去的女儿和医护人员，如果说要送医院也不应该往国道上走啊，和市区医院的方向是相反的，他到底要带着他女儿的尸体去哪儿？

"若说他是因为女儿的死失心疯了想要自杀，这也说不通啊，医生、护士、司机都陪他疯吗？不可能。紧接着就发动机失灵，出了车祸，人都死了，王启明因为跟在后面，前车从坡上滚下来砸中他的车，他也出了车祸昏迷不醒，今天又有人到医院灭口，不得不引人联想啊。

"更有意思的是，姚总酒会那天不是和林总攀谈吗，林总的爱人是省二院的脑科专家，据警方调查，林总的老婆是知道姚总女儿的事的。听说一开始，也就是几年前姚总女儿出事的时候她也参与了会诊，所以有些了解。他女儿在家玩耍从楼梯上摔下来，很不巧伤到神经中枢，碰到了脑中原本还未发展的肿瘤，就成植物人了。当时姚总不信，还特意找到林总，让他老婆签什么保密协议。

"那时候林总公司得了很大的生意，也乐得闭嘴。林总听说姚总把女儿送到国外治疗了，后来好起来了，还在国外读书，他老婆还猜是不是国外医疗技术更先进，却没想到这个姚总把女儿藏在郊外的别墅找医生诊治这么久。

"法医鉴定姚总女儿确实在车祸前两个小时就死了，而且根据肌肉萎缩情况判断，应该是成植物人很多年了。法医初步认定，他女儿的身体里被注射了很多药物，像是有人在做实验，这就更让人费解了。"

苏甄诧异地看方酌："这些消息你都是从哪儿得来的？"

"找人打听的。"

"谁啊，陈立？不应该啊，他那人嘴那么严。"

"我自然有我自己的门道。"方酌笑笑，"别想那么多了，今晚你们只不过是被连累的，相信警方的调查很快就会有结果了。"

苏甄想想也是，他俩分析得头头是道也没用，这案子和他们到底没什么关系，关心太多了反而引人怀疑。尤其是今天和方琼成了第一目击证人，想到警察看着她俩光脚的目光，苏甄只觉得心里发毛。

方酌笑着站起来："我要回去了，总不能待一晚上吧？不过如果你愿意，我乐意奉陪。"

苏甄今晚确实被吓到了，此时毫无睡意，还有点害怕。

看出苏甄的不自在，方酌不逗她了。"不如我先吃点什么，有方便面吗？给我煮一包，我都饿了。"

这个借口完美极了，又缓解了尴尬。苏甄缓过神来，忙点头，跑去厨房煮方便面了。

苏甄也跟着吃了一碗，然后两人就坐在沙发上聊天，主要还是聊之前在云南的发现。苏甄这段时间也有很多关于那几个孩子的猜测，但都毫无根据。两个人有一搭没一搭地聊着，苏甄不知不觉就睡着了，第二天一早惊醒，方酌已经不在了。

开门去看，方琼还在睡，她昨晚跟田锋请了假，此时也不着急去上班。苏甄拿起手机，发现有二十五个未接来电，全是陈立打来的。她吓了一跳，拨过去，陈立声音低沉："昨晚方酌在你那儿吗？"

苏甄看了看沙发上的另一张毯子："对啊。"

"他什么时候离开的？"

苏甄纳闷，想着陈立怎么会这么问。"有什么事吗？"

陈立在电话里声音极冷："现在来一趟刑警队，方酌在这儿，昨晚出车祸的那个凶手死在医院了，被人谋杀。摄像头只拍到方酌在那个时段出现，他现在是主要嫌疑人。"

第63章
律师

"什么？"

苏甄有些蒙，方酌怎么会是嫌疑人呢？而且他昨晚不是在她家吗，什么时候走的？他怎么会去医院？

苏甄匆忙赶去刑警队，在门口竟看到了陈立。"怎么回事？"

陈立抽着烟上下打量她："你们昨晚什么时候分开的？"

苏甄却说不出个所以然来。方酌昨晚送她和方琼回家，安顿好方琼，他俩

169

就坐在客厅吃面，后来聊着聊着，她在沙发上睡着了，根本不知道方酌什么时候走的。

"他昨晚凌晨两点钟到了医院，摄像头拍到了，而昨晚那个嫌疑人死了。"

"那也不能说是他干的啊。"

"确实，但我们问方酌为什么昨晚那个时段来医院，他却闭口不言，太让人怀疑了不是吗？"

苏甄一愣："为什么？"

"我们审他几个小时了，他闭口不提自己为何出现，只说有事，具体问是什么事，他一定要等律师来了再说，这不值得怀疑吗？"

苏甄觉得不对劲，方酌宁愿被当成嫌疑人，也不肯说为什么去那儿。

"我能见见他吗？"

"暂时还不行。"

陈立的眼神让苏甄心慌。"你在怀疑我？"

陈立没否认，正要再说什么，那边电话响了。

"师父。"他看了苏甄一眼，回过头去接电话，苏甄则在门口紧张地张望。陈立放下电话就要走，苏甄抓住他："陈立，我知道你这人只信证据，可你扪心自问，这段时间方酌有问题吗？自始至终他和我都是被卷进来的。"

苏甄眼神真诚，陈立却叹了口气，眼神如刀："对我来说主观的东西永远不作数。你有没有想过，方酌和云溪之间发生的事也好，他个人的经历也好，自始至终都是他自己一个人说的，而且你和方琼昨天发现有人要将王启明灭口，方酌那么巧就在附近，又那么巧在他追凶时凶手出车祸，你就没有怀疑过他吗？"

苏甄张张嘴："你怀疑他是幕后黑手，怕被暴露，才对那个凶手下手？"

"只是初步怀疑，还需要调查。苏甄，我想说的是，在真相暴露之前，任何人都是嫌疑人。你不要感情用事，理智一点，平心而论，你就没怀疑过他？"

苏甄一愣，这一迟疑，陈立已经上车走了。

苏甄咬着嘴唇，她承认陈立说得有道理，可是，昨天她和方酌才分析出这个案子不简单，今天他就出事，她总觉得有问题，索性打了个车跟上了陈立。陈立下车的地方就是昨天的医院，王启明在这儿，那个凶手也在这儿。

苏甄到的时候看到医院门口拉着警戒线，楼下有不少警察，陈立的师父张春恒竟然也在。苏甄过去叫了一声："张警官。"

此时张春恒正带着派出所的人疏散群众，闻声回头："苏小姐？"

"您怎么在这儿？"

"刑警队人手不够，抽调区里的民警帮忙。昨天的案子我听说了，你和方小姐吓坏了吧？昨晚凶手被送了进来，刑警队怕节外生枝，派了人在这儿保护王启明，有不少人守在这儿。"

他眼窝凹陷，怕是熬了一宿。

苏甄顿生疑惑，这么多警察，就算方酌想要动手，也不可能在这种情况下动手吧？

她还想再问点什么，但张春恒已经去维护现场秩序了，苏甄也知道他身为警察，不可能给自己透露更多。

她想着再找找陈立，却接到了方酌的律师的电话。律师的车已经开到了医院附近。

"苏小姐应该已经知道方先生的事了吧？"

苏甄点头。

"苏小姐对这个案子有什么看法？"

苏甄下意识地想说相信方酌，可想到陈立的话，她又不知该说什么。"陈立说他一直不肯说昨晚为何来医院，我也很好奇。他昨晚明明在我家，我都不知道他什么时候走的。他为什么三更半夜来这儿？我不觉得只是想散散步。"

律师眯起眼来："苏小姐觉得是什么原因？"

"我不知道是什么原因，想破了头也不知道。他那么精明的人，为何让自己陷入如此境地？是有什么不得已的原因让他宁愿被当成嫌疑人也不肯说为什么来这儿？"苏甄目光如炬。

律师神色复杂："苏小姐认真想想，对我的当事人来说最重要的是什么？恐怕只有苏小姐知道了。"

苏甄一愣，还是不明所以。

"我刚见了我的当事人，苏小姐想听听方先生的话吗？"

律师转述了方酌的话，他昨晚确实来了医院，而且就在凌晨两三点钟。不过，他还没有进医院楼里就发现了问题。

"到医院门口的时候我就发现了警车，今晚出了这么大的事，警方肯定要戒严，我开始怀疑是陷阱了，可还是抱着一丝希望。"律师转述方酌的原话。

"希望？什么希望？"

律师叹了口气，把手机打开，苏甄看出手机是方酌的，手机里有一条信息，那条信息是个陌生号码发来的，内容只有一行数字。

苏甄皱眉："这是什么？"

"是一串代码，只有方酌先生可以破解的代码，简单一点说，这是方酌先生和云溪小姐之间会使用的情人短信，内容翻译过来，是时间、地点和内容。"

律师在纸上解码给苏甄看："时间是昨晚凌晨三点，地点是医院，内容：

芯片。"

苏甄愣住，一下明白了方酌昨晚为何来这儿。

"方酌先生为何闭口不答，苏小姐应该明白，他不能曝光芯片的事，所以昨晚他接到信息虽然也有怀疑，却没有报警，而是选择亲自去，同时他也抱着一丝希望。今天警方逼问他他也没回答，因为之前他只和警方说了公司的核心技术失窃，没说 AI 芯片的事，如果今天他说是为了核心技术而来的，警方一定会追问细节，问他为何不报警而是私自行动。"

苏甄心里很乱，她知道方酌在顾虑什么，可他是疯了吗？

"这明显是陷阱，他偏偏还上当了。"

"对方先生来说，芯片太重要了，即使只有百分之一的希望他也会来的。"

第 64 章
死因

"苏小姐不要想偏，出了这么大的事，方先生想要隐藏芯片的存在也是合理的。因为人工智能在国际上一直有道德伦理方面的争论，所以进行相关研究是需要向国家报备的。方先生的这个实验本身就已经在法律边缘试探了，现在还出了事，他是要负法律责任的，想要隐藏也是情有可原。"

苏甄冷笑："情有可原？这件事不就是他作出来的吗？"她想发火，可又觉得没意思。她是聪明人，抬头看着律师，说道："我觉得律师先生找我应该不是单纯为了和我说这件事吧。"

律师眼里闪过精芒："现在能帮方先生的只有苏小姐了。"

"什么意思？"

律师在她耳边说了什么，苏甄脸色立马阴下来："不可能，叫我给他做伪证？当我是什么人？"

"苏小姐，谁都不想遇到这样的事，您应该也能理解方先生不想曝光芯片的原因。前段时间方先生追求您的事都快尽人皆知了，他一直以来也帮过您不少忙，我觉得您不会见死不救的。"

"你说想让我做证，说我们在谈恋爱，半夜我说我们的定情信物丢了，他才来医院找，但你觉得警方会信吗？就这破理由，他至于在警察局闭口不言？"

"不管警方信不信，没有直接证据，四十八个小时后都要放人，所以您的证词可不可信其实不重要，不过是有个更正当的理由。"

"我可不觉得正当。"

"苏小姐的丈夫失踪，身份造假，您正起诉离婚，这期间和您产生感情多少会对您的名誉有损伤，他为了保护您，所以一直不肯说出去医院的原因，不想曝光你们的恋情。"

"想得真周全啊，既然你说警方没证据，最多四十八个小时就能放出来，那我做不做证都无所谓，我只能说抱歉了，我不想说无谓的谎。"

"确实没有任何证据他很快就可以出来，但如果没有正当理由，警方会一直在他身上浪费时间，会派人跟着他。他现在工作很忙，有很多生意上的事，而且公司刚刚上市，关注的人很多，如果有警察跟着，影响不好。"

律师的话还没说完苏甄就冷笑出来："说到底，不想说出芯片的存在是怕负责任，叫我说谎是怕影响公司，算来算去，方酌果然是个好商人。他早就想好要利用我了吧，陈立说怀疑方酌，我还帮他辩解，现在看来我都怀疑他接近我是早有预谋，想让我替他脱罪。抱歉了。"苏甄拉开车门就要下车。

"苏小姐，很抱歉让你心里不舒服，但我作为他的律师，必须为他的利益考虑，这仅代表我个人的想法，如果您不开心了，请不要迁怒于我的当事人，他本人并不知道我的策略，也不知道我来找您，但我作为他的律师，觉得这是最好的方法。"

苏甄没有回头。

她心烦地坐上出租车，车子漫无目的地绕了很久，司机问了三遍要去哪儿，最后苏甄捂住脸说："去警局吧。"

苏甄到刑警队的时候方酌正好和律师出来，苏甄有些意外他这么快就出来了。

方酌远远地看见她了，跑了过来。"苏甄，律师和我说了，他的出发点是好的，但我没同意，是他一意孤行，我很生气。苏甄，我绝对不会那么做的，我知道你是什么人，如果我叫你做伪证，你怕是一辈子都不会和我说话了。"

苏甄一愣，可还是没回头，方酌追着她继续说道："我已经把短信直接给警察看了，说了实话。"

苏甄意外地回头，方酌突然释然一般地说："后续的处罚还要讨论，因为情况特殊，我的芯片影响太大了。"

苏甄感到不可思议："你和警方说了实话？你的公司怎么办？"

"警方会暂时保密，但我就个人犯的错误估计要承担一定责任。"

苏甄张张嘴，刚才的怒气顿时烟消云散，反而有一种愧疚感。

方酌看着她，笑了出来："律师说你当时怒气冲冲地走了，现在为什么会在这儿？"

"我……"

"你不会是想来给我做伪证吧？"方酌无奈地笑笑。

半响，方酌叹了口气，眼神变得严肃："但我昨晚真的是被人诓了。我不该上当的，但那种发信息的方式除了我和云溪不会有第三个人用，所以我才铤而走险，但到医院门口就意识到不对了。"

方酌具体讲了昨晚的事，他把车停好，看到了医院附近有警车巡逻，思考着如果真是云溪，会在什么地方等他。他其实不明白云溪为什么约他在这里见面。

电话拨过去是虚拟空号，他只好又发了一条密码短信给对方，但没有收到回信。所以方酌犯了个错，若没有这件事警方也不会一直抓着他不放——他入侵了医院的安保系统，可几乎就在他入侵的一瞬间，医院的警报就响了，是烟雾警报，方酌马上意识到这是陷阱，迅速退出，对方料到他会这么做，在安保系统里加了一条不起眼的代码。

"我承认我大意了，我应该发现的，这是很简单的一个操作。"

方酌意识到不对劲，开车准备走，医院里却骚动起来。

"你知道那个嫌疑人是怎么死的吗？"方酌的眼神变得非常凌厉，"是被人拿手术刀直接割断了动脉，又快又狠。"

第65章
芯片曝光

"什么？"

昨晚医院有那么多警察，凶手是怎么进去的？又是如何躲开警方的层层视线，用简单粗暴的方式将嫌疑人灭口的？这也太猖狂了。

方酌摇头："最关键的是，走廊的摄像头根本没有拍到可疑人进出，太诡异了，凶手是如何进去杀人灭口的？"

"却拍到你出现在医院门口，还入侵了安保系统。"

"对。"方酌皱眉，"对方计算得分毫不差，就是让我吸引警方的视线。"

方酌苦笑，晃晃手机，眼里一片冰冷。

"你怀疑幕后主使是云溪？"

"除了她还能有谁？这密码短信是她和我以前开玩笑弄的，不会有第三个人知道。这个案子性质不一般了，这也是我最后下定决心和警方说实话的原因。姚总这案子看起来和咱们没关系，从王启明在医院被人灭口，再到凶手出车祸，有人要将凶手灭口，我都能理解，唯独有一点不对劲，就是拉我来吸引警方的视线。苏甄，这件事一定是云溪干的，所以，我现在有理由怀疑，这个案子和咱们查的失踪案有关系。"

苏甄心惊，确实有道理，不过也有一个疑问："可姚总的案子本来不会有人想到和咱们要查的事有关，现在和咱们扯上关系，让咱们怀疑两个案子都是神秘组织所为，这个神秘组织也太容易暴露自己了，还让警方也注意到了，你不觉得有问题吗？"

方酌皱眉，点头："确实，可这事也确实发生了。无论对方出于什么原因暴露出这两个案子的关联性，对方的目的都是置我于死地。"

苏甄还是摇头："可这样一来他怎么确定你不会暴露芯片的事？一旦芯片暴露了，对方的整个阴谋就要浮出水面了，我总觉得这件事有问题，好像对方是故意暴露的。你说这件事有没有可能是给咱们提供线索的那个神秘人所为？他是故意的，那个神秘组织内部有争斗，咱们其实只是对方博弈的棋子。"

方酌还没回答，陈立就出现在他们身后："确实有问题，刚刚姚总女儿的尸检报告出来了，她确实死于车祸前两个小时，但最惊人的是，化验结果显示她的身体这些年被用了无数种药物，说明姚总一直在和某个医疗团队合作，试图让女儿醒过来，但显然都失败了，可导致他女儿死亡的直接原因不是药物。"

他把尸检报告打开，指着其中一项，方酌皱眉看过去，心里一惊，是法医从死者脑部缝合处取出来的东西，一枚小小的芯片。

苏甄定睛看着："这是什么？"

"并不是我那芯片的原件。"方酌肯定地回答。

陈立点头："是复制品。"

方酌继续看报告里的细节："但里面的结构和我那枚芯片几乎一样。还好我说了实话，如果我没说实话，警方根本不可能告诉我这个细节。你知道在过去这几个小时中陈立逼问了我多少次吗？他一直和我在一起，所以他看透了很多东西，当然也看透了我在芯片的问题上说谎。"

苏甄现在脑子很乱："你的意思是，姚总的女儿是植物人，姚总为了让女儿醒来，试了很多药物，甚至在她的大脑中植入了你的芯片，可芯片导致了她的死亡？这是云溪干的，不，是云溪背后的组织干的？你的意思是姚总也是那个组织的人？"

"苏甄，你为什么一直觉得这些事背后是个组织在操控呢？有人能为一个所谓涉密组织不要自己女儿的命吗？我倒觉得是有人拿姚总的女儿做实验。林总的爱人是国内权威的脑科专家，据她说姚总的女儿当时脑死亡，国内的技术很难让她恢复。后来姚总说他女儿在国外被治好了，还上了学，她就很怀疑，一直想不通，想咨询姚总他女儿具体是在哪里做的手术，可姚总一直找借口不见她。你想没想过，会不会是有人利用了姚总救女儿心切的心理，来做这些实验？"

苏甄觉得很有道理："你的意思是神秘组织找到姚总提出救他女儿，他才答应让他们在他女儿身上做实验？"

"可以这么理解，但我还是觉得不一定是组织。"

"不是组织是谁，云溪吗？"

苏甄说完这句话又觉得唐突，方酌脸色暗了暗，却没生气："总之，姚总就是从几年前开始不关注公司的事，那时他前妻才上位的，警方找他前妻过来调查很多次了，可没抓到什么实质性证据，还影响了尚悦的股价。总之从时间上算，大概对方答应救姚总女儿的时候，就是云溪开始接近我的时候，我不觉得这是巧合。"

"你的意思是，因为他们实验失败，才杀姚总灭口，王启明在现场看到了不该看的，所以也招人灭口，结果误打误撞这个凶手被我发现，对方没想到出了这么多岔子，不惜铤而走险，就在警察的眼皮子底下直接拿刀割断凶手的脖子，还不忘嫁祸于你？"

"对，大概就是这个意思。"

苏甄皱眉："可为什么要嫁祸于你呢？"

方酌摇头："我一开始也不明白，但看到这个报告里的芯片，我有点明白了。"

"什么意思？"

"也许是他们觉得我没用了。"

方酌眼神深沉，继续道："苏甄，你有没有想过，这个实验的最终目的是什么？"他盯着她的眼睛，"云溪接近我盗走芯片，又有人接近你，不知道是为了盗走什么。之前我一直觉得对方盗走我的芯片是为了进行网络攻击，在暗网中掌握地位，可一直以来我观察网络上的变化，甚至潜入暗网，并没有看到一丁点芯片的踪迹。

"相反，在你家的电脑上，在云南查案酒店的安保系统被入侵的时候，才查到了一点芯片的踪迹。对方并没把芯片用在该用的地方，可能是我锁死了对方的操控能力，也可能是这个芯片的自毁程序限制了对方的使用，但我总觉得他们似乎原本就不是想把芯片用在网络攻击上,直到今天警方查到了这个用在植物人身上的芯片,我突然有点明白对方的目的了。"

苏甄心一抖:"你的意思是,他们是想利用你的芯片做人体实验?或者说他们想救人,让姚总的女儿醒过来?"

"现在只是猜测,但无论对方的目的是什么,实验都失败了。我不知道姚总发现女儿最后还是死了的时候是什么心情,我只知道对方并不怜悯他,不然也不会杀人灭口。从他们下手又急又狠看得出来,他们一定有不能曝光的理由。

"这个实验的内容一定不只是咱们看到的这样,对方有什么目的很难说,也许他们一开始就在诓骗姚总,利用姚总的爱女之心,把他女儿当免费的实验品。陈立,这个消息应该报告给专案组,在全市排查所有脑死亡患者的治疗方案,说不定这个城市中还有其他实验品。"

陈立点头:"刚才拿到尸检报告我第一时间就上报了组长,但在全市排查动静太大,容易打草惊蛇,需要从长计议。"

陈立正说着,那边来了电话,他和他们打了个招呼,回了警局。

苏甄有些疑惑:"陈立现在不是在停职阶段吗?他这样进出警局,不会惹人怀疑吗?"

"他以了解自己的案子为借口,不过苦了他那个朋友了。"

苏甄知道他说的是尹生警官,这段时间尹生警官为陈立跑断了腿,不知道最后他知道陈立停职是为了背地里查案会是什么心情。

第66章
叛徒

想到方酌说的人体实验,苏甄的心颤了一下,说:"我们实验室最近也在做一项实验。"

她犹豫着,不知该不该和方酌说。"也是有关临床医学的,分离细胞,利用现代科技智能自主激活细胞再生,如果成功,将是人类医学的一大进步。"

"什么意思?"

"现在说这些还为时过早,我刚接触到这个实验的时候觉得是天方夜谭,但我们的实验第一步已经成功了,说不定再过几年真的可以推动人类智能文明进步。打个比方，如果实验成功，一个人瘫痪了，可以利用人工智能刺激腿部细胞再生，也许他就可以站起来，但现在离成功很遥远。"

她看到方酌的眼神，说："你之前说姜旭东接近我和我们的实验有关，我想过了，这并不成立。姜旭东接近我的时候我还是个刚进实验室的学徒，而且我现在也不是什么厉害的研究员，若说是想通过我接近田锋或者是梁教授和摩尔教授，为何不直接接近他们？我这个人比起他们差远了，奉行享乐主义，不像他们一心扑在实验上。

"况且，这个实验才刚刚申请下来，姜旭东认识我的时候还没提出来呢，我觉得我们这个实验并不是姜旭东的目的。"

"那时候这个实验没放到明面上？"

"没有，怎么说呢，到今天我们实验室的人还觉得这是个注定会失败的实验，人类文明还没有进化到能化腐朽为神奇的程度，几年前更是不可能。以前我年轻，觉得自己可厉害了，后来经过深入学习才发现我的想法多可笑。真正做过研究的人才知道，一个小型实验都要花很多年才能成功，想要有如此进步，更不知道要多久才能实现了。"

方酌点点头："但我仍坚持姜旭东接近你肯定和你们研究所的实验有关，你再仔细想一想，毕竟现在这个植物人的案子就涉及人工智能和医学，人工智能是我这边的，医学是你那边的。"

苏甄觉得他说的也有道理："如果那个组织存在，除了你和我之外，他们会不会也接近其他领域的人？"

"也有可能，但我始终不认为这背后是一个组织，你想得容易，要知道操纵一个组织还不被官方知道有多难。若是这个组织真的存在，不可能这么多年丝毫不露马脚，官方一点都没有察觉到。"

"若这个组织本身就在官方内部呢？"苏甄突然想到一个问题。

方酌一愣："什么意思？"

"你想想，从咱们查这个案子起一直到咱们查到云南，对方做事都滴水不漏，做什么都有一定的铺垫和计划。可最近几天，先是派人谋杀王启明被我和方琼看到了，昨晚还在如此极端的、全是警察包围的情况下出手，说明是他们内部出了问题。这一点咱们之前猜测过，给咱们提供照片的神秘人也许就是想让这个组织暴露，组织急了，没有再用药物，怕被查出来，所以直接用手术刀割喉。"

苏甄比画着，自己吓得直哆嗦。

方酌皱眉："这也就说得通对方为什么要嫁祸于我了，他们觉得我是叛徒这边的人，他们内部已经开战了。"

苏甄点头："可以这么说。而且医院的摄像头除了你，没拍到任何嫌疑人。"

"对，这就是抓我审问的原因，我出现的时间太奇怪了。"

"那么，"苏甄盯着他的眼睛，"既然没有可疑的人出入，医院的医护人员、病人和病人家属警方都排查过了，也没发现什么奇怪的地方……"

方酌抬头看苏甄："你的意思是，凶手是警方的人？"

苏甄皱眉："不完全确定，但昨天很多警察在医院，趁乱下手也有可能。"

"不能吧，这问题可就大了。"

"我猜测警方内部也在怀疑，不然姜旭东和云溪失踪的案子为什么要成立一个内部专案组调查，其他人都不知道，还要一个已经停职的警察在外调查？"

"你说云溪约你出来是为了嫁祸你，但其实没有直接证据根本无法嫁祸给你，而对方还冒着暴露的风险，用云溪跟你之间特有的联系方式把你约出来，只是为了转移警方的视线吗？这一点我一直想不通。而且刚才咱俩分析了，对方把你和他们组织的叛徒归为了一类，应该势必要除掉你才对。"

方酌皱眉："我也想不通，但我总觉得对方是冲着我来的，他们不会这么轻易地放过我，应该还有后招，但是不知道是什么，我让助理留意公司，让我的律师留意其他事，可我根本没什么可以被人利用的。除非……"

"除非什么？"

方酌皱眉："除非，对方这次出手不是你说的情急之下不得不灭口然后嫁祸我，也许他们的目标不是灭口呢？"

"那是什么？"

"如果对方的目标就是我呢？"方酌苦笑，"不管如何，出手的人是云溪，一定是她。我只是没想到她竟然一点都不顾念旧情，反而还利用了我对她的感情，要知道那个密码信息是我们感情很好的时候做的。"

苏甄不知如何安慰他，刚要开口就看到陈立和魏然还有两个警察朝他们的车子走了过来。苏甄眼皮一跳，一种不好的预感浮上心头。

第 67 章
再次被陷害

方酌摇下车窗："陈警官，还有什么事吗？刚才我的律师已经帮我办完手续了，你们没证据的话我可以走了。"

陈立在一边阴着脸没说话，他身后的警察，也就是陈立的那个搭档尹生皱着眉说："刚才你在警局说不认识死者。"

"我确实不认识，真的没见过，也不知道他是谁。"

方酌皱眉，有某种预感，看向陈立，可陈立始终没说话。

尹生却严肃地说："案子有最新进展，被割断喉咙灭口的嫌疑人身份已经查清楚了，他叫王斌，现在有印象吗？"

方酌仔细想了想，摇头。

"他是你们公司的员工，确切地说是你们公司的保安，已经上班三个月了，你不知道？"

方酌一僵："不可能，我从来没见过他。"

尹生脸色难看："如果这一点你否认，我们还查到了他的住所，就在你家隔壁，是你的邻居。"

"我的邻居？我旁边住了哪些人我根本不清楚，你可以问陈立，他和我一块住。"

陈立脸色更阴沉了，尹生继续道："不是你现在所住的别墅区，而是你之前住的公寓。"

"那不可能，我的邻居是个女的。"

"王斌是那位女士的男朋友，你还说不认识他吗？"

"我真的不认识他，无论你们挖出多少他和我的关系，我不认识就是不认识。退一万步讲，我的公司那么多人，我不可能每一个都认识吧？更何况是一个刚上班三个月的保安。也许他一直在保安室，我没见过。再说我邻居有没有男朋友我都不知道，我跟她根本就不熟，你们不能光凭这个就定我的罪。"

方酌激动地看着尹生手里的逮捕令。

可对方已经把证据拿出来了。"但我们在死者银行的汇款里查到了一笔钱，三百万，是从你的账号汇走的。尽管你用的是海外虚拟账号，但我们还是查到你了，你别以为只有你们外面搞网络的是高手，小看网警的能力。"

手铐"咔嚓"一下扣在方酌的手腕上。"有什么进去说吧，得麻烦你把律师再叫回来了。"

方酌下意识地去看苏甄，后者已经完全吓傻了，这剧情未免起伏太大了。方酌深深地看了她一眼："记住我刚才说的话，要相信我，提防四周。"

苏甄还愣在原地，方酌被重新带回警局了她才回过神来，这到底怎么回事啊？

陈立在一边看了她一眼："苏小姐，你一直不走，是要协助调查吗？"

"陈立，你不会真的觉得是方酌干的吧？这根本就是阴谋，你知道的，你是专案组的人。"苏甄压低声音,"这一定和背后的神秘组织有关,是云溪约他出来的,有人要陷害他。"

陈立脸色变了变:"是不是被人陷害要等调查结果,得用证据说话。"

苏甄还想争辩什么,陈立已经先一步离开了。苏甄整个人都是蒙的,方酌刚刚出来又进去了,而且这次有证据,这是怎么回事呢?难道真的是方酌?

苏甄正站在门口不知所措的时候,身后有人叫她:"苏小姐。"

竟然是陈立的师父张春恒。"张警官。"

"刚才在他同事面前,陈立不能直接和你对话,专案组的事,尹生并不知晓。"

苏甄一愣,没想到张警官竟然知道专案组的事,老张一笑:"抱歉,吓到你了,我也是专案组的一员。"

苏甄这才恍然大悟:"张警官,专案组应该明白吧,这么明显,不可能是方酌做的。"

"我知道,但还是需要继续查下去,并且如果汇款的账号方酌说不清,就很难摆脱嫌疑,你能做的就是努力地调查。"

"我能查什么?我什么都查不到。"

"现在专案组怀疑你所说的神秘组织是存在的。"

苏甄一愣,这只是一个猜测,这背后涉及的东西太多,其实没有直接证据表明是苏甄想的那样,可当年的五个孩子怎么弄出来这些事?而且涉及那么多钱,肯定是有神秘组织指使,不可能只是几个孩子干的。

"专案组认为你的分析是对的,综合你们在云南的调查,怀疑是有一个组织,而且这些年过去,组织也许在不断地壮大。"

"那他们的目的是什么?"

"应该是有关科研方面的非官方组织,如果涉及研究,我们组长猜测最坏的可能是制造生化武器,属于恐怖组织。"

苏甄心头震动,没想到会有这么大的事。

"可惜对方隐藏得太好,若不是最近发生了这些事,很可能永远都不会有人发现。但正如你猜测的,任何组织都会有内部矛盾,包括咱们这些官方组织当中又何尝没有矛盾?给方酌提供照片的人应该就是那个组织的叛徒。"

"叛徒?"

不知为何,苏甄听到这个词,心里有一丝异样。

"这是目前分析出来的最直观的关系,这次他们暴露也应该是因为内部矛盾。"

苏甄皱眉,这和他们想的差不多。"那我们该怎么办?是要去调查方酌的事吗？最起码不该让他被扣留，蒙受不白之冤。"

张春恒摇头："查案的事有警察去做，苏小姐，我知道你着急，但是，我想说的是，你更应该关注你们研究所那边。方酌这边已经这样了，无论云溪接近他是为了人工智能芯片还是为了什么，方酌都没有利用价值了。苏小姐应该多想想姜旭东当初为何接近你。"

"方酌也是这么说的。"

"我听说苏小姐的研究所最近在进行一项实验。"

苏甄诧异："您怎么知道的？"

"专案组对你和方酌都做了调查，可因方酌之前对芯片一事有所隐瞒，专案组走了很多弯路，才导致他被神秘组织陷害。苏小姐应该以此为戒，早些弄清楚姜旭东为何接近你，他们到底想要什么，不然下一个被害的可能就是苏小姐了。"

苏甄心一空，张春恒说得没错，可她这些日子想破了头也没有想到自己到底有什么价值，自己也没有什么了不得的实验成果啊？

"那方酌这边怎么办？"

"方酌这边有警方调查，请苏小姐相信警方。"

对方态度很坚决，苏甄没法问下去，只能默默回家了。刚到家方琼就拉着苏甄说了医院杀人灭口的那件事。

"你这么快就知道了？"

"电视上都播了，妈呀，我就睡了一觉，那凶手就死了。"

苏甄心情烦躁，顺便说了方酌的事，方琼一愣："那个警察的意思，是他们也觉得真正的凶手在警方内部？"

第68章
加油站

苏甄皱眉，看来是的，老张说得隐晦，但意思差不多，可是谁呢？如果神秘组织已经把手伸到了警方内部，苏甄倒吸一口冷气，那是不是说明他们不能坐以待毙？可刚才老张的意思是叫她不要管，为什么？

"唉，可怜方酌了，估计他们公司的股价马上就要跌了。不过警方既然调查出那个凶手是方酌的邻居,在他旁边住了三个月,你说方酌一点感觉都没有吗?"

这话倒提醒了苏甄,她一下想到上一次方酌住院的时候她去方酌家遇到的那个女邻居,听她说的话,似乎对方酌很了解,也就是说方酌和邻居并不是毫无交往,那么女邻居的男朋友一直住在那儿,方酌真的一次都没见过?疑惑浮上心头。

然而还没等多说她手机就响了,是田锋打来的。

苏甄这边的很多事一直没和田锋、梁教授说,主要是怕他们担心,更不想影响实验,但苏甄知道纸包不住火,田锋那么细心,方酌这事都上了新闻,田锋肯定会来问自己的,她一想就头疼。本以为田锋打电话来是问自己这件事,却没想到他是提醒自己这周末要去梁教授家。

苏甄才想起来竟然就是今天,着急忙慌地收拾东西出门,田锋开车来接她,苏甄看看时间:"先去买东西吧,我都把这事忘了。"

田锋笑笑说:"就知道你迷糊,我都买好了,你最近什么事这么忙忙叨叨的?"

苏甄想着他最近忙实验应该没注意她这边的事。"没什么事。"她转移话题,"咱们贸然去梁教授家,会不会太尴尬?"

田锋皱眉:"我觉得梁教授肯定有事,我必须查清楚。"

他讲了苏甄请假的这两天,实验室又丢了一次培养细胞。

"什么?"

"关键是这个合成实验还没结果,我和摩尔教授想合成不同培养皿中的细胞,可刚合成了两个,合成结果就没了,而且我查了监控,只有梁教授出入过实验室。"

苏甄皱眉:"你和摩尔教授说了吗?"

"说了。"

"他怎么说?"

"摩尔教授也觉得很奇怪,他去当面问梁教授了,但梁教授没有承认。"

苏甄惊讶:"也许是咱们误会了,毕竟咱们没有任何一次亲眼看到过。"

"可还能有谁?那天晚上若不是咱们看到他的车了,根本不知道他会三更半夜来。"

"我还是觉得梁教授不是那样的人,我了解他,他是个对实验多严苛的人啊。"

"正因如此,我才觉得奇怪。"

说话间车子已经开到梁教授家楼下了。

苏甄有些紧张，两人拿了东西上楼，这是一个老小区，梁教授虽是学术泰斗，但生活朴素，和师母一直住在师母当年分的家属楼里。师母是一名老师，已经退休了。

苏甄敲门，可惜没人回应。又敲了敲，隔壁邻居倒是开门了，邻居苏甄也认识，师母以前身体也不好，梁教授忙实验的时候，苏甄和田锋都来照顾过，一来二去和邻居都挺熟的。邻居老太太戴着老花镜，手里拿着报纸，探出头来："哎哟，是小甄和小锋啊。"

"杨阿姨，梁教授不在吗？"

"梁教授好久没回来了啊，上次他半夜回来，我小孙子正好从网吧回来看到了，还和他打招呼，他说最近忙，住在研究所了。"

苏甄和田锋对视一眼，心中惊讶，梁教授这段时间一直在断断续续地和研究所请假，根本没住在那儿，但苏甄的第一反应是师母生病了，梁教授没告诉他们。

"那师母呢？"

"张老师呀，好久没见了啊，之前问过梁教授，他说她带孩子去三亚了。你也知道他们小女儿一直有哮喘，老来得子，两个人多心疼啊，到三亚去也好，那边空气不错，对孩子也好。"

梁教授夫妇虽然五十多岁了，可女儿还很小，只有十二三岁，夫妇俩一直把她当宝贝一样照顾，那孩子先天不足，有哮喘，她和田锋自然知道，只是之前梁教授说孩子去了国外的学校交流，怎么这些都对不上呢？

告别了邻居老太太，田锋越发疑惑，给梁教授打了电话，没人接，但很快对方又打了过来，田锋下意识地问梁教授在家吗，他和苏甄想来看看师母，还带了东西，顺便探讨一下这段时间的实验，梁教授却一个劲地推托，不让来，田锋强硬地说快到了，梁教授只好答应。

二人把车停在了小区外面，树遮住了车子，从外面看不怎么明显，过了一段时间，有一辆出租车停在了小区门口，二人看到梁教授火急火燎地下了车，田锋紧接着下车拦住了出租车询问，回来皱着眉开车掉头了。

苏甄惊讶地问："去哪儿啊？老师回来了。"

"去老师刚才去的地方。"

刚才那个出租车司机说梁教授是从郊外回来的。

田锋开过去，停在了302国道旁。"出租车是他打电话叫的，司机就是在这儿接的人。"

苏甄四处看看，这边临近国道，除了一个服务区、一个加油站就没有别的建筑了。

两人下了车和加油站工作人员打听，来这边加油的车并不多，因为302国道后修了一个大的入城服务区，这边打算废弃，之后修别的，和后面那片鹤林合并成旅游生态公园。所以这个服务区没什么人来，大部分店铺已经关门，只有一个很小的便利店，里面卖一些零食，两人看了一圈也没看出什么特别的。

"梁教授打车，说明他不是开车来的，为什么不开车呢？没开车他怎么到这个地方来的？来这里干吗？"苏甄疑惑极了。

田锋买了两根烤肠，一边吃一边问正在看剧的店员："见过这人吗？"

他手机里有梁教授的工作照，店员瞟了一眼，上下打量两人。

田锋从钱包里抽出两张一百元拍了拍，那店员慢吞吞地说："在这儿买了一瓶水，大概一个小时前吧，因为没客人，我记得他。"

"他坐什么车来的？"

"坐一辆黑色轿车来的，然后他就坐在那边打电话叫了一辆出租车。"

田锋皱眉，拉着苏甄出来。

"估计是梁教授接到你的电话要赶回去，才来这儿叫出租车的。"

"那说明他刚才在离这儿不远的地方。"

"这边还有什么可以待人的地方吗？"

这里离市区还有段距离，走路要走很久，再往那边看就是国道了。苏甄不认为这四周有什么建筑，但店员口中的黑色轿车引起了她的注意，大概这段时间和方酌查案已经查习惯了，算是有经验，她走到店员面前问："你们这儿有监控吗？"

第69章

梁教授的坦白

店员眼神幽深，苏甄又拿出钱来，对方看看四周没人，说："这边拆得差不多了，就加油站门口有一个，最多能看一周的。"

他带二人到后面机房："快点啊，别让我们组长看见。"

田锋看着苏甄利落地调监控，微微诧异："你这段时间都干吗去了，去当间谍了？"

苏甄苦笑："比当间谍累。"

她把监控调到一个小时前，在画面中看到了梁教授的身影，也看到了那辆黑色轿车，拿手机拍下了车牌号。她想了想，又把时间往前调，想看看梁教授是不是最近经常来这个地方，调到一个画面时愣住，反复看了几回。

田锋疑惑："发现什么了？"

苏甄定格的画面里有两辆车，前面一辆是林肯，后面一辆是灰色迈腾。

"这两辆车你见过？"

苏甄皱皱眉，想起那天进酒会会场前，方琼一脸嫌弃地指着停车场里的一辆灰色迈腾。她给方琼打了一个电话："你记得王启明的车牌号吗？"

方琼虽然疑惑，但报了车牌号。

放下电话，苏甄心惊，这里竟然拍到了王启明的车，按时间看正是那天晚上，时间是夜里十一点多。而那辆林肯有没有可能……不，应该就是姚总的车吧。她记得出事的那辆车是一辆林肯。

可是这个位置……苏甄想到什么，跑出去看，又问了加油站的小伙子具体的位置，她明明记得，王启明和姚总是在国道的另一边出事的，而这边的服务区分明是在相反的方向，可是要绕很大一圈才过得来的。

之前警方从姚总的别墅开始追查王启明和姚总开车的路线，据方酌得来的内部消息，警方并没有拍到全部路线，他们从姚总家出来，上了三道街，去了五道街，车是一直往这边开的，虽然中间有一段绕了路，没有摄像头拍到他们的车，但就是冲着国道过去的，要出省。可为什么这边会拍到？虽然只是一截车尾，但苏甄还是一眼就看到了，不了解这个案子的人应该不会注意到，警方估计也没想到他们绕到了这边。

苏甄留了个心眼，拷贝了一份，想再往前查内容，可还没等再看屏幕就黑了，和田锋走出去，才看到外面有工作人员在拆除摄像头。那个店员带着歉意说："刚说我们这边要拆就来人拆了，这里以后不用了，这便利店顶多只能留几天了。之前这边很多商铺都是断断续续拆的。"

"这边的摄像头要是拆了，岂不是死角？派出所不管吗？"

服务员指着前面的路障："这里晚上就不让走了，前几天还通车，也没多少车来，你不看新闻吗？新建的服务区就在前面，这边本来就是岔路，岔路口一挡就直接通到前面。"

苏甄听到这儿想起了什么："八号那天晚上也设了路障吗？"

店员想了想："这段时间这边晚上都没开，让进城的车直接去新服务区，白天才开一下，因为道还没全改完需要过渡，还有一些外地来的运货车不知道，所以偶尔白天开，但这一个月晚上都是有路障的。"

既然有路障，那天那两辆车是怎么出现的？苏甄心中越发疑惑。

开出服务区，绕了好大一圈才到对面，到了另一边，苏甄一下就看到了出事的那个坡。

田锋烦躁地皱皱眉："听说前段时间这里出事了，这个坡这儿已经不是第一次出事，交管部门在这儿设了警示牌，但因为地势，很难杜绝事故的发生。"

其实这个坡不是很陡，但那天姚总的车突然在这儿出事了，然后滑了下去，砸中了王启明的车。

苏甄盯了一会儿。

田锋问道："你刚才发现什么了？"

苏甄不好和他多说姚总的事，只是说："我在想，梁教授会不会一开始去的也是对面的服务区？"

她是从姚总那场诡异的车祸上来了点灵感。

田锋看了看四周，这里明显比对面发达，因为是主服务区，住宿处、餐厅、便利店、加油站一应俱全，但出城的车很少在这里加油。"你不觉得这个加油站设置得很不合理吗？出城的车在这个加油站加油的很少，因为服务区的油不好，出城的车都在市里加满油了。"苏甄说。

"这属于战略储备，你不懂。"

苏甄疑惑："你说梁教授刚才到底是从哪里来的？"

"查查监控？"

苏甄摇头："这边太正规了，咱们是没有权限查监控的。"

"其实不用查，下一次跟踪梁教授就行了。"

正说着话，梁教授来电话了，询问他们到哪儿了，两个人就先开车去了梁教授的家里。

梁教授还是平时的样子，若不是自己亲眼看到，苏甄都不知道梁教授还有这样一面。此时三个人坐在客厅寒暄着，却是各怀鬼胎，不知是不是苏甄的心理作用，这个熟悉的房间此时看起来都很诡异，她心情烦躁，索性直奔主题。

问了邻居说的事，梁教授倒是很诚恳，说女儿回国了，师母带着她去三亚了，在那边买了房子，住一个假期再回来。

"之前怎么没听您说？"

"实验太忙了，再说了我的家事不能总让你们学生知道，搞得好像我什么事都非要你们帮忙似的。"梁教授笑着说。

"教授最近一直在家吗？"

苏甄忍不住了，这个像她父亲一样的人，她不想和他打哑谜，不想和他互相猜忌。

梁教授明显愣了一下，点头。

田锋在回来的路上叫她不要透露他们已经知道梁教授刚才没在家而在郊区的事，但此时此刻苏甄控制不住自己的情绪。也许是因为最近发生了太多事——和方琼看见谋杀场面，凶手在自己面前出车祸，然后又被人灭口，方酌又被陷害，苏甄不想看到她亲近的人也奇奇怪怪的。

梁教授沉默着，田锋本来还想缓和气氛，但苏甄已经问出口了，想着索性摊牌算了，说了他们刚才向出租车司机打听并去了梁教授去过的地方。

却不想梁教授支支吾吾，最后挣扎着叹了口气说："还是被你们知道了。"

之后梁教授像是下了很大的决心，坦白了，然而坦白的内容让苏甄心惊，梁教授说他在外面养了一个情人。

这个答案让人惊讶极了，她的第一反应是："不可能。"

在苏甄看来，梁教授温文尔雅，这么多年专注于实验，对师母一心一意，怎么可能是这种人？这一定是借口。

第70章
身边的人

可梁教授拿出了证据，手机里是他和一名年轻女子的亲密照片，因为太过暴露，他只晃了一下，苏甄没看清，要伸手拿手机，田锋却拦住了，冲她摇摇头。

"国道下面是个城乡接合部，她在那边的洗头房工作，我是无意中认识她的，就是喝多了办了错事。苏甄，我知道你很难接受，但我只求你不要和你师母说，我这段时间很少去了，我已经决定和她断了。"梁教授表情痛苦。

苏甄觉得荒唐极了，一直重复着"不可能，不可能"。梁教授怎么可能做这种事，还拍那种照片？梁教授却痛苦地把脸埋在手里。

"教授，你是不是遇到什么事了？你一定是被逼的，这绝对是借口，你最近太奇怪了，你为什么偷拿实验室的阶段性成果样品？"

"摩尔也来问我，我真的没有拿，我为什么要拿实验半成品？"

教授说到这儿没心虚，反而有些气愤："我知道，我道德败坏，让你们小辈看了笑话，让你们很难接受，但你们不能这样污蔑我在学术上的品行啊！"

苏甄还要逼问，田锋却拉着她离开了，门关上的前一刻苏甄甚至听到了梁教授闷闷的哭声,她觉得荒唐极了:"不可能,田锋,这就是借口,他一定是有事瞒着咱们。"

"苏甄,你冷静一下,是不是真的我们去查查就好了。我知道你很难接受教授犯这种道德上的错误,但这事若是真的,那么就意味着偷拿实验成果的不是他。你先别考虑梁教授有没有情人这件事,咱们查这事本身就是害怕实验成果被有心人利用,我们查的是这个。"

苏甄终于冷静下来:"那怎么办?"

"去查那个女人。"

"那女人叫什么,在哪儿,我们都不知道。"

"我刚才看过她的照片,记在脑子里了,知道长相就行。"

苏甄只觉得一股气憋在心里,上不来也下不去。这时候她突然想起了方酌,若是方酌没进去,现在查一个人就是分分钟的事。一想到方酌被陷害,苏甄真是一个头两个大。

两人去了服务区后面的城乡接合部,没想到在城市的角落还有这样落后的地方。街道后面一排平房门市全是美发厅,看招牌上的粉红色,大白天还拉着卷帘门就知道不是正经的地方,名字听着都不正经,苏甄有点接受不了,梁教授是学术泰斗,怎么可能迷恋这里的女人?

"他一定在说谎。"苏甄无法相信,田锋却自始至终皱着眉,没有接话。

他看看时间,说:"天差不多快黑了,再等一会儿估计就开门了。"

苏甄瞪着眼睛:"怎么,还要找那个女人对峙?"

"为什么不?苏甄,既然你觉得梁教授做不出来这样的事,他肯定就是在隐瞒什么。说实话,我宁愿梁教授是一时迷失,被这边的女人骗得团团转,无法自拔,也总比他欺上瞒下和不知名的机构合作要好。"

田锋说得很对,苏甄清醒了一些,刚才沉浸在对导师人格的失望中,差一点就忽略了这些。"可我不相信梁教授会做什么伤天害理的实验,再说了,咱们的实验怎么可能和不知名的机构有瓜葛呢?"

"最好不是,希望是咱们想错了。"

苏甄又想到方酌那边的案子,若有所思,想到了一个可能性,梁教授不会被那个组织吸纳了吧?她心中恐惧,张张嘴,不知如何对田锋说,她觉得太巧了,可耳边又响起方酌说的,姜旭东接近自己一定有某种原因,心里越发乱了。

时间过得极慢,二人在车里一直没说话。华灯初上,田锋才拉开车门,苏甄也要下车,田锋制止了她。"这种地方你去不好,我先去打听一下,你在这儿等我就行。"

苏甄点头,看到田锋进了一个屋内亮起粉红灯光的地方,跟里面的人聊了两句，又出来去了另一家。这条街上大多是这样的店，天还没完全黑，还没什么客人，苏甄都不知道城市里竟然还有这种地方，有关部门不管管吗？

她正心情烦躁，手机响了，是陈立。

他打来是和苏甄说方酌案子的情况，方酌的案子很复杂，首先方酌的邻居和房东签的租赁合同上写的就是被割喉的王斌的名字，王斌还在方酌所在公司当过保安，但方酌否认见过他，最直接的证据是从方酌户头汇给对方的一笔钱，现在警方怀疑姚总和王启明的案子跟他有关，怀疑方酌买凶杀人，后又将凶手灭口。虽然警方没有直接证据控告他，但目前查到的事对方酌很不利。

"没有直接证据，不可能一直关着的。方酌自己怎么说？"

"他无法说出那笔钱为何汇到王斌户头，他的律师已经去公司查账目了，这笔支出是一个月前的，可方酌说他想不起来了。"

"上百万还想不起来？"苏甄疑惑。

陈立那边有点尴尬："我也审过一些商人，他们进出的款项有些自己是想不起来的，因为太多了。"

苏甄只能翻白眼，但隐隐觉得不对劲，方酌那个人很少犯这种错误，他一直很谨慎。

"现在专案组那边怎么说？"

"专案组也要看证据，不排除方酌的嫌疑，但这件事太诡异，现在问题的关键是一直和王斌同居的女朋友，据调查叫谭宝云，事发后没人见过她。查了公寓监控，她一个月前从公寓出去后就再也没回来，警方也没有查到她的记录，现在只能继续查监控录像，但这需要时间，估计晚一些会有这个人的踪迹，她现在是方酌案子的关键人物。"

"方酌现在怎么样？"

陈立叹了口气："他的状态很不好，警方这边虽然保密，但他两天没去公司，那边也有骚动，毕竟公司刚上市，用他的话来说忙得要死，那边全靠助理和律师盯着。不过因为没有直接证据，顶多再扣四十八个小时就会放他走，但警方依然会调查他，还要看他汇款那边的调查结果。"说到这儿，陈立想了想，"苏甄，我给你打这个电话，是方酌拜托我的。"

苏甄一愣，陈立电话里的声音很轻，她有些疑惑："他拜托你？"

"对。"陈立在电话那头轻叹，"方酌私下和我说，他觉得这一切都是阴谋，是那个神秘组织要除掉他，他已经中招，让你多加小心。"

苏甄心里酸涩，却不知如何作答。"陈立，你怎么看这整件事？从一开始姜旭东的失踪再到云南我们查到的事。"

陈立沉默了一会儿："我不知道，说实话，作为警察我应该客观地看这些事，但不得不承认，事情非常诡异，像是有幕后推手。"

"王斌的死查得怎么样了？不管是不是方酌，走廊上总有摄像头拍到嫌疑人的进出画面吧？"

说到这个，陈立半晌才回答，声音低沉："医院门口的摄像头有一个坏了，所以无法判断方酌是否进了楼，但……"

"但什么？"

"但拍到了几个警察进出那个楼层的画面。"

苏甄心一抖："是内部人做的？"

"现在还无法判断，但专案组已经对这几个人展开秘密调查了。"

苏甄觉得有什么提到了嗓子眼："为什么告诉我这些？"

按照陈立的性格，不可能和她说这么多内部的事。电话那头陈立的声音不像平时那般平静，良久后他说道："苏甄，假设方酌是被人陷害的，那么凶手很可能就是我身边的人。"

他近在咫尺

卷五

窥夜

第 71 章

再见失踪丈夫

陈立没说下去，苏甄却了解他的心情，那些警察都是跟他朝夕相处的同事、朋友、伙伴。

"但苏甄，我还是觉得方酌有很大的问题。首先他对于这笔上百万的款项态度很模糊，谈到这点他第一时间说要见他的律师，凭我从警多年的经验，这笔汇款肯定有问题，还是那句话，我觉得方酌有问题。"

苏甄心一抖，不赞成陈立的话。"不管如何还是谢谢你的提醒，但我选择相信方酌，我知道如果凶手是你认识的人你会很难接受，但你该明白孰轻孰重。"

陈立沉默了半晌："我当然知道。可你明白吗，苏甄，进出那层楼的警察都是我最亲近的人，我师父、尹生、昌华、小豆、汪源。"

陈立说的都是苏甄熟悉的人。"希望一切都是一场误会。"

苏甄不擅长安慰人，只能沉默地听着电话那边的呼吸声，抬眼看着这边的街道，又看看手表，田锋已经去了一个多小时，刚才接电话时她也没再往那边看，不知田锋现在到哪一家了。

苏甄有些烦躁，下车点了一根烟。这条充满粉红灯光的街道开始陆陆续续地上客人了，很多其貌不扬、穿着土气的中年人来这儿，有钱人是不会来这种地方的，都去高级会所。苏甄很难想象如果梁教授说的事是真的，他是如何到这种地方来的，又是如何认识这儿的女人的。

那头陈立把电话挂断了，苏甄对着手机发了一会儿呆，转身想坐回车里，到底还是不敢过去，可就在关车门的瞬间，她远远地看到一个男人从一辆出租车上下来，在苏甄斜对角最远的商铺门口，因为路灯昏暗，只能看到他的剪影。

苏甄一愣，不敢相信地往前走了两步，只见那人撩撩头发，抬脚进店了。苏甄觉得不可思议，怀疑自己可能是疯了，可她看到了那人的侧脸，她的心像是被针扎了一下。

时间已经过去很久了，她没想到有一天会在这种地方见到他。如果她没看错，刚才那个人，正是她失踪的丈夫——姜旭东。

苏甄像疯了一样不管不顾地跑到路尽头的那家美发店，推门进去，门边的沙发上坐着的两个化着浓妆的女人吓了一跳："哎哟，姑娘你走错地方了吧？"

"刚才那个人呢？"

一个看起来上了年纪的女人给另一个人使眼色，笑着安抚她："姑娘找错地方了吧，哪有人啊？"

"刚才进来的男人呢？"

"哪有什么男人？"这人以为苏甄是来捉奸的，这种事她们也见过，她们是开门做生意的，闹起来场面可不好看。

"姑娘，你要找什么人？我让小翠去叫。"

另一个小姑娘赶紧进去叫人了。

没想到出来了个矮胖的男人，那人一脸不耐烦，苏甄看到他一愣："不是他。"

"你有病吧？"男人觉得莫名其妙。

小翠觉得奇怪："我们这儿现在就只有这一个人来按摩，您是不是走错了？我们这两家的玻璃门开着反光，有时候隔壁开着门，远处看着以为是我家，我家开着门以为是他家。以前也有人走错过。"

苏甄不相信地推开那女的就往里面走，里面就三个小隔间，此时两个空着，一个屋里还弥漫着一股味道，正是刚才那男人出来的地方。老板娘吓坏了："你干什么？我们这儿可有营业执照，正当美容美发。"

老板娘以为是警察暗访，吓得赶紧掩饰。

苏甄心下疑惑，也没心情管对方还在说什么，径直出了门。夜间的凉风吹在脸上，她清醒了一些，转头看刚出来的美发厅，半扇玻璃门开着，远远看去，确实很难分辨两家，难道真是隔壁？

可隔壁的玻璃门内已经挂上了锁，苏甄往里偷看，发现那挂着的锁没锁上，于是进去。这家店的灯光虽然也是红色，前厅却是空着的，左边墙上供着一个关二爷，红色的灯光正是从这里发出来的。右边是吧台，里面有些本子，右边墙上贴着一些成品照片和妖艳的美女画报。苏甄这才意识到这里好像不是旁边那种美发店。

此时苏甄冷静了一些，往里走，喊着："有人吗？"

里面没人回答。店里的格局和隔壁一样，前面一个厅，有吧台有沙发，有一个小过道，可这里似乎是把右边两间房打通了，此时房里开着灯，里面是拍照的布景、沙发、投影仪幕布，像是那种私人小影院，旁边堆了很多印着美女的影碟盒子。

再往前走，最里面房门紧锁，苏甄手都在颤抖，姜旭东会在里面吗？她想敲门，却心跳如擂鼓，贴着门，意外地听到了里面的呢喃声。

苏甄脑子一下就炸了，她已不是小姑娘了，自然知道那是什么声音。此时她只觉得头皮发麻，即便知道姜旭东的身份是假的，也许这两年的婚姻就是一场骗局，可此时此刻猜测里面就是姜旭东的时候，听到这种声音，她还是本能地差点站不住，有种被背叛的感觉，更多的是屈辱感。

事到如今，苏甄竟没有勇气打开这扇门。

眼泪滑过脸颊，她才发觉自己的洒脱都是假象，她根本就没有忘记姜旭东，也无法忘记，她对姜旭东的感情一次次被自己的理智压抑，凝成现在无法说出口的恨。

她在门口犹豫的时候，街上突然传来一阵警笛声，隔壁有人惊慌地往外跑，苏甄也吓到了，抹了一把眼泪，看到街上横着好几辆警车，车上亮着红蓝的灯光，从车上下来的警察把跑出去的人都扣住了。苏甄愣在原地，有警察进来查看，看到泪流满面的苏甄，有些诧异。"女士，您……？"

有人进来戳了戳那个警察，告诉他这是一家打印店。

警察说道："小姐，麻烦您出来一下好吗？"

苏甄一愣，跟着警察走到门口，竟然看到了熟悉的面孔，是尹生，紧接着又看到从后面的私家车上下来的陈立，惊讶极了。

"陈立。"

她这一叫，陈立也看到了她，惊讶不已："苏甄，你怎么在这儿？"

"这是怎么回事？扫黄打非？"

陈立脸色阴沉。"借着扫黄的名义找人，"他压低声音，"专案组追踪到了方酌的女邻居谭宝云的下落，她就藏在这一片的洗头房里。"

"什么？"

"你怎么在这儿？"

苏甄脸色难看，指着里面那道锁着的木门："我刚刚看见姜旭东了。"

第72章
说不清楚了

陈立不可思议地瞪大眼睛。

苏甄手发抖，站在门口，像是漂泊无依的小猫。

陈立走到门前，此时里面已经没有什么声音了，他敲门问道："有人吗？"

里面没有人回应。

陈立看了一眼苏甄，让她躲远一点。"警察临检，里面有人吗？"

陈立拍着门，里面的人一边骂咧咧一边打开门，是一个很有风韵的女人，她领口还解开了两颗扣子，露出大片肌肤，倚在门上问："谁啊，警察？"

陈立严肃了几分："警察临检。"

"到隔壁去啊，我们这儿可是打印店，警察了不起啊？"

陈立眯起眼："我们怀疑你这家打印店有挂羊头卖狗肉的嫌疑，身份证出示一下。"

"警察就可以随便冤枉人啊？我可是做正经生意的。"

那女人虽嘴硬，可也不敢和警察叫嚣，看到外面还有好几辆警车，她转身进去拿包。门开着，苏甄看到里面有两台打印机，旁边是一张沙发床，床上很凌乱，一个矮个男人坐在那儿，正在系裤腰带。

陈立一愣，又看了一眼苏甄，很疑惑，也查了那男人的身份证。

两人说是男女朋友关系，陈立甚至进了那间房查看，也没发现什么奇怪的地方。这间房只有一扇窗户，很脏了，好像从没擦过，窗外还安装了铁护栏。这家打印店也不像旁边的美发厅开了后门。

"警官啊，我们是正常男女朋友，你说话要讲证据的，在这边开打印店还违法了？"

那女人喋喋不休，陈立四处看了看，阴着脸出来了。苏甄也愣了，可她不信，刚刚看到的男人明明是穿着灰色风衣的，可这人穿着一件短款黑夹克，身高、脸型都不一样，怎么可能？隔壁自己已经找过了，那个侧脸像姜旭东的男人应该就是进了这里，可怎么不在呢？

苏甄还要往里去看，被陈立拉出来。

"你是不是觉得我看花眼了？真的没有，肯定有问题，他是不是跳窗逃走了？你检查一下窗子啊。"

"窗户外有铁护栏，苏甄。"

苏甄委屈极了："你是觉得我看错了？"

陈立没回答，这更叫苏甄恼火。

"我是真的看到有个很像姜旭东的人，穿着灰色的风衣，隔壁我也找了，根本没有，是不是从隔壁走了？"

苏甄瞪着眼睛，冷静不下来了。正在这时，那边有人叫陈立，是一个看起来很陌生的警察。那人过来跟陈立耳语了一会儿，苏甄隐约听到："刚才抓了不

197

少人，你说的那个人确实就在其中。"

陈立脸色一变，那位警察拍了拍他，先一步走了，陈立有些激动："抓到那个女人了。"

"谁？"

"方酌的邻居——谭宝云。"

苏甄一愣，看着警察在陆续让抓到的人排队上警车，周围还有录像的，那些男女都捂住脸，她一下想起了田锋。"陈立，那个，我是和我师兄一起来的，就是我研究所的同事，我们是来找一个人的，我师兄怕是被你们误抓了，你找人说一说啊。"

陈立回过头来："你师兄？"

"对，你见过吧？你们应该调查过，就是我们研究所的主力——田锋。我俩真的是来找人的，这事有关我导师的一些隐私，他真的不是这里的客人，不然我也不会出现在这儿，对吧？"

陈立刚才就疑惑苏甄怎么会在这个地方，以为她也是知道了谭宝云的消息才来的，没想到中间还有这档子事。

"我去问一问，但肯定都要带回局里的，到时候你帮他做证，我再打个招呼，应该没事。"

苏甄这才长舒一口气，不过还是担心，田锋这人也算是学术上的名人，要是被拍到，浑身是嘴也说不清啊。

好在陈立是开自己的车来的，苏甄搭了他的车回局里。

陈立现在是停职人员，不能多过问案子，但他可以打着了解自己案子的名义回局里，苏甄自然跟着他进去。警局里依然和以往一样四处都是电话铃声，每个人都忙得不行。陈立让苏甄在一边的椅子上等着，自己去打听了。

扫黄组在陈立他们队楼上，大批排着队的人被押进去，还有人被带去做笔录，苏甄看着这个场景，竟有些害怕，同时又想起了姜旭东，难道真的是自己看错了吗？

她有些自责，因为自己着急去找姜旭东，忽略了田锋，苏甄在警察抓人时就给他打了电话，可田锋一直没接，肯定是被抓上车了。

她正琢磨着，就看到那边有两个警察推着几个穿着性感的女人过来，应该也是从那条街上抓来的干不正经职业的，看到最后一个人的时候，苏甄一愣，那女人显然也看到苏甄了，并且认出了她，还对她笑了一下。

苏甄站了起来，这女人就是苏甄在方酌公寓电梯里遇到的女邻居，这女人特别漂亮，当时给她留下了很深的印象，所以她一眼就认出来了。女人穿着一条看起来非常劣质的吊带裙，脸上的妆很浓，还有些花了，头发也烫成了玉米卷，有种桀骜不驯的感觉。

她现在的样子和苏甄第一次见她时她高贵、富有的样子完全不同，但那双眼睛依然非常勾人，苏甄只觉得心跳极快，脱口而出："谭宝云？"

谭宝云回头看了一眼，苏甄跟在后面，正好看到拿着文件核对的尹生，于是指着她问："那个是谭宝云吗？"

"哪个？"

苏甄往前指，尹生不知道苏甄为什么对那女人很感兴趣，他点了点头，还顺便问了一句："你怎么在这儿？"

苏甄不知该如何解释，看到陈立过来，尹生猜想他和苏甄是一起的，皱皱眉，就忙去了。

苏甄指着那女人说："那是谭宝云。"

"对，专案组的人要找个借口审她。对了，苏甄，没找到你师兄，这一批抓过来的人里没有叫田锋的。"

苏甄一愣，想着田锋是不是用的假名，可陈立马上否认，因为都要对身份证的。

苏甄皱眉："不可能的，他一直没从那条街出来。"苏甄又拿出手机打电话，还是没人接。

第 73 章
谭宝云的证词

苏甄有些疑惑。

"也许他已经走了。"陈立说。

苏甄又打了几次电话都没人接。

"审问谭宝云估计还要段时间，我开车送你回去吧。"

"你能开车带我去刚才那个地方吗？"

苏甄还是觉得奇怪，田锋没看到自己，不可能先走，没准还在那边找自己呢。

陈立只好又开车带她回了刚才的城乡接合部。

苏甄刚到那边就找到了田锋的车，还停在原来的位置，可车门锁着，苏甄拍了拍门，确定里面没人，又回头去看那条街，此时街上除了几家小吃店还开着，其他店都落下了卷帘门。

苏甄跑到小吃店打听田锋的下落，老板娘说没见过，她又连着问了几家还在营业的店，都说没见过。

苏甄茫然了，田锋没在警察局，没在这儿，能去哪儿？不可能回去了，车子还在这儿。

陈立此时也觉得事情不简单了，叫苏甄再打电话，可始终没人接。

苏甄不信邪，连着又打了十几通，在这条街上来回走，突然隐隐听到了手机铃声，苏甄一愣，听出是田锋的手机铃声，只有他会用那首德文歌。两人循着声音，最后在街前的垃圾桶边找到了田锋的手机。

"手机怎么会在这儿？"苏甄觉得不可思议。这条街的地不太平，因为在老郊区，年久失修，街上的土砖都坑坑洼洼的，垃圾桶边更是脏乱，周围全是乱七八糟的塑料袋。

手机就是在垃圾桶边找到的，一般人还真想不到这里有手机。苏甄此时才慌了。田锋的手机在这儿，人不在这儿，怕不是出事了吧？

"你先别急，万一是他手机丢了，找不到你，就先回去了呢？"

"车还在这儿呢。"

"也不排除车坏了的可能。"

"不可能，田锋就算是手机丢了，借别人的也会给我打电话的，你不了解他，他在这边没什么亲朋好友，我和导师算是他最亲的人。"

苏甄想是不是田锋在找那女人的时候出了什么事。她不敢想象，她本身就不信梁教授会在这种地方找女人，想到田锋之前的怀疑，她直接拨通梁教授的电话，可惜拨了几次也没人接。

"你说他是来找一个人，之后不见的？"

"对。"

"这边的人大多被抓到局里了，你说的是谁？我也许能找出来问问见没见过田锋。"

苏甄却摇头，她不知道那女人叫什么，也不知道那女人长什么样子。

"肯定出事了。"苏甄都快哭了。

陈立想了想，开车带她去了梁教授家里，可惜，梁教授又不在家。

苏甄无论如何都没想到，就这么短短的几个小时，又一个人从自己的生活中消失了。现在她对"消失"这个词怀有极大的恐惧，而且这次田锋消失跟姜旭东他们的情况不一样，他肯定是出了什么事。

苏甄崩溃了。"陈立，怎么办？"

"你别急,这事可大可小,我已经联系了我师父,他在这边的派出所有熟人,肯定能帮你找到。不过,刚才你说你们是来找谁的?"

苏甄有些为难,但事到如今,还是说了实话。陈立诧异极了:"之前我们调查过你身边的人,梁教授可是泰斗级人物,会来这里找女人吗?"

苏甄只觉得尴尬。

陈立看了看她的脸色,没再说什么,转移了话题:"这么说,你和田锋是怀疑你们的实验成果被梁教授拿走了?"

"那些东西根本不重要,没有了还可以做,根本没必要拿走,但实验成果接二连三地丢失,我们就怀疑这其中有问题。"

苏甄崩溃,她和田锋说好了这事不会和别人说的,这涉及教授和研究所的名誉,可现在也没办法了。

陈立皱眉:"苏甄,这件事你应该早说,别忘了咱们这个专案组是干什么的,我现在严重怀疑,梁教授是被神秘组织吸纳了。"

"不可能,我了解教授,他不会干这种事的。"

"现在只是猜测,你先别急,如果他没做过,警方一定会还他清白,现在关键是要找到田锋,不是吗?"

陈立又打了个电话。"我联系局里了,他们审问那些人的时候会连带着问田锋的事,应该能查出什么。"

天已经完全黑下来,陈立又把车开回了警局,没进去,就停在对面的停车位。车里安静极了,苏甄觉得这黑夜压得人喘不过气,这一天发生了太多事,先是方酌再次被陷害,之后梁教授说他在外面有情人,紧接着田锋失踪,生死未卜。

还有自己明明见到了姜旭东,又什么都没找到,她不相信是自己看错了。此时自己什么都做不了,只能在这里等,还不知道在等什么。

"方酌怎么样了,我什么时候能见他?"

"现在还不行,只有律师能见他。"

"为什么?也没有直接证据。"苏甄奇怪。

"他的嫌疑太大了,他到现在也不肯说那笔汇款是怎么回事。"

苏甄难以置信:"什么?"可她马上又泄气了,"算了,我现在也没心情管他。"

正在此时,陈立的电话响了,他接起来说了几句,脸色很不好,半晌才放下。

"怎么了?"

陈立叹了口气:"谭宝云交代了她那个男朋友的事,她说她就是干这行的,之前王斌包养她，她才住进那公寓，给她看了照片核对了，确实是那个死了的王斌。"

苏甄抬头："那她说王斌的情况了吗？"

"她说王斌一开始就指使她去勾引方酌，跟她说方酌是个有钱人，但方酌根本看不上她这样的，对她很冷漠。后来王斌就不经常回公寓了，好几天才回去一次，房子到期了，她就搬回来了，一直没再看到王斌。"

苏甄皱眉："就没有点关键的？"

陈立脸色阴沉："有，她说王斌应该和方酌见过面。"

"什么？"

"谭宝云提供了大概时间和地点，警方查了监控记录，发现他们确实见过。"

第 74 章
拍照片

陈立叹了口气，看向苏甄："你说如果方酌真的是凶手，会怎么样？"

苏甄不敢想，她只是觉得事情不对劲："也许是对方下的套呢？方酌之前说过这件事可能就是冲着他去的，他和我搅进这个局，而神秘组织中出了叛徒，那个叛徒在拿我们当棋子，想曝光神秘组织。"

"这种说法都是想象出来的，但指向方酌的证据却是真的，现在越来越麻烦了。"

"你不信他？"

"我说过我只相信证据。"

"可是……"

"问题就在于现在专案组的人不管如何审问方酌，他都不肯说实话，那边现在在整理视频资料，不知道把证据摆到他眼前，他会不会松口。"

苏甄的心沉了下去。她还想再说什么，可陈立的手机再次响了。

陈立看了眼苏甄，对着电话说："对，刚才给你发了工作照，叫田锋。"

苏甄一下抬头。

陈立皱着眉，嗯了两声才放下电话。"走吧。"

"去哪儿？"

"你说的那个和梁教授有关系的女人找到了,咱们专案组有一个同事参加了这次扫黄行动,今天一共抓了三十多个女的,他挨个问下去,本来都不抱希望了,没想到问到最后一个人时,给她看了一眼照片,她竟然说见过梁教授,还承认了和他的情人关系。"

陈立停顿了一下,继续说:"苏甄,这事我觉得不简单了,那个女人不是别人,就是谭宝云。"

"什么?"苏甄觉得不可思议。

"所以我怀疑这谭宝云没有完全说实话,要重新审一下,组长觉得你可以一起过去,核对些细节。"

苏甄跟着陈立从后门进去。

审讯室那边有一面玻璃,能看到里面的女人和正在审讯的警察。

谭宝云此时穿着廉价的衣服,看起来很风尘,却依然美丽。

她有一些不耐烦了:"我该说的都说了,你们再问也问不出什么了。"

外面的人和里面的警察用耳机对话,叫他们先出来,陈立进去,坐下来拿出本子:"那现在说说田锋吧,你说你晚上见过他,还和梁永康教授拍过照片,是怎么回事?"

那女人坐直了,盯着陈立的眼睛:"警官啊,我就是这样的人,那个老头来找我,给了钱自然可以为所欲为,我们就是出来卖的啊。"

"别油嘴滑舌,说说跟梁教授认识的细节。"

"王斌给我的钱我都花得差不多了,就又回来了,可是人由奢入俭难啊,在王斌那边他不用我怎么伺候他,还给我买包和衣服,我住得好吃得好,都被养刁了,回去挑三拣四的,我们老板娘就对我有点意见。"

据谭宝云说,她老板娘说她一身贱骨头,有公主病没公主命,她那天和老板娘吵了一架,就因为她嫌客人身上脏,是农民工,老板娘就把她踢出来了,她也是赌气,就出去喝酒了。

"去哪儿喝的?"

"西东三路的大排档,王斌带我去过一回。王斌那人很怪的,花钱大手大脚,可吃饭却去那种地方,而且其间我和他说笑他也不理我,就盯着别人。"

"他在大排档盯着什么人?"

"谁知道呢?大排档那么多人,我哪有闲心观察他啊?我只负责吃和给他倒酒。"

"之前怎么不说?"陈立突然皱眉。

"之前你们也没问啊。"

"不是叫你把王斌的所有活动都交代清楚吗?"

"吃个饭而已。好啦,警官,没有了,你们问了我一晚上,我记得的都说了,这件事是真的忘了,现在也说了。"

陈立突然想到了什么:"记得那是几月几号吗?"

谭宝云说了一个日期,苏甄心一抖,不正是她和陈立、方酌在大排档喝酒的那天吗?难道是因为王斌监视他们,所以他们才到云南就被人盯上了?

"怎么记得那么清楚?"

"那是我生日前一天,我以为他对我有感情,要给我过生日呢。你不知道,他包养我,还事先查了我身份证的,我想着他要是对我有心,我就跟着他从良算了,难得遇到这么有钱的人,我还让他给我买个生日礼物,可王斌都不理我,叫我自己去买,我就知道这人根本不在乎我,是我痴心妄想了。"

陈立皱眉:"继续刚才的话题。"

"哦。"谭宝云耸耸肩,"反正呢,那天我赌气,心情不好,就想起王斌来了,所以去了大排档喝酒,就想看看还能不能做一单生意,结果那个老头就来找我。我还挺惊讶那老头是怎么看出我是干这行的。"

"然后呢?"

"有生意当然要做。可谁想到,那老头不是要干那事,而是要我和他拍张照片。"

谭宝云说到这儿"啧啧啧"地感慨:"这种有特殊癖好的我也遇到过,我当即就说要加钱,那老头同意了,我就拍了。"

"梁永康教授当时有什么表现?"

"没什么表现,就很正常,也没多兴奋。"

"后来梁永康又找过你吗?"

"没有,他没找过我了。"谭宝云耸着肩,"至于你们说的那个叫田锋的,是叫这个名吧?那个男的,今天找过来了,他四处打听我。

"他也不知道我叫什么,也没我照片,就挨个找姑娘看,惊动了好几家店的老板。街上都在传来了个变态,非要找个眼睛大的姑娘,说出手很阔绰,我就去了,结果他一眼就认出我了,问我那个老头的事,这我也用不着保密,反正他给的钱多,我就说了。"

"然后呢,他去哪儿了?"陈立皱眉。

"我俩当时就在门前的小树那边说话,他突然好像看见谁了,就追过去了。"

"他看见谁了?"

"我没看清,就看到个侧影。"

"往哪儿追了?"

"往小红她家去了。"

陈立看着资料："小红家是不是就是打印店旁边那家？"

"不是，打印店也是小红家的，打印店和旁边那家美发店的房主都是小红姐，租出去好几年了，换了几个租客，但那附近的人都叫那里小红家。那个打印店也是挂羊头卖狗肉，有些男人就是变态，喜欢看那种东西，里面还有那种录像，那条街上除了饭店哪有正经店铺啊？"

苏甄在玻璃窗这边心一下揪了起来，难道田锋也看到姜旭东了？可自己追去的时候怎么没看到田锋呢？

苏甄只觉得脑子很乱，是姜旭东没错吧，就算自己看错了，田锋不可能也看错了啊，可当时自己真的没注意到田锋也追来了，如果他也直接进了那个店，自己怎么可能没见到他呢？

第75章

一门之隔

苏甄彻底慌了，真的是那家店，难道一开始自己看错了去了隔壁的时候，田锋就直接进了打印店，和自己错开了？可自己后来也去了打印店，房间里的男人也不是姜旭东啊。

苏甄只觉得这中间有什么问题。

陈立从审讯室出来，眉头皱得很紧："初步推测，那个王斌应该是一直在监视方酌，包括咱们在大排档那次他也在。"

"也就是说云南的人和王斌是一起的。"

陈立点头："但也不好说，方酌的嫌疑很大，毕竟方酌和王斌见过面。"

苏甄有些不知所措了。"那现在怎么办？田锋怎么办？"

"我请示了组长，组里出几个人，再找几个靠谱的民警帮忙，把那一片再搜查一下。"

苏甄心一抖。

"苏甄，你之前说看到的是姜旭东，如果谭宝云没说谎，那么也许田锋也看到姜旭东了，但和你错过了。你确定你进旁边那家打印店的时候，没有看到任何可疑的人？"

"对，我听到门内有声音，以为姜旭东在里面，刚准备敲门，你就出现了。"

"那你在隔壁耽误了多久？"

"我在美发店找人，大概也就十五分钟。"

"十五分钟，田锋就不见了。"

"你的意思是？"其实答案在苏甄心里，田锋肯定是被胁迫了，甚至最坏的结果是已经……可她不敢相信，如果是姜旭东干的，他不仅骗自己，还对她最亲的人动手，苏甄无法原谅他。

"我一会儿找同事先送你回去。"陈立出门点了根烟。

"回哪儿？"

"送你回家，太晚了。"

"你觉得我还睡得着吗？"苏甄激动地说，"我要一起去查。"

"警方的事，你不能参与。"

"你自己不是也停职了吗？陈立，这件事不一样，我必须去，而且我可以提供线索，如果我又想起什么细节呢？"苏甄急切地说。

陈立看了她半晌，叹着气："但你不能上前，如果有危险的话，要先保全自己。"

苏甄用力点头。

专案组紧急抽调出派出所的一些同事，还有刑警队的人，组成一个十几人的小组，对这条街上的门店展开了搜查。

很多家店的店主都在警局，钥匙警方已经拿到手，逐个开门检查，夜晚还在营业的小吃店的老板也被惊动了，探出头来想看个究竟。

陈立重点搜查那家小红美发店和旁边的打印店。据小红美发店的老板娘说，打印店是被抓的小情侣中的男人租的，而那男人说是有人借他的名义租的，这个人他没见过，是某一次上网的时候突然弹出来一个对话框，那人说要用他的身份租这个房子，他一开始以为是骗子，可后来他的卡上多了钱。

苏甄本能地觉得有问题。

苏甄和陈立打开了打印店的门，还是不久前苏甄看到的熟悉布景，门口有个沙发，一个吧台，还有打印机，里面是两个房间，一个是拍照、看录像的，另一个是打印照片的，中间放着一张沙发床，此时上面还凌乱地扔了两件衣服，门口有个垃圾筐。

这屋子就这么大，苏甄有些绝望了，陈立却走到门边上，皱眉在垃圾筐里翻找起来。里面有果皮，还有张购物小票，陈立把小票拿出来看，小票上的时间是今天下午，买了几瓶矿泉水和面包。

"也许田锋已经不在这里了，就算是有人对他下手劫走了他，肯定也把他弄到别的地方去了。"苏甄快哭了。

"这附近太偏僻了，打算拆迁，所以没摄像头，算死角了。不过我觉得奇怪，你不是说看到姜旭东进房间了？"

"我看错了，因为旁边小红美发店的玻璃门是开着的，我以为他进了那边，后来才到这边来。"

"十五分钟不到，你就跑到了这里，假设田锋当时看到姜旭东进了这家打印店，之后呢？"

苏甄皱眉，不敢想象那画面。"应该是出去了吧，因为田锋的手机就在门前的垃圾堆里。"

陈立却摇头："不对。"

"什么？"

"不是出去了，你想想，如果你们看到的真的是姜旭东，不可能你和田锋同时看错，对吧？"

苏甄点头。

"姜旭东被熟人认出来，肯定会怕田锋嚷嚷，所以不可能堂而皇之地出去，他也不能保证田锋是自己一个人来的，所以本能的反应也是进房间里面。"

苏甄心里一抖，明白过来。

陈立继续说："田锋看到姜旭东，要质问他，这肯定要花时间，就算田锋被打晕了，被装在袋子里运出去，那么大的袋子，别人会看不见？我问过附近的小吃店老板，没人看到这边有什么人出来，来这儿的人很少有开车的，怕被这边的女人讹上，当然也有开车来的，不过今晚没看到什么带着大件行李进出的人。"

苏甄皱眉："你的意思是，没出去？"

陈立继续道："而且你在隔壁大闹，你觉得这里会听不见？"

"姜旭东发现我了？"

"我觉得有很大可能性是发现你了，这样他更不可能冒险把人运出去，所以人应该还在这里。而且还有一点，"陈立皱眉，"你说你找到这边来的时候，听到了屋里的人在做那事。"

苏甄脸红了，咬着嘴唇点头，当时以为里面的人是姜旭东，她的心一度凉透了。

"你怀疑里面的人是姜旭东，为什么不破门而入？你有立场质问他。"

苏甄摇头："我做不出来。"

陈立挑了挑眉："姜旭东足够了解你，知道你是什么样的人，我怀疑那两人是故意演戏给你看的。"

"什么意思？"

"那对年轻男女,做那事会不带套?"

苏甄听他说得这么直白,脸更红了。

"垃圾桶里没有用过的手纸。"陈立皱眉分析,"所以我怀疑当时你听到的声音是他们故意发出来的,就是让你不敢打开这道门,也是在替姜旭东争取时间。"

"争取什么时间?这就是一间普通房间,窗户都打不开。"

"可我怀疑当时姜旭东就在这道门背后,和你一门之隔。"

苏甄惊讶地说:"不可能,你和我是一起打开的这道门,里面只有那两人,难道有什么暗道?"

第76章

他为什么不离开这座城市?

陈立也怀疑过有暗道,可找了半天发现想多了。整间屋子除了门和后窗,没有别的出口,窗户外还是焊死的铁护栏。

陈立打开窗子,晃了晃护栏,纹丝不动。

苏甄觉得荒唐:"也许是我看错了,也许姜旭东进的根本不是这间屋子。"说到这儿,她打了两个喷嚏,这房子不知有多久没打扫了,到处都是灰,地上还有瓜子皮。

陈立突然想到什么,看看窗台,伸手摸了一下,不可思议地看着带铁栏杆的窗子,一下跳上窗台。

"你干吗?"

陈立双手抓着窗户外的护栏晃,纹丝不动。护栏是一整块的,和很多老式房子的护栏一样。他从窗户探出大半个身子。

夜晚的风吹着,外面是沙沙的树叶声,漆黑一片。这里是城郊,没有路灯,来的时候开车看过去,这树林后面就是稻田,要走出很远才是国道,国道的另一边是村庄。

他又换一侧晃,还是不动。

陈立不信这个邪,上下检查,终于在头顶上方看到了一个栓,这个栓是活动的,他把栓拧开,把手收回来,护栏松动,然后一整个护栏都掉了下来。陈立惊讶地瞪大眼睛,还能这样?

他从窗台跳出去,苏甄扒在窗口望:"怎么回事?"

陈立打开手机上的手电筒照着,窗下有零食袋子等垃圾,再往前是被人踩平的杂草,他低头查看,竟然看到了一点血迹和拖拽的痕迹。

苏甄一下捂住嘴,不敢想之前到底发生了什么。

陈立打着手机光,小心地弯腰进了树丛,苏甄跟在他后面。

在这样的郊区,夜静得出奇,周围一片黑暗,仅存的一点月光也被树叶挡住,让人心生恐惧。苏甄的手有点抖,手里的光一晃一晃的,仿佛都能听到自己的心跳声。

那一段短短的路苏甄仿佛走了一辈子,穿过那片小树林,走出去就是一片稻田,稻田的一侧就是国道,两人都大喘着气,地上早没了血迹,陈立皱眉四处看着,最后盯着那片稻田。

"你怀疑他们进了稻田?万一是有人开车等在这儿呢?"苏甄皱眉。

"这边的入口都有摄像头,"陈立看着四周,"我回去可以叫人查,但我觉得如果对方真的是有心躲藏,不会走这么容易暴露的地方,而且很明显你和田锋遇到姜旭东的时候,他也没预料到,应该很意外,不然姜旭东不会铤而走险,设计了临时堵门的法子。"

苏甄点头,又看向那片稻田,这个季节,稻子都长得很高了。

"这怎么找线索啊?"

陈立皱眉:"就算他们一开始躲进来了,但现在已经过去几个小时了,肯定已经走了。"

"怎么办啊,田锋不会出事吧?"

苏甄想安慰自己,但做不到,刚才树林里拖拽的血痕历历在目。

陈立打了个电话,挂了电话后,看着苏甄说:"先回去吧,我需要向上级申请对这片村庄以及附近地区进行搜查。"

苏甄摇着头:"我不想走,梁教授不见了,田锋生死未卜,你觉得我能安心回家吗?"

晚找到田锋一分钟,他就多一分危险,苏甄的情绪终于崩溃。

陈立索性站在旁边等她发泄完才叹了口气说:"你不觉得奇怪吗?"

"什么?"

"你刚才和我说了梁教授的事。"

虽难以启齿,可事情已经发展到这种程度了,也没法隐瞒了。听谭宝云说梁教授在大排档找她拍照片的时候,苏甄就知道自己也许一直在自欺欺人。梁教授很可能和那个神秘组织有关,之前她怕警方介入会影响实验进度,可现在如何呢？别说实验了，梁教授和师兄都不见了，生死未卜。

陈立沉默了一下，继续道："无论是方酉还是梁教授，他们都和一个人有关——谭宝云，我不觉得是巧合。虽然没有直接证据证明这些事之间有联系，但我怀疑这些事都和背后的神秘组织有关。也许方酉说得对，对方盯住你，就是为了接近你身边的人，为了医学实验。"

苏甄这一次没有反驳："现在怎么办？"

"也许我们一开始就忽略了一点。"陈立大概也是累极了，索性躺在地上，说，"如果说云溪是因为盗走了方酉的成果才离开的，那么姜旭东在你身上得到了什么，怎么就失踪了？"

苏甄摇头，这也是她想不明白的问题。

"而且今天你们为什么会在这儿遇见姜旭东？可以推断是巧合，可他为什么会来这里？"

苏甄发现这是她一直以来忽略的问题，姜旭东为何会出现在这儿？

"打印店的两个店员审了吗？"

"那个男的说是有人以他的名义租了这地方，那人每月给他俩工资，他俩就是负责看这个店的，而赢不赢利，背后的老板根本不在乎。"

"他一定在说谎。"苏甄激动地说，"你说过垃圾桶里没有手纸，他俩就是给姜旭东打掩护的。也许背后的老板就是姜旭东。"

"没错，重点审一审这两人，应该能审出点东西，就是怕对方又来个灭口。"

苏甄心一跳，皱眉。

陈立却笑道："但这一次他们在看守所，对方不可能得逞了，我一定要把这个鬼抓出来。"

苏甄也平静了不少。"姜旭东来这儿要干什么？如果那一男一女是姜旭东的人，姜旭东在这儿弄一个店铺干吗？这儿这么偏，做什么都不方便，仅仅是怕有人找到他吗？"

陈立摇头："要想躲开警察的视线，有很多种方法，他还可以到外省去，可他没有走，他身上背着植物园焦尸案，他是嫌疑人，可他宁愿东躲西藏都不离开这个城市，肯定有不能离开的理由。你觉得是什么理由？"

苏甄张张嘴，心慌得很，答案呼之欲出，陈立替她说了出来："其实故事的大概框架已经出来了不是吗？根据在云南调查到的事情我们可以推断，这几个孩子被神秘组织吸纳，也许不止他们，这些人潜伏在各行各业，为那个组织做事。云溪接近方酉，姜旭东接近你，有无数个姚总的女儿这样的植物人被他们用来做实验，他们的目的是什么？想让植物人活过来？他们会做这种好事？"

第 77 章
地下室

陈立冷笑着："我更倾向于他们在做人体实验，我已经向上级申请了调查全市的植物人患者用药情况，有时候真的很怕查出什么，又期待着能查出什么。"

陈立的心情苏甄很理解，但不能深想，越想越恐怖。

"这条线越查越迷惑，我怕最后查出来的结果让人悲伤，让人对这个世界失望。"

苏甄看着陈立，站起身来说："回去吧。"

"回哪儿？"

"回警局，我和你一起。"

陈立深深地看了她一眼，转身带着她往回走。回去的路上，苏甄心里没了恐惧感，才发现他们其实根本没走多远，可来的时候却觉得很漫长。

走回打印店后窗的时候，苏甄突然想到什么，回头看了一眼："这一排门店几乎都开了后门，这里为什么没开？如果姜旭东是想用这店做什么，他应该开一个后门才对，方便像今天这样逃走，可他没有，甚至窗户上还有护栏，如果不是你仔细检查，都不会发现能打开。"

苏甄的话让陈立心里一紧，他观察了一下四周，开了后门的门店大多有个后院，只有打印店后面非常原始，带着茂密的林子，像从未打理过。

陈立想到什么，走得远一点往这边看，又回来。"从别的角度看不到这个窗子，被树挡住了。"他脑中闪过一个念头，"换一种思路，没开后门也许是怕外面的人轻易进来。"

"什么意思？"苏甄疑惑。

陈立说："我只是猜测，也许这个店的作用是掩饰什么。毕竟现代社会想找一个完全不会有人关注的地方很难，而隐藏在一个不起眼的地方是最不容易被人发现的，并且还能有出入的正当理由。"

苏甄听不明白他在说什么，可陈立一下跃进窗户，又在房间里找起来。

"你在找什么？"苏甄疑惑，难道陈立真的觉得这房间里有秘密通道？不可能的，这里空间太小，一目了然。

陈立找了半天也疑惑了，此时手机铃声响起，是陈立的同事打来说其他房间没有任何发现，陈立泄了气："也许是我想多了，先回局里吧，等附近村子的搜索结果。"

即使苏甄不甘心也只能作罢。然而路过另一个房间时，陈立突然进去，他们第一次进来的时候房间门就是开着的，他们已经看过了，房间很小，只有一个沙发，一面是投影用的幕布，可以看片。

在这儿能看什么好片子？都是那种带颜色的。旁边还有一些拍照背景，有相机，能满足很多人的特殊癖好。

陈立仔细检查了这个房间，甚至连沙发底下、布景后面都检查了，也没有什么发现。

苏甄也四处看着，最后盯着投影仪，上面还插着电，她随手一按，画面投到屏幕上，是那种让人脸红心跳的情节，还有很大的声音，苏甄吓了一跳，赶紧去关。她手忙脚乱，按下开关时脚下一滑，踩到一个空矿泉水瓶，整个人往后摔去。

"小心！"陈立叫着，伸手扶她也没扶到，苏甄的头一下撞到后面的背景墙上，闷闷的一声响，顿时眼都花了。

陈立这时一愣，苏甄摸着头，陈立没先看她怎么样，而是查看起了那面背景墙。

苏甄正无语，却看他揭开了背景布，用手敲了敲墙，传来闷闷的声音。

"你在干什么？"

陈立疑惑又惊讶："这面墙是空的。"

"什么？"

苏甄一惊，墙怎么是空的？空的意味着……电光石火间，她想到了什么，陈立还在一边敲墙一边移动："都是空的，这里不是。"

中间那一面是实墙，旁边就是挂着幕布的那面墙，幕布揭开，上面贴满了海报。陈立拿手机照着，半晌，看见一张美女画报的胸前竟然是镂空的。因为乱七八糟的全是海报，乍一看很难看出来，除非像他这样贴在墙上看。

陈立把手伸进去一拉，竟然出现了一道能容一人进去的小门。苏甄觉得不可思议，这里竟有暗门，一开始觉得密室什么的都是小说、电影里才有的，在现实中很难看到，没想到现在就看到了。

"这门肯定不是最近才有的，隔壁老板娘说这房子陆陆续续被不同的人租了好些年，看来，是有人为了掩人耳目，借着别人的名义一直续租，这地方早就被当作秘密基地了。"

小门里就是空心的墙壁，可以看到被凿掉的砖头。"这人应该很懂建筑，凿掉一半砖，却没破坏承重墙。"

墙里黑洞洞的，能感受到有风从下面吹上来，潮气弥漫，带着一股腐味，这味道里竟还夹杂着一股福尔马林味，这让苏甄本能地感到恐惧。

用手电一照，下面竟是木质的只有小臂长短的楼梯，苏甄心都跳到嗓子眼了，陈立翻身下去，踩在木质楼梯上，发出"嘎吱"的声音。

"小心点。"

陈立在前面打着手电筒往下走，竟走出很远，苏甄在上面喊着，能听到自己的回声。"发现什么了吗？下面大吗？"

其实不用想也知道下面的空间有限，这房子整体才多大？下面顶多就是个小地下室。这种老房子底下不可能挖太深，也不可能是后挖的，肯定是盖房子的时候就留了的，但出于某种原因，也许房主并不知道。

陈立没有回应，苏甄急了，索性也脱了外套小心地下去了。往下走，阴冷的风吹上来，让人心中颤抖。

她喊着陈立，发现前面有亮光，原来下面有灯，墙上还贴着白瓷砖。苏甄走到楼梯尽头，看到里面灯光极亮，地上是丢弃的注射器和药瓶，还有打翻了的手术盘。这场景她很熟悉，是医院手术室的样子，和他们实验室的布局也差不多。

苏甄只觉得都听不到自己的心跳声了。"陈立，下面是什么？"

陈立这时出现在楼梯口，挡住她的视线，苏甄心里越发有不好的预感，紧张地一遍遍问下面有什么。

第78章

守着你

陈立却皱眉："你先上去，我已经打电话叫外面的人进来了，你去警车里等我。"

"我不要，这里到底有什么不能让我看？"

苏甄推开他跑下去，然而只看了一眼就本能地尖叫，人摔在地上。

场面太惊人，只见五六平方米的空间中央有一个手术台，手术台上躺着一个人，那人身上插满管子，她看不清那张脸，却看到耷拉下来的一只手上戴着一块上海牌老手表，那是田锋的爷爷留下来的遗物，这么多年来他一直戴着，即便有人笑他老土，他也从未摘下过。

苏甄捂住嘴，眼泪掉下来，此时楼上传来脚步声。

"老陈?"是陈立队友的声音,"救护车马上就来,下面的人怎么样?"

陈立皱眉看了一眼已经失声的苏甄:"人我已经检查过了,还有生命体征,不知道他身体里被注射了什么药物,人没意识,现在他身上有七八条管子,我也不知道是什么,不敢随意拔掉,需要专业的医护人员处理。"说完把苏甄架起来:"都叫你别下来了,添乱。"

苏甄挣扎着要过去,陈立一下把她提到上面扔出门,苏甄瘫在地上半天没起来。那画面太吓人,从地上好几个塑料桶里伸出来的管子插在田锋身上,弯弯曲曲的管子有粗有细,缠绕在一起仿佛无数条蛇,连接着旁边的生命检测仪,上面竟然显示还有心跳。

她很难想象,田锋竟然在这种状况下还有气。

救护车开过来了,人被抬出去的时候,四周还没打烊的饭店的老板都吓得出来问怎么回事,打印店也被查封了,需要进一步调查。田锋被抬出来时脸颊上有青紫,说明之前和人有肢体冲突。

苏甄跟着上了救护车,随车的医生以为她是田锋的女朋友,看到她那样子,安慰道:"人没大事,我们刚才检查过了,那些管子里的都是营养液和镇静剂,他昏迷是因为迷药的剂量很大,估计要过一段时间才能醒,身体上的外伤也不严重,但有没有内在损伤,我们需要拍片才知道。"

苏甄心里本来安定了一些,听到这话心又提了起来。

到医院陪着田锋检查了一番,陈立亲自来给她做笔录,其实没什么好做的了,她和陈立几乎是一起行动的,陈立重点问了她和田锋分开之前的一些事,想从这些事里分析出凶手的特点。

"还什么特点啊?很明显了,就是姜旭东。"苏甄靠在医院的墙上冷笑着。

陈立皱皱眉:"一切都要等田锋醒了才知道。"

苏甄想到什么,惊恐地抬头,陈立明白:"你放心,警方已经抽调人员保护田锋了,我问过医生了,他估计要明天上午才能醒。刚才检查了田锋的身体,除了几处被殴打造成的外伤,没有任何损伤。"

其实这也是陈立的疑惑之处,田锋如果发现了姜旭东的秘密,对方为什么不把他灭口呢?这和之前王启明、王斌的情况不一样,但一切都要等田锋醒来才知道。

"你放心,苏甄,这事组长很重视,在医院布置的安保很严密,而且我今晚不会睡,不会让对方有机会下手。"

"我也在这儿等着。"苏甄想到什么,"没有发现我的导师吗?"

陈立摇头,坐到苏甄旁边。此时走廊空荡,只有远处有两个警察,这一层的其他人都被清了。"谭宝云说梁教授特意来找她拍照,你想没想过,也许这是你的导师故意为之，如果有人质疑他总往这边跑，他就拿出情人关系做借口，掩人耳目。"

"可我仍然觉得梁教授不是那样的人。"

苏甄情绪有些激动，可也不得不承认陈立的话很有道理。也许梁教授也被那个组织吸纳了，姜旭东也是那个组织中的人，他们在搞秘密实验。如果今天没有意外碰到姜旭东，他们也不会发现这个实验室。

"那个实验室已经被封，警方已经取样调查，相信很快就会有结果。他们收拾得再干净也会留下蛛丝马迹，到时候就能知道他们想做什么了。"

苏甄茫然地看着地面，只觉得浑身发冷。

陈立看了看她抱着肩膀的样子，脱下外套披在她身上。一股浓重的烟味呛得苏甄咳嗽了一声，陈立却霸道地说："穿着吧。"

苏甄又低下头去，这家医院苏甄来了几次了，还是觉得陌生。不久前在这里王启明差点被杀，来杀他的王斌后来又被人一刀割喉。苏甄攥紧了拳头，不安地回头看病房里的田锋。

苏甄的眼泪流下来，师兄一直都很疼她，如果不是真的心疼她，怎么会看到姜旭东的第一时间就跑过去？他一直安慰她，就当过去发生的事是一场梦，没什么大不了的，可他还是替她不平吧。

苏甄捂住嘴，默默地流眼泪。陈立在一边想说什么，这时电话铃又响了，他接起来，眉头一皱："尹生，怎么了？"

苏甄回过头来，看陈立表情严肃，便问："有事？"

陈立站起来："我要回城乡接合部一趟。"

"为什么？"

苏甄疑惑，这一晚上都来来回回好几趟了。

"尹生说他们在那边还发现了东西。"

"是密室？"

陈立摇头："不是，你忘了？尹生不是专案组的人。应该是咱俩发现密室以后，专案组查不过来，又调了刑警队的人过去调查走访，但那个房间还是专案组负责，抽调过去的刑警队人员负责排查其他房间，在尹生眼里我已经停职了，他之所以给我打电话，是因为发现了关于我那个案子的东西。"

"你那个案子？可你的案子不是和云南那边有关？"

"具体的我也不知道，尹生叫我去一趟，但我有种感觉，和我那个案子有关就是和神秘组织有关。"陈立摇摇头，这一天一直在查案，他此时有些精神不济，但还是站了起来，"我先过去了。"

"可是这边怎么办？"

陈立皱皱眉，过去和两个警察打招呼，这两个警察苏甄看着眼熟，知道是专案组的人，现在负责守着这层。

"我就去一会儿，很快就回来，我知道今晚很重要，你放心。"陈立拍拍她的肩膀。

苏甄站起来一直看着他消失在楼梯口，那两个警察笑道："放心，我们今晚一定不睡，肯定看住了。"

第79章

方酌不肯说的原因

苏甄笑笑，觉得有点尴尬，这两个警察看着和陈立关系挺好的，一个好像叫钟伟，娃娃脸，此时似乎想缓解一下气氛，笑着道："苏小姐，有时候和老陈在一块挺不顺心的吧？他那人直男得很。"

另一个警察栓子拍了钟伟一巴掌："你别在这儿说笑了，以为所有人都像你一样脸皮那么厚啊，吓到人家了。"然后抱歉地对苏甄说："抱歉啊苏小姐，阿伟就喜欢开玩笑。"

苏甄摆摆手："没事，没事。"却笑得尴尬。

虽然那两个小警察说会很尽责地盯着，但苏甄还是不放心，一直在病房外守着。大概是今天在外奔波，外加受的刺激太大，苏甄竟然有些困了，半梦半醒间，突然有人拍了她的肩膀一下，苏甄猛地睁开眼，惊恐地看向四周，发现那两个小警察都不在了，自己竟然在病房外的椅子上睡着了，而旁边坐着陈立的师父张春恒，拍自己肩膀的是还在大喘气的陈立。

苏甄这才明白他不是拍自己肩膀，是她刚才差一点摔倒，他及时地接住了。

陈立手还扶着苏甄的头，苏甄咳嗽着赶紧坐直了，惊讶自己竟然睡着了。

张春恒看着陈立："听钟伟说你被叫回现场了，怎么这么快就回来了？"

苏甄看了看表，还好，自己只睡了一个小时。可这一小时走廊里的警察什么时候换成了张春恒？

陈立却答非所问："师父您怎么在这儿？您不是应该在现场勘查吗？你们派出所的人都被抽调过去了。"

张春恒摆摆手："他们嫌我年纪大，叫我别熬夜，那些年轻人你懂的，热血得很,我就先回来了,正好想来看看你这边,来了钟伟说去买点吃的,栓子刚去厕所了。"

正说着,栓子一晃一晃地过来了,陈立看了他一眼,责备道:"不是叫你和钟伟不能同时离开吗?"

"张老在这儿怕什么?别看张老年纪大,身手可是一个顶俩。"

张春恒笑着:"就你小子嘴皮子厉害。陈立说得对,规矩就是规矩。"

栓子挠挠头,苏甄看陈立脸色不好,问道:"那边怎么样?"

这一问,张春恒和小警察都看了过来。

陈立坐在对面的椅子上,有些颓废。"说不清,那儿只有一些废旧的监控设备,和我家的那款型号一样,但这不能说明什么。"他抬头看张春恒:"师父,刚才在现场你看到什么了吗?你有经验,帮我分析一下。"

张春恒皱眉摇头:"尹生他们刑警队的主要查那些房屋,我们被抽调过去的搜寻外围,我这边没什么收获,村民被叫起来询问,都很不高兴。有摄像头就拿回侦查科叫他们比对,看是不是同一批次,来自哪里,应该能查出一些东西。"

陈立点头,没一会儿,钟伟买来夜宵,几个人吃了,张春恒就先走了。苏甄也再无睡意,看着病房里的田锋问:"他什么时候能醒啊?"

苏甄看看表,一夜都快过去了,天都要亮了。

"医生说还需要一些时间。要不你先回去休息吧,我在这儿,等他醒了立马通知你,这些人都等着他醒了做笔录呢。"

苏甄摇头,可刚站起来头就晕得不行,陈立也拗不过她,指着病房里的沙发说:"要不你进屋躺会儿?"

苏甄咬咬嘴唇,最后实在挺不住了,进去看了看田锋就躺在了沙发上。许是太累了,几乎躺下就睡着了,可睡得不踏实,一直做梦梦见田锋死了,也就眯了两三个小时就惊醒了,后背全是冷汗,起来看田锋还没醒,但呼吸很均匀。

这时候她听到门外有声音,紧接着就有医生进来,在警方的陪同下做检查。苏甄询问了情况,医生说有些奇怪——按昨天化验的剂量他应该醒了,又细致地检查了一番。

"他生命体征正常,只是药效还没过,我们猜他可能是对药物过敏,每个人的体质不同,对于药物的耐受性也不同,可能他还需要些时间才能醒过来,晚些时候我再来检查吧。"

苏甄看着田锋,叹了口气。

她想叫陈立进来休息一会儿,却看到他正在走廊那边打电话,脸色非常难看,半响才放下电话。陈立看到苏甄走过来,压低声音说:"方酌那边终于松口了。"

苏甄一愣,她差点忘了方酌的事,想起陈立昨天说的,根据谭宝云的证词,警方找到了监控录像证实方酌和王斌见过面，陈立说视频摆在方酌面前他肯定会说实话。

苏甄问："你要过去吗？"

陈立摇头："不用，现在那边是尹生负责他的案子，知道我关心这个案子，他特意打电话过来的。"

苏甄心都提起来了："到底怎么回事？"

原来方酌一直不肯承认他认识王斌，是因为他们认识的原因确实有些见不得人，他现在还是上市公司老板的身份，如果曝光恐怕会影响公司股价，而且要负一定的法律责任。

"暗网？"

苏甄皱眉，听着陈立的叙述。

"对，方酌说他和王斌见面是因为暗网的一宗交易。暗网，就是互联网上见不得人的地方，一般人是进不去的，上面有很多违法的交易，只要你足够有钱，任何可怕的欲望都能被满足。"

据方酌交代，他在暗网上交易的是非法的国外账号以及资源。虽然他本身就是厉害的网络高手，但一些难以攻克的商务资源都是从国外传来的，国内有不少人引进，当然越厉害的价格越高，方酌不肯说的就是他购买了一条相当庞大的产业信息链，他承认他购买非法账号，挑起恶性竞争。

苏甄不明白这些是什么意思，陈立解释就是一种网络公司间的竞争，可以说方酌为了他的事业已经不择手段了。

"你明白吗，他这已经算得上破坏网络安全，实施商业犯罪了，怪不得方酌什么都不肯说，直到警方把视频摆在他面前才不得不松口，毕竟和杀人嫌疑比，孰轻孰重，他分得清。"

苏甄诧异极了，没想到是这样的结果。

"那他知道王斌住在他隔壁吗？"

第80章
还没醒过来

"他说他并不知道王斌就住在隔壁，这一点他可以发誓，他最多见过那个女的,那个女的还来敲门勾引过他,他不缺女人,对这种投怀送抱的很看不上,但真的没在隔壁见过王斌。"

苏甄皱眉。

陈立叹了口气:"但他这话也不一定是真的,毕竟他一开始也信誓旦旦地说他不认识王斌。"

苏甄心一抖,陈立继续说道:"警方也问了他知不知道王斌在他公司当保安,方酌也承认了,当保安是他亲自安排的,是为了及时收到账号和各种商业信息。

"他说他是在暗网的一个论坛上认识的王斌,对方约了他几次,见面的时候他也没急着汇款,他们这种人谨慎得很,陆陆续续收到了一些资料他才汇款的。除了这笔汇款,方酌还自曝了其他几笔款项都打在了王斌不同的账号上,并提供了在暗网获取的资料,时间点都对得上。

"他说的这些警方已经去核实了。至于他说的论坛,网警虽然介入调查了,但估计没什么结果,这些年官方一直在打击暗网,但这是世界性难题。方酌说这样的交易论坛隔一段时间就会消失,再建起来新的,至于王斌的身份他也不知道,暗网的规矩是线下交易的东西都是通过中间人交易,你不会知道那人背后的老板是谁。他和王斌见面是因为他的交易里有一样东西是不能线上交易的,你猜猜是什么?"

苏甄摇摇头。

陈立脸色不好:"他为了铲除竞争对手,私下里交易了某总裁的私人物品,这件东西我就不跟你说了,总之是非常私密的东西。他承认想用这种东西威胁对方,让对方放弃和自己竞争,但他说最后并没有威胁对方,东西还在他家的保险柜里。

"至于王斌这个暗网交易的中间人,方酌也查过这个人的底细,不然也不敢把他放在自己的公司里,但中间人自己也不知道他的上家是谁。"

"就这样?"苏甄觉得不可思议,"那对他的处罚呢,他会坐牢吗?"

"说不好,一是他这个案子牵扯到了另外的案子,很复杂;二是关于这方面的规定还不完善,如果他后续能协助调查,估计会减轻处罚。而且方酌的律师很厉害,带了一个团队来,他说的一些话肯定避重就轻了,按他律师的说法,非勒索诈骗,虽给同行造成损失,但不是直接的,这个定性就非常难了。我估计不会有过重的处罚,估计他的律师已经帮他设计好说辞了。"

陈立冷笑一声:"恐怕最后只会罚款吧。"

"那现在能暂时排除方酌的嫌疑了吗?"

陈立抿着嘴:"方酌的律师还提供了最新的证据,从当时经过的车辆的行车记录仪上找到了视频,真不知他们都是从哪儿找到的,估计也费了不少劲。行车记录仪上录到了方酌的车子是几点几分到的医院,证明他到达医院和死者被割喉之间有时间差,这个证据剑走偏锋却一针见血,我估计方酌很快就能出来了。"

"所以这个案子的线索算是断了。"

"也不一定。"陈立看了看里面的田锋,"他还没醒?"

"还没,医生说还需要些时间,他的体质可能和其他人不同,昏睡的时间会长一点。"

陈立皱皱眉。

苏甄看着陈立捏着鼻梁很累的样子,说:"你要不歇一会儿吧,跟别人换个班,或者进去躺一下。"

陈立嗯了一声:"等一会儿吧,现在还有更重要的事。"

"什么?"

陈立看着她的眼睛,指指楼下:"王启明醒了。"

据医生叙述,王启明醒了几分钟又晕过去了,但这是好现象,他已经恢复意识,估计不久就能完全醒过来了。

苏甄也去看了,还打了个电话给方琼。她不敢在王启明的病房多待,又回到田锋的病房,想着等田锋醒了再给摩尔教授打电话,毕竟教授也上了年纪,要是知道他昏迷,一着急,身体怕是会受不了。现在梁教授也下落不明,苏甄真的不想让事态继续恶化了。

方琼心疼她,过来陪她,给她买了午餐。"你都在这儿一宿了,我知道你担心你师兄,可你身体受不了啊,你若是不放心,我替你在这儿看着,你先回去休息。"

苏甄摇头:"医生说他快醒了。"

方琼翻着白眼:"快是多快啊?这都没有任何醒的迹象啊,别像王启明似的,要好多天才能醒过来。"

"不一样,王启明不是脑部受伤了吗?田锋是镇静剂注射过量了。"

虽然医生说没事,但苏甄还是担心,正好有医生进来做第二遍检查,苏甄便询问田锋为什么还没醒。

医生疑惑地说:"早上的检查结果出来了,依然是镇静剂过量,按理来说随着人体代谢剂量应该减少,可血液中的镇静剂浓度和昨晚差不多,甚至还有增加。"

苏甄一愣:"您是什么意思?"

医生皱眉:"其他结果也是正常的。"

苏甄心中疑惑。

医生重新检查了一番，苏甄跟着跑上跑下，回到病房，方琼心疼不已。"不是说各方面都正常吗？可能他这人真是体质奇葩，总之能醒就行了，你别担心了，我怕田锋还没醒你先熬不住了，就你这小身板可经不起折腾，走走走，跟我回去睡一觉，没准等你睡醒了，田锋也醒了。"

说到这儿她朝门外努努嘴："那位陈大警官不是一直在吗？他这人看着就靠谱，你怕什么？"

方琼大概是怕苏甄的心思一直放在田锋身上，人太过紧张，有意说起别的话题："那个方老板怎么样了？你不知道啊，这几天外面谣言满天飞，他公司里乱死了，公司业务肯定受到重创了。"

苏甄这两天一直在忙导师和田锋的事，也没关注新闻，闻言惊讶道："警方不是保密了吗？外面的记者哪儿来的消息？"

"越是小心，越容易被别有用心之人利用，商业竞争嘛。"

第81章
杀手

方琼看她不肯走，索性也留下来陪她，眼看夕阳西下，田锋一点醒来的迹象都没有。

田锋的检查结果显示没有问题，苏甄稍微安心了一点，可方琼接了一个电话，变得心神不宁的，似乎是工作上的事，苏甄问道："怎么了？"

"我一个客户的出货单有问题，出货的那边对不上号。"

苏甄微微一愣："怎么会出这样的事？"

方琼这人一向严谨，工作上从未出过差错。"谁知道呢？肯定不是我出的单子有问题，一定是出货的那边弄错了。"

"你要着急你就先去忙吧，我这边也没什么事。"

方琼还在犹豫，苏甄又拍拍她的手："快点去，可不能耽误发财，我还等着你养我呢。"

苏甄开着玩笑，方琼也不客气了，拎上包说处理完了就回来，便匆匆走了。

方琼刚走没多久钟伟就买了饭回来了，陈立和苏甄在病房里吃饭的时候，钟伟去接了个电话，回来后都要哭了，对陈立说："完了，刚才我丈母娘说我老婆肚子疼，我都跟她说了怀孕了老实点，她非要拉着我丈母娘去看电影，一天到晚蹦蹦跳跳的，自己多大岁数了不知道，还把自己当小姑娘呢。"

"叫救护车了吗？"

"叫了叫了，我家就住附近，估计一会儿就送到这个医院来了。陈哥，我就过去看一眼行吗？"

陈立盯着他半响，拍了拍他的肩膀："老婆有事必须到场，既然就在这个医院你就去看看吧。我和栓子在这儿看着，没啥事，你赶紧去吧。"

钟伟赶紧点头，匆匆往楼下跑了。

时间一分一秒地过去，钟伟打电话来说媳妇只是吓到了，大人和孩子都没事，一会儿就回来，陈立干脆让他留下陪他老婆了。

栓子赶紧表态："陈哥，放心，我肯定尽职尽责，把他那份班也值了。"

陈立皱眉："你们也别连轴转了，组里不是说派新的人来值班吗？"

说到这个，栓子无奈地说："本来听医生那意思是田锋白天就能醒，谁知道这会儿还没醒过来，组里的人现在都去调查了，人员紧张，实在抽不出人，说晚点会派人来，也不知道派谁。能不能来还不一定呢。"

苏甄看看陈立熬红的眼睛，有点不忍心，说："你进去睡会儿吧。"

陈立摆摆手，去洗手间洗了把脸。

就在这时，陈立的手机响了，是刑警队那边有发现，说是有些资料需要他过去核对。

陈立皱眉道："不是说派新的人过来接替吗？我要是走了这边就没人看着了。"

对面说不是还有栓子和钟伟吗。

陈立张张嘴，没说钟伟的事，说明早去，那边却说不行，有重大发现，需要他赶紧回去。

栓子看这情况，说："陈哥你赶紧走吧，放心，这边我肯定好好盯着，而且刚才接到信息，新的人马上就来了。"

陈立看看表，已经晚上了。局里这时候打电话叫他回去，查到的事情肯定非同小可，他看了一眼苏甄，就先走了。

累了一天，苏甄也快支撑不住了，头很沉，和栓子说半小时后叫醒她，换他休息，说完就睡过去了。等苏甄惊醒，病房里竟一片漆黑，灯不知何时被关掉了。再看门外，走廊上竟然也没什么光亮，她脑子发蒙，搓了搓脸，回头看到另一张沙发上栓子已经打起呼噜了。

苏甄疑惑地推了他两把，可他竟然没醒，苏甄看了看手机，已经半夜十二点多了,自己什么时候睡着的,栓子怎么没叫醒自己?

苏甄第一反应就是跑到病床前看田锋,他呼吸均匀,依然熟睡着,苏甄这才长舒一口气,赶紧跑到门边去开灯,可按了两下没亮,朝窗外看去,楼下都有光亮。

怎么回事?苏甄想去走廊尽头的值班室叫值班护士,朝那边走过去,却发现值班室护士也睡着了,苏甄脑子里好像有什么东西炸开了,跌跌撞撞地跑回病房,却看到有一个背影站在病房中间,苏甄吓了一跳,尖叫一声,那人回头。

苏甄借着走廊上微弱的光看清了这人的脸,是尹生,她长舒一口气:"尹警官,是你啊,你什么时候来的?这儿的灯好像坏了,你是过来值班的吗?"

她往里走,可还没等走近就发现了尹生的不对劲。只见他双眼呆滞,整个人僵硬地转过身,她这才看清他手上攥着的东西,竟然是一把手术刀。她被吓蒙了,瞪着眼睛,又去看熟睡着的一点醒的迹象都没有的栓子和田锋,双手捂住嘴,惊恐地盯着尹生。

她本能地想往后退,可她不能,她走了田锋就完了,她不能再让田锋出事了,不能让田锋被杀掉。不知从哪儿来的勇气,苏甄拎起门边的灭火器就朝着尹生砸过去,灭火器砸在他身上发出闷响。尹生此时好像变了个人似的,眼睛通红,发疯一样举起手术刀朝苏甄刺过来。

苏甄到底是女人,力气没他大,他一抬手就把苏甄按倒在地。

苏甄抓着对方的手腕,可刀子已经逼近自己的眼睛,尹生一刀刺下来,苏甄一侧头,刀子插在地上,贴着皮肤,冰凉。

这时苏甄看到楼梯口出现了一个人影,于是拼尽全力地大喊:"救命啊!"

第 82 章

和假设的一样

那身影扶着墙往这边来,走路摇摇晃晃,中间跌倒又爬起来,走近了苏甄才看清是满头大汗的陈立。

"陈立!"苏甄仿佛看到了救世主,可尹生此时再次把刀子举了起来。就在苏甄以为自己死定了的时候,陈立一把扑过来,和尹生扭打成一团。

苏甄吓得站不起来,看着两人扭打在一处,撞到墙上,陈立大喊着:"快报警！"

苏甄这才反应过来，满地找手机，看到手机在沙发上，一步步爬过去，而尹生又朝苏甄刺来，陈立一脚踹在他的膝盖上，喊道："尹生，住手！"

可尹生仿佛什么都听不见了，再次举起刀，苏甄抓着手机发抖。

陈立跃过来，狠狠地抓住他的手腕，可对方力气奇大，苏甄回过神来，抓起床头柜上的花瓶朝着尹生的头砸过去。

尹生没晕，跌跌撞撞地站起来，再次举起刀子，陈立一个猛扑，可没想到尹生因为用力过猛脚绊到沙发腿，身体僵硬地往后一仰，砸碎了病房的窗户玻璃，从楼上跌了下去。

"尹生！"

警车来的时候，整个医院都惊动了，苏甄还披着毯子坐在田锋的病床前发抖，手里捧着热水，有警察在给她做笔录，她看向角落里的陈立，自始至终他都靠着墙，看不出情绪，但不难想象他此刻的心情，现在任何安慰对他来说都是苍白的。

那个内鬼竟然是尹生。

怎么会是他呢？苏甄觉得难以置信。

尹生摔下楼，头磕在了花园里的假山上，当场死亡。他手上的手术刀被证实是从医院偷的，上面只有他自己的指纹，恰巧上次王斌被割喉时他也在现场，一切都对上了。

苏甄想不通怎么会是尹生，她和尹生虽然没见过几次面，但在她的印象中，尹生是个性格爽朗的小伙子，长得也很好，听说在警队人气很高，为人也很正直。上一次陈立被陷害的时候，尹生是最为他打抱不平的。

事发突然，苏甄又去警局做了一次笔录，从警局出来就看到陈立站在大门边抽烟，她想安慰陈立几句，又不知从何说起，就和他打了个招呼，想着先回去算了，可陈立叫住了她，说："先别走了，方酌再过一会儿就出来了。"

苏甄看看表："他怎么这个点出来？"

"本来早该出来了，但因为尹生的事，找他也做了一下笔录。"

"世事难料。"

苏甄不知道再说什么，陈立却突然问："你怎么看这件事？"

"什么怎么看？"苏甄疑惑，"虽然很难接受尹警官就是凶手这件事，但一开始咱们不就怀疑有内鬼吗？而且仔细想想，尹警官昨天叫走你似乎就是在做铺垫，今天也是，他把你叫回局里，就是为了方便下手。"

"可未免太冒险了不是吗？就比如今天，他完全没有计划就行动了。"

"也许是着急了吧，就像那天在医院将王斌割喉也很仓促。王斌这个人肯定有问题,他表面是暗网中间人,但根据谭宝云的证词,可以知道他一直在监视方酌,也许就是神秘组织安在方酌身边的一枚棋子。所以王斌怕看到了什么的王启明醒来,想要将他灭口,结果把自己搭了进去,神秘组织又怕王斌泄露秘密,着急地把他灭了口,因为着急,让咱们察觉了有内鬼。而这一次,如果田锋醒了就来不及了,所以即便没有计划好,对方也要出手。"

"田锋醒了?"陈立询问苏甄。

苏甄点头,她来警局之前田锋就醒了,苏甄是看着他醒了,确定了他的安全才来的警局。

"钟伟已经给他做了笔录,刚才你在忙所以不知道,几乎就在尹生坠楼半小时后他就醒了。田锋说那天晚上确实看见了姜旭东,然后和他产生了肢体冲突。姜旭东把他带进那个房间,想把他打晕,他和姜旭东厮打了一会儿,后脑勺就被人击中,所以现在那对年轻男女嫌疑很大。现在那两人也交代了,他们的老板就是姜旭东,因为姜旭东给了他们很多钱,所以他们之前一直不承认,但在警方的审问下还是招了,但这对案情并没有任何帮助。"

这些都是钟伟告诉她的,之所以告诉她是希望她能想到什么。

"田锋还说他中间被带到树林躲避时醒了一次,但带他进密室的不是姜旭东,是我的导师——梁永康。"

其实这和他们想的差不多,只是没想到梁教授在中间起的是这样的作用。

田锋当时虚弱地说出梁教授的名字时,苏甄心里翻江倒海,她之前无数次猜测梁教授与这些事脱不了干系,但听到田锋亲口说出来,她还是很震惊。

"你是说是梁教授在他身上注射了这些东西?"

"对,田锋一开始以为梁教授要弄死他,现在知道梁教授只是在他身上注射了营养液和镇静剂,这样即便很久之后才有人找到他,他也能勉强活着。梁教授和我们到底有这么多年感情了,他也舍不得让田锋死吧。"

毕竟曾是像父亲一样的人,这算是最后的安慰了。

可苏甄还是无法接受,在她的印象中,教授一心扑在实验上,怎么会和神秘组织搅在一块?

"梁教授一定是被神秘组织蒙骗了,他以为那个组织是造福人类的,所以才……"苏甄没说下去,真相是什么谁也不知道,这是她唯一能想到的解释了。

警方后来调查到梁教授的妻子和女儿根本不在三亚,也许早就转移到其他地方了。摩尔教授赶到医院的时候也说警方已经去研究所调查了,这件事纸包不住火,甚至有记者闻风赶来。可苏甄听到这一切竟然出奇地平静,此时看到陈立抽烟,从他的烟盒里也抽了一根点上。

"这个案子看似查到了很多东西,实际上查来查去都在原地踏步,没有丝毫进展。"这是苏甄今天突然想明白的问题。

"可没有破绽就是最大的破绽。专案组怀疑这件事有警方内部人员参与,对方难道就没有想到专案组已经产生怀疑了吗?其实明眼人都看得出来。"

苏甄一愣:"什么意思?"她脑子里突然灵光一闪,"你的意思是内鬼不是尹生,他是替死鬼?怎么可能?我亲眼看到他拿着刀出现在病房,你也看到了,他想杀田锋,想杀我,跟疯了似的。"

第83章
真心

苏甄很疑惑:"而且刚才在警局你不是也听到了后续调查结果吗?尹生有几个隐藏账户,家里藏着金条,最重要的是那天晚上是他把你叫回局里的,要不是你中途跑回来,根本就阻止不了他。你跟钟伟他们一样,身体里也检测出了安定药物,化验结果显示和田锋身体里的一样,这不是普通的安定,不是市面上的任何一种,也可能就是神秘组织配的药,对不对?你仔细想想,这些都是证据,还有那天王斌被杀,他也在医院。"

"就是有太多证据我才怀疑,对方做事一向滴水不漏,云溪也好,姜旭东也好,梁教授也好,咱们发现的都是隐秘的事,只能靠猜测,包括这个什么神秘组织的存在,其实也是建立在咱们的推测上,真相到底是什么谁也不知道。可尹生死后,所有线索都浮出水面了,你不觉得奇怪吗?"

"那是因为他暴露了,他暴露之前谁怀疑过他?你都没怀疑过吧。我知道你很难接受,这种感觉我深有体会,就像我和姜旭东一样,我从来没有想过他一直在骗我。我们在一起的时候,他对我那么好,那么细心,可明白一切都是骗局后,我再回想起来只觉得恐怖。他对我好都是为了从我身上得到有关实验的信息,想达到某种目的,我想我这辈子都无法再和人建立那种信任关系了。"

陈立皱眉,沉默良久:"可我总觉得尹生当时的状态不对。"

他看看苏甄,又摇了摇头:"也许你说的是对的。没有更合理的解释了。而且警方确实也查出了他身上的问题,那天晚上和前一天都是他把我叫走的,还有那些所谓的监控设备,专案组的人第一次在那儿检查的时候根本没发现,是他检查的时候发现的,确实太巧,也许那只是他把我引出医院的借口。"

说起这个，陈立为自己当时没有意识到而感到自责。

苏甄安慰道："至少你中间想通了，跑回来了。"

说到这儿，陈立回想他为何要中途跑回来。

当时他回警队没看到尹生，他过去的时候只有另一个警察在，他拿起资料看，旁边是一盒饺子，他们说是尹生给大家买的夜宵，那一份就放在他面前，尹生知道他喜欢把饺子泡在辣椒油里，那一盒，他一看就知道是尹生单独给他准备的。

尹生不在，陈立还问其他人他去哪儿了，队友说尹生接了个电话有点事先走了，陈立还打了电话给他，只是没打通。

陈立一个人在小档案室里看资料，那盒饺子起了作用，如果不是师父张春恒的一个电话，他就直接睡过去了。

可尹生是从什么时候开始变成神秘组织的人的？陈立想不通。他们在警校时是同学，又一起到派出所实习，再一起进刑警队，几乎形影不离，就像亲兄弟。这么多年他们亲密无间，他究竟是什么时候背叛了自己的信仰？

陈立正想着，那边传来脚步声，抬头就看到方酌和他的律师团队出来了，方酌因为两三天没刮胡子，此时显得很颓废。

苏甄抬头，与方酌四目相对。

方酌勾起嘴角，还是原来的方酌，脸上永远带着疏离的笑意。

"怎么了，这么沮丧？"

苏甄本来还想跟他寒暄两句，他这话一出来，苏甄立马给他使眼色，陈立现在心里正不好受呢，他这话太不合时宜了。没想到方酌一把搂过陈立的脖子，说："走啊，喝酒去啊。"

苏甄本以为陈立会拒绝，结果他竟然点头了。

喝酒喝到中午，苏甄这几天累到了极致，竟然在方酌别墅的客房睡着了，睡到傍晚才被方琼的电话叫醒："苏甄，快来医院，王启明醒了。"

苏甄猛地坐起来，头痛欲裂，走出客房，看到方酌已经在餐桌前吃东西了。"坐，吃什么？"

"面包吧。"

方酌看看表："现在也不是早上，吃饭吧。"说着叫保姆做两道新菜，然后继续看他的财经报纸。

苏甄叹了口气："听说你公司震动很大，你还这般悠闲？"

方酌笑出来："我就是看看金融版面上股价跌到了什么程度。不然还能怎么样？我这两天在警局一直在想一个问题。"

"什么？"

"你说这些人真的是为了陷害我吗？"

"什么意思？"

方酌皱眉："现在看来那件事对我最直接的影响，就是舆论影响。"

"你怀疑这是你的商业对手所为？"

"我只是怀疑我的商业对手在这个局里。"

苏甄思考着："方酌，说到这个，你每次遇到这些事都装作无能为力的样子，其实你早就计划好了，知道怎么脱身，可你为什么还要在我和陈立面前表现得那般无助？叫人干着急。别说是为了迷惑你的对手，你哪怕稍微透露一点，我和陈立就不会为了你的事那么烦恼了。方酌，你真的很让人捉摸不透，我都不知道你哪句话是真，哪句话是假，说到底，你所有的行为都带着某种目的，我不得不怀疑你也是在利用我。"

"那不过都是障眼法，让陷害我的人以为我真的无能为力，趁对方松懈，我的人去找证据，声东击西。我不是不想告诉你，只是很多时候机会只有一次，我必须保证万无一失。"

"可你这样伤害了很多人的真心。"苏甄承认他说得有道理，自己无法反驳，可还是觉得被伤害了。

"真心？"

"你利用了我和陈立对你的真心，让我们帮你演戏给那些人看，我心里多少有些不舒服。你最起码现在应该向我道个歉吧？"

"对不起。"

苏甄却没看出他眼里有一点歉意，心里一凉："虽然说了对不起，但下一次你还会这样吧。"

方酌耸耸肩没回答。

"难道在你眼里真心这般不值钱吗？"

第84章
吵架

方酌抬眼，嘴角带着笑意，可眼中透出一丝凉薄。"我从小到大的经验告诉我，所有的真心都是建立在一定的利益基础之上的，如果你不能给对方带来可观的收益，便无法谈及真心，所谓真心话也不过是一种场面话。"

苏甄冷笑："也许这就是你和我的不同吧，我承认也许是我格局小，无法理解你的观点，但对我来说真心是纯粹的。"

方酌笑出来："怎么生气了？我向你认错。"

苏甄看着他这副样子，觉得是鸡同鸭讲，心情更烦躁了。"你和我根本不是同一类人。"

她说完转身要走，方酌却叫住她："你觉得你纯粹，天真无邪，我不这么认为，我们不过是追求的利益不同。商人求财，你不是也要回报吗？你爱一个人，希望他也爱你，没有哪个人的付出是不求回报的。难道这种回报不是等价交换，不是建立在满足条件的基础上的？"

"苏甄，你今年多大了？还玩这样的文字游戏。成人的世界难得糊涂。"

正说着话，陈立从旁边的客房出来了。

"来啊，吃饭啊。"

方酌收起刚才的冷漠，笑着跟他打招呼，陈立没理他，看向苏甄："王启明醒了，我要去医院。"

苏甄站起来："我和你一起去。"

陈立看向方酌，方酌又拿起报纸，什么话都没说。

二人到了医院，王启明正在病房做笔录，苏甄就去了田锋的病房，田锋醒来以后换到了楼下王启明的病房旁边，方便管理。他说自己没事了要出院，但医生还是让他再住院观察两天。

苏甄到的时候摩尔教授刚离开，研究所乱成一团了，项目估计要暂停了。

苏甄知道实验是田锋的命，此时自责不已。"都是因为姜旭东，我……"

"苏甄，你还要瞒我多久？"

"什么？"

田锋有点生气："你当我傻吗？梁教授的事现在和姜旭东扯在一起，你之前和那个方酌神神秘秘的，我早就打听过他，你当我还猜不出其中的关联吗？"

苏甄知道田锋一向聪明。

"你还不肯说实话吗？"

"不是我不肯说，一切都只是猜测，我只是不想你搅进这个局。"苏甄难过地说。

"我现在不是已经身在局中了吗？"

苏甄哑口无言，在他的瞪视下，终于说了神秘组织和在云南查到的事。

田锋惊讶："之前怎么不跟我和教授说？"

他想起梁教授的事，停住了话头："罢了，不说也是应该的，这时候不要轻易相信周围的任何人，你做得很好，可我总觉得方酌这个人不简单。"

"是不简单，他和我们不是一路人。"

看苏甄神色有些黯淡，田锋转移话题："这么说来姜旭东当初接近你就是为了得到关于实验的信息？可那时咱们没做什么重要实验啊。"

"是的，那时我什么成果都没有，你的成果倒是很多，可我和方酌他们把你那个时期的所有实验目录都看了个遍，根本猜不到对方要的是什么，而且你当年很快就出国了，难道他是为了接近老师？梁教授就是那个时候被吸纳进去了？"苏甄瞪着眼睛。

田锋觉得不对，第一，他们可以直接接近导师，为什么还要安排姜旭东留在苏甄身边？第二，为什么姜旭东一待就是三年，还和苏甄结婚了？而且姜旭东这些年并未以此为借口去过研究所，更没问过苏甄的工作。

"那仓库里他收集了很多我的东西，每一样东西上都缺了一点，从这一点看我觉得他本质上还是为了接近我以便达到某种目的，可至今我也没想透他的目的是什么。"

第85章
神秘的药

田锋皱眉："苏甄，你记不记得以前在学校，我们宿舍的老羊为了追文学院的女生去上人家的选修课？"

苏甄不知道田锋为什么会说起这个。"记得，怎么了？"

"我印象最深的是老羊有一次回来讲他在传播学课上学到的一个东西，叫拟态环境。拟态环境的大概意思是，在大众传播学中，人们的观点受新闻机构供给的观点影响，在现实生活中将这类观点带进去，而新闻中的观点又是从现实环境中提取的，二者相互影响，这是我的理解。"

苏甄肯定是没听懂。

田锋摇摇头："还有一种说法，比如，有一个电影叫《楚门的世界》，大概是说一个被选中当电影主角的孩子，他以为他生活在现实中，但他周围的人都是演员，他的生活是一部在外播放的电视剧，他的成长过程中所有事都是被安排好的，他活在一个虚拟的环境中。"

"我曾看到过国外的一个报道，有个人疯狂地想要逃避现实，自己给自己建造了一个虚拟的世界，把他所有重要的人、重要的东西都放在自己创造的世界里，实现一种想象中的人生。我在想姜旭东收集你的东西，甚至从你的每样东西上剪下一点，是否也是这种意图？"

苏甄听得云里雾里，虽然她和田锋都是搞科研的，但不得不承认两人的思想高度绝对不在一个层次。

田锋说到最后，看到苏甄的反应，泄气了。"都是我瞎猜的，真相揭露前，一切都只是猜测。"

他叹了口气："你昨天去局里时陈立来过，专案组想要我配合调查，他们怀疑神秘组织的人没置我于死地，是因为我还有一定的价值，所以希望我能协助调查。总之，我想说的是，苏甄，你不用怕了，你今后不是一个人，师兄会一直在你身边的。我有时候在想我不知道的日子你一个人是怎么过来的。回想姜旭东竟在你身边三年之久，我真的很后怕。"

就在这时有人敲门，是陈立。"王启明的笔录已经做完了，方琼说让苏甄陪她进去。"

苏甄站起来，看到陈立身后的方酌，诧异他怎么来了，他不是去公司了吗？

方酌脸色晦暗不明，也没和她多说话。苏甄走出病房，看到站在王启明病房前扭捏地拿着鲜花的方琼，说："怎么看你同事还要我陪啊？"

"多不好意思，我现在是总经理了，他还躺在病房。"

苏甄推了她一把。王启明刚做完笔录，此时正在喝水，两人见面，倒没像以前一样针锋相对，两人安静了一会儿，王启明有些尴尬地说："来了？"

"嗯。"

苏甄从外面把门关上，抬头看陈立："他说那天晚上看到了什么？"

陈立卖着关子："大事。"

王启明还真看到了不该看的东西。那天他尾随姚总回家，一路上追也追不上，姚总的车开得很快，一直开到别墅门口，他下车拦住姚总自荐，可姚总根本没搭理他，王启明吃了闭门羹。可他为了生意还要什么脸？他这一路升得快全靠死缠烂打，所以他决定翻墙进去。

他胆子也真是大，从后院爬墙进了人家院子，拿着合同和计划书，摸到窗边，想找合适的时机冲进去，用自己锲而不舍的精神打动姚总，却意外地听到里面有砸东西的声音。

"谁叫你们用药的？我不在，谁叫你们用药的？"

屋里两个穿着白大褂的私人医生吓得直哆嗦："那边的人突然带来这个药，说就两个小时有效，我们给您打了电话，可您没接。"

姚总掏出手机，竟然静音了，他把手机摔了："那是我的女儿，你们有什么权力随便用药？"

"可对方说这是新研制出来的药，肯定有效果，我们也是死马当活马医……"话没说完，姚总就抓过茶杯打在医生身上，又抱起床上的女孩，泪流满面。

"老板，小姐走得很安详。"

"她没死，我的女儿不可能死，不是植入芯片了吗？我在他们基地看到过的，那芯片植入动物体内，死掉的动物也能动弹了，那是人工智能，可以操纵一切，只要活性细胞药剂起作用，她就能活过来了。"姚总像疯了一样，"抢救了吗？我花了那么多钱从国外把你们请回来，人出事了，你们都不抢救吗？"

"已经抢救了二十分钟，没有任何生命迹象。"其中一个医生说道。

姚总眼神极狠，抓起台灯就砸："你们这群白痴给我滚！"然后对旁边的助手说："打电话给老K，我要去一趟基地。"

助手打着电话，那边接通了，姚总抓过手机说："我要去基地，你们给的什么药？我的女儿死了，你们的芯片失灵了，我要她活过来，你们没经过我的允许就给我女儿使用了新药，你们必须把她救活。什么死了？我明明看到你们基地能让死去的动物活过来，我不信，你要是不让我去，我就把你们的基地都曝光。"

窗外的王启明仿佛在看科幻片，据他说很快就有两人过来了，他们手里提着一个箱子，从里面拿出了针剂注射，姚总的女儿中间确实抽搐了一会儿，非常惊人。

只是那两个人一顿折腾，花了很多时间，最后还是宣布姚小姐没有任何生命体征了。姚总却不管那两人，说："我要去基地，她活不过来所有人都要陪葬，我给你们花了那么多钱，打了那么多掩护，可你们做了什么？"

第 86 章

脑部监测仪

之后姚总抱着女儿带着医护人员和助手上车疾驰而去。王启明心跳如擂鼓，感觉太荒唐了，他也知道危险，但还是鬼迷心窍地跟了上去，之后就出了车祸，他亲眼看到姚总的车莫名其妙翻了，他的车来不及躲，也被撞翻了。

"所以说，姚总真的和神秘组织有勾结，或者说这侧面证明了神秘组织的存在？咱们猜得没错？"苏甄惊讶地说。

陈立点头："可以初步确定了。"

"姚总既然说出了'基地'二字，就说明对方有个隐藏的实验室，天哪。"苏甄很难想象。

"现在我们注意到一个人，就是这个叫老K的，从姚总的话中不难发现，这个老K是组织里负责和他联络的人，但我们还没法判断老K是不是王斌或尹生，也可能还有别的人。但最起码证明咱们猜得没错，确实有个神秘组织，他们为了某种实验，吸纳无家的孩子以及各个学科的能人异士，似乎想达成什么目的。"

苏甄越想越害怕，也觉得很疑惑："你说这个组织到底有什么魅力，可以让这些人这么拼命？"

对面的方酌突然开口："还是不要把思维限制死了，你不觉得这一切太明显了吗？这个神秘组织应该掩盖自己的存在，可你看看，对方一直把我们的思路往这上面引，让你确定了自己的想法，你不觉得奇怪吗？对方能隐藏这么多年，这么容易就暴露了？

"若真有个组织吸纳了这么多人，这么多年下来肯定早就暴露了，我还是保留我之前的看法，这个所谓的组织也许没那么庞大，也许只是几个人呢？或者根本没有什么组织，就是一个人在操控这一切，故意放出烟幕弹而已。"

苏甄并不赞同方酌的想法，在她看来，无论是他们在云南调查到的那些事，还是后来拿姚总的女儿做实验，都必然是组织才能完成的，她可不认为是一个人或者几个人做的。

陈立皱皱眉："暂时假设背后是一个神秘组织，通过王启明的证词，可以猜测对方和姚总合作已久，姚总为了让他们救自己的女儿，给他们提供了很多便利。尚悦集团除了有网络公司，还涉及很多行业，主营业务就是桶装矿泉水，就是最有名的那个牌子。"

苏甄看看手边陈立递给她的矿泉水，默默点头，又突然想到什么，惊道："他们不会是在水里放了什么东西吧？"如果是恐怖组织，会不会报复社会？

陈立继续道："我们也对矿泉水进行抽样检查了，没有任何问题。尚悦集团的业务除了矿泉水和网络，其实还涉及酒店资源和医疗器械。"

"医疗器械？"

"对，是近几年开展的业务，所以姚总才和林总熟悉，他们都在医疗器械领域有生意。而且他做医疗器械生意的时间和他女儿出事的时间差不多，所以我们现在充分怀疑，他做进出口医疗器械生意和神秘组织有关。组里已经展开调查，但因为只是猜测，没有直接证据，也怕对该企业造成不良影响，造成工人下岗，所以调查没有放到明面上，是秘密进行的。"

"你们警方考虑得还挺多啊，怎么调查我的时候就没想想我的公司？"方酌忍不住插嘴。

陈立皱眉："警方没有透露任何你被捕的消息，你应该怀疑是你自己之前挑起恶性竞争，树敌太多，才会被人盯住曝出来。而且你不是已经有措施了吗？我刚才听说你公司的股价已经涨回来了。"

苏甄惊讶地看着方酌，他才去公司一天就让股价涨回来了？怪不得之前股价跌了也没看出来他有多着急，运筹帷幄的人果然不一样，旁人真的没必要担心他。苏甄的思绪有点飘远了。

这时方酌靠在墙上说："所以找我过来干什么？"

"之前在队里采集了你的指纹，这次到医院一起做一次基础化验，留档。"

方酌翻白眼："你还是怀疑我。"

"我自始至终都是怀疑你的，你没想错。"陈立似乎也受不了这人的态度。

苏甄奇怪地问："留什么档案？"

"专案组觉得这案子涉及人体实验、药物和细胞学，所以想留一份涉案的人的生物样本存档，万一能查到什么呢？"

苏甄点头，觉得专案组想得还挺周到的。"那我也要留吗？"她问。

"对。"陈立点头，"不过叫方酌过来不只是采集生物样本，在对姚总的调查中，涉及的医疗器械机构有三家，林总公司、京城爱兰科技公司，还有方酌的公司，我让他去局里再做一次这方面的笔录。方酌申请不去局里做，怕再引起公司股价波动，专案组也了解这个情况，所以在做化验之前，我打算给他做个笔录。其他同事都很忙，苏甄你要是有空就帮忙记录一下。"

苏甄一愣："这么随便吗？"

"不随便，其实大体的情况方酌之前在警局已经说过一遍了，我就想再问问他一些细节。"陈立目光灼灼。

方酌笑出来，指着他道："你们就是没事找事，我的公司确实和姚总有过生意往来，在警局我都说了，也把具体的合同之类的一起交给你们了，我不明白你还要问什么。"

苏甄诧异极了："你们不是网络公司吗，怎么还和医疗器械有关？"

"姚总那边有一批进口的医疗器械专利，主要是临床脑科方面的，非常先进，涉及很多内核芯片，姚总自己的科技公司太小，做不了，就外包给了方酌。"陈立说道。

方酌补充："他那个脑部监测仪我仔细研究过，全靠芯片，他给了我技术，但是个半成品，需要我们添加很多东西。打个比方，这机器能对脑电波进行监测，通过一定的大数据分析，能了解昏迷的人的脑中波动，来观察其生命体征和脑部神经反应，对照了解身体各处机能的活动。"

第87章
采样

"没错，姚总和林总主要是做医疗器械配件的，核心部分都是方酌公司和那家京城的公司在做。"陈立说道。

苏甄不太懂："你的意思是，这个脑部监测仪和神秘组织有关系？"

"这个仪器现在临床主要用于昏迷的植物人和其他脑损伤患者，你不觉得这一点和咱们要追查的神秘组织的活动很接近吗？"

苏甄恍然大悟，惊恐地看着方酌，后者无语："我要是和他们有关系，早就被抓起来了，还用得着在这儿看你白眼？"苏甄一想也是。

方酌继续道："我有足够的证据证明我只是负责这个脑部监测仪的一小部分，这个设计太厉害了，虽然送过来的只是半成品，但简介里写的功能非常强大，我当时就知道我只能做一部分，最重要的核心部分并不是我做的。"

"据调查，另一部分是京城那家爱兰科技做的，虽然做出来的也并不理想，并没有实现监测仪原本的设计理念，但确实比同类产品更先进一些。"

方酌耸耸肩："我也是从那个时候开始注意人工智能的，如果不是姚总的那张设计蓝图，我也不会对人工智能感兴趣，更不会呕心沥血地研究出那枚芯片，云溪也许就不会接近我，我也就不会出现在你们面前。"

苏甄恍然，原来这里面还有这样的因果关系。

"劝你们别在我身上浪费时间，去查京城那家公司，核心部分是他们做的，虽然也没做出姚总想要的效果。"

陈立挑眉："当然在查，不过还需要些时间。"

那边有人喊下一个，方酌起身跟着一个警察去做生物采样。苏甄不太了解什么是采样，以为就是采血、采指纹什么的，轮到自己才发现想得太简单，除了采集指纹和血液，还有虹膜以及口腔黏膜、尿液等，甚至还有骨模型的采集。采集完苏甄都觉得自己被扒了一层皮，彻底暴露了，再没任何隐私。

从医院出来，陈立道："据专案组调查最新进展，用了姚总脑部监测仪的地方,全市一共有五家疗养院和三家医院。经排查,顶级的脑科医院,也就是林总太太丰医生所在的医院使用得最多,其他医院都觉得这台仪器很鸡肋,也没有多少患者能用。"

"确实。"

方酌接口道:"我也研究过最后成型的脑部监测仪,虽然比一般同类产品先进,可造价也高;要说完全智能,又有很多功能实现不了,一些功能也显得画蛇添足。虽然尚悦集团是将这个机器以免费试用的形式投放市场,但除了那个权威脑科医院,其他疗养院用得也不多吧。"

"是的,但我们在姚总的别墅里找到了这种仪器,说明他女儿在世时也在用。我们正在对全市植物人使用的药物进行排查,但因范围太广,才排查了一小部分。"陈立想到这儿头都疼了,那真是一项大工程,"好在这仪器能帮我们确定目标,只要查到哪一个脑损伤患者在用它,就可以慢慢缩小范围,相信一定会查出什么的。"

第88章

高档疗养院

苏甄在一边点头:"总算有点收获。"

陈立却皱眉:"除此之外还有个发现。"

那天晚上陈立被尹生叫回局里,在办公室检查了半宿在打印店找到的那些和他家同型号的监控设备,还真发现了点什么。

"这东西虽然市面上没有,是私人组装的,但我在它用的线路上查到了相关厂家,然后发现了一个很有意思的事。"陈立挑眉,"那些监控设备的一个零件的生产商,和姚总有过合作,后续我又查了姚总的那单生意,发现他是捡漏的。"

"捡漏?"苏甄疑惑。

陈立眼神玩味:"就是那个做脑部监测仪的京城爱兰科技,那单生意是他们'漏'给姚总的,姚总又外包给了那家小公司。"

苏甄一愣:"看来这个爱兰科技公司有很大问题。"

"也不能下定论。"陈立摇头,"所以我打算亲自去看看这个脑部监测仪。"

苏甄点头,去查用了这个仪器的脑损伤患者的用药情况和身体状况,想着也许能查到蛛丝马迹。

苏甄现在也回不了研究所，摩尔教授让她暂时休息一段时间。苏甄知道，现在梁教授失踪，田锋住院，所里不知真相的人肯定议论纷纷，回去反而会把事情弄得更麻烦，索性也就放心地不去上班了。

她跟着陈立去疗养院调查，却没想到方酌也在车上，她问："方老板不去公司吗？"

"不调查出背后害我的人，做再大的生意也是替别人做嫁衣。"

"调查是我们警察的事，方老板未免狗拿耗子——多管闲事了。"陈立忍不住噎他两句。

因为警方提前打好了招呼，三人很顺利地进来了。这里是一处很豪华的疗养中心，坐落在安静的西郊，远远看去像一座城堡，前面有大片绿色的草坪，一进门是像五星级酒店般的大堂，护士穿着干净整洁的制服，面带微笑地迎上来。苏甄很难想象，环境这么好的地方，住着的都是也许永远也不会醒来的植物人。

三人随护士来到电梯前，门正好打开了，一个漂亮的女护士面带微笑地推着轮椅出来，轮椅上的人是个老太太，她眼神呆滞，手上输着液，花白的头发被梳得一丝不乱。

苏甄礼貌地微笑，老太太没有任何反应。那护士礼貌地朝他们点头，推着老太太往草坪走，一边温柔地说："王阿姨，咱们要出去放风咯，风可能有些大，我们一会儿戴帽子好不好？"说着拿出一个手机来拍照录视频。

"这里也有老人来住吗？"苏甄好奇，不是说这儿的患者都是植物人吗？

护士们带着同样标准的微笑，一开始看觉得很亲切，可看多了觉得瘆得慌。

护士回答："住在我们这里的都是无自主行动意识的脑损伤患者，俗称植物人，但我们这儿一向倡导植物人也有自己的思想和人权，我们会每天定时给病人洗澡、更换衣物，陪病人看电视，给病人读书、按摩，力求和病人像正常人一样相处，这样有利于病人的身心健康。"

苏甄心中诧异，疗养院真的这么尽职尽责吗，不是有人来看才做做样子？

那护士继续道："我们每天都会拍照录视频发给家属的，你也知道家属都是很担心在这儿的患者的。"

"担心为什么自己不来看，或者接回家照顾？"角落里的方酌忍不住吐槽。

这话说出了苏甄的心声，但此时说这话未免太尴尬，电梯里果然安静了几秒钟，护士还是面带微笑，气氛诡异。

这时电梯门打开了，她如蒙大赦。护士竟一点都不尴尬，继续介绍："这条走廊的设计理念是富饶之路，左右两边的房间房型都不同，从三十平方米到一百五十平方米不等，客人可以根据需要选择。"

237

苏甄从门口的窗子往里看，房间布置得别出心裁，中央的一张床上平稳地躺着一个人，房间的装饰有卡通风的，有公主风的，有科技风的，里面还堆满了很多时尚用品，不知道的还真以为是正常人生活的房间呢，只是病房弄成这样图什么？

方酌在苏甄耳边小声说："当然是图家属的钱了。"

苏甄皱眉，想离他远点，可看到走在前面的护士和陈立，又不敢了，怕离得远了，方酌又大声说出让人尴尬的话。

第89章
非创伤性脑损伤

"这里的人没有意识也无法表达，样子就是做给家属看的。有钱人好面子，家里有植物人，雇人在家照顾，来了客人问东问西，心里总会觉得不舒服，不管又会被人诟病，于是这种高级疗养院就应运而生。这儿的工作人员定期传照片给家属，让家属觉得病人得到了很好的照顾，家属就会心安理得地把人放在这儿。

"看看，这就是人性，不管以前感情多好，一旦人成了这副样子，久而久之感情也就淡了。家属觉得自己良心上过得去就行了，觉得自己花了大价钱让病人得到最好的治疗和照顾，已经尽力了。疗养院的老板就是抓住了人的这种心理。"

苏甄皱眉："怎么什么事从你嘴里说出来，都变得这么不堪？就不能是家属为了病人好？在这里也许有醒过来的可能。"

"醒过来？有些植物人十年二十年都醒不过来，但你要知道人的心瞬息万变，何况十年八年，甚至一辈子呢？"

苏甄感慨地看着病床上的患者："他们真的会渐渐被亲人遗忘吗？"

"如果家属真有心，为什么不来看他们，而是要看视频？你看看这儿这么多人，咱们来的时候有看到家属来看望吗？一个都没有。"

"我相信总会有人真心付出，即便另一个人永远无法回应，他也会守护下去。这些病人的家属也有自己的现实生活，虽不能时刻来陪着，但心中也会挂念，这就够了不是吗？人总不能让另一个人随时陪在自己身边，健全的人也做不到吧。"

护士带他们停在了一间病房前。"这位卢女士就是我们院用乌托邦脑部监测仪的患者之一，用这个仪器的患者只有五个，当时监测仪的代理讲，他们的仪器主要是针对窒息性和感染性患者的。"

"什么意思？"苏甄疑惑。

护士耐心解释，脑损伤分为两种，一种是创伤性脑损伤，比如出车祸、从高处坠落造成的伤害；另一种是非创伤性脑损伤，是缺氧或颅内感染等导致的，而监测仪针对的是非创伤性脑损伤患者。

"这五位患者都是非创伤性脑损伤患者。监测仪会根据患者脑部的电波波动来制订治疗计划，对患者进行外部电流刺激，加强大脑神经的活跃性，希望有恢复的可能。"

苏甄终于明白为什么用这仪器的患者少了，非创伤性脑损伤患者属于少数，脑损伤大多是外伤引起的。

护士介绍，另外几名患者的脑损伤都是脑瘤所致，而这位卢女士则是家中失火窒息所致。

"我们这儿是私人疗养院，会定期向家属汇报患者的情况。"护士指着墙角，"家属甚至可以远程随时查看患者的情况，所以没有通知家属，我们很难让您去见患者。其他四位恐怕不能让警官您去看了，而这位卢女士，她唯一的家属前年也去世了，她现在的监护人等于是疗养院，所以……"

护士脸上依然带着职业微笑。

"家属已经不在了，说明无法续费，你们还给她这么好的待遇？"苏甄问。

护士笑道："这位卢女士的儿子生前曾是我们的股东之一，所以管理层决定用他的股份继续维持其母亲的生活水准，直到他母亲去世。"

苏甄恍然，回头卢女士死了，她的股份自然就归了疗养院，果然天下没有白吃的午餐。

病床上的女子穿着合身的衣服，很安详地躺在那儿，仿佛只是睡着了。苏甄有点诧异，都说长期卧床的人脸色苍白，肌肉也会萎缩，可在这名女子身上完全看不出来。

护士指指墙上的摄像头就笑着出去了，方酌长叹一口气，坐到沙发上，翻着旁边的书，说："这位卢女士以前是个话剧演员。"

书架上全是表演类的艺术书籍，他说："疗养院倒真有心，房间都是按患者以前的喜好布置的。"

苏甄四处看着，虽然觉得不太礼貌，但要查案，也没办法。她拿过床尾医生写的每日检查项目和用药情况，看起来都很平常，没什么特殊的。

"这里还真是服务周到。"

"这里是最近几年新建的，之前是一家精神病人疗养院。"陈立说，"之前的疗养院没有现在这般高档,甚至还出现了刑事案件。"

"继续讲啊,陈立,然后呢?"方酌突然来了兴致,放下书。

"当时那案子我师父是出警的民警,后来刑警队也参与进来了,当时我刚进刑警队,对这案子有印象。是这里的护士报的案,她发现一名昏迷多年的女患者身上有伤,后来很快就破案了,线索还是我师父找到的,食堂阿姨有个傻儿子,在患者的衣服上发现了他的体液。那个智力障碍者后来跌下山坡死了,再后来这里就整顿了,然后建成了现在的高级疗养院。"

第 90 章

潜伏在暗处的人

"都有前科了还能开疗养院?"

"换了老板,从小作坊变成了大集团控股,专门为上流社会人士服务,自然就打开了市场。而且当时那起刑事案件因为嫌疑人死了,结案也很模糊,资本又压制住了舆论,所以很少有人知道那件事。不过这里现在是很好的,这座疗养院从建成起所有的工作人员都是女性,来送货的车也只能停到门口,货物由内部的工作人员运进来,而且四处都有摄像头。"

"这么严谨?"苏甄突然想到什么,"这地方四处都有摄像头,应该不是神秘组织做实验的地方吧。"苏甄想,他们应该去普通的疗养院调查才是。

"除了林总夫人所在的脑科医院,这家疗养院是使用那个仪器时间最长的机构。据护士所说,这个仪器是给非创伤性脑损伤患者使用的,也许是因为姚总的女儿是非创伤性脑损伤患者,所以这个仪器就针对这类患者制造?"

"但前提是神秘组织会同意,就算姚总是生产商,神秘组织也是主导方,偏向非创伤性脑损伤患者这一点,一定也是神秘组织的意思,他们的实验一定和这一点密不可分。"

苏甄又想到了梁教授从实验室拿走的细胞实验品,倒吸一口冷气:"王启明提到过姚总说有个基地,也就是说神秘组织在 A 城有个实验基地,既然能称为基地,应该不是咱们发现的那个小地下室吧?"

"可姚总当时就是往那个方向跑的,我倾向于那里就是。"陈立皱眉思考着。

三人在屋里查看了半天,研究了一下那个仪器,并未看出什么特殊的。方酌又蹲在卢女士身边看了半天，说："咱们就算亲自来查其实也查不到什么，除非让植物人自己说，你们说植物人有意识吗？"

"有意识的，我看过国外的报道，很多脑损伤患者听到亲人说话会流下眼泪，表明他们可以听到你说话，就是醒不过来而已。"

方酌挑挑眉："那就是说，其实植物人躺在这儿知道很多事？"他绕着病床走了一圈，说，"如果神秘组织真的用这些人偷偷做实验，那么最能说出我们想要的线索的人，就是患者本人吧。"

"他们要是能说话，还用得着这么多人费尽心思查案吗？"

陈立皱着眉，不知道在想什么。方酌又无聊地坐回沙发上："这几个患者的家属会不会像姚总一样，知道内情，和神秘组织有合作关系？"

陈立摇头："暂时没有查到，而且我不倾向于他们都和神秘组织有合作。并不是任何人都有利用价值，姚总是可以给他们想要的，并且知道的人多了不好控制，越多人知道越危险，姚总就是个很好的例子，若不是姚总，咱们也查不到这一步。"

苏甄点头，说道："我觉得被用来做实验的人应该不多，不然这么多年难道没出过事吗？在一次次的实验过程中，总会有人突然死去，应该查一下疗养院的记录，查一下已死亡脑损伤患者的死因。"

陈立很赞同这一点，出去找刚才那个护士，后者很配合地调出资料："疗养院开了五年了，去世的人一共有十三位，死因大多是器官衰竭。"

"有意外去世的吗？"

"有，家属还要求解剖了，后面也没有异议，当然解剖报告我们院是没有资格留下的。"护士谨慎地回答。

苏甄重点看那几个突然死亡的，死因是器官衰竭、偶发脑膜炎。

"这些病人的用药资料都有详细记录吗？"

"有的，我们医院对这些一向很重视。"

查了一下午，三人并没有什么收获。出来的时候苏甄有点沮丧，觉得浪费了一下午的时间。

方酌在旁边说："还查什么用药记录？你们觉得神秘组织会堂而皇之地用药吗，那岂不一查就露馅了？就算用药也一定是偷偷用的。"

"你的意思是，如果要偷偷用脑损伤患者做实验，这疗养院里就得有神秘组织的人潜伏着？"

"对，肯定要掩人耳目，有个能自由出入的职业。并且我不认为那个神秘组织庞大到能深入各个疗养院，如果他们的组织那么庞大，早就露馅了，不是吗？纸包不住火。而且他们若是有那么多实验对象，至于这么多年了才进行到这一步吗？进展也太慢了吧。"

"你以为只要实验对象够多科学就能飞速发展吗？"苏甄反驳道。

陈立却很赞同方酌的说法，实验对象肯定不多，如果一家疗养院中就有好几个实验对象，不用警察发现，医生们肯定也早就怀疑了，因为脑损伤患者要经常化验的。还有一点提醒了陈立，那就是有神秘组织的人隐藏在其中。

陈立马上打电话给专案组，调了几家疗养院和医院的工作人员档案，连护工都没放过。可并没有结果，在这些医生、护士、护工身上查不到任何疑点。

他们三人已经去过几家疗养院、医院了，忙了好几天，但都没查到什么。此时他们坐在医院的餐厅里吃东西，这里是医护人员专用餐厅，很干净。三人因为有任务，和医院打了个招呼才能在这里吃饭，不知道是不是累的，苏甄竟然胃口大开，一碗面吃完又吃了个包子，越吃越香。

"我觉得咱们查的角度不对。"

"就是啊，你说你要是想偷偷给谁注射什么药，会以医生、护士、护工的身份去做吗，太容易被人查了吧？咱们要换个思路。"方酌说道。

"你还有什么思路？还能是什么人？"苏甄有点烦躁。

苏甄由于太累有些迷糊，手里的半个包子掉到地上，手忙脚乱地拿纸巾蹲下来擦。这时一个戴着口罩、背有些佝偻的清洁工大妈拿着扫帚过来，说："姑娘，我来吧。"

"谢谢啊，阿姨，对不起，不好意思啊。"

"没事没事。"

苏甄看着清洁工清理好走远了，似乎想到了什么，回过头，发现他们二人的眼睛也亮了，三人异口同声道："清洁工。"

第91章
拆迁

陈立迅速打电话给专案组，因为之前已经调查过这几家医院、疗养院的工作人员，所以资料查得很顺利，几乎是苏甄三人刚走访到最后这家，资料就传到了陈立的手机上。

当时他们正在和林总的夫人，也就是丰医生聊关于非创伤性脑损伤的话题。

按丰医生的说法，非创伤性脑损伤和创伤性脑损伤无法比较哪种更严重，得看具体情况，但如果治疗得好，非创伤性脑损伤患者的恢复概率应该相对高一些。丰医生觉得，监测脑内波动，可以观察到患者身体对应位置的健康情况，长期刺激相应的脑反射区，也许就有醒来的希望。

"只是现在还没有使用这个监测仪后患者成功苏醒的案例，虽然理论上是成立的，但人脑远比想象中复杂得多，人类对大脑的开发任重道远，至今为止人类的大脑只开发了很小一部分，就连最聪明的爱因斯坦也不过开发了大脑的四分之一，大脑还有很大的开发空间，相信这也是人类进化过程中的使命，真正的智能文明离我们还很遥远。"丰医生感叹着。

她对苏甄提出来的通过人工智能进行脑部监测，刺激局部细胞再生，使患者恢复健康的说法是认同的，但她并不认为会成功。"像我之前说的，人脑是复杂的，在治疗中我们会不断遇到新的问题，即使一个个攻破了，最后也未必能得到想要的结果。人类之所以能主宰世界，是因为我们的情感意识和主观意识极强，很多时候患者自身的意愿也是一个决定性因素。"

苏甄微微一愣，有些不解："您是说很多患者醒不过来，是他们自己不想醒来？"

"我只能说有这种可能。但这只是一小部分原因，不是主要的，不过任何一个因素都不能忽略。人脑的开发和修复是一个任重道远的课题，相信未来人类在这方面会有更大进步，但到目前为止，我只能说我能力有限。"

"那您对姚总的女儿还有印象吗？"

"我印象很深。说实话，在我看来，他女儿属于非创伤性脑损伤，虽然跌下了楼梯，但她脑部本身就有一颗瘤，只能说一切非常凑巧，也很让人遗憾。我一开始听说她在国外治好了还很诧异，一度追问姚总是哪家医院，我们好去交流学习，但他一直不肯说，直到他出事。"

丰医生停顿了一下，叹了口气，没有再说下去。

苏甄点了点头，三人道了谢，从医院出来。

苏甄脑子里一直想着一个词：主观意识。就如同永远叫不醒一个装睡的人，如果患者本人失去了对生活的渴望，即便修复了他的大脑，他也未必愿意醒来。但就如丰医生所说，这样的人是极少数吧，大部分人都是因为无法修复才没有醒来。

不知为何苏甄想起了云南疗养院的冉兰，她那么小就成了那副样子，如果她一直有意识，自己究竟想不想醒来呢？

正想着，陈立举起手机："清洁工的调查有消息了。"

"怎么样？"

陈立表情复杂："确实在清洁工里发现了问题，咱们之前去的那家豪华疗养院，还有今天这家医院，几年前，有个清洁工的身份是假的。"

"啊？"

"而且时间几乎是连贯的，那人从疗养院出来就来了这家医院，但是用的名字不同。"

"你是说是同一个人？"

"对，虽然没有照片资料，但从时间看我有这个怀疑，毕竟之前方酌有一句话说得很有道理，他们不可能有太多人，不然早就露馅了，所以我怀疑这两个机构里身份造假的人就是同一个人。专案组去那家疗养院找了见过那个清洁工的护士问了，和这边说的差不多，是个女的，至于年龄，他们说那人当时虽然四十六岁了，但身材窈窕，只是脸色不太好，看起来很憔悴。"

"这年头化妆如整容，想让脸看起来憔悴显老，多用点粉底液就行。"苏甄皱眉，"这么说这个人是关键。"

陈立点头："那边在找人画像了，估计很快就会有结果，画像出来了就可以查这人的身份，抓到这个人，什么基地、目的都能浮出水面了。"

不过说起那个基地，苏甄一直想不通："那个基地到底在哪儿呢？如果不在平房门市那边，那天姚总为什么要往那个方向走？"

说到这儿，苏甄突然想到一件事："对了。"她差点忘了那天和田锋追查梁教授的踪迹时，在快废弃的服务区找到的那个视频，赶紧说了，陈立吓了一跳："这事你怎么不早说？哪个服务区？新建的那个吗？"

"不是，是废弃的那个。"

三人开车去了那个废弃服务区，可那里已经彻底没人了，上次来加油站和一个便利店还开着，现在都关掉了，油枪都拔了，便利店也是大门紧闭，别说摄像头了，连牌匾都没了。后面那些小吃店、小平房都被推倒了，废旧的砖头、木头堆得到处都是，尘土飞扬。

苏甄在便利店窗边往里看，里面只剩下一些散落的垃圾和几个不要了的架子。

"这下更没的查了。"方酌总结性发言。

苏甄扇着面前的尘土，走到便利店门前，上面还上着锁。

"都要拆迁了，怎么还锁着？"方酌回头问陈立，"咱们来调查这儿，上面说有什么限制了吗？"

陈立摇头："上面说这边已经开始拆迁了，但不能一次性彻底拆完，关系到后面的农田、村庄什么的。"

他话音未落，方酌就找了块大小合适的石头朝便利店窗户砸过去，苏甄吓得大叫："你疯了？"

方酌无所谓:"其他的我不关心,既然说没限制,怕什么?"

窗户被砸碎,他拿外套包住手,把上面的玻璃碴拂掉,直接跳进去。陈立虽有些不悦,但也没说什么,跟着翻进去了,里面没了货物,显得很空旷。

苏甄直接来到后面的房间,监控设备什么的都被搬走了,现在屋里就剩张桌子和几根电线。"上次就是在这儿看的视频。你知道他们把监控设备拿去哪儿了吗?"

"钟伟去找了,但估计也只能恢复近两天的视频。"

苏甄举着手机:"幸亏当时我拷贝下来了。那辆黑色的车查到了吗?"

"套牌车,查不到,但在这附近出现肯定不简单。"

"也许他们是去田锋被发现的地下室呢?那里也许是他们的一个据点。"

陈立却摇头:"我总有种说不出来的感觉。"

"什么感觉?"苏甄问道。

一边的方酌接话:"田锋被发现的地下实验室为什么那么轻易地暴露?而且它的位置很有趣,就在一个打印店下面,旁边小饭店的老板说过那家店总有客人去看录像,你说他们要真在下面做什么实验,上面总有人在,能听不到?就算再隐蔽,那么多年客人来来往往,就没一个人发现?"

第92章
真正的基地

陈立点头,这也正是他所想的。

"你的意思是?"苏甄问道,有什么答案呼之欲出。

"我怀疑真正的基地应该另有地方,地下室只是个掩护,为真正的基地争取转移的时间。"

苏甄心里一抖:"你的意思是,那个基地也许就在地下室附近?可不是说附近都查了,没发现什么吗?"

"所以,这里,"方酌挑眉,"咱们要好好检查一下。"

说着三人就开始分头找。苏甄像上次一样在墙上敲着,想找有没有什么隐藏入口,可并没有什么发现。方酌看她趴在墙上的样子,忍不住揶揄:"这儿是加油站,地下都是存油的地方,不可能有地下室的,想什么呢?"

苏甄一愣，有点气急败坏，看向四周："那就没的找了。"

方酌站在加油站中间："你们说如果真的有一个里面都是奇怪的实验对象的地方，这样的地方应该不会小吧？不然姚总也不会将其称为基地，算得上基地，肯定是有一定空间，可这附近别说基地，连个像样的旅店和商店都没有。

"而平房门市那边警方已经查了，不存在所谓基地。所以也许咱们一开始的思路就错了。其实听到苏甄说在这个废弃服务区看到了姚总和王启明的车，他们在出事的那天晚上经过了这儿的时候，我就开始怀疑了。"

苏甄不明白："你怀疑什么？"

"给王启明做笔录的时候，他说那天绕远了吗？"方酌问。

陈立皱眉，仔细思考了一下："没有，王启明说那天他走了什么路线自己都不记得了，他只顾盯着前面的车，精神太集中，又紧张，根本没注意自己走了什么路。"

"从这个服务区到国道对面，你开过去觉得是绕了一下对吗，苏甄？"

苏甄点头，因为那天她和田锋就是看监控发现车，绕了一圈才开过去，用时十五到二十分钟。

"即便是紧张不记得路，如果绕了一下，开车的人也会有感觉吧，要打一个大弯，王启明有说过他转大弯了吗？"

陈立仔细想了想："没有，但也许他忘了。"

"可能吧，但我更倾向于另一种可能，那就是他们根本没转这个大弯，路线一直是直的。"

苏甄心里一震："什么意思？"

方酌在积满灰尘的地上画着："这里是废弃服务区，这里是他们出事的国道口，你从这边过去要绕一下，可如果从这边呢？"

方酌指着废弃服务区后侧的位置，直接一划，从外围过去，确实这条路没有打弯，却经过了这儿到了对面。但只擦了加油站的一个小边。

"其实不难看出，苏甄拿到的这个监控记录里，只拍到了姚总和王启明的车尾。也就是说，他们的车尾蹭了加油站的角过去，而不是从这里出发的。咱们之所以有误区，是因为前面正修新的服务区，废弃服务区和后面的村庄摄像头不全。刚好这废弃的加油站当时还有一个摄像头没拆，拍到了一个角，咱们理所当然地就觉得他们是先到了这里，又过去了，所以怀疑所谓神秘组织的基地就在这附近，实则不然。也许姚总当时只是经过了加油站。"

"可为什么姚总要去后面的村庄？那边已经搜查过，不可能存在所谓基地。"

"我没说基地在那边，我的意思是，姚总从市区开车出来第一反应其实是走那边的村路，之后才转过来经过废弃服务区加油站，直接到了对面的国道。"

"为什么？"苏甄想不通他们为什么要这么做。

方酌却盯着她说："刚才在外面看了地势，苏甄不晓得，陈立你应该知道这是什么路吧。"他指着村里。

陈立皱眉，仔细想着，最后满脸不可思议地指着那条路，往前比画了一下："你的意思是？"

"对。"方酌眼睛亮了，"从这条土路出去就到了京西高速，所以我猜测，那天姚总吵着要去基地，所谓基地根本不是在郊外，而是在距离 A 城五个小时车程的京城。"

苏甄心里一颤："什么？"

"从 A 城到京城坐飞机不到一个小时，可那天晚上十点多了，已经买不到什么票了，再说带个死人怎么赶飞机？所以他们只能开车。而老司机都知道，开车去京城有两条路，一条是国道，从国道进秦阳高速再上京华高速，要开五六个小时；另一条就是京西高速，从这个望北村穿过去，绕山开，从高速口上去就是京西高速，省半个小时车程，但唯一不好的就是村里的山路非常不好走。

"我刚才查了，姚总出事的前两天这边下过雨，土路不通，当时姚总着急救女儿，所以很自然地走了土路，没想到反而耽误了时间，就又掉头回来往国道上走。"

苏甄惊讶地看着方酌比画："正好在有摄像头的那个位置露出车尾巴。"

苏甄捂住嘴，倒吸一口冷气："那梁教授的行为怎么解释？他为什么非要从对面的服务区跑到这个当时快废弃的服务区打车回去？"

"理由很简单啊。"方酌看白痴似的，"那辆车不能送他回市区。一路上都有摄像头容易被拍，教授只能打车。对面怎么打车？对面车道是出城的。"

苏甄哑然，自己怎么没想到？都是被那个地下室误导了。

陈立很惊讶，看着地上方酌画的路线，说："你的意思是，真正的基地其实在京城？"

第 93 章
栓子的症状

方酌举着手机，上面是一条刚收到的信息："不止如此，为了印证我的想法，我刚才叫人查了一下那个爱兰科技公司的老板。"

"那家公司的老板没问题，已经查过了。"陈立皱眉。

方酌却勾了勾嘴角："你查的都是明面上的东西，当然没问题，但我用了旁门左道。哎哎哎，陈警官别这么看我啊，我都是为了查案。"

陈立脸色阴沉，等着他继续说。

"这个爱兰科技公司的老板叫岳凌，是杰出企业家，还获过奖呢。他在道上也混得很开，你们猜他和谁有来往？"方酌笑笑，继续说，"一个叫老四的，而有意思的是，这个老四也是咱们的熟人。"

他看向苏甄："在这里不得不说起一个人，记不记得那个王语嫣？她在京城离婚后开的那个酒吧，后来就是转让给了这个老四。没错，老四就是王语嫣离婚后跟的男人。在冯朝出现之前，她在酒吧里可是出了名的大哥的女人。"

方酌说到这儿，长吐出一口气："我总觉得这世界上没有这么巧的事，你们说呢？"

王语嫣、冯朝这些人和当年那些孩子也有联系，不可能只是巧合。

"那要好好查查这个老四了，还有那个王语嫣。"陈立若有所思。

"我们之前在云南就查过王语嫣和冯朝，当时并没看出什么大的问题。可我总觉得王语嫣这个人不简单，她和冯朝在京城一见面就爱上对方了？我不信。年少时没发展出感情，怎么多年后在酒吧一见面就相爱了，仅仅因为是熟人？"

苏甄皱眉分析着："爱情的触发肯定有多种因素，我充分怀疑冯朝和王语嫣在云南的时候有过感情纠葛。"

"但咱们查到的不是冯朝喜欢徐曼妮吗？也就是后来的云溪。"方酌提出疑问。

"也许王语嫣当年喜欢冯朝呢？不然为什么在京城两人一见面就好上了？当年云南这些人的感情纠葛肯定远比咱们调查到的复杂。"苏甄已经脑补了一出大戏。

"不管如何，肯定要去调查一下京城的爱兰科技公司了。虽然前期我们找了京城的同事帮忙走访，但案子复杂，我需要回去报告一下，接下来具体怎么查，要看专案组的决定。"

正说着话，陈立的手机突然响了，他接起来一听脸色就变了。"什么？我现在就过去。"

"是案子有新情况吗？"

现在只要陈立的手机一响，苏甄心都哆嗦。

陈立皱眉，很着急地过去开车。"不是案子的事，是栓子，他在调查的时候突然神志不清，撞到了工地的钢管，被砸进医院了。"

"什么？"

栓子是那个嘻嘻哈哈的爱开玩笑的警察，才二十四五岁，年纪不大。

陈立焦急地开着车往医院赶，苏甄想开口安慰他，被方酌拉住了。她知道这些队友对陈立来说意味着什么，尹生出事后，陈立虽然没说什么，可那天一起喝酒的时候陈立的眼皮很肿。对陈立来说，他珍惜的兄弟就像他的命一样重要。可惜世事难料。

到医院，陈立问钟伟怎么回事，钟伟摇头："我俩正调查跟姚总合作过的建筑公司，在工地现场询问，之前一直好好的，栓子在旁边记录，没想到突然出事了。"

钟伟说，栓子本来在旁边记录，突然笔掉地上了，他也没在意，但几秒后本子也掉地上了，他回头看到栓子目光发直，然后人抽搐起来，手挥舞着。钟伟吓了一跳，去拉栓子，结果他力气极大，一回身，脚下踩到推车，悬着的那几根钢管被撞下来了。

钟伟当时都吓傻了，用肩膀挡了一下，勉强护住栓子的头，可栓子还是被砸到了，人还口吐白沫。

陈立低头看钟伟已经处理包扎好的肩膀，叹了口气，拍着他，问："医生怎么说，是癫痫吗？"

钟伟摇头皱眉："和栓子认识这么多年，没听说他有癫痫啊，再说他要是有这种病，队医肯定知道，而且当时他的样子也跟癫痫有点不一样。"

"哪儿不一样？"

钟伟思索着："他跟中了邪似的，手臂挥舞起来，挺吓人的。应该是得了什么别的病吧。"

陈立叹着气，钟伟有点自责："他比我小，我总说拿他当弟弟，结果他身体出了问题我都不知道。栓子本来就可怜，爹妈都没了，局长之前就让我多照顾他，谁想到……都怪我，这几天他说累，我也没放在心上。"

看到队友倒下，自己却无能为力，陈立懂这种感觉，安慰着他，正好医生推门出来。

"医生，怎么样，是什么病？"

医生摇头，奇怪地说："症状有点像癫痫，可又不是，他有家族遗传病史吗？以前有过这种情况吗？"

陈立摇头，钟伟赶紧说："我打电话给队里了，他们马上就把栓子的健康情况发过来。"

陈立看着医生："医生，您是觉得有奇怪的地方吗？"

"对，我们刚才给他做了血检，虽然各方面指标正常，但发现他肌肉呈极度疲乏状态，这是肾上腺素突然升高又下降的表现。"他看向钟伟，问道，"他之前吃过什么？"

"没吃什么啊,我俩中午一起吃的盒饭,我怎么没事呢?早上吃的小笼包,就咱们队对面那家,还喝了矿泉水,昨晚也没吃什么啊,我俩都一样。"

"那就奇怪了,现在他的肾上腺素很正常,我怀疑如果不是因为遗传,就是摄入了什么东西所致。很奇怪,你再仔细想想。"

陈立心里一抖,看向钟伟:"你俩到底吃了什么?"

"真没什么了,我俩一天都在调查,中间喝的水都一样,我们也不吃零食啊,顶多抽抽烟。对了,我今天嗓子发炎了没抽烟,他抽了,但烟这东西,不能吧,咱们都是老烟枪了,都抽了多少年了。"

陈立听到这儿,突然想起什么:"他抽的什么烟?身上还有吗?"

第 94 章

烟有问题

钟伟被陈立的表情吓到了,赶紧从栓子的外套口袋里摸出一个压扁了的烟盒,是一包中华烟,里面只有三四根了,钟伟咽了咽口水,说:"栓子说,这是尹生给他的。"

他说到尹生,看着陈立的表情,声音都变小了:"陈哥,你也知道栓子没抽过啥好烟,也舍不得买,那天看尹生有这种烟,死皮赖脸地要走了,可尹生出事后他就没抽过,今天我俩查了一天案,累得要命,他就坐在工地上抽了一根。"

"尹生的?"陈立脸色吓人,拿过烟闻了闻,一股淡淡的烟草味。钟伟点头:"对,我记得那天在队里栓子问尹生哪儿来的好烟,尹生说是别人给的。我当时还问他谁给的,这么好的烟挺贵的,他笑眯眯的,就是不说。我们当时还揶揄他,跟他开玩笑来着,却没想到那天之后他就出事了。"

钟伟想起那天和尹生打闹的样子,心里不由得有点难过。

陈立也沉默了,拿着那包烟说:"拿回去化验吧。"

钟伟瞪大眼睛,不可思议地说:"陈哥,你是觉得烟有问题?意思是尹生是冤枉的,是被人害的?"

"我不知道,咱们是警察,要讲证据,化验结果出来之前一切都是值得怀疑的。"

钟伟赶紧拿着烟回队里去化验了,陈立则坐在走廊上,整个人很消沉。

苏甄走过去，张张嘴，想安慰他几句，又不知该说什么。方酌刚才不知道去哪儿了，此时走上楼来，在不远处盯着她，苏甄忍不住瞪他。

方酌却笑出来，走过来一巴掌拍在陈立肩膀上："想什么呢？说说。"

陈立脸色依然很阴沉："我现在怀疑……"说到这儿他停下来，看了看他俩，又摇头。

"吞吞吐吐的，你怀疑尹生不是凶手？"

陈立点头。

"你不是早就怀疑了吗？也不是一天两天了。"

"那不一样，如果那包烟里检测出来什么东西，就证明他是被人陷害的。"

"那么凶手另有其人。这就意味着，凶手还在咱们周围，而且也许还是你熟悉的人，从未怀疑过的人，对吧？"方酌开口。

"不仅如此，尹生……尹生是被人害死的。"

方酌的表情变得严肃，紧盯着陈立的眼睛："所以呢？"

"所以什么？"

"你现在在干什么？哀叹你们找错了人，哀叹自己的失误，哀叹好兄弟的死，陷入自责当中？陈立，你有没有想清楚，现在重点是这个吗？我理解你的心情，可你也要明白，如果尹生不是凶手，那么凶手就还潜伏在你身边，可能是另一个你信任的人，你现在让钟伟带着那包烟回去化验，你怎么想？你没意识到凶手就在你们身边，随时能动手吗？"

陈立脸一下白了，心中震颤，瞪大眼睛看着方酌，愣了几秒，手忙脚乱地拿起电话要打给钟伟，方酌却压住了他的手。"我刚才已经拦住他了。我借着你的名义，叫他把烟拿去了医院的化验科，我在这儿有熟人，很快就会出结果。为了引开钟伟，我还特意让他去买水了。"

话音刚落，钟伟就拎着一兜矿泉水上来了。"陈哥，我已经把烟放到医院化验了，真的不用送回队里吗？"

陈立张张嘴，看着方酌的表情，点了点头："我会单独向组长汇报，此事非同小可，你拿回去化验太危险了，刚才是我考虑不周。"

钟伟还没反应过来，挠挠头笑着说："这是我应该做的，陈哥，你总这么替我们着想。"

陈立神色复杂，看了眼方酌，往楼下走，方酌朝苏甄勾勾手指，意思是跟上。

方酌一边走一边说："你最好祈求烟没被人动过手脚，不然你身边的任何一个人你都要时刻提防了。还好你是单独向组长汇报的，省得中间又出乱子。"

陈立一路都没出声，到了一楼才叹口气说："谢谢你提醒，是我感情用事，

251

考虑不周。"

苏甄一愣，她极少看到陈立有这样的表情。

方酌笑笑："我只是想你们别再出纰漏。"

陈立承认方酌说得有道理，他如果在这件事上感情用事，容易酿成大错。

苏甄看不下去了，安慰道："尹生是你最好的朋友，是你的生死兄弟，你感情用事很正常，这是人之常情，你不必自责。"

"可我是一名警察，警察就应以案子为先，以人民的安危为先，这件事是我不对，之后我会调整好。"

"你先别那么紧张，可能烟化验出来结果正常，栓子只是吃错东西或者有遗传疾病呢？"

陈立摇头："之前我就怀疑过，不仅是烟，还有当时尹生的反应，苏甄你记不记得，他拿刀刺向你时的样子？"

苏甄心一抖，当然记得，那天之后她连做了几天噩梦，都是尹生拿着刀子向自己刺来的样子。"他好像非杀了我不可。"

"对，问题就在这儿，我后来回想，那天你发现他站在病房里对吗？"

"对，病房里跳闸了，我在走廊那头看到值班护士睡着了，担心出事了，所以往回走，到了病房门口就看到他站在病房中间，我叫他，他回头，我才看到他手上的手术刀，想到了王斌被割喉，然后我吓得大叫。"

方酌皱眉："你大叫，然后他扑向你。"

"对。"

那天的场景还历历在目，苏甄回想起来，身上发冷。

"问题就在这儿，他要杀的应该是田锋吧，或者应该去楼下杀王启明，可都没有，而是站在病房里发呆，这本身就有问题。无论他当初是要杀田锋还是要杀王启明，肯定是越快越好，谁会在现场发呆？"

第95章

那包烟的成分

这话提醒了苏甄。确实，她当时吓蒙了，看到尹生手里的刀子，最先想到王斌被割喉，尹生是凶手，他还要将田锋灭口。而此时冷静下来回想那天的情景，她发现还有一个细节非常不合理。陈立赶回来和尹生厮打的时候，中间尹生推开他，又一次朝自己刺来。他不应该在这时候逃跑吗，为什么向她刺来？不是陈立，不是熟睡的栓子，也不是躺在病床上的田锋，而是她？

"也许是我大喊大叫，他怕引来更多的人。"苏甄说着，声音弱了下去。

"有一万种合理的解释，可只要有一点不合理，这案子就有问题。"陈立皱眉，正要再开口，那边方酌的电话响了，方酌朝他俩扬扬眉毛："化验结果出来了。"

"这么快？"

没一会儿，一个女医生过来了，不知方酌和她说了什么，末了指着这边，那医生和他打了个招呼就回去了，方酌拿着文件袋过来。

"我一熟人，放心吧，就用了一根烟，剩下的你可以拿回你们队里再偷偷化验一次，比对结果。"他把档案袋递过去，"你自己看吧。"

陈立手有些抖，这辈子第一次如此紧张，他慢慢打开档案袋，拿出化验单，瞬间睁大了眼睛："这？"

"刚才医生解释过了，这里写的几种局部麻醉药，能抑制中枢神经系统功能；麻黄碱，用于防治支气管哮喘的发作等，有显著的中枢兴奋作用；还有最后这几种罕见药物成分，剂量虽小，在这化验单上并不起眼，但压根不该出现在这里。这几种药混合在一起，吸入肺部，在尼古丁的催化下会使人精神失常。最主要的是，这些东西是和烟草一起吸入的，尸检顶多查出吸烟过度，看不出来有别的问题。"

苏甄算听明白了："意思是这样可以致幻，刚才栓子警官因为在现场意外被钢管给砸了，所以没有后续的动作，可尹警官当时……"

苏甄没说下去，陈立阴沉着脸："尹生虽然不是专案组的，但也有很多事要调查，那些天几乎没睡觉，他不睡觉的时候就靠抽烟来提神，肯定抽了不止一根烟。"

"这些药物相互作用，顶多会让人感觉身体疲惫不堪，自己意识不到有其他问题。"方酌接口道。

苏甄捂住嘴："太可怕了，那个人算计得一环不差。"

"不仅如此，"方酌眯起眼，"回到之前咱们讨论的问题。陈立不是一直有个疑问吗，为什么尹生当时只朝苏甄刺过去？我觉得是声音刺激，吸入了影响神经中枢的药物的人最怕刺激，光或者声音都是刺激源，那夜跳闸，我不认为是巧合，苏甄尖叫后尹生受刺激了，就朝她刺了过去。按理来说尹生出现在病房，就算被苏甄看见也没什么，他是警察，可以说自己是被抽调过来看护的人，然后顺理成章地收手，继续隐藏身份，一晚上有的是机会下手，可他没有。"

253

陈立心沉下去，为什么他之前没想到呢？如果尹生当时是清醒的，为什么不继续隐藏自己的身份？真是关心则乱。

"我也是在这次发现烟后想到的。这包烟很关键，到底是谁给他的？"

陈立摇头："他说是未来老丈人给的，可后来我们调查了他的人际关系，证实他没女朋友，显然这是句玩笑话。"

"不管是谁，这个人肯定是他熟悉的人，也许也是你熟悉的人。"

现在陈立思路也清晰起来："不仅如此，这个烟抽了几口就能使人精神涣散，警局离医院那么远，他是怎么过来的？如果他是被人下了套，应该是有人把他运到医院的，并且肯定是在他抽烟发疯之前就让他上了车，不然他在警队一定会被人发现的。"

"那么，能让他上车的人肯定是熟人。"

方酊眼神如刀，陈立心已经跳出嗓子眼了。是谁，到底是谁？

"他根本就是让尹生来当替死鬼的。"

"你们已经开始怀疑内部的人了，那人怕暴露，就做了一个局，而且想通这一点后，很多问题也就说得通了。比如地下室暴露得未免太轻易了，也许就是神秘组织急中生智拿来做掩护的，那么，"方酊停顿了一下，继续道，"大胆猜想，姚总出事，王启明恰巧出现在那儿，一个漏洞牵出一个漏洞，派王斌灭口还被人看见了，王斌被直接割了喉。这是大事，而且这时苏甄也察觉到了梁教授的问题，眼看就要崩盘，所以对方采取了他们早就计划好的措施，暴露出一个做掩护的地下室，再设计尹生把他弄到现场，让他顺理成章被发现，真是一环扣一环。"

陈立一拳打在墙上，如果他当时察觉到尹生不对劲，如果他能阻止尹生，悲剧是不是就不会发生了？尹生是不是就不会死了？

苏甄看陈立面对着墙壁，拍拍他的肩膀："事已至此，你现在应该振作起来，找出真正的凶手，替他报仇。"

第 96 章
案子梳理

陈立点头，方酊却说："我觉得现在就算找也找不到了，对方既然设计了这一出，肯定已经把自己隐藏好了，而且若让对方察觉到你还在怀疑内部的人，还在想方设法引出他，说不定他会故技重施，再弄出一个替死鬼。你就不怕你身边的人再出事？"

方酌说得非常有道理。

"那怎么办？就让他逍遥法外？"

"必须抓，但不是现在，我们已经错过了抓凶手的最好时机，可咱们也不是完全没有收获，起码知道那个神秘组织的人还隐藏在你们内部。"

"这件事我要和组长单独说一下。"

"暂时当作不知道尹生的事有蹊跷。"

陈立攥紧了拳头："我明知他死得冤枉，现在却一句话都不能替他说。"

"小不忍则乱大谋，若咱们把真相查出来，最后那个人一定会浮出水面。"方酌眼神如刀，"现在在暗处调查才是上上策。"

陈立看向方酌："谢谢你，若不是你我早就乱了阵脚，事情会更糟。"

方酌自嘲一笑："谢我干什么？你的难过我不能感同身受才会如此冷静。而且我更多也是为了我自己。"

苏甄问："难道真的不再查这人了吗？"

"方酌说得很对，现在不宜打草惊蛇，但不是什么都不做，内部就这些人，要紧盯每一个人的动作，再布置什么任务就要小心了。若这人就在我们身边，很容易扰乱调查。但好在现在我们有防备了。"

正说着话，陈立的手机又响了。"清洁工画像出来了。"

画像已经传到陈立的手机上，陈立打开后愣了一下。

"怎么了？"

他把手机递给方酌，后者一僵，靠在墙上，苏甄凑过去，只见屏幕上分明是一张熟悉的脸。"云溪？"

苏甄看向方酌，后者苦笑道："早该想到是她，她在这整个案子中可真活跃。"

"让我们捋一捋。"苏甄指着画像上的人，"咱们已经查到这个女人是云南小岭村的付岭西，她的父母在工厂事故中丧生，她和奶奶一个进了福利院，一个进了养老院。在福利院的大火中，大部分孩子死了，她和另外几个小伙伴身上不知道发生了什么，没死，也没回到福利院，似乎默认了外界对她已死亡的认知，和陈钟混在了一起。

"他们那些人中陈钟应该是最先加入神秘组织的吧，总之其他几人一起被牵扯进去，组织出钱买了死去的徐曼妮的身份让付岭西顶替，他们长大成人之后，组织又帮他们改了容貌，换了身份。

"他们一直在替神秘组织做事，也许云溪在接近方酌之前就做过很多类似间谍的工作，比如这个时间段她就在医院里冒充清洁工，实际上应该是在做人体实验。"

苏甄觉得自己分析得很有条理，可方酌却皱眉道："等等，我觉得你猜测的大体上差不多，但我依然对这个所谓神秘组织有所怀疑。"

"你到现在还怀疑他们背后不是一个组织，那么姚总所说的基地怎么解释？"

"我不否认他们在做人体实验，但我依然坚持他们应该人不多，如果是个非官方组织，是个大的势力，你觉得会这么多年没有留下任何蛛丝马迹吗？"方酌提出自己的疑问，接着分析道，"梳理一下我们目前查到的事情，首先是徐曼妮的身份，我们已经查过了，是陈钟先在医院盯住了一个生病的女孩，愿意给她出换肾的钱，她父母才同意把她的身份卖给他，然后真正的徐曼妮手术后因身体排斥新器官死亡。整个过程都是陈钟和付岭西这几个孩子操作的，如果他们背后有组织，至于让孩子出面吗？就不怕中间出什么差错？

"还有，后来证实了王跃生很可能是被陈钟杀了，毕竟他被埋在了陈钟家的后院，那天晚上包厢里到底发生了什么事，谁也不知道，只知道那天晚上徐曼妮、陈钟都在包厢，可能他们的另外两个小伙伴也在。那之后这几个人就消失了，我猜那之后他们就隐姓埋名、改头换面了。

"再说现在，云溪和姜旭东接近咱们后又失踪，咱们通过姜旭东留下的地契查到了云南，在调查过程中发现了他们的踪迹，先是发现云溪在云南骨灰堂露面了，姜旭东又出现在了平房门市那边，这次又发现云溪认识我之前假扮过清洁工。

"你发现什么了吗？从头到尾出现的都是这几个人。你之所以一直认为这些人背后存在一个庞大的神秘组织，是觉得当初陈钟他们年纪太小，福利院出事时，除了陈钟大几岁，其他几人才十二三岁，你觉得孩子做不来这些，一定有大人教唆，但我想问你，这个理论的支撑点是什么呢？"

方酌分析得条理清晰，把这段时间他们掌握的线索几乎都梳理了一遍。此时面对他灼灼的眼神，苏甄竟有些答不上来。"那你觉得十二三岁的孩子能干什么？"

方酌冷笑："别小看孩子，小孩子有时候能干的比大人多。你就是成长过程太顺利了，是被父母捧在手心里长大的，所以你的想法很单纯。在我看来，人性本恶，不该因为对方是小孩子就用宽容的态度看待。你有没有想过，所有这些证据指向的就是那些孩子？"

苏甄摇头。

方酌继续道："你要不要找一些青少年犯罪的纪录片看看？"

陈立打断他俩的争论:"现在一切都建立在猜测的基础上,但既然姚总提出了'基地',我们就有充分的理由怀疑,背后有一个神秘组织在做实验。"

"我并没有否认这一点。"方酌皱眉,"但我依然坚持这个组织里不会有太多人,甚至可能从一开始这个组织里就只有这几个孩子。"

"那他们的目的是什么呢?"苏甄问道。

第97章
互相怀疑

方酌这一次没回答上来,想了半天,说:"还需要继续查,但我不认为他们是为了人类文明的进步在做什么好事,不然也不会把姚总灭口。有一点我是认同的,经过这么多年的发展,他们肯定已经有钱有靠山,而这个靠山就是咱们的切入点,也是咱们现在唯一可以查的。"

他用手指点着:"现在摆在我们面前的就有一个,京城的爱兰科技公司,虽然谈不上是他们的靠山,但肯定和这些人脱不了干系。"

方酌看向陈立:"现在咱们的调查到了瓶颈期,在A城应该查不到什么了,所以要去京城查,亲自去。"

"这一点我已经说了,我要先向组里汇报一下。"

"你汇报你的,我又不是警察,我想去哪儿没限制吧?"

"你要去调查?"

"不然呢?云南那边的事也是我和苏甄查到的,既然要防着内部的人,就要外部的人来行动。"方酌抬眼看向苏甄,"要不要再来一次说走就走的旅行啊?"

苏甄皱眉,回头去看陈立,并没有直接回答方酌。可就在这时,钟伟下来叫他们,说栓子醒了。

栓子看到陈立三人一起出现在病房还有点诧异:"你们三剑客又在一块了?"

钟伟尴尬地推了他一下,笑道:"陈哥一听你醒了就赶紧来看你了,正好苏小姐和方先生也在,大家都算熟人了。"

苏甄在后面忍不住笑,看来栓子和钟伟在背后还给他们起外号了。也是,一个表面停职的警察外带他俩,还真是三剑客。钟伟这话说得也挺有意思,熟人？苏甄觉得好笑，回头看方酌，果然他脸色不好，方酌和他们认识可是因为被当成嫌疑人，进了几次警局。

栓子虽醒了，但一看精神状态就不好，很累的样子。可陈立问他烟的事，他还是一五一十地说清楚了。"那烟在我口袋里揣了好几天了，尹生出事后我就没动过。"他看向陈立，"我们这几天一直在忙着调查，今天在工地我实在没精神，平时抽的烟没了，就抽了一根尹生的烟，不知道是不是放的时间太长了，都走味了。"

他苦笑道："这半包烟我一直没舍得抽，想着这么好的烟也不能自己一个人抽了，尹生也说大家一起抽，可谁想到这话刚说完不久，他就……"

栓子说到这儿，声音哽咽："世事难料，我今天也是鬼使神差地抽了那包烟，我本不打算抽的，毕竟那是……"

陈立想说若是早抽了这烟，估计早就出事了。

想到这儿陈立心一沉，想必给尹生烟的人是个极其了解这些小伙子的人，知道他们有了好东西不会一人独享，陈立心里像压着块石头一样。

"他当时说是他未来老丈人给的，我还揶揄他，连个对象都没有，哪来的老丈人？可他就是笑着不说。之后我们就来医院这边执勤了，也没问清楚。我也没真想要这包烟，就是开玩笑，但那时着急出任务，就揣走了。"

"这包烟你是什么时候在尹生那儿看到的？"

"就是来医院之前，他那个人你也知道，好东西藏不住。"

陈立听后陷入沉思，看栓子实在没精神，说让他多休息，就从病房出来了。

"想什么呢？"方酌开口，不等陈立回答就继续说，"你在想尹生为什么不说烟是谁给的对吗？你没想过烟可能就是尹生的？"

"如果是他的，他不会那么轻易给栓子，不然岂不是暴露自己了？这说不通，只可能是真正的凶手把烟给了他，可有一点疑问。"

"什么？"

"那个凶手一定是他们熟悉的人，也知道他们的习惯，当时如果不是钟伟、栓子出任务到医院来，他们仨在警局没准就一人一根抽了，那时候岂不是三人都发疯了？真正的凶手就不能让尹生当替罪羊了。"

所以现在推翻了之前的推论。

"也许凶手一开始就是计划着他们三个一起抽这烟呢？"苏甄突然想到什么。

"什么意思？"

苏甄心跳极快，想到一个可能："如果凶手不是想找替罪羊，而是想制造混乱呢？你想警局里突然有好几个警察发疯会如何？"

"会进医院，为了方便保护田锋和王启明一定会选择这家医院，混乱中……"

陈立没说下去，方酌眼睛眯成一条线，补充道："混乱中，他可以故技重施，割断田锋或王启明的喉咙。"

苏甄倒吸一口凉气："可最后怎么变成了尹生出事？"

"大胆猜测，凶手也知道最开始的计划实施起来有难度，所以还有别的计划，如果没有出现群体发疯事件，他就对尹生下手，让他当替罪羊。现在回到问题的源头，那天晚上凶手设法让尹生把陈立引回警队，然后又把尹生叫出来，让他抽了烟，在他精神开始涣散的时候开车把他送到医院，替罪羊计划结束。"方酌比画着，"那么问题来了，能把尹生叫出来，让他抽烟的人是跟他多熟悉的人？而且，他肯定会问尹生之前那包烟去哪儿了，要知道如果不是这半包烟，咱们根本想不到这些，那个人应该认识栓子，尹生觉得把烟给别人不好所以肯定没对那人说，时间紧迫，那人就又拿出烟来假装和他一起抽，那人一定就是他极其熟悉的人。会是谁呢？"

三个人都没说话，空气安静得出奇。

还是从楼上下来的钟伟打断了他们的沉思："陈哥，栓子睡着了，你替我看会儿他，我去买饭。"说着朝苏甄和方酌打招呼，"苏小姐、方先生留下一块吃吧，我多买点。苏小姐，还吃上次那包子怎么样？我看你挺爱吃的。"

苏甄还没从刚才他们的分析中回过神来，一时不知该说什么，没等她开口，方酌拦下来："我和苏小姐就不吃了，多谢好意，累了一天了。"他看向陈立："我就先送苏甄回去了，你晚些时候还去我的别墅住吗？"

"今天可能不了，我在这儿守夜，明天一早回局里汇报。"

方酌认真地开着车，苏甄看了看表，已经傍晚了，其实她有点饿，但看方酌车开得极快，自己也不好提议一起吃饭，索性闭上眼假寐。

苏甄大概是脑子一天都在不停地转，累了，迷迷糊糊地睡了过去。再睁开眼时，她发现外面天都黑了，都过去两个小时了，自己竟还没到家，再看窗外，一片萧索的样子，这哪是市区啊？分明上高速了。她惊讶极了："你……"

"醒了？后面有面包，饿了就吃，渴了有水喝，大概还有四个小时就到京城了。"

终极目标

卷六

窥夜

第 98 章

集中仓库

"啊？"

苏甄的困意全被吓没了："京城？咱们这是去京城？"

"不然呢？"方酉抿着嘴，"难道还等着陈立回去打什么报告，那边批准再去吗？我一个上市公司老板，时间就是金钱，还等报告，等批准？他是专案组的人，你和我又不是。爱兰科技肯定有问题，耽误一分钟，都可能有变数。"

"那也不能说走就走啊，我行李都没带，也没和陈立说一声。"

苏甄说到这儿才意识到，刚才在医院，方酉提都没提这事，假装送她回家，实际上就是想甩开陈立，他知道陈立肯定要在医院守着栓子，故意挑这时间走。

"你是故意甩开陈立，为什么？"苏甄问。

方酉翻着白眼："这话问得傻不傻？今天下午咱们分析了什么，这么快就忘了？既然尹生不是真正的凶手，那么凶手一定还在他们警察内部，也许也是咱们认识的人。还不明白？和尹生很熟，能让他毫无防备的人，不也有可能是陈立吗？"

苏甄惊讶地瞪大眼睛："可陈立不是……"

"陈立是被人陷害过，也一直在查这个案子，"方酉挑眉，"但这不会是掩饰吗？就如同他一直在怀疑我们一样，我也有理由怀疑他。所以，不管如何，先杀对方一个措手不及，咱们今晚就去京城。"

"那你之前怎么不和我商量一下？"

方酉呵呵两声："上一次你订机票不也没和我商量？"

苏甄被噎得哑口无言。

事已至此，苏甄就算怨言再多，也只好憋回去了。再说她本来就打算去京城调查的，研究所那边回不去，她有大把时间，与其在家胡思乱想，不如亲自去查。

上一次在云南查案的情景到现在还历历在目，虽然凶险，但亲自出来走访调查比她在家哭强多了，苏甄有时候甚至觉得自己内心其实是对这种刺激的生活充满向往的。自己规规矩矩、按部就班地生活了快三十年，活成"别人家的孩子"，其实也没什么意思，这大概就是所谓的围城吧。有些人颠沛流离一生，只求能安安稳稳地生活；有些人一生顺遂，却热衷于追求刺激。

苏甄觉得自己的想法很好笑。看着窗外，京城的景象渐渐在眼前出现，街上灯红酒绿、一片繁华，苏甄虽不是第一次来京城，但仍有种初到大城市，心中既恐惧又向往的外乡人的心情。

她以为像上次去云南一样，方酌会先找酒店，可并没有，方酌的车开到五环就下了桥。

"咱们今天住这边？"

方酌看都没看她，继续开车："今晚还住什么？看来你没做功课啊，咱们直接杀过去。"

苏甄惊讶地打开手机赶紧查资料，疑惑地说："爱兰科技公司明明在三环，这儿不是五环吗？"

"现在去这个公司的仓库，仓库在五环。"

"可现在已经晚上十点多了。"

苏甄觉得他疯了。

"你觉得我为什么这么晚了还开车来京城？陈立明早回局里汇报，不管结果怎么样，他最快明天上午就会给我打电话了，我接还是不接？他本来就怀疑我，找不到我，一查，不，一想就知道咱俩来京城调查了。他最快明天下午就能出现在咱俩面前。回到最初的问题，陈立也是被怀疑的对象之一，我们是因为防着他，所以争分夺秒地先来调查，这个'先'，顶多也就是一晚上加一个上午，明白了吗，苏小姐？时间紧迫。"

苏甄明白他的意思："可是这么晚了，咱们能查到什么？工作人员都下班了吧，还能有人吗？"

"你以为全世界的打工人都像你们一样按时下班吗？别说京城，我们公司现在大部分码农都在加班呢。这儿可是京城，想要在这竞争激烈的地方脱颖而出，就要拼质量和速度。"

说话间，方酌已经开着车来到仓库区。眼前是被划出来的一块区域，远远看去，全是仓库，不少公司的仓库都设在这里。很多公司本部在市区，而为了方便货物运输到全国各地，仓库都设在外环。

此时已经快晚上十一点了，但这边运货的车还是络绎不绝，好不热闹。全国各地的车来来往往，车牌混杂，而且什么车都有，所以方酌的车也不那么显眼了。

他把车停在路边，朝仓库区望去："他们的仓库在里面一点。"

"你怎么知道的？"

"我自然有我的手段。走吧，下车。"

苏甄还没反应过来："什么？"

"里面是仓库区，私家车只能停外面。"

"可咱们就贸然地进去？"

"只要你不心虚就不会有人怀疑，这里来来往往的装卸工人、出货经理都是不同公司的，谁认识谁啊？"

第 99 章

第三次提示

苏甄瞪了他一眼，尽量低下头往里走，其实真的没人在意，一是晚上光线昏暗，看不清晰；二是人真的太多了，每个出货口都停着大货车。

方酌带着苏甄穿过来来往往的车辆来到仓库区右侧，这里相对安静，是一些小仓库聚集的地方，一路进来四周都是品牌名和公司名，有熟悉的，也有不熟悉的。二人七拐八拐，终于看到"京城爱兰科技"的字样。

此时这个仓库外有工人正在卸货，只是量不大，一个中型集装箱车停在门口，几个工人把印有"小心易碎"字样的箱子抬下来。

"不是说爱兰科技是挺大的公司吗？"

"他们公司侧重研发，产品不多，主要提供技术。你也看到了他们都是跟人合作一些鸡肋产品，除了姚总的脑部监测仪，还和蒸汽熨斗公司合作做什么智能芯片，你看这项目，一个蒸汽熨斗要智能干什么？当然也有好点的项目，他们公司自己研发了一款智能冰箱，能根据冰箱里的食物给你安排一日三餐的菜谱。"

"你不是说爱兰科技比你的公司厉害？你的公司都上市了，他们怎么会这么不堪？我看你就是酸的。"

方酌反驳道："你懂什么？有些公司规模大，但实际产出和收益不成正比，很多时候是为了把资金往外转。"

"什么意思？"

"直白地说就是洗钱。"

苏甄一愣:"你怀疑爱兰科技有洗钱嫌疑?怎么没听陈立说?"

"陈立是警察,他不可能把所有情况都告诉咱们,很多事怎么做,什么东西能不能说,都是有规定的,你还真指望他和你共享信息?很多东西咱们不说,算咱们不配合警方调查,他不说那就是上头有规矩。还是那句话,调查真相,要靠自己。"

苏甄惊讶,原来老实巴交的陈立也有隐瞒的事,她还以为只有方酌滑头。

方酌指了指仓库:"虽然我的消息都是暗地里打听的,不如陈立光明正大,但也有好处——能查到他查不到的事。爱兰科技的老板岳凌和酒吧的老四有瓜葛。"

"这个你之前和陈立说过。"

"但这个我没说。"方酌指着仓库。

"什么?"苏甄疑惑。

他打开手机,苏甄凑近了看,竟然是一张出货单,上面的产品是法国进口的红酒。出货的是一家没听过的公司,进货的也是一家没听过的公司,叫绿源食品。

"这个绿源的老板是老四的一个手下,平时不常在京城,但和老四有联系,这条消息可不易查到。"

"那你是怎么查到的?"

方酌挑眉:"是那个给我寄照片的神秘人给的信息。除了出货单,还有这个。"

是一张小学毕业照,因为照片很老了,看不清上面的人,但底下标注了名字。方酌指着其中两个人说:"这就是老四和他的手下阿华。他们是小学同学,谁能想到这层关系?"

苏甄心里震撼,她差点忘了这个神秘人的存在,细想这人从未露过面,却每次都在他们的调查遇到瓶颈的时候给出最关键的提示。第一次是云溪和姜旭东会面的照片,第二次是那几个孩子的合照,这一次是一张出货单和毕业照,而且看出货单样式应该不是官方的,而是私人的。

按照他们之前的推理,这个神秘人应该是神秘组织内部的人,也许是那个组织内部出现了矛盾,抑或出于其他原因,这个人成了组织的叛徒,才给他们提示,叫他们查下去。

"这东西你是什么时候收到的?"

"两天前。"

"两天前,你怎么没和陈立说?"

方酌没说话，苏甄却明白了，方酌一直坚信陈立他们内部出了问题，不管是否怀疑陈立本人，都不适合将消息实时共享。

"我没打算瞒着他，不过是晚两天和他说，你我先来查而已。"方酌说。

苏甄皱眉，说不出反驳的话。

"所以你想调查什么？"苏甄拿过手机仔细看那张出货单。

"我调查过这个绿源，一个皮包公司，进口的东西乱七八糟，和公司主营的业务没什么关系。而且我测算过他们的盈利，一个上税这么规矩的公司，这种进货出货的法子，几乎要赔钱的。"

"所以你怀疑绿源食品是在帮爱兰科技做事？"

方酌点头。

"虽然明面上绿源和爱兰科技并没有任何生意往来，但至今为止我都没调查出来绿源的货是怎么个运输法，查不到仓库，没有路线。"

"你怀疑绿源的货直接进了爱兰的仓库？"

方酌点头："所以我要亲自看看。若是交给陈立在明面上调查，就会打草惊蛇，我怕他们会把东西转移走。"

说到这儿，方酌看向那辆正在卸货的集装箱车，然后在苏甄耳边说了什么，指指那箱子，后者瞪大眼睛："你疯了？"

她顿时又想起了上次在水周的酒店给方酌打掩护的事，这人怎么总这样啊？

"我做不来，我不知道什么出货进货，突然出现太奇怪了。"

"相信你自己。"

方酌突然把苏甄往前一推，打了个手势就滚到了车后面。苏甄一惊，心里把方酌从头到脚骂了个遍。

仓库门口查货单的人已经注意到她了，她只好硬着头皮过去，咬咬嘴唇，说："我是勤天科技的秘书，是第一次来这儿，经理临时有事就派我来了，可我迷路了，不知道仓库在哪儿。"

苏甄的第一反应是打着别的公司的名义，脑子一转就出现了一个公司名，说出口才想起"勤天"这个名字的由来。

没想到对方问："哪儿的？勤天什么？"

苏甄重复一遍："勤天科技。"

"是勤天集团吧，他们有科技公司吗？"那人皱皱眉。

第100章
防腐剂

苏甄一愣,他们有没有科技公司她不知道,只是随口说的名字,现在不会露馅吧?可她又不敢回头,怕暴露方酌,只好硬着头皮说:"有的。"

"哦。"那人奇怪地点头,"勤天集团的仓库在后面,从这儿走过去,走到底就是。"

苏甄一愣,还真有,不过这个勤天集团和自己知道的是同一个集团吗?

那人看苏甄没动,说:"不就是云南的勤天集团吗?深圳华东控股的。你们公司怎么派你这个什么都不懂的秘书来了?"

苏甄心一沉:还真是自己知道的那个。

那人还好心地指着前面说:"难怪你会走错,这里和勤天仓库就隔了一条路。"

那人大概是看苏甄长得漂亮,有意与她说笑,苏甄心里厌烦又不能表现出来,事已至此,也不能乱说话了,只好往那个方向走。

余光瞥向车后,方酌显然已经不在车尾处,在哪儿,苏甄也不知道。因那位好心指路的大哥一直盯着她的背影,苏甄只能顺着他指的方向过去,还真看到了勤天集团的仓库。

苏甄很疑惑,这个勤天集团怎么在京城也有仓库?

勤天集团最早是在他们在云南调查的过程中出现的,是所有问题的源头,无论是工厂爆炸还是后来的福利院被烧事件,都和这个集团有关,不过集团那时的老总早已去世了,现在接手的是他的堂弟。

和之前的老总不同,这位蒋先生大刀阔斧地开疆拓土,把生意都放在深圳这样的南方发达地区,有人说这也是水周旅游业逐渐衰落的原因。

苏甄一开始就怀疑过这集团有问题,可经调查并没有任何奇怪的地方,但此时此刻在这儿调查和神秘组织有关的爱兰科技时,竟这么巧地又看到了勤天集团,苏甄觉得很神奇。

反正已经走到这儿了,苏甄索性装作附近仓库的工作人员,在一旁看着工人验收货物,装货的大集装箱上写着"危险"字样。

她瞄准一个验收的工人,装作不小心撞到:"抱歉。"对方只是对她点了一下头。

这里比爱兰科技那边繁忙很多,四周好几个公司的工作人员来来回回,有

267

碰撞并不奇怪。那个戴眼镜的验收员捡起掉落的本子，苏甄趁机看到了进货单上面的货品名称：formalin（福尔马林）。苏甄一愣，竟然进了这么多福尔马林。再抬头，就看到那些运货的箱子被抬进了仓库。

苏甄觉得奇怪，又去看那些箱子上的英文标注，不只有一种防腐剂，还有好几个品类，苏甄对这些东西很熟悉，甚至看到了几种难得的保存动物大脑的浸泡防腐剂。

这些东西让她不禁想起了人体实验，小说、电影里不是有很多这样的场景吗？实验室里，很多标本泡在透明缸子里。苏甄仿佛发现了什么了不得的东西，胆子也大了起来，看了看送货口，盘算着能不能悄悄混进仓库。

可还没等实施，后背就被人拍了一下，苏甄吓了一跳，一回头，竟是方酌。

"你怎么在这儿，看什么？"

"你什么时候回来的，刚才去哪儿了？"苏甄还心有余悸。

"别提了，我刚才趁他们在对货混进了运输车，想看看箱子里是什么，有没有挂羊头卖狗肉。"

他在车里撬开了一个箱子，这集装箱车虽然只是中型的，但里面的箱子都很高很大，前面的箱子要一一卸下去得花不少时间，方酌在后面，工人一时发现不了，可他没想到自己完美的计划被这箱子打破了。

"一般这种木质箱子里装的都是易碎的东西，瓷器之类的，大多是单层木板的，可这箱子竟然有两层木板，生怕被打开一样。"

所以等他撬开一个时，前面挡着他的箱子都快被卸没了，时间紧迫，他急中生智，钻到了箱子里，还好那木箱子里大部分空间是用锯末、稻草等填充的。

只是方酌没想到箱子里运输的是类似盘子的东西。

"车里黑灯瞎火的看不清，我也不敢打开手电筒。"单手摸着是那种非常大的瓷盘。

紧接着，他便感觉被人抬了下去，放进了仓库。再后来他趁人去前面运货时跑了出来，才看清箱子里的东西。那根本不是盘子，而是很大的类似轴承的东西。

"中间是空的，我又开了两个，有的不是圆形的，像带着锯齿的轴承，每个直径都有双臂展开那么大。"

"你说他运输的是轴承？"

"应该只是类似的东西。轴承我见过，可没见过陶瓷烧制的。看了编号，是景德镇的订单，他们应该是特意找人做的。可这批货我在调查爱兰科技的时候并没查到，说明他们这批货是找了特殊渠道以别的名头运过来的，这个爱兰科技果然有问题。"

方酌仔细想了一下:"不行,我要调查一下那个绿源公司最近进的东西。"

"你怀疑爱兰科技的很多货物都是通过那个叫绿源的皮包公司运输的?"苏甄往那边看,"可箱子上写的都是爱兰科技。他们这东西是怎么运进来的?能躲开官方的眼睛?箱子上登记的是什么?"

"医疗器械。"

方酌怎么也想不明白那是什么东西,他也接触过医疗器械,有金属、玻璃、橡胶等各种材质的,但他从没见过用陶瓷制作的,还是那种形状,真是闻所未闻。

"我连开了三四个箱子,里面差不多都是这样的东西,但每一个都不同,应该是能组合成一个什么东西。"

看方酌一直皱眉,苏甄又和他说了自己刚才发现的勤天集团的事。

"勤天仓库在附近?"

"对,之前没听说他们把生意发展到京城了。"

"他们集团在广、深发展得很好,生意扩展到这边来也不奇怪,只是这两个仓库离得这么近……"方酌若有所思。

"怎么了?"

方酌摇头:"你确定是防腐剂?"

"对,而且是那种浸泡动物标本的防腐剂,很让人怀疑,就像你说的,怎么这么巧?勤天集团本来就和这个案子有瓜葛。"

方酌思索了一会儿,提出也去勤天仓库看看。可惜,他俩刚到那边就看到一箱货已经卸完,又来了两辆车,那边人实在太多,大公司就是不一样,仓库非常热闹,又制度森严,他俩想混进去很难。

"同样的仓库,那个爱兰科技公司怎么就管理得那么松散,就不怕被竞争对手暗害?"

没有对比就没有伤害,勤天集团这边想溜进去探查几乎难于登天,四处都有人把守,到处都是摄像头,相比之下爱兰科技的仓库就很没规矩。

"勤天是老牌企业,而爱兰科技,说白了,岳凌能有今天都是靠着他地下的兄弟帮助,洗白洗出来的。"

"怎么说?"

方酌嘲讽一笑:"别忘了那个老四。"

苏甄看着这边管理森严的仓库,问:"怎么办?"

"明面上的,等陈立来了让他查吧。"方酌说着往回走。

"就这么走了?你不是要防着陈立吗?"

"能防得住吗?"他把手机举起来,"低估他了,等不到明天,今天就要被他发现了。"

苏甄看到他的手机上有三个未接来电，都是陈立的，想到什么，掏出自己的手机，之前静音了，此时也看到了陈立的未接来电。"他不会这么快就发现咱俩跑了吧？"

"别用'跑'这词，说得好像畏罪潜逃似的，我们不过是避开陈警官先来调查。"方酌挑眉，把手机关机了。

苏甄瞪着眼睛："你这……"她话还没说完手机就被方酌夺过去关机了。"哎，别啊，万一我师兄找我呢？"

"放心吧，这个点，你那规矩师兄早睡了。"

"我现在也想睡觉。"

苏甄说的是真心话。

"大好时光，睡什么觉啊？"

方酌直接开车拐到了三里屯，这儿灯红酒绿，一片繁华。

第 101 章

陌生人游戏

方酌将车停在一家名为"破风"的酒吧前："这就是王语嫣之前开的酒吧，后来转让给了老四，说是转让，但她每年都能从这儿得一份分红。"

"王语嫣和老四之前不是情人关系吗？"

"具体是怎么回事也不知道，不过你能容忍自己的女人和另一个小子勾勾搭搭？老四那种人若是不杀了冯朝，以后都没的混。"

"老四当初差点把冯朝打死，按理来说王语嫣和冯朝走后，不应再和老四有任何瓜葛，怎么后来王语嫣回到京城，又能从酒吧拿分红呢？她又和老四好了？"

方酌摇头："男人不会和别人分享女人，若他和王语嫣又好上了，冯朝早死了。"

"所以我们来这个酒吧要查什么？"

"关于酒吧的信息之前我们都是听别人说的，跟自己亲眼看见的总有偏差。来这儿看看说不定能有什么收获。"

二人说话间进了酒吧,此时是生意最好的时候。

里面人还挺多,灯光暧昧,有乐队在唱歌,卡座里一对对、一堆堆人笑着玩乐,吧台边单身男女互相打着信号,苏甄仿佛进入了另一个世界。

"跟紧了。"方酌指着吧台,"一会儿到那边别喝酒,知道吗?"

"你当我是小孩子啊?"苏甄白了他一眼,"我可是成年人。"

方琼可是酒吧常客,以前带苏甄去玩过。

吧台边方酌点了一杯威士忌加冰,给苏甄点了一杯好看的鸡尾酒。

"别东张西望。"方酌淡淡地说。

苏甄压低声音:"不是来查案的吗,你怎么喝上了?时间紧迫,也许一会儿陈立就出现了,看你怎么办。"

方酌觉得好笑,说:"知道吗,在这酒吧里有三种人,一种是来寻找猎物的,会瞄准某个人进攻;一种是来寻求刺激、钓凯子的,会尽量展现自己的魅力;还有一种,"他指着苏甄,"你这种,上好的肥肉,生怕别人不知道你是生瓜蛋子,那些男人都盯着你呢。"

苏甄低头喝了一口鸡尾酒,味道出奇地好,并没什么酒精味。

"这里看着是个放松的地界,可有无数双眼睛盯着呢。"

"盯什么?"

方酌一笑,朝一个角落扬扬下巴,一对男女搂搂抱抱地朝后面走去,门口的两个黑衣保安互相使眼色,也跟了过去,苏甄一愣:"怎么回事?"

"有些人喜欢玩点刺激的,会吃点药丸,但这生意不是酒吧自己在做。现在查得严,没有酒吧会做这种费力不讨好又容易被人举报的营生,当然也不会允许别人在自己的地盘上放肆,抽不到成还容易沾包。"

很快苏甄就看到刚才的男的被揍得鼻青脸肿地拖出来,但因酒吧里人很多,中间的台子上还有乐队在唱歌,所有人的视线都集中在台上,根本不会有人注意到角落里的动静。

苏甄觉得神奇,这里就像另一个世界,独有一套规矩。"这酒吧还挺响应政策的,帮着扫除吃药丸的?"

方酌嘲讽一笑:"不过是些散户,没打招呼,自己私自买卖的。"

苏甄再往那边看,始终没看到刚才那个女的出来。

"很多东西不用明说,你想在这场子里做事就必须买入场券,到哪儿都是,这就是规矩。"

苏甄诧异极了。

只见方酌朝酒保打了个响指,拿出几张票子,说:"再给我来一杯。"

酒保看看钱,方酌一笑:"剩下的是小费。"

酒保勾勾嘴角，抽过钱，方酌才悠悠开口："老万呢，怎么不在？"

"找万哥啊，你打他手机吧。"

方酌笑笑，又抽出两张，手指在嘴上比了个"嘘"。

酒保看看四周："万哥在后面呢，今天有洋酒送来。"说完就到另一边忙去了。

苏甄小声地问："老万是谁啊？"

"上次我托人找的，跟我说冯朝和王语嫣的事的人。"

苏甄诧异："你这次来还想找他问话？"

方酌却摇头："我可以利用他打探一下别的事情。"

"不先给他打电话？"

"安全起见，之前我们都是通过中间人联系的。"

"你心眼倒是挺多。"

方酌看看四周："你先在这儿等我。"

"你干吗去？"

"去个洗手间。"

苏甄知道他是要去找人，想说跟着他，可又怕两个人目标太大，只好坐在吧台边。好在刚才那个酒保过来了，问她："还想喝点什么吗？"

苏甄摇头，只问道："这酒吧开了很久吧？"

"有几年了。"

"生意好吗？"

苏甄无聊地和酒保说着话。

"还不错。这条街上的店生意都很好，常有陌生情侣活动，一周三次，年轻人喜欢刺激，来的人就多些。"

苏甄看看四周，现在人就很多。

"什么样的活动？"

酒保笑着朝中间的台子扬扬下巴："今天就有，小姐要是感兴趣可以试试。"

苏甄还想问什么，那边台子上的乐队就停了音乐，下面的服务员开始用气球把台子围起来。乐队的主唱化身主持人，拿出一张黑桃A。

"击鼓传牌，鼓声停的时候牌在谁手里谁就上来接受惩罚，下面的男士注意了，黑骑士诞生后可以保护女孩子哟。"

下面的人起哄，苏甄想说不参加，可服务员没给她机会，往她手上塞了一朵花。

乐队奏乐，黑桃A在一个女生手里，她不紧不慢地走到另一桌递给另一个女生。牌最后停在一个黑裙子女生手里，旁边的人起哄，那女生也大方，主持人从一个箱子里抽出张卡片，念道："跳性感热辣的舞蹈和喝三杯酒，你可以选择一位男士帮你完成其中一项，自己再完成另一项。"

这女孩很漂亮，下面好多男士跃跃欲试，最后女孩请了一个帅哥上台，笑着说："你来跳热舞吧。"然后自己干了酒。下面的人起哄让那位男士跳舞。

接着又开始新的一轮。苏甄烦透了，一个劲地看方酌有没有回来。她起身想要去洗手间找人，结果手里莫名其妙被一个女生塞了张牌，鼓点正好停了。

周围的人起哄，苏甄说着抱歉，有人喊着玩不起啊，她心里有火，可也不想惹事，只好上台，好在抽到的是选现场的一位男士喝交杯酒，不用做什么太亲密的动作。

苏甄快速地扫视一圈，还是没看到方酌的影子。下面的男士很热情，一个劲地自荐，苏甄最后选了角落里一个看起来端正的男人，他实在低调，在角落的卡座里坐着，也没人陪，只有一个看起来像秘书的男人站在他旁边和他耳语什么，他还看了看表。

苏甄想着这样的人应该比现场的其他人好吧，最起码不会借着气氛提过分的要求，她拿着酒杯过去，那男人显然在状况外，看到苏甄还微微一愣。

她走近看，这男人大概四十岁，保养得极好，眉宇之间很平静，有一种儒雅的气质，苏甄此时也有些胆怯，小心地说道："我玩游戏输了，请您和我喝一杯交杯酒。"

第102章

穿着外套的人

这种游戏以前方琼也带她在酒吧玩过，所以她不是那种玩不开的人。

那男人上下打量她，半响，拿起酒杯和她喝了一杯。

周围起哄的热潮散去，鼓点继续，苏甄急匆匆地往洗手间跑，没注意到有人从刚才她走向那男人开始，就在注意她。

苏甄刚走就有一个保镖在男人身边耳语，男人摇摇头，示意不要在意，可保镖又跟他耳语了一番，男人微微挑起眉。这些苏甄全然不知。

她在洗手间门口等了半天也不见方酌，只好开机打电话给他，可方酌那边还是关机状态。她想着是不是和方酌错过了，决定先回吧台，可还没走就听到

273

洗手间另一侧的走廊里有动静，好像是手指甲抓挠的声音。

苏甄皱眉往那个方向走，走廊这边不像前面那般吵闹，挂着"办公区，闲人免进"的牌子，显得很冷清。

因有路障，苏甄只能探身往里看，徐徐的风吹来，她想着酒吧的后门应该也在这个方向。

苏甄不想惹事，可刚回头就又听到挠门的动静，她一向对这种声音很敏感，小时候邻居的猫每天都要挠墙，刺耳得很，苏甄一听身上就起鸡皮疙瘩。

她又往那边看了看，结果身后传来一道声音："干什么呢？"

苏甄吓了一跳，回头只见是个保安。"找不到路了。"苏甄装作不胜酒力。

"从这边回去。"保安面色不善地指着前面。

苏甄点了一下头，匆匆往前走，回到了前厅，游戏刚散，还是没看到方酌。酒保注意到她过来，对她说："和您一起来的先生刚没找到您，留了话，让您出门在后面的巷子里等他。"

苏甄有些疑惑，又有些生气，只好拿着包离开，瞥了一眼，刚才和自己喝交杯酒的男人已经不见了。苏甄出门看到方酌的车还停在原来的位置，可打电话给他还是关机，她憋着一口气，往酒保说的巷子走。还没走到，手机就响了，竟然是陈立。

苏甄接了。

"你和方酌跑哪儿去了？"

苏甄支支吾吾没说清楚，反问道："你那边有什么新情况吗？"

"我已经向组长汇报过了，过两日动身去京城，有新情况，不过你俩刚才为什么都不接电话？"

"有事吗？现在都挺晚的了。"

"有最新的情况，我要找方酌，让他用网络技术帮着追踪细节，你也知道现在我们内部出了点问题，组长说两边一起追踪比较保险。"

"那我一会儿和他说。"

"你俩这么晚还在一起呢？"

苏甄知道自己说漏嘴了。

陈立没再问下去，声音阴沉："是云南那边的郝亮警官的消息。"

苏甄一愣，想起他说的是那个发现了陈钟等人的问题，出车祸后莫名其妙失踪的警察。"什么情况？"

"见面再说吧，你现在在他的别墅吗？我过去。"

"别。"苏甄一慌，"现在不太方便。"

陈立那边又沉默了，甚至有些尴尬："那……那好吧。"

苏甄知道陈立肯定误会了，可不好解释。

苏甄边走边打电话，已经到了巷子口，急匆匆地说了句："一会儿我叫他给你回电话。"生怕陈立再问什么。她已经看到巷子口的路灯下有一双鞋，黑的，但她不确定是不是方酌在那儿。

酒吧前街明明灯火通明，后巷却萧索得厉害，四处堆满酒吧的垃圾，路灯昏暗，苏甄有点害怕，站在巷子口，喊道："方酌，方酌？"

没人回答。苏甄壮着胆子过去，看到巷子的阴影里方酌的外套，松了口气："你大晚上的吓死人了，干吗偷偷摸摸来这儿，不回车上说？"

苏甄生气地推了他一把，但碰到肩膀时就感觉不对，那触感僵硬，还带着些奇怪的冰冷，没等她细想，那人就随着这股轻微的力道毫无预兆地倒地，苏甄吓了一大跳："方酌！"

那画面真的让苏甄终生难忘，只见地上之人睁大眼睛，嘴巴微张，脸色呈一种不正常的灰白色，肢体僵硬，手指还伸着，穿着牛仔裤、花衬衣，身上套着不合身的外套，那是方酌的外套。

入夜，整条巷子里再没其他活物，只有成堆的垃圾，这样的夜晚恐怖至极，苏甄撑着最后一口气将手指伸过去，试探那人的呼吸，明明猜到结果了，她还是吓得坐在地上，喊都喊不出来。

苏甄完全蒙了。

穿着方酌外套的死人。苏甄脑子里一片空白，半晌才意识到口袋里传来熟悉的喊声，苏甄惊醒似的翻出手机，原来她刚才根本没挂断电话，此时像抓到救命稻草一样冲着电话喊："陈立陈立，死人啊，穿着方酌的外套，方酌不见了，这儿有死人！"

陈立是连夜开车过来的，赶到这边的警局时，苏甄已经做好了笔录。

死人离她那么近，她甚至伸手摸过，这画面绝对比上次田锋出事的画面带给她的冲击力要大。

陈立和做笔录的警察打好招呼，过来递给她一杯热牛奶："感觉怎么样了？"

"方酌去哪儿了？那个酒保一定有问题。"

"酒保他们已经审问过了，他说当时来和他打招呼的人穿着方酌那件外套，戴个帽子，那时酒吧里在做游戏，灯光很暗，他瞥了一眼，以为看到的就是方酌。查监控也看不清晰。"

"让酒保转告我去后巷的人，是那个死人吗？"

陈立摇头："应该不是，死的那个人穿着方酌的外套显得非常别扭，他身形比方酌胖，从监控来看，和酒保说话的人身形几乎和方酌一致。"

"这是什么意思？"苏甄心一抖，"你们现在怀疑是方酌杀了那个人？"

陈立叹着气："我知道不是方酌。我和方酌一起住了一段时间，我对他的行为习惯很了解，那个人虽跟他身形相似，但我可以肯定不是他，可我也没有足够的证据证明那不是方酌，我需要再仔细看几遍视频，找找细节。"

"这一定又是栽赃嫁祸。陈立，之前的案子还不能说明问题吗？就是神秘组织想要除掉方酌，他肯定是被人算计了。"

苏甄盯着陈立，后者却抿着唇，没再说话。

苏甄心沉了下去："现在方酌又成嫌疑人了是吗？除了你，其他人都怀疑他对吗？"

"死者是被人用尖锐刀具扎破内脏，内出血而死，所以脸色呈灰白色。经比对，凶器就是死者身上带着的瑞士军刀，是挂在钥匙上的，可上面除了死者的指纹，就只有方酌的指纹。"

"不可能，肯定不是方酌干的。"

"我有一点疑惑，你和方酌是突然决定来京城的是吧？那个人怎么会知道你们要来，还知道你的名字，给酒保留言让你过去？这一点非常让人怀疑，警方现在怀疑方酌合情合理，他杀了人，然后把你叫到后巷嫁祸给你。"

苏甄摇头："可事实不是这样的。"苏甄越想越害怕："这人知道我的名字，知道方酌，他解决了方酌，然后把我骗去让我发现尸体，现在方酌失踪了。"

"找到了。"正说着那边就有警察喊着陈立，"找到方酌了。"

陈立看着来人的脸色，严肃地问："在哪儿找到的？"

"就在那条巷子后面的垃圾堆里。"

"怎么会在那儿？"苏甄疑惑。可更意外的是，方酌被发现时腿部受伤，头部受伤，奄奄一息，好在没有伤到主动脉，此时已经脱离危险，只是还没有醒。

陈立和苏甄赶到医院，看到虚弱的方酌，突然觉得心酸。

后巷那边是监控死角，动手的人一定对这边极为熟悉。

第103章

严格的时间

苏甄看着病床上的方酌，只觉得无助，这么长时间以来，案子越查越扑朔迷离，身边的人一个接一个出事，真要把人逼崩溃。

苏甄守着方酌，陈立那边却手忙脚乱，他本来计划两天后再来，A城那边有很多要料理的事，可昨晚事发突然，显然打乱了他的计划。

案件已经曝光，又发生在京城，媒体的眼睛跟雷达似的，这事直接就上了新闻，一下子记者、网红都赶到现场录视频、做节目，虽拉了警戒线，但周围的酒吧不可能全都停业，一时间除了破风，周边的酒吧爆满。

现在的人都爱寻求刺激，可这样高的关注度给查案带来了很多阻碍。

怕方酌昏迷时被人暗害，很多调查陈立都没亲自去，京城没有他信任的人，只能亲自守着方酌，此时他和苏甄一左一右坐在病房里，周围安静得叫人心烦气躁。

苏甄叹了口气："酒吧那边有什么进展吗？"

陈立摇头："凶手应该对那附近极为熟悉，完美地避开了所有摄像头，而昨晚去酒吧的人太多，服务员无法记住所有人，也没办法逐一排查。唯一可以确定的是时间。"

陈立分析，苏甄和方酌昨晚到达酒吧时是晚上十一点四十五分，十二点时方酌去了后面找人，苏甄参加了游戏，因为那游戏就是每晚十二点开始的。

苏甄记得自己和那位陌生男士喝完交杯酒是十二点半，然后自己去往洗手间，在那边等了方酌半个小时，半夜一点钟回到吧台，然后出了酒吧。

"我给你打电话的时候是半夜一点十分。死者死亡时间推测在十一点到一点之间，但可以再精确一点，有人在十一点五十分的时候看到了这个人。"

苏甄心一抖："也就是说死者是在十一点五十分到一点之间死亡的？这个时段出现在后巷的人，监控有拍到吗？"

"后巷是监控死角，但我对前面的监控进行排查，并没有看到过死者。"

苏甄皱眉，想到些什么："方酌当时是去找老万，他是酒吧的员工，算老四手底下外围的一个小混混。你们找到他了吗？"

"找到了，那边正审着呢，就是他在十一点五十分见过死者，死者也是酒吧的员工，应该算老四的一个得力手下，叫刚子，原名王楚刚。"

"果然和这个酒吧有关。那个老四怎么说？"

"酒吧老板还没联系到，经理说老四三天前就去外地进货了，已经通知他了，但最快也要明天才到京城。"

"他不在？"苏甄脑子快速转着，"我觉得这事不简单，如果是有预谋的，他肯定是幕后主使，故意躲出去了。"

"有这个可能，一开始咱们就觉得老四和爱兰科技有关，而爱兰科技很可能和神秘组织勾结，但还是之前那个问题，苏甄，你和方酌是临时决定来京城的，我都不知道，对方如何知道？所以我更倾向于是当时发生了什么事。"

"你的意思是，像王启明那样，方酌在后面看到了什么，他们要灭口并嫁祸给他？"苏甄心提起来，"那方酌岂不是很危险？"

陈立摇头，若有所思："我问过医生了，方酌的伤口主要在腿部，并没伤到主动脉，看伤口走向，是打斗所致，说明对方没有计划好将他一击毙命，肯定是中间遇到了什么事，然后双方打斗起来了，这个等方酌醒了应该就知道了。而方酌头部的伤，据现场勘查的人分析比对，很可能是挣扎时磕到墙上了，对方没有杀死方酌，应该是着急逃跑。"

"那不对啊，这明明是策划好的陷害，毕竟那人穿着方酌的外套出现在酒吧把我引过去，还把外套套在死者身上。"苏甄想不通这一点。

"如果真的想嫁祸，他应该给方酌一刀致命伤，却没对方酌下死手，要么是匆忙逃跑，毕竟你从酒吧到后面一共也就十分钟不到，他需要去后巷把外套穿在死者身上，这过程需要时间。根据监控录像，那个人和酒保说话的时间就在你回来之前的五分钟，所以他没有充足的时间，除非他有同伙。可我并不认为是这样。"

"为什么？"

"因为手法拙劣，包括死了的刚子，他身上的那一刀本也不致命，是因为挨了一刀后剧烈运动导致内出血才死亡的。这说明他受伤后和真正的凶手搏斗了一会儿，如果是有预谋的，不可能做得这么不干净。"

苏甄越听越蒙，总觉得有什么地方不合理。

"放心，方酌应该很快就会醒来。他虽失血过多，但身上并没有致命伤，如果是神秘组织策划好的，他们应该置方酌于死地才是。"

"即便不是神秘组织做的，肯定也跟神秘组织有关联。那个老万有说和方酌说了什么吗？"

"他一开始不肯说，出来混的，透露消息给外边的人是大忌，可咱们知道他和方酌的事，所以我在他做好笔录后，私下又找了他，保证不会把消息散出去，他才说了实话。他在酒吧只是个当保安的，在老四面前说不上话，也捞不到什么钱。

"当时方酌找另一个地头蛇当中间人，打听消息，不过冯朝和王语嫣的事在这一片几乎尽人皆知，所以就算他不说，也能打听出来，但他到底是酒吧的人，知道点内幕，说得更细，可他胆子也小，昨晚方酌找到他，他吓了一跳，以为是自己露馅了。

"方酌叫他说说老四和王语嫣认识的细节，他一开始不肯说，可方酌你还不知道，有钱，现在这个老万特别后悔，说要是老板知道，他就没法混了。"陈立说到这儿摇头，"他还把方酌给他的钱还给我了。"

苏甄皱眉："以为咱们保密，他就能混下去了？"

陈立挑眉，意外地道："你懂得倒挺多。"

第104章
有所保留

苏甄想说昨晚方酌普及得好，可话到嘴边又咽下去了。"本来就是，要没昨晚那事，这钱他闷门挣着，可现在闹大了，警察还找他问话，他们老大肯定也要质问他，最起码失去了信任，以后他不好混了。"

陈立点头："但也许这可以成为突破口呢。"

"什么突破口？"

"如果方酌的案子真的和老四有关，老四之后的任何动作都值得探究。"

二人正说着话，那边方酌的监测仪响了，苏甄看到他微微睁开眼睛。"他醒了。"苏甄惊喜地道。

医生给他做了一系列检查，没什么大问题，嘱咐了几句就走了，苏甄总算长舒一口气。方酌无奈地说："哭丧个脸干吗？我又没死。"

陈立感叹："你还真是命大，好几次了吧？小区车祸，这一次更是差一点上西天。"

"可能有主角光环吧。"方酌呵呵笑了。

玩笑归玩笑，方酌皱眉："不过这次真是危险。"听他要开始讲，陈立叫了外面一个刑警进来做笔录，开始问那晚方酌到底经历了什么。

据他说，昨天晚上他找老万问关于王语嫣、冯朝和老四的事，就在酒吧后面的库房里，那里都是洋酒和一些杂物，老万平时就在那儿负责登记、进货，平时根本没人来，所以很安全。

谈话结束后，老万怕被人看见，先开门看了看，然后让方酌从后门走，若是还想回酒吧就从前门绕过去。其实方酌觉得没必要，但既然老万坚持，他也就答应了。

和苏甄想的差不多，酒吧的后门就在办公区走到头的地方，是从里面开的防盗门。老万没送他出来，说现在这个时候不会有人，叫他自己走，其实就是怕被看见。

方酌说他出后门的这一分多钟里就出事了。从库房出来就是办公区，周围非常安静，老万说这个点后面不会有人，方酌本就是来查案的，就想趁没人进旁边的办公室看看，可三个房间两个上了锁，唯一一个能推开的房间里面很空旷，只有两个沙发，地上扔了几个空矿泉水瓶，一眼能看到底，方酌觉得没什么可查的，就打算从后门离开。

可刚推开门，就感觉到身后有一股劲风，方酌也不是吃素的，知道后面有人袭来，他反应快，手肘往后一推，磕到了对方的胸口上，听到一声闷哼，刚要回头，脖子就被人从后面用什么抵住了。那人说："别动。"

触感冰凉，方酌知道是刀，心都提到嗓子眼了。"兄弟，道上混的吧？要是求财，我这儿有钱，放我一条生路，我们无冤无仇的。"

他很识相地把钱包拿出来，想回头看那人长相，可对方声音低沉地说："别动，出去。"

方酌只好举着双手往外走。从酒吧后门出来就是后巷，空气里充斥着垃圾味，方酌不知这人要干什么，对方一直让他往前走，丝毫没有想放过他的意思。

方酌觉得不行，试图掌控局面，一直在说话，可对方一直沉默，用刀子逼着他走。方酌看到旁边的垃圾堆，急中生智，猛地一踩，手握住身后人的手腕一扭，那人的第一反应是低头扣着帽子，所以方酌并没有看到对方的脸。

他本以为能扭转局面，可惜啊，真是阴沟里翻船，他正好踩到香蕉皮，一滑，脑袋磕在墙上，那人吓了一跳，刀子直接戳进了方酌的大腿，血都喷出来了。方酌以为自己大动脉被割，躺在血泊里动弹不得，那人似乎也吓傻了，拔腿就跑，方酌脑袋磕到，晕得厉害，挣扎着想看清那人，结果那背影突然停下来，似乎思考着什么，又折返了回来。

"我最后的意识就是那人架着我的胳膊往外拖拽，之后我就晕过去了，什么都不知道了。刚才听你俩说我的外套穿在了死者身上，我还吓了一跳。"

"你见过死者吗？"

陈立拿出照片，方酌摇头："昨天晚上我只见过老万一人，袭击我的人我都没看清，不过……"

陈立皱眉："不过？你想到什么了？"

方酌依然摇头。苏甄突然想起什么："你在办公区的时候有没有听到挠门的声音？"

苏甄说了自己当时听到的声音，方酌却摇头："没有，走廊里特别安静。"

"那就奇怪了,按理来说我在洗手间外听到挠门的声音时,你应该就在那附近啊。"

"我在库房的时候听不见外面的声音,出来以后,走廊特别安静。"

"那袭击你的人是从什么地方出来的呢?"

"我余光似乎瞥到他是从唯一开着的房间蹿出来的。"

"你不是说那房间一眼能看到底,什么都没有吗?"苏甄一下想到田锋被发现的那个地下室,看向陈立,"还需要再去现场确认一下。"

"你还记得袭击你的人身上有什么别的特征吗?"

陈立继续问,方酌思索着:"我总觉得那人的声音特别熟悉,啊,对了,还有一个细节,他手腕上有勒痕,像是被绳子勒的。"

陈立若有所思:"出现在酒吧房间,手腕上有绳子勒痕,突然冲出来,被杀死的人还是酒吧的人,你们说有没有可能这人是被刚子囚禁在屋子里的,然后逃出来了,把刚子捅死了?但意外碰到了你,他以为错手把你杀了,索性就做了个局嫁祸给你。"

苏甄心一抖:"可是,若真是刚子囚禁了他,酒吧的人应该知道这事啊,记得吗?方酌,咱们在酒吧的时候就看到保安把卖药丸的带到后面,你说的,没和酒吧打招呼,破坏了规矩的人,是要被教训的,是不是那个人也是这种情况?"

"你说得很合理,但有一点,这个人,可是认识你和我的。"

苏甄恍然,差点忘了这点,是啊,那人准确地说出了她和方酌的名字。会是谁呢?

"是认识咱们的人?"

苏甄实在想不到京城这边有什么人认识他们。

"不过苏甄你提供了一个思路,"方酌眯起眼,"记得吗?昨天晚上那两个买卖药丸的人,男人被带出来了,女人没被带出来,如果她也被囚禁在办公区,会不会听到了什么?"

方酌这话一出,陈立秒懂,立马出去找人调查。

"你记得那个女人的样貌吗?"

"那天好多人看到那女的了,她应该是酒吧的常客,一打听就能知道。"

陈立一走,门关上,屋里就剩他俩了。苏甄盯着方酌的眼睛,问:"刚才陈立问你和老万说了什么,你是不是有所保留,没和陈立说实话?"

第 105 章

矛盾一触即发

方酌抬眸，盯着苏甄半晌，笑了出来，没否认。

"你就不怕老万说的和你说的有出入？警方就更怀疑你了。"

"陈立也怀疑凶手是我？"

"他倒没有，他说他熟悉你的身影，那个穿你外套给我留言的人不是你，但他说……"

"但他说没有证据对吧？我一猜就是。"方酌撇嘴。

"所以你真的有所保留？"

"老万疯了才会和警方说完整。"

"那你到底隐瞒了什么？怎么，连我都不能说？"

方酌盯着她："知道这条消息我花了多少钱吗？"

他眯起眼，脸色很苍白，嘴唇都干裂了。

"老万很滑头的，说的无非就是之前咱们知道的那些，王语嫣跟了老四，后来遇到冯朝，两人好上了，宁愿被老四打死也要和冯朝走，可这些话只能骗骗警察。王语嫣后来又回来，老四还让她从中抽成，这中间肯定有事。但具体是什么事老万也不知道，可我稍微用了点手段，知道了点其他的事，当然不只是用钱，人呢，最怕的就是被抓住把柄。"方酌这一刻眼神极冷，"老万透露出的最重要的信息就是，老四和岳凌的老婆似乎有瓜葛。"

苏甄瞪大眼睛，没想到是这种八卦："不能吧？"

若老四和爱兰科技老总岳凌的老婆有瓜葛，他现在还能活蹦乱跳？岳凌和老四还没反目？

苏甄蒙了："这种事老万怎么知道？咱们之前打听的时候可从来没听过这事。"

方酌笑着说："老万说他是无意中看见的，一次岳凌带他老婆景瑜来酒吧，去了后面的办公室，后来岳凌出去，里面就剩老四和岳凌的老婆，那场面看着就不简单，他说岳凌的老婆打了老四一巴掌。老万当时就在库房盘点，从门缝里看到的，其他人都不知道，在此之前他也没想到能看到这种八卦，但他嘴严，跟谁都没说。"

"那他怎么告诉你了？"

方酌邪笑："我自然有我的办法。"

苏甄疑惑地问："这事你为什么不和陈立说？也许是个突破口。"

"自然是,可我为什么都要告诉他?"方酌从床上爬起来,受伤的腿扯到了,疼,"你扶我一下。"

"干吗?你就躺着吧。"

"躺了这么久了,身上都松散了,我要去沙发上坐着。"

沙发靠近窗子,刚坐下,方酌就把窗户打开了:"我抽根烟不介意吧?"

虽然是问苏甄的意见,但苏甄还没回答他就点上了。她无语地说:"继续说啊。"

方酌笑道:"说什么?这话只是老万自己说的,说不定什么误会,无凭无据的,我能随便给陈立说吗?"

"可他知道了,能深入调查。"

"他怎么调查?没准他们警方一深入就打草惊蛇了,再有人失踪、死掉什么的,谁负责?好不容易有突破口了,没有他,咱俩一样能查。"

苏甄笑道:"这东西咱俩怎么查?"

"有的是办法,有我在,怕什么?再说了,你看他刚才先问我老万说了什么,当我不知道他的伎俩,是和老万的证词做比较去了,他就是怀疑我,他越想听什么我就越不说,我还怀疑他呢,我就要自己调查。"

"你这是赌气。说实话,你真怀疑陈立?"

"我怎么不怀疑?防人之心不可无。"

方酌越说越气,或许是腿上的伤口疼了,气急败坏地说:"你说我和他同吃同住多久了?他不能直白点吗,刚才那出演给谁看?"

"你不也怀疑他吗?"

"那是他值得怀疑。"

方酌越说越起劲,苏甄却停住话头,给他使眼色,方酌猛地一回头,吓了一跳,病房门不知何时打开了,陈立此时就阴着脸站在那儿,手里还拎着两袋包子。

一瞬间屋内陷入沉寂,苏甄觉得尴尬极了,半晌张口笑了两声:"陈立,你……"

苏甄想问他是从什么时候起站在这儿的,还没开口,陈立就坐在床边正对着方酌的位置,居高临下地看着沙发上的方酌说:"你的如意算盘白打了,在来之前我们就调查出了岳凌和他太太感情不和,为了维护形象一直貌合神离,原因好像是他们没孩子,这几年还有人传岳凌在外有私生子,这已经不是多新鲜的事了。但岳凌老婆和老四有瓜葛,这点我们倒是没查出来,谢谢了啊,哥们儿。"

他伸手拍了拍方酌的肩膀,苏甄都能看到方酌的鼻孔因紧张而翕动,她扶额摇头。方酌憋了半天,气得都破音了,说:"你看吧,我就说我不能告诉他,

283

他这条信息之前也没和咱俩说。"

方酌回头去看苏甄，摆出求助的样子，自动把苏甄划到他的阵营里。苏甄尴尬得要死。陈立倒觉得没什么，只是伸手把病房门关上了。

苏甄被严肃的气氛弄得往后缩，想减轻自己的存在感。

方酌皱眉："怎么？"

陈立盯着他，摆出一副刑警审人的样子，苏甄觉得那眼神一般人都扛不住，不过方酌也不逊色，两人对视了能有五分钟吧，苏甄试图开口："那个……陈立，你听我解释啊。"

"没什么好解释的，方酌说得很对，在王斌这案子上我确实值得怀疑：内部人，了解尹生的习惯，熟悉医院的地形。不过，方酌，这不是你私自带苏甄跑到京城的理由，若昨晚那人心狠一点你就没命了，若对方存心灭了你俩，苏甄现在也死了，再藏个尸，就又是个失踪案，知道吗？"

"所以呢，你现在对我说教？你凭什么？就因为你是警察？别忘了，你现在停职了，别拿鸡毛当令箭，专案组？专案组我们可没参与，而且这些事从头到尾都是你自己说的，我为什么不能怀疑你？而且陈立，凭良心说，你不也一直在怀疑我们？"

两人针锋相对，气氛紧绷到了极致，苏甄屏住呼吸。

过了半晌，陈立说："对，我怀疑你，方酌，我从一开始就怀疑你，因为你这个人谎话连篇，手段太多。我当然也怀疑过苏甄，她和姜旭东结婚两年，关系如此亲密，我不信她连一丁点关于姜旭东下落的消息都不知道。"

"所以咯，咱们之间毫无信任可言，为什么还要合作查案？"方酌总结，陈立眼神幽深。

苏甄知道这样的争吵迟早要到来，之前的和谐不过是暴风雨来临前的平静。

"我觉得没什么。"陈立淡然地开口，"我知道你和我在一块有你的目的，当然我和嫌疑人在一起查案，也有我的目的。"

"总算说出你的真实想法了，"方酌拍着手，"非常好。可我不愿意，陈立，我讨厌你用对嫌疑人的态度对待我。我没必要和你合作，你能得到的消息，我自然也有办法得到，但我能得到的消息你未必能得到。"

说到这儿，他抓过身边的输液移动架子，站起来，苏甄赶紧去扶，方酌却推开她："选吧。"

"什么？"苏甄一脸蒙。

"我和陈立，你选一个跟着。"

第 106 章
神秘的叛徒

苏甄一股火直冲天灵盖:"你俩能不这么幼稚吗?"

"这不是幼稚,是男人的尊严。"方酌气急败坏,"你选他不选我?"

"能不作了吗?"苏甄头大,方酌却扭过头去不说话了。

陈立看气氛紧张,把包子放下,说:"我看你要静养,我先出去了。"

房门再次关上,苏甄看着还在闹别扭的男人,只觉得可笑:"你接下来想干吗?"

"就问你一句,跟着我查案吗?"

苏甄的目光停在他的腿上。

方酌冷哼一声:"不如咱们打个赌吧。"

"赌什么?"

"赌咱们仨谁先找到真相。"

苏甄第二天借口买卸妆水走出医院的时候,觉得自己可能疯了。

这两天她和陈立一直守着方酌,害怕上演 A 城那样的刺杀事件,苏甄睡在这二人间病房的另一张床上,陈立睡沙发。

半夜时苏甄还在梦里,就感觉有人推自己,一睁眼就看到方酌放大的脸,吓得差点叫出来,这人却捂住她的嘴,悄悄往陈立那边看。

"你想干吗?"

方酌带苏甄来到洗手间,把门一关,拿着手机在她眼前晃了晃,上面是个地址。

"我现在出不去。"他指着手里的拐杖,"你替我去谈一桩生意。"

"什么生意?"

方酌挑眉:"知道岳凌的老婆是干什么的吗?"

苏甄瞪大眼睛,声音要提起来,又想起陈立在外面,只好小声说:"你疯了?"

"你替我去一下。这生意是和岳凌老婆的公司谈的。"

苏甄皱眉,据她所知,岳凌的老婆在经营一家连锁美容院,京城、上海、广州都有分店,算是个女强人,不过方酌一个搞网络科技的是怎么和美容院搭上线的?

"你以为我没准备?从怀疑爱兰科技开始我就在准备了,要了解一个男人,最好从他身边的人下手。"

苏甄诧异，半信半疑地拿过手机看要谈的生意的资料。方酌虚拟了一个方案，什么高科技智能美容仪，看简介还挺先进的，怪不得岳凌的老婆会对这单生意感兴趣。"你怎么不早说？"

"我怀疑陈立不是一天两天了，这么重要的东西不可能告诉他。"

苏甄无奈："拜托你理智一点好吗？陈立是警察，怀疑我们很正常，你不要夹带私人感情，这么重要的信息你应该和他说。而且你不和他打招呼，到时候警方查出你和岳凌老婆有生意往来，又要怀疑你。"

"我这不是怕泄了底，前期的安排和调查全白费了吗？"方酌挑眉，"难道你从来没怀疑过陈立？"

苏甄没回答，方酌脸色阴沉："你有没有想过陈立在这整个案子中的角色？从云溪、姜旭东失踪开始，陈立就一直在咱们身边。我们从A城查到云南，再到京城，自始至终陈立都在。"他画了一个三角，"再说王斌这案子，我们知道是警方内部的人干的，那人了解这案子，了解你和我，了解尹生，尹生对他毫无防备，我们将这样的人一一列出来，就会发现谁的嫌疑最大。再说说陈立停职这件事。"

苏甄皱眉，方酌继续道："陈立停职的导火索是什么？是他去云南查案被陷害。回来又被监视，他被停职，之后顺理成章地留在我们身边开始查这个案子。陈立加入咱俩以后，性质就不一样了，他在这中间一直在推动案子的进展。"

"可这不就更加证明他不是神秘组织的人吗？若是，他一开始就不会关注这个案子，毕竟当时姜旭东的案子都要不了了之了，之后他又挖出了很多线索，在推动案子进展，而神秘组织肯定是不想被发现，应该阻挠咱们继续追查才对。"

方酌一笑："可你忽略了一个角色。"

"什么角色？"

"神秘组织里的那个叛徒。"

苏甄心里一震。

"案子之所以走到今天，最开始就是因为我收到了一张云溪和姜旭东见面的照片，这才引起我的怀疑。之后孩子们的合照，再到这一次的进货单，都是那个人给的提示，而我每一次收的邮件，从来都没有寄件地址，甚至不是快递员送来的，每次都是安静地躺在我公司的前台，或者我家别墅的门缝里。"

"我从第一次莫名其妙收到信件开始就对我公司和住处进行监控，可摄像头并没有拍到可疑的人。之后我分析了收到信件前后两天的监控，发现有一个共同点。"

"什么？"苏甄的心提了起来。

"信件第一次出现在我桌子上的那天，我楼下那家公司出现了伤人事件，陈立是来调查的人员之一。我和你去云南之前收到了第二封信件，那天拍到了陈立在我的公司附近吃饭，后来我问过他这点，他承认他在调查我，但并不承认去过我的公司。而第三次信件出现在我家别墅，这就不用多说了，他和我住在一起。"

"可你这么解释还是挺牵强，他只是出现在你附近而已，信件是怎么到你的公司前台的？再说了他查你也很正常。至于出现在别墅，既然是在门缝里，那也可能是别人塞的。"苏甄摇头，"我觉得这不是怀疑陈立的理由。拍到他本人把东西放在你桌上和家里才算是证据，这只能说是巧合。"

"巧合？"方酌冷笑着，"我从来不相信这世上有什么巧合，三封信件收到的那天他都在附近，难道不值得怀疑吗？"

"所以你从一开始就怀疑陈立？"

"确切地说从他被停职开始我就怀疑他了，陈立停职停得太莫名其妙了，然后还直接加入了我们的调查里，因为他的加入，案子推进得很快。"

苏甄心跳如擂鼓，脑子转得飞快，想了一会儿，摇头："你怀疑他为什么还和他一起查案？"

"很多时候彼此接近才能更加了解对方，陈立怀疑我，还和我一起查案甚至住在一起，都是出于这理由，你以为他真的只是单纯想保护我？那只是一方面，他也在调查我，而且如果提供线索的神秘人真的是陈立，放在身边比让他在暗处好。可案子现在逐渐失控了，也可能是我太乐观了，一开始这案子就没有在我们的掌控里，我们反而一直被那个叛徒牵着鼻子走。"

方酌目光灼灼："你以为这个人的目的是阻止神秘组织的实验吗？他的目的也许很见不得人，而我们自始至终都被他带着在追查所谓的神秘组织，这就是我一直怀疑所谓神秘组织不是真的存在的原因。"

"我一直在想会不会是那个'叛徒'在给我们灌输'存在神秘组织'这种思想，引着咱们一步一步走向他设置的陷阱。也许咱们一开始的方向就错了，我们把这个所谓'叛徒'当作友方，在他的提示下调查神秘组织，一步步逼神秘组织现出原形。"

"可事实上，我们忽略了这个'叛徒'的可怕性，其实如果我们反过来找出这个叛徒，很多事情都会迎刃而解，而我们也会找到案子的真相。"

第107章

岳凌的太太

苏甄瞪大眼睛，心脏狂跳，她承认方酌说得没错。

"可真的是陈立吗？我总觉得不是。"

"我也只是猜测，任何一个有嫌疑的人都不能放过。以前我想顺着那只手指引的方向走，可王启明、姚总、你师兄，包括王斌的案子让我明白，对方绝非善类，也许我们该跳出他指引我们进入的圈子了。

"苏甄，你应该保持头脑清醒，有自己的判断，很多事咱们要自己去查。平心而论，在我说这话前，你一点都未怀疑过陈立吗？"

苏甄沉默，不得不承认，她怀疑过，在尹生这件事上，也许更早。她也怀疑过方酌，而此时两人很清楚彼此心里想的是什么。

"那你怎么就信任我？"苏甄盯着他的眼睛。

方酌笑笑，苏甄继续道："其实你也在怀疑我吧，你应该还留了后手对不对？"方酌没说话。

"地址发我手机上。"

方酌勾起嘴角："好姑娘，聪明。"

第二天中午吃过饭，苏甄就借口出去买卸妆水溜出了医院。她回头看，虽分不清病房在哪儿，可知道方酌一定在窗口看着她。

苏甄坐在约定的地点，咖啡热度正好，迎面走来的女人颠覆了苏甄对阔太的认知，她本以为岳凌的老婆会是娇滴滴的那种人，可没想到她看起来非常干练，扎着马尾，身材修长匀称，穿着一件很合身的风衣，身后还跟着一位男秘书，显得很有气势，尤其是那双眼睛，给人一种很有神的感觉。苏甄不由自主地站了起来，对方笑着道："灵犀美容，景瑜。"

"景总好，我是方天科技的苏甄。"

谈话进行得很顺利，苏甄按照方酌的交代跟对方谈了对于新款高科技美容仪的设想。她虽然不懂什么智能芯片，但到底是搞细胞学的，从细胞再生谈到细胞激活理论，让原本持观望态度的景瑜越发被吸引，最后笑着道："一开始我们公司接到贵公司想合作做美容仪的提案，还觉得你们和其他夸大其词的公司一样，不过是想搞搞噱头。但因为方老板的科技公司刚上市，在业界备受瞩目，所以就想来看看，就算买卖不成，交个朋友也是好的。没想到真让我吃惊，苏小姐在细胞学方面竟如此有见地，还很专业，和我接触的其他公司不同，看来方老板的公司能上市绝对是实至名归,在各个领域都做得如此专业。"

苏甄笑着,悬着的心放下了。老师要是知道她把细胞学专业知识运用到面膜吸收上,不知道是该哭还是该笑。

"景总过奖了,看您皮肤这么好,相信您的美容院也非常专业。"

"苏小姐如果喜欢可以去试试。"

两人笑谈,气氛极好,苏甄故意轻松地说:"那么我今天的任务算完成了吗,景总?"

"当然,我非常期待跟贵公司合作。"

看得出来景瑜挺喜欢苏甄的,也跟她聊了聊家常:"苏小姐是方总公司的经理?"

"不是。"

"不是?那是总监?"

"我其实不是方酌公司的人。"

景瑜一愣,她比苏甄大了六七岁,作为过来人,似乎看透了苏甄笑容里隐含的意思。"女朋友?"

苏甄低头假装无奈地说:"我也不知道算不算。"

景瑜却没有接话,很有分寸。

苏甄继续道:"其实方酌求我来帮他这个忙的时候我还不太想来,但一听说合作的公司是景总的美容院,就答应了。我看了时尚杂志对您的采访,您说美容和婚姻一样,都需要用心而为,所有人都知道您是事业、爱情双丰收的赢家,让无数姑娘羡慕。"

景瑜笑着,可脸色不太好,其实也有小报记者说过她的八卦,被老公当众赶下车之类的。苏甄就当没看到她的表情,继续说:"很少有女人能在婚姻、事业中找到平衡点,我自认为是个爱情至上的人,做不到平衡事业和爱情,有时候我不想把感情和工作混为一谈,可惜男人通常不解风情。"

苏甄这几句话说得恰到好处,跟景瑜推心置腹,但她一直笑着没接话,可见是个警惕性很高的女人。

她油盐不进让苏甄有些着急,苏甄趁热打铁道:"听说岳总也是白手起家,都说成功的男人背后都有精明大度的女人,看来是了。男人大多有钱就变坏,但景总如此幸福,真是让人羡慕,能传授一下秘诀吗?"

景瑜盯着她,话题引到岳凌身上,她脸色都白了些。"每个人的婚姻状态都不一样,不能用一个标准衡量,只要自己觉得舒服就行了。"

"是吗?可我总找不好那个点,比如我和方总,"苏甄装作黯然神伤,"朋友都觉得我们感情很好,只有我知道他心里一直念着失踪的前女友。"苏甄仿佛是自己说漏嘴一样，尴尬地笑了笑。

景瑜依然保持端庄，让旁边的秘书去买点心来。秘书一走，苏甄就笑着说："景总配个男秘书，不怕岳总吃醋吗？"

可这一次景瑜却没笑出来，手指在咖啡杯边沿摩挲着，苏甄心里疑惑，观察她的表情。

对方言语突然锋利起来："小姑娘今天来谈生意是假，套我话是真吧？"

苏甄一愣，气氛瞬间紧张，她觉得无地自容，脸红了起来。苏甄本来觉得自己将节奏把握得很好，心里还对方酌的嘱咐不以为意，却没想到早就被对方看透了。想到回去以后方酌一定会大肆嘲笑她，她更羞愤了。她昨天跟方酌研究如何套话的时候，方酌就预言到景瑜会看穿她，当时她还和他犟，没想到他一语中的，她觉得此时的自己像个小丑。

"景总不愧是女强人，一眼就看穿了，我真是班门弄斧了。"

方酌说了一旦被拆穿，就实话实说，不要再弄虚作假，因小失大。

景瑜没想到苏甄这么坦然地承认了，表情反而放松了："方总为了让你和我见面，还特意弄出桩生意，我倒真好奇了。"

"方酌从来不会用生意开玩笑，其实我觉得他提议做的美容仪很有市场，景总也这么认为吧？不然也不会亲自过来谈生意。"

第108章
搞砸了

景瑜笑了笑，苏甄豁出去了，单刀直入："我承认我确实是有意接近您，当然我不仅代表我自己，也代表方酌。相信景总来之前也调查过方总的事，他有个失踪的女朋友您听说过吧？"

"听说过又如何？"

"我们追查他失踪的女朋友时发现这事和您先生有关。"

苏甄紧盯着她的眼睛，将整件事掐头去尾，故意叫她误会，可没想到景瑜没有一点犹豫，直接说："不可能，我看苏小姐是找错人了，我先生不会跟别的女人有牵连。"

她眼神坚定极了。

苏甄急了："您就那么确定？成功男人总有些绯闻，难道您不介意吗？"

"我说了我先生不会在女人身上出问题，我百分百确定。"

"您是自信还是自欺欺人？您和您先生的关系媒体也报道过，并非像您说的那么甜蜜。"

景瑜这一次脸上终于挂不住了，站起来："苏小姐未免问得太多了，既然你们无意合作美容仪，我想我们也不用再说废话了。"

眼看景瑜要走，苏甄使出撒手锏："还是说您对您先生的感情也是伪装的，实际上和别的男人有瓜葛？"

景瑜回头，嘲讽道："小姑娘为了目的不择手段也要有个底线，我可以告你诽谤。"

苏甄疑惑，难道她和老四的事是假的？

"那您对于陈玉河这个人怎么看？说本名您也许不熟，很多人都叫他老四、四哥，您对这个人有何看法？"

苏甄紧盯着她的脸，一瞬间景瑜眼里闪过一丝惊慌，但很快又恢复平静，毕竟是在商场混迹多年的老手，她正色道："苏小姐意欲何为？"

"景总不想坐下来慢慢谈吗？"

景瑜一言不发，苏甄继续道："景小姐别担心，我只是想了解您先生而已。"

"我为什么要把我先生的事告诉一个陌生女人？"

"难道您想一直这样和岳凌过下去？在没有爱的情况下。"

"谁说我们之间没有爱？"

苏甄没想到景瑜对这个问题敏感极了，景瑜自己也知道失态了，胸口上下起伏，压不住情绪。苏甄心里诧异，她和岳凌之间感情难道真的很深？但她不是和老四有关系吗？

苏甄皱眉："看来景小姐对您先生还是有感情，即便有那种事也不想放下自己的丈夫。"

苏甄故意说得模糊，景瑜眼神一冷："那种事，哪种事？"

"您和老四之间那档子事。"

景瑜突然大笑起来，眼神冰冷："苏小姐，我不明白你和方先生为何如此关心我和我先生的感情，但我希望你不要再散布这种谣言了，否则我真的会告你诽谤。"

她拎包就走，苏甄追出去："景小姐真的不想再谈谈了吗？采访中您说您是被您先生英雄救美才认识的他，您很崇拜他，可这份崇拜能维持多久呢？您是真的爱他吗？我说这些没有恶意，就是想问您真的了解岳凌吗？如果他做了一些您接受不了的事，您会怎么样？还是说您本就和他是一丘之貉？"

苏甄真的急了，以至口无遮拦，想激怒景瑜，从她脸上找到破绽，可景瑜短暂愤怒过后竟然平静下来："我很爱我的丈夫，过去爱，现在爱，将来也爱，无论他是什么样的人。"

苏甄咬着牙问："那您对老四这个人怎么看？"

"他是谁？我不知道。"

"怎么会不知道呢？老四的酒吧您先生经常去，您也去过，外面的人不知道，可我知道岳凌先生和老四关系匪浅，一个青年杰出企业家和混子纠缠不清。"

"苏小姐到底要说什么？"

"我只想谈谈您先生。"

景瑜眯着眼："你既然打听到了他和老四的关系，就该知道你今天来追问我会有什么后果。苏小姐，你就不怕吗？"

苏甄心一抖："我觉得景总拎得清，您这些年都没参与您先生的生意，说明您是一个不屑于依靠男人的独立女性，更不会借助他的势力来打压我。"

"你太自以为是了，小姑娘，如果你威胁到了我先生，我一样会用手段，不管你是谁，我告诉你，永远不要挑战一个女人维护家庭的决心。"

她说完就走了，苏甄追出咖啡厅，却没追上她的车。

苏甄沮丧地站在路边，知道自己搞砸了。回想起来，在这场问话中，自己确实蠢透了，在景瑜面前像个小丑。

她太着急了，景瑜远比她想象中城府深得多，后半段几乎都是景瑜在掌握节奏，苏甄被带偏了，苏甄回想，甚至觉得也许这个女人就是在试探自己，故意让自己着急，露了马脚。苏甄放大招，可对方根本不吃这一套，机会仅此一次，苏甄错失良机了。

她沮丧地回到医院，刚进大门就看到住院部草坪上坐着轮椅放风的方酌。

方酌看到苏甄的脸色，笑着道："碰壁了？"

"搞砸了，是我一开始想简单了，我承认是我心急了，我想补救，可我不是她的对手，我心理素质不好。"

"事已至此，想那么多也没用，大不了以后见招拆招。"

"可我也许打草惊蛇了，咱们不是猜测她和老四有一腿吗？可在我看来她简直就是个维护家庭的女斗士，都怪我，错失良机了。"

"也许她是装的呢，毕竟是老江湖了。你提到老四的时候景瑜什么表情？"

苏甄皱眉："说不上来，有惊讶，甚至有点厌恶？"

之前苏甄还脑补了一场老四抢兄弟女人的大戏，看来现实情况更加复杂。

没坐一会儿，陈立从外面回来了，苏甄疑惑地问方酌："陈立没在医院看着你？"

"我又不是小朋友,看着我干吗?昨天那事以后他都没正眼看过我,今天一早就去现场勘查了,留了这边的警察守在这儿。"

陈立正好看到他俩:"你们怎么在这儿?"

"散步。"方酌找借口,"今天亲自去调查有收获吗?"

陈立脸色阴沉:"那个女的找到了。"

苏甄一愣,才想起他说的女人是昨天和方酌在酒吧看到的那个卖药丸的女人。"怎么样?"

"她死了。"

第109章
员工老万

警方经过排查,很快就确定了这个女人的身份,叫阿狸,对这条酒吧街上的人来说她是熟面孔了。警察通过走访得知,阿狸可谓千面女郎,自称老家是河北的、香港的、新疆的,实际上她是东北人,也不是什么少数民族的,而是整容了。

她对外称自己二十三岁,其实已经三十四了,早年跟过一些男人,被人家老婆抓到当街教训过,后来就在酒吧里钓凯子,同期的小姐妹要么从良,要么回老家嫁人了,就她还留在这儿,没男人包她了就开始卖药丸。

"她是最近才在各个酒吧里卖药丸的,可现在谁敢弄这个?已经被好几家酒吧教训了,可她屡教不改,大概是听说破风的老板这两天不在,才敢来的。"

这是走访了附近酒吧、饭店调查后的结果,而这千面女郎,当刑警找到她的住处的时候,发现她已经死了两天了,推测死亡时间就在方酌出事的那个晚上。破风酒吧的经理承认他们当时教训过她,但摄像头拍到这女的十二点多从酒吧正门出来了。

尸检报告显示,阿狸是死于自己的药丸,喉咙处有大量吞咽的痕迹,胃里还有残留,从血液中检测出她吃这东西不是一次两次了,法医推测是她吃了药丸喝了酒,产生幻觉,最后把自己噎死了。

苏甄听到这儿觉得不可思议:"怎么就死得这么巧?她从酒吧跑出来的时间,还刚好是方酌他们出事的时间。我觉得酒吧脱不了干系。"

"可没有证据。"

苏甄大胆猜测这女的当时也在办公区，肯定看到了什么，被人灭了口，不是酒吧的人干的就是那个真正的凶手干的，可追问酒吧的人当时是否还抓了其他人关在办公区的时候，竟然谁也不承认，不知道是装的还是什么。

对于刚子的死，酒吧也说不出个所以然来。陈立审问了当晚酒吧的工作人员，都说看到刚子回了办公区，以为他休息了，至于他有没有囚禁别人，他们一概不知，真是油盐不进。

"太难缠了。"苏甄气愤，"都死人了，方酌还是证人，他们休想抵赖。老四回来了吗？"

"今晚到。"

"你打算怎么审？"

陈立沉默了一会儿，这两天审问酒吧的这些人，才知道什么叫老油条。京城这些人见过世面的，对付警察审问很有一套，很会避重就轻，警方奈何不了他们。

方酌笑了笑："我有办法，要试试吗？"

方酌所谓的办法就是跳过刑警队，让陈立和苏甄推着他在当晚九点多的时候来到酒吧，而陈立竟没反对。

这两人头一次这么默契，苏甄都觉得奇怪。她推着方酌进酒吧，陈立到了门口就离开了，不知道去哪儿了。

苏甄奇怪地问："陈立去哪儿啊？"

"一会儿你就知道了。"

"你们到底密谋什么了，我怎么有种被排除在外的感觉？"

方酌笑笑没说话。苏甄一进去就后悔了，来这儿的什么人都有，唯独没有坐轮椅的。方酌从进门开始就吸引了无数人的目光。

酒吧因涉嫌命案被调查，歇业了两天后刚开业，所以此时人也不多。酒吧不想惹事，也没组织游戏，此时里面三三两两的人都在安静地喝酒，讨论的都是关于案子的八卦，看来今晚的顾客中有不少是"慕名而来"的，甚至还有网红在角落偷偷直播。

方酌坐着轮椅一进来，就有不少人窃窃私语。他倒不在乎，直接让苏甄推他到吧台点酒，刚好酒保是那天那个人，他认出了方酌，上下打量他，惊讶地问道："您竟然还敢来？"

"这话说得，我有什么不敢来的？倒是你，被警察审问后还能在酒吧工作？你们老板心真大。"

方酌说得直白，酒保脸色变了变，直接去调酒了。苏甄皱眉："你这不是明知故问吗？这种时候警方盯着，他们老板也不可能把这些人都辞了。"

刚才方酌说话声大，听到方酌就是伤人案件的当事人，有人好奇地过来询问，方酌竟毫不避讳，和人大肆谈论那天晚上的细节，搞得苏甄在一边脸上挂不住，想离他远点，当作不认识这个人。

"你也太高调了，想怎么样？"

一传十，十传百，酒吧的客人陆续多了起来，都是来寻求刺激的，人的猎奇心理真是恐怖。甚至有几个人拿手机对着方酌直播，方酌还对着镜头笑了笑。

没过一会儿，苏甄担心的事出现了，一个保镖样子的男人过来说老板请他们到后面喝酒。苏甄看向方酌，后者大方地朝网红解释自己一会儿就回来，然后让苏甄推他过去。

走出人群的这几秒钟仿佛一个世纪那么漫长，好不容易出了包围圈，苏甄瞪他："我这辈子就没被这么注视过，太尴尬了。"

"让你体会一下当明星的感觉。"

"你到底在打什么主意？"苏甄瞟着前面带路的保镖，压低声音，"老四要见你我。"

"见就见呗。"

"他是什么人你不知道？咱们可不是以警方的名义来的，你疯了吧？"

"外面正直播呢，全国人民都知道我在这家酒吧，我要是消失了那还了得？老板又不傻。"

苏甄一愣，这才明白方酌为什么在外如此高调，对方要是想干什么，肯定有所顾忌。可这不算挑衅吗？

苏甄心里还是没底。那保镖一直把他们带到办公区，这里苏甄和方酌都不算陌生了，到办公区之前会路过库房，此时那边敞着门，有人在盘点，可并不是老万。方酌眯起眼："换人了，看来老万的工作保不住了。"

苏甄心里奇怪，此时酒吧正处于风口浪尖，警方还盯着呢，老四就这么堂而皇之地开掉员工？

两人最后停在一间办公室前，门关着，对面的另一间办公室开着门，里面只有两个沙发，地上有个垃圾桶，里面堆满了垃圾，其他什么都没有。方酌说这就是那天他看到的开着的房间。

还没等苏甄看清，这边的门就开了。和对面的简陋不同，这里装修得非常豪华，也比想象中大，里面有几张真皮沙发，茶几上放着几瓶红酒和散乱的酒杯，后面的桌上有电脑，还有个书架，上面摆了些书和花瓶，墙上挂着一幅"天道酬勤"的书法作品。

里面罚站一样站着个人，方酌在苏甄耳边小声地说："这是老万。"

第110章

四哥

老万人长得并不如他名字那般富贵，身材瘦小，看人喜欢用余光，显得贼眉鼠眼的。他旁边站着一个苏甄没见过的男人，像是保镖，此时在向沙发主座上的人汇报。

文件挡着主座上男人的脸，苏甄并未看清，但那人给人的感觉和她印象中的混子很不同，和那些大腹便便的老板也不一样。那男人衣着整洁，双手白皙修长，苏甄习惯观察人的手，觉得有这样的手的人是爱干净并且讲规矩的，没想到这手的主人就是传说中搞拆迁起家，半夜在别人家门口挂鞭炮的混子。

带他们来的保镖说了句"人带来了"就关上门出去了，苏甄捏着轮椅把手，有些紧张，那老板似乎并不着急，交代了保镖几句才抬起头来。

苏甄一愣，出现在眼前的是一张非常精致的脸，五官如雕刻出来的一般，线条分明。这人身材修长，皮肤很白，俗不可耐的大众款西服穿在他身上却显得很得体。他戴着一副金丝边眼镜，显得很斯文，苏甄看到镜片后一双上扬的凤眼，心想，如果这人把眼镜摘了，绝对会给人一种很邪的感觉。

他长相这样优越，苏甄突然有点不理解王语嫣为什么不选这个老四了。

但很奇怪，为什么之前没听说过这人长这样呢？根据之前打探到的消息，老四就是一个穷凶极恶、诡计多端的混子。而且之前他们也看过资料上的照片，但没留下什么印象，可见这个人在自己的证件照上做了手脚，就像他特意用眼镜和俗不可耐的衣服遮挡自己的气质一样。

苏甄站在一旁胡思乱想，方酌挑眉，问道："您就是酒吧的老板？"

那人看向方酌："方先生，方天科技的老总？"

方酌玩味道："既然彼此都了解对方的背景，就别绕弯子了，陈先生。"

那男人一笑："我更喜欢别人叫我四哥。"

"四哥也好，老四也好，都是道上人对您的称呼，我不是道上人。"

"那你是代表警方来的吗？"

"自然不是。"方酌气定神闲，"我觉得我以商人的身份跟您交谈比较合适。"

"商人？"

老四走到方酌面前，双手撑在他轮椅两侧，苏甄在后面紧张得都快喘不上气来了。

"方总和我的酒吧能有什么合作？"

方酌笑出来："我说的不是和酒吧合作，而是和爱兰科技。之前姚总有一款脑部监测仪，我和爱兰科技都是负责芯片的，算有合作。"

老四脸色变了变，没接话，方酌这话直接指出了他和岳凌有联系。

这就是硬上啊，苏甄担心地看了一眼方酌，这不会就是他的所谓计划吧？

老四又坐回沙发上："什么芯片、监测仪的，我都没听说过。方先生身体如何了？到底是在我的酒吧出的事，其实我该去问候你的，可我最近有点忙，刚从外地回来就要和员工讲规矩，现在老板难做，下面的人做错事还要我来操心，今时不同往日啊。"说着一巴掌拍在旁边哆哆嗦嗦的老万身上。

老万从刚才开始就吓得嘴唇颤抖，他可没方酌心态好，跪下来说："四哥，四哥，我不是故意的，是他……是他找了东街的老虎他们来威胁我的，是他们威胁我的，四哥你听我说啊，我知道什么啊？我没出卖酒吧。"

老四笑着，可眼神极冷："老万，干吗呢？我就是叫你过来问问最近仓库出货进货的事，你看看，还有外人在呢，我可是正经商人，我从没亏待过自己的员工吧？你这个样子，会让方先生误会我不是正经人的。"

他一根手指挑起老万的下巴，很有侮辱性地说："而且话不能瞎说，方老板都说了他是以商人的身份来和我谈话的，那就说明我们以后有合作的机会，你是什么人？看库房的，怎么能和方老板乱攀关系，岂不是不给我面子？"

老万吓得够呛。

老四把手收回来用纸巾擦着："老万，这些年你在我这儿存在感太低了，我从没注意过你这号人物，早知道你有这种能力，我就不会让你待在库房了，提拔你当经理多好。现在也来得及，但这个店的经理你当不上了，不如去照顾我海外的生意，出去闯一闯，没准能闯出一片天地。"

老万一听这话，吓得趴在地上："四哥，四哥你饶我这一次吧，我这样的人哪能去国外啊？"

老四盯着方酌的眼睛，一脚把老万踹开。

苏甄不明就里，海外，什么意思？但显然不是好事，不然老万不会吓成这样。

突然间，老四抓起烟灰缸直接扔向老万，老万没敢躲，烟灰缸擦过他的耳朵，剐出一片血，苏甄吓了一跳。

老四看起来温文尔雅，发起狠来却极其吓人。"阿刚。"老四叫道，又突然反应过来，"抱歉，我忘了阿刚死了，阿远。"

那魁梧的黑衣保镖过来拉老万："万哥，你飞黄腾达了可别忘了咱们兄弟，到国外享福去吧。"

老万恐惧极了，吱哇乱叫，抓着老四的裤脚，后者厌恶地踹开，他又一下抱住方酌的轮椅："方先生，你救我一命啊，我不要去，那是吃人的地方，会没命的，我是帮了你的啊，钱我都还给你了，你帮帮我，你找虎哥帮帮我。"

方酌看着不忍，攥紧了拳头，一巴掌拍在桌上："四哥，你当着我的面就不避讳点？"

老四哈哈大笑："避讳什么？我提拔我的员工，送他出国，这有什么可避讳的？"

方酌脸色一黑："别以为我不知道你们的手段，你今天要是把他拖出这房间，我就喊一嗓子让外面的网红都听见。我不可能让你得逞，除非你不想再混了，你自己应该知道，外面还有警察在盯着你呢，就算你不怕，爱兰科技的岳总也是怕的吧？"

老四眯起眼，打量他半晌，慢条斯理地说："你诈我？"

第111章
狠

"你心里清楚，你以为你和岳凌掩饰得很好吗？你和他是小学同学，是老乡，他经常来你这儿，你可以假装不认识他，但你否认不了这些事实。"

方酌拿出手机解锁，从桌子这边滑过去。老四皱着眉拿起来看，脸色变了变。苏甄不明就里，在方酌耳边问："什么东西？"

方酌声音并不低，说道："我这两天已经找到了神秘人提供的进出货物的运输资料，证实帮爱兰科技运货的外包公司的负责人是老四的人，他们虽然不经常接触，但我有他们见面的照片。"

苏甄诧异，前两天她和方酌还在讨论神秘人第三次提供的线索，他们猜测爱兰科技的货是通过绿源公司进的，这个外包公司的负责人是老四的手下，但还没具体查细节，没想到方酌这几天就弄清楚了，不过他不是一直在医院吗，怎么查的？

看到苏甄疑惑的表情，方酌笑着摇头。

但老四神色平静，将手机在桌上转了一圈，说："单单凭这几张照片能说明什么？"

"能说明的问题很多。四哥你利用外包公司几经转货，最终将货运到爱兰科技的库房里。爱兰科技为何要花大价钱用别人的名义进货？我不信你是为了当中间商赚差价，何况那些货根本不是出货单上写的东西，你们到底有什么企图？"方酌盯着他，顿了顿，"当然我们给你看的也只是一小部分，你以为隐藏得很好，但凡是做过的事都会留下痕迹。昨天老万背叛你，明天也许阿远背叛你，你身边的任何人都可能成为叛徒。"

方酌一笑，一边的阿远脸色一下变了，要过来动手，老四厉喝一声："阿远！"阿远这才停手站在一边。

"方先生这是在挑拨离间吗？"老四笑得阴冷。

"不，我只是举个例子。四哥，你应该明白这世上没有什么关系是不会变的，只要给的价码够高，谁都可能背叛你。不妨告诉你，我知道的这些事都是从你的人嘴里抠出来的，他们以往也都是你信任的人吧。"

方酌笑着，老四脸上终于挂不住了，厉声说："方先生想知道什么？"

"我想知道什么，你就能告诉我什么吗？我想知道爱兰科技在景德镇定制的医疗器械到底是什么。"

老四哈哈大笑："你在诈我，不管我说知道还是不知道那是什么，都等于亲口承认了我和爱兰科技有关系。"

"难道你现在还能否认吗？"

"为什么不能呢？"

老四抓起桌上的一瓶红酒，往地上一摔，阿远熟门熟路地扣着老万的手抓过碎玻璃，往他腿上一扎，血顿时喷出来，甚至喷到了苏甄的脚面上，她直接就叫出来了，可叫声被老万撕心裂肺的惨叫声盖过。

苏甄捏着方酌的轮椅把手，手都发白了，直勾勾地看着地上的老万抱着腿打滚。这还没完，阿远再次扣住老万的手抓过碎玻璃，这一次对准了他的脖子，老万大叫着："四哥四哥，饶了我吧，饶了我吧。"

方酌瞪着眼："你竟然敢……你好大的胆子，外面那么多人，你知道警察也在盯着这边吗？"

"那又怎么样？"

"你这是故意伤人，是谋杀。"

"哦？"老四一脸无辜，"老万，是我故意伤你的吗？"

"不是不是，四哥，是我从库房拿酒，不小心把酒打碎了，伤到了自己，是我自己弄的。"

说到这儿，他抓起刚才掉了的碎玻璃往自己胳膊上扎，一边扎一边疯狂地说："是我自己弄的，我想通过伤害自己来讹老板的钱，我需要钱，我只能这么做。"

苏甄捂住嘴，不可思议地看着老万。方酌攥紧了拳头："老万你疯了？你指证他，外面有那么多人帮你做证。"

"方先生你饶了我吧，是我错了，我不为自己，也要为我家里人考虑。"

老四哈哈大笑："方先生，你自认为混得开，懂江湖，可真正的江湖你见过吗？你一个养尊处优的人，接触的不过是商场上的尔虞我诈，真正的狠人你还没见过呢，这算什么？"

"你以为你能嚣张多久？就不怕我把这些证据抛出去？你一个江湖混子不怕，岳凌不怕吗？"

老四拿起方酌的手机："就这些？你当我看不懂里面的单子是假的？拿你们商场上那些拙劣的手段糊弄我？你非要讲证据，我倒要看看你有什么证据。"

"现在货都在路上了吧，岳凌在做什么医学实验，我猜你不是一丁点都不知道吧？"方酌一笑，"你不奇怪我为什么会知道这些？你确定你的兄弟是信得过的？你可以查一查你身边的人，还是那句话，只要价码够高，没什么是不可以出卖的。看来您没在岳总身上学到太多东西啊，所以注定这辈子只能做他背后的影子，躲在暗处替他做事。你俩明明是一起出来混的，结果现在一个在明一个在暗，我都替你委屈。"

老四终于被激怒了，把桌上的酒瓶扫到地上，发出刺耳的声音。"你懂什么？"

正在这时，老四的手机响了，他接起来听了会儿，回道："我知道，你们把他们引开不就好了？我们是开门做正经生意的，还怕被查吗？一群废物。"

老四气愤地挂了电话，把手机扔在桌上。

方酌耸耸肩："四哥，你一直否认和岳总的关系也没什么，反正事情我都打探得差不多了，也没有别的意思，就是对岳总这个生意很感兴趣。你们别误会我，商人都是重利的，我就是想有钱大家一起赚而已，更何况我在A城间接被你们害得那么惨，我得捞回来一点，不是吗？"

"你要什么？"老四没承认也没否认，眯起眼，显然他不信方酌说的什么一起做生意的鬼话。

方酌笑了笑："我想找一个人。"

"找谁？"

"我以前的女朋友，云溪，听说过吗？"

老四皱眉："从未听说过。"

"她似乎和岳总有关系，只要你和岳总商量把这个人交出来，我可以考虑把证据还给你们。"

"你当你是谁？信不信，你今天走不出这道门？"

第112章
计中计

"不信，外面直播的网红都知道我来了后面，是被您请来喝茶的。"

老四阴着一张脸："今天你不怕，那明天呢，后天呢？"

方酌笑着："人想达到目的，就要付出代价。四哥不为自己考虑也要为岳总考虑。"

"你以为你这招还管用？真当我今天拿你没办法？"

老四往沙发上一靠，打了个响指，那边的阿远直接抓过苏甄，苏甄吓了一跳："干吗？你放开。"

方酌脸色一变。

"方先生，你是多自信？还带个女人来这儿。把她衣服给我扒了。"

苏甄吓得大叫。

方酌也不顾自己的腿了，直接朝苏甄扑过去，可惜腿上有伤，这一扑，直接摔在茶几上，把茶几上所剩无几的东西全都砸到了地上，扑到了老四面前，狼狈至极。

方酌趴在地上起不来，手胡乱地在碎玻璃和一些杂物上抓着，最后整个人身子弓起来，头朝下，只有脊背对着老四。

老四忍不住嘲讽一笑，倒也没有再让阿远动手，显然方酌的狼狈更让他感兴趣。

方酌为了站起来，在碎玻璃上挣扎了几下，最后气急败坏地说："放了苏甄，我们谈条件，为难女人算什么男人？"

"是方先生先不懂礼貌的，上来就威胁我。我和岳总是认识，不过他只是偶尔来酒吧玩而已，他做什么生意我怎么会知道？你以为你掌握了几个叛徒的所谓'证词'就可以威胁我，就可以为所欲为了？"

"到底是谁为所欲为？"方酌抓着轮椅，费劲地站起来，"就算你不知道云溪是谁，岳凌也绝对知道，她和岳凌绝对有关系。你们不肯交人，就别怪我继续往下查，要是查出爱兰科技在做见不得人的实验，谁也跑不了。放开她，我现在要出去，要我喊人吗？"

阿远看向老四，后者挑眉："放她走，方总这如意算盘打得好，我就说刚出事的酒吧怎么会有那么多客人，还是方总面子大，请来了各路网红，我今天动他一下，估计要上社会新闻，不过方先生，夜路走多了，小心啊……"

方酌喊着:"苏甄。"

苏甄已经吓蒙了,挣脱桎梏,眼泪控制不住地往下流。她刚才是真害怕了,尤其是阿远把她衣服撕开的时候,苏甄感受到了从未有过的屈辱,肩膀止不住地抖动,而方酌低头,把自己的手机捡了起来。

老四挑了一下眉,也拿起手机看了一下,确认没和方酌的拿错,这人果然非常谨慎。

"让老万也跟我走。"

方酌发了话,老万像是抓到救命稻草一样一下扑到他脚下。

"老万是我的人,方总别得寸进尺。"

"方总救我啊,我会死在这儿的,救我啊。"老万急了。

方酌直勾勾地盯着老四:"警察都在外面。"

老四眯着眼,沉默良久,突然一笑,很轻松似的说:"可以,带他走吧。"

方酌皱眉,没想到老四这么爽快地同意了,他都想好如果老四不放人自己下一步要怎么做了。老万也很惊讶,顾不上自己在流血,推着方酌的轮椅就打算往外走。

"但老万不能走正门。"老四阴冷地开口。

"老万,你从后门出去,放心,四周都有警察。"方酌思索了一会儿,在他耳边说,"你自己直接去济仁医院,在那儿等我。"

老万还是很慌,可他已经没有选择了,只好先一步出去了。

方酌站在门口看着老万出了后门,才让苏甄推他从前面走。

身后悠悠地响起老四的声音:"再会了,苏小姐、方先生。"

苏甄身体颤抖,推着方酌的轮椅快步往外走,直到出了办公区才终于松懈下来,跌到地上。方酌不忍心地把她拉起来,另一只手快速地发着短信,直到手机上响起一声提示音。

他让苏甄去洗手间把脸洗干净,然后推他回酒吧吧台,苏甄惊讶地说:"你疯了,不回去,还留在这儿?"

方酌摇头:"现在才刚开始。"

"什么刚开始?"苏甄说到这儿,想起什么,"陈立干吗去了?"

二人正说着话,方酌的手机上又来了信息,他对苏甄说:"时间差不多了,推我出去。"

"去哪儿?"

"先出去再说。"

苏甄一脸疑惑,推方酌出了酒吧,直到走出保安的视线范围才停下来。

方酌此时也装不下去了,从轮椅上站起来,吓了苏甄一跳,她惊讶地问:

"你能站起来？"

"我腿是受伤了，但又不是骨折。"

"那你刚才……"

"装的。"

苏甄诧异极了，刚才是装的，还是一直以来都是装的？

"上车。"他看着手机上的小红点，指挥苏甄开车，"新安支路右拐。"

苏甄在他的指挥下开车开得都要飞起来了。"你这是干吗？"

没想到车子绕了一圈又回到了酒吧附近，方酌冷哼："这两人真是会玩，最危险的地方就是最安全的地方吗？"

最后停下的地方竟然是一处高档酒店。

"这是哪里？"苏甄一直是很蒙的状态。方酌却从车后座摸出一根拐杖，说："扶我上去。"

"你能给我解释一下是怎么回事吗？"苏甄急了，一把抓住他。

"我刚才是故意在老四面前摔倒，假装在挣扎，把他的手机弄到地上，故意露出丑态，趁背对着他的时候在他手机上安装了一个小程序，把他手机上所有的东西都复制下来发给了等在外面的陈立。并且加了一个追踪小软件。"

"你刚才摔倒了一下就做了这么多事？"

苏甄回想刚才方酌摔倒，一切都那么自然，方酌在碎玻璃上挣扎，丑态百出，让老四看笑话，包括老四接的那个电话其实都在他的设计之中吧——为了找机会在他手机上安盗窃软件。

她看着方酌手臂上、脸上的刮伤，说："所以刚才都是在演戏？就为了达到这个目的？"

方酌还想再说什么，陈立就打来了电话。

时间紧迫，方酌接着电话，拉着苏甄，刚躲在酒店门口的柱子后面，就看到老四从一辆黑色轿车上下来。

他进了电梯，方酌看到电梯停在了十三楼，然后和苏甄乘另一部电梯上去。

"老四为什么会在这儿？你复制他手机上的信息干吗了？"

"我故意把事情闹大，现在老四谨慎得很，他就怕别人知道他和岳凌的合作关系，所以肯定是低调地来，我看他刚才开的那辆车，帕萨特，就知道他是偷偷过来的。我根据复制的老四的信息，做了个虚拟号，用老四的名义联系了岳凌。"

"你想把他俩引出来，窃听他们的谈话？"

"对。"

苏甄脑子快速转着："还有刚才给老四看的你查到的资料，是你用非常手段拿到的线索?"

"怎么可能?我倒想,可经手运输的那些人嘴跟铁打的似的,我都佩服老四这个人,做事如此周到,同一批货找了三四家运输公司运,把零件拆开来,每家公司运一部分,这样,每一次出货进货的人互相都不认识,都不知道对方是干吗的。各环节的人可能都以为自己运输的东西就是合同上的东西,并不知道车里到底是什么,最后那批货都以别的名义进了爱兰科技的仓库,真是奇妙啊,老四这个人不容小觑。"

苏甄心里一沉:"当真一点漏洞都没有?运货的人从来都不查货吗?"

方酌摇头:"这个不知道。"

"那你刚才给他看的是……"

"都是假的。"方酌皱眉,"其实老四也是半信半疑,人生如戏,全靠演技,懂吗?"

"那不是很快就会被拆穿了?还是说你刚才做的一切都是为了窃取他手机里的信息,做虚拟号冒充他联系岳凌?"

"苏甄,你知道这世界上最可怕的是什么吗?是怀疑。怀疑的种子一旦种下,就会生根发芽。老四这种做事滴水不漏的人最多疑,我虽然拿了假的合同给他看,但他心里也会怀疑是不是真的有人泄露了消息,有怀疑就会去确认。"

第113章
郝亮的最新消息

方酌没说下去,但苏甄明白了,心中不禁感叹方酌的心思真是缜密得让人害怕。

"叮咚"一声,电梯门开了。

这边是酒店高档套房区,走廊里空空荡荡的,方酌在电梯口等了一会儿,陈立从旁边的楼梯口上来了,满头大汗:"按你说的办好了。"

三人进了一间套房,方酌把随身带的笔记本电脑打开,连接上陈立的手机,很快里面就传来声音。他没有在老四的手机上安窃听软件——这太容易被发现——只安了追踪软件,窃听设备是刚才陈立在对方的房间临时安上的,这都是方酌的计划。

"老四来得比较快，岳凌还没到。"

苏甄有些疑惑："按理来说岳凌也是搞网络科技的，老四和他是一起的，不知道手机有被追踪的情况吗，这么不小心？"

"岳凌自己都不是什么网络高手，顶多会杀杀毒。"

苏甄一愣："不能吧？"

陈立点头："据调查，实际上岳凌只有初中学历。"

"那他为什么要整一个网络科技公司？"苏甄问完就意识到问题所在了，"神秘组织？你的意思是这个公司也许是神秘组织在背后运营，他不过是个傀儡？"

"说不准，但他背后肯定还有人，别忘了咱们一直以来与之交锋的是个网络高手。"

方酌皱眉，把声音调大，可很奇怪，里面只有衣服的窸窣声。三人互相看着，没过一会儿，传出了水流声。

"洗澡？这个老四有洁癖吗？"

三人都有些蒙，水声响了半天也没完，三人听得都麻木了，岳凌还没到。陈立率先打破沉默："趁着这个时间，来说说上次我得到的消息，是关于云南那边的警察郝亮的。"

苏甄这才想起来那天晚上陈立疯狂地给他俩打电话，就是要说郝亮的消息，可当时他俩偷跑到京城，还出了命案，这几天陈立和方酌两人阴阳怪气的，互相看不顺眼，这话题就放下了，苏甄差点都忘了这茬。

"对，你那天要说什么？"

"这几天京城的刑警队抽调了人组成了联合办案小组，一些人负责调查，还有一些人专门盯着岳凌。"

"联合办案小组？"苏甄疑惑，"是和专案组联合吗？"

陈立摇头："是和云南那边陈钟的案子合并调查了。"

"什么意思？"

"之前你们在云南调查时在陈钟家后院发现了尸骨，经法医鉴定，其中一具尸骨就是当年失踪的王跃生，所以警方怀疑，当年不一定是王跃生杀了李经理之后畏罪潜逃，虽然不知道包厢里发生了什么事，但王跃生很可能是陈钟杀的。

"这个案子里还有个关键人物，就是当时负责这个案子的警察郝亮。你们也知道，他可能查到了陈钟等人的秘密，并且查到了陈钟他们找人做假证的事，甚至也许查到了当年到底发生了什么，但他出了意外，这个意外非常可疑。"

苏甄点头，陈立在叙述之前他们在云南的发现，记得当时医生说，郝亮昏迷被送进医院的时候伤口已经处理过。他父母已去世，没有女朋友，也没有其他亲人，伤口是谁给他包扎的？而且在医院醒来后，他也不愿见以前的同事，就像是变了个人。后来自己还偷摸出院去了疗养院，给警队寄了辞职信。

"你们说他有没有可能是当时被神秘组织吸收了？"苏甄只能想到这一种可能性。

方酌摇头："警察意志多坚定，看看陈警官就知道了，这么容易就能将他策反？我不信。"

"不是说他后来去当卧底了吗？但那都是猜测吧。"

陈立点头："我要说的就是这个，郝亮后来没有回局里，魏然去调查郝亮后来的行踪，有老警察说应该也不是和队里解除了关系，当年有人问起郝亮的行踪，局长支支吾吾的，才引起别人猜测他是不是被派出去当卧底了。但因当年的老局长已经过世了，所以调查起来很困难，魏然向上面打了很多报告，最后终于在官方的机密系统里找到了关于郝亮的资料。"

"这是什么意思？"

"一般来说机密资料是要层层申请才能调出来的，因为涉及很多保密事件，涉及派出去执行任务的警察的安危，但因为郝亮这个人已经牵涉很严重的案子，前段时间终于审批通过，上面回复他确实在那个特殊档案里，也就是表明他确实可能被老局长派出去当过卧底。"

"因为资料是机密的，我没有看到。魏然负责这个案子，分析说当时老局长可能派他参加了当年的377边境任务。"

"这是什么任务？"

"具体的不能向你们透露，我只能说在当时是个很大的案子。那个年代云南边境走私猖獗，走私分子穷凶极恶，夹带了许多违禁品，上面成立了专案组，牺牲了很多卧底才将他们彻底端了，才有了今天的平静。

"资料里写得比较模糊，而且郝亮的档案只有一半，但仍能分析出他是当时的专案组中的一员，可后续情况不详。"

"什么意思，什么叫档案只有一半？"

"案子后期老局长牺牲了，所以他手上的卧底资料只剩下了一半，有人猜测郝亮也牺牲了，也有人说他是叛变了，但组织上还是更相信他们是为了大业牺牲了，不过真相到底如何也不好说。"

"案子结束之后他们不归队吗？"

"当时也有归队的，没归队的卧底大部分都是牺牲了。"

"那他是死了？可他去当卧底前为什么不说发现陈钟秘密的事呢？还是说他真的在那场意外中失忆了，不记得陈钟案子的细节了？"

这是苏甄所能想到的最合理的解释。

第114章
冒名顶替

陈立摇头:"魏然那边也百思不得其解,案子一度陷入僵局,可就在刚刚……"

陈立晃着手机,他们刚进房间的时候,他收到了魏然发来的最新消息,这条消息太惊人了,陈立觉得这可能是案子的关键转折点。

"首先,魏然那边查找资料时在与377大案有关的人物里,看到了一个熟悉的人,岳凌。"

"什么?"

"记不记得岳凌的资料里写过他有在云南做日用品小生意的经历?档案里提到了这个人,里面写警方怀疑过他和走私违禁品有关,但后来有卧底查证岳凌是清白的,跟走私分子并无关联。而查他的卧底,就是郝亮。"

苏甄心里一沉,似乎有一条线连起来了。

"这是什么意思?你是说也许岳凌当时也倒卖违禁品了,但郝亮似乎放过他了?不可能吧,郝亮警官是什么样的人啊?不可能。"

当年郝亮一直坚持追查陈钟的案子,可见他是个很执着、很有正义感的警察,虽然后来他并没有把他调查到的事说出来,但可能是因为出了事故记不清了,他的为人肯定是没问题的。

"而且光凭这个也不能证明岳凌犯罪了,或者是郝亮警官放水了。"苏甄盯着陈立的表情,"不过这几个人都跟陈钟或神秘组织有关系,肯定有问题,你看看这几个人,咱们查姚总查到岳凌,岳凌又和郝亮有联系,郝亮就是当初调查陈钟这些人的,有这么巧的事?"

陈立却摇头:"这还不是整个案子中最让人困扰的问题,最让人百思不得其解的是另一件事。"

"还有事?"苏甄觉得自己的脑子都不够用了。

"魏然带领的人去查了郝亮这条线,还有一组人一直在调查陈钟后院的另一具尸体,其实主要是进行DNA比对,王跃生的身份就是这么被发现的。但事情都过去二十多年了，DNA比对工作并不顺利。

"警方一开始怀疑那具尸体是陈钟、付岭西等人中的一个，但跟在他们老家找到的东西进行比对，都排除了；他们想确认是不是郝亮，但一直没有找到比对的东西，他父母早就去世了，老家也没什么人，据说只有一个姑姑还活着，可也不知道上哪儿去了，找了好长时间，直到这两天才找到他姑姑，做了血缘关系鉴定，结果出来证实了，陈钟家后院的另一具尸体，就是郝亮。"

"什么？"苏甄和方酌同时惊呼。

苏甄脑子有点乱："不是说他去当卧底了吗，怎么会死在陈钟家后院？他卧底行动结束之后没归队，是被陈钟杀了埋在后院了？"

陈立摇头："我说了，陈钟家后院的两具尸体死亡时间差了好几年，而郝亮的资料上显示他是出事故五年后被派去做卧底任务的。当时医生也说了那场车祸给他的内脏、骨骼造成的伤害很难恢复，应该很难执行任务了，可他后来却被派出去当卧底了，我们看到资料都很诧异。

"377大案调查了几年，结案时已经是2006年了，老局长牺牲，他手下的郝亮失踪，生死未卜。资料显示郝亮最后一次和局长见面就是在结案那年，说明2006年之前他一直是活着的，而陈钟家后院的那具尸骨死亡时间却早于这个年份，所以说……"

方酌皱眉："所以说，无论是从死亡年份来看还是从身体机能来看，卧底的那个郝亮很可能不是真正的郝亮警官，也许真正的郝亮早就死在了陈钟家的后院，那么一直活着，甚至去执行卧底任务的那个人，又是谁呢？"

三个人此时都沉默了。

方酌摇头："如果出卧底任务的不是他，不会有人看出来吗？会不会是那个局长做了手脚，派了另一个人顶着郝亮的名头去的？"

"应该不会。"陈立严肃地说，"卧底资料库里的信息是不能篡改的，这涉及很多东西，所以即便那位老局长有这个心，也不可能实际操作。"

"如果是这样，那么当初在云南时查到的很多细节就都说得通了。"苏甄想到了什么，"比如说，郝亮的师父去疗养院看他，说他瘦了很多；同事去看他，说他仿佛变了个人。一开始咱们以为他只是出车祸遭受重创外加很多事都不记得了才像变了一个人，其实不然，也许当时他们见到的根本不是原来的郝亮。"

"什么意思？"

方酌眉头皱得很紧，认真思考这些可能性。

"后来执行卧底任务的不是真的郝亮，可郝亮出车祸时也并未死亡，他的死亡时间和他出事的时间还是有一定距离的吧。"

陈立点头："理论上是。"

"而且医生说过,他被送到医院的时候伤口已经包扎过了,假设这场车祸是人为的,他出了车祸后被肇事司机带走了,司机给他简单地处理了,然后第二天将他送到了医院,这之后他昏迷了几天?"

"好像有一段时间。"

"也许昏迷时的郝亮是真正的郝亮,可醒来后的郝亮已经是另一个人了。可这个人为什么挑这个时间点冒充郝亮?还有如果要冒充他,为什么不把真正的郝亮弄死,而是要把他藏起来?"

"藏起来。"苏甄点头,"肯定是这样的,冒名顶替他的人一定有段时间和他是共存的,你们想,一个人如果冒充别人,最害怕什么?"

"害怕冒充对象的熟人,付岭西就是一个很好的例子。"

"对,我也是从付岭西身上得到的启发,冒名顶替的人怕被郝亮的熟人察觉,即便说自己失忆了,也可能被人从细节上看出一些端倪,所以那个人一定模仿郝亮模仿了一段时间,后来又去当了卧底,你们不觉得这一点很奇怪吗?那个老局长是不是也有问题?"

陈立摇头:"他已经去世了,而且是在377案中因公牺牲的。我不觉得老局长有什么问题,我更倾向于老局长也是被骗了。"

陈立顺着苏甄的思路继续分析:"那个人冒充郝亮躲到了疗养院,为什么他没马上消失?如果他马上消失,警方一定会疑惑,会调查,这一调查他也许就露馅了。据说当时他伤得很重,头脸都包扎过,你们有没有想过他也许是整容整成了郝亮的样子?同事去看他的时候他还在恢复期,所以才有人说他的气色不好。"

"那会是谁冒充了他呢?说得容易,但一般人没这个魄力吧,那个年代,整容技术并不是非常先进,整容要受很大的痛苦;而且整成别人的样子,去过另一个人的人生,一般人接受不了吧,除非……"

"除非他有必须这么做的理由?"

第115章

监听岳凌

"什么理由?"刚问出口,苏甄就想到了,"是神秘组织的人?"

方酌接话道:"我更倾向于那人就是那几个孩子中的一个,因为郝亮就是在要揭开他们秘密的节骨眼上出的事。他们那时也不小了,那一年徐曼妮都成年了。"

方酌说到这儿,皱眉:"郝亮当时的年纪是二十四五岁吧,徐曼妮是女生,那两个男孩当时才十八,我更倾向于冒充他的人是和他年纪相仿的陈钟。"

方酌看向陈立:"如果是他就说得通了,他冒充郝亮以后就给局里递交了辞职信,可局里没有批,并且不知为何那之后他还一直留在疗养院。老局长后来可能说服了他去当卧底,但有一点我不明白,如果是陈钟,他为什么会去当卧底呢?他为什么不跑呢?"

"也许他是怕警察怀疑他,继而查到什么呢?"陈立提出这一点,"你不了解警局,很少有人主动从警局辞职的,有人是因为犯了大错,对外说是辞职了,名头好听一点,不然贸然辞职,上面一定会查你的。

"我猜冒充的人无论是不是陈钟,他肯定也意识到了这一点,反正卧底的时候可以随时消失,不如顺水推舟,即便那个时候警方调查出了问题,他也早就跑了。"

"那么可以大胆猜测,陈钟冒充了郝亮去当卧底,中间遇到了走私违禁品的岳凌,然后把他拉到了神秘组织,这一切就说得通了。"苏甄瞪着眼,感觉已经理清了前因后果。

"你到今天还觉得是有神秘组织吗,苏甄?"方酌摇头,"到如今,我更倾向于就是他们几个人在操纵这一切。"

"也有可能。那么冒充郝亮的也不一定是陈钟,也可能是别人。"苏甄思考着方酌的话,竟然也有些赞同。

陈立在纸上画着,把几个名字连起来:"如果不是陈钟,那会是谁?那人的意图是什么?我更倾向于这个人就是陈钟,如果是他,就和爱兰科技这条线连起来了。之后改名换姓的云溪、姜旭东等人在陈钟的安排下开始做秘密实验,包括爱兰科技的成立都是有目的的。"

思路逐渐清晰起来,可他们没有任何证据,所有的推断都建立在猜测上。

苏甄还有一件事想不明白:"不管冒充郝亮的那个人是不是陈钟,他这几年都在疗养院是为什么?是不是说明他就想顶着郝亮的身份活下去?"

苏甄突然提出这个疑问,陈立二人都沉默了。

苏甄继续说:"他为什么要顶着郝亮的身份活下去呢,还藏在疗养院里?那疗养院里有什么,让他冒着被发现的风险,也要待在那儿?"

良久,方酌深吸一口气:"水周只有一家疗养院,综合性的,我记得那个植物人冉兰就在那儿吧。"

苏甄的心狠狠一沉，会是因为她吗？

正思考着，监听器里传来用房卡开门的声音。

方酌调出门口的监控画面，是一个穿着西装的男人，看不清脸，但不知为何，苏甄觉得他的背影有些熟悉。

"应该是岳凌。"陈立朝画面扬扬下巴。

"陈立，你到底是用什么名义约他出来的？别一会儿两人对话就露馅了。"方酌看向陈立。

陈立叹了口气："你一定没仔细看你复制的内容吧。"

"我来不及看，就那么一两分钟，我能把他手机上的内容发给你就不错了，你用我的小程序发信息，就会让对方以为是从老四的手机发出去的。"

方酌谈到自己的专业，有些沾沾自喜。

"老四本来就约了岳凌见面，所以根本不用费任何心思，只要从他的手机里找到他常去的定位记录，就能知道他们在哪儿见面了。"

方酌一愣："他俩本来就约了见面？"

"对，而且他们每次都是用暗号约见面，根本不直说时间地点，但他们常去的地方就那么几个，一是这家酒店，二是隔壁市高速公路旁的一处郊区别墅，再就是一个游乐场。"

"游乐场？隔壁市郊区的别墅？"苏甄疑惑，"这地点怎么这么奇怪呢？"

她话音未落，方酌就比了个"嘘"的手势。三人安静地听着隔壁的动静，先是洗手间的水声停了，然后是穿衣服的声音，老四开口："来了。"声音很随性，还带着一丝慵懒。

之后是长久的沉默，只有衣服的窸窣声，三人都莫名其妙，面面相觑。

半晌，岳凌开口："饿不饿？"

老四却烦躁地说："怎么办？现在已经有人开始调查你了。"

"这些年也不是第一次了。大不了就跑呗。"

"跑？"老四急了，"你往哪儿跑，你以为还是十几年前？现在全国联网，跑到国外都能给你抓回来，就算你躲得了警察，躲得开那个人吗？这么多年我就和做噩梦似的，总想起那天晚上，你说咱俩明明已经把他……他怎么又回来了？"

岳凌冷哼："我可不信这世上有鬼神，人是你我看着死的，后来那个人咱们也没见过，我看也许是当时走漏了消息，咱们被人盯上了。不过说这些也没用，今天咱们能有这个成绩，那人也有一半的功劳。"

"什么成绩，不就是一点钱？"

老四声音极冷，岳凌却笑了："咱们当年出来混，不就是为了功成名就，衣

311

锦还乡吗？怎么，你现在不满意？我早就说叫你别待在三里屯，你去开公司啊，名利、地位什么的都有了。"

"我不稀罕，总要有人暗地里替你做事。"

"委屈你了。"岳凌的声音突然变得很缥缈。

老四冷哼："今天有人问我，后不后悔在你的影子下活着。"

岳凌来了兴趣："你怎么说？"

老四并没回答，而是烦躁地说："现在怎么办？那个方天科技的方酌太难缠了，他再查下去，我怕会被他查到什么。"

"我要联系那个人，但这几天他一直没有再给我消息。"

"他别是想让咱们当替罪羊，我真要疯了，关咱俩什么事？都是他，阴魂不散的，咱们跑也跑不了，案子过去那么多年了，大不了他揭穿了，大家一起死，反正怎么样都是死。"

岳凌像并不担心这一点似的，而是奇怪地问："刚子死了，这事警方已经注意到了，你怎么还对那个女的动手？"

"那个女的不是我杀的。"老四急了。

第116章
论文的作者

这边的三人对视，心中震动。

"不是你杀的，那是谁？你要知道这女的一死，警察一定会调查你。"

"我疯了吗，我那么蠢？阿刚死了已经带来很大麻烦了。"

"那是谁？还有，刚子是怎么死的？你教训手下别下手那么重，我跟你说过好几次了。"

老四沉默了一会儿："阿刚的死和我无关，但我有件事没和你说，那天晚上，阿刚在咱们那屋监禁的是……"

三个人聚精会神地听，可巧了，就在这时监听器发出刺耳的杂音。

"怎么回事？"陈立着急地问。

方酌赶紧调设备，可里面仍旧杂音刺耳，苏甄把耳机拿了下来："怎么了？"

"可能是有信号干扰。"

方酌皱眉，急速地操作一番，终于又听到岳凌的声音："他怎么从水周跑来了？这么说阿刚是他弄死的？你还跟他们有瓜葛？"

　　"我也不想跟他们有瓜葛，还不是你，逼着我。"

　　岳凌笑出来："逢场作戏而已啊。"

　　"好一句逢场作戏，你和你老婆这么多年都是做戏吗，景瑜对你可是用情至深，你就没对她动心过？"

　　岳凌声音慵懒："你管她干吗？我现在是成功人士，那些记者最喜欢八卦成功人士的私事，与其被人诟病，不如做戏，景瑜各方面都很听话，有什么不好？她顶多图一时嘴快，不敢真的惹你，我一年给她的钱还不够她演戏吗？演我老婆都演不好，要她也没什么用。"

　　"别说废话了，那个方酌已经查到你的公司了，他知道你仓库里放了景德镇的那些东西，那些到底是用来干吗的？"

　　"我不知道，我只负责给人家运货。"

　　"实验室你去过吗？那个人到底在做什么？"

　　"不知道，你也晓得我根本没再见过那个人。"

　　"你肯定知道，别跟我来这套，回回都是你收货你会不知道？你怎么想的？别以为我好糊弄，我不过是不想和你计较，你想通过这个疯狂实验中饱私囊，走私大量违禁药品，那个人知道吗？他要是知道了你还有活路吗？"

　　"你怎么知道我的行为不是那个人授意的？"

　　"那个人从头到尾都不是为了钱，为名为利的只有你。"老四愤恨地说，"小心最后玩火自焚。"

　　"放心吧，那个人是疯子，不切实际，整那些没用的，教授啊，博士啊都说做不了，可他整天拿一篇论文说事，说都有人写出来了怎么可能实现不了。那篇论文你看过吗？"

　　"看不懂，我们这样的人能看懂什么学术上的东西？"

　　"我倒仔细研究过，很有意思。"岳凌说着，似乎在电脑上打字，"你看看？看看啊，别摆出这副表情，人工智能细胞再生，说不定有一天真能实现呢。"

　　老四没说话，岳凌却哈哈大笑，之后就是衣服摩擦的声音。

　　苏甄三人面面相觑，刚要说什么，就惊讶地听到监听器里传来两人的声音，苏甄脸"唰"地红了，方酌则一下扣上了电脑，半晌才骂出来："怪不得在那些地方见面，敢情这两人是情人？"

　　苏甄也觉得不可思议，之前他们还猜测岳凌和老四的关系，什么小学同学、老乡，猜测景瑜和他俩的纠葛，什么夫妻不和，要不了孩子，景瑜和老四有特殊关系，然而现实更加荒唐。

"原来岳凌的老婆就是个幌子,我说怎么可能有人一直甘心在暗地里帮他做事,我一直在想他到底给了老四多少好处,原来他们是这种关系。"

陈立脸色发黑,把笔记本电脑打开继续监听,眉头紧皱,有些尴尬,不知过了多久,听到里面说:"现在警察盯得紧,咱们最近别见面了。我一会儿先走,你过会儿再走?"是老四的声音。

对方含糊地也不知说了句什么,老四就出去了。陈立这才放下监听器。

"他的手机不能监听吗?"

方酌摇头:"太容易被发现,这次还是先把监听设备安到了他们房间,不过一会儿也要赶紧拆除。"

"具体安在哪儿了?"

"他们房间的电脑上。"

陈立想到什么:"刚才他们在说一篇论文。"他看向苏甄:"会不会和神秘组织要做的实验有关?"

"很有可能。"

可苏甄现在似乎也不太肯定存在神秘组织了。"他们刚才一直在说一个人,这个人就是背后隐藏的大 boss(头目)吧?"她皱眉看向方酌,"也许背后真的只是一个人或者几个人?"

陈立却更关心论文内容:"能把他们刚才查阅的东西调出来吗?"

"可以。"

方酌在电脑上操作一番,最后出来一个菜单,没一会儿,说:"还真有篇论文。不过这是什么杂志啊,苏甄你听说过这个杂志吗?《广物科学》。"

方酌已经把论文打开:"这杂志里的内容怎么包罗万象?看来应该不是学术杂志。"

他打开杂志官网,苏甄一愣。

"这种杂志打着科学的名义,其实在学术圈是不入流的,更像是给大众看的,里面的论文大多很浅显,都是初学者写的,但也有人觉得有意思,里面有各种不受学术规范束缚的讨论,有些教授也挺喜欢看的,但在这上面发表的文章是不能用于评职称的。"

方酌操作了半天,调出刚才岳凌浏览过的文章:"好像是这篇,苏甄你来看看。"

苏甄盯着电脑屏幕,只觉得脑子"嗡"的一下炸了。

方酌和陈立凑到电脑前研究,背对着苏甄,方酌说:"你比较权威,干细胞再生什么的不是你那个专业的东西吗?《人工智能对细胞再生的前景展望》,这什么论文啊?还真与咱们的智能芯片和细胞学有关,我是看不懂这是什么。'多云转晴'，这笔名有些矫情啊。陈立，你好好调查一下这个作者，说不定他就是咱们要找的背后之人。"

陈立把名字记录下来："能追踪IP吗？"

"能。"

两人说了半天都没听到苏甄的回应，方酌问："你看这篇论文了吗？给我们讲讲内容啊。"

"不用找这个人了。"

苏甄站在他俩背后，突然开口，方酌回头，正好对上她的眼睛。此时她眼神平静如水，却透着死寂。

"怎么了，这个作者你认识？"

陈立也抬头，苏甄双眼放空："这篇论文是我写的，'多云转晴'就是我。"

第117章
再生细胞的运用

室内一瞬间安静了，方酌和陈立不可思议地看着苏甄。

看着屏幕上熟悉的文字，苏甄叹了口气："这篇论文我写了快十年了，是我上大学的时候写的，当时我年少轻狂，总是抱有不切实际的想法，觉得自己在系里名列前茅，就是细胞学的未来、科学的未来。

"现在看不出来吧，我以前是个挺骄傲的人，从来不服输，拿奖学金也好，代表学校演讲也好，我什么都要争一争，不过后来就不这样了，因为只有真正努力过了才知道天赋有多重要。

"我和田锋就是两种人，他是天赋型的，我是努力型的，可后来我才知道，被誉为天才的田锋付出了多大努力，外加我已失去少年心性了，就变得很随波逐流。

"而且通过进一步的研究和学习，我也明白了那篇文章只有外行人看了才会觉得好，真正踏入这门学科，就会发现人类的一点点进步都是要经过无数次失败的实验才能达成的，根本不可能一蹴而就。这论文我后来自己看都觉得无地自容，想过删掉，但因为不记得密码了，也就算了。却没想到……"

却没想到今天以这种形式被大家看到。当时这篇论文投了很多地方，很多

315

正规的学术杂志都拒绝了,她不服气,又投了《广物科学》,就被这个杂志收录了。

此时苏甄看着方酌和陈立的表情,不知道自己的解释是否显得苍白无力,原来这就是百口莫辩的感觉。

"也就是说,在背后操纵实验的人最初是看到了这篇论文,才萌生了做疯狂实验的想法?"

陈立也回过神来:"首先我们要知道那个人为什么对这篇论文感兴趣,他的目的是什么。是因为有这个目的,他才会注意到这篇论文,才会想把这篇论文中设想的东西变成现实。"

苏甄走到电脑前,用鼠标框出一段话:"我这篇论文的核心内容是这个,论文刚发出来时还是热门文章,一度被推到了主页。你们也看到了,这个杂志什么乱七八糟的内容都有,但主题风格就是猎奇,这样的话题在我们学术圈是笑话,可普通人看了都觉得很有意思,还觉得很科学。"

她指着其中一段:"这里就是核心,我这篇论文的内容就是对未来的一种畅想,起因是我看了一篇国外的关于人工智能的文章,现在很多人工智能可以听你的指令行事,在这基础上,是否可以让人工智能运用某种技术手段刺激细胞分裂,让衰败的细胞得以再生,从而修复很多人身体上的缺陷?毕竟人类自身是弱小的,人工智能的力量则是无限的。"

虽然苏甄觉得自己说得很浅显,但陈立和方酌还是听得有些糊涂。

"你的意思是,你当时写这篇文章的想法是,利用人工智能再生不可再生细胞?比如什么?"

"比如现在有很多用电脑修补旧画作的例子,其实我的想法是一样的,是否可以用人工智能修补已经坏死的细胞?比如祛疤,祛疤的话题炒了好多年,可真正有效的外用祛疤产品是没有的,只能激光修复,我在想是否可以运用人工智能再生疤痕细胞,使外表恢复如初,其实效果差不多,但是理论不同。"

方酌皱眉思索了半晌:"我有一个想法,你们说背后那个人,或者神秘组织,他们的目的到底是什么?为什么那个人看到这篇论文后会如此荒唐地想要实践?有什么动力?他是想用人工智能修复自己的什么缺陷吗?这个人身上是否有缺陷?"

苏甄皱眉:"我还是在想,当年陈钟他们的钱是从哪里来的?背后的那个人会不会就是最初给陈钟他们钱的人?他身上有缺陷,然后谋划了这些事?"

陈立摇头:"有个矛盾点,你说这篇论文是十年前写的,但陈钟他们在云南活动的时间比你这篇论文至少还要再早个十年,背后的人最初把他们组织起来肯定不是这个目的,那他有什么目的?他是为了什么花大价钱把这些人组织起来的?"

"所以说,我更倾向于这个组织就是这几个孩子组成的,而最大的 boss 就是陈钟。"方酌眼神如刀,"听刚才岳凌和老四话里的意思,他们是被一个人逼着干这些事,包括这个爱兰科技,主导的不是他们,而是背后的那个人。他们很有可能是被人抓住了把柄才听话的,当然这个人也给了岳凌他们好处,名利、地位和金钱。

"他们应该很怕这个人,因为这人手里有他们的把柄,还有这个人一定是玩计算机很厉害的人,不然他们也不会说逃到哪里都会被找到。

"那么又出现一个问题,岳凌他们有什么把柄留在了那人手中?不得不让人想到 377 大案中他们走私违禁品的事。"他看向陈立,"377 事件里,那些被抓到的走私违禁品的人都是怎么判刑的?"

陈立皱眉:"头目是个边境大佬,枪决了,手下的人也被枪决或者被判了无期徒刑,他们身上都背着命案呢。至于那些'散户',看情节吧,走私的种类和数量不同,判决不同,其中也有犯下命案的,总之也枪决了不少,都是重罪。"

方酌点头:"咱们之前就怀疑过假的郝亮在卧底期间放过了岳凌,很可能就是想利用这一点让岳凌为自己所用,而有岳凌的地方,就有老四,岳凌做什么,老四都跟着。这是平白得了两个能利用的帮手,而且我这个想法还有一个很重要的支撑点。

"他俩的谈话里说那个人明明是他们看着……后面没说透,但我猜当时他俩应该是发现了郝亮,想要把他给除了,毕竟岳凌不知道他是卧底,那两人都是穷凶极恶之人,岳凌在边境搞走私,可不是个心软的,我怀疑,假郝亮就玩了一出金蝉脱壳,岳凌他们除掉的是他一直藏起来的真郝亮。"

第118章
他有问题

"太荒唐了。"苏甄摇头,觉得方酌说的很不切实际。

方酌耸耸肩:"但不管他们之间有什么,我都怀疑,这背后最大的 boss 就是陈钟。"

"还是那句话,如果是陈钟,当初他的钱是从哪儿来的?要知道给人家换肾，包括他们后来整容，都是要花很多钱的。而且据调查，他们在云南的网吧里待着的时候花钱也大手大脚。"

"这就要从源头查起了。查陈钟之前的活动轨迹，肯定有不对劲的地方，说不定还会牵扯出其他大案。"

陈立点头。

"还是那句话，现在一切都是咱们的猜想，若想知道那个人是不是陈钟，首先要调查的就是这个岳凌，他一定见过或者接触过背后的人，这个人滑头得厉害，老四都可能被他骗过。"

说起老四，三人又尴尬了，苏甄皱眉："你们说岳凌的老婆是不是知道他和老四的关系？但我总觉得岳凌的老婆是真心喜欢岳凌的。"

苏甄回想那天和景瑜碰面的场景。

"不管如何这女的肯定也不正常，不然也不会喜欢一个这样的男人。"方酌厌恶地说。

"你别搞歧视，这个在现代社会挺正常的。"

"我不是歧视这个群体，我是觉得岳凌这个人不行，左右逢源。你看他把老四弄得服服帖帖的，正常人谁不为自己考虑？可他就是让老四心甘情愿背下所有罪名，成全他。"

"先别说那些没用的，还有一个最关键的问题，背后那个 boss 做实验的目的到底是什么？"苏甄皱眉。

陈立则敲敲电脑屏幕："肯定和你这论文有关，外加姚总女儿的事，其实已经说明了很多问题，他是想让非创伤性脑损伤的植物人醒过来。"

苏甄心里一抖："你的意思是，可能他是想让冉兰醒过来？"

方酌也觉得这个思路是对的："他在那个疗养院待了好几年都不走，我觉得很有可能。我们需要再仔细调查一下，从这个角度调查当年陈钟在云南的行动轨迹。"

陈立点头："我反馈给魏然，他又有的忙了，要知道这可是二十年前的事啊，不好查。先回去吧，今天的收获够多了，后续要查的事我安排一下。"

方酌揶揄他："当然了，要找好借口和组织说啊。"看到苏甄疑惑的眼神，方酌解释道："正义的陈大警官为了查案不惜用我这种旁门左道，可惜这些录音是不能作为证据的，只能用来辅助查案。"

陈立脸色沉了沉，苏甄听明白了方酌这是故意挤对他，皱眉推了方酌一下，叫他少说两句，逞什么口舌之快？

方酌倒不在乎，伸了个懒腰说要回医院了，他腿都疼了，陈立却还没动。

"还有个问题，关于刚子和那个阿狸的死。"他盯着方酌的眼睛，"显然老四那天知道刚子绑了个人在屋里，那个人把刚子杀了然后跑了，那个人应该就是袭击你的人吧？"

方酌点头："应该是，咱们一开始推断那女的是老四他们处理的，但现在看来老四也不知那女的是怎么死的。"

"那女的会不会也是被袭击你的人弄死的？因为阿狸很可能看到了他的容貌，所以被灭口了。"

苏甄点头："这倒有可能。"

"但我有一点疑惑，"陈立皱眉，"将这女的灭口仅仅是因为她看到他的容貌了吗？可显然老四和岳凌知道这个人是谁，他完全没有必要为了这一点就将人灭口。"

苏甄脑子转得很快，这确实是个矛盾点。"那凶手为什么要杀了那个女的呢？难道她看到了别的什么东西？"

三人互相看着，最后陈立摇头，说道："我们必须找到这个人，现在不仅咱们在找，显然老四他们也在找，要盯紧他们。"

方酌晃晃手机："老四手机里的追踪器一直在，我会一直盯着的。"

陈立点头："咱们最好在老四之前找到这个人，如果老四将这人灭口，咱们也许就永远不知道真相了。现在有条线索，他们的对话里说到水周，这人是从水周来的，肯定和整个案子脱不了干系。从水周来，还和老四、岳凌等人有关系，会是谁呢？"

陈立盯着方酌，目光锐利。

方酌挑眉："有想到谁吗？咱们知道的还活着的，和这几个人有关系的应该只有王语嫣吧。可那天袭击我的是个男的。"

苏甄想到了什么，刚要说话，陈立就站起来打断了她。"回去吧。"陈立看了她一眼，"苏甄是回医院还是去别的地方？"

苏甄一愣："回医院吧，我一个人住酒店害怕，正好守着方酌，咱们在一起还能更好地交换消息。"

陈立点头，出了酒店，把方酌架到车后座，下车要去开另一辆车，关车门的瞬间，陈立附在苏甄耳边说："这两天你盯紧方酌，我总觉得他有问题。"

苏甄诧异地转头，就看到陈立已经走到了另一辆车旁边。她皱着眉，上车启动，后面的方酌笑出来："没想到这案子的源头很可能是你的论文，你现在有何想法？"

"你真是不放过任何挖苦别人的机会啊。"

方酌却满不在乎地把脑袋凑到前面："我要是你会觉得很有成就感，随便发了一些想法，就有人为此疯狂，甚至做出如此荒唐的事来。这中间有些人为此

319

付出了极大的代价,甚至改变了原本平静的一生。"

苏甄听不出他话里的情绪,只觉得心里难受得厉害,死死地攥着方向盘,难道自己就不愧疚自责吗?但真有人当面指出来,她又觉得委屈和愤怒,一巴掌拍在方向盘上。

"怎么,想把我赶下车?"方酌嘲讽一笑,"我没有别的意思,苏甄,按道理来说这些事和你没关系,但你不杀伯仁,伯仁却因你而死。想过没,这都是因果,你没写论文,就不会遇到姜旭东,我不研究芯片,就不会遇见云溪。苦都是自己乐意吃的,也怨不得别人。"

说到最后这句话时,方酌的语气变得无奈而平静,看向窗外,苏甄觉得这比方酌指着她的鼻子骂更让她想哭。

第119章

逃离喷水池

回到医院,方酌直接瘫在床上,他腿伤还没好,医生过来检查,又教训了他一顿,方酌态度极好,还跟医生开玩笑,完全看不出他的心思。苏甄在一边盯着他,想着这人绝对是自己见过的心理素质最好的人了。

看医生给他挂完水出去了,苏甄抱着胳膊问:"什么时候能站起来的?"

方酌挑眉:"秋后算账啊?我从头到尾都没说自己站不起来啊。"

"你打从一开始就在骗我和陈立,你的腿根本就没严重到要坐轮椅的地步。"

方酌耸肩:"我真没说谎,只是你们自己这么认为的。"

苏甄瞪了他一眼,问:"晚上吃什么?我点外卖。"说着拿起手机。

方酌却意味深长地说:"平时你都出去买的,怎么,陈立让你盯着我?"

苏甄有种被人揭穿的窘迫感,回避着他的视线,说:"说什么呢?"

"无所谓,他本来就怀疑我。陈立呢?"

"好像去忙了,今天咱们获得的信息太多,他需要去安排后续的调查工作。"

"安排什么?接下来咱们只要盯住老四就行了,通过他也许能找到那天袭击我的人,而且老四肯定要去确认走货流程,只要跟踪他,就能找到证据。"

方酌晃晃手机,上面有一个小红点。"陈立手机里也有一份我复制的跟踪老四的程序。他这叫卸磨杀驴,还让你来盯着我,真是打得一手好算盘。"

"你嘴里能有点好话吗？他是警察，很多事上不能像你这么随性。"

方酌哼哼一声："今天晚上陈立肯定会去追踪运货环节，不带你我，别忘了我也怀疑他呢，他把咱俩甩开可不行。"

他突然凑过来："苏甄，你可得一碗水端平，凭什么就监视我一个人？"

苏甄一愣，方酌坏笑："快点外卖，吃完了天估计也黑得差不多了，我们就要行动了。"

苏甄皱眉："干吗啊？"

吃完饭，苏甄就开始后悔听方酌的了。

晚饭后是固定的散步时间，一开始警察小王还跟着，后来一个接一个的任务电话打过来，他就到一边打电话去了，但还时不时地往他们这边看一眼。苏甄紧张得很，一个劲地瞪方酌："都是你出的馊主意。"

"你还看不出来吗？其实根本就没必要守着我了，可陈立还派个人在这儿看着我，你看刚才小王从吃饭开始就这样盯着我，肯定是陈立让他看紧我。说实话，我最讨厌这种事了，怀疑就怀疑，光明正大地调查我，偷偷摸摸的干什么？"

苏甄用余光看着那边的小王："别说废话了，现在怎么出去？"

方酌倒是悠闲："所以让你推轮椅下来啊，带我到花园那边看看吧。"

苏甄忍着想把他踹飞的冲动，推他到花园中心，那边有一个很高大的喷水池，中间是一个女神托着一轮太阳，寓意生命至上。这儿每天早八点、午十二点、晚八点都会有一次喷水仪式，是仁心医院的标志性活动。

苏甄推着他过去时正好是七点五十八分。

"你到底想怎么样？"

方酌看着手表："小时候玩过水吗？"

"你想干吗？"

方酌已经把外套脱下来了，从后面一把抓过苏甄，按着她的脖子靠近自己，苏甄被他突如其来的动作吓了一跳，此刻动弹不得，弯着腰，脖子被他的手束缚住，两人的脸离得很近。

"你干吗？"

就在这时，喷水池音乐声起，无数水花炸开，苏甄还没反应过来，方酌就一下从轮椅上站起来，把外套扣在二人头上，拉着她的手就冲进了喷水池。

苏甄来不及尖叫，手被他抓着，只感觉无数水花在自己头顶炸开，噼里啪啦地打在脸上，睁不开眼。

喷水池的音乐声升高，大量的水花落下来，苏甄眼前一片模糊，待反应过来时，已经被方酌带着从水池的另一边爬了上去，挤出了人群，只见不少人围到水池那边,有人喊道:"是不是有人掉进去了?怎么有个轮椅啊?"

苏甄吓了一跳,回望,只见远处的小王急匆匆地挤开众人朝着水池跑了过来。

方酌按着她的头:"走,别看了。"拉着苏甄跑到路边打了一辆车。

出租车匆匆从医院门口开走的时候,苏甄看到小王速度极快地一边打电话一边开车追向另一个方向:"他怎么?"

方酌一笑:"我早就雇人穿跟我一样的衣服开着我的车,朝相反的方向去了,至少绕半个小时到西郊,那时候小王发现追错人也来不及了。"

苏甄瞪着眼睛:"你这是玩火。"

"我是要证明自己的清白。"

"那你想要去哪儿?"

方酌举着手机,上面有一个小红点。"陈立去追踪老四了,咱们也去,这个红点就是老四。"

"你就不怕一会儿在外面碰见陈立?"

"他在明咱们在暗,躲着点呗。"

很快车子就到了,是他们刚进京城的那日去的仓库区。

方酌皱眉看着手机上的红点就在自己前方很近的位置,苏甄看去,是老四的车,四周有工人在忙着出货进货,并没有看到陈立。"你不是说陈立在盯着老四,找他洗货的证据吗?"

"你以为警察是白当的?他肯定在暗处,咱们看不见。"方酌拉着她躲到一个仓库后面,"先找老四吧。"

苏甄觉得他俩简直像做贼一样,左躲右闪,不仅要提防被老四的人发现,还要提防躲在暗处的陈立。可是,苏甄奇怪地看着四周,陈立真的在附近吗?她怎么看不到哪儿有可供躲藏的空间?

方酌朝苏甄招招手,指着前面,只见老四从一个仓库里面出来,身边跟着阿远,神色不悦地朝另一个小仓库走过去,周围都是卸下的各类品牌的货,他在里面走着并不起眼,而且是沿着仓库边过去的,要不是有追踪器,还真找不到他。

"他这是要去哪儿?"

"我白日里诓了他,他虽然看出我的证据是假的,但肯定会想确认一下有没有出问题,要挨个找人对一对。他这一对,咱们自然能知道哪些人在这个局里,然后挨个查——当然查人就要靠陈立了,肯定能挖出爱兰科技公司洗货的证据。"

方酌一边说一边盯着前面,在这样的灯光下,双眼显得极其有神。

第 120 章

那天岳凌也在

"可没窃听的东西，咱们跟上也没用吧？"

"主要是看他接触的人都有谁，记下人来再调查。"

"那陈立跟不就行了？咱俩跟着没什么意义啊。"苏甄提出疑问。

方酌意味深长地说："意义肯定是有的，不过是对我有意义。"

苏甄听得云里雾里。

就这么跟了一晚上，老四见的人苏甄都用手机偷偷拍下来了，接着又跟着老四出了仓库，回到酒吧附近，看到老四下车就踹了阿远一脚，很生气的样子。

"他怎么了？"苏甄眯着眼睛，在巷子后面观察。方酌笑道："可能查到问题了吧。"

"什么问题？之前你不是说了那些都是你造的假证据吗？你也说了他的运货环节一环一环都是独立的，很严格的。若不是你耍了这个心眼，也许永远都不会知道他那些环节是什么。"

"老四只负责运输，但里面的货呢，老四真的知道里面的货是什么吗？老四这个人虽阴险，但看他甘心躲在暗处替岳凌做事这么多年，就能知道他骨子里是个认准一点就一条道走到黑的人。可岳凌则不然，他是商人，而且是个成功的商人，就算背后有大 boss 帮忙，也不得不说他是做生意的好手，无商不奸。"

"背后的大 boss 不能时刻盯着他，但能帮他，帮他打通一些关系，他利用这些关系私自运一些货，做一些危险性高又挣得多的生意。记得吗？刚来京城那天我和你说过，他们公司没做出什么产品，却有大把的流水。"

苏甄心里一抖："洗钱？"

方酌耸肩："之前警方找不到证据，我也查不到，只是怀疑，可如果岳凌利用背后大 boss 的渠道，私自运输其他东西这件事就能说通了，就能知道他是怎么洗钱的了。所以老四才会在酒店质问岳凌，他是不是利用那个人给的便利，中饱私囊。"

苏甄只觉得心慌。

"大 boss 也不是什么圣人，他和岳凌是相互利用的关系，想让马儿跑，必须要让马儿吃草，对岳凌睁一只眼闭一只眼，这样双方都能得到自己想要的，这就是岳凌支撑着爱兰科技公司这么多年而不跑的原因。难道他真的跑不了吗？那不过是糊弄老四的托词而已，真正牵绊住岳凌的是名利。"

"背后那个大 boss 太了解人心了,我对这个人越来越感兴趣了,他真是高手。记住,苏甄,人和人之间最深的牵绊从来不是情感,而是利益。"

方酌的眼神在这样昏暗的夜里震慑人心,苏甄只觉得有什么堵在嗓子眼,说不出任何反驳的话。

"至于老四,"方酌嘲讽一笑,"你真当他不知道岳凌的心思和手段?不过也是睁一只眼闭一只眼罢了。不多过问,难得糊涂,这也是维系两人关系的方法。可这一次不一样,若是老四查出岳凌瞒着他在做更危险的事,你说他俩会不会起内讧?"

苏甄奇怪地盯着方酌,不可思议地说:"你怎么知道岳凌在做更危险的事,他俩会起内讧?"

方酌笑笑没说话,苏甄脑子转得极快:"又是你设计的?你陷害了岳凌,故意让老四生气和他反目,然后在他们争吵时你和陈立快速出手抓到证据?你到底做了什么?"

"我可没那么大本事。"方酌笑出来,"出手的应该是陈立。"

苏甄瞪大眼睛:"不可能。"

"行吧,我承认了,是我下了诱饵,可我也没陷害他,不过是稍微让老四误会了一些事,但岳凌的货绝对有问题,不然老四也不会如此生气。你别看老四阴险,他可是个感情用事的人,我怕有一天岳凌成也萧何,败也萧何,说不定会死在老四手上呢。"

苏甄更加迷惑了。

此时另外一辆黑色轿车开到了巷子里。

"是岳凌,好戏又要开始了,这两人一天见两次面,也是够频繁的。"

可这一次他俩都猜错了,从车上下来的不是岳凌,而是岳凌的老婆景瑜。

苏甄和方酌对视,一阵错愕:"这是怎么回事?"

方酌皱眉看了一会儿:"走。"说着拉着苏甄就朝酒吧走。

"干吗去,你不怕暴露了?"

"说不定能抓到什么证据。"

事情出乎意料,按他们设想的,老四发现了货物秘密,肯定会把岳凌找来说这事的,可为什么来的是岳凌的老婆呢?

方酌直接带苏甄进了酒吧,此时酒吧里又在玩游戏,人特多,灯光昏暗,台上的男女玩得不亦乐乎。

"咱们进来干吗?"

方酌四处看着,最后盯着一个位置,苏甄完全不知道他在看什么。

方酌朝着角落扬扬下巴:"岳凌在那儿。"

苏甄一愣，岳凌什么时候来的这儿？他老婆又是来干吗的？

"哪个是岳凌啊？"苏甄问。她只认得景瑜，但并未看到景瑜在场子里。

突然苏甄感觉背后有人推了自己一把，此时酒吧里人挤人，炫目的灯光晃得人眼睛都花了，苏甄一个不慎跌到人群里，再回头方酌就不见了。

"方酌，方酌？"苏甄寻找着方酌的身影，想往回走，可被人挤出来了，正好跌到角落里的卡座前。一抬头，对上一双陌生而又熟悉的眼睛，苏甄诧异，坐在卡座里的，竟是上一次那个和自己喝交杯酒的男人。

"你……"

对方显然也认出了苏甄。

尴尬的是，秘书正巧拨开人群走过来。"岳总。"

那人本来看着苏甄，此时皱着眉回头，秘书在他耳边说了什么，他站起来往后面走，苏甄则茫然地站在原地，看着对方消失在了酒吧后面的办公区才回过神，着急地抓过旁边的一个酒保，问："那个人是谁？"

酒保茫然地摇头。

这个人绝对不是无名之辈。突然想起刚才秘书叫他岳总，苏甄想到什么，在手机上搜着，瞪大眼睛："岳凌？"

她脑子一下就炸开了，也就是说，方酌出事的那个晚上，虽然老四不在酒吧，但岳凌在。这个角落也太不起眼了，若自己那天没看到他，根本不会知道那天岳凌就在酒吧。

苏甄心一沉，打电话给方酌，可根本没人接，她急了，直接朝后面的办公区跑过去。

第121章
凝视黑夜

苏甄心跳得极快，酒吧里做游戏的声音极大，可她仍然能听到自己的心跳声。

也不知自己哪儿来的勇气，她走到办公区，看到有人把守，丝毫没有慌张，反而冷静下来往后退，从前门出去绕到了后面那条巷子里。此时巷子外面还拉着警戒线，空气中有垃圾腐烂的味道。

苏甄钻过警戒线，走到酒吧后门，诧异地发现门竟然没关，溜进去还挺顺利，从后门进来就听到办公区的一个房间里有声音，是景瑜在说话："你用不着给我发这种东西来恶心我，不管怎么样我也是岳凌明媒正娶的老婆，全世界的人都知道我是他老婆，你算什么东西？不过是躲在暗处的蛆虫。"

"景瑜，你别来我这儿发疯，若不是看在岳凌的面子上，我早就对你不客气了。"是老四阴冷的声音，"还有，告诉你无数回了，别来我的地方闹，这段时间警察盯得紧，你是想让老岳被请去喝茶吗？"

"别跟我玩这套，你要是真为老岳着想，就不会一次又一次地发这种东西来挑衅我。"

"我给你发什么了？"

"你还敢说？你和他在一块的东西。"

"我没有，你别无理取闹了。"

"我无理取闹，那这是什么？"

"我不知道，你怎么会有这种东西？"

景瑜冷笑："这么亲密，不是你发的，难道是老岳给我发的不成？你别得意，你以为老岳就你一个情人吗？你以为他真的对你一心一意？你就没怀疑过他？"

景瑜像是被激怒了，发了疯："我告诉你，在我不知道有你之前，他也和我做过，不只是我，男的女的外面有的是，那些有权有势的太太、小姐、老爷们儿他都勾搭过，他为了往上爬什么手段都用，你和我也不过是被他利用罢了，岳凌他谁都不爱，只爱他自己。"

"你给我滚出去，这是我的酒吧，你给我滚！"

里面传来砸东西的声音。

"老四，你觉得我惨吗？我告诉你，迟早有一天你比我更惨。"

苏甄在门外听着，震惊极了，也很疑惑，岳凌明明就在外面，难道这两人都不知道吗？

就在这时，前面传来脚步声，苏甄吓了一跳，要往后门跑，可走廊一通到底，她速度没那么快，正着急，旁边一间办公室的门从内拉开，有人把苏甄拽了进去，她刚要叫就看到里面的陈立。"你……"

他比了个"嘘"的手势，在她耳边问："方酌呢？"

苏甄摇头："你怎么在这儿？"

陈立指指屋里，此时屋里关着灯，他用手机照了一下，苏甄认出是那天一直开着门的那间空旷的办公室，里边有两张沙发。她疑惑不解。

很快，走廊那头没声音了，陈立拉着苏甄快速从后门出去，往前面走，很着急的样子。

"干吗去？"苏甄问，就看陈立启动了车子。

"你怎么在这儿？"

"来不及说了，你先上车，一边走一边说。"

陈立似乎特别急。

苏甄很茫然地上了车，跟他说："方酌还在酒吧里。"

她又给方酌打电话，可始终都打不通。陈立最后夺过她的手机，一边开车一边说："别打了，他现在已经不在酒吧里了。"

"你怎么知道？"

陈立拿起自己的手机，上面有一个小红点："我手机里现在显示的可不是老四的行踪，是方酌的行踪。"

"什么？"苏甄蒙了。

"我虽然早就说过怀疑方酌，但今天白天监听时的那段信号干扰让我对他的怀疑更深了一层，晚上我被老四的信号引着调查，最后到了刚才那间办公室，我终于想通了问题在哪儿，与此同时，方酌离开了酒吧。"

苏甄瞪着眼，不知道他在说什么。"你什么时候在方酌的手机上装了追踪器？他不会发现吗？"

"我当然不会放在他的手机里了，追踪器卡在了他鞋底。苏甄，我刚刚才想通之前一直觉得不对劲的地方，关键就在于那间办公室。那天方酌说，他看到办公室门开着，里面什么都没有，于是往后门走，这时感觉背后有风，有人冲出来袭击他，他感觉人是从那间办公室出来的。"

"可实际上，苏甄，不知道你刚才有没有仔细观察，它的门对着走廊，可是朝内开的，所以人出来是带不出风的，你也许不了解这种情况，但如果曾有安错门的经历就会发现，如果走廊两侧的房间门都正常朝外开，只有一扇门朝内开，在其他房间的门关闭的情况下，门朝内开的屋子是不会有风吹出来的。而我猜方酌说这话时，根本没想到那是一扇安错的门，一般人不会注意到。"

"这又说明什么？"苏甄瞪着眼睛。

"苏甄你想过吗，他为什么明知道那是间空办公室，也冒险说人似乎是从那个房间出来的，而不是另一侧的办公室，岂不是更有可信度？那是因为那两个办公室除非老四在，不然都是锁死的，任何人都没有钥匙，这也是我最近才知道的，所以你有什么想法？"

"方酌知道这一点。"

"没错，所以他不得不冒险说人是从那个空房间出来的，你不觉得奇怪吗？那个袭击他的人，为什么不等方酌走远了再出来？这样更神不知鬼不觉。"

苏甄心跳到嗓子眼了，答案呼之欲出，陈立继续道："因为方酌有必须和这个人交手的理由，他必须做一个样子，才能证明他和阿刚的死没关系，可同时他又不想让人知道这个袭击者是谁。"

"为什么？"

"其实那天在酒店你就从老四和岳凌的谈话中猜到是谁了吧？"

苏甄摇头，又猛地抬头。

陈立冷笑了一声："没错，从水周来的，能让老四为其演戏的只有王语嫣，可她是个女的，那么跟她有关系的人是谁呢？"

"冯朝。"苏甄觉得不可思议，"冯朝怎么会和这边的事有关系，那他和方酌又有什么关系？"

"那就不知道了，我只晓得，方酌今天做了这个局，为的就是趁乱逃离你和我的视线，冒险去做一件事，所以我们必须快。"

苏甄脑子里一片空白，陈立在夜色中把车开得飞快，最后停在一个小旅馆前，拿出手机，说道："各方位注意，盯紧了，进去了吗？"

苏甄诧异："你……"

"我不能冒险放走任何人，苏甄，这案子牵扯太大，只要有万分之一的可能性，我都不会放过。"

苏甄看着茫茫夜色，这是一条靠近居民区的侧街，人很少，街道旁有小吃店、便利店、文具店、花店，还有半地下的小旅馆。苏甄咽着口水，不知道夜色中有多少便衣将这里围住了，更不知道小旅馆里到底是什么情况。

此时此刻她就如同一个窥探黑夜的人，静静地等待着真相的来临。

可是真相，就是看到的那样吗？

窥夜

下

金笑 著

© 中南博集天卷文化传媒有限公司。本书版权受法律保护。未经权利人许可，任何人不得以任何方式使用本书包括正文、插图、封面、版式等任何部分内容，违者将受到法律制裁。

图书在版编目（CIP）数据

窥夜：全二册 / 金笑著 . -- 长沙：湖南文艺出版社, 2025.3. -- ISBN 978-7-5726-2247-2

I. I247.5

中国国家版本馆 CIP 数据核字第 2025AP1816 号

上架建议：悬疑小说

KUI YE: QUAN ER CE

窥夜：全二册

著　　者：金　笑
出 版 人：陈新文
责任编辑：匡杨乐
监　　制：邢越超
策划编辑：刘　筝
特约编辑：彭诗雨
营销支持：周　茜
封面设计：潘雪琴
版式设计：梁秋晨
封面插图：一条鱼
内文排版：百朗文化
出　　版：湖南文艺出版社
　　　　　（长沙市雨花区东二环一段 508 号　邮编：410014）
网　　址：www.hnwy.net
印　　刷：北京天宇万达印刷有限公司
经　　销：新华书店
开　　本：680 mm×955 mm　1/16
字　　数：762 千字
印　　张：40
版　　次：2025 年 3 月第 1 版
印　　次：2025 年 3 月第 1 次印刷
书　　号：ISBN 978-7-5726-2247-2
定　　价：79.80 元（全二册）

若有质量问题，请致电质量监督电话：010-59096394
团购电话：010-59320018

目录

CONTENTS

卷七　不为人知　/ 001

卷八　一个情字　/ 047

卷九　追踪　/ 103

卷十　真相　/ 157

卷十一　背后之人　/ 239

不为人知

卷七

窥夜

第 122 章

云溪的下落

"你要在车里等着吗?"

苏甄瞪着眼睛,看着陈立阴沉的表情,摇头:"不,我要跟着去。"

陈立张口想说什么,最后只是叹了口气。

苏甄不愿意相信,不相信方酌从头到尾都是骗她的,她要亲自问他。

她跟着陈立,看到有人从四周的几辆车上下来,过来和陈立介绍情况:"我们看着人进去的,他戴了假发,中间还变换了几次路线,若不是我们一开始就盯着,估计早就跟丢了。"

"看到里面的人了吗?"

"据小旅馆的老板娘介绍,这附近的小旅馆很多都不查身份证,就睁一只眼闭一只眼让人住了,她说她也不知道方酌约的是谁。"

陈立再次回头看苏甄:"我劝你还是在外边等着吧,里面不知道什么情况。"

"会是冯朝吗?"

"我白天就和魏然联系了,他说冯朝确实不在水周,不知道去哪儿了,可王语嫣还在水周呢。"

苏甄还是不敢相信方酌这期间都在说谎,更不明白冯朝为什么会跑到京城,还杀了人,他和爱兰科技的岳凌、老四又是什么关系,难道他和陈钟几人是一伙的?不可能,他明明被陈钟陷害坐了三年牢啊。

陈立怕里面发生冲突,叫人拦着苏甄。

他不想耽误时间,径直往里走,苏甄急了:"让我跟着吧,也许关键时刻方酌会看在我的面子上……"

说到这儿苏甄笑了,自嘲地想,看什么她的面子?方酌要是在意她,就不会一次又一次欺骗她。苏甄心里拔凉。

陈立盯了她半响,最终还是默许她跟着了。

小旅馆的走廊很长,长得让苏甄觉得仿佛逐渐走入了另一个世界。刚才警方已经疏散了其他房间的人,此时到了最里面的一个小房间,这里是地下室,连窗户都没有，举架又低，灯光昏暗，四处散发着发霉的味道，很有压迫感，压得苏甄喘不上气来。

陈立看了一眼表，说："据说他们已经进去半个小时了。"

他没破门而入，而是敲了敲门，苏甄心都提到嗓子眼了，可里面毫无反应，陈立一皱眉，踹开小破门，房间里空无一人。

"人不在这儿吗？"

陈立惊讶不已，马上打电话给外面的人，手机里传来队友的声音："我们的人是看着他进去的，他们肯定没出过房间。"

"半个小时都没出过？"

"没出过。"

陈立气得一脚踹翻垃圾桶，里面的东西掉了出来，是一些废纸，他翻到一张便利店的小票，上面的记账时间是两个小时前，他马上叫外面的人联系便利店调监控。

陈立皱眉："人为什么会不在这儿？"

小房间一目了然，简陋老旧，灯光昏暗，屋里有一张大床，还有一股发霉的味道。

苏甄注意到枕头上有褶皱，又摸了摸床单，说："这屋里的人应该出去没多久。"

两人想到什么，异口同声："刚才疏散的人呢？"

他们匆忙出了小旅馆。"大意了，也许方酌早就发现有人跟着他，或者说这人永远有计划B。"

他们又被方酌给玩了。

"可你们的人不是说一直紧盯着这道门吗？而且一直没人出来。"苏甄提出疑问。

陈立停下脚步，马上打了个电话："小张，负责盯着这道门的是谁？"

"一直都是小赵。"

那边的人愣了一下，不知道陈立为什么突然问这个。

"叫他马上来见我。"

陈立二人走出小旅馆的时候，外面已经乱成一团，有警察过来说联系不上小赵了，最后在车里找到了，他已经昏迷，像是被人打晕的。

苏甄心一沉："怎么回事？"

"他早就发现警方盯上他了，所以把警察打晕，冒充小赵和这边的人汇报，他根本没进那个房间，而是在疏散时叫上里面的人趁乱一起出来了。刚才疏散的人呢，都在哪儿？"

"一共也没几个,都在那边的车上。"

别的警察不知道陈立要找什么,陈立过去拉开了车门,扫视了一遍,没看到任何熟悉的面孔。"你们之中少人了吗?"他问车里的人。

其中一个农民工磕磕巴巴地说:"刚才有警察把一个人叫走了,说问话,那人一直没回来。"

"什么时候?"

"就在刚刚。"

陈立气急败坏,一脚踢在轮胎上,苏甄提醒:"查看一下你们有没有少车。"

"他不可能开我们的车走,我们的车上都有定位。"

"那肯定没走远,调监控。"

事已至此,陈立不甘心被耍也没用,正准备去调监控,不远处的街道上就传来了剧烈的撞车声。

只见一辆原本停在路边的车突然撞到了树上,车瞬间冒烟,好在车里的两个人都滚了下来。陈立见状大喊,几个警察有的打电话叫救护车,有的拿着灭火器跑了过去。

车上的两人应该没受太大伤,苏甄看清人,捂住了嘴。

两张面孔她都很熟悉,和预料的一样,一个是方酌,另一个是冯朝。

此时冯朝爬起来,手里拿着一把匕首,抵住方酌的脖子,后者被他勒着动弹不得,脖颈处已经被划破了皮,流出血来,周围的警察都惊住了,举起枪,陈立瞪着眼睛:"不许动,冯朝,你跑不了了。"

冯朝双眼通红,崩溃地喊:"我跑什么?所有人都在算计我,要我死是不是?"

他神色很诡异,很疯狂。被他逼着的方酌则愤恨地说:"你说我帮你逃出来,你就给我云溪的消息,要不是我在你身上放了追踪器,你是不是就跑了?就算我死,你也必须把云溪的下落吐出来。"

两人针锋相对,谁也没想到会是这样的情形,昏暗的路灯光,残破的车辆,冯朝的神色中满是绝望,苏甄站在人群外,不可思议地看着这个场面。

陈立沉默着,眼神复杂地盯着方酌,他此时分辨不出方酌是在和冯朝演戏,还是真的被人挟持。

此时方酌的注意力全然不在周围的警察身上,只是一个劲地追问冯朝云溪的下落。谁也不知道他们之间到底发生了什么,但苏甄从方酌的眼神中看得出来,他说的是真的,他是真的发了狠,他根本不在乎冯朝的刀子,脖子被划出大片血,他突然一个反扑,喊道:"云溪的下落,云溪!"

第 123 章

隐藏的凶手

冯朝一刀划到方酌的手臂上,大片的血溅满白色外套,可方酌好像不在乎一样,还要再扑过去,奈何这一次伤得比较重,他腿上的伤口再次被撕裂,他在地上动弹不得,却死抓着冯朝不放手。

冯朝用刀子比着他,对周围的刑警说:"放我走,不然我就一刀解决了他。"

陈立眯起眼:"你以为我会上当?方酌帮你逃跑,你们之间肯定有事,现在还演戏?"

冯朝哈哈大笑:"我走到今天这个地步,他脱不了干系,谁都脱不了干系,都是因为那个女人,那个女人。"冯朝神色疯狂,愤恨又绝望,"就是因为那个女人,从头到尾都是因为她。"

"放下刀,你跑不了了,你已经被包围了。冯朝,你涉嫌杀人,还挟持人质,我们可以随时击毙你,你最好配合。"

陈立一把抢过旁边警察的枪对准他,那警察要说什么,陈立却开枪直接打在冯朝脚边。"束手就擒!"

冯朝疯狂地哈哈大笑:"反正我无论如何都活不了了对吧?我杀人了,我确实杀人了,我这辈子完了,不,其实我早就完了。我不该信那个女人的话,我为什么不甘心呢?这么多年我为什么不甘心放下她呢?"他大喊着。

陈立觉得刺激得已经够了,放下枪,渐渐地把手举起来:"冯朝,你不只和酒吧杀人案有关吧,你和陈钟的案子也有联系,当年的事你是否也有参与?"

陈立观察着他的表情,可冯朝竟然大喊出来:"有关?他们那帮人我甩都甩不开,我是跟他们有关,那些人一直都在害我,利用我,我早就说了他们一定会遭报应的,现在警察找上门了,我终于明白她为什么又把我骗过来了,是想让我当替罪羊吗?哈哈哈哈。"

"你到底想说什么?你说清楚,我们会听你说的,你先把刀放下。"

"我还能说什么?什么都完了,知道我现在为什么会被你们抓到吗?就是因为徐曼妮那个女人,是她再次把我骗过来的,我说什么还有用吗?我手上已经沾了人命了,我完了,她知道警察查到她了,又把我找出来顶罪了。

"他们一直抓着我的把柄,我怎么办,我该怎么办?我的一辈子早就被毁了,被那个女人毁了。可我一次又一次地相信她,当初我为什么会相信那个女人,为什么?你们不是一直在找当年水周王姗姗那个案子的凶手吗?强奸她的就是我,怎么样,意外吗?"

他哈哈大笑着,眼泪都流下来了,连方酌都不可思议地看着他。

"方酌,你不是一直在问我为什么会因为一条信息就跑来京城吗?因为这么多年,我必须随叫随到,知道吗?我的把柄在他们手里,是徐曼妮设计我的,是他们故意设计我的,我那天以为里面的人是她,我当时被她迷住了,是她先勾引我的。

"我承认我做错了,他们拿这件事来逼我,让我硬生生坐了三年牢。都是那个张小北,他一直说徐曼妮是他的女人,任何觊觎她的人都要死,他们说我不坐牢,就要把这事曝光,到时候我不只是坐牢那么简单,一辈子都要背着强奸犯的罪名。

"我承认那天是我冲动了,可我不是故意的,我真的不是故意的,我以为那是徐曼妮,我和朋友喝了酒,心里不痛快,还吃了药丸,我年少轻狂,鬼迷心窍了,谁想到那是她的同学?是他们害我,是他们害我。"

苏甄不可思议地看着发疯的冯朝,回想上一次在云南见面时他沉稳的样子,那时的他和此时疯狂的他判若两人。

方酌都忘了他还被冯朝用刀子比着,不可思议问:"你说了这次是她联系你的,她约你在哪儿见面?我只想见到她。"

冯朝哈哈大笑:"见她?这么多年我只被他们支配,没再见过她。方酌,你也不过是被她骗的人中的一个,那个女人最会骗人,利用自己的优势,让你为她着迷,然后把你推进无尽深渊,她就是个祸水。哈哈哈哈。"

苏甄推开前面的人走过去:"那你今天为什么又说了呢?你本可以把这些秘密放在肚子里一辈子。"

"因为我必死无疑,他们一定会除掉我,我偏不如他们的意,我不要当替罪羊,他们故意把我叫到京城就是想让我当替罪羊。"

他茫然地看着黑夜:"他们,无处不在,他们肯定就在这儿,我死定了。我就是要把一切都说出来,说出来也无所谓了,我已经杀人了。我死定了,横竖都要死,谁也别想再威胁我了。"

苏甄被他的疯狂震慑到了。

方酌最先反应过来,一把打飞他手里的刀,掐着他的脖子问:"云溪在哪儿,她约了你见面对不对?在哪儿,你们约在哪儿见面?"

"你真觉得她会跟我见面?是她骗我来的,我到这儿就知道我被骗了,我根本没见过她。"冯朝哈哈大笑,绝望地一把推开方酌,抓过地上的刀子冲着自己的脖子就扎,好在周围的警察早有准备,扑过去把他按住。

场面混乱,苏甄站在人群外,看着方酌摇摇晃晃地站起来,回头,两人四目相对。

方酌晕过去的前一刻，苏甄看到他的口型："对不起。"

审冯朝花了很长时间，他一开始情绪很不稳定，一度有自残和自杀的倾向，警方给他进行了心理疏导，又打了针，折腾了很久他才慢慢平静下来。陈立亲自审的他。因为冯朝也受伤了，警方就把他安排到了和方酌同一楼层的病房，这一层都被警方征用了。

这几天苏甄并不常见到陈立，每次看见他他都带着黑眼圈，苏甄也没敢过去问进展，至于方酌，他在住院，同时作为嫌疑人被警方重点看护。

在冯朝的案子上他有所隐瞒，还误导了警方。

方酌因受伤太重，这几天一直精神不济，醒着的时候都在做笔录，但跟冯朝比起来，方酌情绪稳定很多，也很认真地交代情况，苏甄只在病房的窗户外看过他，并未再和他当面说过话。

第124章
当年不为人知的内情

苏甄真正了解案情，已经是四天以后了。据冯朝交代，当年他经常在唐宁的网吧里帮忙，他不爱学习，就跟着唐宁混，但那时候他母亲对他极其严格，要求他必须好好读书。

他在学生中很威风，大家都知道他是唐宁的弟弟。但这种威风有一天在网吧终结了，因为网吧来了另一个霸王——陈钟。冯朝说他这辈子都忘不了对陈钟的最初印象——狠。陈钟打起人来像发疯一样地往死里打，这也是唐宁害怕他的原因。再就是陈钟那时候和王跃生不知怎么勾搭在了一起，就留在了网吧。

陈钟也是有本事的，给网吧装了大城市才有的游戏设施，增加了不少客流量，钱自然也挣得多了，唐宁也就没有怨言了。

冯朝在网吧威风不起来了，心里郁闷，情绪郁结之时，他碰巧有了他人生中的第一个女人，但"狗血"的是，这个女人是唐宁的女朋友——王语嫣。

王语嫣在那一片出了名地好看，因此说她闲话的人也不少。她妈年纪轻轻就守寡，在外勾三搭四，风评极差，后来迫于生计嫁了人，继父总打她。王语嫣早早就不念书了，不少男孩子为其打架，她一度被同龄女孩孤立。

她和唐宁在一起，也是因为那天被继父打，从家里跑出来，被唐宁看到了，唐宁把她的继父揍了，救了她，十七岁的王语嫣就成了唐宁的女朋友。王语嫣是真好看，唐宁为她疯过一阵，喜欢她喜欢得不行，她想要什么都给她买，还特意找王跃生带了一帮人去吓唬她的继父。

也许在年轻的王语嫣眼里，唐宁是个英雄吧，所以就算别人说闲话也要跟着唐宁，这一跟就是几年。可男人啊，家里的饭吃多了自然想吃野味，唐宁又和王跃生这样的人混在一起，在外面难免拈花惹草。

那天王语嫣是哭着从夜总会出来的，她的世界崩塌了。她看到曾发誓照顾她一辈子的唐宁搂着一个小姐。那天晚上跑回来，她的衣服都被撕破了，她想起了以前的日子，唐宁还打了她一巴掌。

网吧正好停电，她躲在里面哭，半晌，一根蜡烛点上了，冯朝期末考试又考砸了，被家长追着打，就躲到了网吧，却遇到了王语嫣。他之前在唐宁家找游戏时意外看到过王语嫣洗澡，当时少年的春心就被激发了，很长时间都不敢和她说话，而在网吧相遇就像注定的一般，他和王语嫣一发不可收拾。之后王语嫣也不在乎唐宁了，和小自己几岁的冯朝开始了不为人知的恋情。

冯朝初尝女人滋味，自然被迷得不行，甚至发誓一定要带王语嫣离开水周，这一直是王语嫣的愿望。

冯朝说如果没有后来的事，也许他真的会带王语嫣走，直到今天他都能清晰地记得以前的王语嫣是什么样的，和现在完全不一样。但这种改变，他知道自己要负一半的责任，谈起这个，他对王语嫣愧疚无比。

这种改变是从陈钟来到网吧开始的，那时他见到了那个穿校服的漂亮女孩子——徐曼妮。

有人说一眼万年，很多人觉得夸张，可冯朝说，她看自己的那一眼，他一辈子都忘不了。

徐曼妮是个特殊的存在，和他在网吧里见到的其他女生都不一样。网吧里基本都是出来混的小太妹，可徐曼妮总是穿着干干净净的校服或者白裙子，很有礼貌，很纯真。

他一开始以为徐曼妮是来网吧玩的、误入歧途的好学生，直到唐宁警告他离她远点，说那个女孩是陈钟罩着的人。

冯朝很诧异，这样的姑娘怎么会和陈钟有关系？后来他亲眼看到徐曼妮、陈钟还有张小北、樊晓东四个人在一起，他们脸上的表情是他从未见过的，仿佛任何人都融不进他们之中。

再后来他在学校里遇见了徐曼妮，她学习很好，是老师的宠儿，跟同学的关系也好，是不折不扣的三好学生，并且学校里的人似乎都不知道她和混子在一起玩。

所有的感情都萌发于好奇，他开始观察她、注意她。对他的改变最敏感的人莫过于王语嫣，她开始和他吵架，开始针对徐曼妮。

可年少时他并不理解女生间的较量，他以为是王语嫣一直在为难徐曼妮，长大后才醒悟很多战争都是徐曼妮挑起的，包括他和王语嫣的关系也是她在其中挑拨。

有一次，王语嫣问他："你是不是喜欢她？"她说要找徐曼妮那个狐狸精算账，说她勾三搭四，最会利用男人。冯朝被羞愧和害怕冲昏了头脑，做了一辈子都不能原谅自己的事——他打了王语嫣一个耳光。

再后来，他回忆说，王语嫣就和一个京城老板走了，走之前那天晚上发短信问他要不要见面，他拒绝了。

那时候冯朝已经疯了一样地被徐曼妮迷住，他惊奇地发现自己不是一厢情愿的，徐曼妮也多次对他表达好感，也可能是自己理解错了。

他被陈钟警告过，被张小北警告过，他印象中张小北对徐曼妮看得很严，他对徐曼妮有一种病态、疯狂的喜爱，可徐曼妮说过，她希望过崭新的生活。

自己喜欢的女生娇滴滴地和自己说话，谁能受得了？

可被张小北教训后，冯朝又不敢接近徐曼妮了，他躲了几次，徐曼妮又主动找他。

"那天我和朋友喝酒，他们说有一种新的药丸，叫我试试，我一开始拒绝了，可当时心情不好，喝昏了头，后来就吃了药，浑浑噩噩地给徐曼妮打电话说要见面，她一开始说不见，后来又跟我约在学校后面见面。"

冯朝回忆往昔，痛苦地把脸埋在手里："我以为里面的人是她，我清醒过来时，那女孩在发疯一样地叫着一个人的名字，后来我才知道那是她家教老师的名字，声音极大，我吓跑了，我太害怕了，真的。

"再后来王姗姗就精神失常了，外界都在传强奸她的是她的家教老师，可我心里还是很害怕，因为徐曼妮一定知道我的事。果然徐曼妮和陈钟他们来找我了，我求他们不要说出去，那个张小北打了我，说我癞蛤蟆想吃天鹅肉，打我的时候碰巧被来网吧的人看见，报了警。

"他们逼着我说如果不想被人知道，就认了故意伤害罪坐牢，算是对我的警告，以后别想打徐曼妮的主意，若不是看在我哥的面子上，他们早就把我做了。我害怕极了，就答应了。"

第 125 章

那天晚上发生的事

陈立转述了冯朝的话，苏甄觉得不可思议，原来当年的案子真相是这样的，谁能想到呢？

"那后来呢？"

"他说坐了三年牢出来，唐宁死了，网吧没了，陈钟等人就那么消失了。他虽然觉得奇怪，但更多的是害怕，索性就去了外地，在外混了几年，人成熟了不少。再后来冯朝在京城的酒吧遇见了王语嫣。"陈立感叹着，"不过，冯朝交代他之所以去京城也是因为收到了徐曼妮的短信。"

"徐曼妮的短信？"

"对，就是条陌生短信。他一开始怀疑是有人恶作剧，可后来又收到很多条短信，语言风格和发短信的习惯都跟徐曼妮一模一样，他说短信没有指使他干什么，她只会发邮件给他安排任务，短信只是嘘寒问暖，可这更让他恐惧，觉得那女人捉摸不定。

"他收到短信，没敢去，可两年后，也是做生意需要，他去了京城，结果遇到了王语嫣，又和王语嫣去了广东，后来他又收到徐曼妮的邮件，这一次是威胁他做事了。"

"做了什么事？"苏甄急迫地问。

陈立脸色阴沉："调查一个人。"

"谁？"

"方酌。"

苏甄一愣，陈立皱眉，继续说："我们怀疑徐曼妮，也就是后来的云溪，之所以能顺利地接近方酌这个人，是因为她一开始远程遥控冯朝调查了方酌，也是那段时间，王语嫣发现冯朝和徐曼妮有联系，和他吵翻了天，又回了京城。

"但后来冯朝去京城找王语嫣，发誓和她好好过，两人又走到了一起，并回到了水周。冯朝说王语嫣从头到尾都不知道他的事，她误会他和徐曼妮还有联系，和他吵架时他都没有解释，也没法解释，他到底是强奸犯，这一点他是最怕被人知道的。

"他说徐曼妮两次发邮件威胁他，他后来彻底崩溃了，发邮件请求对方放过他，后来徐曼妮确实再也没找过他了，他说他们一直都是通过邮件和短信联系，从来没有打过电话，但他不敢不照做。"

"所以其实没有证据表明给他发短信和邮件的人就是徐曼妮，也就是云溪本人，对吧？"

"但时间都对上了，我更倾向于就是云溪。"陈立皱眉。

"那这次冯朝怎么来京城了？"

"他说徐曼妮已经很久都没有给他发短信或者邮件了，这么多年了，他也放松警惕了，搬回水周和王语嫣重新开始，可就在前段时间，他突然又收到了短信，让他来京城。"

短信又出现了，加上前段时间苏甄、方酌和魏然等人都来调查过，就算他再怎么不敏感，也发现事情没那么简单。

冯朝第一反应就是，陈钟他们这伙人终于出事了，心里痛快之余，也担心自己当年的事情败露，他承认那段时间方酌等人来调查后，他打听并且跟踪了他俩，甚至还去跟踪了和他们一起出现的魏然警官，差一点就被发现了。

他没想到方酌他们都找到了疗养院的王姗姗，那女孩有妄想症，这么多年都说是跟那个自杀了的家庭教师发生了关系，可他心里还是不安，因为他知道这世界上有几个人是知道真相的。

而徐曼妮的这条短信无疑就是压死骆驼的最后一根稻草。

"他说是云溪联系的他？"

"徐曼妮，他不知道什么云溪，他说联系他的人从头到尾都是徐曼妮，一共联系过大概五次，有三次是发的短信，最后一次发短信是叫他到京城来，只说要见面，没说具体的安排；其他两次是邮件，给他安排了调查方酌的任务。"

苏甄皱眉："追查 IP 了吗？"

"邮件只查到是国外的账号，至于手机短信，还在追踪，应该很快就会有结果。"

苏甄皱眉："我总觉得这件事没他说的这么简单。"

"我也有同感。"

"太容易得来的东西反而让人心里不安。"

陈立沉默。

"那方酌呢？"

陈立叹了口气，方酌承认是他故意诓骗了警方，但他不承认和神秘组织有关系。据方酌供述，那天他和老万说完话，从酒吧库房出来往后门去的时候，听到办公区后门旁边的房间里有打斗的声音，他本就是来调查的，所以没急着离开，在门外听到了冯朝和阿刚的对话。

"你小子还敢来？还没被打够？"

"我这次来就是要见徐曼妮的，她既然发短信叫我来你们老板这儿，肯定和老四有关系吧，我真是没想到啊，徐曼妮那个女人会和你们有关系，也是啊，陈钟他们什么事做不出来？说吧，让我来干什么？"

可老四并不在酒吧。

刚子请示老四，老四也并未把这个人放在心上，只以为他是又和王语嫣吵架了，男人嘛，很在意女人以前的男人，只叫刚子教训他一下就放走，刚子早就看这个冯朝不顺眼了，既然得了话，就把他给绑了。

这一绑，冯朝的心就凉了，他本就在崩溃的边缘，他一直觉得徐曼妮、陈钟这些人邪门，又够狠，想着是不是他知道太多事，要灭他的口了，毕竟现在警察已经开始查陈钟他们了。

这种恐惧笼罩着冯朝，他和刚子扭打起来，捅了刚子一刀就跑了，然而他不知道的是，方酌当时在门口听到"徐曼妮"这名字，脑子就炸了。

他在冯朝跑出后门的时候追上去偷袭，把他按在了地上问徐曼妮的下落。冯朝没想到方酌会出现在这儿，害怕极了，觉得这肯定不是巧合。

他的第一反应是徐曼妮把他骗到京城，还遇到调查的方酌，那警察一定也在附近，他是被他们当作替罪羊了。而且，方酌明显是抓到了他杀人的把柄，急切地逼迫他说出徐曼妮，也就是云溪的下落。冯朝着急脱身，说可以告诉他，但不是现在。

方酌把他绑了，回去看刚子的情况，想要叫救护车的时候，没想到冯朝挣开了绳子。冯朝第一次动手时还有些害怕，可现在为了活命，他什么事情都敢干，拿酒瓶照着方酌的脑袋就来了一下。

第 126 章

发短信的人

冯朝冷静下来后，拿过方酌的手机，知道他是和苏甄一起来的，就急中生智脱了他的外套演了一出戏，然后把刚子拖到巷子口容易被人发现的地方，给他套上了方酌的衣服。只是在处理方酌的时候，没想到方酌虽然倒下了，但没完全晕，一下抓住他的手，吓了冯朝一跳。

方酌举着手机："放心，我没报警，但刚才已经把你拖尸体的画面录下来传到我的账号上了，你要是敢对我动手，明天这段视频就会自动发到电视台的邮箱里。"

实际上方酌是诓他的，方酌的手机刚才就摔得开不了机了。

冯朝没想到方酌在爬不起来的情况下还干了这事，难道不应该先自救吗？可现在他没法对方酌下手了。

"你想干什么？"

"我要知道云溪，也就是徐曼妮的下落。"

"我根本不知道她的下落，她只是给我发了信息。她不会露面的，她就是想害死我。"

"我不管那些，把号码给我。"

冯朝把手机给他，同时要求交换方酌手里的录像，可方酌以手机暂时开不了机为由拒绝了。

"冯朝，我可以放你走，甚至掩护你，但是，你必须给我讲清楚徐曼妮联系你的细节，知道吗？"方酌决定采取迂回战术，说着看了看前面的酒吧，"我会联系你的，你别想跑。"

冯朝哪还顾得上这些？马上跑了。

方酌醒来后就联系了冯朝，他在冯朝的手机里安装了追踪器。冯朝一开始想跑回水周，又怕被王语嫣发现，他是谎称自己去外地做生意出来的，其实他知道王语嫣已经开始怀疑了，可他没办法。他想先躲一阵，结果方酌联系了他，并且和他约了见面的时间。

酒吧的案子一出来，就在社会上爆了，他天天躲在小旅馆看新闻，害怕被曝光，更害怕接到方酌的电话。他只能妥协，可他不甘心，他想着一不做二不休，把方酌也弄死算了。所以就有了今天的事。

方酌冒了很大风险非要和他见面，为的就是徐曼妮，甚至不惜打晕警察，把冯朝从小旅馆里救出来，没想到冯朝早就起了杀心，骗方酌上车，然后想引爆车，可谁想到，方酌因情绪激动和他在车里发生了争执，车撞到了树上，引来了警察。

其实那时候方酌也在崩溃边缘，他知道苏甄和陈立在怀疑他，他早晚要露馅，他已经顾不上了，他只想抓紧时间弄清楚云溪的下落。

"如果方酌想知道云溪的下落，犯不着冒险替冯朝掩护吧，直接报告警方岂不是查起来更容易？把冯朝扣住了，岂不是问得更清楚？"苏甄提出疑问。

陈立摇头："这一点我也问过他。"

陈立一直怀疑方酌在说谎，事情根本不是这样，方酌也许和这整个事件都有关系，可方酌的回答又显得那么合情合理。"这么久了，这是我离云溪最近的一次，我甚至觉得如果再多问一些细节，就可以找到云溪，但如果告诉警方，云溪涉及命案，涉及神秘组织……"

方酌没说下去，陈立却明白了，方酌不想让云溪被捕，所以想要私自去找她。

苏甄听到这儿一阵心塞："就这样？"

"是的，那天晚上在酒吧后巷方酌并没把冯朝的手机拿走，就是为了之后找到他问更多细节。"

"但我总有种感觉，这一切太合情合理了，不是吗？"苏甄皱眉，"我总觉得冯朝有所隐瞒。方酌知道酒吧办公区的另外两个办公室不会开着，他是不是和老四有关系？"

"这一点查无实据，方酌自己的回答是，老万说过。这一点我们也问过老万，他说记不清了，但有关酒吧的一切，他当时都和方酌说了。"

"老四那边呢？"

"出事那天他确实在外地。"

"可我总觉得老四、景瑜，还有岳凌不对劲，记得那天晚上吗？你把我拉进办公室躲过保安，那时我之所以去后面就是因为在前面看到了岳凌，而出事那天晚上岳凌也在酒吧，可后面的景瑜和老四就像不知道似的。这一点是怎么回事？太奇怪了。"

"这一点尚未查到原因，我审问过景瑜和老四，他们并不知道岳凌在酒吧，岳凌则说是看自己妻子晚上开车出来不放心，就跟着来了。"

"放屁，这一听就是假话。"

"虽然是假话，但合情合理，我们没有证据证明他在说谎。"

苏甄咬着嘴唇，正在这时，陈立的手机响了。

"徐曼妮的手机号查出来了？"

苏甄的心一下提了起来。

陈立放下电话，面色阴郁。

"怎么样？"苏甄问。

"很难查，冯朝收到的三条短信都是用不同的电话号码发过来的，归属地有京城，有上海，还有水周，最后一条短信是用水周的号码发的，但都是没有机主、私自买卖的号码，好在最后这个手机号找到了卖出的营业点，查了监控，结果你一定想不到。"

"什么？"

"最后这个手机号，买它的人，是王语嫣。"

也许冯朝做梦都不会想到，最后这条短信是王语嫣给他发的。陈立确认后，联系水周那边，直接就把王语嫣控制起来了，对其进行了审问。

很快魏然那边就传来审讯结果，王语嫣承认短信是她发给冯朝的，不仅是最后这一条，这几年中的几条短信都是她买了无机主号码，冒充徐曼妮给他发的，但她不承认自己和徐曼妮有任何联系。

"第一次给他发信息时我在京城，离开水周后，我伤透了心。"王语嫣讲述这段经历时极其平静，"那时候我对冯朝失望极了，就跟京城的老板走了。可离开水周我就后悔了，京城根本不像我想的那么好，即便以前水周的人我都不喜欢，我甚至憎恶他们，可到了一个陌生的环境还是很恐惧的。"

第127章
王语嫣的故事

那个京城的老板根本没有她想的那么好，什么别墅豪车都没有，只是开了一家小公司，还欠了很多外债。那个人对她也远没在水周时有耐心，每天下班就往沙发上一躺，王语嫣说他，他就冲她吼，说她是从县城来的，没见过世面，什么都不懂。

那人带她参加过几次聚会，都是为了和有钱、有地位的人搭上关系，那男人瞧不上王语嫣，觉得她小家子气，虽然长得漂亮，可和京城那些名媛比，简直就是个土丫头。

她丈夫，也就是京城的那个老板后来甚至在一次醉酒后打了她。王语嫣崩溃了，她这辈子好像逃不出这样的命运，为什么总是被家暴？

"那段时间我想起了冯朝。"可能是因为在新环境里寂寞难耐，也可能是因为冯朝是这么多年中唯一对她好过的人。

其实王语嫣应该是爱过冯朝的吧。苏甄听陈立说完，第一反应就是这个，即便在水周时王语嫣表现得很不屑，但在苏甄看来，爱过的痕迹是磨灭不了的。

那时王语嫣打电话回水周，都没问，她母亲就把水周发生的事全都跟她说了，原来在她走后发生了这么多事，唐宁死了，这是最让她震惊的事，说实话，王语嫣虽然恨过唐宁，但他到底曾是救自己于水火的人。

再有就是冯朝坐了三年牢，网吧倒了，陈钟等人一夜之间消失了，王跃生杀了人畏罪潜逃，当地人都在讨论水周地痞似乎一夜之间全倒了。

这些事带给王语嫣的震动很大，她找借口偷偷回了水周。她亲眼看到网吧关着门，那网吧承载着多少人的青春？过往种种，终究是黄粱一梦。

她甚至去看了冯朝，这是冯朝不曾预料的。冯朝坐牢以后，很少有人来看他，包括他的父母。所以当看到来人是王语嫣时，冯朝诧异极了。

王语嫣自然也知道他是因徐曼妮进去的，探视的十五分钟，他们大半时间相顾无言，再开口是王语嫣关心冯朝在里面有没有吃饱，听说可以给里面的人送东西，还给他买了新外套。

可那时她已嫁作人妇，他们终究是错过了。

回到京城的王语嫣本就心情郁结，丈夫又出轨，被她捉奸在床，她决定离婚，却又被打，闹得邻居都知道了，还报了警。

那时她心灰意冷，知道冯朝出狱了，打听到他的号码，给他发了很多信息，以王语嫣的名义，但他都没回。

再后来的事就是苏甄知道的了，王语嫣在京城形单影只，后来在酒吧遇见老四，老四帮她离了婚，还帮她分得了大部分财产，开了酒吧。

当然跟老四之间的事王语嫣说得很敷衍，知道老四和岳凌关系的陈立、苏甄等人一听就觉得她有所隐瞒，但她如果不知情，说出这样的话也是合理的。

第一次以徐曼妮的口吻发短信给冯朝，是她跟了老四后不久的事，有一次喝醉了，她想起年少时的往事。

这么久以来冯朝始终没有回过自己的短信，那天晚上她看到酒吧里一个姑娘哭着不停地打电话给男朋友，对方不接，那姑娘用闺密的电话一打，马上就打通了，她哭得更凶了："他就是不想理我而已。"

王语嫣似乎被这个画面刺激到了，就到对面的通信店买了张手机卡，以徐曼妮的名义给冯朝发了信息。她以前看过他的手机，自然知道徐曼妮的口吻，当年就判定这个徐曼妮就是个擅长勾引人、利用男人的狐狸精。

她没打电话，不敢打，不敢面对冯朝，但又不甘心她做了那么多，最后还是输给那个女人。听说当初冯朝是因为徐曼妮入狱，天知道她内心有多嫉妒，有多恨。

消息发出去很久冯朝也没回，这算是对王语嫣最大的安慰了。再后来她就在京城的酒吧里遇到了冯朝，像奇迹一样，她没想到冯朝真的来了京城。

说干柴烈火也好，说旧情复燃也罢，彼此以为枯萎的心重又燃烧了，爱情就是这么没有道理。

那晚在吧台边，他俩对视的瞬间，王语嫣哭了，冯朝也哭了，不需要太多言语，不用表达愧疚，那一刻就算是被老四打死他俩也一定要在一起。

也许那一刻的感情是真的、浓烈的，可女人的心脆弱而敏感，之后她和冯朝南下，做生意，她好几次发现冯朝很奇怪，总会突然消失一段时间，偷偷摸摸的,像有事瞒着她。

王语嫣是天生没有安全感的人,第一反应就是冯朝有别人了,她暗地里跟踪打听,都没发现什么,最后是冯朝做梦时喊着徐曼妮的名字,让王语嫣彻底疯了。为了印证,她又一次以徐曼妮的口吻给冯朝发信息,说想见他,试探冯朝还爱不爱徐曼妮。

如果冯朝肯在信息中表明自己不会和徐曼妮再来往,她就告诉他真相,可冯朝没有,他支支吾吾,一个劲地问她在哪儿。王语嫣爆发了,拿着手机质问冯朝为什么和徐曼妮有联系,可冯朝只是沉默,这沉默让她心痛,于是她回了京城,到最后也没告诉他,发信息的人是自己。

后来冯朝又来找她,发誓绝对一心一意跟她在一起。王语嫣自己都说不清为什么原谅他了,之后他们去了上海,去了很多地方,最后回到水周。王语嫣没再用短信试探他,她知道她和冯朝的这段感情是经不起试探的。

而最近王语嫣发这条信息,是因为她怀孕了。

"结婚可以离婚,人生还可以重新开始,可生了孩子就没有回头路了。"王语嫣讲到这里异常平静,"我就想知道,冯朝值不值得我为他生孩子。"

抱着这样的心态,她又一次冒充徐曼妮发了信息,可百发百中,只要徐曼妮的信息一来,冯朝就特别听话。

在冯朝借口去京城进货的那一刻,她的心就死了,她假装不知道,在冯朝走后给酒吧打电话,说如果冯朝到了,就把他扣起来。

"我只是想和他摊牌,和他彻底结束,我要当着他的面告诉他,他的孩子已经被我打掉了,就在他选择去京城找那个虚无缥缈的徐曼妮的时候,我打掉了我和他的孩子,冯朝对我根本不是真心的,他心里永远都有徐曼妮。"

第128章

田锋收到的消息

陈立说,王语嫣说到这儿时眼泪已经流下来了,面色却依然平静,这大概就是心死了吧。

"你告诉王语嫣真相了吗?"

"魏然后来告诉她真相了,所以王语嫣不日就会进京。"

"她要来京城？"

"对，她提出想见见冯朝，我们经过考虑决定让她见一见，看看他们各自的反应。"

"什么反应？"

"即便她说的和冯朝说的都能对上，也确实查到了这三条信息都是她发的，但是，不能只听她的一面之词，你不觉得这个真相揭破得太容易了吗？"

苏甄皱眉："你的意思是，也许他们在说谎？"

"谁知道呢？现在所有事都是听他们说的，找不到任何实质证据，更何况，王语嫣有一点说得很含糊——她和老四的关系，咱们如果没窃听老四和岳凌的谈话，她这样说毫无问题，可现在咱们已经知道老四是什么人了，他为什么和王语嫣逢场作戏，为什么是她？"

"若这两个人都和神秘组织有勾连呢？我不觉得事情仅仅是这样的，也许还有咱们不知道的关键点，所以等王语嫣到了以后，我打算亲自审一审她，至于方酌……"

苏甄皱眉："方酌袭警，还误导警方，应该会被判刑吧？"

陈立点头："今天方酌的律师团队也来了，还需要进一步调查之后才能定性，但他最近不太可能自由了，怎么，你想见见他？"

苏甄摇头："我不想见。"

她也不知道为什么不想见方酌，是觉得没有必要了吧，她和方酌本来就是因为找寻失踪的爱人才临时搭档的。

"田锋说联系不上你，给我打了电话，他很担心你，现在应该在来京城的路上了，很快就会到。"

苏甄诧异，马上拿出手机，上面有未接来电。"他怎么过来了？太危险了。"

神秘组织的事还没头绪，田锋过来太危险。

"他担心你。我也觉得你现在需要家人陪着。"

苏甄想反驳，最后却什么都没说出来。"我现在不知道要怎么和田锋解释。"

她说的是关于那篇论文的事，之前苏甄一直想不通姜旭东接近她是为了什么，甚至觉得他也许是想通过她接近田锋或者梁教授，事实证明不是，现在看来就是因为那篇论文。苏甄一想到自己那篇荒唐的论文引发了这么多悲剧，就觉得没脸在田锋面前出现。

苏甄以为自己已经冷静了，对很多事情已经释然了，可当田锋出现在医院门口的时候，她还是哭了出来，像在外边摔倒的孩子，见到了最亲近的人。

田锋什么都没说，等她哭累了，才笑着说："小哭猫，走吧，请你吃冰激凌。"

坐在快餐店里，田锋给她点了一个儿童套餐，套餐还送了小猫玩具，苏甄笑了："还真当我是小孩子。"她摆弄着小猫玩具，是个一拉绳就会走路的小挂件，还挺好玩的。

"快吃吧，听说你最近都住在医院，这怎么像话？我在酒店订好了房间，一会儿回去好好睡一觉，如果想回A城，我就先带你回去。"

"我不回去。"

"你还想在这儿干什么？"

"我是来查案子的。"

"仅仅是为了查案子？"

苏甄低下头："刚才和你说了论文的事。"

田锋叹了口气："别耍小孩子脾气了，你那篇论文我看了，说实话没有任何问题，就算过度自信，还有些天马行空，但也是你那个年纪能写出来的最好的论文了，你是同龄人中的佼佼者。"

"可是，也许就是因为那篇浮夸的论文，才会出这些事。"

"银行钱多，就是让人抢的吗？"田锋笑出来，"别把什么事都揽在自己身上，是有些人心术不正而已，你没有任何责任。"

"那我也不想走，我现在已经很接近真相了，不能就这么回去。而且，还有梁教授。"苏甄皱眉，"如果所谓实验基地就在京城，爱兰科技真的和实验有关，梁教授也许就在这里。"

田锋盯着她的眼睛，半晌叹了口气："好吧，如果你执意要待在这儿，我跟你一起留下。"

"你不回研究所了？那摩尔教授……"

"出了这么大的事，实验早就停了，至于其他实验，摩尔教授和我因为接到梁教授的邀请，推了很多实验回国，现在这个实验突然停了，也没有什么其他实验要做了，而且最近这些事都闹到了院长那里。"

田锋揉揉额头，似乎精神不济："院里成立了审查小组，发现梁教授这个实验从申请到最后的审批文件全是假的。"

"什么？"苏甄感到不可思议，"可做这实验需要很多钱，没申请，经费是从哪儿来的？"

说到这儿，她想到了关键："查经费来源。"

田锋摇头："陈立没和你说吧？"

苏甄一愣。

"也是，陈立一直在怀疑你和我，包括摩尔教授，咱们和梁教授走得那么近，是值得怀疑的。这事是我托人打听到的，经费是从梁教授的私人账户里支出的，没有其他来源，就是他这些年的积蓄。你也知道，梁教授在细胞学方面属于国内顶级专家，获过很多奖，他为人一向节俭，又没什么房产，这些钱就是他攒下的。"

苏甄震惊，原来还有很多她不知道的事，也难怪陈立怀疑他们。

"就算实验停了，但你和摩尔教授多抢手啊，院长那边肯定要拉你进别的大项目组，怎么可能让你闲着？你还是回去吧，不用陪着我的。"

田锋却点着她的额头，说："想什么呢？我不光是为你，也是为了梁教授，其实我这次来是因为得到了一点消息。"

"什么消息？"

"师母的消息。"田锋眼神复杂，"当然这一点警方已经知道了，但没和咱们说，你、我，都是嫌疑人嘛。"

"那你怎么知道的？"

田锋从怀里拿出一个信封，上面盖着邮戳，不知为何苏甄觉得这信封很眼熟。

"我最近收到的，查了邮戳时间，邮寄了快半个月才送到。我特意找到那个邮局，想要调监控，可邮局说警方已经调取过了。我就和陈立通了电话，他承认说确实在京城这边发现了师母的行踪，他们是通过身份证查到的，我就和陈立说了收到这封信的事。"

苏甄从信封里把东西拿出来，是一张照片，上面是熟悉的三里屯街口，师母裹着一条头巾在路边打车。

第 129 章
外行人

苏甄再看信封，很惊讶："这个……"

这不会是之前给方酌提示的神秘人寄出来的吧？只是这次不是突然出现，而是通过邮局邮寄的。

"陈立怎么说的？"

"陈立说他们之所以调监控，是因为师母在邮局附近的一家旅馆出现过，可当他们找过去时人就不见了，就调取了能看到小旅馆门口的这个邮局的监控，可并未看到人，我又说了这封信，陈立似乎很惊讶。我问有没有拍到寄信的人，结果警方调查，说寄信的是个小孩子，根本不是师母。那孩子说是有人给他十块钱叫他寄的，那人戴着口罩，他看不清，只说是个男的。"

"半个月前，男的，邮寄。"苏甄觉得头疼，"警方通过身份证找到了师母的踪迹，同时你收到信得到了师母也在京城的信息，所以也跑来了。"

苏甄觉得脑子不够用了："是有人把你引来，想让你入这个局？"

确切地说是那个一直给他们提供线索的人，是神秘组织的那个叛徒。

说到这个，苏甄想到之前方酌说怀疑陈立，可此时此刻，她真的不知该相信谁了。

"这事你和陈立说了？"

"对，照片也给他了。"

苏甄皱眉想了一会儿："田锋，我觉得你不应该来京城，不管是什么人把你引来的，那人肯定有什么意图，我怕你有危险。"

"危险倒不至于，上次我都落到对方手里了，对方还放了我。"

"那是我们发现得早，不然你死定了。"苏甄想想都后怕。

"陈立和你说了那个提供线索的人了吗？"

田锋点头。

苏甄叹了口气。之前还想保护田锋，不想他为这些琐事所累，看来终究是纸包不住火。

田锋看她的表情，说："其实你根本不需要瞒着我，我上次就说了，这案子从一开始我就无法置身事外，你还有我，都在那些人的算计当中，虽不知他们的意图是什么，但既然把我牵扯进来，自然有他们的理由，而不查到最后，永远都不会知道真相。"

说到这里，田锋若有所思："既然你们认为他是对方阵营的叛徒，那他把我引到这局里，就是为了揭露神秘组织？我出现了会起什么作用？毕竟警方那边已经查到了师母的线索，这张照片只是证明警方是对的而已，没有丝毫作用，唯一的用途就是把我引到京城。"

苏甄也想不明白："你说这人为什么一直都在暗示，不明确地告诉咱们谁是幕后黑手呢？"

这么长时间以来，苏甄最想不明白的地方就是，如果那个人提供线索是想揭露神秘组织，让其彻底瓦解，为什么要如此迂回？先把他们引到云南，发现那些孩子的事，又给线索让他们来京城查爱兰科技。他为什么不直接告诉警方谁是幕后主使，或者基地的位置？哪怕告诉他们神秘组织的目的也行啊。但他都没有，只是一点一点引导他们挖出一个又一个故事，牵出一个又一个人，顺着藤蔓找到根部。

田锋思索着:"这一路带出水周的案子、姚总的案子,现在又带出了京城这些人,我有种预感,也许不久后这里还会出现别的案子。苏甄,你有没有想过,那个提供线索的叛徒,他的目的到底是什么呢?"

苏甄一愣,上次和方酌讨论过这个问题,之前一直觉得那个人就是想揭露神秘组织,让这些人的实验曝光,可后来逐渐发现,这个人的目的也许没那么简单,不一定是良心发现,至于到底有什么目的,他们真的猜不透。

"也许,那个人的目的就是让当年发生的事大白于天下,让事件中的所有人都暴露出来。"

"为什么?"苏甄疑惑,可没人能解答。

"苏甄,你觉得这些事背后是个组织吗?"

苏甄一愣,这话方酌也问过她,方酌一直主张陈钟是最大的boss,在背后操纵这些事的人就是当年的几个孩子。

"为什么这么问?"

"单纯的感觉,我总觉得是个人行为,集体的意识不会如此偏颇。而且从科研的角度看,咱们做实验的都知道,一个项目的成功要靠很多人的努力,但最后真理往往掌握在少数人手里,实验遇到瓶颈做不下去的时候常有,最后都是某一个人迸发灵感使得实验继续。实验的成功代表着人类的进步,同时也为天才提供了舞台。

"我对这个看了论文就突发奇想,想要促进人类文明进步的人产生了一些兴趣。首先他能对你的论文如此疯狂,说明他是个外行人。如果一个外行人想要做实验,第一步会做什么?"

"找内行人。"

"对,找顶尖的专家。如果找一个专家做实验,说不定这个实验还能继续下去,可若是找好几个顶尖专家,你想想会出现什么情况?"

苏甄一愣,脑中闪过些什么。

田锋继续道:"你也想起了上次咱们学校的那个讲座吧。负责组织讲座的是播音系的人,他不懂这种学术讲座,非要弄什么'神仙打架'的现场。凡是搞科研的都自带傲气,也有独树一帜的研究方法,几个人聚在一起那真是灾难,谁也不服谁,最后只能草草收场。这就是为什么一个实验只有一个大导师带,顶多两个,下面全是学生操作,因为有中心领导作用,要是所有参与实验的人都是顶尖高手,实验未必能进行下去,但外行人不明白。"

苏甄心跳得极快:"你的意思是说……"

"我怀疑除了梁教授,应该还有别的人,这是我刚想出来的。我觉得警方应该从这方面入手，把国内甚至是国外这方面的人才都调查一遍，看有没有梁教授这种情况，你要知道国内细胞学泰斗就那几个，咱们都认识的。"

"这些你和陈立说了吗？"

"说了，下了飞机我就先和他通电话了，他那边已经汇报给专案组。咱们能做的也就是这些了，把想到的、知道的都告诉他们，查案是警察的事，咱们只能等待。"

第130章
情人节拍的照片

陈立这几天忙得脚不沾地，一方面冯朝、方酌的供词提供了很多新的线索；另一方面便是，之前方酌设圈套让老四自查其运输环节，警方追踪了几天终于有了结果。

即便方酌在冯朝的事上犯了大错，但不得不承认他的脑子很好用。老四自查了几个运输枢纽，陈立一路追踪，终于找到了破绽，悄无声息地逮捕了负责的头头，剩下的环节就如多米诺骨牌一样，渐渐瓦解。最终找到了老四签字的运输文件，查到了违禁药品，老四被逮捕了。但无论如何审问，他都不肯承认和岳凌有联系，而苏甄他们监听到的内容是无法当作证据的，他们心里明白这事百分百和岳凌有关系，但没有证据。

这些都是陈立告诉苏甄和田锋的。

苏甄听到这儿，很疑惑："那怎么办？难道没有任何证据可以指控岳凌吗？货物不都运输到他的仓库了吗？"

"这就是岳凌的狡猾之处，那间仓库虽名义上是爱兰科技公司的，但那边各公司的仓库管理基本都是由外包公司负责的，并不严格。岳凌大可以说仓库是他租给老四的，里面的东西和他没有任何关系。"

"那岂不是都让老四一个人背锅，老四自己也认了？"

陈立耸耸肩："我们和老四说了很多，如果他肯指证，罪不会太重，但他咬死了不承认。"

"岳凌呢？"

陈立摇头，苏甄心里有一股闷气。

"但现在还有一个问题。"

"什么？"

"老四的这些货里，虽有违禁品，但数量不多，这和岳凌公司洗货、洗钱的数目还是对不上，几乎是九牛一毛，我总觉得岳凌还有别的运货渠道。至于老四，我觉得有必要再审一下，他肯定有所隐瞒。"

"估计怎么审他都不会说，现在查出来的东西就够他喝一壶了，若是再发现更多种类的违禁品，他怕是要被判死刑了。"

苏甄若有所指，陈立恍然："云南。"

之前调查警察郝亮，查到了377大案，当时抓了不少走私违禁品的商贩，而岳凌的生意也在警方的怀疑之中，但后来郝亮证明了他的清白。当时老四和岳凌做的并不是同一种生意，所以无法证明他俩认识。

但重点是，后来证实陈钟家后院的另一具尸体是真正的郝亮，当时做卧底的郝亮是冒牌的，他们就怀疑当时假郝亮是故意抓住岳凌的把柄，掩护了他，那么是不是他当时的生意一直没有断线，成了漏网之鱼？

"他们当时做的什么生意？"

"老四是在当地做赌石生意，货都是从邻国运的，当时不少赌石大户运货时都夹带违禁品，运到内地来，制成药丸。至于岳凌，他当时开饭店。"

"开饭店的话当年为什么怀疑他？377大案的卧底同时上报了他俩，能证明他们认识吗？"

"我查了377案的资料，没有任何证据能表明老四和岳凌是认识的，这一点非常诡异，也许他们一开始就商量好了装作不认识。至于当时怀疑岳凌的原因，资料里并没有详细解释。你也知道那些涉密资料外人不能看的，能找到这些已经很不错了。"

"但现在有理由怀疑岳凌当年在边境的非法违禁品走私线也许一直没断，所以能支撑爱兰科技这么大的公司。"

"但现在都只是怀疑而已。"

田锋认真思考："说了这么多假设，关键的是，你们找到基地了吗？"

陈立摇头："老四承认了他走私违禁品，但不承认和什么神秘组织有关，更否认了和实验基地有关，说不认识陈钟，审了很久，我甚至怀疑他是真不知道。"

"也许背后的大boss只和岳凌交易，这事毕竟知道的人越少越好，也许老四一开始就没掺和进去，只是替岳凌做事。"

这个分析很有道理，可这样不是又成死局了吗？

田锋看着陈立："梁教授爱人的行踪查得怎么样了？"

陈立看着苏甄二人，摸了摸鼻子："其实一开始也没想瞒着你们，你们是案子的关键人物,很多事情组里也研究过了,说你们知道后反而可能会提供思路和线索,只是之前我们得到的消息并不准确,直到田锋提供了这张照片,才完全确定。"

"身份证的使用信息难道还不准确吗?"

"因为最近破获了一起身份证盗用案件,里面也包括你们师母的身份证,她应该丢过身份证吧。"

丢过身份证吗?苏甄不记得了,因为好久都没有见到师母了,之前研究所比较忙,后来梁教授把她拉进了大项目组,一直到出事她都没见过师母。

"其实我们早就查到过你们师母的身份证使用信息,也是因此才破获了一起重大的盗用身份证案件。涉案团伙只有两个人,他们通过倒卖身份信息进行诈骗,你们师母的身份证就在其中。警方顺藤摸瓜抓到了人,可那真的只是诈骗团伙,他们说你们师母的身份证是在京城捡到的。"

苏甄一愣。

"所以我们也怀疑过查到的梁教授爱人的踪迹是盗用信息的人留下的,因为那两人把身份证信息再次倒卖过,那边还没抓到再次购买的团伙,所以并没抱什么希望。但田锋这张照片很关键。"

"这么说师母可能真的在京城。"

"这张照片照的角度很有意思。"陈立拿出那张照片,"拍摄角度和照片里的人是平行的,说明当时拍摄者就在你师母不远处。我们查了监控,但那里是监控死角,我们又在附近走访,找到了个关键的地方,这里。"

他指着照片右上角的一束红色灯光:"这边的路灯都是橘色的,很少有红色的,我通过街道办事处了解到,这里有红色的光是三个月前的事,情人节前后,为了营造节日气氛,三里屯这边挂了很多彩灯装饰。"

"所以说是情人节那天拍的?"

第131章
见面

"不一定是当天,因为这个活动前后持续了一个星期,只能说在这个星期内。值得注意的是,这张照片的拍摄者那个时间段在京城,可半个月前却从A

城寄照片出来，直到前几天才到田锋手里，而田锋在这张照片拍摄的时候人还在国外呢，这个人是后来才想到寄给田锋的，这说明什么？"

"说明什么？"

苏甄觉得脑子发蒙。

"说明他知道咱们这些人的活动轨迹和关系，也许他就是咱们身边的人。"

苏甄倒吸一口冷气。

"其实通过很多细节都能看出这个提供线索的人是咱们身边的人。但之前几次都是信封直接出现，这次不同，是通过邮局邮寄，想到什么了？"陈立继续道，"这个邮件半个月前就寄出了，为什么用寄信这么慢的方式？第一，时间够长，咱们找不到他的痕迹；第二，也许他没法像前几次那样让东西悄无声息地出现在咱们面前，因为也许他不在Ａ城了，那他去哪儿了呢？"

苏甄心一抖："这段时间咱们这些人都在京城，你是说那个人也来了京城？你怀疑方酌？"

田锋眯起眼，接过话头："不只是方酌吧？你也在怀疑苏甄。"

陈立不置可否。

"但现在我迷茫了，方酌这一系列操作让我看不太懂，如果他是提供线索的人，至于把自己弄进去吗？再者就是苏甄……"

陈立没说下去，苏甄心跳得极快："或许你怀疑错了呢？那个人也许从一开始就想让咱们互相怀疑。"

苏甄想起了方酌说提供线索的叛徒是陈立的可能性极大的言论，这么长时间以来他们几个都在互相怀疑，可案子依然被那人引导着往前推进。

"说回案子，最近我们顺着这条线找到了你们师母的线索，身份证使用记录显示她那天在三里屯附近的一家酒店居住，但因时间太长了，酒店的监控只能查最近一个月内的，所以并没有太大价值。警方对那一片进行了搜索，有便利店的店员说看到过她来买酸奶，这是她的购物清单。"

苏甄拿过来看："这些都是他们的女儿喜欢吃的。老师的妻子、女儿也许就在附近。"

"可她只在酒店住了一晚，我们对周围的居民进行了走访调查，希望能找到她们的固定居住地。"

"这是条很大的线索了。"

"还要多亏那个提供照片的人。"

苏甄皱眉，正要说什么，有个警察脸色不太好地过来和陈立耳语。

"什么，他想干吗？这个在法律上没问题，但是……反正盯紧了吧。"

小警察点头离开，陈立皱眉："刚刚方酌的律师，已经成为冯朝的代理律师了。"

"什么？"

苏甄听着都觉得荒唐，可转念一想，似乎明白了什么："难道方酌还没放弃云溪的消息？冯朝不是已经说了自己没见过她吗？而且王语嫣也承认那些信息都是她发给冯朝的。这是一个乌龙引发的人命悲剧。"

想到这些事，苏甄不禁唏嘘，不知王语嫣对爱情试探到最后得到这么个结果，心里是什么滋味，但肯定不好受。

可没想到明知是这样的结果，方酌竟然还不想放弃，让自己的律师当冯朝的代理律师，他是想把冯朝置于死地，还是想把他弄出来？

"也许是不甘心没得到云溪的下落吧。毕竟方酌把自己都搭进去了，他那样精明的人。"田锋分析道。

陈立摇头："自始至终冯朝都没再见到云溪，她不露面，第一是整过容了，不想暴露自己的身份；第二，一直以来追踪到的她留下的痕迹，包括骨灰堂送塑胶花的，也许根本就不是她，而是别人冒充的，别忘了，陈钟那伙人中除了徐曼妮，还有两个人呢。"

苏甄心里一沉，最先想到的是姜旭东，但突然意识到一个问题："目前来看，咱们遇到的人中，似乎有一个人一直没露过面，就是那个张小北。如果徐曼妮是云溪，姜旭东是樊晓东，那张小北呢？"

"现在讨论这个对咱们来说为时尚早，其他几个人还没见到真人呢。"

正说着话，陈立的手机响了，他抬头看向苏甄："王语嫣到京城了，现在要去见冯朝，我之前向组里申请了，你们可以在场，毕竟苏甄你在云南见过她本人，也许能从她的表情中分析出点什么。"

苏甄一愣，没想到陈立会让她去见王语嫣。她木然地点头，可转念一想，就笑出来，让她观察王语嫣和冯朝的见面过程时，专案组也会观察分析她的表情变化吧，毕竟自己也是嫌疑人。

苏甄常常想，如果王语嫣和冯朝说的都是实话，他与她的故事就真的是一场悲剧，他们一个带着怀疑，一个带着恐惧，越猜忌彼此的感情越淡，最后到互相怀疑、憎恨的地步，这是爱情的悲剧，也是人性的悲剧。

苏甄本以为王语嫣知道真相后见到冯朝会大哭，可并没有，王语嫣远比她想象的要平静。

一张桌子，她在这头，冯朝在那头，单向玻璃外面的人看着里面，房间的四角都有摄像头，他们在无数人的注视下见面，王语嫣丝毫没有情绪外露，让苏甄很是看不懂。

冯朝低着头说："对不起。"

"该说对不起的是我。"

"其实这样也好，我解脱了，过去那些年我一直活在不安里，少年时一步踏错，就回不了头了。这事要是传开了，街坊邻居肯定会对你指指点点，水周的房子你就卖了吧，钱你拿着，算我最后能给你的东西了。"

王语嫣打断他，把一份离婚协议书推过去，冯朝笑了。"也好。"他痛快地签字，"真遗憾没能和你有个孩子。"

王语嫣笑了笑："我不遗憾。"

这话苏甄听着都觉得扎心，陈立则一直皱着眉盯着二人。

接下来王语嫣只是问了问冯朝最近吃得好不好，睡得怎样，语气温柔，一句有用的话都没说。一个小警察沉不住气了："之前审问这女的她就这个态度，这怎么查啊？"

陈立叹了口气："她知道警察都在外面看着，你指望她说什么？"

第132章
暗示

但冯朝肯定和陈钟的案子脱不了干系，苏甄不觉得他仅仅是被云溪的邮件威胁，也不相信他这么多年一次都没见过云溪。冯朝是聪明人，就算被人威胁，他也不会任其摆布。

而且他名下的资产之前陈立就算过，冯朝这么多年东奔西跑，虽赚了一点钱，但不可能有这么多房产，她不信冯朝给云溪卖命，没有跟她谈条件，从中捞好处，有自私的念头就会露出破绽。此时冯朝就甘心这么完了吗？

冯朝会走到今天这个地步，王语嫣不管是故意的还是无意的，都脱不了干系。而他还是要把钱都给王语嫣，这个差点害死他的女人。除非他爱王语嫣爱到一定程度，可苏甄现在觉得说爱未免太儿戏，这么久以来这些人、这些事，让她觉得爱情这东西在金钱、利益面前太不值一提了。

可接下去他们说的也是这些，只是冯朝最后问了王语嫣一句以后有什么打算。

王语嫣表现得很释然："找个地方养老，你也知道我这个人一向没什么大的追求。"

末了，王语嫣自己站起来，说没什么话要说了。

苏甄急了："就这样放她走了？"

"你还想听什么？"

陈立似乎对这结果也不甚满意，可没办法。

"只是……"陈立突然皱眉。

"怎么了？"

"刚才王语嫣和冯朝的对话未免太熟悉了。"

"什么意思？"

陈立说之前冯朝坐牢时，王语嫣去看过他一次，他俩当时就是这样面对面，没说什么重要的事，只是闲话家常，问着对方的身体、饮食，甚至说到了天气。陈立觉得刚才的情景和当年他俩见面时很像，心里有一种说不出来的感觉。

苏甄不甘心："我要见见王语嫣。"

陈立思索了一下，点头同意了。

田锋本来要陪着的，苏甄觉得田锋在，王语嫣不一定会敞开心扉，只让田锋在远处看着。她走到正在签字的王语嫣身边："王小姐，又见面了，还能和你谈谈吗？"

王语嫣看到她并没多惊讶，只说道："苏小姐，好巧。"

两人在警局外的咖啡厅坐下，王语嫣永远都那么优雅美丽，苏甄都不相信她真的快四十岁了。

苏甄先开了口："你对冯朝就没有愧疚感吗？毕竟是你误导他，给他发信息，才让他走到这一步。"

"苏小姐这么偏激吗？他走到今天这步是因为当年犯了错，而我只不过是个在爱情中没有安全感的女人，所以我也无须愧疚。若是苏小姐这样认为，我只能说你这人心态不好。"

苏甄被噎也不生气："你和老四是逢场作戏，别否认，虽然你的回答合情合理，但我已经知道老四和岳凌的关系了，你和岳凌的老婆不过是被他们拿来当挡箭牌的。"

王语嫣没再掩饰，笑着道："既然苏小姐知道内情，又问我做什么？我那时候是个被家暴的女人，能祈求什么呢？男人的爱吗？老四让我得到自由和财产，别说只是让我跟他逢场作戏，就算让我当牛做马，我不也要做吗？那时候我有什么资格谈爱情？"

"可我听人说你和老四闹过，你当初也是对他有好感的吧？"

王语嫣这一次没说话，看着咖啡杯沉默，苏甄不死心："你跟了老四那么久，他那么私密的事你都知道，他做的生意难道你一点都不清楚吗？你能拿酒吧分红，说明你是内部人，而且你试探冯朝后把他引到京城，让他来酒吧，还让刚子扣住他，你跟他们之间应该关系不浅吧。"

王语嫣一定是和老四他们熟悉到了一定程度，甚至很信赖他们，才会让刚子扣住冯朝。

王语嫣盯着苏甄，神情非常复杂，苏甄甚至以为她下一秒就要向自己泼咖啡了，可王语嫣只是笑出来："现在说这些还有意义吗？"

"当然有意义，你知道我在查什么，也许真相就在眼前，如果你肯配合，我就会……"

"真相？"王语嫣打断她，"就会什么？查什么真相？关于谁的？冯朝的，老四的，还是陈钟的？"

她说到陈钟这个名字，苏甄心里一抖："你知道？"

"我知道什么？苏甄，我只是想告诉你，老四不是什么聪明人，他被爱人卖了，他早晚会明白的，你不如在他身上下功夫，我能干什么？"

"你可以证明他和岳凌认识，这一点很重要。"苏甄抓住问题的关键。

"我不能证明，苏甄，这世上除了他们自己，谁也不能证明。"

"那你知道陈钟他们在干什么吗？一直在背后操纵整个案子的真的是陈钟？他想干什么？你在这中间扮演什么角色？"

苏甄手心都是汗。

王语嫣看着窗外："我其实就是局外人，我能知道什么？我只知道这世界上的人都逃不过一个'情'字，说到底不过是痴念而已。"

她站起来："苏小姐，别在我身上浪费时间了，比起拼命证明两个人认识，证明一个人有罪来得更快，不是吗？"

她走出一段路，回头："是人都有弱点，我跟老四的时候确实没有见过岳凌，我也不了解岳凌，他们认不认识，我没法证明，但老四总有个习惯，大概人都忘不了少年时光吧，现在有钱了，吃山珍海味也比不上没钱的时候吃的一碗路边毛肚，很多习惯是改不了的，念旧是个坏习惯。"

王语嫣说完就走了。

苏甄一个人对着冒着热气的咖啡杯发呆。半晌，田锋走过来问："她和你说什么了？这副表情。"

苏甄摇头，王语嫣确实如陈立说的一样油盐不进，但她最后说的那句话什么意思？

习惯，习惯。苏甄脑中闪过一个想法，忙打电话给陈立："之前方酌把老四手机上的信息复制到你手机上，你查出了他和岳凌每次见面的地点？"

陈立不知道她为什么问这个。"对，但没有任何两人见面说话的影像，就算是在同一地点出现也没有两人交流的画面，无法证明他俩认识。"

"除了酒店和郊区别墅，还有什么地方来着？我记得是个人多的地方。"

"游乐场。怎么问这个？"

"刚才王语嫣说了一句话，我总觉得有问题，那个游乐场在哪儿？我要去看看。"

陈立想了想："我现在过来找你吧，正好有事和田锋说。"

第133章
电影

陈立找田锋是说他们师母的下落。"我们的人在那一片区域暗中走访，试图找到她的居住地，还真找到了一个出租屋，但房主说租房的不是你们师母，而是一个中介。那中介是专门帮人租房的，如果有人不方便用自己的身份租房，他们就帮忙，这是钻法律空子，警方已经勒令这个中介机构停止营业了。

"中介说是个男人托他们找的，价钱开得很高，具体长什么样子，已经叫人去画像了。中介只负责租房，并不知道住的是什么人，房东说他有一次来查看，里面是个老年女性和一个小女孩。"

苏甄心一抖，小女孩，应该是梁教授的女儿。

"那女孩像是病了，那女人也很害怕，开门时很警惕，房东不知道她们是什么时候搬走的，房租还续着。我们用房间里残留的毛发进行了DNA比对，应该就是你师母和她女儿。除此之外我们还在沙发缝里发现了药，化验结果显示是精神类药物。"

苏甄皱眉，很疑惑："精神类？"

师母虽身体不好，但没吃过精神类药物，孩子就更不用说了，虽然天生哮喘，但是也不需要吃这个啊。

"这种药市面上没见到，里面有违禁成分，已经送去化验了。周围能调的监控都调了，相信很快就可以找到她们的踪迹。但因你师母每次外出穿戴得都不一样，所以需要田锋过去协助辨认。"

田锋看了一眼苏甄，苏甄点点头："你去吧，我会照顾好自己的。"

田锋这才和另一个警察走了。

031

他一走，陈立挑眉："你刚才在电话里说的话是什么意思？"

"我在想王语嫣那句话算不算暗示。"

"那个游乐场建了很多年了，设施陈旧，之前出过事故，停业整顿了一段时间，后来也没多少人去玩，只有一些男女去那里约会。因为设施掉色以后，很像恐怖片里的场景，所以有剧组在那儿拍过电影，现在经常有网红去打卡。里面的设施不多，但地理位置还行，在三环外的一座小山旁，爬山的人有时候会去里面吃饭什么的，里面饭店还是有的。我当时通过老四手机里的信息，发现他隔一段时间就会去那边，并查到岳凌也在那儿出现过，所以判断这可能是他俩见面的一个地点。"

"他俩另外的见面地点不是酒店套房就是郊区别墅，怎么还有这里？两个大男人去一个老旧游乐场。"

苏甄对"游乐场"这词很敏感，水周那边的案子也和游乐场有关。

"去看看吧。"

陈立二人开车来到名为"嘉年华"的游乐场。

"这个游乐场在上个世纪八十年代最为鼎盛，那时候国内很少有游乐场，就像水周那个游乐场似的，很多人都觉得新鲜，后来因为欢乐谷什么的多了起来，这里就衰败了，现在能维持，是因为有不少剧组来这里拍电影。有一部电影叫《年华无效》，不知道你看过没，好像还是很有名的明星演的，就在这里取景。不过电影是个悲情故事，最后主人公为爱死在了旋转木马上，所以这边的旋转木马是网红必去打卡点。你看过这个电影吗？"

苏甄点头："太久远了，很多细节我都忘了，晚上回去我再看看。"

两人在里面转了一圈，没什么可玩的，大多数项目因设施陈旧都只能拍照，能玩的就那么几项，都是网红在直播，或者小情侣在拍照。他们还遇见了一个拍摄组，好像是拍电视剧的，此时导演和编剧正在争执："女主失忆，男主跟在爱人身后却不能相认，那种遥望的感觉，在旋转木马这边拍最好，旋转的感觉能体现男主心里的百转千回。"

导演烦躁地说："《年华无效》里面的那个镜头太深入人心了，你在这儿拍会被人说抄袭的，别惹这个麻烦，换一个吧。"

"换什么啊？就要致敬经典啊。"

争执没有结果。

苏甄问道："那个电影上映时，是哪一年？"

陈立在手机上搜索："2000 年。"

"那一年老四和岳凌多大？"

陈立算了一下："二十岁左右。"

他似乎也想到了什么："按照377大案的时间计算，那时他俩应该在云南边境。那时正是电影热映的时候，不少人慕名来京城这个游乐场玩，他们当时不在京城，现在来这个游乐场肯定不是单纯来玩的，可能有情感寄托，难道这俩人也是影迷？"

苏甄皱眉："咱们一直都在证明他俩认识，可没想过他俩是怎么认识的。说是小学同学，可他们并不是一个班的，他俩否认彼此认识，他俩是什么时候产生感情的？听说岳凌以前交过女朋友，说明他不是天生的那个，那么肯定是发生了什么事情才变成这样的，你猜会不会和那部电影有关？不是很多情感都是因为电影或者一个信物之类的产生的吗？"

"你说的也很有道理，咱们不能放过任何可能性，要让魏然在云南那边查一下。"

苏甄看着一片萧索的游乐场，不知为何，总觉得能在这里闻到一股悲伤的味道。这个游乐场和水周的那个非常像，连兴盛和败落的时间都差不多，当初规划游乐场的人一定没想过有一天这里会变成这样吧。

苏甄和陈立很快就收到了魏然那边的回复，证明了他们的思路是对的。

岳凌还在读书的时候有一次被地痞打，而当时老四就是地痞的手下；后来地痞莫名其妙地淹死了，警方定性为失足落水，老四很快掌握了地痞的那条生意线。这些事看似没有多大关联，可在苏甄等人看来很值得推敲。

"那时候距电影上映有多长时间？"

"地痞失足落水后一个月正是那部电影上映的时间，当时是在那个城市的工人文化宫上映的，现在那儿早就停业了。"

"你猜他俩会不会是因为这个认识的？也算是经典的'英雄救美'情节。"

"但这仍然只是猜测，还是没有任何证据可以证明他们认识。"苏甄一阵失望，"也许真的像王语嫣说的那样，能证明的只有他们自己。可现在老四已经认罪，也没法往下查了，如果不能拿出证据指证岳凌，就没法继续了，岳凌肯定早就想好了要把老四甩出来当替罪羊，所以才没让老四知道太多内幕。"

"可老四也不是省油的灯，这点要记住。"

"但老四恐怕是不会指证岳凌的吧？"苏甄只觉得胸中有一股闷气，"现在看来老四还真是可怜。"

陈立一直在琢磨刚才魏然发来的资料："也许我们思考的方向错了，需要从长计议一下。"

苏甄觉得头疼，陈立看她的样子，让她先回酒店休息，明天再说。正好田锋揉着眼睛回来了，说是辨认工作还要持续几天。

033

第134章

复映

到酒店后苏甄就回了房间，可怎么都睡不着，看到电视下有影碟机，就去问服务员有没有《年华无效》这部电影，结果还真有。可影碟很新。

"这不是老片子吗，怎么包装这么新？"

"这是十周年纪念版。"服务员指着影碟上的字，"电影上映十周年复映了，当时还有演员重聚首的活动呢。"

苏甄心里一抖："十周年复映？"

"您也是这个电影的影迷吗？网上还有演员重聚的现场活动视频呢。"

那服务员显然是资深影迷。

"能给我看看吗？"

服务员发了一个微博链接给她，是官方微博发的十周年纪念视频，画面上主持人采访了当时的几个主要演员，下面还有影迷在疯狂呼喊。

苏甄反复看了几遍，最后在人群中看到了一张熟悉的脸，是老四。她意识到什么，马上打电话给陈立，跟他说了这件事。

"但画面里没看到岳凌。"苏甄很失望，但总觉得这是个突破点。

"如果是资深影迷，肯定会录制现场视频，我这就叫技术人员在网上查看。"陈立有些激动。

苏甄心一提，是啊，如果当时有人拿手机录视频，说不定就能拍到。

但这是个大工程，两三天都没消息，而这两三天里，田锋也一直在配合警方追查师母的踪迹。

苏甄本来觉得马上就要弄清楚这些事了，却又陷入死局，就在案件进展停滞时，陈立带来了消息，冯朝在送审的前一天，自杀了。

他因为之前受伤了，一直在医院住院，最近才送审，在出院前一天他说想上厕所，情绪很正常，因为这段时间他非常配合，所以警察也没有跟着他进洗手间，而是和之前一样在门外等他。当看守的警察听到厕所里发出巨大的响声时才意识到出事了，马上跑进厕所看，发现冯朝砸碎了厕所里的马桶，并用碎瓷片割断了自己脖子上的动脉。

苏甄等人赶来的时候，正好看见方酌和他的律师从警局出来，这场景和在A城那次他被放出来时几乎一样，几人在台阶上下视线相交，陈立皱眉："你怎么出来了？"

方酌的律师推着眼镜:"陈警官,请注意你的措辞,我的当事人之前因为惧怕,受到刺激了,说错了话,好在现在已经真相大白。"

"什么意思?"

这时候里面跑出来一个小警察,他脸色不好:"冯朝自杀后我们在他身上发现了一封自白书,说自己之前说了谎,是他逼迫方酌掩护他的,并威胁方酌不能告诉警方,那天晚上打晕小赵的也是他,不是方酌。"

"什么?"

陈立感到不可思议,回头去看方酌,后者则一直盯着苏甄。

"那他也别想这么容易出来,就算有冯朝的自白书,他扰乱社会秩序,妨碍警察办案也是事实。"

方酌的律师勾起嘴角:"所以刚才我们写了检讨书,并且交了罚款,再加上拘留了这么多日,也够了。"

陈立一拳打在门口的树上:"奸诈,你从当冯朝的代理律师开始就已经在算计了吧?是你叫冯朝扛下所有的罪责,告诉他活着也没希望,不如死了干净,他才自杀的。"

"陈警官,请注意措辞,你的指控无凭无据,我们可以告你诽谤。"

陈立情绪激动:"方酌,你数次钻空子,肯定和这个案子脱不了干系,仅仅是为了得到云溪的消息?我不信,我第一个不信,我一定会找到证据的。"

方酌脸色很不好,看向陈立,说:"你一直以来调查的方向都是错的,你在我们几个人身上打转,不去追查真正的幕后黑手,就是在浪费时间。我有时都不知你是真的没想通,还是你本身也和这案子脱不了干系,故意装傻,或许你才是那个叛徒,一直都在演戏。"

"你别血口喷人,转移话题。"

陈立要上前,旁边的小警察赶紧拉住他:"陈哥冷静,这是警局门口。"

律师倒不担心,看着四周议论纷纷的人,说:"你们警方不是最讲证据吗?现在冯朝的自白书就是证据,他已经承认了所有罪行。另外,陈警官,你在发火前应该问问身边的小警察,他们最新查到了什么东西,那个打伤赵警官的酒瓶上有谁的指纹。"

陈立不可思议地回头,小警察叹了口气:"上面有冯朝的指纹,确实证明了打伤警察的是冯朝,再加上自白书……"

"这种证据是可以伪造的!"陈立激动地吼着。

律师冷哼:"陈警官未免太过偏激了。我的当事人那几天精神压力多大啊,现在真相大白,我们不求你说一句抱歉,只求一个公平公正,还不行了?"

这律师说话真的能噎死人,后来方酌拦住他,他才作罢。

陈立气得发抖，看着方酌乘车离开，问旁边的警察："那个律师到底和冯朝说了什么，你们之前都盯紧了吗？"

"他们真的只是在讨论案情，但……"小警察咬着嘴唇，"那个律师问冯朝家里还有什么人。"

他没说下去，陈立却懂了，真是有手段。

苏甄看着远去的汽车，想到冯朝，心里唏嘘，很多人的人生就这样落幕了，那自己呢？

"本来还想在冯朝身上查点东西。"陈立叹气。

他突然想到什么："老四，老四那边看紧了，千万别让他像冯朝这样，那就全完了。"

第135章
旋转木马

以防万一，陈立亲自去查看了老四的情况，向上级申请单独关押他，并细致地检查了他的生活用品，任何尖锐的东西都不能留。做完这些后，陈立看着这段时间的审问记录，气得想把本子摔了。

"他油盐不进，审问犯人这么多年，第一次遇到这种人，逼急了他就闭眼装睡，奈何不了他。"一个警察向陈立发牢骚。

陈立皱眉："今天换我来问问他。"

"那小子气人得很。"

陈立拿了本子进审讯室，几天不见，老四不像之前看到的那么意气风发了，下巴长满胡楂，眼窝深陷，显得很颓废。

"你和岳凌是情人关系。"陈立说的是陈述句。

老四哈哈大笑："他们之前还问我认不认识岳总，到您这儿直接定性为情人，说出去谁信？"

"酒店套房，郊区别墅，嘉年华游乐场。"

陈立面无表情，老四依然一副无所谓的样子。

"你想把罪都顶下来，你觉得自己在这段感情中很伟大吗？就没怀疑过岳凌早就布好局让你顶罪？"

"我听不懂你在说什么。"

老四还真是如传言中一般油盐不进。

"午夜梦回、辗转反侧的时候，你就没怀疑过那个男人是想抛弃你了？不然为什么我们一查就查到你？也许就是他故意放消息给警方。"

"瞎说什么？你们没有证据。我都说了是我租了爱兰科技的仓库，那些货是我进的，你们也知道我是混子，交易违禁品来钱快，这在圈子里不算什么，既然我倒霉被你们抓住了，我认，但你们没必要在我身上浪费时间。"

"你没怀疑过岳凌除了你还有别人吗？我猜岳凌的老婆找你说过这件事吧。"

老四干脆闭上眼睛，装聋作哑。

"之前警方问过你，你应该知道，景瑜找你的那天晚上和冯朝杀了刚子逃跑的那天晚上，岳凌都在酒吧。你之前不知道吧？没人告诉你。其实你早就怀疑你身边的人实际上是听岳凌支配的吧？你睁一只眼闭一只眼，不想揭穿他？还是觉得他是为了保护你才把人放在你身边的？梦该醒了。"

对方还是毫无反应。

"你是铁了心替他扛了？不过老四……"陈立停住话头，闭着眼睛的老四眼皮动了动，陈立确认他是在认真听，于是冷哼一声，故意极其不屑地说，"你以为你运输的违禁品就是全部的货吗？如果我告诉你只是九牛一毛呢？"

老四眼皮颤了颤。陈立心中有数，看来确实除了查到的违禁品，还有一个倒卖非法药品的分支，那个是大头，老四应该是知道的，就是岳凌和陈钟之前一直做的事，肯定和云南边境有关。

"最近我们在查你之前在云南的生意，要是真查到了，你就不是被判几年那么简单了，你还要替他顶吗？你死了，他拿着这些钱一边养着老婆，一边在外面以生意为借口拈花惹草，将来没准还会要儿子呢，值得吗？"

老四一下睁开眼睛，厌恶地说："警官，能别在这里说这些毫无根据的话恶心我吗？"

"光听这些话就受不了了？前些日子我们追查岳凌，知道他都在干什么吗？他在外面养了好几个情人，男女都有，什么花样都玩过。还带人家去私人影院看电影，电影啊，真是有情调，还特意看的老片，什么《佳期如梦》《年华无效》啊。"

陈立盯紧他的表情，果然说到《年华无效》这个电影名的时候，老四突然变得暴躁，摇着审讯室的桌子说："你到底想干什么？我都已经承认了罪行，判我啊，我怕过吗？我老四出来混就没想活着回去。"

"你常去嘉年华游乐场吧，那里的旋转木马真好看，在那么萧索的背景下缓缓旋转，很文艺啊。那部电影也好看，一个人对另一个人无私付出，多感人的爱情，可惜啊，主角没有行正义之事，不管如何动人，结局都不会好的。

"之前我看过报道，说那部电影是由真实事件改编的，电影编剧出过一本书，里面谈到其实在真实事件中，那个男人死后，女人没两年就嫁给别人了，电影之所以定格在最唯美的时候，是因为人性经不起探究，很多时候我们只是感动了自己，你说那个女人在多年后还会记得男主角吗？

"那个男人希望女人幸福，做出伟大的牺牲，就没想过那女人可能从头到尾都是在利用他？如果真的爱一个人，就不会看着他去死，不是吗？

"人心是最复杂的，什么感天动地的情节在我这个看遍人间肮脏事的刑警眼里，都是现实的、血淋淋的。"

老四瞪着陈立，咬着嘴唇，一句话都没说出来。

陈立不紧不慢地站起来："我们有的是时间和你耗，但你猜别人能不能耗得起？老四你是个讲义气的人，可知道你顶下所有的罪，你手下以阿远为首的兄弟，都会判多少年？哦，对了，你应该知道吧，阿远的女朋友怀孕了，他要当爸爸了。

"不过，那姑娘如此年轻，两人又没结婚，她应该会把孩子打掉吧。王语嫣的事你没听说吗？冯朝一出事，她就把孩子打掉了。你不会还在指望外面的岳凌想办法救你吧？我就是好奇，你做好了赴死的准备，那他呢，有没有用尽全力救你？还是压根就打算看着你去死？你好好想想吧，我猜你今晚睡不着了。"

说完陈立就出了审讯室，在玻璃窗外观察着老四的表情。小警察问道："陈哥，阿远的女朋友怀孕了？我们之前怎么没查到？"

"我瞎编的，阿远都没女朋友，可这些老四不知道。"

"你觉得他会露出破绽吗？他现在是铁了心了，问什么都咬死了是自己一个人所为。"

"岳凌那边盯得怎样了？"陈立叹了口气。

第136章
孩子

"我都怀疑他俩不是那种关系。"小警察观察着陈立的表情，"岳凌跟没事人似的，这些天竟然还陪老婆逛街呢，他和他老婆不像逢场作戏的样子啊。"

陈立听到这儿，皱眉："你盯紧老四，他有任何动向都打电话和我说一声。"说完拿了小警察的车钥匙。

"你干吗去啊，陈哥？"

陈立没回答，开车去了岳凌的公司楼下，还真在楼下看到了岳凌老婆的车，红色的奥迪很扎眼。据调查，景瑜最近总在他的公司楼下等他，要么就是岳凌开车去接她，在外人看来，他们是羡煞旁人的一对，可在陈立看来他们就是做做样子，想摆脱嫌疑。可也用不着天天这样吧，不嫌累吗？

陈立总觉得还是有必要亲自看一下。六点过两分，岳凌下楼，上了老婆的车离开，陈立跟上。两人先是去了餐厅吃饭，全程都没什么交流，之后就去了商场，进了婴儿用品店。陈立马上打电话给小警察，诧异地问："岳凌的老婆怀孕了吗？"

"没听说。"那边很快反馈消息，"并没查到他老婆去医院检查的记录，是自己测试发现怀孕了吧？"

"可她这样的岁数怀孕，怎么可能不去医院检查？"

两人买完婴儿用品回到了别墅区，陈立一直跟着，进不去别墅区的大门了才下车，看着车子消失在门口，又不甘心，刚想拿出警官证给保安看，身后就传来车子按喇叭的"嘀嘀"声。

陈立一回头，旁边车里的人正是方酌，他笑嘻嘻道："上车。"

陈立坐到副驾驶座上，跟着方酌很顺利地进了别墅区。

"我在这边买了一套房，就在岳凌家斜对面，观察他一段时间了。这些日子他没有应酬，没有加班，天天回家，他家保姆每天都买乌鸡、鲫鱼什么的煲汤，他老婆亲自给他盛饭，真是一对模范夫妻。"

陈立皱眉："你在这儿买了房，我为什么不知道？"

方酌哈哈大笑："我这段时间一直在里面关着，自然是以我律师的名义买的，之后这栋别墅就送他了，当作他帮我的谢礼。怎么，你现在在我面前都不想装一装了吗？这样直白地透露你监视我，可伤人心了。"

陈立脸色不好："你太奸诈了，不得不防。"

"我再怎么奸诈，能有你奸诈吗？从来都只有我追踪别人的份，没想到有一天鞋底上卡了一个你的追踪器。"

"若是我那天不带人出现，你和冯朝会如何？"

"也许我会得到云溪的消息。"

"别拿这个当借口，你的律师接近冯朝，除了劝他顶罪，一定还想从他那儿套消息，看来没如你的意。"

方酌冷笑："你为什么总说我拿云溪当借口？我掺和到这些事里就是为了云

溪，我要找到她，从头到尾我都是为了找云溪。"

他目光灼灼，陈立有一瞬间的恍惚，他的眼神中有一种说不出来的坚定。

陈立没有再问下去，而是盯着那栋别墅。

方酌悠悠地说："他老婆怀孕了，做的试管婴儿，咱们来京城前，景瑜出国了一段时间，说是去做美容生意，其实是去做试管了。不知是这女人没底线，给钱什么都干，还是真傻，对岳凌一往情深，肯为这种人生孩子，你说老四会怎么想？"

"岳凌如此高调，都不怕警察知道，自然也不怕老四知道了，岳凌还真狠啊。"

"不是他狠，是岳凌的老婆怀的根本就是老四的孩子。"

"什么？"

陈立不可思议地看着方酌，这是他无论如何也想不到的，他的脑子一下乱了。

"这就是岳凌的聪明之处，不然你以为这么多年老四替他做了这么多事，最后为什么还愿意替他去死？想想都感动，岳凌就算要儿子也要一个有老四血脉的儿子，老四能不死心塌地？绝对爱他爱得不行了，自然愿意替他去死。你以为之前岳凌的老婆几次三番找老四的麻烦，是谁授意的？"

"岳凌？"陈立反应过来。

"看似是找麻烦，实际上是慢慢给老四透露这个孩子的信息，还装作不想让老四知道，真是好手段啊。"

陈立要说什么，方酌打断："别想通过景瑜肚子里的孩子是老四的这一点来证明岳凌和老四有联系，别忘了之前咱们还误认为景瑜和老四有奸情呢，这也是岳凌的高明之处，他大可以说是他老婆出轨了，到时候老四也可以说自己强奸了景瑜，反正他都做好去死的准备了。"

陈立心中有一股闷气。方酌却笑着说："怎么样，陈大警官，我这情报很值钱吧？我还有更值钱的消息呢，说不定能解了现在的困局，但我有个要求，我要继续和你们一起查案。我要找到云溪。"

陈立回头看他，表情复杂，并没有直接回答。方酌笑着耸耸肩："无所谓，选择权在你，但你以前不也是怀疑我，把我放在身边利用吗？现在就当继续利用我了。"

"你到底想干什么？你明明可以自己查到很多东西，为什么一定要和我合作？这让我不得不怀疑你的动机。"

"别把我说得那么厉害，很多消息还是要你们警方查，我查起来很费劲，也许会错过机会。"

"你真的仅仅是为了得到云溪的消息？我对这一点持怀疑态度。"

方酌笑出声来："你真聪明，知不知道太聪明的人，往往活不到最后？"

两人眼神碰撞间刀光剑影，方酌点了根烟，在车窗外弹了弹烟灰："我确实不只是为了云溪。之前我是在利用你，想从警方这边多得到点消息，当然你也在利用我。那天我出来就想和你分道扬镳了，但我现在又有了必须和你一块行动的理由。如果你同意让我继续跟着你，我不介意告诉你，我的秘密。"

他指指自己的脑袋。

陈立皱眉，不解地盯着他。

方酌大笑，指着自己的脑袋，无所谓地说："我这里有病。"

第137章

一种精神类药物

陈立皱眉，看着方酌："你确实不像正常人。"

"没开玩笑，我是说真的，我脑子里有病。"方酌表情严肃了些，"那天在警局碰见田锋，他说找到了梁教授爱人和女儿的踪迹，我就打听了一下，你们发现了一种市面上没有的精神类药物对吗？"

陈立皱眉，没想到方酌说的是这件事，那种精神类药物，他们已经查过了，市面上并没有，还查到那种药中含有违禁成分，警方判断应该是治疗神经疾病和某种遗传疾病的，咨询了脑科大夫，说药物剂量很大，有抑制幻觉的作用。具体的也说不好，警方也没弄清这种精神类药物是怎么回事，是否和神秘组织有关，还是单纯只是梁教授的爱人或者女儿生病了。

听方酌这样说，陈立疑惑："你什么意思？你知道？"

"我不仅知道，我还吃过。"方酌笑着，看向窗外，"这算是我最大的秘密了，但现在看来也没什么了。我家人很早就出国做生意，我小时候很少看见我的父母，他们生意做大了，游走于几个国家之间，我属于散养长大的孩子。所以我很早就自己支配钱，十几岁的时候喜欢旅行，大概初中二年级的时候在东南亚一带背包旅行过，你听说过吧，有个时段东南亚发生了一场海啸。"

方酌停顿了一下："我是海啸过后和一个驴友去的，去的不是什么旅游区，而是当地的一个村落。我那时候不知道村子里有人染病，染上的人会头疼、双眼发红、发烧、头晕、出现幻觉，症状很像重感冒，后来了解到那是由一种病毒引起的。

"村里感染的人不多，这种病死亡率也不高，用抗生素保守治疗就可以，我也染上了这种病，但很快就好了，可真正的问题之后才显现出来。这些年我其实做了很多调查，那种病毒成人感染了是没有后遗症的，也不知道是什么原理，儿童和少年感染了则会有不一样的反应，随着生长，后遗症会越发明显。

"我之后就一直偏头痛，每隔一段时间就头痛，发作规律和潮汐变化的规律很像。我试过很多方法治疗，都治标不治本。随着年龄增长，偏头痛越来越频繁，并且在特定条件下，我会出现一些幻听的症状。但因为那村庄里染病的孩子并不多，所以这个病也没有引起足够重视。"

"那你怎么能确定你的偏头痛是那场病引起的？"陈立提出疑问。

方酌笑笑："当时村里还有两个跟我年龄差不多的少年，外加和我一块去的驴友，当时都感染了，他们的症状和我一样。我那个驴友情况最糟糕，前些年出车祸去世了，我看过他出事的视频，车子突然撞到护栏上，在此之前他和我说他出现过幻觉。这几年我在国外积极治疗，可都没太大效果，直到……"

方酌停顿了一下："几年前，我回国了，通过非法途径买了一种药，吃了之后症状才得到缓解。"

"非法途径？"

方酌笑了，很坦诚地说："暗网。说起来也巧，我在暗网上买一些资料，那时我刚回国创业，方天科技的行业竞争力并不占优势，所以我……"

陈立突然想到什么："暗网，购买资料？你的药不会是……"

"对，我就是从王斌手里买的。我的公司你也知道，股东们都有自己的想法，我害怕被人知道我的病情，所以当时在王斌的问题上我有所保留，但不算说谎吧，我确实购买了资料。资料和药都是王斌送来的，他只是一个中间人，所以我当时没有说这件事。"

"你胆子真大，这么重要的事你也敢隐瞒？"

"因为涉及我的个人隐私，我觉得没有必要说。"

"没有必要？"陈立冷笑，"我看你现在也是在说谎吧。"

"陈立，你讲点理好不好？那天田锋说在出租屋的沙发缝里发现了精神类药物，我马上就想到我从王斌手里买的药，我本可以不说，但为了案子我还是坦白了。"方酌拿出一个透明塑料包装，里面有一片药，"你可以拿去化验看看跟在出租屋发现的药是否一样，但我觉得其实没有化验的必要了。我早该想到既然王斌和神秘组织有关系，这药应该也有问题。"

陈立拿过来仔细看，刚要说话，方酌就打断他："我很抱歉一开始隐瞒了药物的事，但这涉及我个人的隐私，希望你理解。那天我头疼得厉害，就想着上暗网买点药。"方酗咬了一下嘴唇，"买点止疼药。"

这个"止疼药"是什么，陈立自然明白，但这不是重点。方酗继续道："我在暗网上查到了一种叫'维诺拉病毒'的东西，说是海啸过后留在滩涂上的一种上古微生物，人感染后会出现类似疟疾的症状，因生长因子特殊，有寄生性。

"有人说感染过这种病毒，出现了我这种症状，并在售卖一种价格高昂的药物，我也不会拿自己的命做实验，所以拿到药后我送去检验了，当然知道里面有违禁成分，是针对这类精神疾病的，我当时因为幻听症状严重了，就试了一下，竟然真的短暂控制住了病情。

"我查过这种药物是谁生产的，但暗网，你懂的，很难查到。包括我为什么把王斌放到我公司，仅仅是为了交易资料吗？我是想打探出他背后的人是谁，但无果，我猜王斌只是个中间人，背后的金主神秘莫测。

"而且那个卖药的链接再也没出现过，现在我的药剩下的不多了，陈立，不管你觉得我有什么目的，我是真想找到那个神秘组织。"

陈立拿着药片盯着方酗："你说过太多谎了，方酗，你觉得我还会相信你吗？"

"你怀疑什么，怀疑我和神秘组织有关？那我为什么要告诉你这些？为什么要把东西拿出来？如果我不拿出来，也许你们永远都不知道这一点。"

陈立盯着方酗的眼睛，这人太奇怪了，从最开始出现时就非常奇怪，可他的解释每一次都合情合理。

陈立最后没说什么，把药收起来，说："我今天就送去化验。"

方酗笑了笑："从田锋那儿听到发现了精神类药物后，我非常震惊，我在想如果这种药真的是神秘组织生产的，他们为什么要弄这种东西？就算这种药在暗网上能卖出极高的价格，但这世界上需要的人也非常少，并且不是所有得病的人都能上暗网，我甚至都怀疑那个人只卖给了我。"

第138章
绿孔雀

陈立皱眉："你是怀疑……"

"无论是对植物人的研究，还是生产神经类药物，都是针对脑部的。"他指着脑袋，"你说如果之前我们的猜测是对的，爱兰科技是神秘组织在背后掌控……不，我还是坚持背后的大 boss 就是陈钟，他利用岳凌、老四走私违禁品，做脑部实验，现在看来他的目的绝非金钱。

"他们为什么要做这种脑部实验？之前咱们猜测他是想让冉兰醒来，可研制出这种精神类药物又是为了什么？除非他们的人也有我这种症状，毕竟当年很可能是陈钟冒充郝亮去边境当卧底，那些玉石和违禁品都是从东南亚一带走私的。如果当时有人把病毒带进国内了呢？"

陈立思考着："按你说的，如果是陈钟冒充了郝亮，那他在边境当卧底的时候可快三十岁了，就算他被传染了，也不会有什么后遗症。"

方酌点头："也有道理，但我总觉得是他们内部有人得了我这种病，才会研制这种药，而咱们知道的只有云溪、陈钟、张小北、樊晓东这几个人吧。云南那边有必要再查查。"

不得不说方酌说得很有道理，可陈立现在脑子很乱，他不知道方酌是不是在说谎，一直以来他说了太多谎，在陈立这儿他已经没有可信度了。

看到陈立的表情，方酌笑了："你还是怀疑我？"

"虽然听起来合情合理，可这些都是你一个人说的，冯朝和王斌都死了，无法查证你说的是否属实。"

"其实很好证明不是吗？"方酌指着自己的脑袋，"你可以带我去检查，看看我脑袋里的神经是否正常。"

陈立盯着他的眼睛看，方酌则朝别墅扬扬下巴，是岳凌自己开车出来了。

"跟上去。"

一直跟到岳凌的公司楼下，陈立问："还要往上跟吗？"

方酌调侃道："多感人啊，不管多忙都要先陪老婆回家，你没看到刚才岳凌朝咱们这边看了一眼吗？他早就知道警方在盯他，都是故意表演给我们看的，不仅是想让警方解除对他的怀疑，还想通过警方给老四传达他为了他们的孩子多努力，老四能不对他死心塌地？"

而另一边，苏甄陪田锋辨认师母的行踪，眼睛都看花了。"师母平均五天外出一次，而且每次都穿不同的衣服，戴不同的头巾，绕路去便利店或者菜市场，她到底在干吗？若是不想被人发现，应该一次性多买一点菜，减少出门的次数啊，这种行为真的很奇怪。而且梁教授也一直没露面。"

田锋思考了一下，又把视频往后调，师母穿了绿色衣服，戴了条灰色头巾。

"其实她的衣服就那几套，不过是换着穿，但头巾搭配不是按套，很随机。你看，绿色衣服配灰色头巾，之前是红色衣服配酱色头巾，蓝色衣服配灰色头巾。"

说到这儿,田锋一下停住话头,问一个警察:"请问有彩色标注笔吗?"

警察拿笔给他,田锋就开始画色彩条,画了一会儿激动地说:"苏甄,这好像是暗号,只有咱们能看懂的暗号。"

苏甄并没有看懂,田锋解释道:"虽然是平均五天出来一次,但有时候是四天,有时候是六天,只是五天的时候比较多,要再具体地画一下。"他激动地说,"苏甄你没看懂吗?这是咱们以前上课学的染色体组合,老师当时特意用不同的颜色标注过,为了方便咱们记忆。不同动物的染色体组合不同,但基本的元素就是这些,这是个大发现。"

"什么?"苏甄觉得不可思议,拿起田锋刚才画的东西看,之前没往这边想,但他这么一说,真的越看越像。

"苏甄你看,师母这件红色衣服配这条绿色头巾,然后又是这件黄色衣服配绿色头巾,其实没有必要戴头巾不是吗?但她就是戴了,看起来像是随便换,外行人看不出来,可咱们是懂的,所以这一定是师母给我们的暗号。"

"师母为什么向外界传达信号?老师不是被神秘组织吸纳了吗?"

田锋激动地说:"如果老师是被迫的呢?如果是对方拿师母和孩子逼迫梁教授呢?我就知道,梁教授那么正直的人,不可能替这种组织做事的。还有上次,一定是老师救了我,肯定是他换了注射到我身体里的药物,一定是的,苏甄,老师一定是被胁迫的。"

田锋就这样和苏甄整整画了一晚上,又查了大量动物染色体,最后终于看懂了师母传达出来的信息。她那几件衣服和头巾的色彩搭配,按照老师以前课上做的颜色标注,和一种鸟类染色体重合。

"找到了。"田锋激动地说。

苏甄拿过来细看:"绿孔雀?"

"就是绿孔雀。师母排列组合的染色体顺序特殊,我比对了一晚上,排除了爬行动物、水栖动物,只有骨骼轻便的鸟类相近,可鸟类有那么多种,每一种的染色体都不一样,我都要放弃了,我甚至怀疑也许师母无法做得那么细致,可能仅仅是说鸟类,或者我会错了意,但直到看到这个,你说过这案子的源头在云南,我重点比对了那一带的鸟类染色体,绿孔雀完全符合。绿孔雀分布于印度东北部、缅甸、中南半岛等地区,国内仅见于云南西部和西南部。就是它,老师暗示的,就是云南的绿孔雀。"

一边的小警察也激动得不行,忙打电话给陈立,没想到陈立正好出现在办公室门口。

"陈哥,有大发现。"

陈立点头，示意他刚才已经听到了，拿过那张图，可他并不能看懂。

"云南有三个野生动物保护基地，咱们需要联系一下。"

苏甄眼泪都快下来了："终于有线索了，是不是这次就能找到老师了？"

看着苏甄天真的脸，陈立不知道该如何作答，斟酌半晌，拿出了一张素描画像："替你们师母租房子的男人，画像已经出来了，是个熟人。"

苏甄接过来一看，手一抖，画像落到地上，田锋清晰地看到上面的人："姜旭东？"

卷八

一个
情字

窥夜

第 139 章

孕妇

医院 CT 室外，陈立认真地看着墙上的宣传彩页，昨晚送去的精神类药物比对结果出来了，已经证实，方酌的药和在出租屋沙发缝里发现的药是一样的，警方综合考虑，决定对方酌进行一次彻底的脑部检查。

苏甄和陈立一起来，田锋没来，这几天他都在研究绿孔雀的基因和细胞。

此时苏甄看着 CT 室，感叹道："真没想到方酌还有这样的秘密，他这个人隐藏得太深了。"

"你信他的话？"

苏甄摇头，也不知该不该信，但这确实是个重要的线索。

"你说如果方酌的猜测是对的，陈钟是最大的 boss，他之所以能让包括姜旭东在内的那些人都听他的话办事，会不会是利用这种病毒控制了这些人？毕竟追溯到二十年前，这些人可都是少年，不是说最容易被这种病毒感染的就是儿童和少年吗？"

陈立皱着眉头说："可当时陈钟的病毒是哪儿来的？那个年代能出国的人是少数，他当时只是个混子。"

"总之一定是这几个人中有人感染了这种病毒，可以顺着这个思路查一下云南那边的事。但我和姜旭东在一起的时候，并没注意到他会头疼啊？"

"我让魏然那边给冉兰也做了脑部检查，但医生说这东西不是照 CT 就可以检测到的，要长期监测。"

说到这儿，他停顿了一下，和苏甄对视，两人异口同声地说："脑部监测仪。"

苏甄也想到了，之前他们一直在猜这个很鸡肋的脑部监测仪到底是干什么用的，仅仅是监测非创伤性脑损伤患者吗？难道是为了研究会对精神造成影响的病毒？

"别忘了，咱们调查的疗养院病人就有得了脑瘤后成为植物人的。"苏甄心提起来，"也许他们需要大量的患者数据，毕竟感染这种病毒后的症状和得了脑肿瘤会出现的症状相似。"

话音未落,方酌就出来了,医生拿着片子指着其中一块区域说:"这里有神经元病变,好在并不是主要位置,发展也很慢,但随着年龄增长,听觉可能会有些障碍。"

"能看出是什么引起的病变吗?"

医生摇头:"人的大脑非常复杂,很多变化是无法预料的。"

大夫出去后,方酌笑着说:"怎么样,这次我没说谎吧?一起查案吗?我可还有别的消息。"

"你的消息怎么那么多?"陈立充满怀疑地看着他。

方酌无所谓地耸耸肩,拿过那张脑部片子,面色平静地说:"听说案子又陷入瓶颈了?需要我出谋划策吗?"

"你以为没有你,我们就破不了案吗?"陈立眼神冷漠。

"能,当然能,但现在岳凌那边很棘手不是吗?老四这边攻克不了,而对咱们来说,拖一分钟,就给对方一分钟逃跑的时间,咱们的目的可不是岳凌,是他背后的人。"

"那你有什么主意?"

"女人。"

苏甄皱着眉头说:"你是说景瑜?"

"你们说什么事情会逼疯一个女人呢?"

苏甄一愣,不知道他在说什么,他却看向她,陈立也转过头像是等她回答,她认真想了想,说:"如果是我的话,工作不顺利,或者是丈夫失踪。"

方酌挑眉:"就说你还是个小女孩,若是你有孩子呢?什么会逼疯一个母亲呢?"

"什么意思?"

陈立看到方酌邪恶的眼神,心里一抖:"你要干什么?"

"陈大警官,我说过面对邪门的人,咱们就要用邪门的方法,正义那一套,是留给有良心的人的,这就是为什么我的主意多。"

"方酌,即便是为了查案,你若是犯罪,我也会逮捕你。"

"哈哈哈。"方酌大笑,"别那么严肃,开个玩笑。"

他眼神邪魅:"知道案子之前为什么一直陷入死局吗?如果说在老四、岳凌、景瑜这三人中,最难解决的是老四,那最容易下手的就是景瑜,而之前我们根本没把握好机会。"他看向苏甄:"这一次,苏甄你来吧。"

苏甄真不知道自己为什么又一次听了这个疯子的话,但调查举步维艰,方酌确实每次都是破局的人,虽然苏甄现在刻意和他保持距离,但也不得不承认方酌在这方面极其厉害，若是他耍心眼，自己一定玩不过他。

苏甄到了景瑜的美容院，前台接待人员礼貌地问道："小姐，请问要做什么项目？"

"你们老板在吗？"

"老板还要一会儿才来，您是她的熟人吗？"

"是景瑜小姐让我来的，我就想来体验一下。"

那前台很识趣地收起推荐各种项目的本子，带苏甄去后面做基础护理。确实非常舒服，苏甄以前也跟方琼去过美容院，只是这里更高档，一个人一个房间，显得空旷而华贵。苏甄在手法极好的按摩中放松下来，有些昏昏欲睡，直到听到一个声音："原来是苏小姐。"

"景小姐。"

苏甄掀开面膜坐起来，看到景瑜今天穿的是平底鞋。景瑜挥挥手让服务员下去了。"苏小姐今天想做什么项目我请客，不用客气，不过你应该不是单纯来做美容的吧？丑话说在前头，如果苏小姐还想和我掰扯上次的事，我就不奉陪了。"

"景小姐怀孕了吧？"

景瑜一愣，随即笑了，摸着自己的肚子："我说过我和我先生感情很好。"

"真的吗？"苏甄手心全是汗，吸取了上次失败的教训，保持镇定。

"我先生知道我怀孕后每天都很早下班陪我吃饭，我猜警方也知道吧。"她笑得意味深长。

"是啊，不仅早下班，还陪你逛母婴店。景瑜，你是真的爱岳凌吧，所以即便知道他是那样的人还给他怀孩子，怀的孩子还是你最讨厌的人的血脉。"

景瑜脸色稍有变化，但依然平静，苏甄紧盯着她的眼睛，她皱眉："苏小姐，我不知道你在说什么，我和我先生感情很好，你不要在这儿造谣了，之前就说我和老四有瓜葛，真是可笑至极。"

"那你敢说你肚子里的孩子是岳凌的吗？"

景瑜嘴唇微动了一下，手不由自主地摸上肚子，这是孕妇自我保护的习惯动作。"不管我怀的是谁的孩子，都是我老公喜欢的，他了解我、理解我，我们感情很好。"

苏甄不再咄咄逼人，甚至突然有点可怜她。

"将心比心，每个女人都渴望拥有平凡的幸福，我曾经也是。说实话，我也曾怀过姜旭东，也就是我失踪丈夫的孩子，我不用多解释，这些事你应该调查过了吧。我在想，如果我的那个孩子生下来了，而不是流产了，我现在的境况一定更惨，当然不排除姜旭东会因我生了孩子心软而试图改变这一切，但你觉得可能吗？"

"如果一个男人一开始和你在一起就是有目的的，结果永远都不会是好的，我丈夫还一直欺骗我，可岳凌从头到尾都没有骗你吧，他明明白白地告诉你他是利用你，可你还是一头栽了进去。你内心也挣扎过吧，不然不会自己出来干事业，据我们调查，当初岳凌很反对你自己独立干事业，他要的不过是一个挂牌夫人。

"因为你内心没有安全感，当初他救了你，还一表人才，你也曾幻想过与他相爱相守，可结果和你想的不一样，你可以当作是报恩，你这一辈子无所谓，可是景瑜，你有想过肚子里的孩子吗？

"岳凌要你怀这个孩子，是真的想要他吗，还是别有目的？老四是傻的，你也是傻的，但老四起码一直被蒙在鼓里，你却从头到尾都知道他在利用你，你一次次去找老四的麻烦，难道不是岳凌授意的？难道不是为了透露这个孩子的存在？

"等老四的事解决了，这个孩子再没有利用价值的时候，他将何去何从？一个不爱他的父亲，会如何对他？若你真的死了，谁会疼他，爱他？还是你也真的狠心到，只把这个孩子当成取悦岳凌的工具？"

第140章
再次设局

苏甄没有留任何余地，景瑜依然面无表情，可手下意识地去摸肚子。苏甄想方酌说的是对的，再铁石心肠的女人一旦怀孕，也会变得柔软而脆弱。

之前苏甄还不安，觉得自己做不好，可此时却真情实感地说出了这些话，她是真的可怜眼前这个女人，和她比，自己幸运多了，被蒙在鼓里未必不是好事，总好过从头到尾都清醒着承受极致的难过。

"你在这儿胡说什么？我永远都是岳太太。"

"是啊，这就是你想要的，为了留在喜欢的人身边，甚至可以帮他生孩子，你可能会因孩子不是岳凌的而感到遗憾，但觉得能帮他也是好的。可是，这个孩子生下来的时候呢？老四不死也被判刑了，岳凌高枕无忧了，那时候他还会要这孩子吗？打掉是最好的结果，生下来，岳凌会喜欢吗？

"他那个人爱猜忌，他会留着老四的血脉？你真当他对老四有感情？若是真有，他就不会亲手将老四推进万丈深渊。你那么聪明，这么多年多少也猜到了岳凌实际上在做的事吧，这孩子没准就会成为实验品。"

"你住口。"景瑜捂着自己的肚子，有些慌张，"苏小姐在这儿说这些胡话干什么？若是你不想做美容，就从我这儿出去。"

"我今天不是代表警方来的，只是站在女人的角度说这些话。如果我是一个母亲，即便我不爱肚子里的孩子，也不会眼睁睁地看着他落入悲惨的境地，试管婴儿是岳凌安排你做的吧？在这个过程中你就是砧板上的鱼，生下来你还是，你就不怕被利用完，来个一尸两命？"

"你胡说。"

"我胡说？不知道你听没听说过维诺拉病毒。"苏甄从包里拿出资料，放在她面前，穿好衣服站起来，"景小姐，男人终究靠不住，孩子才是和自己一脉相通的，希望你能三思。"

苏甄离开美容院，走出很远，人还沉浸在刚才的情绪里，直到听到车鸣声，回头一看，方酌和陈立坐在车里看着她，用眼神询问她怎么样，苏甄一言不发地拉开车门，说："我们这么做是不是太狠了？"

陈立皱眉，没说话，看着苏甄，问："她什么反应？"

苏甄摇头："那份资料里除了介绍病毒还有什么信息？"

苏甄早上拿到资料没仔细看，只觉得很厚。

"还有指导人如何在妊娠期间检测病毒，当然这些都是作假的。"方酌笑着，"放心，有陈警官盯着我，我不敢做害人性命的事，不过是叫她心里犯嘀咕，之后再让她稍微有点症状。"

陈立一下严肃起来："这事你之前没说，你做了什么？"

"我要是说了，你还会让我干吗？放心，绝对不会损害孕妇和她肚子里的孩子的健康。"

"你在哪儿下的手，孕妇班，还是医院？"陈立直接拿出手机，"我一开始就不该信你的鬼话。"他赶紧叫人联系医院那边排查。

方酌却笑着抢过手机摆弄着："别那么激动，我能保证不会对她的健康造成不良影响。"

陈立瞪着他："方酌，我警告你，别做什么违法乱纪的事，不然我……"

"不然你亲手崩了我，是吧？别那么大反应，查案子嘛，有结果不就好了，在乎什么过程？"

陈立被他噎得脸一阵红一阵白。

"总之孕妇本来就多疑，她一旦怀疑岳凌对自己肚子里的孩子下手就会去找证据，这时要是发现点什么，你说她会不会和岳凌闹翻？"

"你就这么自信这方法有效？别忘了，这个女人为了帮他，都愿意怀老四的孩子，她是没有底线的，万一她就这么认了呢？"

"这人傻吗？苏甄你说景瑜脑子有问题吗？"

"不是。"这一点苏甄早就看透了，"她不过是被爱情蒙住了双眼。"

"爱情？"方酌冷笑，"我可不信人与人之间的关系这么纯粹，做这么多事仅仅是因为爱？况且，就算当初爱，几年过去，十几年过去，看透了这个人的冷漠和肮脏，还能有多爱？我可不信。我更倾向于她是为了利益。"

苏甄皱眉："什么利益？"

"景瑜这美容院，陈立你们调查过吗？"

"当然查过，和爱兰科技有关的一切都查了。"陈立严肃地说。

"在京城开这么大的连锁美容院。苏甄，你去做美容有什么感觉？"

"里面装修得富丽堂皇，每个美容室里就一张床，环境绝对不是普通美容院能比的，会员费得要多少钱啊？不过私密性很好，听说还有明星在那儿办卡呢。"

"这种私密性好、门槛高的地方，不一定隐藏着什么秘密呢。"

"什么意思？"

"岳凌那个人那么谨慎，为什么会同意自己当作摆设的人开一家美容院？这里的账肯定有问题。"

"警方查过，对得上账，在这里办卡的人很多。"

"有名单吗？"

陈立皱眉。

"我问你有没有办卡人的名单，有的话拿一份来，我倒要看看来这里办卡的都是什么明星。"方酌不屑。

陈立从手机上调出美容院的账目，里面有办卡人名单，苏甄凑过去看，惊讶道："我的妈，有人一年在这里花费三百多万，这都做什么美容项目了？整容都绰绰有余了吧。"

"还真有明星。"方酌指着其中几个名字，"不过也不算什么了不起的明星。也是，岳凌算是资本家，小明星为了巴结他，来办个卡也是有可能的。但其他人都是干什么的？尤其是后面几页的这些名字，没有眼熟的，出手倒是阔绰。"

陈立皱眉，拿过手机查着。

"查吧，陈大警官，不管上面有几百人还是几千人，挨个查，别嫌麻烦，肯定有收获。"

"你说查就查啊，你知道工作量多大吗？你当警察是陪你玩的？"

方酌冷笑："不查就让案子僵着，等老四认罪，你一辈子都查不到真相。"

陈立又被他噎住了："好，查，要是最后没结果，方酌你给我等着。"

第141章
医院

云南那边回复了，对冉兰做了脑部检查，确实也发现了神经元病变，这让他们更坚信这种药就是陈钟他们做的。

"但我有点奇怪，他们大费周章地研制这种药，是为了治疗自己人的病，怎么会在暗网上售卖呢？如果没有售卖，咱们也就不会发现，也就不会暴露他们的秘密。"苏甄提出疑问。

陈立眯着眼睛想了一下："陈钟到底不是神，之前说过组织越庞大就越容易暴露，就算那个组织的成员只是他们几个从小一起长大的人，但随着时间的推移，有人有私心也不奇怪，别忘了一直给咱们提供线索的很可能就是他们内部的人。

"也许拿药出来售卖的就是那个叛徒呢，为了引起外界注意，而且还是卖给了方酌，和案子有关的人。"

苏甄大胆猜测："会不会是那个人故意卖给方酌的？他知道方酌有这种病。"

方酌皱眉，觉得很有可能。

而与此同时，在景德镇的调查也有了进展。来京城那天，苏甄和方酌在爱兰科技的仓库里发现了巨大的陶瓷圆盘，说不清是什么东西，只知道是在景德镇定制的，最近终于找到了厂家。

那家的老板说，半年前有人定制了一批样式奇怪的类似齿轮的东西，他们也不知道是什么，是私人定制的。

"半年前？"苏甄惊讶地说。

"看来老四为了运这批货，走了很多途径，就怕被人发现，这东西一定非常重要。"

"那老板说当时的电子图样都删掉了，之前他因好奇也打印过几张，但很多都找不到了，只有七八张不全的，听说之前一共有二十多个图样。"

陈立打开电脑，里面是那七八张图样。

苏甄凑过去，只见这些东西的形状大同小异，差不多都是圆形的，中间有孔，有齿轮，有缺口。

"这东西到底是干什么用的？"

谁也不知道。

"我总觉得是什么机器上的零件。"方酌仔细看着。

"可什么机器要用瓷器做的零件？"

"把这东西拿给老四看看，看他能说出什么。"

陈立摇头："早就让他辨认过了，他一问三不知。"

"那岂不是又没线索了？"

"谁说的？"方酌打了个响指，"今天就是景瑜去医院做产检的日子，岳凌应该会跟着，咱们收拾一下也过去吧。"

"原来你在医院动了手脚。"

陈立观察着方酌的表情，后者耸耸肩。

车子很快就开到了妇幼保健医院，景瑜正巧从她那辆红色车子上下来。

"她不是约了十一点产检吗？现在才七点半，真早。而且岳凌也没来，他最近一直扮演好老公给警方看，这种时候却不来？"方酌挑眉，"看来这女人是刻意避开岳凌过来的。"

三人跟上去，苏甄戴着口罩，装成孕妇坐在长椅上，陈立在一边看着墙上的图。

景瑜进了产检室，没一会儿就从里面出来了。她脸色不太好看，手扶着自己的肚子，往药房走，把药单子给医生，可医生还没开好药她就掉头走了。陈立赶紧跟上去，苏甄二人则到窗口问景瑜开的什么药。

苏甄疑惑地看着单子，在手机上查："她有凝血功能障碍？孕妇能吃这种药吗？"

药房大夫听他俩这么说，接话道："吃一些没事的，这些都是孕妇可以吃的药。"

苏甄走出去，疑惑地说："你到底在她身上动了什么手脚？真不会伤害她吗？"

"真的没动什么过分的手脚，她不会有事的。快去找陈立吧，别废话了。"

可接下来方酌却拉着苏甄打了辆车，苏甄诧异地说："你不等陈立了？"

"刚才他把咱俩甩开，追着景瑜走了，就是防着咱俩呢，何必讨人嫌？"他指指脑子，"他脑子里太多条条框框，转不过弯来。"

他叫出租车往西北路开。

"这是去哪儿？"

"美容院。"

第142章

窗台下偷拍

又到了美容院门口，苏甄很疑惑："景瑜现在应该不在美容院，你来干吗？"

"探底。等陈立找到所谓证据拿着搜查令过来，人家早把东西转移了。我早就怀疑这美容院有问题，自然要来看看，可要是陈立在，他肯定问东问西的，妨碍进度，若不是他能探听到内部第一手消息，你以为我愿意和他一起查案？"

下了车，方酌在外观察了一下，其实没多少客人来，若不是名单上显示有那么多人办卡，苏甄都怀疑她是替岳凌洗钱的。

"怎么进，翻墙吗？"

方酌掏出一张卡："还要翻墙进？随便刷懂吗？"

苏甄还没反应过来就被方酌拉了进去，本以为里面的人会认出她，但前台似乎换人了，方酌自来熟地跟前台小妹咨询业务，爽快地办了卡就推着苏甄去做美容，自己则四处看着，最后说要去洗手间人就不见了。

方酌一走，美容师小妹就笑着说："姐，您老公对您真好，太宠您了，不仅肯给您花钱，还有耐心陪您。"

苏甄心里翻了无数个白眼，装成闲聊打探道："你们老板不也是出了名地嫁得好吗？现在怀孕了，你们老板的老公是不是也陪着啊？"

小姑娘笑着说："可不是嘛，不过我们老板怀孕之前岳先生就经常来咱们这儿，老板那个办公室自己都不怎么用，都成岳先生专属的了。岳先生对这里还挺上心的呢，我们老板幸福死了，有岳先生在，我们老板就能当甩手掌柜了。"

苏甄一愣，想到昨天的讨论，问道："听说有不少明星在你们这儿办卡呢，是这样吗？"

那小姑娘摇头："好像是，可我从来没见过。"

"那来你们这儿做美容的人多吗？如果人不多，没什么人办卡，怎么赢利啊？这么大的地方呢。"

小姑娘想了一下："应该是有很多人办卡的，我看过前台的记录，有挺多人呢，但是啊，我以前在别的美容机构干的时候也这样，很多阔太太呢，办卡是为了社交，实际上也不总来，我知道的常来的只有杨太太和卓太太，而且她俩来也是有规律的。"

苏甄好奇地问："什么规律？"

"只要董太太来这边，她俩准来，其实就是想攀上董家，为自己家拉拉生意。太太圈很有趣的。方太太，刚才听您先生说你们是刚来京城的，还不熟悉这里，那您可要常来咱们美容院，咱们这儿可是太太们交际的地方呢。"

方酌正好回来，问道："美容还要做多久啊？"

"基础护理快做完了。"那小姑娘回答，"先生，您要是累了可以在休息间睡一下，那儿有按摩椅和水果。"

"不了，我还是陪我太太的好，刚才听你说京城的太太们都在这儿聚集？"

"大部分吧。"

"那我可得让我太太多来这边，我们家的生意刚做到京城，需要多发展一些人脉。"他朝苏甄挤眼睛。

美容做了两个多小时，苏甄都快睡着了，那小美容师刚走她就被方酌叫起来："起来了，干活。"

他指着后面："你做美容的时候我打探过了，这里根本没多少人，后面那小姑娘说办公室是锁着的。"然后他又去了仓库，仓库里的存货不多，说明做美容的人根本没那么多，这更坚定了方酌关于开设美容院是为了洗钱的想法，但钱是如何洗的呢？

两人一起来到仓库，仓库很高，但不大，里面都是化妆品什么的，苏甄拿起一罐拧开闻了闻："这东西没什么毛病啊。"她又打开其他物品查看。

方酌指着后面一箱货："这些牌子都是没经过检验的。"

"什么意思？"

"也就是说这些东西是私人生产的，不是正规的。"

"你是说这美容院收费这么贵，护肤品都不是正规的？"苏甄顿时担心起自己的脸。

方酌拿了一罐闻着："有可能，但上次警方排查过这家美容院的账目，没错，那这货肯定也没错，那问题出在哪里呢？"

两人四处找着，听到外面有脚步声，赶紧躲在箱子后面，没一会儿一个美容师进来，从箱子里拿了东西就出去了，苏甄这才长舒一口气。她身上还穿着美容院的浴袍，紧张得都没意识到手上还拿着一盒护肤品，等人走后，方酌又拉着她到了那间办公室前，试图撬锁，苏甄看着走廊上的摄像头，说："咱俩要是被抓，可丢死人了。"

"放心吧，这边的摄像头我都设置了，画面停在五分钟之前，所以抓紧。"

方酌鼓捣半天门锁都没打开，像是加密了，他又不甘心放弃，带苏甄从走廊尽头的窗户跳出去，绕到办公室窗外，试图从窗户进去，可窗外是焊死的栅栏。

方酌也是发了狠，想把栅栏晃下来，吓得苏甄赶紧看四周，这美容院后面虽是侧街，可也有可能有人经过。

正要动手，就听到房间里有声音，苏甄赶紧把他按到窗户下，两人从窗台边上往里看，只见有人进了办公室。

"你们老板人呢？"

虽然那人背对着窗口，但他们看出是岳凌，他身后跟着美容院的女经理，经理慌张地说："老板今天去产检了。"

"是要产检，约了十一点，现在十点半了打电话也不接，干吗去了？"

那经理也说不出来，岳凌挥挥手，不耐烦地说："算了，进货单呢？"

经理一愣，赶紧在桌上找文件递给他。岳凌烦躁地说："今天晚上赶紧把货拉走，最近不要再走货了。"

"要和景总商量一下。"

"和她商量个屁！"今天岳凌似乎特别暴躁，挥手让经理出去了，拿起手机打电话，"不是让你们盯紧了景瑜，她去哪儿了，行踪呢？现在人不见了我怎么交差？赶紧找啊。那女人是什么人啊，我说了时时刻刻都要盯紧了，如果不听话，必要时直接做了。"

第143章
绑架方酌

苏甄在窗外捂住嘴，感到不可思议，好在她刚才就拿出了手机，把这段录下来了，想给景瑜看看，可她忘了静音，正好有个信息进来，"叮咚"一声，方酌都慌了，惊讶地回头看她，里面的岳凌似乎也察觉到了，在他回头前苏甄二人赶紧跑了。

苏甄知道跑不远，看见旁边的窗户开着，敏捷地跳进去，方酌则往外跑，吸引着追出来的保镖，苏甄躲在窗户下，心都跳出来了。

趁着方酌把人引开了，她赶紧跑回美容室，里面的小姑娘还在找她呢。

"方太太，您刚才去哪儿了？"

苏甄尽量让自己平静下来，可声音都在抖。"去洗手间了。"

她躺到床上把面膜往脸上一盖，紧接着就有人进来了，问看没看到什么奇怪的人，小姑娘摇头，那人看了苏甄一眼就出去了。苏甄要吓疯了，又担心方酊，没一会儿手机响了，是方酌叫她赶紧联系陈立，赶紧离开，苏甄心一沉，知道这人肯定玩脱了。

她也不管那么多了，打电话给陈立，那边听到苏甄说的事，都要骂人了，叫她别废话，赶紧走。

苏甄借口有事，穿上衣服就走，小姑娘还奇怪地问："您先生还没回来，不等等了？"

苏甄说着不等了就急匆匆地往大门走去，可还没等走出美容院，就有个黑衣保镖在大厅把她截住了。

看到这身行头她就想到了那天在老四酒吧的事，紧张地说："大庭广众之下，你们想干什么？"

她声音极大，吓得前台的小姑娘一抖，站起来往这边看。此时大厅里一个客人都没有，苏甄紧张地把包举在身前："我告诉你，我已经报警了，你给我闪开。"

那人却没让开的意思，苏甄一急，一脚踩过去，头撞开他就往外跑。只要跑到大街上，还有谁敢动她？

可就在快出去的时候，那保镖一下抓住苏甄的腰，苏甄吓得大喊着："放开，放开，你们这美容院怎么回事？"她声音尖厉，前台吓得拿起电话，被赶来的女经理按住了。

那保镖本想悄无声息地把苏甄带走，可没想到她反应这么大，此时也不敢动了。

"小姐，您别误会，是您的东西掉了。"

那保镖拿着苏甄办的卡递给她，苏甄一把夺过来，推门就走，一直走出很远，到了繁华的大街上，才哆嗦着想打电话给陈立，可手机找不到了，肯定是刚才跑的时候掉了。完了，里面还有自己拍的岳凌的视频。此时回头看那富丽堂皇的美容院，她只觉阴森可怕。

苏甄一直在大街上等着，陈立很快就来了。

"你俩胆子怎么那么大啊？他脑子有病，你也有病吗？"陈立咆哮着，苏甄快哭了："方酌肯定被抓住了，你赶紧带人搜查啊。"

陈立脸色很不悦，打着电话就朝美容院跑过去，苏甄在后面害怕地跟着，上次见的小警察很快就来了，陈立不由分说地拿了他的警官证进去亮了身份："搜查。"

此时女经理出来笑着说："警官有搜查令吗？您无故搜查会惹人非议，影响我们做生意的。"

陈立虽语气礼貌，但气势逼人："这位苏小姐报警说她的朋友在这儿失踪了。"

女经理看了苏甄一眼，笑着说："您的丈夫不是先走了吗？我们这儿可没有男客人。"

苏甄要上前，陈立把她拉到后面："别废话，搜查。"

女经理也没再拦着，让开路，可陈立在里面找了个遍也没见方酌的影子。

"警官，您影响我们做生意，我们要投诉的。"

陈立拨开众人去了那间办公室，此时门敞开着，桌上没了文件，清理得非常干净，岳凌也不在这儿了。

陈立从美容院出来，脸色阴沉。

"方酌怎么办？他还在里面，肯定被抓了，当时岳凌也在。"

陈立回头："这就是为什么我总是小心行事，对方在边境待过，是搞走私的，杀人不眨眼，就算现在洗白了，也仍旧是穷凶极恶之人。方酌这人剑走偏锋惯了，你呢？知道吗，你刚才若没跑出来，等着你的会是什么？"

"那咱们现在怎么办啊？"

陈立看了眼那边的小警察，没说话，苏甄急了："我知道我们没有经过你同意就来调查岳凌、景瑜，你很生气，可现在方酌很危险，我们不能看着不管，你知道的，他这次被抓住肯定凶多吉少。"

苏甄说不下去了，心慌得很，方酌情急之下说出让她找陈立，肯定出事了。

"可是现在没证据，我们需要从长计议。"

"我怕方酌坚持不了那么久。"苏甄不知哪里来的力气，抢过陈立手里的车钥匙就跑上车开动，陈立吓了一跳，没想到苏甄会这样，急了，叫上小警察开车："跟上苏甄，快。"

她发了疯似的，直接把车开到了岳凌的公司，要上去，可秘书拦着，说没预约。"岳凌根本就不在公司吧，打电话叫他回来。"

"这位小姐，没有预约不能见我们董事长。"

苏甄不顾形象，在前台开始叫岳凌的名字。周围有人指指点点，议论着肯定是老板在外欠了风流债，现在人找上门了，甚至有人拍照。苏甄也是不管不顾了，人命关天，她不信她这么闹，他们不会叫岳凌回来，只要见到岳凌，就有机会问出方酌的下落。

苏甄认定岳凌不在里面，可没想到，岳凌从里面的会议室出来了，看到苏甄，挑挑眉。

苏甄只见过岳凌两面，都是在老四的酒吧里，显然眼前的男人也认出了苏甄。"这位女士找我有事吗？"

他身后陆陆续续出来了很多人，苏甄不可思议地看着："刚才在美容院是你抓了方酌对不对？把他交出来，他若是出事了，你们肯定讨不了好，我就是目击证人。"

周围议论声极大，岳凌皱眉："女士，我不知道你在说什么，抓人，我抓了什么人？"

苏甄咬着牙，有保安在后面拉着她，就在这时陈立等人气喘吁吁地过来了："现在有人举报你涉嫌绑架，岳先生。"

"绑架，什么时候？"岳凌像听到笑话一样，"警官，你说话要负责任，有证据吗？要是损坏我个人名誉，公司因此受牵连，我一定会投诉你们的。"

陈立攥紧了拳头："刚才这位女士在你太太的美容院，看到你绑架了她朋友。"

"刚刚吗？"

岳凌仿佛在听笑话，从会议室里出来的其他股东也纷纷摇头。"今天我们爱兰科技开股东大会，全程都有录像，我一直没离开过会议室，警官你要看看吗？"

第144章

岳凌的替身

苏甄捧着一杯热咖啡，在车里坐立不安，小警察想安慰她，又不知从何说起。

陈立很快调查完出来了。

"怎么样？"

"时间对不上，你和方酌到底在美容院干了什么？你们看到的真的是岳凌吗？"

陈立眼神带着怀疑，苏甄心里"咯噔"一下："什么意思？"

"我看了录像，从早上八点多一直到十点半，岳凌都在会议室。他说他打算在股东大会结束后陪景瑜去做产检，约了十一点去，可是刚刚也联系不上景瑜了。"

"景瑜七点多就去做产检了。"苏甄有些气急败坏，"他说谎，绝对在说谎，我和方酌在美容院看到他了，我还拍了照。"

可惜她的手机落在了美容院。

陈立还是用怀疑的眼神看着她，苏甄急了："你不会觉得是我在说谎吧，觉得我和方酌合起伙骗你？我们图什么？我真的看到他了。"

陈立皱眉，看了小警察一眼，后者识趣地下了车。陈立坐到驾驶位上："你真的没说谎？"

"真的没有。"

"那怎么解释他在会议室？十几个股东给他做证，那些人都是有头有脸的人物，不至于都说谎吧？而且确实有录像。"

苏甄头大，这太奇怪了，难道他还有分身不成……分身？她突然有一个可怕的想法："会不会有两个岳凌？"

陈立皱眉，盯着她。

"不对。"苏甄想到什么，"等等，其实自始至终我俩都没看清那人的正脸，因为隔着栅栏，窗玻璃也不是很干净。"那她和方酌当时是如何判断里面的人就是岳凌的呢？

苏甄仔细想着，当时人一进办公室他俩就判断是岳凌，自己认错也就算了，方酌也认错了，是因为一开始那个美容师说了："老板那个办公室自己都不怎么用，都成岳先生专属的了。"那个人的身形和穿衣风格也和岳凌很相似，而且当时还气急败坏地说产检什么的，所以她下意识的反应就是岳凌来了。

可那人不是岳凌，又是谁呢？可以随意指使经理，不客气地谈论景瑜，甚至可以随意出入办公室，还有，走货。

"如果那个人不是岳凌，是谁？肯定是岳凌的人，替他做事。"苏甄反应过来，"岳凌在外一定有个替身。"

陈立皱眉，盯着苏甄的眼睛："替身？"

"肯定是，岳凌明面上还要管理公司，分身乏术的时候肯定需要有个人替他在暗地里做事。虽然有老四，可老四是他安排好的替罪羊，不能什么都让老四做，毕竟老四的身份在那儿呢，如果有个替身就不一样了。虽然我知道这个想法很荒唐，可我当时见那个人的说话做派，真的非常像岳凌。"

陈立听着，突然想起那天晚上和方酌看到岳凌从别墅区出来，开车回公司，他知道警察在跟着他，难道当时那个是替身，故意把警察引走？毕竟那天晚上始终没有见到他的正脸。

很多事情都在陈立脑中闪过，岳凌在很多事上都有不在场证明，所以警方根本抓不到实质性证据，老四又顶了罪，把他撇得干干净净。如果苏甄没说谎，那么也许一直以来，岳凌都有一个替身。

陈立心里生出一股寒气。

"是有人整容成他的样子了？他弄了一个跟他一模一样的替身？"苏甄咬着嘴唇思索着。

陈立摇头："岳凌如此警惕，绝不可能让人整成他的样子，若是替身想以假乱真呢？他心思那么缜密，老四都被他算计了，替身肯定也被他拿捏得死死的。他们绝对不可能长得一样，顶多是长得像一些，你不是说没见到那人的正脸吗？"

苏甄点头。

陈立眯起眼睛："想要检验你见到的是不是岳凌很简单。"他发动车子朝美容院开去。

前台很快就认出陈立是刚才的警察，苏甄之前看到的女经理也皱着眉过来了。

陈立调出手机里岳凌的照片："这个人你认识吗？"

女经理笑道："这不是岳总吗？我们老板的爱人，爱兰科技的总裁。"

陈立看她一眼，苏甄朝他点头，陈立抓住一个正端着护肤品走过的美容师，举起手机问："请问这个是你们老板的老公吗？"

苏甄一下就明白了，岳凌很少在媒体上露面，所以苏甄在酒吧的时候没认出他，此时小美容师皱眉看着照片，还没说话，女经理就过来了，抢着说道："是的，这个人就是岳总，难道我们老板的老公你都认不出吗？"说着狠狠地瞪了那个美容师一眼。

美容师吓得不敢看女经理，嗫嚅道："不……不是啊。"

女经理一看就很精明，反应过来："新来的，没见过老板的爱人吧，岳总常来的，怎么说不认识呢？"

"这……这真的不是。"

那女经理眼神锐利，小姑娘不敢说话了。

可她的反应苏甄一下就看明白了，这女经理知道内情，但不是所有人都知道，他们见到的人肯定不是岳凌。

陈立觉得好笑，说："真的是？"

女经理点头，给前台的服务员使眼色，小姑娘赶紧跑到后面去了，经理说着失陪，要跟着去，却不想陈立一把拉住她。她皱眉："您就算问遍我们美容院的人，得到的都是一样的回答。"

"好。"

陈立又叫了几个人，她们竟然在看了手机后都表情奇怪地点头，然后扭头看女经理。

女经理眼神锐利，挑挑眉，她刚才肯定叫人吩咐了员工，苏甄只想骂一句："奸诈。"

却不想陈立冷笑:"真不知道我什么时候成为你们老板的老公了。"他亮出手机里的照片,原来他刚才给经理看的是岳凌的照片,给其他人看的是他自己的照片,那经理差点没站稳,狠狠地瞪着那些服务员。

"这美容院的人都瞎了不成?"

陈立推开表情有些惊恐的女经理,拉过一个小姑娘,重新拿出岳凌的照片:"这个人是你们老板的爱人吗?"

那姑娘还在看女经理的眼色。

"别怕,小姑娘,说实话。"

"我……我是新来的,不认识。"

小姑娘倒聪明,女经理脸色好些了。

陈立却笑出来:"好,都没见过岳总是不是?一个人都没见过?"

众人都看向女经理,她脸一下垮了。

"公司员工竟然连老板的老公都不认识,不知道的人还以为,景老板在外包养了小白脸呢,弄得这么神神秘秘的。"

那经理脸色发青:"这位警官,请注意你的措辞。"

陈立冷笑一声,拉着苏甄出了美容院。

"不找人辨认了吗?"

"不需要了,看那人的反应,肯定有替身,现在要赶紧调查。"

苏甄心一沉:"可方酌怎么办?"

陈立脸色很不自然,看了看苏甄,半响都没说话,发动了车子。

第145章
大众浴池

"要去哪儿啊?"

"找景瑜。"

"你知道景瑜在哪儿?"

陈立冷笑:"方酌的计划很有效,从医院出来她就躲起来了,估计是还没想好怎么面对岳凌吧。这女人智商在线,没有直接问岳凌,她知道如果是岳凌做的,他不仅不会承认,自己可能还会被他灭口,也亏得景瑜跟岳凌的时间长了,心思极深，方酌真是算计到人心里了。"

"可再怎么算计，他现在也把自己搭进去了。"

"我倒不这么认为。"

陈立车速极快地转弯。

"什么意思？"

"他那人老奸巨猾，肯定有后手，谁死了他也不可能死，说不定咱们还在被他耍呢。"

"你还没说呢，你怎么知道景瑜在哪儿？"

陈立勾起嘴角："我在她出医院的时候假装撞到她，在她身上安了一个追踪器。"

苏甄诧异，半天才憋出一句话："陈立，你学坏了。"

陈立无所谓地耸耸肩。

"我看你是被方酌刺激到了吧。"苏甄说了句大实话。

车子开得飞快，竟然一直开到了一家大众浴池外面。

"她躲到澡堂了？"

苏甄买了女浴室的票进去，可并没看到人，只好拿着陈立的手机找，发现追踪器在一个储物柜里，顿时泄气："这女人很聪明啊，也不知道现在人还在不在这儿。追踪器留下了，人就不知道去哪儿了。"

"好一招金蝉脱壳。"

"可她为什么不出医院就摘掉追踪器，而是跑到这么远的地方来？现在岳凌的人肯定也在找她。咱们必须赶在岳凌之前找到她。"

陈立没回应，陷入沉思，走到店外四处看着。这是一处居民区，两边是公寓楼，而浴池在楼中间，陈立暗道："不好。"

"怎么了？"

陈立一把将她拉回浴池："脱衣服进去洗澡。"

"什么？"

陈立买了条搓澡巾塞进她手里，在她耳边压低声音说："做个样子，这个澡堂的位置左右两栋居民楼高层都能看到，也许景瑜是故意把追踪器留在这儿的，看看谁会来找她，没准儿她就在周围住着呢。"说着看向正在前台嗑瓜子看电视剧的大妈："如果有人查看完她那个柜子就走了，说不准会有人跟她报信呢。"

苏甄一愣，觉得不可思议："可是……"

"也许景瑜身上不只有我放的追踪器。"

"你是说岳凌？"苏甄捂住嘴。

陈立朝她使眼色，推着她进了女宾区，自己去了另一边的男宾区。

065

苏甄哪有心思洗澡啊？她站在淋浴喷头下胡思乱想，今天过得跌宕起伏，而且现在方酌生死未卜，一点消息都没有。她急得不行，可陈立为什么还有心思研究景瑜什么心态？他一点都不担心方酌的安危？

冲了个澡出来，不知是不是陈立的话给了她心理暗示，她多看了前台卖票的大妈一眼。

走出浴池，她又看了看四周的楼，如果景瑜真如陈立说的那样，想看谁来找她，那是不是意味着景瑜就在这两栋楼中看着这里呢？她能看见自己吗？苏甄赶紧低下了头。

"不找找看吗？"

"景瑜现在草木皆兵，很难抓，咱们刚才如果真的大张旗鼓地搜查，她可能已经跑得无影无踪。幸亏没被她发现什么，不然她现在跑了，咱们就再也抓不住她了。这个女人肯定知道岳凌的很多事，不然……"

他没说下去，苏甄明白，不然岳凌的替身不会说随时灭口，肯定是岳凌授意过的。妻子一旦不听话，随时做了。

"那现在怎么办？"

陈立思索了一会儿："刚才咱们闹到了岳凌的公司，他现在知道替身暴露了，短时间内肯定不会让替身出来了。"

"那岂不是抓不到了？替身如果和他长得不一样，换个造型就会隐没在人群里，抓到了替身肯定就能找到证据。"

"那也没有办法了，景瑜现在怀疑岳凌对自己下手了，你猜她会怎么做？"

苏甄皱眉："景瑜还爱着他，肯定还要和他对峙。"

"没错，这就是景瑜，她若不是不甘心，早就跑了，也不会把追踪器留在浴池。我们调查过，景瑜以前是在浴池工作的，岳凌救她也是在浴池，她选择这个地点肯定是念旧情。先躲起来拖时间查岳凌是不是真的对她肚子里的孩子动手了。咱们是误打误撞跟到这儿，这个局实际上应该是设给岳凌的。我猜她是想试探岳凌对她有没有真感情。"

"真是个傻女人。"苏甄不禁感叹，大好的机会不跑，还对岳凌抱有幻想？真是情关难过。

"所以说岳凌会来？咱们在这儿守株待兔？他要是不来呢？"

"景瑜一定会引他来。她跟了他这么多年，知道他的秘密，所以……"

苏甄心一提，瓮中捉鳖，可是这里面有很多变数啊。也许景瑜中途后悔了，已经走了，或者说她手上没有什么证据，也不想惹麻烦，只想保命，抑或岳凌那边根本不在乎，派别人来，直接把她做了。这中间变数这么多，她不知道陈立哪儿来的自信，而陈立此时表情奇怪，苏甄有种不好的预感。

"陈立，你是不是有事瞒着我？"苏甄此时脑子转得很快，"你刚才怎么那么确定景瑜就在附近？"

苏甄看着他："你头发没湿，刚才你根本没有洗澡，你在干吗？"

苏甄想起以前方酌说过怀疑陈立，后退了一步，怀疑地盯着他："你怎么能确定景瑜会把岳凌引过来，怎么确定岳凌会亲自过来？"

陈立抬手，苏甄僵硬地躲开，又往后退了一步，越想越觉得奇怪。

"刚才你就对方酌的失踪抱着无所谓的态度，你根本不担心吗？一直以来方酌都在怀疑你，但我始终保持中立，可你今天太奇怪了。"

陈立张嘴暗骂一句，尴尬地说："方酌没事，真的没事。"

"你怎么知道？"

陈立抿着嘴，看看四周："那小子躲哪儿去了我也不知道，现在我也是被他牵着鼻子走。"

他叹着气，把手机拿出来，上面是方酌给他发的信息。

苏甄拿过来，不可思议地抬头："这短信是方酌发的？"

第146章
谁利用谁

"对，他还给我打了电话。方酌没被替身抓住，相反，他抓住了岳凌的替身。可方酌的意思是，如果岳凌像对老四一样，把所有事都顺势推到替身身上，把自己撇得一干二净，咱们就白忙一场，所以他……"

所以方酌和陈立做了一个局，借助苏甄的反应让岳凌相信替身失踪的事不是方酌干的，他自然就会联想到景瑜在其中的作用，就会怀疑是景瑜控制住了替身想要威胁他。毕竟岳凌是个多疑的人，算计了别人一辈子，自然对谁都没有信任感。

"方酌那边应该不仅是让景瑜产生错觉，让她觉得岳凌要对她和孩子下手，肯定还做了别的事，不然景瑜也不至于从医院出来直接就跑了，她反应这么大，肯定有问题。

"我追问过方酌，但他不肯说做了什么手脚，他也在防着我，怕我拿到他做手脚的证据控告他，他狡猾得厉害。而且方酌也会冒充景瑜给岳凌发信息，把他引出来，就引到这里，让两方对峙，我们趁机掌握证据。"

"好大一盘棋啊。"

苏甄脑子都不够用了，不知方酌是怎么在那短短的几分钟里想到这些的，甚至利用了她。没错，她从头到尾都被蒙在鼓里，因为他们要她做出真实的反应，让岳凌对景瑜产生怀疑。

苏甄此时不知该哭还是该笑，抬头看着陈立："你竟然被那个骗子牵着鼻子走？"

"你以为我想？方酌现在要是在我面前，我非得揍他一顿不可，他这人不长记性，这局都是设好了才打电话给我的。我并不想和他合作，可是……"

陈立咬着嘴唇，也许这是唯一的机会，不然老四一死，岳凌永远都不会被抓了，他们也许就错过抓背后大 boss 的机会了，这案子从此只能成为悬案。

"我得承认方酌脑子很聪明，他也敢想敢干，很多事他可以做，但我不能。"

苏甄冷笑："没错，你们做的一切都是为了案子，所以我就应该被利用？"

"苏甄。"陈立皱眉，苏甄的话字字诛心。

"方酌在哪儿？"

"我真的不知道。"

"我不信，陈立，即便你是放手一搏，也不会做毫无准备的事，你就当真那么相信他？万一他把所有人都骗了呢？"

陈立一愣，还没回答，手机响了，听筒里传来熟悉的小警察的声音："陈哥，岳凌离开公司了，我们跟上了，可他不是去你那边。"

"那他去哪儿了？"

"他好像回家了。"

"回家？"

"对，回他住的别墅了。"

陈立脑子里一片混乱："继续盯着。时间应该还没到，盯住他家所有的门。"

放下电话，陈立深呼一口气，苏甄皱眉："按理来说，在方酌的误导下，岳凌现在应该以为是景瑜在威胁他，肯定要找她本人，可他并没急着找她，而是先回家了。"

"也许是怕警察跟着他。再等等吧。"

"你怎么那么确定景瑜就在这个小区呢？"

陈立皱皱眉："警方在这一带检测到了景瑜的手机信号。"

苏甄挑眉："还真是大动干戈，都用上了高科技。觉得在这场局中能稳赢了？我还是那句话，你怎么就那么相信方酌呢？也许他把所有人都骗了呢？"

时间一分一秒地过去，这一蹲守就蹲到了晚上十点，盯着岳凌的警察说岳凌一直没有离开别墅。透过窗户能看到他在客厅看电视，悠闲得不得了。

陈立开始坐不住了，走到苏甄面前："你刚才说方酌也许把所有人都骗了，他能骗什么？"

苏甄此时冷静下来了，抛去心里的不甘和怨愤，脑子清醒了很多。她看向陈立，脸上看不出情绪："第一，当时的情况那么紧急，四五个保镖追出去，方酌却在短短几分钟内不仅逃脱了，还计划好了这么复杂的事，甚至想好把我排除在外。他是如何逃脱四五个保镖的追捕，甚至还反过来抓住了那个替身的？还让咱俩都找不到他。陈立你肯定找过方酌吧，没找到，然后就被他牵着鼻子走了。"

陈立皱着眉，没说话，是默认了。

"第二，"苏甄深吸一口气，"方酌之前就布好了局让景瑜怀疑岳凌对自己做了手脚，这回抓住替身又给岳凌信号，暗示岳凌是景瑜为了威胁他抓住了替身，想趁两人对峙时找到证据，是这意思吧？可你想想他是怎么实施的？这中间涉及的事很复杂，他这个计划不是能一蹴而就的。

"方酌在那么紧急的情况下却能把事情做到这个地步，你不觉得奇怪吗？我猜你一开始也怀疑过，可事情进展太顺利了，你就放松警惕了是不是？甚至来不及思考这么复杂的计划是如何轻易实现的。

"当然方酌确实有能力，总能化险为夷，总是能把事情做得滴水不漏。可是，无论是景瑜在不在这个小区，还是方酌到底藏在哪儿了，抑或是岳凌到底上没上当，这些事你现在都摸不清，都要等。可是你想过吗，咱们在等的这个过程中，也许会错过什么，就像上一次冯朝那件事一样，方酌为了得到云溪的下落可是布了好大一个局，这一次又凭什么信他？"

第147章
再反转

陈立心一抖，不得不说苏甄分析得很有道理。案子查到现在，明知岳凌有问题却没有任何证据，眼看他就要逃脱法律制裁了，陈立承认他着急了，所以想要按照方酌的计划做，放手一搏，但此时苏甄的话点醒了他。

"你有什么想法？"

"我没想法，我就是觉得岳凌这么晚了还没来，咱们还要等到什么时候？"

苏甄抬头看着公寓楼,"其实你通过手机定位就知道景瑜在哪一户吧,所以才在这儿守株待兔。"

陈立又看了看时间,已经接近晚上十点半了,他打电话给同伴:"通知盯着景瑜的人,叫他们把人扣起来先带回局里。"

话音未落,原本盯着那边的小警察着急地跑过来说:"陈哥,糟了,咱们一直盯着的人,不是岳凌。"

"什么?"苏甄惊讶,同时也明白了,岳凌不可能那么好糊弄。可如果岳凌别墅里的是他的替身,真的岳凌去哪儿了?这边的景瑜呢?

苏甄一下瞪大眼睛,陈立则已经朝其中一栋公寓楼跑去。还没等走到,手机就响了:"陈哥,景瑜不在里面。"

陈立跑到那间房门口,此时那儿已经有便衣围着,里面的一个中年妇女惊讶地端着面条,问:"你们都是什么人啊?干什么的啊?"

他亮出了警官证,问:"原本在这屋的那个女人呢?"

"什么女人啊?只有个姑娘过来说想买我这房子,我房子消息贴出去好久了都没人问,她就是来看房子的。"那女人指着水池里没刷的两个杯子,"早就走了。"

"什么时候走的?"

那女人想了一下:"大概晚上八点多的时候吧。"

苏甄心里一沉,八点多,已经过去这么久了。这时有个警察喊着陈立,他看向阳台,一个手机安静地躺在角落,那女的也很惊讶:"这里什么时候有个手机?"

"就藏在洗衣机的后面。"

陈立气得攥紧了拳头:"被耍了。"

"景瑜早就发现了警察,然后和岳凌约在别的地方见面了?"苏甄感到不可思议。

而陈立根本顾不上回答她的问题,计划全都乱了,原本想坐收渔翁之利,现在一败涂地。

陈立没回答,直接带人去查附近的监控,试图找出景瑜逃走的路线。苏甄则站在楼道里,那个女人已经被带回局里问话了,还有一部分人在四处找邻居走访调查,没人注意苏甄。

她低头看着老式公寓楼走廊里堆积的乱七八糟的陈年杂物,刚才那个女人的面碗都来不及放回家里,此时就放在门边的凳子上,苏甄甚至能闻到里面油腻的炸酱味,胃里一阵翻腾。

她此时紧张得不行,看着那些人走远,没有跟着进电梯,而是从另一边的楼梯下去了。

她心都快跳出嗓子眼了，双腿不听使唤地跑，一直跑到马路上打了一辆车："师傅，去中心家园。"

就在刚刚，房主经过苏甄身边的时候，偷偷给她塞了一张字条，苏甄当时诧异极了，可那女人悄无声息地朝她眨了一下眼睛。

苏甄手抖得厉害，直到所有警察都下楼了，才哆哆嗦嗦地打开，里面是方酌的字迹：苏甄，自己来中心家园，我有姜旭东的消息——方酌。

一路上苏甄的脑子都是空白的，字是方酌的没错，可她自己一个人来还是胆子太大了，有那么一瞬间她想要叫住前面的陈立，和他说这件事，可"姜旭东"三个字就像魔咒。

苏甄知道危险，方酌的话不可信了，他先是联合陈立骗她在岳凌面前演戏，结果又诓骗陈立，现在又单独联系自己，这叫什么事？可姜旭东的消息吸引着她，她控制不了自己的行为。

中心家园是三环外的一个高档小区，门禁森严。字条上只写了来中心家园，苏甄到小区门口，不知所措。她手机没在身上，没法联系方酌，估计现在也联系不到他，他那么精明的人，不可能把手机放在身上，给陈立锁定他的机会。

正一筹莫展时，方酌出现在她身后，戴着一个鸭舌帽。此时已经午夜了，路灯昏暗，可苏甄还是能看到他脸上的擦伤。

第148章
方酌的连环计

"上楼一边走一边说吧。"

据方酌说，他的计划在几天前就开始了。

"我其实早就告诉你俩了，只是你们没深想，我也没说全。"方酌笑了一下，"在岳凌、老四、景瑜三人之间，老四最难搞定，而景瑜就是唯一的突破口，所以我早就布好局，包括将病毒的信息透露给景瑜，但其实她早就怀疑自己肚子里的孩子被做了手脚，在计划进行的过程中我发现，岳凌真的想要把景瑜除掉。"

苏甄一愣，没想到真相是这样的。

"景瑜知道得太多了。老四那边，岳凌会想方设法让他死在狱中，毕竟死人的嘴是永远闭上的。老四一除，最大的变数就是景瑜，她怀着老四的孩子呢，岳凌多疑，既然警方已经查到爱兰科技了，他必然要想个万全之策，让自己从此高枕无忧，所以景瑜必须死。只不过他的计划应该是在景瑜的孩子足月的时候再动手，一尸两命，那时大概老四也已经被除掉了，在做这些事的过程中他慢慢从爱兰科技的各个环节中脱身，到时候带着钱一走了之。"

"他要跑，背后那个人不管吗？"

"这些事他肯定是背着大 boss 做的。其实现在大家都心知肚明，岳凌和背后之人联系紧密，想要找到背后的人，必然要抓住岳凌审问。虽然咱们现在没证据抓岳凌，但今天没有不代表明天也没有，岳凌肯定要在背后之人把他除掉以绝后患之前，自己先跑路，而跑路之前就要解决景瑜。"

"你当景瑜不知道这一点吗？她知道。可一个深陷感情旋涡的女人会欺骗自己，不真到那天是不会死心的。其实我根本没做什么手脚，只是让岳凌原本的计划提前暴露，景瑜那么聪明，自然明白了。然后我呢，在适当的时机，向景瑜抛出了橄榄枝。"

苏甄瞪着眼睛："所以你几天前就联系了景瑜？那还叫陈立做戏？"

方酌摇头："不不不，你想想景瑜是会相信深爱了十年的岳凌，还是只有一面之缘的我？其实我联系她也很冒险，提了一些可以帮助她的办法，我知道她需要时间，需要说服自己的理由。其实我一开始也不知道岳凌有替身，直到今天咱俩去景瑜的美容院，我是想抓点景瑜的把柄，没想到有意外收获，当然这所谓的意外也不一定是意外。

"我猜景瑜今天是故意提早去做产检，引我们去她的美容院的，但是不是真是故意的不重要，重要的是，这个发现让我想通了很多事。当时我把人引出去，就是想把那个替身抓住。"

说到这儿方酌勾了勾嘴角："这么久以来咱们的调查都极其危险，陈立是警察，有公职来保命，你和我就不一定了，一旦被那些人抓住，只有被灭口的份，所以其实我早就请了保镖在四周悄悄跟着。"

苏甄心一沉，看着静谧的夜："这里也有你的人？"

"对。从上一次冯朝差点打死我开始，我就坚定了要请人保护我的想法。我跑出去的时候打了电话给附近的保镖，把那个替身引出来抓住了，虽然那个人油盐不进，但也给我创造了机会。"方酌从口袋里拿出苏甄的手机，"我当时灵机一动打电话给你，叫你打给陈立，后来你跑出去的时候手机掉了，我也帮你捡回来了，因为我当时就在美容院。"

苏甄一愣："可陈立带人搜查了美容院啊，你躲在哪儿了？"

"他们搜查的时候我跳到窗外，就躲在窗户下面，等他们搜查完我又回来了。我要亲眼确认陈立在这里。"

"为什么？"

"陈立当时在医院把咱俩甩开追景瑜去了，他肯定会一直跟着景瑜，但这样我就没办法进行下一步了，所以我打电话给你，你肯定着急，陈立一听也会回来。"

"你怎么那么确信他会回来？你失踪了，可没有景瑜失踪了重要。"

方酌笑得意味深长："苏甄你是真不懂吗？陈立是不会因为我失踪了而担心，可他会因为你着急而回来。"

苏甄不明所以，方酌也没再往下说。"总之你打电话，他肯定会跑回来，让其他人替他盯着景瑜，只要陈立不在，我就有办法让景瑜在重重监视下脱身，并且给你留下字条，等时间差不多的时候再把你引过来。"

苏甄感到不可思议："你让景瑜脱身？她听你的？"

"没错。我把你手机里录到的替身说的话发给了景瑜，她应该认识这个替身，替身能毫无顾忌地说直接做掉她，她自然知道是谁授意的。如果之前她还犹豫，那么此时必然确定岳凌靠不住了，她要保命就只能跑，可岳凌对她了如指掌，她能跑得掉吗？她跑不了。"

"为什么？她都能把陈立的追踪器留在浴池储物柜里，还甩不开岳凌的人？"

方酌叹了口气："苏甄，你太单纯了，不知道这世上有很多恶心的事情，你以为岳凌这么多年为什么放心把景瑜留在身边？因为他早就在景瑜的身体里植入了追踪器，在她的身体里！"

苏甄诧异极了。

"景瑜自己也知道，她当年对岳凌一往情深，被爱冲昏了头脑，早就无路可退。"

"所以她就联系了你。"

"错，是我联系了她，我问她要不要合作。"

"怎么合作？"

"首先我设了局，让陈立以为景瑜还在大众浴池旁边的小区，其实我早就悄无声息地把她带出来了；然后以景瑜的身份给岳凌发了信息，他的替身失踪了，景瑜又以威胁的口吻叫他带钱来，你觉得他可能不来吗？"

"但是警察盯得严，他怎么还敢用替身？"

"谁说他用替身了？这就是岳凌的聪明之处，他大可以说是他的手下在家里帮他整理文件，警方也没有证据证明那是他的替身。"

"可是你为什么要躲开陈立？你完全可以将计划告诉他，为什么又耍了他？到头来我被你利用了，他也被你利用了。"

第 149 章

当年那个人

"苏甄,这世上什么东西都要等价交换的,我是要帮着景瑜逃走,不是让她被警察抓,她这么多年身上背的案子恐怕也够枪毙的了,她要活着,要自由,明白吗?所以我不可能让陈立参与进来,陈立不就是想要真相吗?我只有用这种方法才能从景瑜嘴里知道真相,明白吗?包括你想知道的姜旭东的下落。"

他话音刚落,电梯就"叮"一声,停在了十五楼。这里的公寓是一梯一户的高档公寓,房间面积很大,方酌刷卡进去,刚到玄关就有一把刀子比着他,方酌笑着把手举起来:"放心,我不过是把朋友接过来而已。"

景瑜皱眉,一手捂着腹部,一手利落地把匕首收回去,眼神冷漠地打量苏甄:"苏小姐。"同时警惕地盯着方酌:"方先生不会耍我吧?请你不要再叫帮手了,就算再多一个人,你也未必能在我这儿讨到好,大不了大家一起死。"

方酌无所谓地摊摊手:"警方那边已经发现在岳凌家的是他的替身了,时间不多,陈立查案水平很高的,相信没一会儿就会查到这里了。咱们时间不多了,我承诺会安排你去国外做手术摘掉你身体里的追踪器,然后送你去你想去的国家,你现在可以告诉我,我想知道的事了吧?"

"不行,岳凌还没有来。"

"他来不来和你说不说有什么关系?他来了你想干什么?岳凌是什么人你心知肚明,到时候闹大了谁也跑不了。"

"我不管,我要拿到钱才行。"

"钱?这些年你攒的跑路钱还少吗?我也可以给你钱,足够你下半辈子花了,我看你是对那个男人还不死心吧?"

方酌咄咄逼人:"事到如今你还在乎他?他都要亲手弄死你了,你还在乎他的死活?我之前明确告诉你了吧景瑜,你自己也知道,如果岳凌不被抓,你即便拿掉了身体里的追踪器,也跑不远。更何况,一会儿他来的时候会不会说出你身体里的追踪器密码还两说,而你把我想知道的告诉我,把他引来,如果这局做得好,抓到证据扣住他,你今后就彻底自由了,我肯定会保证你的安全,在陈立来之前放走你,不然,不是岳凌除掉你,就是大家一起死,你心中有数。"

苏甄一愣,在方酌耳边小声问:"什么密码啊?"

方酌朝她摇头,景瑜极其犹豫地咬住嘴唇,走到窗边,似乎在思考。方酌这才有时间在苏甄耳边说:"景瑜身体里的追踪器用了芯片技术,有密码的,如果做手术的时候没有密码是拿不掉的,只会让她死在手术台上。所以她才肯让我把岳凌引来,而且必须是岳凌本人来。"

苏甄这才明白岳凌为什么这时候宁愿冒险用替身也一定要过来,景瑜肯定威胁他了。

"景瑜手上有岳凌走货洗钱的证据,岳凌不敢不来,可这个证据,她最后肯不肯告诉咱们还不一定。"

方酌看看表,严肃地对景瑜说:"时间不多了,再过一会儿就是和岳凌约定的时间了。"

苏甄在他耳边问:"那你说的和景瑜交换的事情是什么,不是证据吗?"

"我不能和景瑜说我想要证据,万一她对岳凌尚存幻想,这计划就没法进行,我问的是你我更关心的,关于姜旭东和云溪的事情,还有背后的那个大boss。"

苏甄的心狂跳,景瑜走过来,面色阴沉,方酌不耐烦地看了看表:"你现在可以说了吧?"

景瑜咬着嘴唇:"你能保证一定会送我走?我还是希望到了国外做完手术后再告诉你。"

"那可不行,到时候你密码一解跑了,我岂不是白忙一场?"

景瑜表情复杂:"其实这事现在说出来也无所谓了,我和岳凌都闹翻了,没必要隐藏,更何况,岳凌也有私心,这些年也防着背后那个人。"

她说这话更像是在说服自己。

苏甄一愣,原来真的有背后的人。

"他是谁?"

景瑜摇头:"我从未见过,我之前也旁敲侧击地问过老四,他说他也没见过,但有一次岳凌喝醉了,我套过话,知道了点东西,他好像叫郝亮。"

苏甄心一沉,郝亮?

"对,当初岳凌和老四在边境干着在刀口上舔血的营生,那个年代撑死胆大的,饿死胆小的,很多人其实都是放手一搏,有些人赚到钱了,有些人把命赔进去了。岳凌喝多了,说他那时候年纪尚轻,和老四运过一次货后胆子就大了,接连运了几次,都是违禁品。

"他们只负责运,后面有人收,再销到内地。运货的虽然挣得最少,可也是很大一笔钱了,可后来就出事了,老四他们都是在地头蛇下面运货的,可地头蛇没多久就被抓了,他俩害怕,想跑路到东南亚去,却被人截住了,那个人就是郝亮。郝亮自称是卧底警察,只要他揭发,岳凌和老四都要被枪毙,但如果他们给他做事,就另当别论。"

苏甄和方酌对视一眼，他们都知道这个郝亮不是真的警察郝亮，应该是那个冒牌，至于是谁，也猜得八九不离十了，应该就是整容成郝亮的样子的陈钟。

这个过程和他们想的差不多，只不过他们没想到的是，当时岳凌和老四一合计，与其被威胁，不如干脆把这个人弄死，反正郝亮是卧底，当时死了那么多人，也怀疑不到他俩身上，所以他俩假意答应，等到郝亮帮他俩证明了清白，尘埃落定的时候，半夜潜入郝亮住的地方，用枕头把他闷死了。

"岳凌有时候做梦都会吓醒，他那样的人都能被吓醒，可见事情多诡异。那次他喝醉后说，他俩是真把郝亮弄死了，当时郝亮可能睡着了，所以他们用枕头闷住他的时候他根本没有过多反抗，只听到呜呜两声。郝亮没动静后他俩开灯又在致命处补了几刀，确定人不可能活了，才跑的。知道他俩走货的人都被除掉了，他俩胆子也大了，又开始做走货生意，因为当时被抓了不少人，没人运货，没了竞争对手，钱挣得不亦乐乎。

"本来他俩一直隐藏在暗处，但大概十年前还是几年前，他也记不清了，有一天突然有人联系他俩，以郝亮的名义，他俩第一反应就是有人冒充的，但那人有他们当初在边境走货的证据，他俩当时都吓死了，这事只有那个死了的郝亮知道。

"岳凌想故技重施把人引出来做掉，可那人引不出来，却一直威胁他俩做事，后来那个人让他们来京城这边做正经生意，两人无奈，就过来了。"

第150章
外卖

"他们一直没见过那个人？"

景瑜摇头："我旁敲侧击地问过老四，他应该是没有见过，但岳凌肯定见过。"

"你怎么知道？"

"喝多了的那次他说那个人就是郝亮，应该是亲眼确认过的。但那也是很多年前的事了。总之后来你们也知道了，他俩开了这个公司做起正经生意，但正经生意比他们之前做的事难做多了，要求人办事，要疏通关系，老四为了在暗地里帮岳凌办事开了酒吧，这也是那个人授意的。

"然而正经生意来钱多慢啊，岳凌习惯赚快钱了，渐渐地就利用那个人给的便利偷偷接着做他以前的生意，那人好像也不在乎，一直到现在。"

"他到底是怎么运货的？"

景瑜警惕地看着方酌："我现在要是告诉你了，就没有筹码让岳凌告诉我追踪器的密码了。"

"可你和我在一起，就不怕岳凌以为你已经说了？"

景瑜摇头："即便他想除掉我，但他到底救过我，我不能断他最后的路。"

"呵呵，还真是痴心啊。不过仅仅是这些，我可不满足，我要知道得更多。别说其他事你不知道，你和岳凌在一起这么多年，就没打探过？"

景瑜抿着嘴唇，半晌，叹了口气说："知道得越多越危险，我走到今天就是因为知道得太多了，背后那个人我没见过，可我见过另一个人。"她看向苏甄："我见过你的丈夫姜旭东。"

景瑜眼神幽深："他应该是替背后的人做事的，说来我见到他也是巧合，背后那个人很神秘的，他的人我们几乎都见不到，都是让岳凌的人做事，但那个姜旭东……"

景瑜皱皱眉："就是冯朝和王语嫣在老四的酒吧第一次见面后出现的。当时王语嫣的事让老四很不愉快，想做了他俩算了，但岳凌没让，具体原因我也不知道。总之那之后不久我见过姜旭东从酒吧出来，当时我对他没什么印象，后来我怀疑岳凌在外面还有别的女人，亲自跟踪过他一段时间，又看见这个姜旭东从岳凌的车上下来，当时我一直以为他是岳凌的合作伙伴或者老四那边的人，直到你们出现，我调查了一下，才晓得姜旭东是你丈夫。"

"那你怎么确定姜旭东是替背后的人做事的？"

"岳凌说的，那时他很信任我，我还帮他走货。"说到这儿景瑜停住了话头，觉得说漏嘴了，赶紧略过这段，"总之他说了，姜旭东是这么多年以来，那个人第一次派过来的人。"

"为什么而来？"

"姜旭东来得非常及时，就是阻止老四把冯朝做了。"

苏甄皱眉，想不通为什么背后的人不惜暴露姜旭东也要阻止冯朝死。

"那后来你还有姜旭东的消息吗？"

"当时我留意到这个人后，跟着他到了一个叫摩根大厦的地下仓库，但跟丢了。就在两个月前吧，我又发现姜旭东的行踪，可还是跟着跟着就跟丢了，所以我也只能给你们这一条线索了。"

"云溪呢，那云溪呢？"方酌急迫地问。

景瑜却摇头："你说的那个人我从未见过，无法给你消息。"

"怎么会没有任何消息啊,即便没见过也该知道点吧?云溪这些年找冯朝办过两次事呢。"

景瑜皱眉:"抱歉,我帮不了你,背后那个人太神秘了,岳凌怀疑那人身上存在非自然现象。毕竟他当时和老四亲手杀了那人,可那人竟然又活着回来了,这也是岳凌不敢反抗的原因之一。"

景瑜说到这儿还有些害怕,但只有苏甄和方酌知道,什么非自然现象?这世界上只有人心里有鬼。

当初陈钟冒充郝亮去了疗养院,在疗养院待了五年,这期间他一直把郝亮以别的身份当作病友藏在身边,后来陈钟冒充郝亮到边境执行任务,找道上的人把一直病着的无法自理的郝亮也带过去了,那么精明的人怎么可能被人简简单单除掉?他难道不知道岳凌他们是穷凶极恶的走私贩子吗?他应该就是利用岳凌和老四,让之前为了维持身份一直没有杀掉的已经残废的郝亮替他死了。那时候陈钟不再需要真的郝亮了,还能借此抓住岳凌二人的把柄,让他们为他所用,真是一步好棋。

"真的没有云溪的消息吗?我不信。"

"我没听说过这个人。"

方酌想到什么:"那徐曼妮呢?"

景瑜还是摇头。

方酌咬着牙根:"付岭西?"

"付岭西?这个我有印象。"

方酌的心直接提了起来,可还没等景瑜继续说,门铃就响了,三个人都吓了一跳,看看时间,午夜十一点半了,会是谁?

"是岳凌来了吗?"苏甄第一个想到他。

景瑜摇头:"不可能,我没告诉他具体的地址,只约了在小区门口见面,方酌入侵了门口的摄像头,他一出现我们就能看到。"

"那是谁啊?"

方酌已经来到门口,从猫眼往外看,竟然是穿着美团外卖工作服的人,那人戴着口罩,看不清脸。"谁啊?"

"您好,美团外卖,您叫的快餐到了。"

"我们没有叫外卖。"方酌警惕起来。

后面的景瑜则不由自主地又把匕首拿出来了,眼中带着惊恐。"会不会是岳凌的人?他很狡猾的,可这个地址他怎么知道的?难道他们还有别的方式追踪我?"

景瑜觉得自己之前的隐藏简直是白费力气,更加紧张了。方酌皱着眉,继续说:"您送错地址了,我们没点外卖。"

外卖员看着手机:"这儿不是中心家园1501号房间吗?"

方酌皱眉:"不是。"

外卖员疑惑地对着门牌号,分明就是这个地址。

"这个小区安保那么严格,他怎么上来的?按理来说楼下的人应该先通知我们的。"苏甄提出疑问。

高档公寓楼的管理通常都很严格,所以很多明星会在这种小区买房子,物业费很贵。

方酌眯着眼睛,给外面的保镖信号,从猫眼看出去,只见两名保镖上来就把外卖员扣住了。"方总,这个人好像真是送外卖的。"

方酌刚拉开门就听外卖员大叫要报警,他拿着的是京城有名的烤鸭餐馆的外卖,方酌检查了他的手机,真的是外卖员。

"谁叫的外卖?"他查看手机里的记录,下单的是个匿名号码。

与此同时,方酌意识到了什么:"糟了,中计了。"说着一把将苏甄和景瑜推进房间,可已经晚了,只见楼梯间突然冲出人来,把两个保镖打晕。

方酌暗道:"对方就是要把我布置在暗处的人骗出来。"

但他意识到的时候已经晚了,对方太狡猾。

对方的两个保镖把已经被打晕的方酌的保镖和外卖员拖到楼梯间。为首的人穿着黑色运动装,戴着鸭舌帽,手上套着黑色的手套,他的人推着方酌进屋,把门反锁上。

为首的人抬起眼,分明就是岳凌。

第151章
录音

苏甄一下捂住嘴,景瑜则慌张地捂住肚子往后退。

方酌被人压在地上,愤恨地说:"岳凌,你以为你今天逃得掉吗?"

"我还要多亏你和景瑜把那些警察引开,好让我没有顾忌地动手。"

岳凌的一个保镖去房间搜出了被五花大绑的替身,那个人白日里穿着岳凌常穿的灰色西服,身形从背后看真的和岳凌很像,发型都一样,五官其实也很相似,但他没有岳凌长得好,而且那双带着惊恐的眼睛,和岳凌永远沉稳、深

079

沉、复杂的眼神完全不一样。

此时保镖把替身身上的绳子和嘴里塞的东西拿下来，替身慌张地爬到岳凌脚边："岳总，我什么都没说，我真的什么都没说。"他双眼空洞，"是那人抓着我，和景小姐联合起来绑了我，我想逃出去给您送信，可是我，可是我……"

"没用的东西。"

岳凌一脚踹在那人肚子上，那人不仅没生气，反而匍匐在岳凌脚边，此时大喘着气，口水鼻涕都流着，似乎很难受："岳总，岳总，我一直衷心替您办事，您给点，给点。"

岳凌像看臭虫一样："要是没我，你早死了，可你要犯病也不看时候，给我丢人。"

那人此时抓着岳凌求饶，场面非常惊人。

景瑜在苏甄身边说："他的替身之所以听话，都是因为吃了药丸，被控制住了。"

岳凌冷哼一声，蹲下来看着那个替身："你原来做得挺好，听话的狗才有饭吃，不过既然暴露了，就没有用了。"

说着岳凌朝保镖点点头，保镖抓过水晶台灯直接朝替身的脑袋来了一下，屋里瞬间就安静了。苏甄忍不住大叫，景瑜则颤着双手捂住肚子往后退。

岳凌把手上的血往沙发上蹭了蹭，冷笑："景瑜，过来。"

景瑜当然不会过去，双手颤抖着说："我不会和任何人说的，岳凌，看在我们在一起这么多年的分上，你放过我吧，放过我的孩子。"

她想说感情，可没说下去，岳凌勾起嘴角："你的孩子？你肚子里的只是个工具，什么你的孩子，你哪来的孩子？"

他慢慢走近景瑜，伸手想摸她的脸，后者一个劲地后退。岳凌脸色晦暗不明："景瑜，你变了，以前你多可爱，但今时不同往日了，你还和这种货色联合起来威胁我，要钱？呵呵，我给你的钱还不够多吗？还是想要命？你若是乖乖听话，多好，我怎么舍得杀你？"

景瑜看着被压在地上动弹不得的方酌，只觉得万念俱灰："不舍得杀我？你已经谋划好要对孩子下手了。"

"我说了这孩子就是工具，你还不明白吗？"

"可那也是我的孩子，而且你不是计划好了要杀我吗？"

"我怎么可能杀你呢？景瑜，过来。"

景瑜摇头："我不过去，不要骗我了。"

"你真信这个小白脸的话？"

"不是别人挑拨离间，你以为我那么傻吗，什么人都信？岳凌你摸着良心说说，你有没有这个心思，我本以为这么多年你就算不喜欢我，也会念着当初的感情，可没想到你竟然要对我下手。我求你了，告诉我密码，让我走吧，我会守住你的秘密，不会告诉任何人你犯罪的证据。"

"犯罪证据？"岳凌冷笑，"这四个字听着让人不舒服，不像能从你嘴里说出来的话。但你提醒了我，景瑜。"

他示意一个保镖过去抓她，苏甄也不知道哪儿来的勇气，拿过落地灯挡在身前，景瑜顺势躲到她身后。

岳凌像是看笑话："苏小姐，又见面了，真遗憾在这儿见到你，第一次见面时我还对你挺感兴趣的，可惜啊，你竟然卷进这件事里，那就没办法了。"

"难道你想把我们都杀了不成？警察早就盯上你了，你若是动我们，就等于向警方提供证据，你要是说出背后那个人，还有机会。"

"机会？我早就没机会了。不过也没关系，今天若是把你们仨都弄死了，我还是爱兰科技的岳凌。别废话了，给我把他们仨都扣住。"

"别过来，别过来。"方酌着急地大叫，"岳凌，和我谈一下。"

"和你谈？你有什么资格？"

方酌指着时钟的位置："那边有监视器，另一个地方在直播呢，我那边有人，若是你敢对我动手，刚才你杀人的画面就会传到警方那里。"

岳凌脸垮下来，叫人去看时钟，方酌大叫："我早就知道你这人狡猾，所以准备了，这东西把你刚才杀人的画面都录下来了，只要这边的画面断了，就证明我们出事了，那边的人马上会报警，你逃不了，所以现在我有资格和你谈了吗？"

岳凌眯起眼睛："小子，你蒙我？"

"是不是真的，自己看。"

岳凌的手下过去，确实看到时钟指针中间的位置有一个红色点在闪，没敢拆，岳凌思索了一会儿："谈什么？"

"先放了我。"

"你觉得你有资格谈条件？"

方酌大喘着气，站起来，甩开保镖的手："有没有资格，我说了算，大不了大家一起死，你是聪明人。"

"我这人生平最恨被人威胁。"岳凌笑着，坐在沙发上，"你当我会被你骗？方酌你是很厉害，网络高手，可我也在这一行混了很多年，没吃过猪肉，难道没见过猪跑吗？这一带的网络我都可以找人追踪，不是只有你可以在网络上为所欲为。你可以蒙别人，但糊弄不了我。"

方酌脸色一白："你说的是背后那个人吧，他的技术一直非常厉害，虽然没见过人,但我们已经有几次交锋了。"

岳凌哈哈大笑:"你们要和我谈什么?景瑜,当初要是没有我,你早死了,现在怨恨我?这些年我供你吃,供你穿,让你做富贵太太,没我你早在小浴池里被人作践死了,还当自己多干净?"

景瑜捂着肚子发抖,苏甄怕她因岳凌的话动摇,挡在她前面说道:"景瑜欠你的这些年都还完了吧,你玩弄感情,本身就是对她的侮辱。"

"侮辱?"岳凌像听到了什么好笑的话,"景瑜,今天我亲自来不是因为你威胁我,我怕了你,而是我想亲眼看看你是不是真的背叛我了。"

不得不说,岳凌这人手段非凡,他这句话对一个深爱他多年的女人来说绝对是扎心的,果然景瑜坐在地上,双眼失神。

"景瑜,你别信他的鬼话,他玩弄你的感情,玩弄了太多人,他没有心的,他只在乎名利和地位。"苏甄站起来,"景瑜是一个,老四是一个,老四宁愿死也不出卖你,你却想方设法要弄死他,岳凌,你的良心不痛吗?这段时间查你和他的过往,你们也有过好时光吧,他陪你出生入死,如果他知道你的真面目会怎么想?"

"哈哈哈,小姑娘,你未免太天真了吧,好时光?他见证了我最屈辱的时候,没有钱,谁都可以把我踩在脚下。生死与共?我最不想回到那个时候。感情?于我而言,有钱才能买到感情。小姑娘就是天真啊,说出这么可笑的话。"

"那你的意思是,你没爱过景瑜,也没爱过老四?"

苏甄死死盯着他的眼睛,倔强得厉害,仿佛一个无知少女,一定要逼问男人这种无聊的问题。

岳凌却挑眉笑着,突然接近苏甄,从她的口袋里掏出手机,上面显示正在录音。"小姑娘,道行太浅了,玩这一套?想录我的话给老四听?"

第152章

反咬一口

苏甄咬着嘴唇,没想到这么快被戳穿,她不甘心:"天网恢恢,疏而不漏,你以为你能逃多久?"

"世道就是这样,别觉得不公平,今天我可以把你们都做了,谁会知道是我干的？景瑜的死我可以伪造成意外，至于你俩，景瑜，你背叛我，一切都是你做的，你害怕警察查到你，所以把苏小姐和方先生都做掉了。身为你的丈夫我真是感到痛心和惋惜，我也自责不已，是我平日里忙于工作对你疏于照顾，才导致这些悲剧，我要在媒体面前真诚地道歉。"

岳凌的演技真是好，说到这儿眉毛一挑，哈哈大笑："怎么样？你觉得警察和媒体听到我这样说会如何呢？"

"你……你早就想好了，那边有老四顶罪，这边东窗事发，就让我替你顶罪。"

景瑜发抖，不敢相信眼前的男人竟如此无情，不，也许她早就知道，只是一直在自欺欺人。

"不然呢？景瑜，我去过你的美容院吗？去的一直都是那个人。"他指着地上刚才被解决了的替身，"你在外面背着我养男人，还让他装成我的样子和你做那些进出口违禁品的生意，你肚子里甚至怀着老四的孩子。哈哈哈，我真是可怜，被你和老四玩弄于股掌之中，还被警方怀疑和老四有勾结，一切都是你和老四做的，陷害我，哈哈哈。"

"你……你竟然……难道没有天理了吗？就让他这样颠倒黑白？"

天理？苏甄此时竟出奇地平静。岳凌机关算尽，景瑜和老四没想到会有今天吗？不过是逃不过一个"情"字。若论高手，非岳凌莫属。

"是啊，就是没天理，他计划着让你们一步步走到今天。景瑜，一切都证明他是无辜的，你证明不了替身是他指派的，老四也证明不了自己的行为是他指使的，甚至，老四这一辈子都证明不了他和岳凌是认识的，真是可笑。"

岳凌皱眉，像是不想再废话了，挥挥手："把他们都做了吧，处理干净一些，一会儿要做成意外给警察看。"

两个保镖点头，竟从怀里掏出枪来。苏甄瞪着眼睛，枪口对准了她和方酌的脑袋。

"先送他俩上路。"

苏甄第一次被冰冷的枪口指着，那一瞬间脑袋一片空白，而方酌竟然还喊着："你和背后之人联系密切，肯定知道云溪的下落。云溪到底在哪儿？既然都要解决我了，你说出云溪的下落，让我死个明白。"

岳凌走到方酌面前，拍拍他的脸："云溪？真是狗皮膏药啊。好啊，那我就告诉你，云南知道吗？她就在那儿。"说着拿过保镖手里的枪指着方酌的太阳穴。然而就在这千钧一发之际，落地窗突然碎了，三五个人吊着绳索从楼上破窗而入，动作干净利落，他们穿着深蓝色的保镖服，可看身形和动作就知道不是普通的保镖。

其中有两人厉害极了,一个翻滚过来,苏甄都没看清是怎么弄的枪就被卸了,他们和岳凌的人对峙,岳凌的手腕刚才被扭到,此时捂着手,满眼杀意:"你……"

方酌踉跄着站起来,抹了一下嘴角的血:"岳凌,不是只有你做了准备,我方酌从来不是任人摆布的人。"

因为玻璃窗碎了,这里又是高层,风呼呼地吹进来,吹乱了苏甄的头发,她不可思议地看着窗外,还没从恐惧中醒来。

方酌则指挥着他的人把对方的人围起来:"岳凌,高层玻璃碎了,肯定会引起下面的人注意,警察很快就会来,也许陈立来得更快。你想好了,若是想活,就告诉我云溪的下落,说出我们想知道的事,否则,你一旦被抓住,杀人、持枪、威逼利诱,你觉得你还逃得掉吗?"

岳凌显然没想到方酌还有后手,恨不得扑过来杀了他,可方酌的人都是动作利落的高手,双方力量悬殊。

然而没有想到局势逆转,岳凌不等众人反应过来,动作极快地一下抓住了旁边的景瑜,又准又狠。

景瑜还没反应过来,脖子就被台灯的碎片顶着了。"景瑜,你当初不是说爱我爱到可以为我去死吗?那你就替我去死啊!当初我救你,给你一口饭吃,你那时感激得跟什么似的,现在怎么了?得到的越多,人越贪心,我早该知道你们这些女人,都是一个德行。"

景瑜此时脸都吓白了,玻璃碎片已经在她脖子上划出血痕。

苏甄站起来:"岳凌,你逃不了了,你这么做只会让事情更糟,警察应该马上就要来了,你自首吧。"

"自首?我因为什么自首?今天发生什么了?是你们三个把我骗来的,想陷害我,我手上沾血了吗?方酌,现在这儿你的人更多,至于那两个,谁说就是我的人了?"

岳凌笑着看向自己的两个保镖:"你们是谁的人?"

那二人默契地说:"景小姐的人。景小姐出轨老四,被发现孩子不是岳总的,岳总想离婚,她不肯,要更多的钱,所以派我们来胁迫岳先生。"

苏甄不可思议地瞪着眼睛,显然岳凌来之前就想好了对策,这些人不知道收了什么好处,这么死心塌地地为岳凌卖命,宁愿坐牢也要陷害景瑜。

"你们疯了不成?替他顶罪?"

那两人却沉默。

方酌皱眉:"这些人估计都是逃犯出身,为家里人挣钱的,抱着必死的决心,没觉得他们的口音奇怪吗?都是柬埔寨一带的,估计是死囚。我在暗网上

084

看到过，只要出钱，就可以让这些人卖命或者顶罪，有些当地还不能判，要遣送回去，很麻烦，但即使送回去了，他们有时候也死不了。"

"看来方先生很明白啊。"岳凌笑着。

苏甄咬着牙，愤恨极了。"他肯定在边境有生意。"她不甘心地看着景瑜，"事到如今你还维护他？景瑜，他到底用什么方式运货？你说出来，他都要弄死你了！"

景瑜早就吓得脸色惨白，那碎片割在脖子上，虽没割深，但觉得很痛。岳凌听到这话，笑着，摸着景瑜的脸说："现在我要是把这玻璃碎片扎进去，会如何呢？"

"岳凌，我没想到你我会走到这一步。"

"是你越界在先，你本身就是我的一条狗，生出一点不该有的心思都是背叛我，我对你有生杀的权力，这一点当初我就和你说得很清楚，是你忘了身份。"

景瑜万念俱灰，闭上了眼睛："那你就杀了我，杀了我，今天你也跑不了。"

岳凌冷哼，看向方酌："你不就是想知道背后之人是谁吗？我告诉你，但前提是你要把警察引开，让我走。"

方酌攥着拳头："好。"

苏甄不可思议地说："你要放走他？"

"不然咱们还能怎样？"

岳凌冷笑："现在先让你的人开路，我的车就在下面，让我走，我才会告诉你。"

第153章
胎死腹中

"方酌，别听他的，他今天要是走了，又彻底逃脱了，你我根本没有证据。"苏甄此时脑子异常清醒。

"你以为等警察来，他就可以被抓吗？他早就想好退路了，一环扣一环，就如同他让老四替他顶罪，即便老四反口了，也没有证据指证他。"方酌突然明白了岳凌的意图。

"方酌，若不是你一直调查我，说不定你和我会成为很好的伙伴呢。"岳凌眯起眼睛。

"谁要和你成为伙伴？你的伙伴都被你出卖了，你倒是撇得干净，所有的事都是别人做的。"

"是啊，可他们都是心甘情愿的，是不是景瑜？当初帮我做事，不是你愿意的吗？"

景瑜此时已泪流满面，岳凌突然吻上她的眼睛，温柔至极："当初你趴在我脚边，说一辈子为我当牛做马，我才把生意交到你手上，我多信任你，你信誓旦旦地说要替我做事，怎么现在就后悔了？"

景瑜攥着拳头："岳凌，你说得没错，可你不该让我怀上老四的孩子，你可知我做梦都想有个你的孩子？是的，生意上的事你从未插手，甚至放一个替身来监视我，我早该想到，这替身就是你最后脱罪的方式，一切证据都指向我，我一开始就知道，我也认了，可是，现在我肚子里有个孩子，我只求你给我条生路，不行吗？"

岳凌脸色极其难看，突然推开她，方酌等人赶紧上前，与此同时外面响起了警笛声。

方酌却皱眉："糟了。"

"什么？"

苏甄疑惑，可答案就在眼前。

一会儿警察来了，岳凌的人就会说是景瑜做的局，景瑜此时愤恨地说："货是通过美容院的化妆品运的，里面装的东西没有问题，是那个盒子有问题，盒子底部是空心的，可以放药丸。

"我们利用太太圈，高价买入董太太家生产的化妆品，把外包装给了卓太太，让他们替我们打上特殊的标签，陈太太家是做废品回收的，美容院使用完的空盒子由他们运出去，再高价卖给我们的人。太太们不知道里面放的是什么东西，因为偷偷在盒子底部放东西的是我们的人，太太们不过是挂名挣钱的，以为是我们想巴结她们，给她们好处。

"这些环节我们都不沾手，他们都是正经生意人，这一系列操作下来，货就神不知鬼不觉地洗干净了。当那些富太太真不知道没有天上掉馅饼的事吗？不过是一个个揣着明白装糊涂，反正和她们没关系，大把的钱谁不要？"

景瑜把这些事都说了出来，苏甄和方酌瞪大眼睛，觉得不可思议，原来他们出货是这样做的，真是一步好棋。

然而他们也意识到了景瑜这时候说出这些事是什么意思，只见她突然笑了出来，异常凄凉地说："所有环节都是我和那个替身经手的，替身死了，现在就剩下我。"

"景瑜,你别冲动,你可以指认岳凌,是他指使你的。"

"没用的。"景瑜看得透彻,眼前的岳凌仍像他们第一次见面时一样,意气风发,那时他将地痞踩在脚下,指着衣服被撕破的她说:"从今天起这个女人是我岳凌的,谁敢动她,谁就给我爬到坟里去。"

她一开始就知道他不是善茬,可这么多年他的温柔让她以为自己是特殊的,可到头来都是假的。

岳凌哈哈大笑:"如果景瑜不说走货的事,你们也许还有脱身的机会,苏小姐,方先生,现在既然知道了,就一起下水吧。"

苏甄心里一沉。

"你想让保镖也咬我们一口?"

警笛声越来越近,门外都有声音了,苏甄回头要去开门,方酌却一把拉住她,盯着岳凌说:"当真奈何不了你?"

岳凌仿佛得逞了,竟用手里的玻璃碎片在自己手臂上划出血来:"你们骗我过来,还威胁我,这里面似乎只有我受伤了吧。"

苏甄都要气死了。却不想,景瑜突然站起来,毫无预兆地拔出之前藏的匕首,直接朝着岳凌刺过去:"既然我活不了,就和你一起死吧,岳凌,你这辈子都别想摆脱我。"

岳凌显然没想到景瑜会有这么极端的一面,毕竟这么多年她都那么温顺,眼看刀子就要扎到他的动脉,景瑜却在这关键时刻迟疑了一下,这一停顿,他一下打了个滚躲过,可还是被刀子扎到了右耳。

岳凌疼得大叫,动弹不得,景瑜索性坐在他身上,伸手掐着他的脖子:"下辈子,下下辈子,我都不想再认识你。"

"你们都是死的吗?"岳凌吼着。

那边的保镖要过来,方酌大喊:"别动!"让自己的人死死地扣住对方的保镖。

苏甄要过去,可方酌却阴着脸拉住苏甄的手腕。

就在这时,门被撞开,陈立满脸是汗地带着人冲了进来。

"干什么呢?"

此时苏甄看到岳凌诡秘一笑,他是故意的,他刚刚是故意激怒景瑜,想让警方看到这个画面,可显然景瑜也意识到了,一声悲鸣,拔起刀,在众人反应过来之前,抱着岳凌朝着碎了的落地窗滚过去。

在这千钧一发之际,方酌一下抓过沙发帘缠在自己腰上,另一头塞到苏甄手里。"拉住我。"

电光石火间,他一把拉住了景瑜的领子:"你还没告诉我云溪的下落。"

岳凌死死地抱住景瑜，二人就卡在窗户外面，方酌也大半个身子探出去。

苏甄差点被三个人带下去，是陈立及时抱住她，陈立的人又在后面抱住陈立，但方酌此时已经完全跌出窗外，苏甄也滑出窗口了。抱着陈立的警员赶紧打电话叫其他人上来帮忙，周围方酌的保镖一时蒙了，他们还按着岳凌的人呢，也不知道该松手还是该上前了。可他们眼看就要坚持不住了。

景瑜望着天空："方酌，放手吧，我要和他一起死，我已经走投无路了。"

"想想你的孩子。"苏甄脸都憋红了，喊着。

"孩子？哈哈哈哈，这孩子已经是死胎了，你们都不知道吗？哈哈哈哈。"

苏甄一愣，觉得不可思议，只听景瑜说："方酌，我骗了你，我只想让你帮我把他引来，我就是要和他同归于尽。你以为我是因为你暗示我的孩子被动了手脚才和你见面的吗？不，其实是我利用了你，我早就发现孩子已经胎死腹中，连老天都不肯怜惜我一次。我就是想当面问问这个男人，我不甘心。"

第154章
坠楼

苏甄不可思议地瞪着眼睛，可手上已经拽不住，帘子一直往下滑。

陈立大喊着："人怎么还没过来？快帮忙！"

方酌也喊着自己的保镖，可这一动，景瑜厉声道："别过来，再过来我就跳下去，谁也别想活了！"

她拿刀比着方酌死死抓着她的手。

后者却紧盯着她，问道："云溪在哪儿？之前你说有印象，她在哪里？你说我就成全你。"

"真是个痴情种子。"景瑜眼泪横流，"我跟踪姜旭东的时候听他打过一个电话，说那个付岭西在躲着背后的那个人，我也只知道这些了。"

方酌一愣，又看向岳凌，后者却诡秘地笑着："拉我上去，我死了你永远都不知道细节。"

景瑜满眼恨意："岳凌，你别想独活，我要你和我一起死。"她作势要朝抓着她的方酌的手腕扎下去，方酌本能地一缩手，瞪着眼睛，然而千钧一发之际，陈立的队友拿了绳子过来，一甩，钩住了岳凌，可景瑜却没那么幸运，她已经松手了。

最后苏甄就趴在呼啸的风中，看着景瑜落了地，岳凌却被拴在腰上的绳子吊在窗外。此时方酌气愤极了，真想把绳子砍断，可警察已经把他和苏甄控制起来了。

苏甄永远都无法忘记最后看到的景瑜那不甘心的眼神。连方酌都没想到，他们以为自己在利用景瑜，其实是景瑜利用了他们。她之所以不和替身一起去产检，是因为她知道孩子已经胎死腹中了。

真是一个难以言说的悲剧。

而在后续的调查里，因景瑜死之前说了走货程序，陈立很快就将那几个太太逮捕了，当然据调查，这些太太确实不知情，都吓坏了，又因牵扯过多，陈立为此头疼得厉害。但也不是完全没有收获，至少掌握了违禁品的运输产业链。景瑜不说，谁也想不到货物藏在包装盒底部，上一次他们甚至调查了化妆品成分，可什么都没有查到。

陈立去的时候仓库里的货都没有了，好在苏甄当时和方酌一起去库房时无意中拿走了一盒，这一盒就成了决定性的证据。

尽管如此，却如岳凌说的那样，所有的证据都指向景瑜，没有任何证据可以证明岳凌和这些货有关系。那两名保镖也咬死了自己是景瑜的人，即便苏甄在警局据理力争也没用，还被保镖反咬一口，也是够受的。

最后没有证据表明苏甄和方酌与这起走私案有关系，他俩才被释放，但因当时他俩都和嫌疑人一起骗了警方，所以也很麻烦，好在方酌的律师出现了。这次事件给他们造成了极大的损失，只有岳凌是妥妥的赢家，他仿佛一个受害者，甚至召开了记者招待会。而这些都是苏甄后来才知道的，她和方酌这几天一直被关起来调查。

那也是苏甄第一次知道失去自由是什么滋味，她甚至想到之前那几次方酌是不是也有这种感觉，即便自己心里明白终会被释放，在里面也是度日如年。

苏甄出来那天，来接她的是方酌的律师和田锋，田锋眼睛都熬红了："没事吧？"

苏甄摇摇头，看向律师，后者推了推眼镜："方先生因还有些事情，在被盘问，估计要晚一些出来，苏小姐可以和田先生先回去休息。"

苏甄张张嘴，想问什么，可看到律师的眼色，最后还是作罢。

田锋竟然还搞笑地买了个柚子，叫她洗澡的时候擦一擦，苏甄哪有这个心思。

"不过是被问几天话而已。"

田锋笑着，索性把柚子剥开了递给她，她吃了一口，又苦又涩，突然又想起了景瑜，心里不免唏嘘。

田锋叹着气："难道真的没有办法对付岳凌了吗？凭什么？我们所有人都知道这些事和他有关，可就是没证据，这人太狡猾了。你知道这几天你们接受调查时，岳凌在干什么吗？"

"他干什么了？"

"他说他要和老四当面对峙，警方不是怀疑他和老四有关系吗？"

"他确实和老四有关系，老四是替他顶罪的。"

田锋平淡地说："所有人都知道，可没有证据。苏甄，法庭上是要讲证据的。"

"那他要见老四，警方同意了？"

"当然同意，陈立就想看他和老四对峙，看看能不能抓到破绽。"

苏甄抿着嘴唇："岳凌的这个行为很奇怪啊，结果怎么样？"

"结果全程他都没和老四说什么，那段对话，陈立这几天翻来覆去地听了好多遍，也没听出什么问题。他只是质问老四为什么让自己的妻子怀孕，让他戴绿帽子，我当时也在场，那愤怒的样子，只能说他演技太好了。"

"太奸诈了。"苏甄气愤地说。

"是，谁都没听出来那段对话有什么问题，但老四第二天就在监狱里自杀了。"

"什么？"苏甄诧异极了。

田锋安抚着她："放心，抢救回来了，人现在没事。之前因为冯朝那事，陈立他们非常关注他，他想死，没有别的法子，只能撞墙。好在发现得早，只是脑震荡，控制起来了，他住的房间也做了软包，等他出院回来，不会再有任何机会自杀。"

苏甄觉得太荒唐了。"岳凌给他们洗脑了吗？如果老四死了，就是死无对证，咱们再也抓不到岳凌犯罪的证据了。"

苏甄坐不住了，柚子也不吃了，直接打车去找陈立。

苏甄这几天在里面都没怎么见过他，来问她话的也是那个小警察。说实话，苏甄对陈立感到愧疚，之前方酌骗她，她是什么心情，陈立现在估计也是这种心情。小警察说过陈立这几天很忙，他们也没打照面，此时苏甄来找他，到了近前才觉得尴尬。

陈立似乎刚问完话出来，眼窝深陷，应该是几天都没睡好了。此时小警察过来递给他一盒已经凉了的盒饭，陈立接过来，正好看到门口的苏甄，抬抬下巴示意她坐。

陈立打开盒饭，大口吃着。苏甄和他隔着一个座位都闻到了肉凉了以后凝住的油腥味，可陈立就像是没有味觉一样，大口吃着，苏甄心揪起来："对不起啊，陈立。"

陈立顿了一下，没说话，苏甄咬着嘴唇："我知道那种感觉，之前我被方酌骗的时候，我也……总之，他留言给我说有姜旭东的消息，我就……"

苏甄吞吞吐吐，仿佛变得不善言辞，觉得很愧疚，感觉任何解释都是苍白的，半晌只说了一句："对不起。"

陈立放下盒饭，随便擦了擦嘴，点了根烟："之前我也和方酌合伙骗了你，算扯平了吧，都是为了案子，不过想想你和我……"他笑了出来，是那种无奈的笑，"都被方酌给耍了。"

"他也是为了案子。"

"为了案子？苏甄你想过吗，如果那天我们去晚了会如何？你和方酌也许真的就都被岳凌做掉了。"

"如果被做掉了，你们最起码能抓到岳凌杀人的证据。"

苏甄低着头，这句话有点埋怨的意味。陈立冷笑："就算当天你们所有人都死了，岳凌也能撇得一干二净，这就是现实，别做无谓的牺牲。"

第155章
自杀的目的

"凭什么？那两个保镖不是突破口吗？"

"他们吃了秤砣铁了心了，一口咬定自己是景瑜的人。"

陈立说到这儿就头疼："方酌说得没错，那些人是岳凌从东南亚一带请的，都是玩命的死囚出身。"

一时二人沉默。

陈立烦躁地说："我想不明白，就算景瑜肚子里怀着老四的孩子，岳凌一直叫嚣着景瑜和老四有瓜葛，就算警方怀疑老四和景瑜倒卖违禁品，可景瑜已经死了，没有证据证明景瑜的货一定和老四有关了，单凭之前老四的走货量和品种，是不足以判死刑的。他的手下都死得差不多了，也抓不住其他犯罪证据，顶多判个十年就出来了，老四没有必要死啊。为什么要自杀呢？"

"而且岳凌那天的话也没有暗示的成分，老四为什么要死呢？就那么怕查到岳凌？为了岳凌不被查到，宁愿自己去死？"

"能把他们对话的视频给我看看吗？"

陈立点头，带她去办公室，打开电脑，调出那天老四和岳凌对峙的画面。画面很清晰，各个角度都有，刚开始两人只是沉默，然后岳凌突然发火："你就是老四？我在酒吧见过你，可和你没什么牵连，为什么我老婆会怀上你的孩子？"

老四抬头盯着岳凌冷笑："你老婆那么漂亮，很难不让人动心，送上门的，自然就收着了，怎么，戴绿帽子的感觉好吗？"

岳凌盯着他的眼睛，一直沉默着。

老四笑出来："你喜欢过景瑜吗？景瑜说你从没爱过她。"

"她死了。"岳凌突然平静下来。

老四惊讶地抬头："她怎么死的？"

岳凌沉默良久，老四也没再问话。

画面仿佛静止了一样，足足五分钟。"这五分钟他们什么都没说，也没有任何手势、眼神，我盯得死死的，可都没什么密码或者暗号。"陈立感叹着。

五分钟后，画面又重新动了，岳凌激动地拍着桌子："她跳楼了，为了保全你，她死了！"

岳凌仿佛很愤怒，眼睛都红了，若不是知道内情，苏甄还真为他感动，可此时只佩服他的演技。画面中他气得拍桌子，手抡起来砸在桌子上，最后攥着拳头，老四死死地盯着他，可岳凌突然站起来和狱警说要出去了。

"他到最后也没回答老四？"

"回答什么？"

"爱没爱过景瑜。"

"没有。"陈立皱眉，觉得苏甄看事情的角度总是和别人不同，"你的意思是，这是暗语？"

苏甄摇头："我想就是字面意思，其实老四知道岳凌在外面为了疏通生意，和很多男男女女有关系，可他都当作不知道，他相信岳凌心里只有他，可他唯一不确定的人就是景瑜吧，这三个人的关系很微妙。即便老四和景瑜曾经互相厌恶，可最后应该也是惺惺相惜的吧。"

陈立皱眉："为什么会这么想？"

苏甄笑笑，无奈地说："不知道，也许是我这人太感性了，上次说查《年华无效》那个电影十周年见面会的视频，如何了？"

"对了。"陈立想起这个，"技术部门之前查到了有人当时录像了，不止一个，但都没有岳凌或者老四的画面。还有最后一个人，刚刚才联系上，只是那人的电脑之前坏了，资料都没了，现在技术人员正帮他恢复电脑，是最后的希望了。"

"其实你都不抱幻想了吧。"苏甄叹着气,"岳凌每一步都计算精准,除非有东西能证明他们二人认识,不然……其实现在仅剩的突破口就是老四,可老四大概永远都不会出卖岳凌吧。他们的感情真是让人看不懂,从某种意义上来说挺让我感动。"

"感动?"陈立冷笑,"不过是一个自欺欺人,一个机关算尽。"

正说着,那边电话响了,陈立一下站起来。

"什么?"

苏甄看他脸色变了,问道:"怎么了?"

陈立下楼,一边开车一边说:"我早该想到的,老四真是老奸巨猾,他的意图根本不是自杀,他要是想死,还会被狱警发现?"

"什么意思?"

苏甄不管不顾地拉开车门坐到副驾驶座,陈立犹豫了一下,还是开了车,一边说:"他在医院治疗,今天本来要收押回来,结果他在医院弄晕了护士,跑了。"

"什么?"

陈立车子开得飞快,苏甄脑子都是蒙的:"怎么会跑了?他不是抱着必死的决心顶罪的吗?"

"看来这就是老四的精明之处。他从被咱们抓到起就一副无所谓的样子,摆出一种反正要死的态度,咱们都上了当。景瑜死了,他大可以把运货的事赖在景瑜身上,就他之前出的那点货,顶多十年八年就出来了,他根本没必要死,除非是岳凌叫他死,他自己怎么会去死呢?这一点我之前一直想不通,现在才发现,这就是他的计划。"

陈立懊恼地捶着方向盘,气自己之前没想到这一点。"看来老四的目的就是假装自杀,让我们把他送到医院,趁机出逃。"

"逃跑?医院那么多人看守,他是怎么跑的?"

"如果在看守所,他绝对跑不了,可是在医院,就算守卫多,也是轮番看着他。而且他太狡猾了,那边说他因受伤睡不着,这两天要求开安定药片,警方特意咨询了医生,给他开了小剂量。老四竟然假吃药片,藏了一个注射针管,利用有限的资源给药做了提纯,在护士给他注射的时候一针扎在护士身上,趁守卫没看见,偷换了护士的衣服,跑了。"

"这太荒唐了,他怎么会这些?"

"老四到底和违禁品打了多年交道,违禁品提纯他肯定亲手做过,所以安定提纯对他来说也不在话下。他一开始装作自己就是混子,什么也不懂,我现

093

在都怀疑他参与过背后那个人的实验，他这操作手法，绝对不是一般混子会的，很专业，没想到最后老四才是高手，把所有人都骗了。"

"可就算他换了衣服，这个逃跑过程也不好操作啊。"说到这儿，苏甄一下瞪大眼睛，"他肯定在医院有内应。"

"我猜也是这样。已经对当天执行任务的看守，包括医院的人进行排查，可是京城医院全国各地的患者太多，而且摄像头被破坏了，又是这一招。"

"是背后那个人出手了？"

苏甄只觉得心跳极快，这也许是机会，抓到背后之人的机会。

"只是我有一点很疑惑，老四是重点看守的对象，他什么时候去医院，对方什么时候接应，他们怎么沟通这些呢？就算医院有人接应他，也没有联系他的途径啊。"苏甄脑子转得很快。

"没错，从摄像头被破坏了这一点看，他们肯定是计划好的，非常周密，至于他们是如何和老四联系的，我们对看守他的人进行了排查，没有任何可疑的地方。要知道Ａ城那事之后，怕再出现内奸，这次用的人都是上面派的，不可能有任何奸细混进去，很多看守甚至是上面的部队下来的人，就是为了杜绝Ａ城医院发生的事。"

第156章
唯一

苏甄倒吸一口冷气："那他最近都见过什么人？"

"只有岳凌。"

可刚才岳凌和老四见面的视频她也看了，他们并未说什么重要的东西，也没有说时间地点，他们会面警方一定会严加监视，这一点他们二人都知道。

"还有一点，见了岳凌的第二天老四企图自杀，然后被送到医院，但他是住院的第三天才跑的。"

"你的意思是？"苏甄瞪大眼睛。

"应该就是岳凌和他的那次见面有问题，咱们都误会了，觉得岳凌见老四是想要确认他对自己死心塌地，也猜透了警方想通过他俩的会面得到什么，所以不会拒绝他跟老四见面的请求。可直到医院那边老四跑了，我才明白这个会面也许还有别的意思。"

"可见面时他们也没说逃跑的时间地点啊。"

"但他说了景瑜。"

苏甄一下明白过来，只觉得心里有个巨大的空洞。"岳凌这个人真的太可怕了。"

陈立没有再解释，可苏甄却想通了："如果说之前老四顶了罪一口咬定不认识岳凌，是靠着这么多年的感情，可情义中间有太多杂质，老四能坚持到最后吗？不，他也在怀疑岳凌。岳凌玩了一手高招，让景瑜通过试管怀了老四的孩子，至于老四的精子是怎么弄到的，估计他之前就有存货。可重要的是通过这一点，让老四更确定了岳凌对他的感情。"

之前苏甄他们想过，岳凌会在监狱里对老四下手，老四也好，岳凌也好，都在传达这一意图，之前怎么就没想到也许这是在误导他们，先不说岳凌如何在守卫森严的情况下下手，如果失手，不仅老四会看透他，反咬他一口，警方也会抓住他犯罪的证据，岳凌其实没必要冒这个险。

"而且如果景瑜死了，老四也许就不会被判死刑。"

等等，景瑜死了。苏甄想到什么，抬头："难道说岳凌和老四的感情真的那么好？岳凌一直表现出要对老四下手，都是假的？他实际上是为了逼死景瑜，然后把老四救出来远走高飞？"

陈立阴着脸，车子开得飞快："你只有一点说对了，就是景瑜的死，成全了老四。而我们忽略的关键，就是岳凌和老四当面要传达的其实就是这句话。"

苏甄想到视频里岳凌说的最主要的一句话："她死了！"可在当时的场景下，苏甄只注意到了岳凌的愤怒像是做给警方看的。此时此刻才明白，也许岳凌就是想去亲口告诉老四，景瑜死了。老四之前问岳凌，喜欢过景瑜吗，其实就是在问岳凌，如果只能保一个，是选景瑜还是他，而岳凌告诉他景瑜死了，那无疑是在回答，在他们二人之间景瑜只是棋子，她被利用完了，死了，顶了所有的罪，而最后那句："我该走了，我要离开这个地方，永远都不要再见到这些肮脏的事。"就是在告诉老四，他们要远走高飞。

苏甄一下就想通了，可已经晚了。"他们太狡猾了。"

陈立的脸色却变了变："苏甄你想过没有？有另一种可能性。"

"什么？"

"你说一个人沉浸在名利场里的时间长了，会不会变得贪心？"

苏甄心里"咯噔"一声，张张嘴没说出来。陈立继续说："如果岳凌不是为了和老四远走高飞呢？"

苏甄倒吸一口冷气，想到了另一种可能性，景瑜死了，老四成了唯一不安定的因素，除掉老四，他还是爱兰科技的总裁，还有荣华富贵、名利地位，可老四在监狱里他动不了手，那么如果他把老四引出来做掉，就可以把自己撇得一干二净。苏甄心中生出一股悲凉，不知是因为景瑜还是因为老四，可还是不愿意相信。"虽然对这两人没有丝毫好感，但如果二选一，我更希望岳凌是真想和老四远走高飞。"

这样最起码不那么令人悲伤。

"但愿吧，可如果是这样，咱们就永远都找不到他们了，也永远找不到背后那个人了。所以我更希望是残忍的那种可能。"

苏甄哽住，看陈立极快地开车，最后一个甩尾，停了下来，苏甄这才有心思看四周，这里不是三环的那个嘉年华游乐场吗？

而此时游乐场破败的招牌下足有二十辆警车。

苏甄惊讶："这？"

陈立正在打电话，眼神复杂："知道我的预感是从哪儿来的吗？老四跑了以后，那边监控岳凌的人就发现他又是利用替身引开了警察。我猜到他俩是跑了，想透了那天他俩的对话内容，但让我想到了第二种可能性的，是路上张警官给我发的信息。"

苏甄心提到嗓子眼了。

陈立眼神极其复杂："说找到了他们二人的踪迹，就在这里。"

苏甄一下子捂住嘴，明白了，凭他们二人这么多年在边境走货死里逃生的经验，怎么会这么快暴露行踪？那么只有一个可能，就是逃跑的人压根没有隐藏自己的踪迹，为什么不隐藏？苏甄不敢想。

陈立拉开车门，苏甄紧随其后，可就在这时陈立的手机又响了，是同事发来的一个视频。他看完了，皱眉递给苏甄，刚刚技术部恢复了最后一个人提供的《年华无效》电影十周年见面会的视频。

苏甄清晰地看到角落里，老四穿着白T恤、牛仔裤，非常清俊，周围还有女影迷偷偷看他，只是他注视着的，却是另一个同样穿着白色T恤的男孩，对，当时两人还年轻。

苏甄微微发愣，视频中的人，都不是她印象中的样子，有些青涩，却充满阳光，脸上的笑容是未曾见过的清澈，他们站在人群里，虽离得很近，可全程都没有交流，只是眼中有彼此。

面对世俗，他们这一辈子都在躲躲藏藏，从来都没有光明正大携手并肩的时候，也许那次十周年电影见面会活动，是他们唯一放肆的一次，放肆地跟着人群笑，传递着彼此眼中的情感。

其实如果知道内情，仔细看视频就会注意到，当所有人都在看台上的主演唱歌时，他们却在望着对方。

视频只有十分钟，但苏甄觉得够了，这足以证明他们是认识彼此的。

第 157 章
他从一开始就知道结局

张警官过来说："已经疏散里面的人了，好在人不多。"

陈立看看表，此时是下午五点钟，夕阳西下，天边一片橘红。这游乐场本来人就不多，这几年游乐设施逐渐关闭，进来只能拍拍照，这个点更是没多少人，只有一些小情侣被警方疏散出来，不肯离去，举着手机想要拍下什么。

"人在哪儿？"

"假山那边。"

游乐场背靠一座山坡，很多人爬完山就来游乐场打卡，这里背靠山坡的地方建了一座假山，上面有亭子，可以拍照，而此时下面已经围满了警察。

陈立抬头："上面什么情况？不要都围在这儿，上面去些人，他们若是想跑，也不会来这种地方。"

就在这时，"砰"的一声，碎石砸下来，所有人都惊恐地往上看，只见假山半山腰的亭子里出现一个人，此时他双手带血，面容冷峻，那双眼睛里透着死寂，是老四。

苏甄心里有一种不祥的预感。

"老四，你跑不了了，束手就擒吧。"有警察在下面喊着，可陈立却注意到了老四脚边的人，拦住了要上前的警察。

那人满脸是血，正是岳凌。

只见老四哈哈大笑："我这一辈子，就和笑话似的。"

他把地上的人拎起来，他们这才看到岳凌身后有几个黑衣大汉躺在地上，看不出死活。

这画面仿佛将预感变为了现实。

血把岳凌的眼睛都糊住了，他求饶道："老四，老四，你放了我，我们之间的感情，你还……"

"感情？"老四脸上带着绝望和恨意，"岳凌，我认识你那一年才十九岁，十九岁！我真后悔认识了你！"

金色的夕阳洒在老四身上，那张脸妖媚异常。他自幼生得好，小时候，常被患有精神疾病的母亲打扮成女孩子，他一直想挣脱束缚，想要混出头，可又总被人欺负。他蛰伏那么久，想要摆脱那个地痞，他的人生在一步步变好，可偏偏遇见了岳凌。

老四对他有印象，在学校时见过他，老四是一直躲在暗处的人，而岳凌走到哪儿都呼朋唤友。两人本没交集，而就在那一次岳凌被打得爬不起来的时候，老四动了恻隐之心。

老四，连名字都和"死"字谐音，这辈子就心软过那么一回，只因岳凌曾在学校帮过他一次。

这辈子错错错，害死了地痞，老四以为他们可以翻身做主人，可底层人就是底层人，没有钱永远要被人欺负。

那时的日子虽然过得很艰难，但也是老四最快乐的时光，他记得午后艳阳下，小河上游总会漂下来一只纸船，岳凌会在船上放一块糖。

电影《年华无效》上映，听说是非常感人的爱情片，老四早早买了票，在昏暗的电影院里，岳凌坐在第三排，他坐在第五排，两人只能这样望着。电影结局是悲剧，这是老四唯一遗憾的事，岳凌却说好看。

岳凌告诉老四，如果自己是男主角，这个故事绝对不会以悲剧收场，自己会带他冲破重重阻碍，攒够了钱去荷兰，在那里二人可以光明正大地站在一起，不用在意别人的眼光。

就因岳凌这句话，老四喜欢上了这部电影，爱上了游乐场。即便他心冷如冰，可在内心深处，永远为这个人保留一份童真。

那次准备偷渡去东南亚，老四心里很高兴，他们终于可以去没人认识的地方了。可因郝亮出现，一切都被破坏了，他本以为杀了郝亮二人便可以远走高飞，可岳凌觉得除掉了障碍他们可以继续运货，不能白白浪费了这几年的奋斗成果。

从那一刻起老四就明白了，他二人追求的东西从来都不一样。

后来到了京城，有了名利地位，乱花渐欲迷人眼，他早就知道岳凌不是以前的岳凌了，或者说他从未真正认识过岳凌，可他也甘愿在暗处替岳凌做事。

其实景瑜告诉老四的那些事他早就知道，他都在心里原谅岳凌了，只因他记得那一份少年之情。有时候他也愤怒，可又能如何呢？人生走到这一步，他已经没有回头路了。他就如景瑜一样，心里早知道答案，不过是不想面对而已。

老四抓着满脸是血的岳凌。

"你可知我被抓前一天，在酒吧，景瑜和我说了什么？你以为她只是按照你说的告诉我，她怀的是我的孩子吗？其实景瑜当天就告诉了我你全部的计划，我不知道她有什么意图，是可怜我还是可怜她自己，也许景瑜自己都不知道，我和她竟然都那么傻，我又何曾没有告诉过她，你在算计她？

"这个世界上清醒的只有我和景瑜，糊涂的也只有我和景瑜。岳凌，我早就知道你是什么样的人，可我还是愿意替你顶罪，不是为了你，是为了我这么多年付出的感情。"

老四闭了闭眼："如果你没有设今天这个局，我也想就此沉默，十年后我出来，你若还认我，我们便一起生活；如果你不认我，咱们就一刀两断，也算成全了少年时的情分。可你为什么偏偏……"

他和岳凌之间这么多年的默契，根本不用暗示，他就知道岳凌是什么意思。那天被通知岳凌要见他，他忐忑极了，害怕岳凌认罪了，可又知道不可能。后来岳凌说出景瑜死了，不得不说那一刻他心里翻江倒海，他有那么一瞬间的感动，感动于岳凌放弃景瑜保全他，可同时也担忧，岳凌会对他下手吗？

像是一场赌博，他按照很久以前就说好的计划，假装自杀进医院，然后逃跑，岳凌接应他，接应的时候岳凌开着一辆不起眼的破面包车，在医院侧门叫他赶紧上来，那眼神急迫、紧张。

也许岳凌自己都忘了，当初他们在边境被人追杀的时候，他也像这次一样开着一辆破面包车接应老四，那时候他是老四最信任的人，老四也是他最信任的人。所以这一刻老四是恍惚的，仿佛回到了最初的时候。老四心里甚至想只要这次逃过去，他便不计较岳凌这么多年的谎言。

可岳凌终究让他失望了，车子开到环路服务区的时候，岳凌说要去拿东西，老四当时就有预感，抓住岳凌叫他别去，什么都别要了，重新开始。岳凌却甩开他，说跑路怎么可能不带钱？

车门关上，那一刻老四便知道结果。

他在提纯安定的时候多留了一支，这保了他一命。

岳凌给他的水他其实没喝，假装晕了，听到岳凌对赶来的打手说，处理干净点，扔到大道上，装作他劫持了岳凌，然后出了车祸。

老四那一刻想跳起来质问他，可没有，不到最后一秒他仍不死心，可铁石心肠的岳凌从头到尾都没有心软。

在最后时刻，老四给背着自己的打手扎了那支针，掏出打手口袋里的枪，指向岳凌的头，叫他开车带自己到这个游乐场。

第 158 章

狐死兔悲

岳凌知道两人已经撕破了脸，不敢不听他的，可不甘心束手就擒，又开始温言细语哄骗他，甚至断言老四不敢真的开枪。老四冷着脸对着他的小腿就是一枪，这一下他不敢再反抗。岳凌直接开车来了游乐场，他们曾无数次在这里温习电影里的情节，没想到今天会以这样的方式到来。

往山上走的时候，老四问他："以前我们都要隔着十几米走，都不敢一起在亭子里休息，现在我们终于可以肩并肩走了，你不高兴吗？"

老四拖着岳凌，后者脸都白了，一个劲地求饶，试图让打手扑上去，可老四毫不犹豫地又给了他手臂一枪。

老四用岳凌威胁打手们互相攻击，最后他们都倒下了。岳凌绝望了，不敢激怒老四，他从老四的眼中看到了最初认识他时候的狠。老四是真的狠，狠到可以把亲生母亲勒死，岳凌这些年太得意忘形了，忘记了老四是什么样的人。

"是我一时鬼迷心窍，求你了，我没有要杀你，老四。"

"看那个旋转木马，你说过，我们以后要像电影里的男女主角一样，一起痛快地在游乐场玩，都忘了吗？"

他们时常在这里约会，老四喜欢在假山上看下面的旋转木马，这是电影里的角度。有时候老四入迷了，觉得自己就是剧中人。

"岳凌，在乎这段感情的只有我吧，你根本没把一切放在心上，就如同对我一样。"

"没有，我很在乎咱们的感情，只是现在公司事多，是背后那个人让我做的。"

老四又一枪打在他另一条腿上："岳凌，从此以后你再也不可能离开我了，你跑不了了。"

岳凌绝望地喊着："这样会引来警察的，老四！"

"警察？我在乎吗？我连这条命都没在乎过，我在乎这个？"

此时老四看着下面的警察，哈哈大笑："我恨你，更恨背后那个人，如果不是他，我和你也不会走到今天这地步。"

陈立在下面阴着脸喊道："那个人在哪儿？"

"我不知道，谁也不知道。"

"基地你去过吧？事到如今，我劝你说实话，你不是恨他吗？那就把这个人供出来。"

"我能供什么？岳凌知道的也不多，我们确实去过基地，就在京郊的生态园，想不到吧？这几年，我走私的违禁药品就是给他的实验提供的，爱兰科技明面上和很多机构有正当合作，但都是为了暗地里找实验对象，那个人其实没那么厉害，自始至终他也就是有个执念，竟然想让植物人醒过来。

"那人比我还痴心妄想，我和岳凌没见过他几次，只知道他的脚踝有伤，走路不是很利索，他以前叫郝亮，现在是什么身份我不知道，他太神秘了。"

"他是不是抓了一些教授和专家？"

"抓？那些科学家都是疯子，没几个正常人，也有不情愿的，那又怎么样？谁也逃不掉。"老四冷笑出来，"那个人早说过我们会自食其果，果然没错，他计划周密，可岳凌你太贪心了，若不是你偷偷在景瑜的美容院倒腾以前咱们在边境的货，也许永远都不会被人发现。

"有时候我都怀疑，那人真的不知道你做这些事吗？为什么从来不提？也许就是为了今天，为了一并把你和我给除了，这样他也可以脱身了。"

"不过，这么久了，我也不是傻子，他真正的实验基地根本不在生态园，而是在云南，后续运的那些货都去了云南，那边肯定有问题。"

"爱兰科技仓库里的圆盘是什么？"

老四摇头，没回答这个问题。

"都是因为那个人，我和岳凌才会走到今天这个地步，都是因为他，如果当初他没出现，我俩早就跑到东南亚了，岳凌也不会如此对我。"

"别傻了，老四，岳凌就是自私的人，他一心想要名利地位，就算当初你们逃到国外，他也会为这些所累，终究会背叛你。"苏甄喊着。

老四眼泪横流："是啊，不过是自欺欺人罢了，都是我自己眼瞎了。"

"束手就擒吧，你不用替他顶罪，只要你肯做污点证人，你不会被判得太重的，别再错下去了。"

苏甄这一刻是真的觉得老四可怜。

"放了我，放了我，老四。"岳凌满身是血，脸色苍白地求饶。

老四却盯着他，眼神突然变得温柔，摸着他的脸："不用顶罪？可这么多年为了保全你，我从没留下一点你犯罪的证据，我甚至都无法证明自己认识你。这段感情什么都没留下，我什么都没有。"

岳凌看他拿着枪，惊恐地说："我和你认识，咱们自小就认识，一切都是我做的，我承认我承认，求你了老四，别杀我。"

老四哈哈大笑："岳凌，我太了解你了，之后你又会反咬一口说我胁迫你，这招你在景瑜身上用过了，在很多人身上都用过了，我不会再信你了。以前我说过，要么不在一起，要在一起就是一辈子，这就是我老四。"

风吹过来，老四的睫毛颤抖，那一刻仿佛穿越到了多年前，回到二人最初相遇的时刻。岳凌愣了一下，随后明白过来："老四，你真舍得对我下手？"

老四一把将他推到假山边上："记得电影里的主角是如何死的吗？"

岳凌瞪大眼睛，碎石落下，他的脑袋已经空白了。

苏甄眼看不好，冲过去喊道："别，老四，我们可以证明你和他是认识的，有证据，你这一辈子不白活，你别冲动。"

她抓过陈立的手机，把视频举起来："你和他一起去过《年华无效》电影十周年的见面会，你和他在这里，你看。"

虽然离得很远，看不见画面，可苏甄把声音放得极大，老四的表情一下僵住，半晌，笑出声来："是啊，唯一的一次。"

他病态的笑容在脸上绽放："岳凌，你说过，我们的结局和电影里的不一样，可最后还是错了。"

"不要。"

"啊！"

即便警方已经在他身后埋伏好随时准备扑过去，可还是没来得及，老四抱着挣扎的岳凌站在一块不稳的石头上，一歪身便栽了下去。

陈立一把蒙住苏甄的眼睛，苏甄在他怀里颤抖，只听到巨大的一声响，下面有人喊着，叫着，甚至还有快门的声音。

一切都乱了，时间却如静止了一般，苏甄能感觉到自己心跳如擂鼓，最后还是忍不住挣脱了陈立的手，看过去。

两个人死死地抱在一起，有多少不甘心在这一刻都化为乌有，血从旋转木马的顶檐上滴滴答答地落下，下面的旋转木马还在转着，那血像是把黑白的世界填上了彩色。

其实电影结局是主角死在了旋转木马上，他们终究是不一样的。

苏甄只觉得有什么堵在嗓子眼里，整个人都在发抖，直到陈立拉她，她才回过神来。

她张张嘴，可终究什么都没有说。

案子走到今天这一步，陈立被专案组组长严厉批评，隔着老远苏甄都能听到陈立电话里的声音。此时此刻，她坐在刑警队办公室里看着窗外的朝阳，觉得好像过了好多年。

苏甄不知是自己太过感性还是如何，总有种狐死兔悲的伤感。

追踪

卷九

窥夜

第159章
收购

"想什么呢？"

苏甄回头，竟然是方酌。

"你出来了？"

"说得好像我进去过似的。"方酌拍着自己的肩膀，"要不要给你靠啊？"

苏甄叹了口气："我只是有点感叹。你不觉得他俩就这么死了，有种说不上来的感觉吗？"

"你也发现了。"

苏甄回头："你的意思是？"

"估计是你想的那样。先是景瑜，然后这两个也死了，看起来合情合理，可放到整个案子中就很突兀不是吗？"

"你的意思，是背后之人在灭口？"

"谈什么灭口？景瑜是坠楼，老四和岳凌是自己结果自己，你们都在现场，挑不出一点毛病。就算是对方干的，也不是亲自下手的，我只能说背后那个人太会利用人的弱点了，把人心拿捏得太准了。"

"案子到现在死了很多人，整件事也在渐渐揭开面纱，可我竟然有点怕了。我总有种预感，结局不是咱们想的那样。"

"那还继续查吗？"

苏甄疑惑地抬眉："你那么想知道云溪的下落，想见到她，现在机会不是就在眼前吗？从那天岳凌和景瑜的对话里可以听出，云溪不知出于什么原因在躲着背后之人，而背后那个人却已经知道她应该就在云南。你说云溪为什么躲着背后的大 boss？"

"其实很好理解，背后那个人，也就是陈钟，控制欲太强了。而在云南调查的时候咱们就知道了，少年云溪，也就是徐曼妮，那时候就表现得那么明显，那么高调，显然就是想摆脱陈钟的束缚。她一直想要的都是自由，却一直被迫替陈钟做事。"

"那个人真的是陈钟吗？老四死的时候说了很多咱们想知道的，他说那个人想让植物人重新醒过来，陈钟真的是为了冉兰吗？"

"不知道，这些还不是咱们现在要考虑的，我只知道，京城这边的基地，警方已经找不到什么了。"

这一点苏甄也想到了，虽然这事老四说出来的时候，警方就去了三环外的生态园调查，但如果背后之人对一切算计得如此精细，必然早早就撤离了。陈立还没回来，估计是没什么希望了。

正说着话，田锋回来了，风尘仆仆，满头大汗，苏甄赶紧给他倒了杯水，问："怎么样？"

"下午我和陈立他们去基地，陈立说我比较懂这些东西，让我看看有没有什么发现。"

"里面怎么样？"

田锋摇头："撤得很干净，只剩下一些不太好使的机器，还有一些药品，有兔子啊，狗啊什么的被解剖了做脑部实验，地方不大，就在生态园下面的地下室，很一般。我仔细检查了一下，他们应该没用人脑做过实验。"

"他们敢？"苏甄瞪大眼睛，"还想做人体实验，简直反人类了，用动物就已经很瘆人了好吗？"

田锋摇头："你不明白，我看过那些动物脑部标本后基本明白对方做脑部实验的意图了，他在神经系统上下了很大功夫，不只是研究细胞学。

"可之前让陈立他们查国内外细胞学的泰斗们，并没有人有嫌疑，也就是说，基地里请的细胞学专家应该不是现在国内外有名的，但绝对是高手，才敢做这种实验。"

"记得吗，老四死之前说的，只有少数人是被胁迫的，大多数专家是自愿的，你想什么人会自愿做这种反人类的实验呢？"

田锋叹了口气："在我看来这不算反人类，苏甄，也许背后之人是真的想做些事情，可能他最初的目的只是让冉兰醒来，是有私心，可这实验却是为人类科学进步做贡献的，我猜那些自愿加入实验的专家很多也是这个目的。"

苏甄看着田锋的表情，突然有点明白老四说的那句科学家都是疯子的含义了，很多人为了实验，为了所谓的科学进步是没有底线的，但到头来你能说他们错了吗？说不清的。

"可我觉得梁教授应该不是自愿的，从师母的行为来看，肯定是对方抓到了孩子和师母威胁他的，而师母是在用自己的方式给咱们信号。对了，云南绿孔雀查得怎么样了？"

"最近我一直在研究云南的几个自然保护区,但那边的绿孔雀基因中,虽有和非创伤性脑损伤患者相匹配的细胞分裂形式,但并不完全相似,可我估计对方有万分之一的机会都不会放过。"

"老四之前也说过真正的基地应该在云南,现在找到了吗?"

"根据资料,目前我瞄准了贡山自然保护区,因为这里靠近边境,绿孔雀繁殖最多。但具体的,我希望可以亲自去看看。"

话音未落,陈立就阴着脸进来了,直接抓住方酌的领子,苏甄吓了一跳,赶紧拉住他:"怎么了?怎么一见面就打?"

"你自己问问方酌,那边岳凌刚死,他的律师就趁机带人收购了爱兰科技。"

苏甄不可思议地看向方酌,后者无所谓地说:"商人嘛,重利,这么大的肥肉即使我不捡别的公司也会下手,我何必拱手让人?"

"我看你是早就预谋好的吧,不然怎么下手这么快?我甚至怀疑这一切,包括岳凌、老四走到今天,爱兰科技有今天都是你早就计划好的,你敢不敢承认?"

"我承认,可岳凌和老四被抓不是预料中的事吗?咱们早就知道他和背后之人有关系,被抓只是早晚而已,而一个公司的决策人都倒了,公司离分崩离析也就不远了,虽然这个公司一直在洗钱,但它的名头在京城可是有的。"

"我方天科技在A城上市,但想要壮大必须进京,这是绝好的机会,我能预料到这一步,提早做准备无可厚非吧?这就是商场,而我是个商人。"

"商人?"陈立冷笑,"我看你为的就是这个吧!我现在充分怀疑你就是大boss,方酌,你的动机被你说得这么合情合理,可在我看来,你计划这一切就是为了这些,就算你不是背后之人,也是那个提供线索的叛徒,为的就是收购爱兰公司,进军京城。"

方酌眼神复杂,一把推开他:"陈立,你发发火就算了,谁让我之前在景瑜那件事上骗了你?当然你本身就不信任我,还愿意放手一搏是你自己的问题,但现在用这些话来污蔑我,我可以让我的律师告你,知道吗?"

"告我啊,随便告,反正你的律师天下无敌,可以颠倒黑白。方酌,我最讨厌你这种人,投机倒把,钻法律空子。"

第 160 章

分道而行

"我也最讨厌你这种人,打着光明正义的旗帜,实际上畏畏缩缩,破不了案就怪这个怪那个,你怎么不怪你自己没本事抓到背后之人呢?"

陈立脸都白了,方酌也不示弱,和他针锋相对,苏甄在一边听得明白:"你们都打住吧,还没看出来吗?背后之人也好,叛徒也好,他们一直把咱们当棋子,让咱们互相怀疑,每回只会拖慢查案的进度。咱们不要再中计了,现在既然还有线索就查下去。"

方酌和陈立互相瞪着,但最终还是没出手。

田锋打圆场:"咱们下一步该怎么办?不管你们打算怎么办,我是要去云南自然保护区看一看的。"

苏甄提出:"我也要去。"

方酌冷哼:"这不废话吗?当然大家都去。"

"你不能去。"陈立皱眉。

"为什么?凭什么?"

"你在景瑜的案子上还有些事没交代清楚,你以为那么容易脱身?"

"我的律师说你们没有权力再继续拘留我了,我能配合你们的都配合了,我是被景瑜骗过去的,我甚至可以说我是被那个替身抓去的。"

"可事实不是这样。"

方酌冷笑:"陈立你凡事不都讲证据?现在没证据扣我干什么?"

"我是没有证据,但事实如何,你心知肚明。我不会让你再掺和进这个案子的。"

"你觉得有意思吗,陈立?你还能限制我的自由吗?"方酌一把甩开他,"我告诉你,你别把自己太当回事,我更怀疑你是那个叛徒,仔细想想你嫌疑比我大多了。好自为之。"说着看向苏甄,"走啊。"

苏甄和田锋都是一愣,一时没动作,方酌却勾了勾嘴角:"苏甄,我有点事和你说。"

话刚说完,方酌就不耐烦地把她拉走了,田锋要追上去,被陈立拦住了。

却不想陈立看着二人消失在门口,脸色变了变,挑眉道:"东西收拾好了吗?"

"什么东西?"田锋一脸蒙。

"大老爷们儿出门也没什么可带的,把之前的资料都拷贝好了,我一会儿开车接你。"

"去哪儿?"

"当然是云南。"

"可刚才不是说还要商量?苏甄她……"

"苏甄什么?"陈立压低了声音,拍着他的肩膀,走到门边,刚才他们争吵的时候没有关门,外边的一些警察都在朝这边张望,此时陈立才把门关上,表情奇怪,让人非常疑惑。

"你这是干吗?刚才是故意和方酌吵的?"

"看出来了?不愧是高才生,聪明。"陈立没正面回答,"咱们出发,这边需要有人善后,除了京城的警察,还调了一些 A 城的警察过来。至于你我,就要启程去云南了,那边有魏然他们接应。"

"可苏甄他们……"

而另一边,苏甄被方酌拉出办公室,从警局的走廊经过,刚才好多人朝这边看。

苏甄疑惑极了,还没开口,方酌就拉着她出了大门。

"刚才怎么回事?"

方酌笑着:"我刚才演技不赖吧?陈立也可以,只是比我逊色,稍显浮夸。"

"什么意思?"苏甄惊讶地说,"你和陈立刚才吵架是在演戏?"

"没错。"方酌开车,还从后面拿出个背包来,扔给她,"看看东西齐不齐全。"

"什么东西?"

苏甄打开背包,里面是卸妆油、化妆棉、洗面奶,甚至还有几包卫生巾和换洗衣服。

"你不是说过吗,你们女生出门麻烦,上次看你买东西我都记住了牌子,都和你刚到京城时买的一样,你应该用得惯。"

"这……"

"咱们现在就出发。"

"什么?"

"我和陈立做的局,他和田锋直接去云南基地,明面上我和他闹翻了,实际上我们商量好了分头行动,你我暗地里过去。"

"为什么?"

"因为有奸细。"

"奸细?"

苏甄脑子转得很快，似乎明白过来了。

"无论是在A城还是在京城，咱们身边肯定有对方的人。先不说A城的内奸是谁，京城这边的可都是上面的人，你说陈钟到底是如何操作的？"

"可咱们分析过，也许是巧合呢？景瑜、岳凌、老四的死都是他们自己造成的。"

"这中间细想没问题，但这几个人死了谁受益最大？当然是背后之人。我之前说过，他仨的死因看起来正常，可也许是背后之人操纵人心呢？不然那三个人怎么都如此极端？催化剂是什么？想过吗？那个人一定做了什么。还有，在景瑜的口供里，出现了一个熟悉的人——姜旭东。"

苏甄一愣，是啊，姜旭东最近在口供里出现得有些频繁了。

"记不记得景瑜死之前说的？她之前跟踪姜旭东到了摩根大厦的一个地下仓库他就不见了。这是个很关键的点，我这几天就在查，发现仓库并没问题，而且地下仓库也不可能有后门，为什么人不见了？直到那天我的人发现仓库对面的地下室上面，是一个店铺。"

第161章

蜜月旅行

方酌从车里拿出一个彩色的册子，苏甄打开来看，是旅游宣传册。

"姜旭东可能发现有人跟踪他了，所以故意往那个仓库走，实际上他应该是要去对面的旅行社。这家旅行社，主打业务是云贵一带的旅游，有意思吧？又是云南那边。"

苏甄翻着册子看看，可还是想不通："他们运货不是通过老四吗？你怀疑他们还利用旅行社运货？"

方酌摇头："他有多少货可以运？那人利用爱兰科技公司往真正的基地运的只是一些违禁药品，他不需要太多运输渠道，不然容易暴露自己。岳凌自己那个运货渠道是为了中饱私囊，所以我猜这个旅行社肯定有别的作用。"

"什么作用？"

"你觉得旅行社有什么作用？景瑜第一次跟踪姜旭东是几年前，懂吗？几年前云溪还没失踪呢。"

"所以你怀疑什么？"

"我现在怀疑的多了，因为想不通，所以我才和陈立策划了这件事，假装我们和他们决裂了，他们直接去云南，你我则走另一条路绕过去。这样对方的人也不得不分开来盯着咱们，对方一分散，咱们才好抓住他们的小尾巴。走到这一步，不能再被牵着鼻子走了，咱们要主动出击。"

苏甄皱眉思索着："也就是说你和陈立又玩了二人合作？你俩这相爱相杀要到什么时候？"

"能别瞎用词吗？汉语博大精深，你这话可有歧义。"

苏甄冷哼一声："还合作，你俩不是互相怀疑吗？"

"此一时彼一时，现在案子最大。"

"反正你俩是又把我给骗了，对吧？"

方酌笑了一下："不止呢，不过你应该不介意吧？为了案子。"

苏甄不想再继续这个话题了，又回到案子上："根据景瑜的话，云溪应该和背后之人闹翻了，所以才躲着。你想想她和陈钟一起长大，他们关系该是极好的，会因为什么闹翻呢？"

"谁知道呢？总之云溪现在应该不替他做事了，那么能做事的，就只有另一个熟人了，也就是姜旭东。说不定咱们能碰上他呢，别忘了他可在这个旅行社出现过。"

苏甄疑惑。

半响，看车子开上了高速，她问："是要去机场吗？"

"咱们的目的是通过旅行社这条线去云南调查。"

"什么？"

苏甄还没想通这男人到底是什么意思，就被拉到机场集合。那边有个女导游，一看就知道经验丰富，热情地招呼着大家，很快就和大家熟悉起来。这个蜜月旅行团除了苏甄二人，还有三对夫妇：两对年轻的，甜甜蜜蜜，一看就是刚结婚，新鲜劲还没过呢；还有一对中年夫妇，看起来就比较平淡，那个太太拿着旅游宣传册一个劲地问导游有没有自费的项目。

苏甄拉着方酌小声地问："你这是干什么？"

"我和陈立说好的，不然四个人一起行动，岂不容易被人家一锅端了？"

"可是……"

"可是什么？你放轻松就行了。怎么的，没度过蜜月啊？我说你和姜旭东结婚了不仅没办婚礼还不度蜜月，你当初脑子是被门夹了吗？"

"谁说我们没度蜜月？"

苏甄有点急了，声音高了起来，其他人看过来，苏甄赶紧闭嘴，狠瞪了方酌一眼，压低声音，咬着牙根说："我们度蜜月了。"

"去的哪儿啊？出国了？"

"那倒没有，去了西安。"

"谁度蜜月不是去海边悠闲地度假，拍点海滨风光？你可倒好，度蜜月去看坟地，怪不得婚姻没维持多久，太不吉利。"

苏甄一股火上来，又不敢大声说，低声骂道："方酌你是有病吧？我爱去哪儿就去哪儿，关你屁事？"

她是真生气了。

正好导游过来："哟，小夫妻就是爱打情骂俏，怎么方先生这就惹老婆生气了？"

周围人也看过来，方酌搂着苏甄的肩膀说："哎呀，我老婆就爱生气。"说着拍拍她的头顶："别气了，现在在外面，我回去再跪搓衣板行不行？"俨然一对爱拌嘴的小夫妻。

苏甄气得脸都红了，周围人捂嘴笑，方酌却摆出一副得逞的样子，还在她耳边小声说："你说附近若是有人监视，那人要是姜旭东，他会不会突然出现打死我？"

苏甄听了一愣，明知道他是开玩笑，但还是下意识地朝四周看去。周围都是来来往往匆忙赶飞机的人，苏甄心里蒙上了一层灰。

"逗你的。"方酌看她脸色不好，笑着道。苏甄却冷哼一声，勾起嘴角："你就不怕盯着咱们的是云溪？"

第162章
小蛋糕

方酌笑着说："不可能是她。"

"你怎么那么确定？"

他笑着，没再说话。

那边导游为了缓和气氛，就介绍起他们这趟蜜月旅行的路线来。

苏甄诧异地拿出宣传册子仔细看，才发觉他们这蜜月旅行不是直接去云南的，一共七天，先在桂林一带玩六天，最后一天才到云南。那导游笑着说："等到了云南，大家可以在当地自己游玩，也可以继续随我们旅行社云南那条线进行蜜月旅行，如果继续订我们旅行社的线路，可以打八八折。"

有对年轻夫妻小声地说："还真会做生意。"

苏甄则疑惑地看向方酌："咱们不直接去云南，为什么？"

"陈立他们先大张旗鼓地去了，咱们在这边绕来绕去，就算有人盯着，也会觉得盯错了。"

原来方酌打着这个主意。

"可是……"

苏甄想说，如果他们分为两组，一明一暗，那明路的岂不是很危险？她不禁有点担心田锋他们。方酌却搂着她说："放心吧，他们两个大男人，怕什么？难道让你一个女人当诱饵？怎么看都是他俩目标大，我猜背后之人也会这么认为。别管他们了，这段时间你也累得够呛，就当放松了。"

苏甄还想再说什么，方酌把墨镜戴在她脸上："走了走了，登机了。"

苏甄怎么能玩得好？她心里一直很忐忑，上飞机前还想给田锋打电话，可没打通。方酌笑着说："他俩现在估计已经动身了，往好的方面想，说不定还没等咱们到云南，他们那边就把案子破了。"

"我就是担心，那个陈钟多狠，万一他们出了意外怎么办啊？"

"兵来将挡，水来土掩，我其实更担心咱们。"方酌表情怪异，喃喃地道。

"你说什么？"

"没什么，走吧，上飞机前买点吃的，飞机上的东西我吃不惯。"

方酌在旁边的一个店铺里看小蛋糕，苏甄也不好再开口。

蛋糕店因为开在机场，人还挺多的。苏甄站在橱窗前，看到一个手掌大小的草莓蛋糕，一时有些恍惚，她以前每次过生日都吵着要吃草莓蛋糕，还要那种非常文艺的上面只有一颗草莓的蛋糕。因为她小时候看动画片，里面的蛋糕都是这个样子的，所以一直很执着。姜旭东曾经说过，苏甄心里住着一个小公主，永远长不大。

"喜欢这个？"方酌凑过来。

苏甄摇摇头："太甜了，我不爱吃奶油，会胖的。"

"你身材已经够好了。就买这个吧，我再挑一个黄桃的。"

方酌说着就去结账了，可到收银台，却被告知最后一块草莓蛋糕卖掉了。

"我看橱窗里不是还有吗？"

"有人已经买了，刚才最后一个被订了，说过一会儿来取。"

正说着话，有个店员就把那块草莓小蛋糕拿出来了，开始打包。店员抱歉地笑笑。

方酌追问道:"请问是哪一位订的?我可以向他买。"

苏甄拉住他:"不过就是一块蛋糕,我也不想吃,算了。"

"那我再给你买个樱桃的。"

方酌很有耐心,又选了块樱桃的打包,苏甄在一边叹了口气。

方酌这种行为让苏甄不禁又想到姜旭东,下意识地四处看着,她有时候甚至有种感觉,好像他就在自己身边。

机场人实在是多,尤其是蛋糕店,有很多抱着孩子的,小朋友有的吵闹着要这个要那个,有的不开心,哇哇大哭。

苏甄有点烦躁,催促着方酌快点,方酌挤过人群拿手机付款,说着:"好的好的,马上。"

苏甄想先出去等,可刚往外挤就感觉到被什么绊住了。她低头一看,竟然是个小女孩,穿着白色的小裙子,扎着两个小辫子,很可爱。不知为何,苏甄看这小女孩觉得有些眼熟,却想不起来在哪儿见过。

她还没蹲下来,孩子母亲就过来了,是个打扮很土气的妇女,拽着小女孩说着方言离开了,那小女孩还有些不舍地看着橱窗里的蛋糕。

"看什么呢?"方酌满头大汗地出来,"没想到这蛋糕店是网红店,怪不得这么多人来。走走走。"

他们出来的时候,正好另外一对小夫妻也买了蛋糕出来。那边导游招呼着大家要登机了。

上了飞机,他们这个团的人座位都是连着的,苏甄前面是那对中年夫妻,那位太太看旁边两对夫妻和苏甄他们都买了吃的,就开始埋怨丈夫。

苏甄也打开自己那块,结果一愣,明明买的是樱桃蛋糕,打开来里面却是那块草莓蛋糕,新鲜艳丽的草莓就在眼前。

"怎么了?"

方酌凑过去看,也是一愣,转而笑道:"刚才柜台上打包的人很多,或许是拿错了,还真是歪打正着,你可以吃喜欢的草莓了。"

可苏甄望着那块蛋糕,一下没了食欲。"算了。"

"怎么了?"

苏甄摇摇头,草莓总是勾起她的回忆,她自然没胃口了,正好又听到前面的太太说想吃东西,就把自己的蛋糕递过去了。"阿姨,您吃这个吧,我们买多了。"

那位太太推辞了一下就拿过去了,一个劲地夸苏甄漂亮。

飞机飞到桂林那边时已是傍晚了,他们直接入住休息。酒店还不错,四星级的,主要是干净,可因住的地方离水近,有些潮,本来当晚有一次篝火晚宴,可那对中年夫妻中的太太刚到地方，就因水土不服上吐下泻，直接进了医院，把大家都吓到了。

第163章
夜游

　　导游吓得赶紧联系当地的旅行社，搞到七点多钟他们还没吃上晚饭，眼看篝火晚宴也没了，其中一个小姑娘就不乐意了，那个小姑娘本来一路上就爱挑刺。
　　"这才第一天，他们旅行社难道连备用方案都没有吗？我都饿死了。"
　　她老公还是不错的，说道："要不咱们先自己出去吃吧？"
　　"凭什么？篝火晚宴价值三百多呢，就这么打水漂了？不行。"
　　旅行社留了个小伙子待在酒店大厅，那小伙子一看年纪就不大，脖子上挂的是实习导游牌子，看这场面赶紧过来安抚，还打电话联系篝火晚宴主办方。可那边明确告知，篝火晚宴晚上六点开始，他们耽误了时间就没办法了，主要是点篝火的时间有严格限制，过了时间点就不能点火了，这边晚上风大，活动不能太晚结束，很危险。
　　"可旅游行程安排得很紧凑，明天就去下一个景点了，不行，这不合适。"
　　实习导游也不敢做主，一直打电话，过了一会儿说上面给了方案，带他们去夜游漓江，在船上吃饭，算是作为篝火晚宴没了的补偿，那姑娘才作罢。
　　苏甄有点不想去，外面天都黑了，可又不想不合群，就跟着去了。
　　到了码头上，有挺多上面带着游龙戏凤彩灯的游船，八个人一条，他们加上导游七个人也行，里面摆好了热气腾腾的当地小火锅，不知道是不是真饿了，苏甄闻着还挺香的。
　　可惜火锅卖相好，吃着一般，苏甄吃不惯这边的菜，什么都要放在汤里煮一煮，还要放几片花瓣，没吃几口就停了。另外两对夫妻却挺兴奋，其中一个小姑娘一直在拿手机拍照。
　　说是夜游漓江，可就是在一个地方停住，周围都是密集的船只，船不可能走得太远，那小姑娘又开始埋怨，说这简直就是糊弄人。实习导游笑着解释，因河流下一段水位不高，所以无法行船，那姑娘嘟囔着，只好作罢。

可除了她，其他船上的游客也有想法，远远地就看那边船上的人也为了船不能往前而和导游吵起来了。那两对夫妻赶紧凑到船边去看热闹，苏甄却有些无聊，开始刷手机，都是明星八卦，最后想到什么，打开京城新闻，最上面竟然是一则车祸事故报道，出京高速上几车连撞，伤了不少人。

苏甄莫名其妙地心里不舒服，她一向很怕这种新闻的，有些烦躁，又给田锋发了信息，可惜对方还是没回。

这一点让苏甄很在意，若不是在实验室，田锋很少发短信不回的，打电话也打不通。最后手机被方酌拿走，他问："怎么了？"

"田锋和陈立的电话打不通，不知他们到云南没有。咱们走得匆忙，我都没来得及告诉田锋，之前还说要和他一起走呢。"

"我和陈立演戏吵架，就是为了扰乱背后之人的视线。我带你来这边，陈立自然也要带田锋赶紧出发，直接去云南。"

"可总归应该通个电话的，你和陈立演戏，我和田锋可是被蒙在鼓里的。我总觉得他们太危险了，背后之人已经快被咱们逼得狗急跳墙了，我怕对方会下狠手。"

"就是要逼他狗急跳墙，咱们才好找到线索。"

从船上下来，那两对小夫妻还要逛夜市，硬拉着实习导游带他们去当地大排档。苏甄心里有事，就先和方酌回了酒店。

因有个姑娘穿少了，苏甄就把自己的外套留给她了，反正和方酌坐车回酒店也不冷。到了酒店，她又发现了问题，蜜月旅行她和方酌一个房间，可房间里只有一张大床啊。

方酌跟没事人似的，先去洗澡了，弄得苏甄心里七上八下的，索性打开了电视，没想到新闻里正报道的就是之前自己在网上看到的车祸。画面里的车牌号竟有些眼熟。

方酌洗完澡出来主动说睡沙发，两人都累了，准备休息。可就在这时，走廊里响起熟悉的声音，苏甄一愣，听出是另外两对小夫妻，看看表，十一点多了，想着他们会不会来还外套，赶紧起来。可他们并没来敲门，也没有回房间，那两对小夫妻似乎在和之前的女导游吵架。

方酌披上衣服，皱着眉拉开门："怎么了？"

"不好意思，打扰你们休息了。"

是之前送中年夫妻去医院的女导游，她此时满脸是汗，再看和她争吵的两对小夫妻，只见有人身上缠了绷带，苏甄一愣："这是怎么了？"

那个借了她外套的小姑娘急了："他们这是什么旅行社啊？我不玩了。好好的蜜月旅行，跟中了邪似的，先是那位太太水土不服，咱们的篝火晚宴泡汤了，接下来我们两对也出了车祸。什么啊，我不玩了，退钱吧。"

那女导游为难地说："你们晚上私自出去，都没和旅行社打招呼，这属于个人行为，出了车祸我们旅行社也不应该负这个责任。"

"什么叫私自出去？你们的实习导游和我们一块去的。"

女导游脸色沉下来："那时候都几点了？他那属于个人行为，不是旅行社的责任。"

结果这句话惹得那两对夫妻一下子就火了，吵个不停，还要动手。住其他房间的游客和导游也出来拉架，场面一度失控。

第 164 章
昂贵的手表

这事一直争论到后半夜都没结果，最后女导游都气哭了，说联系旅行社那边看怎么解决，约定第二天给答复，几人才消停，回房间睡觉。

可这一闹，苏甄也睡不着了。"你说这都是怎么回事？刚下飞机，先是中年夫妻进医院，然后另外两对出车祸，这旅行社是不是风水不好？这哪是旅游？简直是添堵。"

自己还好，是和方酌假扮夫妻，另外两对可是真的新婚夫妻，选择来这边度蜜月的大多数是工薪家庭，肯花几千块钱是想好好玩的，这一下肯定不会善罢甘休。

方酌却跟没事人似的，从酒店的冰箱里拿出饮料坐在窗边的沙发上，摆弄着手里的遥控器。苏甄埋怨了半天没听到回应，抬头正好看到电视里又在播这则车祸新闻。

苏甄皱眉盯着，过了半响，看到了后半段，只见画面中出现了一辆熟悉的面包车，上面抬下来一个人，因为画面模糊，看不太清，然而看到那人鞋底的时候苏甄一下站了起来，只见鞋底上有一块红色胶带。

"这个？"

苏甄生怕看错了，又要打电话，田锋买新鞋都会贴上实验室的红胶布，他说新鞋有声音，走路"咯噔咯噔"的，实验时最忌讳吵闹，所以他每双鞋底几乎都有块红色胶布。

也许别人也有这样的习惯呢？苏甄手都抖了，越想越不对，想马上打电话确认。

方酌却按住她的手："别打了，那是田锋。"

"什么？"

苏甄腾地站起来，可眼前的方酌显然没有任何恐惧和着急的情绪。

"如果真是他们，你怎么……"

方酌安抚着她："本来我还想晚些和你说，怕你担心，但你还是看到了。放心，陈立和田锋没事，那场车祸是故意安排的，这新闻循环播放就是给背后之人看的。"

苏甄一愣："什么？到底是怎么回事？"

"我和陈立之前商量好了在警局吵一架，做成分道扬镳的样子。陈立和田锋大张旗鼓地去云南调查绿孔雀的事，咱们报的旅行团虽绕了一圈，但最后的目的地也是云南。明眼人能看出来我们是要去调查的，就如你之前理解的那样，显然是陈立在明，咱们在暗，所以背后之人为了阻止咱们掀他的底，一定会先对陈立他们下手。"

苏甄木然地点头，还是没想明白。

方酌继续说："实际上，这个计划最重要的一步就是新闻。你想想，咱们都查到了爱兰科技公司了，甚至他在京城三环的生态园实验室都暴露了，如果你是他，这时候会如何？必然要出手阻止。可咱们两组一明一暗，他要先阻止陈立，再来对付咱俩。"

"你说车祸是背后之人做的？"

"也不完全是。预料不到他们从哪儿开始，所以我们先下手为强。无论如何出了事是不可能现在就去云南了，新闻报道说他们都昏迷了，实际上都是装的。"

苏甄一下明白过来："陈立和田锋偷偷过去调查。"

"没错，把A城的警察调来一部分，是害怕那个内奸还有别的布局，陈立做这个局是高度机密，只有很高层的人才知道，专案组的人都不完全知晓。而ICU里也作了假，这段时间警方会日夜看守，实际上里面根本不是他们二人，陈立和田锋这时候早就到云南开始秘密调查了。所以，现在其实你和我才是明面上吸引背后之人注意的幌子。"

苏甄心里一抖，似乎一下想明白很多事："所以，今天这些事……"

"没错。"方酌眼睛眯起来，深沉而危险，"可能一切都不是巧合，你仔细想想中年夫妻在飞机上和咱们有什么互动？"

苏甄想起小蛋糕，而且是莫名其妙变成草莓味的蛋糕，心里不禁一沉。

"有人想杀我灭口。"

"那倒不至于，我和导游打听了，那位太太只是拉肚子，而出车祸的夫妻，刚才你也听到了，只是轻微的擦伤。我猜跟着咱们的人未必想取你我性命，只想阻止咱们继续调查。"

苏甄一下跌坐在床上，恐惧从头到脚笼罩住她，她摇着头："这太荒唐了。"

"不荒唐，对方是真的急了。而咱们需要做的，就是和对方周旋，拖时间，给陈立他们更多时间调查，对方肯定会一边阻止咱们，一边趁机毁灭那边的证据。咱们现在只需要周旋，顺着对方的思路，把他引出来。"

苏甄皱眉："怎么引？他在暗，咱们在明。"

"你忘了咱们上一次去云南的时候发生的事了？"

苏甄想到那一夜的酒店惊魂，现在还打冷战。

"咱们这样是不是太危险了？"

"舍不得孩子套不着狼。不知道苏甄你有没有发现一件事？"

"什么？"

方酌表情变幻莫测："无论是云南那一次还是这次，咱们身边应该有人一直在盯着。而这个人在咱们和陈立、田锋等一大群人在一起的时候并未出现，只在你和我单独在一起的时候出现，似乎只针对我。"

苏甄皱皱眉，觉得一切都是巧合。

"别忘了我在你家小区差点出车祸死了。而相反这个人对你，却仅仅是阻止，上次在云南也是，那两人去我房间想绑我，却没去你房间，你不觉得很奇怪吗？"

苏甄皱皱眉，摇头，她并未有特别的感觉。

"你还真是神经大条。大概是对方一直没真的威胁到你的性命吧，所以你没在意。而我不一样，我身上一直都险象环生，包括一次次被人陷害，所以不得不去思考，发现了这其中的区别对待。"方酌眯起眼凑近苏甄，"你说这是为什么？"

苏甄看到他的眼神，心一抖。

"如果陈钟是最大的 boss，无论是在郊区打印店，还是在京城，似乎帮他做事的，只出现过两个人，云溪和姜旭东。"

说到这儿他停顿了一下，苏甄抿着嘴，可答案已在心里。"这只是你的猜想，真相并不一定是这样。"

"别忘了，旅行社这条线就指向姜旭东。所以我可以百分之八十确定，姜旭东一直在你身边，苏甄。他一直跟着你，注意你，观察你，甚至对突然出现在你身边的我带着一种恨意。看着我的眼睛，你觉得我说的对不对？"

"你问我这个干吗？这只是你的猜测。"

"当时陈立调监控，发现在他家装监听装置的，和在小区给我制造车祸的清洁工其实是同一个人，他最大的特征是，"方酌指了指手腕处，"一块手表。"

"我并不认得那块手表，那不是姜旭东的。姜旭东和我一起生活的时候，他的所有东西都是我打理的，我都认得，所以我敢确定那块手表不是他的。"

"别激动，我早就查过你和姜旭东在一起那几年的消费记录。"

看到苏甄睁大眼睛，方酌耸耸肩："抱歉，查人底细是我的职业习惯，别计较这些细枝末节，我知道你们没买过那块表，但不代表那个人不是姜旭东。"

第165章
开好车的小偷

方酌盯着她的眼睛："若是他认识你时戴着那块表，你也会怀疑的吧，那可是名表，几十万呢。"

"那你想说什么？这证明不了什么。你也说了那块表要几十万，他不过是个小职员。"

"现在你还能说姜旭东是小职员吗？"

苏甄无法反驳。

"我只是希望苏甄你能时刻保持脑子清醒。"

"那你呢？如果云溪出现，你呢？"

方酌一笑，没回答。

"也许正因为他在你的印象中是个简朴的小职员，所以他故意戴了名表掩饰身份呢。"

"你这么说有些牵强，但按照咱们的猜测，也许姜旭东确实一直在我身边。"苏甄叹了口气，像是放弃了挣扎，竟然很坦然地看着他。

"怎么突然松口了？"

"因为虽然我们以前没有买过那块表，但他确实很喜欢那个牌子的表。"

"看来苏甄你也隐瞒过一些事啊。"

"彼此彼此。"

"不再多说说？"

119

苏甄笑了，眼里难得有些冰冷："还是算了吧，方酌，是你说过的，这世界上任何东西都需要等价交换，你确定你要用你和云溪之间的事来交换我和姜旭东之间的，也许并不能被称为线索的琐事吗？"

方酌放下防备，笑了出来："行。言归正传，苏甄，如果这个假设成立，那么就说得通了，不是吗？无论是看到出现在你身边的我动了杀意，还是这一次想阻止咱们去云南，都可以证明也许姜旭东一直在你身边。"

这一点苏甄不是没想过，可他跟着又如何？她现在对姜旭东只感到恐惧。

"所以，其实咱们完全可以利用这一点。"

苏甄皱眉抬头："你想干什么？"

方酌从箱子里拿出笔记本电脑打开："我下了飞机就入侵了这家酒店的安保系统。"

他噼里啪啦地操作，屏幕上出现了各个楼层和大门口的监控画面。"你说姜旭东现在会不会就在这栋楼里？"

苏甄皱眉，仔细看各个楼层的监控画面，这个点了，走廊里没什么人，但也有出去玩刚回来的，毕竟住这个地段的酒店的几乎都是游客。

她继续看着，倒真看到了点奇怪的东西。只见他们住的这层尽头的房间里出来一个小姑娘，穿着白裙子，苏甄想起是在机场蛋糕店门口碰见的小姑娘，小姑娘习惯性地用手指戳耳朵，苏甄一下就认出她了，皱眉盯着，旁边的方酌看到她的表情，问道："怎么了？"

"这个小姑娘……"她还没说完那个中年妇女就出现了，在小姑娘身上打了两下，把她拽回房间，此时房门大开，一个挂着拐杖的男人走出来抽烟。

熟悉的身影。苏甄一愣，这男的不就是她在A城的邻居廖先生吗？之所以确认是他，是因为她想起她在廖先生的钱包里看到过小女孩的照片，怪不得在机场看到女孩时觉得很眼熟，她诧异极了。

"你认识这男的？"

"我邻居，当时因小区喷水池坏了出了事故的，就是他，他住的房子是他老板租的，他老板卷钱跑了。他是个挺可怜的进城务工人员。"

方酌挑眉："这么巧，你邻居也在这儿？"

苏甄想了想，摇头："应该就是巧合，他想来是带老婆孩子出来玩的。"

等等，苏甄突然想起廖先生好像说过老婆已经不在了，跟人跑了，那个妇女不是小女孩的母亲？也是，那小女孩长得秀气标致，而妇女很是粗俗，对小女孩也不好，想来是亲戚什么的，或者廖先生再婚了，毕竟那个时候他说房子到期后就会回老家。

苏甄思绪飘远，方酌却一下站起来，盯着二楼的一处。

"怎么了？"

"刚才这个人朝摄像头盯了一会儿。"

方酌调出另一个监控画面，看到有个男人站在二楼的走廊里来回看着，最后盯着摄像头的方向，用什么东西一扔，把镜头盖上了。苏甄二人面面相觑。

"没事，还有备用摄像头。一般酒店除了安一个咱们经常能看到的摄像头外，有时候还会在走廊另一头放个隐蔽的小摄像头，以防这种情况出现，我先破解一下。"

苏甄惊讶，竟然还有这些她不知道的冷知识。没一会儿方酌就调出了小摄像头拍到的画面，画面里那男人偷偷地拿出一张卡打开了对面的房间，没一会儿就从里面拿出一个旅行箱。

"小偷啊。"

苏甄有些失望，以为发现监视他们的人了呢。

方酌也皱眉，看着那小偷拿完东西没回自己房间，而是直接下楼了，没什么追踪价值了。苏甄想报警算了，把小偷抓住，只是还没等打电话，就看到方酌调出了酒店门外的监控画面，这个小偷上了一辆车，而这车竟是价值八十多万的沃尔沃。

"现在小偷都开这么好的车？"

方酌皱眉，把车牌号放大："我看未必是小偷，一般惯犯不会自己开车的，也会有意在摄像头下隐藏容貌，他刚才想到遮挡走廊的摄像头，却没注意酒店门口的，还开这么好的车，恐怕不是惯偷。"

"应该和我们要查的事没关系吧，他偷的也不是咱们的东西。"

方酌觉得有道理，但还是顺便查了一下那车的车牌号，因为车牌是京城的，结果一查竟然发现，这台车子登记在勤天集团名下。

"看来这人是勤天集团的员工。"

"勤天集团？"苏甄一愣，"这不是最初在云南建设游乐场和投资福利院的那个集团吗？"而且他们刚来京城的时候去查爱兰科技公司的仓库，发现跟勤天集团的仓库离得很近。苏甄当时还看到勤天集团的进货箱上标注着福尔马林和用于保存动物大脑的防腐剂。这很让人怀疑，只是当时因为爱兰科技公司的事忽略了这点，现在越想越可疑。

"其实仔细想想，勤天集团是所有事的源头。"

第166章
血浆

方酌敲敲桌面，若有所思："那你觉得勤天集团是什么角色？"

苏甄摇头："没有任何证据指向勤天集团，陈立之前去云南调查过了，记得吗？当初案发最先查的也是勤天集团。调查了这么多次都没有问题，可见也许关键并不在这儿，而且这么大的集团若真有事，上面早就注意到了。"

"那你怎么解释这些巧合？在我看来这世界上所有巧合都是有人故意为之。"

"你的意思是要查勤天集团？"苏甄觉得太不可思议，"勤天集团啊，可不是爱兰科技那种小公司，能查它的恐怕只有上面了，咱们就是蝼蚁。"

"蝼蚁有蝼蚁的好处，不容易被人发现。咱俩在这种情况下遇到个鬼鬼祟祟的人，不查一下都睡不着。"

两人坐电梯到二楼。说实话这边的酒店安保真的很差，苏甄早就注意到了，外卖员、快递员什么的都随便出入，前台根本不管。

转眼二楼到了，苏甄紧张地先探出头去看，走廊里没人。

"你打算怎么查？"

方酌想了想，拿出手机在门上鼓捣了半天，然后门一下开了。

苏甄挑挑眉，两人打开了房间的灯，没想到地上还有摊开的行李箱。

方酌去洗手间查看，苏甄蹲下来看摊开的箱子，里面衣服堆得乱七八糟。她翻了翻，发现箱子角落有个小手包，里面是一些日常用品，她拿起来看，从里面掉出来一张字条，上面写了一个地址，字是用圆珠笔写的，很潦草，用的纸也像随便从本子上撕下来的，这个地址应该是匆忙之间随手记的。

方酌半天都没从洗手间出来，苏甄好奇地过去，就看见他对着洗手台上的东西发呆。

"看什么呢？"

方酌指着一个洗漱包，上面印着：勤天集团调研部第三次大联欢。竟然还是公司团建纪念品。

"这人真是勤天集团的。"

"调研部？你在集团或者公司里听说过这种部门吗？"

苏甄一愣："我们研究所就常出去调研，还出国调研呢，学习先进的细胞再生技术。"

"你们那是科研单位，像我们公司虽然也做过市场调研，但没单独的调研部门。"

"也许人家家大业大，所以调研的人多呢。"

"就算是大集团也很少有一整个部门的人干这个，而且……"方酌看着这几个字，"部门联欢啊，之前去云南时我查过勤天集团，他们公司的企业文化和活动都很老派，比如年会，只有各部门精英参加，联欢会也是全公司一起搞，很少有单独部门搞联欢会的，就算聚餐聚会，也不会弄出部门纪念品这种会让人诟病的东西，上层的一些老股东很怕底下人拉帮结派。"

"老股东？不是说勤天集团的老总很年轻吗？好像才四十岁不到。"

"没错，现在勤天集团的老总蒋先生，也就是蒋连，是勤天集团第一任老总的堂弟，因前老总死得太突然，家族没合适的人接任，就把在国外留学的蒋连调回来接任。当时蒋连才十八岁，有他爷爷辅佐，后来他爷爷退居二线，不少老部下都成了后来的老股东。蒋连和老派斗了很多年，他很聪明，在大事上说一不二，但在企业文化等细枝末节上不和老派计较，给足他们面子。所以勤天集团几乎很少有单独的部门联欢会，除非……"

"除非什么？"

"除非这个调研部是独立的，是由集团单独分管的。"

"不是说老一辈股东最忌讳拉帮结派吗，怎么还会独立？"说到这儿，她明白方酌的意思了，"你是说这是蒋连的直属部门，这个部门里都是他培养的人？"

"不排除这种可能性，但到底是人家集团内部的事，我还需要再调查一下。"

苏甄把那张字条拿给他看，两人拍了照，房间里没什么可查的了，他们就决定去对面的房间看看。

方酌故技重施，打开了房门。里面拉着窗帘，很暗，只有窗外的灯光隐约透进来。两人适应了一会儿才看到屋里乱七八糟的，还有一股很久没通风的潮气，空气中甚至弥漫着一股说不上来的不太好闻的甜味，让人只想干呕。

走在前面的方酌突然停住脚步，苏甄差点撞到他身上，还没等说话，苏甄就感觉到脚下有什么东西特别黏腻，下一秒方酌就把灯打开了，只见满地深红色的鲜血，甚至有血甩到了墙上，苏甄吓得要尖叫，方酌一下捂住她的嘴。

她瞪着眼，看着这触目惊心的画面。

"这这……杀人了，赶紧报警。"

可方酌阻止了她，蹲下来，伸手去摸那血。

"你疯了？"

"这不是真的血。"

"是什么？"

"是血浆，拍戏用的道具血。"

"可是，这画面也不像是拍戏啊。"苏甄此时稍微冷静了下来，靠近墙壁大胆地凑上去闻，"确实和普通血气味不一样，不然这么一大摊血肯定有很大的血腥味。"

再看这房间，衣服堆得乱七八糟，方酌还从椅子上敞开的箱子里发现了假发，垃圾桶里还有血浆的包装。

"好像都是剧组的道具。这附近有人拍电影吗？"

"这边是景区，偶尔有来拍摄的剧组。不过刚刚那个人从这房间拿走的是什么？一个小手提箱？你说里面能放什么？"

就在他俩研究的时候，门外传来了声音，方酌谨慎地趴在猫眼上看，惊奇地看到从这个房间偷走箱子的男人竟然回来了，进了对门自己的房间。

"这么快就回来了？"

第167章
廖先生的女儿

这人顶多出去了二十分钟。

"看来真的不是小偷，他干什么去了？"

"咱们要不要把他抓起来拷问一下？"苏甄眯起眼睛。

"先别打草惊蛇，也许和咱们无关呢，不过也不要放过任何可疑的人，先回去吧。"

两人在门口观察了半天，悄悄出了门。电梯一打开，苏甄意外地发现那个穿白裙的小女孩竟然在里面。苏甄诧异地问："小朋友，怎么这么晚了还不睡觉？自己一个人在电梯里玩很危险的，你家人呢？"

那小女孩眨着大眼睛。

好在知道她跟他们住同一楼层，下了电梯两人就带小女孩到尽头的房间，但敲半天门也没人开。苏甄蹲下来耐心地问："你妈妈和爸爸呢？"

小女孩喃喃地说："没有妈妈，张婶、爸爸。"

小女孩看着年龄不算太小，可不知为何说话木木的。

苏甄皱眉，又敲了敲门，还是没人开。

她问:"你知道爸爸和张婶去哪儿了吗?"

"张婶和爸爸吵架,回家去了,爸爸去送她了。"

苏甄皱眉,刚才人还在,她觉得怪异,又问:"爸爸送她去哪儿了?"

"张婶说她女儿家就在附近,今晚怎么都不会再带我了,我很讨厌。"

苏甄叹了口气,有些心疼小女孩,都半夜十二点多了,也不放心她这么晚一个人在外面,便决定带她先回自己的房间。

只是还没等进门,电梯就响了,一个挂着拐杖,脸上缠着半边纱布的男人急匆匆地回来了,抬头正好看到这三人,一愣:"苏……苏小姐。"

这男人显然也认出了苏甄。

"廖先生,好巧,在这里见到您。这是您女儿吗?"

廖先生视线扫过方酌,有些尴尬和意外。"是的,没想到在这里遇到苏小姐,这是您……"

苏甄还没说话,方酌就搂过她说:"我是她丈夫,我们在蜜月旅行。"

"苏小姐竟然结婚了。恭喜恭喜。"

"廖先生怎么在这儿呢?"方酌率先问道,满眼的怀疑。

廖先生尴尬地说:"A城的房子到期了,好在我老板后来回来了,给我结了款,我就回老家了。女儿说没出来玩过,我就想带她出来走走,我父母年迈,就找了同乡的张婶帮忙带孩子。可是闹了点矛盾,张婶嫌孩子太闹,她女儿家又在这附近,就连夜走了,我想着张婶到底照顾孩子这么久了,就过去送送。"说到这儿,他有些不好意思。

苏甄有点诧异,看着他有些窘迫地挂着拐杖,便问:"廖先生的伤还没好吗?"

"之前的好了,回老家去做工,前不久又受伤了,别人都说我流年不利。"他苦笑。

"还是不要留小孩子一个人待着,到处跑很危险。"

"谢谢苏小姐。"

廖先生朝小女孩招手,后者却躲在苏甄身后。"来爸爸这里。"他笑笑,"我女儿从出生起就和别人不太一样,您见笑了。"

他又朝小女孩招手,小女孩半天才扭捏地过去。

"我头疼。"

"乖,大晚上不睡觉当然头疼。"

廖先生哄着女儿的样子很温柔,两人回了房间。

房门一关,苏甄还愣在那儿,方酌却皱眉,说:"这个人很奇怪啊。"

"是挺奇怪,可这就是普通人的世界。"

"普通？我可不这么认为。先不说穷得叮当响还出来旅游，找同乡看孩子，那同乡竟然在这边还有亲属，还大半夜走了，十二点啊，就算闹得再不愉快，也都是第二天再说吧。我觉得这人有问题，我对他有印象，记得咱们去云南的那个晚上，这人是和你一起出的单元门。"

"只是巧合而已，我们在同一个楼里住着。而且那天你后来也看到了，他不过是想半夜避开人下楼捡塑料瓶卖钱，很可怜的。"

"可怜？"方酌不屑地勾了勾嘴角，二人回到房间。

苏甄今天脑子很乱，一晚上遇到很多奇怪的事，可这些事之间似乎丝毫没有联系。方酌则回看刚才的监控画面，只见苏甄二人几乎刚进电梯，那个廖先生就从房间出来了，当然他前面还有那个张婶，二人在走廊里拉扯，好像有什么争执，之后出了酒店。

"你看，都说了是巧合了。"苏甄抿着嘴。

方酌又把画面调回来，意外地发现二楼的那个男人又从房间出来了，这次拿上了自己的行李，竟然到前台退房了。

"这是玩的哪一出？"

直到那男人又开着车离开，苏甄才挫败地说："这人虽然奇怪，但好像并不是监视我们的，和我们没关系，就算报警似乎也没什么意义，他一没杀人，二没做什么，也许另一个房间也是他订的呢？"感觉这一晚上白忙活了。

可方酌却拿着一个矿泉水瓶发呆。

苏甄看过去，只见矿泉水瓶里有点淡红色的液体。"这是那房间里的血浆？"

"对，地上的血浆没干，我在房间里找了个矿泉水瓶收集了一些。你可能不知道，这种血浆的成分特殊，除了做剧组的道具外，还有一部分人用它保存东西。"

"保存什么东西？"

苏甄可不觉得这能保存什么。

"精密芯片和设备最怕运输中磕碰，毕竟那么小的东西上全是程序，一旦受创就完了，而且还不宜和空气有过度接触，所以常放在一些液体中隔绝空气保存，一小包一小包的，这种血浆也没有腐蚀性。"

"所以你怀疑那儿满屋血浆，是有人在找里面的东西？"苏甄觉得荒唐，"这事和咱们应该没什么关系，虽然很奇怪。"

"有没有关系咱们查查那个地址就知道了。也不用亲自去，我已经找了我的人去查，估计很快就会有消息了。"方酌叹了口气，"先睡吧。"

第二天一早，他们是被门外的吵闹声吵醒的。

还是那两对小夫妻在要求退团，女导游一看昨晚就没睡好，眼窝深陷，说是可以退还一部分钱，但全额退不行，那两对小夫妻当然不依不饶。最后是怎么商量的不知道，苏甄懒得听那些，直接找了旁边那个实习小导游说："他们闹着退团，我们没有，别耽误我们的行程。"

实习导游惊讶苏甄二人到这时候还想继续旅游，女导游分身乏术，叫他联系旅行社那边。那实习导游打了半天电话，回来说："对不起，久等了，我们旅行社对您二位感到特别抱歉，若您不退，我们可以在接下来的行程里送几天酒店早餐，您看行吗？"

第168章

员工

"那我们是继续这个行程吗，你带我们？"

实习导游赶紧摆手："不是不是，昨天我私自带人去夜市已经受处分了，不能带团了。我们正好还有一组人也走差不多的路线，想把您二位加进去，那组人今天就到，您可以现在过去，继续下面的旅程，路线稍有变动，但变化不大，稍后我把行程发给您看看行吗？"

方酌和苏甄互相看了一眼，说："成吧，去哪儿集合啊？"

"一会儿我开车把您二位送到我们旅行社的门店，在那边集合。"

苏甄想着反正这酒店也没什么可查的了，收拾完行李出来就想去和廖先生打个招呼，走到房间门口却看到有清洁工在打扫，才知道廖先生早上六点多钟就退房了。

苏甄觉得有些奇怪，但也没放在心上，可刚要转身就听清洁工在房间里嘟囔："被褥怎么这么湿？真是什么人都有。"

苏甄一愣，回头去看，只见清洁工把被单撤下来，上面很湿，全是水渍。苏甄皱了皱眉，身后的方酌却诧异地大步走进去，伸手摸了摸被单。清洁工吓了一跳："先生您……"

苏甄也跟进去，只见枕头上的水渍更多，还有些发黄。最后他俩被清洁工当神经病推了出去。

"是小孩子尿床了吗？"苏甄奇怪地问，抬头看到方酌的脸色发白，"怎么了？"

方酌摇头："不可能的，可真的很像。"

"怎么了？"

"我之前和你说过，"他指着自己的脑袋，"我这里的病，在我二十岁出头的时候最为严重，那时我整夜疼痛，浑身出汗，第二天起来床单枕头就是这样子，人头疼到一定程度会不自觉地流眼泪和鼻涕，当时我更严重一些，我还流鼻血。"

苏甄一愣："你是说昨晚住这儿的人，也有和你一样的疾病？"

方酌摇头："也不一定，如果有别的毛病浑身出冷汗，也会出现这种情况，我只是突发奇想，昨晚住这里的不是那个廖先生和他的孩子吗？"

"你是说廖先生身上也有这种病毒？"苏甄马上否定，"应该不是吧，廖先生身上还有伤，之前他说过恢复得不好，每到阴天、下雨天就会疼痛难忍，而这边也比较潮湿，可能是关节疼痛吧，怕吵醒孩子只能忍着，忍出一身汗也是有可能的。"

方酌点点头，正好实习导游来电话说车准备好了，叫他们下去。

导游开来接他们的是一辆商务七座车，车牌是当地的。一上车，苏甄就闻到了一股熟悉的甜味，但一时想不起来在什么地方闻过。

实习导游显然对这车不熟悉，苏甄看得出来，那小伙子看苏甄一直盯着他，抱歉地挠着头说："之前接你们的大客车现在用不了了，那司机一看生意没了就先走了，我临时用了我们经理的车子。还没和他说呢，王姐有车钥匙，就让我先用了。"

他说着发动车子，发现车里的冷气不好使了，小伙子又一个劲地道歉，只好摇下车窗，可这气流一动，那甜味更加明显了，苏甄一向对于味道很敏感，四处嗅着，最后在车后排的垫子下看到一个黑色的小手提箱，不禁一愣。

方酌因昨晚没睡好，此时在闭目养神，苏甄手有点抖，揉揉眼睛，怕看错了，身子往后挪了挪，凑近了，确认那甜味就是从手提箱里传出来的，顿时想起来这味道在哪儿闻到过了。

苏甄拍着方酌，后者眯起眼问怎么了，苏甄捂住他的嘴，叫他别出声，看着前面开车的小伙子，指着后面，方酌一下就清醒了。

苏甄在前面挡着，方酌侧身往后查看箱子，此时车子颠簸了一下，小伙子从后视镜看过来，苏甄紧张地挡住他的视线，假装和他聊天："你们这旅行社是连锁的？"

"算不上连锁，旅行社这东西在旅游线路上都要有门店，这边的门店在客运站，比较方便。我们总部就在这边，其他地方都是合作的。"

"你们老板很厉害啊。"

"还好吧。"

"总部就在这儿?"

"以前在云南水周,现在那边不行了,就搬到桂林这边,做桂林线,云南、京城和上海那边的线路都是和其他旅行社合作的。"

"水周?"苏甄一愣。

"我们老板是水周人啊,头些年水周发展旅游业,不少人去那儿开旅行社,可后来不行了。"

"老板是谁啊?"

"叫洪荣波,不过他也不算是老板,我们都叫他经理,他主要管咱们这儿,其他城市的业务都是和其他旅行社合作的,省时省力。"小伙子笑着。

苏甄陷入沉思:"那一会儿能见到你们经理吗?"

"不知道,他行踪不定,不过最近是在这边。"

小伙子吐吐舌头,知道自己话太多了:"您别笑我啊。"

苏甄摇摇头:"你很实在,以后会是个好导游。"

"是吗?我师父总说我这人该说话的时候说不出来,净说些没用的。"

苏甄还想和小伙子打听旅行社的事,可方酌拍了拍她的肩膀,朝她使眼色。

很快到了客运站附近,这儿人来人往,尘土飞扬。那小伙子停车,帮他们拿行李,然后率先朝一排门市的中间位置跑去,其实这个所谓的总部也就是个巴掌大的门脸,紧挨着的是一家过桥米线店,右边是水果摊,周围乱七八糟,生活气息浓郁。

两人远远地看见那小伙子还没进门就被一个抽烟的老头训着,小伙子也不生气,一个劲地赔不是。

没一会儿,他过来了,说:"店里没什么人,你们要加入的团还没到客运站,您二位先进去歇歇吧。"说着买了用当地水果榨的便宜果汁,招呼他们进去坐。

他们一进去就看到刚才在门口训人的老头,进来仔细一看,其实他没那么老,不过是常年风吹日晒,皮肤黝黑,再加上脸上褶皱很多,才显老。看到墙上的员工介绍,苏甄才意识到这个叫老范的男人才四十多岁。

那实习小伙子一直叫他师父,想来是个老导游了。此时他一改刚才面对实习小伙的严苛,很是和蔼热情地叫他们坐。

里面有两张办公桌,上面有电脑,墙上是当地的地图,还标了旅游路线,旁边的报刊架子上都是当地的旅游杂志和一些写着"惊爆折扣价"的旅游路线图。

右边墙上是优秀员工简介，除了女导游王姐、这个老范，还有实习导游小召也在上面，看来他们这店里满打满算就这三个导游，全是优秀员工。

第169章
洪总

小召看苏甄二人坐下刷手机了，才过来小声问老范："其他人呢？不是应该有两个司机今天过来接人吗？"

老范忍不住训徒弟："晚上预订的被取消了，平时向平台交了那么多费用，说取消就取消，连个赔偿都没有，还好没给司机定金。那两人看客运站有客人就去拉活了。你咋过来的？打车钱可报不了。"

小召点头，指着外面："开了经理的车。"

"谁让你开的，经理今天没出去？"

"王姐给我的钥匙，她说经理把车停在宿舍楼下了，大早上叫不到车，租车又贵，她就让我跑回去开过来，她不是有备用钥匙吗？"

老范敲着他的脑袋："那女的就会给你下套，上次经理夸你机灵实在，她以为要把你提上来抢她这条路线的生意呢，经理肯定还没起，一会儿起来没车咋办？"

意识到声音大了，他看了苏甄他们一眼，揪着徒弟走到一边。

苏甄收回视线，压低声音："那箱子……"

方酌摇头："是空的。"

"空的？"苏甄疑惑了。

"但你没想错。"

"什么？"

"那个箱子应该就是昨晚那男人拿出来的那个，箱子里还有没擦干净的道具血浆呢。"

苏甄心里一颤，还没说话，那边桌上老范的手机就响了，他接起来叽里呱啦说了一通，末了放下电话，皱眉："你早上去，车在宿舍楼下？不对啊，按理来说经理现在不该在宿舍啊，今天有人找他谈合作，说他没去。"

"是不是又喝多了？洪总昨晚是不是有客户？"

"可能吧，昨天晚上我们聚餐想找他，他都说没空。"

正说着话呢，手机又响了，老范对着手机惊讶地说："什么？咋回事？完蛋，我这边还有人等着呢。"

老范瞟着苏甄二人，皱皱眉："行吧，行吧，到那边会合。"说完，搓着手满脸歉意地过来："不好意思啊二位，你们的蜜月旅行本来时间就紧凑，还耽误你们这么久，这边不是之前和你们说，要把您二位加到下一个团吗？结果那个团飞机延误了，恐怕下午才能到。"

方酌立马眯起眼，装作不悦地说："怎么还要我们等啊？我们昨天下飞机就开始等，篝火晚宴没了，后来又出事，团里其他人都要求退钱，我们想着好不容易有假期，别耽误时间，继续玩，就说不退了，怎么，看我们好欺负啊？"

苏甄都被方酌这突然发飙的演技吓到了，那老范擦着汗说："抱歉，实在对不住您。您听我说完，我们不敢再耽误您的时间了，我们先让人开车送您到下一个景点，再赠送一个经典行程，这景点自费要三百多呢，现在为了补偿您，先让人开车带你们去玩，晚上回来入住酒店，那时候团里其他人也就到了。"

方酌故作勉强地点头了。

没有别的司机，仍旧是实习导游开车。临出发时，老范又跑过来和小召说话："那边的合作方很急，说一直联系不上洪总，正好你们一会儿会路过宿舍，你上去找找洪总。可能昨天他喝多了睡死过去了，那边的人找不到他，电话都打到我这儿来了。"

小召点着头，开车走了，方酌装作好奇地问："经理和你们关系挺好啊？"

"他总在这一带游荡，和我们关系都不错，就是有时候神神秘秘的，所以我们才猜他是不是在这边有情人。他早年离了婚，找对象也是正常的。"小伙子开玩笑说。

"听说你们住宿舍？"

"对，这边就王姐有家，我和我师父都是单身，住在旅行社给集体租的居民楼，其中一间洪总自己住，但他也不常来。他不在的时候，有别的导游过来这边带团，就会住他那间，备用钥匙就在社里放着，谁用谁拿。"他说着，停了车。

这儿是一处老居民楼，长长的走廊上挂着破烂衣服，堆着锅碗瓢盆，是很有年代气息的圈楼。

小召让二人在车里等一下，他先上去叫经理起床，可苏甄因为行李箱的事对这个洪经理很好奇，就提出想跟着一起去看看，小伙子着急上去叫人，也没管他们，苏甄他俩就跟在后面。

二楼最里面的蓝色铁门紧闭，小召撩开挂着的衣服过去，拍着门："经理，经理！"

"是不是不在啊？"苏甄四处看着。

小召指着门口刷好的鞋："应该在，鞋是前天刷好的，他说今天穿。"

敲了半天没人，小召就拿备用钥匙开门了，结果一开门就飘出股浓重的酒味。

屋里是很老式的布局，进屋有一个小厅，挂钟正对着门，再往里是厨房，桌上还堆着装食物的塑料袋，小伙子进去喊着："洪总，洪总，果然喝多了，怎么还睡啊？"说着拍洪总的脸。

可随即小召的声音就变了，颤抖着喊道："洪总，啊，啊，出事了，出事了。"

这一叫，苏甄二人赶紧进去，只见那男人裤子脱了一半趴在床上，花床单搭在腰间，看起来像睡着了，可一只手臂耷拉着，脸色发青。

小召叫着，指着地上的酒瓶："我们家洪总心脏不好，不会是喝酒喝死了吧？"说着手忙脚乱地要给经理做人工呼吸。

方酌皱着眉把他拉开，试了试鼻息："还有气，赶紧叫救护车。"同时发现了床头柜上的药，再看地上的空酒瓶。

"喝酒吃头孢，这是疯了吗？"

"我看未必。"

方酌指着地上凌乱的酒瓶，还有那人脱了一半的裤子："正常人脱裤子会从后面扒吗？还有这酒瓶，看着杂乱，但摆得很刻意。"

苏甄心里一沉，仔细看着："他的衣服是别人脱的？"

"说不定酒也是被人灌的。这恐怕是谋杀。"方酌阻止小召要上前背人下楼的举动，拉着苏甄他们退出房间，用手机在现场拍照，压低声音在苏甄耳边说："报警。"

然而还有更大的发现，当救护车来了，人被抬起来时，另一只手臂耷拉下来，手腕上明晃晃地戴着一块表。

"那表……"苏甄一下捂住嘴。

方酌心中一惊，抓过那人的手腕仔细看着。

医生说着："麻烦让一让。"推开了方酌。

苏甄这时候才咽了咽口水："方酌，这表，不会那么巧吧？"

那表赫然是苏甄小区的监控拍到的，害方酌出车祸的清洁工戴的手表。

第170章
合伙人

旅行社接连出事，没想到今天连经理都因为喝酒吃头孢进了医院。旅行社那边也没忘了苏甄他们俩，让小召先把他们送到旅游景点，但他俩怎么可能走？为了那块手表，苏甄他俩也不能走啊。

正愁没理由留下的时候，警察来了，说有人举报是谋杀，老范差点没站住。"谋杀？洪总这样的人还有人谋杀？图啥啊？他一没钱二没名，整天咋咋呼呼的，认识他的人都了解他的底细，怎么会有人要杀他？"

而更让老范惊讶的是，报警人竟然是游客，方酌和苏甄。他的第一反应就是，他们旅行社怕是完了。

警察上下打量苏甄二人："是你们报的警？"从警察的眼神中苏甄能看出深深的怀疑，两人也没敢有别的心思，一五一十地说了。警方自然要去调查，所以苏甄二人暂时不能离开当地了。

折腾一通，苏甄才反应过来："你是想通过警方查这个洪荣波？"

"不止，刚才我仔细看了他那块表，戴同样的表也可以说是巧合，但他戴的表左上角那块磕痕可跟监控里的一模一样。"方酌把手机里之前存的视频的截图调出来，苏甄若有所思。

"所以这个洪荣波一定和咱们要查的东西有关。加上昨晚在他的车上还发现了那个奇怪的手提箱，我感觉这些事都要连起来了，我都有点兴奋了。但不管如何，背后之人肯定不想让咱们再查下去。如果这个洪荣波真的和那人有关，那么肯定会有人对咱们不利，报警就是把这事放在明面上了，想对咱们下手的人必须掂量掂量。"

不管如何，这下方酌和苏甄要暂时留在这儿了，旅行是不能继续下去了，而旅行社的经理洪荣波现在躺在医院还没醒，群龙无首，剩下女导游、老范、小召，忙得脚不沾地，也没空管他们了。

警方对现场进行了勘查，发现房间很干净，只有常住的几人的指纹，没有其他人的。而对于方酌说的裤子方向，也不能判断是不是被人从后面拉下来的，也判断不了洪荣波的情况是被人灌药灌酒还是自己喝多了导致的，至于他后脑勺的磕痕，也排除不了自己喝多了磕到的可能性。

外加经过社会走访调查，了解到洪荣波这人虽平时爱吹牛，但人际关系简单，平时交往的就是旅行社相关的那些人，平时总说有酒局，实际上都是他想

133

结交人家，但对方并不一定瞧得上他的局，要么是蹭人家的，要么是当冤大头，所以最后警方觉得谋杀这一点并不成立。

而在这场意外里，不幸中的万幸是那头孢过期两年了，所以药效并不大，命是救回来了，但人一时半会儿醒不了。

不管如何，警方已经把洪荣波调查得清清楚楚，这个人简直是徒有其表，看起来是旅行社老板，实际上兜里的钱可能还不如小召的多呢，整天就知道应酬，要扩大店面谈合作，实际上好高骛远，吹牛说的房子也是租的，只有一辆破车。更没金屋藏娇，离婚后好多年都没女人，现在的情人还是夜总会卖酒的，人际关系很透明。

苏甄听了都觉得诧异，这样的人会和他们要查的案子有关系吗？同时也唏嘘："你说这人真不能随便出事啊。"

"怎么？"

"被调查得清清楚楚，过去吹的牛、说过的大话，现在全暴露出来了，等洪荣波醒了，要怎么面对自己周围的人？啧啧啧，我都替他尴尬，真是社会性死亡。"

方酌哭笑不得："那我可得小心点。"

"是啊，你的背景肯定比洪荣波精彩。"苏甄笑道，"现在对洪荣波的调查停止了，咱们怎么办？"

"本来报警就是权宜之计，剩下的需要咱们自己调查。"

"调查谁？"

"你觉得呢？"

"在我看来旅行社这几个人不会什么都不知道吧？他们在警方面前可以装傻，但到底认识洪荣波这么多年了，还和他住一起……住？"苏甄眼睛亮了。

他俩最近住在酒店，每天都到医院看洪荣波醒没醒，所以这几天算是知道了什么叫日久见人心。老范、王姐和小召一开始轮流来照顾洪荣波，可没过两天，王姐就不来了，就老范和小召两班倒，但旅行社那边还要运转，用小召的话来说，经理可以死，但工作必须干，不然他和老范就要饿死了。所以这两天他俩忙不开的时候苏甄二人一直帮忙看着，其实昏迷的人没什么好照顾的，就是叫护士换药。小召师徒为此感激涕零。

不过苏甄也无意中听到小召和老范嘀咕，苏甄这两人本来是要去蜜月旅行的，阴错阳差遇到旅行社出事，也是邪了门了。看起来他俩也没有旅游的心思了，还这么积极地在医院照顾经理，现在老范就怕他俩别是要憋个大的，最后敲诈旅行社。所以小召几次三番过来探口风，问他们要不要继续旅游，可以再赠送他们几个行程做补偿，可方酌都以怕警方问话为由拒绝了，小召这才支吾着表达团费不能退的原则。

方酌根本也不提钱,这让小召很摸不着头脑。

王姐也跳槽了,苏甄还就这事问过小召,反正经理已经倒下了,他俩怎么不也跟着跳槽?那就不用这么累了。没想到小召回答说他师父老范其实是这个旅行社的股东,所以不可能抛下旅行社不管。

"我师父早年有点积蓄,后来都投到洪总这个旅行社里了,说不挣钱吧,也能维持生活,说挣钱吧,啧啧啧,这几年竞争激烈,市场越来越不景气了。而且在这边干了几年了,刚在桂林站稳脚跟,说不干了也不现实。"

"你不是说洪总开旅行社开了很多年吗,怎么才在这儿站稳脚跟?"

"洪总年轻的时候是在水周开旅行社,当时水周旅游业挺发达的,后来就不行了,他和我师父就把重心放到桂林这边来了。不过啊,唉,洪总这个人特别爱吹牛,好高骛远,让旅行社赔了不少钱,我师父和他吵过,不过也没用,这后半辈子都被套牢了。"

第171章
电影制片厂

说到这儿,小召打苦情牌:"所以退团费是肯定没钱退的,您二位要不要再考虑继续旅游?我可以给你们安排最好的路线,再赠几个项目。"

苏甄笑着:"那倒不必了,我俩都是工薪阶层,出来旅游时间有限,都耽误几天了也玩不了了,万一警方再找我们,也不好,就打算在本地玩玩就回去了。放心,团费我们不要了,但本地游玩你可得安排好了,我们还有一个要求。"苏甄停顿了一下,小召心提起来了,想着终于提要求了,赶紧凑过来,却不想苏甄笑着说:"我们呢,这几天都住酒店,外卖都吃腻了,后几天呢,想到周边玩玩,你安排,但不想住酒店了,公寓什么的也行,要能自己做饭的那种。"

小召一听这事容易办,比想象中的简单多了,长舒一口气:"没问题,我回去问问师父,给你们安排。周边游的计划我马上就给你们发过去。"

小召赶紧按手机,方酌却笑着说:"这个不急,慢慢安排,警方那边的时间我们还是要考虑的。"

小召疑惑："警方不是说暂时排除了谋杀的可能吗？"

方酌眯起眼，盯了他好一会儿，和苏甄交换着眼色，苏甄笑道："是啊，但暂时排除，不代表已经定性，还是都考虑到比较好。"

小召觉得莫名其妙，有些不懂，到底是年纪太小。正好他师父来电话，他赶紧去接了。

苏甄和方酌此时坐在医院的走廊里，背后的病房里就是昏迷的洪荣波，走廊空旷而安静，只有小召打电话的声音，方酌眯起眼："你觉得这个孩子可信吗？"

苏甄摇头："看不出什么破绽，也许他真的什么都不知道吧。也是，警方都无法断定是谋杀，其实从表面来看都是巧合，不排除那人是喝多了自己磕到了头，自己吃了头孢，谁看了都是这样。如果咱们那夜没在监控里看到箱子，没看到血浆，没有之后的事，我都会以为这就是意外。"

没错，若是平时，没人会怀疑，可苏甄二人知道，不可能这么巧。那天晚上，二楼的房间血浆四溅，那男人拿着不知放了什么的箱子，行为诡异，而这个手提箱恰巧出现在洪荣波的车上，洪荣波又这么诡异地出了"意外"。

苏甄不信是意外，而且洪荣波会不会就是那天晚上和那个男人交易的人？如果要交易，又怎么会喝酒？可这些是不能告诉警方的。

那个拿箱子的男人身份似乎还很特殊，是勤天集团的人，大公司，方酌觉得查起来很麻烦，没有亲自去查，而是找人暗地里调查。但洪荣波这边，他俩必须亲自查清楚是怎么回事，这事是否和背后之人有关。

现在的情况比在京城调查时要复杂得多，最起码当时他们猜到了爱兰科技公司和背后之人有关系，和运输违禁品有关，起码有个找寻的目标。而现在，无论是勤天集团调研部的人、血浆里的东西，还是这个莫名其妙出现的旅行社老板，他们都摸不清到底是什么情况，这些零碎的片段也无法组成一个完整的真相，这让苏甄不禁有种无所适从的烦躁感。

最后老范师徒安排他们住的公寓竟然是旅行社宿舍的另一间空房，虽在意料之内，苏甄却还是忍不住吐槽这对师徒抠门。但这个安排正中方酌下怀，住进这个楼，最起码方便打听洪荣波的事。

小召约好下午开车带他们去放行李，然后就去附近的景点开始游玩，所以中午苏甄二人在医院附近的小吃店随便吃了点东西，却没想到这期间，方酌之前打听的二楼的男人和房间里发现的字条上的地址，都有消息了。

首先二楼那男人叫袁昆，从酒店登记的身份证查到了，还查到了他确实是勤天集团的人，不是多重要的人物，只是云贵分公司的一个销售经理，根本不是什么调研部的。字条上的地址也查了，就是桂林这边的一个小电影制片厂。

据制片厂的工作人员说，袁昆大概在他们到桂林的前一天，来打听有没有一个叫魏志强的人。

"魏志强，这人谁啊？"

方酌摇头："电影制片厂的工作人员说他们从没听说过这个名字，我的人给他们看了照片，但也没人认识。袁昆自己说，这个魏志强应该在那里工作过，但那里的人都没听说过这人。"

"这条线算断了吗？"

"还有待查证，需要查的东西很多，包括勤天集团那边到底有没有调研部，都在核实，需要时间。别气馁，别忘了咱们这边还有个人没查呢。洪荣波不是有个相好的吗？"

"那个夜总会的卖酒女孩？可警方问过那个小梅话了。"

"她说洪荣波一晚上都在包厢和她喝酒，这话警察信，我可不信，洪荣波要是一晚上都这么老实，还会被灭口？"

他们吃过饭小召就来接他们了，大概也觉得让他们搬到空宿舍有点过分了，一路上一直赔笑，说下午安排得满满的行程，还担保这几天绝对没有别的活了，就专心给他们开车当导游。

他们住的公寓原来是小召的，他和老范一人一间，要是别的导游过来住，小召就搬去师父那间，或者让人去洪荣波那间，可现在洪荣波差点死在家里，那房间不吉利，小召就把自己这间腾了出来。

一进门，发现屋里比想象的干净多了，新换了被褥，空气中还喷了花露水。小召有点忐忑，可苏甄笑着说："还不错。"

小召心里长舒一口气，就开始说这几天的旅游计划，先去附近的缘江游玩，吃当地特色食物，晚上去民俗寨走走。

方酌却说不急，笑着对那小伙子说："之前的女导游跑了，你师父离不开这旅行社，你可是自由身，不去找找下家？"

小召摸摸脑袋："我师父在哪儿我就在哪儿，有他吃的，就不会饿到我的。"

"你还挺忠心，不过你师父现在还能隔天就去看洪总，说明他也是个重感情的人。"

"那肯定的，他和洪总很早就认识了。"

"哦？那你师父和你聊过洪总吗？"

虽然刚吃完饭，苏甄还是叫了很多外卖，都是小龙虾、鸭脖这类的小吃，招呼小召一边聊一边吃。小导游到底是十七八岁的孩子，只推辞了一下就吃了，小龙虾又麻又辣，他吃得高兴了，就也不那么拘谨了。

"当然聊过，我师父说洪总年轻时不像现在这么油腻，也有理想，可惜啊，理想很丰满，现实很骨感，他和老婆离婚后就郁郁寡欢，说是经理，是老板，实际上兜里的钱还没我多呢。"

"那洪总说过他最近有什么事吗？"方酌装作好奇，跟他闲聊。

"他能有什么事？他只是装作很忙，和这个吃饭和那个谈生意的，实际上人家都把他当冤大头，不过……"小伙子皱眉。

苏甄给他倒了一杯可乐："不过什么？有特殊的事？"

"也没什么事，我们老板说话三分真七分假，吹牛的成分多，他说最近遇到贵人了，有发财的道，不过他这话三天两头说，也算不得真，没准又是吹牛呢。"

苏甄转转眼睛："他没具体说遇到什么贵人了？"

"说是以前的老乡。"

"老乡？你们老板是水周人吧。"

"是的，所以师父才说他肯定是吹牛，我师父和他是同乡，要真是老乡，我师父能不认识？"小召眨着眼睛，"你们问这个干吗？"

苏甄笑笑："没什么，就是挺好奇的，喝酒吃头孢这种事之前只在新闻里看到过，没想到现实中真有人这样干，我好奇嘛。"

小召点头："我也好奇啊，以前我师父说洪总这种人是祸害遗千年，中彩票和出意外都不可能，这回竟然还出事了，警方之前真的来给我和师父做笔录了，怀疑是谋杀，怎么可能？"

第172章
洪荣波的情人

"洪荣波不是有个相好的，叫什么小梅？"

"就是临时情人，那种地方的女人只知道卖酒，哪有什么真感情？不过是骗他钱罢了。"小召不屑地说。

"你见过？"

"嗯，以前经理喝多了打电话让我去开车，见过，就在咱们这儿最大的娱乐城。"

方酌像是对这个话题没兴趣，皱着眉问："南方的娱乐城都是什么样的？我们北方都流行搓澡，这边的和我们那儿的有区别吧。"

"就是那种娱乐城，里面有KTV啊，慢摇吧啊之类的，但都不是一般人能消费的。那边开瓶酒、开个包厢都要很多钱，之前有客人去玩，我也是在门外听说的。"

方酌来了兴致："是吗？那听着还挺有意思，要不咱们晚上别去什么民俗寨了，就去那儿玩玩吧。"

"啊？"小召惊讶，下意识地去看苏甄，苏甄装作生气的样子："方酌，你是皮痒了吗？敢去，我打断你的腿。"

方酌顿时嬉皮笑脸："你想哪儿去了？就是去见识一下。好不容易来旅游，开心点嘛，又没背着你去，你和我一起去。"

"这还差不多。"苏甄装成爱生气的小媳妇样。

可小召却为难地说："到那边玩啊？"

"怎么，不行吗？不让吗？大不了点瓶贵的酒。你不是说要好好陪我们吗？就这点要求你都不答应，又没叫你买单，你只要陪我们去就行了。"

"我不是这意思，我师父不让我去那种地方。"

上次和别人去，回来被师父教训的场景还历历在目呢。小召到底年轻气盛，好奇心重，听到这种事心里也痒痒，同年龄的其他社的导游都说自己私下里的艳遇或者趣闻，就他被师父看得死死的，连酒吧都很少去，在小伙伴中都说不上话。

方酌笑着搂过他的脖子："咱们接触这么久了，又遇到这么多事，是朋友了吧？我不说，你师父怎么知道？他打电话问，就说陪我们去民俗寨呗，去娱乐城也算体验当地民俗啊。"

到底是孩子心性，小导游转转眼睛，就点头了。

于是晚上三人就去了娱乐城里的夜总会玩。小召几杯酒下肚，脸通红，很快就没意识了。方酌二人就开始行动，溜出去，拦住一个服务员给了小费问小梅在哪儿，结果服务员说她今天根本没来，好在小梅家就在娱乐城后面的巷子里。

他们只好又出娱乐城进了窄巷。前面繁华异常，后面的平房就像隐在光明背后的影子，这里可以说相当市井，充斥着底层人民对生活的不满。他们在这条巷子里从头走到尾，除了闻到家家飘出来的饭味，看到的更多是打孩子，家人哭闹争执，鸡飞狗跳的画面。

苏甄很不适应这样的环境，她从小没受过苦，接触过的最恶劣的条件和人际关系也就是去野外采风和同事间的钩心斗角，所以此时走在巷子里，她身体有些僵硬，方酌在一边打趣："怎么，看不得人间真实？"

"你这话是在挖苦我吗？你就不是养尊处优？"

方酌笑笑，眯起眼："很多人的经历不是我们听听新闻、看看网络消息就知道其中艰辛的，所以不是有句话吗？未经他人苦，莫劝他人善。"

"说得好像你吃了很大苦头似的，你在国外长大，家里人都是做生意的，就算小时候没人管你，你肯定也没挨过饿吧。"

方酌笑笑："饿？你体会过饿的感觉吗？心里除了填饱肚子的想法，没有任何人伦道德。"

苏甄奇怪地看着他。

方酌勾起嘴角："我说过我年少时去过很多地方，非洲索马里那边的人的生活是你想象不到的。"

方酌看着面前交叉的巷子："其实很多人都一样。"他指着脑部，"不是物质贫瘠，就是精神贫瘠。"

苏甄不喜欢这个话题，总觉得这种时刻的方酌很陌生。方酌看看她的眼神，说："别误会，我是在说咱们要见的这个小梅。来之前我查过她的背景，这女人以前是被拐卖过的，被拐去边境的山里，后来被解救了，但是家早没了，就在城市里过最底层的生活，这几年才好些，被拐时才十几岁，没读过什么书，在城里能干什么？什么都干过。"

苏甄没想到方酌查得这么细："那她和洪荣波到底是什么关系？"

"谁知道呢？其实听小召的话不难发现洪荣波是个什么样的人，好高骛远，喜欢吹嘘，总说要谈大生意，可连小生意都不怎么赚钱，只能勉强维持生计，这样的人，有女人想托付终身吗？"

苏甄皱皱眉，还没说话就到了巷子尽头的小院，在门口就听到里面的犬吠声。

方酌吓了一跳："小心啊，里面有狗。"说着推开小铁门，门口用铁链子拴着的一条狼狗一顿狂吠。

苏甄注意到前面的方酌腿都在抖，忍不住"扑哧"一声笑出来。

"笑什么，你难道没有怕的东西吗？再说了，我是因为天冷。"

"那你走啊。"

方酌却没动。苏甄倒是冷静下来，此时看那狗一个劲地叫，想起包里还有根火腿肠，就掏出来朝那狗扔过去，终于消停了。

方酌长舒一口气，鄙夷地说："还看家护院呢，谁给吃的就跟谁。"

两人进了院子，门紧闭着。苏甄敲门："有人吗？"

"谁啊？"

半晌，门开了，一个没化妆、形容憔悴的女人披着衣服出来，看到他们，一愣："你们？"

"小梅是吗？我们有点事想问问你，关于洪荣波的。"

那女人咳嗽着，皱着眉，说："警察都来问过了，他那天晚上一直在夜总会包厢喝酒，从七点到十二点都在包厢，就我陪着他。"

"记得这么清楚？"

"因为警察问过了。还有，你们是什么人啊？"

"我们啊，是洪荣波先生在京城的朋友。"

"京城？"小梅疑惑地嘀咕了一句，"他还去过京城？"

"你和他是男女朋友吧？"

小梅戒备地说："不过是认识的人，他总找我买酒，也算不上男女朋友。"

方酌笑得隐晦："总点你？据我所知，你和洪荣波的关系还挺亲近的。"

小梅脸拉下来。

"可以问你几个问题吗？"

"我跟警察都说得很清楚了，你们还要问什么？想问直接找警察。也不知道是谁报的警，他那人总和马大哈一样，迷迷糊糊的，酒品也不好，喝多了吃头孢这样的事对他来说也不算稀奇，警方都说了这是意外。"

第173章
所有人都很古怪

"你激动什么？我们从京城过来，知道了洪总的情况，不过是想问问，梅小姐似乎很激动，我从头到尾都没说什么，难道他不是自己吃了头孢导致昏迷的吗？听你的话似乎还有别的原因？难道是有人谋杀不成？"

小梅脸色变了，咳嗽着逃避他的目光："是之前警察问的，我以为你们……"

"以为什么？我们和洪总不熟，不过是京城那边旅行社的人，正巧过来找他有事，知道他出了意外，随便问问。"

小梅被说得哑口无言。"没什么可说的了，他那天一直在夜总会包厢里，警察都查过监控了，他的车也一直停在门口，七点钟进来的，十二点走的。"

"那监控我看了，不过是拍到了衣服和侧脸，若是身形跟他差不多的人穿上他的外套，很容易作假，这些我可经历过，所以监控有时并不可信。"

"不知道你们在说什么。"小梅烦躁地说，作势要关门，方酌却一下拉住，吓得小梅大叫："干什么？我喊人了啊，私闯民宅。"说着就往方酌身上贴，这是要引来人啊，看样子还是个老油条。

苏甄一瞪眼，挡在方酌身前："别和我们玩这套，我们不过是来了解点情况，你这么大反应，心里肯定有鬼。"

苏甄手臂一挡，其实没用多大的力，可不小心碰到了小梅的肚子，后者一皱眉，像是觉得疼痛，弯下腰，苏甄一愣："我就是轻轻碰了一下，你讹人啊？"

小梅捂着肚子，靠在门边缓了半天，说："我这正难受呢，你们赶紧走吧。"说着又要关门。

方酌皱眉："你这是要跑路？"

只见地上的行李箱摊开，像是在收拾东西。

小梅一愣："要你管？老娘把不用的衣服收拾到箱子里不行啊？"

小梅说着推着方酌出去，把门关上，气得苏甄直跺脚："这什么人啊？肯定有问题，这么大反应，还想跑路，这女人肯定知道点什么。"说着又要拍门。

方酌制止她："别拍了，再问也问不出来。"

"可她要是跑了怎么办？"

"我找人盯着她，她能跑到哪儿去？只要不出国，我都能盯住。"

苏甄不甘心，还想再拍门。

方酌看看表："要赶紧回去，小召还在夜总会。"

苏甄不甘心也没别的办法，回去的路上苏甄脑洞大开："你说这女人真的不知道洪荣波在干什么吗？没准她和洪荣波是一伙的，跑路是怕对洪荣波下手的人也杀她灭口。你说杀洪荣波的人会不会是二楼那个男的，那个勤天集团的袁昆？"

苏甄越想越觉得是这么回事。

"若背后之人真的和勤天集团有关系呢？"苏甄不敢想象，"那边的调查有结果了吗？"

方酌停下来看看苏甄："用点脑子。"

"什么意思？"

"你觉得那儿满屋子血浆，第二天清洁工不会报警吗？"

苏甄一愣，顿时有种智商被侮辱的感觉，追上去问："那这么说有进展了？"屋里那种状况，警方一定会查监控，到时候袁昆岂不是会被抓？

"所以不觉得奇怪吗？弄得这么明显，是有人故意让警方知道，然后牵扯出勤天集团把事情闹大。"

苏甄诧异地说:"是有人故意用血浆交易,引起警方的注意,就是想把事情闹大?"

苏甄脑子有点乱,他们交易了什么东西,然后又把东西交给了洪荣波,洪荣波又被人灭口,这跟他们要查的事到底有什么关系?但肯定一开始就有一方想要把事情闹大,把勤天集团牵扯进来。

"所以?"

"所以,引蛇出洞。我把备用摄像头黑了,现在有那段录像的只有我,警方看不到,也就查不到袁昆,我决定自己去查。"

"你胆子也太大了,万一警方查到是你黑了摄像头,你就有很大嫌疑。"

"据我了解,开那个满是血浆的房间的人,就是袁昆在电影制片厂打听的那个魏志强,但显然这个魏志强的身份证是假的,所以警方才觉得这是一场恶作剧,对方早有准备,还抓不到人。我猜袁昆打听魏志强也是说的开房人的姓名。但不管背后操纵的是谁,有什么意图,我都掐灭在了摇篮里。这人势必还要出手,到时候咱们就可以顺藤摸瓜,就怕他不出手,才不好抓。"

"那你觉得这些奇怪的事和背后之人有关,和姜旭东……"

"现在咱们还不知道这整个故事的脉络,但我总觉得……"方酌皱眉,欲言又止。

"觉得什么?"

方酌摇头:"没什么,快走吧。"

二人回到夜总会的时候,本以为小召还在睡,可没想到包厢里没人了。方酌赶紧拉住一个送果盘的服务员问人去哪儿了,服务员说不知道。

就在这时,对面的包厢传出了极大的声音,像是有人在摔杯子,紧接着就看到小召被人踢出了房间。苏甄吓了一跳,赶紧上前,方酌手疾眼快地拉了她一把,几乎是方酌拉开她的一瞬间,酒瓶子就砸在她脚边。

而地上的小召醉得不行,被打得鼻青脸肿,里面有几个膀大腰圆的男子,一看脸上的刀疤就不是一般人。

此时为首的指着地上的小召:"哪里来的毛头小子,敢跟我抢女人?"

没想到平日里憨厚的小召喝了酒就跟变了个人似的,要朝人挥拳头,苏甄不禁感叹酒真是个"好东西",壮了尿人的胆啊。

方酌想拦都拦不住,小召一个劲地嚷嚷要打电话叫师父来把他们都灭了,对方显然也喝多了,场面一度失控,不少人过来拉架,就在小召闹得不行,方酌都拉不住的时候,走廊那头有人吼了一声:"兔崽子!"

老范脸都青了,显然是跑过来的,上气不接下气,小召却喊着:"我师父,西南一霸。"

老范上来就给他一个耳刮子,气得够呛,转身对着苏甄二人,脸色也不是很好,说道:"苏小姐,方先生,你们见笑了,这孩子酒品差,之前没和你们打招呼。"

这话说得很巧妙,看似道歉,实则充满埋怨和指责。不过这都不是重点,老范赶紧向人赔礼道歉,对方还在拉扯,这一动手老范的衬衫都被撕坏了,苏甄二人看到老范胳膊下方不明显的位置露出半截文身和一些疤痕。

苏甄在后面有些惊讶:"那是文身?这个老范以前还真是在外面混的?"完全看不出来啊,平时看着像个老实人。

第174章
老范是什么人

方酌皱眉:"之前在旅行社我就觉得老范的走路姿势奇怪,现在看他站姿笔挺,像是养成了习惯,而且你细看那文身。"苏甄眯着眼,看出那文身应该是个鸟头,鸟的眼睛在灯光下有些立体。

"那是?"

"那文身是为了遮盖伤疤的,那眼睛,我没看错的话应该是枪伤。"

苏甄一愣:"还真是混过的,看不出来。"

方酌摇头:"这人以前应该受过正规训练。"

最后是方酌主动提出赔几千块钱才算了事。出门后老范一直点头哈腰地道谢,却没说要还钱,方酌倒也主动,说是自己叫小召出来玩,要负主要责任,可苏甄还是看出老范对他们的警惕。

出了这么多事,老范又在洗手间给小召冲了冲水,他总算醒酒了,此时整个人都蔫蔫的,小狗似的跟在师父后面,一行人半夜一点多才回公寓。

关上门,屋里出奇地安静,苏甄有些饿了,开火煮泡面,可锅子柄坏了,不小心割破了手指,方酌顿时皱眉,四处翻找起来。

"找什么?"

"创可贴啊。"然而他翻箱倒柜也没找到,"他家药箱在哪儿?"说着要去隔壁问。

苏甄看看时间都这么晚了,说:"别去了。"

"怕什么？他们应该还没睡。"

"你怎么知道？"

方酌停下话头，听到门口有窸窸窣窣的声音，一下拉开门，就看到老范在那儿收拾挂着的衣服，这一开门把他吓了一跳："方先生这么晚了还不睡啊？哦，我怕下雨，收一下衣服。"

"有创可贴什么的吗？"

老范愣了一下，进他们屋看了看也没找到："平时小召住这间，您稍等。"说着回自己那屋，拿了个一看就很久没用的药箱，上面写着某某旅游培训中心，在里面翻了半天。"创可贴应该还能用，其他的都过期了。我们平时也用不到。"

方酌道了谢，接过来，关上门。苏甄看他还盯着药箱，问："怎么了？"

方酌摇头，看到里面有一些常备药，碘酒、硝酸甘油、维生素，还有头孢之类的，拿起来看了看日期。"这瓶头孢的日期和洪荣波吃的那瓶日期一样，在他家我也看到了这个药箱，恐怕是旅行社培训基地统一发的，有好几年了。"

苏甄突然想到什么："你说凶手会不会是他身边的人？而且一定是经常去洪荣波房间的，不然怎么知道药箱在哪儿？当然也不排除是喝多了的洪荣波自己拿出了药箱。但现在就很可疑。"

方酌挑眉："你是说隔壁那两个？"说完摇头，"隔壁的老范、小召都有不在场证明。小召那天在咱们住的酒店，和另一个团的导游住一个房间，他俩打了一晚上游戏。至于老范，那天晚上和人在大排档喝酒喝到十二点多。"

苏甄皱眉："也是，这几个人怎么看都和勤天集团没关系。"

"我已经派人盯了袁昆一段时间，可他每天上下班，看不出有什么特殊的，而手提箱我也仔细看了，不是市面上有的品牌，箱子应该是电影制片厂统一发的，不注意看看不出来，可把手下面有钢印，印了桂林电影制片厂的字样。"

"所以袁昆才去电影制片厂打听和他交易的人？可他并没打探到什么，但可以肯定他做这个交易应该是被人胁迫的。"

"怎么看出来的？"方酌对苏甄这个说法很感兴趣。

"很明显，血浆满屋子都是，又是在半夜交易，他还有种偷偷摸摸又紧张兮兮的感觉，而他本人你也查了没有欠赌债或者别的什么事，所以我猜测会不会是蒋连本人被人胁迫，让自己手下去办事？"

不过说到这儿，苏甄叹了口气："但那是蒋连啊，勤天集团的老总，谁敢胁迫他啊？"

方酌笑着说："为什么不敢胁迫？往往在高位的人最怕隐私暴露，会影响公司的股价。"

"还有一点,在警方的走访中,周围人对洪荣波的评价都是爱吹嘘,实际上没什么钱,可那块表很值钱。他这种人会买这么贵的表吗?"

"你是说这表是有人给他的?"

"别忘了,他和小召说遇到了贵人。"

也许就是那个贵人把洪荣波给灭口了。

方酌思索着:"其实还有一点很奇怪,如果袁昆是帮蒋连做事的,应该怕被人知道才是,可他开着勤天集团的车,用着勤天集团的洗漱包,生怕别人不知道他和勤天集团有关系似的。所以说这个袁昆很有意思。哪天咱们去会会他,咱们手上可有他的把柄。"

然而第二天一早,苏甄还没想好如何摆脱小召,出门就看到老范衣服都没穿好,急急忙忙地下楼,而小召整个人也显得特别紧张,配上脸上的伤,越发显得滑稽。方酌拉住他:"怎么了,出什么事了?"

小召很害怕地说:"医院那边说经理不行了。"

苏甄一愣:"怎么会呢?之前不是说已经抢救过来了吗?这几天他该醒过来了啊?"

苏甄还盼着洪荣波醒过来后说出是谁下的手呢。因为怕有人对他不利,这些天她和方酌总去医院,就算他俩没去,老范或者小召也会去的,他又是住在四人病房,没么好下手,苏甄怎么看都觉得洪荣波很安全,可怎么就突然不行了?

"说是突然心脏衰竭,之前洪总心脏就不太好,但也没这样,医院那边说是药物过敏,真是倒霉。"

小召跑下楼,说先去看看,怕他师父受不了,晚些时候再来接他俩。

苏甄二人哪能等得了?随后就打车去了医院。到的时候洪荣波脸上都盖上白布了。

老范平时那么看得开的人都站不住了,号了两声,但到底是男人,更多悲痛都藏在心里,小召在旁边扶着他。

可苏甄知道事情根本没那么简单。

她偷偷问大夫情况,那边方酌开始入侵医院摄像头看有没有可疑的人。

大夫很愧疚地说今早发现人不行了,之前没注意到,但这是无法避免的。"看来他有特殊心脏病史,但我们之前真的没发现,当初问过他的朋友,也都没人提这一点啊。"

"小召说洪荣波平时心脏就不太好。"

医生皱眉:"是吗?可是你看。"医生拿着单子,既往病史那一栏写着"无",

签字的就是小召。"看来还是得让直系亲属签字，要不是当时情况紧急，也不可能让他的朋友签，当然医院也要负一定责任。是我们没有注意到，他有特殊过敏情况，这种情况几百万人中才会遇到一例，实在是没想到。"

第175章
分公司

回到走廊这头，方酌皱眉："我刚才查过昨晚的监控，就病人、病人家属和医生进出过。"

"难道凶手隐藏在这些人中间？别忘了王启明的例子。"

"王启明当初是在加护病房，不常有家属或者其他病患在病房四周走动，这是普通病房，病房内外总有人，想下手没那么容易，夜晚大夫是不来的。但……"

"但什么？"

方酌觉得奇怪，拿出手机给她看："你猜我在医院还看到谁了。"

苏甄盯着视频，注意到了："袁昆？他怎么在医院？是他，是他下的手对不对？他可能查到了洪荣波拿走了手提箱，就下手了？因为手提箱里是见不得人的东西，所以找到胁迫他们的洪荣波后就将他灭口了。"

苏甄觉得肯定是他了，可方酌摇头："他并没有进过病房，也没有去过药房，他不过是询问了洪荣波的情况。"

"那他出现得也太奇怪了，既然是冲着洪荣波来的，他嫌疑最大。"

方酌却否定："你仔细想想，咱们都猜到了洪荣波背后肯定有人指使，袁昆猜不到吗？他完全没必要对洪荣波下手，他甚至没有上楼来看，就是怕指使洪荣波的人一急将洪荣波灭了口，他这条线就断了。所以他应该不是凶手。"

苏甄不甘心："真的仅仅是巧合？药物过敏？你说过这世上所有的偶然背后都藏着必然，这事绝对没有这么简单。"

话音未落，走廊那边已经有工作人员推着洪荣波送去太平间了，老范还在悲痛地号着。

苏甄突然被这情景弄得鼻子发酸，就算他们生活中有诸多矛盾，但到底是认识这么多年的朋友。一旁的小召安慰着老范。

苏甄叹着气，想上前，最后还是停住了脚步，他们不知道苏甄二人也来了医院，她只能止步于病房这边的拐角了。她隐隐听到小召在那儿情商很低又很现实地说："师父，你先把伤心放一放，旅行社那边还有很多手续要办，咱们虽是小本经营，可也是有股份的。洪总这些年在外花了不少钱，肯定还有没还完的外债，您已经仁至义尽了，总不能把后半辈子都搭给他。他虽没房子，可老家不是有块地吗？他父母早就过世了，你身为旅行社的股东，他欠的外债不能旅行社替他还吧？我没别的意思，都是为了旅行社，把他那地卖了，把债还一还。"

苏甄一愣，没想到还有这么多事，老范却回手给了小召一耳光："人才刚死，我就动他的地，你叫别人怎么看我老范？"

"师父，咱们现在说实际的，别人怎么看不重要，重要的是，他这一死，那些债主肯定很快会找上门，他当初是拿旅行社做抵押的，难道咱们要被他拖死不成？您别死脑筋了行吗？"

老范沉默不语，脸色极其难看："他尸骨未寒，说到底是我对不住他，他走到今天这地步，不能全怪他。小召，你别再说这件事了，我知道你年纪轻轻的，有很多抱负，我之前管你管得太狠，本想啊，我也没儿子，我带你几年，以后把旅行社交给你打理，现在看来我也是没本事的，反而连累了你，你还年轻，外面有什么机会，就去抓住吧，我不怪你就是了。"

"师父，你说什么呢，我怎么可能走？但你不能固执啊，洪总欠的债，用他的地还天经地义，凭什么连累您啊？您倒是豁达了，让我出去闯，我现在还能去哪儿闯啊？"

小召也是来了脾气，转身走了，经过苏甄身边的时候也没注意到她，还撞了她一下。苏甄想喊住他，可对方气得眼睛都红了，往楼下跑了。

苏甄看他到底是孩子心性，跟着过去想安慰两句，却听小召打电话说："都和你说了白天别给我打电话，哭什么哭啊，家里没饭不能点外卖啊？别说了，晚上去找你。"说着摔了电话。

苏甄一愣，这脾气发得……听着像是和女生说话，没想到小召这么年轻就谈恋爱了，不过对女生可不怎么好。

中午小召打来电话说接他俩去旅游区，方酌说今天不必了，知道洪总出事，今天就自己玩，不找小召了。小召也没坚持，大概是没人倾诉，在电话里多说了几句。

"我师父啊，平时总和洪总斗嘴，总说看不惯洪总那爱吹嘘的样子，可到底是多年的朋友，在医院直接就受不了了，好在他以前当过兵，底子好，不然现在估计也倒下了。"

苏甄一愣，接过电话说："你师父当过兵？"

"对，在边境当过，后来还做过一段时间警察，不过没做几年就不干了，和洪总开起了什么旅行社，要不是洪总，他也不会这么惨。我师父以前很厉害的，我看过他穿军装的照片，很帅，还有人给他送锦旗，说他解救过人质什么的，是英雄呢。"

"可惜了。所以说人一步错步步错，他就是被这个兄弟拖累的。现在说这些也晚了，洪总之前说要扩大规模，在外贷了款借了钱还不上，拆东墙补西墙，我师父不想把旅行社赔进去，替他还过几次，可这就是无底洞啊，他现在死了，还让我们讨不到好。"

小召在那边说着说着都哭了："我就是替师父不值，这种人死了就死了，省得以后害人。"

他情绪激动，随即发现自己失态了，说着抱歉，明天一早肯定来接他们去旅游区，就挂断了。

挂了电话，苏甄皱眉："真没想到老范以前当过兵，能查到他的背景吗？我总觉得这个人有问题。"

"我早就查了，有意思的是，他那段时间的档案是保密的，看来只能求助警方，还好我留了陈立他们专案组组长的电话。"

下午他俩也没耽误时间，直接去了袁昆所在的公司，打算杀他一个措手不及。现在他们拼的就是时间和速度，要赶紧找出问题，不然背后之人一定会掩盖真相。

这家公司是勤天集团云贵地区的分公司，主要销售头部按摩仪。

苏甄看着资料："勤天集团一开始在水周不是做房地产开发和旅游项目投资的吗？"

"是的，但蒋连接手后扩大了规模，还涉足酒店什么的，但医药公司是近几年做的，其实他就是收购了一家制药厂，主要生产止疼药，用的配方和别家的一样，只是换了个名字，算不上知名品牌，但胜在价格低廉，一般三四线城市的药店都能买到，还比较常见。"

"那袁昆是医药代表吗？"

"不是，他们那个所谓的头部按摩仪不算医疗器械，就是保健仪器，会去各个养老院或美容院推广。袁昆算个小经理，不用亲自跑业务，所以这个时间应该在办公室。"

公司在一个写字楼的十二层，同一层什么减肥药公司、网红带货公司都有，很杂乱，可见这分公司的销售业绩很一般，勤天集团旗下业绩好的公司都在好地段，不好的就不言而喻了。

他们到前台说找袁昆谈生意，小妹还挺惊讶，看来这个袁昆经理和传闻中一样徒有其表，没什么业绩，在公司不怎么受人待见，但还能稳坐经理一职，苏甄更加怀疑他是替蒋连办事的了。

小妹引着他们往里走，放眼望去，卡座上没几个人，应该都出去跑业务了，他们远远看到袁昆坐在那儿玩手机，应该是在打游戏。

"袁经理，有人来和你谈生意，是A城方天科技的人。"

第176章
暗处的箭

方酌的公司是上市公司，前段时间还挺红的，再加上他长得不错，总在金融和娱乐版块出现，袁昆肯定是听说过的，此时惊讶地说："您好，您好。"

小妹还好奇地看着，方酌笑着对她说："能给我们倒杯咖啡吗？路上有点渴，估计还要谈很久，我们想深度合作的。"

小妹反应过来，赶紧出去了。袁昆还是蒙的，看方酌把名片递过来，说："久仰，久仰，没想到方总会来我们公司。要谈生意也该去总部啊。"他倒是直接。

咖啡送来后，周围的卡座都没人了，正是谈事的好时机。苏甄刚要张口，方酌就拉了她一下，最后还是袁昆先开口了："不知方总找我谈什么合作？还是有什么私事？"

对方果然是个会看眼色的。

方酌没接话，喝了半晌咖啡，苏甄看袁昆手在下面紧张地攥着，明白过来这是方酌在给对方压力。姜旭东以前就说过，在商场上打拼靠的是耐力，看谁心态好，方酌则拿捏得很到位。

袁昆又问了一遍："您找我到底有什么事？"

"不能是谈合作吗？我女朋友在京城做美容的时候用了颈椎仪和头部按摩仪，我觉得很新奇，想和你们合作开发个芯片。"

袁昆疑惑地盯着他，突然笑了："方总真的了解我们的产品吗？"

"当然了解。"

"如果您了解，就该明白我们公司为什么业绩不好。"

"袁经理真是个实在人，是想跟我说你们这款按摩仪就是个鸡肋产品，一年也卖不出去几个，那些美容院、养老院的产品几乎是白送的，人家才收？"

"您不是鲁莽之人,既然知道这东西什么样,还要合作?"袁昆此时也放松下来,靠在椅背上,眼神很毒。

苏甄甚至有些紧张了,不明白方酌是故意这样,还是演砸了。

"可袁经理不是勤天集团的销售吗?遇到客户应该不遗余力地留住,怎么反而告诫客户及时止损?从公司的角度看,您不够爱岗敬业啊,分公司弄成这样,袁经理应该要负很大责任吧。

"我更不明白这个每年都没什么盈利的分公司,为何会十年如一日地挺立着。勤天集团每年年底复盘的时候,就没人提议关闭吗?还是上面有更大的保护伞,让这小销售公司得以存活?"

袁昆脸色一下白了。

气氛有点尴尬,方酌此时拿出手机点开,推到他面前。袁昆瞪着眼睛,皱着眉看向方酌。

苏甄此时也意识到了袁昆表情的奇怪之处,正常人看到这种视频不是该惊讶地质问或者掩饰吗?而袁昆此时却盯着他俩,眼中满是探究的意味。

"看来袁经理并不惊讶我有这段视频,还是说你根本就是故意让摄像头拍到你的?假装把一个摄像头盖住,不就是想引起看监控的人的注意吗?你可是勤天集团的销售,平时库房都有监控,自然知道有备用摄像头,就算这点是你疏忽了,之后下楼出门你还开着勤天集团名下的车,房间里放着勤天集团神秘的调研部洗漱包,生怕别人不知道你是勤天集团的人,或者说蒋连的人。我不得不怀疑那天晚上的事从头到尾都是你自导自演的,为的就是把警方引过来,我不知你是替蒋连做事,还是恨蒋连,想让警察注意到集团?"

方酌字字诛心,苏甄一直紧张地盯着袁昆。

他又打开医院的视频:"洪荣波今早死了,可监控拍到昨天你来了医院,你那天从那间全是血浆的房间里偷拿出来的箱子出现在了洪荣波的车上,我不得不怀疑这中间有什么问题。"

方酌点到为止,没有再说下去,这算是摊牌了。

袁昆却盯着他半响:"你们到底是什么人?"

"那袁经理到底是什么人?据我所知,勤天集团根本没有调研部。我梳理了你们集团的发展脉络,蒋连这么多年都很低调,看似是老一辈股东施压了,然而蒋连真就那么听话?当年麻省理工的才子,如果没接手集团,现在应该是个科学家了,他如此聪明,我想不出这些年他躲在老股东背后畏首畏尾的原因。当然这都说远了。"

"方先生在说些什么?我听不明白。"袁昆只紧张了一瞬,就摆出一副无所谓的样子,仿佛被方酌抓住把柄也不算大事。"方先生尽管去报警吧,既然你知道我故意引起警方注意，就该明白我现在不怕威胁，但我很好奇方先生到底想知道什么。"

没想到袁昆没过多挣扎就承认了，但确实如他所说，他们还真奈何不了他，如果报警，正中对方下怀。

"你们交易的到底是什么东西？"方酌索性也放轻松了。他知道现在和袁昆之间是互相试探。

袁昆皱皱眉，没回答，苏甄则有点急了："是洪荣波在胁迫你吗？你也知道洪荣波是被人指使的，就是一杆枪。你已经受了他的胁迫，为什么还要让警察知道？你是想通过警察来查洪荣波？袁经理又是替谁做事的？能让你在这分公司里衣食无忧，还过得很清闲的人，就算不是蒋连，也是勤天集团的某个高层。"

"苏小姐，不管如何，我的计划都被你们扼杀在了摇篮里，很可惜。而我无论替谁做事，做什么事，和二位好像并无关系。可听你们说的，应该是跟踪调查我有一段时间了，出于什么目的？方先生不先解释一下吗？"

方酌叹了口气："现在的情况是，我不明白你们在做什么，你们不明白我在做什么，但我可以肯定的是，咱们在查同样的东西，就是当年从福利院跑出来的几个孩子。我觉得我们不如开诚布公地谈一谈，反正你们不就是想引起警方的注意吗？至于为什么，我尚且猜不出来，但我猜你们是不想再受人胁迫了吧。"

虽然听着有些混乱，但方酌知道袁昆明白其中的意思，现在就是两方都不肯先泄底。方酌站起来，把手机收好："但不管你的计划是什么，你出现在医院的时间很容易让人怀疑，是你杀了洪荣波啊。"

袁昆皱眉："人不是我杀的。"

方酌高高扬起眉，袁昆知道自己说错话了。

方酌扭过头来："贵公司那么怕被人胁迫，我倒好奇你们到底隐瞒了什么事。不知袁经理听没听说前段时间京城的爱兰科技被我收购了？"

方酌盯着袁昆，察觉到他表情的变化，看来袁昆知道爱兰科技，难道他真的和背后的大 boss 有关？

"爱兰科技公司这些年一直在走私违禁品，为某个非官方组织做一些非法的脑部实验，开诚布公地说，警方早就盯上他们了。如果你的靠山不想重蹈覆辙，我希望咱们可以好好合作，彼此深入了解一下。"

方酌说完，趁着袁昆还没缓过劲来，拉上苏甄就离开了。

苏甄因为刚才两人互相打哑谜，唇枪舌剑的，进了电梯才敢说话："你刚那么说是什么意思？按照我之前的猜测，陈钟他们十几二十年前还是孩子，没有大的组织给他们资金支持，他们不可能做出那么多事来，现在看他们背后的也许就是勤天集团，别忘了福利院事件、工厂事件都和勤天集团脱不了干系。

"说不定陈钟只是个傀儡，最大的 boss 是勤天集团呢。也许就是蒋连，而且他堂哥不是死了吗？说不定他就是为了干掉他堂哥，取而代之，才弄出这么多事，为了他能成为集团唯一的继承人，掌握庞大的权力。"

第 177 章
司机

苏甄越想越觉得自己推理得没错，所以对方酌刚才说的话很不赞同。按照方酌的意思，是想和蒋连摊牌，细聊合作，共同对付背后的大 boss？可万一蒋连就是鬼，还怎么一起见阎王？

方酌笑出来："那你想过没，袁昆这一系列操作都是在引起警方的注意，他刚才自己承认了，压根都没掩饰。如果蒋连是背后的大 boss，他会引警方查自己吗？所以我觉得他不是。"

苏甄脑子转得极快："会不会是这样：洪荣波在某个人的指示下知道了勤天集团的秘密，并在那个人的指示下敲诈某样东西，勤天集团不知出于什么原因想把这事曝光，但又想撇开关系，所以装作东西不是他们的，是袁昆从别人那儿得到的，再交给洪荣波，到时候引起警方的注意，查到袁昆，就说是被人胁迫的，之后通过洪荣波查到背后指使的人。可他们既然不怕被胁迫，甚至想报警，为什么还会理洪荣波呢？是为了找出威胁他们的人吗？这里边一定还有咱们不知道的东西。"但又想到方酌的话，说，"是啊，他们知道爱兰科技已经倒了，这种时候更不应该引起警方的注意了，不怕暴露吗？还是说他们是故意演戏？"

"先不管袁昆想干什么，是不是勤天集团想引起警方注意，咱们可是实实在在地被引到这里来了，并且注意到了勤天集团，所以我突然觉得我们之前的思路好像都错了。你细想，勤天集团从头到尾是什么角色？他们在京城的仓库和爱兰科技的仓库离得非常近，你看他们进出的货物，是不是有一瞬间怀疑过他们？"

苏甄点头。

"再说了，咱们这次之所以查到这一步，是因为咱俩报了这个旅行社，而这旅行社是我们追着姜旭东的线索报的，紧接着查到洪荣波，发现洪荣波戴着那块手表。"方酌比画着，"洪荣波肯定和咱们要查的案子有关，那么洪荣波威胁的勤天集团也必然在这个旋涡里。所以咱们开始怀疑勤天集团，怀疑蒋连。"

苏甄点点头，是这么个情况。

"仔细想想，咱们这一路好像一直在被人牵着鼻子走啊。"

苏甄心里一沉，脑子转得飞快："你是说咱们以为线索是自己发现的，实际上都是对方的圈套，是背后之人引着咱们过来的？"

"也许从一开始，勤天集团就是对方的一个挡箭牌，背后之人可能知道一些勤天集团的秘闻，以此威胁蒋连，而蒋连这一次的行动没准就是反击。是啊，当初那几个孩子是福利院的，据说死了的那位蒋先生在福利院刚建好的时候常去慰问，因为那些孩子都是他那工厂爆炸后工人的遗孤。你说当初工厂爆炸，福利院着火，到底和勤天集团有没有关系？是不是之前那位蒋先生为了掩盖某些真相将那些人灭了口？"

苏甄越想越觉得可怕："但那位蒋先生怎么又死了呢？你说那些孩子活下来后，为什么不回福利院，而是从此隐姓埋名？他们在躲什么？"

苏甄话音刚落，电梯门就打开了，到了一楼，刚才设想的恐怖画面仿佛被打破了，回到了现实，可苏甄仍然觉得背后汗毛竖立。她从没想过这背后也许牵扯这么多骇人的事。

可苏甄想想又否认："也不对啊，当初的工厂爆炸案，福利院着火，都是作为重点案子调查的，后续陈立也去重新走访调查了，并没有发现勤天集团和这些案子有什么直接关系。工厂爆炸是因为工人罢工违规操作，而福利院着火，确实是厨房忘记关火了，这些都是怎么回事呢？"不管怎样，有很多想不通的细节。

"或许，背后之人陈钟因为当时知道了勤天集团的秘密怕被灭口，带着孩子们东躲西藏，后来为了生存，又敲诈了勤天集团，甚至多次敲诈蒋连？"

"这个可能性极大，现在躲在暗处的陈钟知道咱们和专案组在调查他们了吧，姚总的事败露，爱兰科技出事，咱们一步步接近真相，而陈钟这时候如果阻止不了，就只能甩锅了。所以有很大可能他引咱们找到勤天集团，是为了嫁祸给勤天集团，但蒋连知不知道这件事呢？"

"你是说蒋连想引起警方注意，是意识到要当替罪羊了？"苏甄一下想通了这一点。

"这只是一种猜测，别忘了，知道这整个故事的除了背后之人，还有那个叛徒，那个一直在给咱们提供线索的人。虽然他最近没再提供任何线索，但并不排除是他策划了这件事,把咱们引到这里并且发现勤天集团,所以我猜勤天集团掩藏的秘密,一定和陈钟他们的事有很大关系。"

苏甄认同地点头,眯着眼:"但现在有个问题,咱们分析的如果都成立,那么洪荣波到底是谁杀的?袁昆不可能杀他,是那个叛徒怕暴露自己的身份所以杀了他?还是背后之人陈钟怕暴露自己?

"洪荣波这个人非常关键,无论是咱们还是蒋连都可以通过他查到很多事,还可以利用他顺理成章地设套,这么一个关键性的人物,却突然死了。

"还有,咱们查了洪荣波的资产,他既然是被人指使做事,肯定要拿好处,可无论是银行账户还是固定资产,都还是欠外债的状态啊,给他的钱呢?以什么形式?他死得太突兀了,就显得非常不合理。"

两人此时已经走到路边,方酌挥手打车,苏甄全部心思都还在案子的疑点上,直到车开出去很远,才听到方酌说:"师傅,您走错路了吧?应该从三环西路过去。"

苏甄这时才抬头,看到前面的司机戴着鸭舌帽,帽檐压得很低。

"师傅,你要是绕圈多收钱,我可报警了。"

正好遇到红灯,车一下急刹住,苏甄和方酌都撞到了头,然而刚抬起头,司机就拿了什么东西快速地朝他俩喷来,苏甄心道不好,但下一秒钟就失去了知觉。

真相

卷十

窺夜

第 178 章
绝望

苏甄醒来的时候只觉得头晕得厉害,是被刺眼的光弄醒的,想用手挡,可发现手被绑着,心一下就凉了,也瞬间清醒了大半,而旁边并不见方酌。

苏甄一下就慌了,迎面照着一盏强光射灯,隐约能知道灯后站着人,可逆着光看不清,苏甄叫着:"你们是什么人?这是绑架,你们想干什么?"

然后就听到一个陌生的男人的声音:"苏甄,A城细胞研究所的研究员,可你丈夫失踪后你就很放飞自我,你这次来桂林想干什么?"

苏甄虽有些慌,可听到这些脑子马上清醒了:"我是来查案的,我丈夫失踪了,牵扯出很多案子,我是配合警方查找真相的,你们是什么人?不管怎样,你们肯定不是我要找的背后神秘人。"

"你怎么那么确定?"

"因为我始终相信姜旭东不会这么对我。"

苏甄不知为何说出了这句话,那边安静了一瞬。苏甄脑子转得极快:"你是谁?绑架我是想阻止我查下去吗?想阻止我查什么,勤天集团的事?"苏甄此时真是智商在线,可能是越恐惧脑子越灵光。

对方一个劲地问她问题,苏甄只能不停地回答。

这种高强度的询问和强烈的光让人招架不住,苏甄很快就感觉极累:"我能说的都说了,你们这样是犯法的知道吗?我已经猜到你们是谁了,用不着玩这种把戏,要么弄死我,要么开诚布公,折磨人干什么?"

"啪",眼前的光一下灭了,苏甄进入强光照射后的暂时失明状态,听到有人从椅子上站起来关上门的声音。

屋里一片黑,苏甄想爬起来,奈何手被绑在后面的椅背上。她不想坐以待毙,往前蹭着,带着椅子在水泥地上发出刺耳的声音,然而在这黑暗中她根本分不清东西南北,她只能一边蹭着,想摸到墙壁,一边喊着:"方酌,方酌。"

终于碰到墙,顺着墙想找到门,可摸着摸着却摸到一双腿,苏甄心里一沉:

"方酌，是你吗？"

再摸上去，那人似乎蹲了下来，脸正对着自己。

"方酌？"

再往上摸，感觉到那人温热的呼吸夹着香烟味吹在自己脸上，苏甄吓得弹开："你不是方酌，你是谁，你是谁？"

苏甄想往后退，可惜她的手还被绑着，行动不便，椅子被那人抓住，她挣扎不了，只觉得有巨大的压迫感向自己袭来。

苏甄浑身发抖，心里却防备着，在那人扑过来的一瞬间侧过身。她本能地尖叫着，一边喊着方酌，却感觉到黑暗中有人掐住自己的下巴，说："说，你们调查勤天集团的目的是什么？如果说实话，就放了你，不然……"

那声音极冷，随后一双大手撕开她的裙子。苏甄嗷嗷叫着："我刚才都说了，我都说了实话，你们到底想干什么？"

"你在研究所工作，难道不是在帮爱兰科技背后的人做实验吗？"

"我没有，我说了我是受害者，我一直在追查这件事。"

"你在说谎。"

对方步步进逼，把所有和实验以及背后之人有关的事都问了个遍，问题密集极了，苏甄招架不住，何况那只冰凉的手还在她身上摸着。

她只能大叫，根本来不及思考，那人逼着她回答，她的答案几乎都是脱口而出，没有任何思索的时间。苏甄只觉得自己的尊严在这一刻都土崩瓦解，她仿佛身处地狱中，时间仿佛过了几辈子那么长。

以前苏甄看过书和电影，那些古代的人被逼供，没几下就招了，当时还觉得他们没有骨气，此时才知自己太天真。没有底线的人，可以用你永远都想象不到的恶心的残忍的下作手法逼你招供，而你的骨气、尊严、意志力，在这一刻都像个笑话。

"还是不说实话是吗？"

那双手把她从椅子上解下来，接着有人把她抬起来，不知要抬她去哪儿。此时苏甄眼泪横流，哭叫着，那是她有生之年从未体会过的一种恐惧，她被放在一处犹如手术台的床上，手脚和腰部都被皮带束缚，动弹不得，头上被戴上了金属质感的头盔，冰凉得叫人浑身颤抖。

那人继续问苏甄问题，她只要有一点犹豫，那人的手就抓上来，倒不是摸，而是轻轻地碰，那种等待死刑的感觉最恐怖，苏甄大脑一片空白，只能不假思索地回答。

可对方似乎还不满意，说要来点刺激的，苏甄只感觉头上有一股电流，激得她小便都失禁了，颤抖不已。在一片黑暗中，对方不停地发问，发问，最后苏甄控制不住，眼泪鼻涕全在流，可眼前只有黑暗，只有绝望，在第三次电流过去后，她终于支撑不住晕过去了。

苏甄再醒来的时候，黑暗已经退去，身上也已被收拾干净，带着清新的沐浴露味，衣服也换了，穿了一条白裙子，手脚也没有被绑着。她猛地坐起来，感觉做了一场噩梦，但她手上有被绳子绑过的痕迹，她的肌肉不受控制地颤抖，这些都在说明那不是梦。

她感觉自己就在精神失常的边缘。

"苏甄，你没事吧？"

眼前突然出现一张挂了彩的脸，惨，比苏甄还要惨，苏甄看着眼熟，但竟然认不出。

"苏甄，我是方酌啊，你看着我，说句话啊。"

方酌眼睛都红了，朝四周站着的保镖喊道："你们都疯了吗，对她做了什么？用了对付我的那一套吗？她和我不一样，她从小娇生惯养，哪能受得住这些？你们对付我也就算了，对付一个女孩子也用这一套，有没有人性？苏甄，苏甄你看看我，我是方酌啊。"

"方酌？"

苏甄的脑子终于回魂了一样地转动了，但还是很缓慢，半晌才有了表情："方酌是你吗，你去哪儿了？"

良久苏甄才哭出来，这一哭，方酌才长出口气："没事了没事了，都过去了，没事了。"同时抬头看角落里的人："知道吗？若是让我出去，我能告死你们。"

"可以啊，不就是找人坐牢吗？我们随时都能找到替罪羊，方酌你是聪明人。"

方酌咬着牙根："没天理了是吧？"

"别激动嘛。"

角落里的袁昆站起来，一改之前窝囊的样子，他还是穿着那身普通的西装，可给人的感觉很不一样，苏甄说不上来，就感觉他看人一眼就可以让人不寒而栗。

第179章

蒋连的故事

"苏小姐不明白，方酌你一个上市公司的老板难道还不明白吗？集团做得这么大，要以大局为重，根本没必要计较这些细枝末节。虽然刚才过程很不愉快，但最起码在这场严酷的考验中，你们证明了自己的身份，并不是跟我们敌对的一方，所以现在可以静下心来说话和谈合作了。"

"考验个屁。"

方酌站起来，抡起凳子直接就砸过去，毫不犹豫，袁昆也没躲，凳子就砸在他脚边，崩起来的碎片划破了他的手背，旁边有保镖要上前，袁昆笑着阻止："方先生还是先冷静一下吧。"

"你叫我怎么冷静？你刚才是怎么对我们的？恐吓威胁，甚至电击，令人发指。现在是法治社会，竟然还有这种逼供手段？我认为我方酌已经够狠了，可没想到你们勤天集团还有这一手。我告诉你，转告你背后的人，我现在没有兴趣和他坐下来好好谈，我方酌发誓，他今天要是不给我一个交代，我这辈子和你们勤天集团死磕，拼了我这条命，我也要让你们不好过。"

"啪啪啪"，虚掩着的门外响起鼓掌声。方酌一下眯起眼，苏甄则颤抖着本能地躲到方酌身后。

苏甄能感受到方酌的后背也在微微发抖，要知道，受过电击后很长一段时间肌肉都会呈一种紧张状态，苏甄曾在论文里读到过，这是肌肉细胞自我保护的状态，如果恢复得好，休息一段时间就可以恢复正常了，但有些人也许一辈子都会落下后遗症，甚至，在这种电击的刺激下会精神失常。可见对方刚才是下了死手。她很后怕，若是自己一开始说谎了，现在是不是已经不在人世了？

门外的声音响起："方酌，其实这样也挺好不是吗？我知道你们到底为了什么来，有什么意图，总比彼此揣测的好。"

"这是你自己认为的，我现在跟你没什么好聊的。"

"别那么激动，年轻人，没准一会儿你听完我的故事，就想聊了呢？"

房间门推开，袁昆站起来，迎过去。

只见一个穿着高档西装的人走了进来。那人非常瘦，却看得出经常健身的痕迹，那鼻梁尤为引人注意，高耸着，给人一种锐利的感觉。那双眼睛中带着漫不经心，可当他看过来的时候，却让人想低头臣服。

这张脸苏甄并不陌生，早就在资料上见过，只是没想到蒋连本人比照片上要瘦很多。

看资料时苏甄就感叹过，蒋连真是救勤天集团于水火啊。

勤天集团是去世的那位蒋先生的爷爷一手创办的，最初他只是一个包工头，后来逐渐做大，到了他孙子那代的时候，勤天已经借助当时官方的政策，开启了革命似的爆发。

在水周旅游业刚开始招商引资时，勤天集团就介入了，拔得头筹，当初投资的水周游乐场在那个时代非常辉煌。可惜，时代的洪流可以推举你到一人之下万人之上的位置，也可以毁灭你，那位前老总蒋先生为了集团鞠躬尽瘁，可最后还是死在了水周。

要知道那个年代勤天集团刚发展起来，蒋家突闻噩耗，若没有继承人，集团的掌权人便不能姓蒋了。蒋连父亲在蒋家是不涉足商界的，夫妻俩都是外科医生，所以也不打算让儿子参与进去，可蒋家老爷子面对小儿子的推辞，只说要亲自和孙子说，打越洋电话只问了蒋连一句话："没有蒋家和勤天集团，你以为你还能在国外安心读书吗？"

蒋连是聪明人，十八岁回国，临危受命，也吃过苦头，可老爷子拼尽最后一点力气让他在集团立足了。天才就是天才，蒋连这些年让集团逐渐壮大，但十分低调，其实方酌之前就分析过，以蒋连的手段，集团的发展不应该止于此。

可他好像真的被那些老股东束缚了一样，做事很多时候有想做的趋势，却没出手，以至勤天在国内和一线集团差了好几个档次，只能屈居于三四线城市，在一线城市只有仓库。

苏甄之前觉得外面以讹传讹，把蒋连神话了，如果他真这么厉害，勤天集团早就发展起来了，不该是今天这个局面。可今天苏甄当面领教了蒋连的手段，就知道这个人非常不简单，结合之前对勤天集团和背后之人的猜测，这个蒋连这些年如此低调，一定有不可告人的秘密。

蒋连走进来挥挥手，两名保镖撤了出去，屋子里一下空旷了。他指着方酌身边的沙发说："坐啊，别那么紧张，你想站着，可苏小姐看起来应该想坐下来休息一会儿了，脸都白了。"

方酌皱眉，把苏甄往后拉。

"真是感人啊，苏小姐失去意识的时候一直都在叫方先生的名字。"

蒋连看向苏甄，那双眼睛像鹰眼一样锐利："刚才吓到苏小姐了，我在这儿向您道歉。"

他嘴上虽这么说，可从态度上看不出有丝毫歉意。"放心，给你换衣服的是我的女秘书，我可不敢动你一丝一毫。"

苏甄想到刚才的经历，又忍不住颤抖起来。方酌眼神极厉："我不喜欢蒋先生这种交友方式。"

"别说得这么大义凛然,方酌,用我说说你的公司上市之前你都干了什么吗?要在苏小姐面前说?"

蒋连勾起嘴角,眼神冰冷。方酌攥紧了拳头,蒋连也给他台阶下:"别耽误时间了,既然我弄清楚了你们不是我要找的人,那么咱们就谈谈之前你说的合作吧,我突然对你们的事也感兴趣了,原来一直以来那个人不止威胁我一个人啊。"

方酌眯起眼,充满怀疑。

"怎么,方先生现在想听听吗?不想听也没关系。"他指着门外,"但都经历了这么多,不听岂不是很吃亏啊?"

方酌还僵在那儿,苏甄此时已经冷静下来:"威胁你的人,你知道和爱兰科技有关,那你知道他具体是谁吗?你见过吗?"

"我从未见过此人,其实能威胁我蒋连的人很少,对方却可以做到,当然凭良心说,是我们勤天集团欠了对方的,是该偿还。"

苏甄皱起眉头,蒋连笑出来:"我虽未见过那个人,但我知道他一定是当年福利院的一个孩子。"

第180章

福利院往事

苏甄的心狠狠地沉了下去。

"怎么样,现在有兴趣听我的故事了吧?"

据蒋连说,当年他回国接手勤天集团时,集团乱成了一锅粥。

"集团刚起步,虽然出了意外,但有官方支持,旅游业又搞得风生水起,不少人眼红,股东们都看准了机会想要一举拿下总裁的位置。我爷爷让我赶紧回国。第一次会议股东们就给了我下马威,还有人说我堂哥挪用了项目资金,这事闹得满城风雨。是爷爷把海外的资产偷偷变卖,补回了亏空,封锁了这件事,堵住了外面的风言风语。

"虽然我爷爷始终认为我堂哥不可能做这种伤害集团利益的事,一定有什么原因,可有句话说无风不起浪,在后来的调查里,我发现堂哥确实挪用了项目资金。但我堂哥是个有分寸的人，即便他挪用了项目资金，也会在计划时间内弄回来，所以我当时就怀疑是出了什么差错，后来终于查到那笔钱他拿去干什么了。"

说到这儿，蒋连抬眉，点到为止，方酌知道这是人家的秘密，很识时务地没有问下去。

"我只能说，那笔钱他最后弄回来了，当时就放在他出事的别墅里，现金，没错，现金，而在他心脏病突发之后，那笔钱就不翼而飞了。"

苏甄心里一沉，仿佛预感到了什么，还没开口，蒋连就笑着说："当时他出事，到蒋家去人，中间一共就一天的时间，这中间别墅区的保安、医院的护士和大夫、他的下属，甚至蒋家去的亲戚，后来我们都调查过了，可始终没有这笔钱的下落。我堂哥绝对想不到那笔钱拿回来一个晚上的时间就没了。

"也是巧了，那笔钱因为用在不方便让人知道的地方，所以拿回来的是现金，因当晚来不及去银行存款，我猜堂哥应该是准备第二天就把钱放回项目里，可惜啊，谁能料到呢？"

"查不到也情有可原，毕竟是现金呢，拿走了一点痕迹都没有。"

"你说得对，现金太诱人，也太难找了。"

"那你堂哥的死……"苏甄心提了起来。

"他确实是突发心脏病去世的，其实我堂哥一直有心脏病，只是外界并不知道，怕会被那些股东利用，我爷爷后来还找人对我堂哥的尸体进行了解剖，都是秘密进行的，发现他确实死于心脏病突发。"

"那这么说他的死，真的是巧合？"苏甄总觉得有什么不对劲。

蒋连冷笑了一声："有些事看起来越顺理成章实际上越诡异。我堂哥这件事情，我这么多年都没有放弃打探，其实当时我就注意到了一个细节，堂哥会随身携带治疗心脏病的药物，可当时房间里并没有。他不是个会拿自己生命开玩笑的人，平时都带着，哪怕是大半夜发现药没带也会派人去买，可那天房间里我找遍了，没有。当然这一点我当时并没有告诉我爷爷，甚至我爷爷到死都不知道我堂哥的死有问题。也就是说，这件事被我一个人埋在心里，如果我不说，可能永远不会有人知道，堂哥的死也许是一场精心策划的谋杀。"

"谋杀？"方酌眼神带着怀疑。

蒋连意味深长地说："你怀疑我在说谎？"

"我甚至都怀疑当初你堂哥是被你干掉的，毕竟你现在是集团的总裁。"

蒋连笑着："哈哈哈，这个想法确实很合理，我估计那个人引你们过来，就是想最后把所有的事推给我，让我蒋连当炮灰、替罪羊，顶了那个人犯下的罪行。"

"你既然说你堂哥是被谋杀的,当初为什么又隐瞒下来?"

"集团当时岌岌可危,项目也进行到了关键阶段,如果爆出了我堂哥这件事,加上亏空,我想蒋家就保不住掌权人的位置了。我既然接手了,自然要为蒋家着想,而且我爷爷年纪大了,若知道他一心培养的孙子死于非命……"蒋连摇头,"很多时候亲情在利益面前也要让步,这就是世家的悲哀。但这些年我始终未放弃追查,希望有一天可以找到真凶。"

"那你现在为什么又愿意说出来,是找到人了吗?"

"别急啊,这个故事还没完。集团慢慢步入正轨,我既然接手了,就想好好干,大展拳脚,可惜啊,我以为的结束,实际上是刚刚开始。就在我接手了五六年时,有一天我收到了一封匿名信,说的是我堂哥曾对福利院做过的事。"

蒋连说到这儿,皱着眉,不知如何解释,挥手让秘书送来一份文件,是一份技术性的分析报告。

苏甄看到报告里的名词,只觉得既熟悉又陌生,而一转头,只见方酌拿着文件的手都在抖,攥紧了拳头:"病毒是他传染给福利院的孩子们的?"

"我不知道该怎么和你们解释这个维诺拉病毒,它是在那年东南亚海啸后出现的,发源于周边村庄。我堂哥在海啸过后参加了一个官方组织的援助项目,他去实地考察了一下,所谓考察其实就是拍几张照片为集团做宣传,但没想到刚到那儿,村里就暴发了病毒。"

"我堂哥确认了自己没感染就从那儿离开了,那个项目也泡汤了,最后也没和集团提这事,当然幸亏他没宣传,不然后来就暴露了。"

"当时他不知道这种病毒罕见,那个村子里的人其实很快就痊愈了。但在后来的调查中发现,这种病毒只在孩子身上会随着生长周期的变化而变异,感染的孩子会有不同程度的后遗症,头疼是基本的。而且感染的年龄越小,后遗症越重,如果感染的年纪非常小且体质弱,也许当时就会发病,甚至出现幻觉乃至死亡。"

苏甄心里发慌,这些是最新的资料,是之前方酌都没查到的。

"当然,关于维诺拉病毒全世界能查到的信息很少。后来我在东南亚感染者身上提取出了这种病毒,在实验室进行培育,才得出这些信息。而当时那两个村子的孩子非常少,我记得好像只有一个六岁的孩子感染后死亡了,其余感染的都是少年,后遗症也都不是特别严重,所以也没在世界范围内引起重视。"

"可有时候命运就是这样,维诺拉病毒,大人不容易感染,就算感染了也顶多出现重感冒症状,后来就好了。而我堂哥,不知该说幸运还是不幸,他一点症状都没有,医生检查也没问题,所以他以为自己没有感染,但他却是携带者。"

"在他身边工作的都是大人，自然没受影响。可问题是，那时候因工人罢工闹事，弄出了爆炸事故，留下不少遗孤，我堂哥为了平息舆论的压力就投资了福利院和养老院，福利院的孩子年龄都很小，他在福利院挂牌的时候去剪彩，还和孩子们互动了。"

蒋连停顿了一下，没说下去。

可苏甄却已明了，这就是悲剧的开始吧，可又疑惑："但在福利院的资料里，并没看到病毒大暴发啊？"

第181章

蒋连的计划

"就因为这一点，所以才说很巧嘛，无数个巧合掩盖了真相，我当时也很怀疑，但在后来的调查中，发现当时发生了一件让人伤感的事。

"福利院最小的孩子是一个护工的小孩，只有四岁。他最先出现高烧症状，但当时福利院里有个小女孩之前感冒了，他母亲以为是流行性感冒，就带他去社区医院挂了水，谁能想到是一种新的病毒？

"那孩子后来就死了，接下来福利院又有两个孩子出现了症状，然而还是没人重视，只是带去吃药、挂水而已。最小的那个孩子去世后，他母亲整日精神恍惚，忘了关厨房的火，那天晚上，大部分小孩子都被烧死了，只有几个孩子活了下来。

"其实后来我调查了堂哥那段时间的踪迹，发现他托人到国外的病菌实验室打听过，我猜测，我堂哥应该意识到，是他把病毒传染给福利院的孩子了。当然，我也怀疑过福利院的火灾是我堂哥故意为之，为了掩盖他犯的错，可后续查证发现真的是失误，那个护工最后很自责，也自杀了。

"如果你们怀疑是我堂哥所为，我也不排除这个可能性。因为除了你们，还有人也是这么认为的，就是当时从福利院火灾中逃出去的孩子，他们应该并没有跑回福利院，因为明面上仅有的几个幸存者我都调查了，不是他们。"

苏甄心提了起来："你见过？"

"没有，之前说了，在我接手集团几年后，有人给我写匿名信，说了这件事，我去调查核实了。说实话，如果不是那封信，我恐怕永远都不知道病毒的事。"

蒋连说到这儿，叹了口气："那个人在暗处，我没能找出他，那个人来信拿这件事威胁我，让我秘密研究那种病毒，拿出解决方案。我不敢不听话，如果这件事曝光，集团就完了，那个时候集团的地位还不稳固。

"之后我就在国外弄了实验室，当然我也不是好欺负的，中间我无数次以做出了成果为由想要引出那人，可这么多年对方都没有露面，我甚至怀疑曾经威胁我的那个人已经死了。但我也不能掉以轻心，怕对方还在盯着我，这些年我也没敢把集团发展得多好，就怕一着不慎，满盘皆输。

"后来我就干脆成立了个医药公司，其实就是做掩饰，我研究出了一种可以抑制这种病毒的止疼药，但只能缓解症状，我并不知道那孩子的症状是什么样的。后来也是他主动联系我的，说要研究成果。我给了，但我不是白给的，这一次我终于查到了点东西。"

蒋连勾起嘴角："一直威胁我的那个孩子，他应该是个警察。"

苏甄心一抽，本能地看向方酌，方酌也在看她，都知道对方想到的是郝亮，是那个陈钟冒充的郝亮。

蒋连说到这儿，停顿了一下，观察二人的表情："怎么，你们好像并不意外？"他若有所思，"看来你们知道的比我多啊。"

"并没有。"方酌盯着他，"既然要开诚布公地谈，那么在说我们知道的事之前，你先说说你为什么改变主意了？按理来说，被那个人威胁了这么久，甚至在事业上不敢大展拳脚，怎么突然又改变主意，引警方注意，做这个所谓的局？"

蒋连倒也大方："以前怕我堂哥的事曝光是因为集团太弱，蒋家在集团树敌太多。但现在都多少年了，我堂哥的事曝出来影响没有那么大了，而且集团那些老股东早就不行了，若是真有人兴风作浪，我也好一并收拾了。"

方酌明白了，蒋连这样的人怎么可能永远被人压着？他这些年卧薪尝胆，就等着将那些人一网打尽。

"再说了，若再不想办法反抗，对方就要把锅甩到我身上了，不是吗？"

方酌知道他说的是什么，他们也想到了这一点。

"这些年我研究过那个人的做法，爱兰科技一出事，我就知道他肯定被警方盯住了，纸包不住火，我替他做了那些实验，研究出来了药方，若他存心陷害我，勤天集团肯定就完了，所以我必须把握先机。

"果然很快就有人发邮件给我，也不知道他是怎么弄到我的私人邮箱号的，说知道了勤天集团的秘密，说我一直在帮某个邪恶组织做非法实验，若我不给他想要的东西，他就把证据公布，让警方知道我在研究生化武器。"

蒋连嘲讽地笑着："邮件写得非常拙劣，漏洞百出，我第一反应是那人将这事泄露出去了，但一想不应该，对方是很严谨的人，我这边更不可能泄露消息，我对我的人还是很有信心的。但这个威胁我的人比我想的好查，是洪荣波，显然他是被人指使的，可对方为什么找这种人威胁我呢？我不得不警惕起来。"

"所以你将计就计，让袁昆自导自演了一出酒店血浆事件，想引起警方的注意。那洪荣波敲诈了你什么？"

"一些实验室的最新成果，关于……"他指着脑袋，"维诺拉病毒的。实验成功后，我一直在联系那个人，本想就算引不出他，也要和他做个交易，结束这一切，但现在我改变主意了。"

蒋连抬眉："我将实验室里的证据全都毁灭，假装在暗网上购买了这个配方，制造成了袁昆偷偷摸摸在暗网交易的样子，把配方中的几个重要成分和制作机器的零件分别装在血浆包里，弄得满屋子都是，引起警方的注意，然后把从血浆里拿出的东西放到洪荣波指定的垃圾桶，我的人躲在暗处，看到洪荣波拿到东西离开了。其实我想追踪指使他的人，但知道这肯定不可能，那个人神秘得很，反侦察能力很强，就算我抓住洪荣波逼供也不一定有结果。

"所以我等着警方介入，达到我的目的，到时候警方查到我，我一坦白当初堂哥的事，对方就没办法再威胁我，也别想把锅甩给我了。如果警方查实验，我也可以说我的东西是在暗网购买交易的，把自己撇干净，这叫先下手为强。"

苏甄想到什么："你当时派人跟踪了洪荣波，那你看到杀他的人了吗？"

第182章
背后之人

蒋连挑起眉："洪荣波拿到东西后直接去了夜总会喝酒。跟踪他没有什么价值，我一向不会在无关紧要的人身上花时间。"他似笑非笑。

谁也不知道他是否有所保留，但看他的表情，应该是知道什么，可能为了不惹麻烦故意没说清。

蒋连说到这儿，站起来："好了，不要谈那些人了。"

"那是条人命，你若真看到了凶手，可以……"

蒋连皱眉打断："苏小姐，我说了，我不关心别的，杀人案你们想破自己破，我要知道的仅仅是威胁我的神秘人是谁，我猜这也是你们最关心的吧。回到刚才的话题，我知道背后之人是警察，但在聊这一点之前，你们是否也可以真诚地谈一谈？"

他看了一眼方酌，后者笑了笑："可以，坦诚是合作的基础。"方酌说了他们发现云南的几个孩子隐姓埋名，发现陈钟家后院的尸体，查到很可能是陈钟冒充了郝亮。

蒋连很意外："你们查到的果然很多，和警方合作就是不一样。"

他若有所思："果然需要交换信息。你们查到有很大可能是陈钟冒充了郝亮，可我查的不一样，所以我之前才会用非常手段问出你们到底是哪一边的人。"

他说到这儿，似乎有些烦躁，点了一根烟："我用了这么多年，把实验都做成功了，又经过无数次跟踪和调查，才排查到一个人，先给你们提个醒，这可是你们的熟人。"

蒋连笑着在手机里翻照片，苏甄心提到了嗓子眼，脑子里冒出很多可能的人，觉得应该就是姜旭东，可当照片递过来，苏甄却不敢相信："什么？不可能。"

方酌也皱眉："年龄根本对不上，陈钟应该已经快四十岁了，他才……他才？"

照片上还真是一个他们熟悉得不能再熟悉的人——陈立。

"是和陈钟的年龄对不上，但和福利院的孩子年龄差不多，不是吗？"蒋连笑着，"所以其实我早就注意到您二位了，因为你们始终在陈立身边，和他一起调查。"

"可我们不是。"

"我一直在观察陈立，他竟然还主动负责查找真相，身边还有你们，我曾以为你们是一起作秀，但后来爱兰科技的事件发生后，我想也许你们也是被蒙在鼓里的，当然我现在也对你们存有疑虑，毕竟人心难测，但我还是决定把这个重要的信息告诉你们，反正我也真心想和警方合作，早日拔除这颗毒瘤。"

"原来你一直都在旁观，可你为什么不和警方说？"

"我一直在怀疑陈立。"

"可陈立他不一定是……"

苏甄说到这儿，停住了话头，想到尹生的死，想到陈立一直以来虽然在查真相，但确实事事都和他有关，想到方酌怀疑他的那些分析，苏甄没有再说下去。

"对不对？仔细想想还是有很多值得怀疑的地方吧。"

想到那个提供线索的人，苏甄突然直视蒋连："你一直都在旁观，知道大部分的事，匿名信是你给我们写的吗？"

蒋连皱眉："什么匿名信？"

苏甄摇摇头。

如果蒋连真的是那个叛徒，是那个一直以来给他们线索的人，那他此时这样说，就是想撇清和陈钟的关系，所以他说的话也不一定完全是真的，苏甄决定还是不挑明的好。

"有一点我得承认，在陈立第一次去云南查案的时候，我觉得他是在作秀，以为他想曝光我堂哥的事，那时候我还没准备好，所以，很抱歉，我用了点手段陷害了他。"

"是你陷害了陈立？"

苏甄觉得不可思议，声音都走调了。一直以来他们都在猜测是谁陷害了陈立，这个人有背景、有手段，还必须与这些事有关，所以一直以为是背后之人陷害陈立的，甚至方酊都猜测，是他丢失的芯片被陈钟利用，才有了陈立被陷害的事，但谁想到竟然是躲在暗处旁观的蒋连干的？

"你是怎么做的？"

"具体的我不能说，我蒋连这么多年也不是白混的，总是有点手段的。这事我告诉你们是表诚意，我既然要和警方合作，就必须坦诚我做过的事，总比有一天警方查到我的好。既然要和陈钟正面交锋，我必须做万全的准备，不然就只能沦为替罪羊，让他逍遥法外。

"而且我这人自尊心很强，这么多年了，我甚至都不知道这个人的长相，这让我有种挥之不去的挫败感。今天知道了背后一直威胁我的人叫陈钟，他还不是福利院的人，这让我感觉很不好，原来我查到的并不是全部，所以在接下来和他的博弈中，我必须赢，陈钟我必须抓住。"

对蒋连这样的聪明人来说，陈钟的存在是一种挑衅。

"那陈立家的监视器也是你放的？"

"不，那不是我放的，我做完云南的事就收手了，怕被人怀疑。至于你们说的监视，我不会做这种能让人抓把柄的事。"蒋连笑着。

"我知道你们还在怀疑我，但我又何尝不怀疑你们？"蒋连眯起眼睛，这话说得清楚明白，彼此心知肚明。"你们好好想想吧，别被有心之人利用了。"

蒋连挥着手对袁昆说："送他们回去吧。感谢二位今天给我提供了很多信息，之后咱们如何合作，还需从长计议。"

"你有什么想法？"

"我要用治疗病毒的特效药把陈钟引出来。我今天有些累了，二位，听了我的故事，是不是觉得这一趟不亏？我还给你们提供了一个非常重要的线索。对了，过几天别忘了看新闻。"

苏甄和方酌被送出来，才意识到他们刚刚所在的位置是一片别墅区，看起来奢华富贵，谁能想到里面藏着如此阴暗的地方。

苏甄一路都在回想从蒋连这儿得到的消息，这一天如同坐过山车，他俩回到公寓的时候已经是傍晚了。

隔壁的门紧锁，不见老范和小召。

二人累了一天，还被折磨了那么久，直接叫了外卖，但外卖员一直在隔壁敲门。

苏甄听着声音，说："是这里。"

那外卖员抱歉地说："刚听到你们这边有说话声，以为听错了呢，这边每次点外卖都是隔壁收，我还疑惑呢。"

这个外卖员一直在这一片送，所以熟悉每家每户，苏甄听了很疑惑："这个房间不是他们经理住吗？"

"洪总？我认识。"外卖员很自来熟，"可他不总在这儿，外卖一般都是隔壁的人点，有时候饭到了，老范会叫他去吃。洪总通常喝多了在里面睡觉，偶尔能听到呼噜声，但大多数时候没人。"

"这边不隔音吗？"

"不隔音，这两间房原来是一间，房主加了隔板，又掏了个门。没看到这边的门有点别扭吗？中间就一层板，一点都不隔音。"

外卖员走了，苏甄站在门口，方酌问道："怎么了？"

苏甄摇头，说不上来，总觉得有什么事没想起来。

吃着饭，苏甄还在疑惑："蒋连这个人真是的，他肯定知道杀了洪荣波的凶手是谁，可他就是不说，咱们怎么查？"

"其实知不知道凶手是谁没什么关系，和咱们的案子没有关联。而且凶手肯定不是背后之人。"

"你为什么这么确定？"

"如果是背后之人，蒋连肯定要和咱们说细节，这是线索，他肯定要查下去，而他觉得无所谓，那就说明凶手和咱们要查的案子无关。"

第183章

小梅的孩子

"怎么没有关系？和蒋连无关，和咱们可有关，别忘了洪荣波手上的表，肯定是当初要杀你的人给他的，让他当替罪羊。我怀疑凶手拿了当初要杀你的人的钱，如果找到凶手，查到钱的出处，也许就能有线索了。"

方酌点头："你说的也有道理。"

苏甄眯起眼看方酌："你是不是已经知道谁是凶手了？之前你就犹豫，说要核实，查到什么了？"

方酌刚要说，电话就响了。"救护车？在哪个医院？"

放下电话，方酌脸色诡异："还真是巧啊。你不是想知道凶手是谁吗？他已经露出马脚了，走吧。"

"去哪儿啊？"

"医院。"

"谁在医院？"

"之前咱们不是发现小梅要跑路吗？我一直派人盯着她。她搬了家，只是还在这个城市，刚刚她倒垃圾的时候摔倒了，被邻居送到了医院，听说血流成河呢。"

"啊？"仅仅摔倒就血流成河？

方酌笑着："之前她一直捂着肚子，人很虚弱，我就查了她，虽然她用的是假名，但摄像头说不了谎，她在洪荣波出事的第二天就去做了人工流产，所以没去夜总会上班。"

"人工流产，孩子是谁的？洪荣波的？"

"不知道孩子是谁的，可陪她去做人流的人倒有趣，你猜是谁？"他也不卖关子，"老范。"

"什么？"苏甄脑子转着，一下想通了，"是老范杀了洪荣波？"

苏甄二人赶到医院的时候，老范果然在，还有他的徒弟小召。

是小召先看到苏甄的："苏小姐、方先生，你们怎么在这儿？我今天打了一天电话都联系不上你们。"

苏甄正要说话，方酌笑道："我太太身体不太舒服，就带她来医院看看。抱歉，因为事出突然，没有通知你，抱歉啊。"

苏甄马上明白过来，靠在方酌身上："对啊，我突然肚子疼，还晕过去了，我丈夫着急,所以没来得及通知你。"

小召皱着眉看了看他们二人,问道:"现在没事了吧?"

"没事了,都是小毛病。你们怎么在这儿?"

小召看看那边急着缴费的老范,又看看病房里脸色苍白、还没醒的小梅,说:"啊,我们的一个朋友生病了,她也没什么亲人,在这边就认识我们几个,所以我们过来帮帮忙。"

苏甄下意识地看向床边挂着的牌子,小召张张嘴,苏甄假装关心:"这是怎么回事啊?是流产了吗?她丈夫呢?"

苏甄声音不小,老范也注意到他们了。"苏小姐。"

他皱眉,警惕地盯着苏甄和方酌。

苏甄假装没看懂人眼色,还在病床前翻着病历本。

小召尴尬地说:"她没有老公。"

苏甄念着病历本上的姓名:"尹素梅?"

小召紧张得厉害,老范挡在小梅面前,有些送客的意思:"小召,愣着干什么?赶紧送苏小姐他们回去啊。"

到了走廊里,苏甄还关切地问:"我看她床头的病历上写着堕胎不净大出血,真是可怜,她是你们的朋友,那和洪总也认识吗?"

小召尴尬极了,过了好一会儿才说:"她就是和洪总相好的那个小梅。"

苏甄装作惊讶:"是她?那孩子岂不是……"

"在那种地方工作的,谁知道呢?"

苏甄咋舌:"太狗血了。你们也是看在洪总的面子上照顾她的吧?"

"也不是。"小召挠着头,"我师父和小梅认识,其实在洪总之前他俩就认识了,洪总认识小梅还是因为我师父呢。"

"哦?"苏甄看向方酌,两人交换着眼神,"你师父怎么会认识那个地方的姑娘?不是说老范从不去那种地方,没什么不良嗜好吗?"

"我也不知道,小梅刚来桂林的时候找过我师父,好像以前就认识。其实看得出以前小梅挺喜欢我师父的,但我师父这人吧,怎么说呢?哎呀,男人嘛,尤其是我师父这种内心光明的人,就喜欢干净女人,但他对小梅还是很照顾的。

"有一次她来看我师父,洪总也在,谁想到一来二去他俩就勾搭上了。我师父挺自责的,洪总你们也知道,爱吹嘘,不认识他的以为他多有钱呢,我估计小梅之前也是想找个可靠的人,没想到啊,却找了这么个人。其实我觉得我师父也喜欢过她,但是吧,啧啧啧,说不好。"

苏甄心里一沉,看向方酌,后者却满眼淡定。两人很快回了公寓,关上门,苏甄迫不及待地分析道:"其实一开始我就觉得奇怪,洪荣波的药箱如果不是他自己拿出来的，那么拿出来的那个人一定常和他来往，所以知道药箱在哪儿，你说那人会不会就是这个小梅？她应该经常和他一起从夜总会回来住。她有很大嫌疑。她怀了洪荣波的孩子，又发现他是个不靠谱的人，觉得闹心，和他拉扯，情绪激动就杀了人？"

"别忘了，蒋连说过那天跟踪洪荣波，他确实去了夜总会喝酒。但有一个点很奇怪，没发现吗？"

"什么？"

"袁昆拿东西出去交易的时候已经是晚上十点多了，洪荣波拿到东西，再去夜总会，怎么也得十一点了。可在小梅的话里，洪荣波晚上七点到十二点都在夜总会，摄像头还拍到了他的车停在夜总会门口，当然也拍到了他进去和出来的画面。"

"你是说那天晚上他没开自己那辆车，而是开了别的车？"

"很有可能，做这种非法交易，肯定开别的车。至于人在夜总会进去和出来的画面，"方酌又把视频调出来，反复看了几次，"你有没有发现，洪荣波进去和出来时穿的衣服稍有不同？"

苏甄凑过去看，确实风衣看着一样，可鞋不一样，颜色不同，出来的人穿的鞋子不是黑色的，苏甄一愣："这是两个人。"

她震惊极了，当然如果不仔细看，如果不是事先知道时间上有问题，一般人不会辨认出是两个人，因为他们都戴着帽子，身高和脸型都差不多。

"小梅的证词有问题，说晚上七点到十二点洪荣波都在，她为什么说谎呢？摄像头拍到的很像洪荣波的人，又是谁呢？"苏甄灵光一闪，"你说那手提箱里的东西去哪儿了？"

方酌笑笑，没说话，苏甄继续猜测："那些东西对背后之人有用，维诺拉病毒的研究成果，背后之人不想要吗？我们通过云南的事猜测得病的人不是陈钟，但姜旭东、云溪和那个从未露过面的张小北，他们三个中肯定有人得了这种病，他们是一伙的，难道他们不想要吗？而这些东西对普通人来说毫无用处，洪荣波没有必要留着，一般人也不会去打劫，那么东西去哪儿了？"

苏甄抬起眼，双眼发亮："所以我猜，他大半夜还去夜总会，应该不是去见小梅，会不会是去见指使他的人？不，蒋连说那人很神秘，应该不会和洪荣波直接见面。那就是约好了在夜总会交易，洪荣波是送东西去了。而他们一开始就约在夜总会，所以，洪荣波就把车停在了门口。"

苏甄觉得这个猜测顺理成章。

"还有呢？"方酌似乎很满意她的猜测，笑着问。

苏甄仔细想了想："小梅肯定说了谎，因为她杀了洪荣波？"

"你有没有想过小梅为什么一再强调七点到十二点这个时间段?"

苏甄摇头。

方酌继续道:"也许她并不想让人知道洪荣波这段时间去干吗了。但明显洪荣波被人灌头孢是个意外,如果是精心策划的,就不会选择用过期的头孢害人了,小梅能够未卜先知吗?不能,也就不可能为了杀洪荣波而在晚上七点的时候安排那个假的洪荣波进去的画面。"

苏甄心里一抽:"你的意思是,小梅知道洪荣波干吗去了,她是在帮他打掩护?"

第184章
别管闲事

"还有办事的好处费,指使他的人肯定给了他不少钱,那钱呢?"

"小梅怀孕了,可洪荣波不靠谱,因为分赃不均,她情绪激动把洪荣波弄死了,第二天就去打胎,打算拿着钱远走高飞?可她并没有走啊,而且还大出血差点丧命。其实她若是想跑路,完全可以先拿着钱跑,到安全的地方再做人流,这样就有恢复期了,可她做完人流没休息好就跑,还没有跑出这个城市。"苏甄说到这儿,猜测,"你说她是不是有帮手?"

洪荣波再怎么样也是个男人,就算那天他喝醉了,小梅那么瘦弱,怎么可能把头孢硬塞到一个男人嘴里?而且,她为什么急于打胎,是想撇清和洪荣波的关系吗?毕竟那天她说和洪荣波不过是认识而已,可之前小召却说她和洪荣波是男女朋友,这次她住院,也是老范和小召在照顾。

苏甄脑子转得极快:她无依无靠,跟老范很早就认识,老范因为她和洪荣波的事很自责。苏甄想到小召的话,想到快递员说的不隔音,好像整件事清晰起来了:"那个帮手,是老范?"

话音未落隔壁就有动静,苏甄心一跳,从猫眼往外看,看到老范一个人回来,在门口拿着工具在找什么东西,随后过来敲门。苏甄有些害怕,方酌皱着眉把她拉到身后,就听到门外传来声音:"苏小姐,方先生,睡了吗?"

"还没,有事吗?"

"我想修修我们这边的桌子,可工具不够,有几个在您屋里,麻烦让我进去找找。"

方酌要拉开门，苏甄摇头，方酌笑道："现在才八点多钟，你怕他杀人不成？"接着把门拉开了。

只见老范拎着工具箱进来，还是那副低三下四、点头哈腰的样子，苏甄想象不到这个人以前当过兵。

老范进了门，跟他们寒暄几句，就到阳台上翻找东西。苏甄一开始很警惕，看他真的翻出了工具，才稍稍安心。只是老范没急着走，而是和他们二人谈起了接下来几天的计划："之前和你们谈好的，让小召当导游带你们在桂林周边游玩，可今天……"

"今天是我太太不舒服，所以去了医院，没想到碰见你们。"方酌的谎话张口就来，老范无声笑着。此时三个人各怀鬼胎，还装作互相不知道的样子，苏甄只觉得尴尬得要死。

"那接下来方先生和苏小姐还打算旅游吗？"

问完这个问题，屋里一下安静了。方酌笑着，没说话，还点了根烟。

看方酌没回答，老范说："我们真的很抱歉，从您二位加入我们旅行团开始就一直出事，现在我们老板又走了，还欠了很多外债，我想着也不差这点了，所以……"

他从怀里拿出现金，不都是一百一百的，其中还有毛票，这个旅行团每人交五千多块钱，苏甄二人就是一万多。

老范把钱放到面前的桌子上，看方酌没动，又从怀里拿出一些，多是毛票："旅行社估计干不下去了，除了退您的团费，还给您百分之三十的赔偿，您看可以吗？如果可以，接下来您就可以安排自己的行程了，我再次代表旅行社对您表示歉意。"

方酌敲着桌子，没拿钱。

苏甄挑眉，想着老范那么抠的人，不仅给他们退了团费还给了赔偿，是要让他们走？多给的是封口费？苏甄只觉得好笑。

方酌也笑着，眼中别有深意，一直没出声。老范皱皱眉，又看向苏甄："苏小姐，您说呢？"

方酌抢先开口："我们的蜜月都泡汤了，就给百分之三十的补偿？"

"那您想要多少，可以提，但我们旅行社现在情况不乐观，相信小召也和您提过。"

"钱不钱的无所谓，团费我可以不要，但我要在这公寓再住些日子，也是体谅你们旅行社的难处。"方酌把钱推回去。

苏甄心都提到嗓子眼了，这根本不是正常人的反应，对方态度已经很明显了，难道方酌想撕破脸？

老范没收："方先生，其实你们不是游客吧？"

"从哪里看出来的？"

"已经很明显了，一开始其他人都要退团，你们竟然还想继续，给你们安排的旅游景点你们也不感兴趣，甚至还带小召去夜总会套话。"

"你既然明白，就该知道这点钱是不可能打发我们的。"

"你们到底是什么人？想干什么？"

"老范，你一干旅游的，怎么这么关心别人的隐私啊？"

老范攥紧拳头站起来，很紧张："我只是希望二位别管闲事。"

"管闲事？什么闲事，你是说你们老板洪荣波的事吗？"

老范气得一巴掌拍在桌子上。

方酌笑道："这就沉不住气了？其实你早就知道我们不是游客了吧，从什么时候开始意识到的？哦，是我报警说洪荣波是被谋杀的时候吗？"

"洪总是喝多了自己吃的头孢，怎么可能是谋杀？"

"是不是谋杀，老范你心里清楚。你也知道我们找过小梅吧，她一直在强调洪荣波待在夜总会的时间，晚上七点到午夜十二点，这就很有意思了，她故意混淆时间，而这个时间点老范你是有不在场证明的，所以我们一开始排除了你。

"可我的人查过了，那天晚上你虽然一直到后半夜两点都在饭局上，可你的朋友说你中间去了一趟厕所，足足有十五分钟啊。你吃饭的大排档就在小区三条街后，而常人是无法在十五分钟内来回的，骑自行车也许还有可能，但马路上的摄像头并没有拍到你，所以从时间点看，你是被排除了嫌疑的。

"但我知道你以前当过兵，转业之前是在边境的部队服役吧。据我了解，你们都是受过特殊训练的，身体素质极高，你应该是爬上了街边的院墙，从墙头上跑回来，从小区后面食杂店的窗户翻进楼里的，如果速度够快，三分钟你即可上楼，来回六分钟左右，剩下七分钟你杀一个人完全是可能的。"

老范瞪着眼睛："简直荒唐。"

"荒唐吗？我可不这么认为。你平时看着懒懒散散，像个老头一样，可身上的腱子肉作不了假，你身上的文身掩盖的是个枪眼吧？"

老范一抖。

"别人也许查不到，可抱歉你遇到的是我，我和警方还有点交情，查你分分钟的事。"方酌不屑地说。

苏甄知道他是和专案组的组长联系了。

"你是特种部队出身，说三分钟都小看你了。"

老范脸色发白，攥着拳头："你们有什么证据？"

"讲证据？"方酌耸耸肩，"我们是没什么证据指证你，因为你只是个帮凶，真正杀人的是小梅才对。"

方酌说完这句话，苏甄一下就想通了："因为小梅常来，所以知道药箱在哪儿，可她不知道头孢已经过期了，若人是你杀的，你不会拿过期的头孢，所以凶手应该是小梅，她不知为何和洪荣波发生了争执，也许就是因为肚子里的孩子。

"洪荣波不靠谱，可他最近有个大生意，拿到了一些钱，小梅和他说孩子的事，洪荣波不给钱，甚至大打出手，小梅急了，推了他，他磕到了头，暂时起不来，小梅就把头孢塞他嘴里了，可那并不能致死，小梅害怕，打电话给你，你跑回来看到这种情况，不知道头孢是药箱里的，所以又拿了几瓶啤酒灌进去。你想着第二天让小召来找洪荣波，那时候他肯定死透了，这事就过去了，反正你早就看洪荣波不顺眼了，不是吗？

"可谁想到，他没死透，你知道他有心脏病和药物过敏史，只要任其发展，他自然就死了，如果没死，你还可以在医院下手。"

第185章
人心隔肚皮

"还是那句话，你有什么证据，证明那不是意外？"

"证据？证明小梅是凶手的证据吗？"方酌勾起嘴角，"现在是没有，但，如果警方知道了这些事，你觉得他们会不会继续展开调查？那个可怜的女人病还没好，本来就紧张得要死，你说警方要是继续搜查和追问，会不会找到证据？她会不会受不了审问就招了？毕竟天网恢恢，疏而不漏。"

方酌这是在攻心，只见老范手都在抖，最后毫无预兆地一下把桌子掀翻了，拿着榔头直接砸来："你们到底是什么人？别管闲事，都是洪荣波那个畜生害了她，她还年轻，那个苦命的姑娘。"

方酌一个闪身躲开，榔头砸裂了他背后的凳子，苏甄吓得大叫，方酌拉着她往外跑，发现门被反锁了，赶紧打开，可这一停顿，老范又砍了过来。

眼看要砸到二人，苏甄闭眼，可老范却砸在旁边的门上。方酌瞪着眼，心里已经明白，老范不是真的想杀他们。只见他双眼通红："那姑娘太可怜了，都是我害了她。若不是我当初轻信了那个农民的话，她不会错过第一次搜救，受那么多年的苦，是我害了她一辈子。若不是我后来犹豫不决，她也不会信了洪荣波的鬼话跟了他，都是我害了她。"

老范盯着方酌，眼神锐利："是我杀了洪荣波，那天小梅被他打，我其实当时就在隔壁，我翻墙回来是为了拿买单的钱，那天多来了几个朋友，我钱没带够，可我听到他打小梅，就生气地过来和他争执，他磕到了头，扬言要告我。我是在气头上，抓了头孢往他嘴里塞，他本就喝了酒，是我把头孢塞进去的，我是一时冲动，没想叫他死，是我。"

"你说谎。"

"我没有，事实是这样的，事实必须是这样的。"

就在这时，楼下响起警笛的声音，苏甄一愣，谁报的警？

方酌摇头，眼神复杂地看向老范："是他报的警。"

老范是故意的，他知道方酌不是普通人，知道自己会暴露，所以他早就做好了准备。

到了警局，两人被带去做笔录，苏甄和方酌把知道的都说了，又因为A城专案组给这边打了电话，他俩很快就出来了。

苏甄有些感慨："你说这个悲剧问题出在哪儿呢？老范，唉，他真的要替小梅顶罪吗？咱们明知道真相是什么，可就像老范说的，没证据，也许一开始老范就想好了。说起来都是孽缘。"

"也不一定啊，可能老范自己翻供。"

"怎么可能？他早就想好了，觉得愧对小梅，当初小梅被拐卖到山里，解救小梅的就是老范那队人。说来也巧，小梅被拐的时候，老范正好看到了，在街上她一直喊那不是她丈夫，但拐她那男的说是两口子打架，老范也就没在意。后来被解救出来时，小梅已经被折磨得不成人形，老范对这事一直很愧疚，对小梅就多照顾了一些。后来小梅到了桂林，也一直依赖老范，一个解救自己的英雄，小梅怎么可能不动心？她主动示好，可老范始终没确定自己的感情，还有些嫌弃小梅跟过别的男人，始终回避小梅，小梅一气之下就跟了洪荣波，以至促成了后来的悲剧，我猜老范是自责吧。"

"小梅自己愿意听洪荣波的花言巧语，想傍大款，被骗，也怨不得别人。老范没有接受她的感情是另一回事。"

苏甄皱眉："现在去哪儿？咱们去找小梅吗？她肯定知道点洪荣波的事，既然帮他做假证，那她肯定知道他干吗去了，说不定能从她嘴里打听到点什么。"

"现在这种情况下她会说吗？说了不就等于承认自己的罪行了？"

"那怎么办？"

"这案子你以为就这样结束了吗？"

"不然呢？"

方酌笑了笑："不觉得从咱们发现线索，到老范投案自首这个过程太快了吗？这么顺利，必然有人从中运作。"

苏甄心一提："什么意思？"

"自己好好想一想。"

苏甄皱眉，半晌抬头，方酌笑着说："想明白了吧？"

"可是，他不是一直很崇拜自己的师父吗？"

"人心隔肚皮，你想想老范进去以后，他把洪荣波的地一卖，堵上窟窿，剩下的都是谁的？老范把小召当亲人，进去以后一定会把自己的股份给他。"

"所以你现在要去干吗，找小召？可我总觉得小召不是那样的人，你什么时候开始怀疑他的？"

"专案组和这边打好招呼了，咱俩可以去见一见老范。其实在公寓我就想和他好好聊聊，可老范根本没给我机会。"

再见面只隔了一天，老范却好像老了十岁，头发竟一夜全白了，在桌子那边很颓废。

"听说你认罪了？"

"你们找不到别的证据的。"

"就那么想帮那个姑娘？"

老范抬头，没回答。

"可你想过没有，也许小梅并不想要这种帮助呢？或者说你所谓的帮助根本就是自我感动，知道我是从什么时候开始怀疑你的吗？"

老范依然没说话。

"是你徒弟给我的线索，那天他状似漫不经心地和我闲聊，实际上都在透露你的信息，你以为小梅那天出手是因为冲动吗？也许就算没有那天的事，某一天她也会对洪荣波动手。"

"你在瞎说什么？她肚子里可怀了老洪的孩子，是老洪先对不起她的。还有，你用不着为了诈我，陷害别人。"

"是吗？"方酌笑道，"别人？小召吗？你现在这么快投案自首，是谁煽动的？仔细想清楚吧。"

老范皱眉，嘴唇动了动，可还是一言不发。

"铁了心自我牺牲？可你知道吗，你前脚进去，你徒弟后脚就把洪荣波的地卖了。"

"你说什么？"

"其实你若是态度不那样，你徒弟也许不会下这么狠的心，我猜你也隐约有感觉吧，医院的手术单是小召签的字，他在病史那一栏写了无。其实你那天只是冲动，知道洪荣波没死后，你没想再弄死他，但是小召顺水推舟了，他早就想弄死洪荣波了，有这个祸害在，你们谁也别想过好日子。

"你其实也感觉到了吧，所以在公寓，我说是你故意害死人的时候你没否认，你想着既然都认罪了，就一并都认了吧，却不知这就是小召的计谋。

"他本想洪荣波死了以后用他的地卖钱弥补亏空，你却因心底觉得对不起洪荣波，所以不肯卖他老家的地，任旅行社倒闭。可是年轻人的思想和你们这一代人不一样，情义不值钱，只有攥在手里的才是可靠的。"

"你不要再说了。"

"不敢面对吗？那么要不要知道最后一件事？"

方酌拿出一个信封推到他面前，老范颤抖着打开，半晌都没有说话。

"是难以接受吧。"

苏甄小声问里面是什么。

方酌笑道："我不是派人一直跟着小梅吗，知道她为什么急于打胎吗？因为那个孩子是小召的。你看小召当着咱们面一直和小梅撇清关系，装作对她很不屑，其实就是怕咱们怀疑他。所以才说知人知面不知心啊。"

方酌说完这些，看向老范："现在还不翻供吗？你一进去，小召就得逞了，他会接手你的旅行社。可你觉得他这样的人会对小梅好吗？不过是利用她而已。以前利用她在洪荣波那边得到他老家地的消息，然后利用小梅把洪荣波弄死，他手上却还干净，真是个高手啊。"

第 186 章
联系的方式

老范全身都在颤抖，双眼发直："可是……可是没证据啊。"

"是没有证据，但你有权利把你的股份拿回来，现在改口还来得及。"

"可小召到底跟了我这么多年。"

"可他却把你往死里逼。其实小梅什么都知道，却默认小召的做法，把自己的恩人送进监狱。"

"我不是她的恩人，我对不起她。"

"你真的对不起她吗，还是道德绑架？老范，你好好想想吧。"

见面结束后，苏甄还没回过神来："老范会翻供吗？"

"应该不会，他不舍得让小梅坐牢的。"

"那就让小召逍遥法外？"

方酌停下来，意味深长地说："苏甄，小召是算计到了这些事，可人不是他杀的，确实是老范和小梅动的手。小召这个人很聪明，很会钻空子，即便你知道了真相也奈何不了他，这就是现实。"

"可小梅她傻吗？小召这种人，早晚会抛弃她的。"

话音未落，就听到旁边有熟悉的声音，两名女警察架着虚弱的小梅出现在了警局。

方酌皱皱眉，过去询问是怎么回事。

"她是来自首的，洪荣波是她杀的。"

苏甄心中震动，只见小梅浑身颤抖着，说："我不能……我不能看着老范自己进去。"

和她们擦肩而过时，苏甄心里有种说不出来的滋味，可惜那个小召仍要逍遥法外。

方酌笑着说："老范收回股份，旅行社倒闭，小召的下场好不到哪儿去。"

苏甄还沉浸在小梅自首带给她的震撼里，老范应该很感动吧，但很多时候人都是自我感动而已啊。

"你这个感性的人，忘了咱们在干什么了？小梅那边做完笔录了，咱们要去问她洪荣波到底遇到了什么人。"

苏甄反应过来，不好意思地摸摸头发："干正事，干正事。"

第二天，因为专案组给这边打了招呼，苏甄和方酌顺利地见到了小梅，听说还有 A 城专案组的人要过来，只是没想到，竟然是专案组组长亲自带着手下来了。

苏甄之前见过组长，是刑警队的老领导，她有些诧异组长竟亲自过来了，可一想，勤天这么大的集团要和警方合作，也不奇怪。

这些不是她该考虑的，跟专案组短暂交流后，两人就去见小梅了。

那个小梅非常颓废，警方考虑到她身体尚未恢复，将她拘留在了更舒适的房间，没有待在正常的看守室。

方酌也不浪费时间，单刀直入："洪荣波那天晚上最早也是十一点多到夜总会的，你却说七点到十二点之间都在，显然是说谎，而且我们从监控中看到，七点进夜总会的那个人根本不是他，是你找人假扮的吧？"

小梅抬头，眼神有些躲闪。

"老实说吧，你都承认杀人了，还怕什么？"

小梅张张嘴，一边的专案组组长忍不住了："如果交代清楚，你还有戴罪立功的机会。"

"立功有什么用？我要是都说了，就算最后出去了，那个人也会弄死我的。"

苏甄抓到了关键："谁，谁威胁你？"

小梅哆哆嗦嗦的。

"你放心，警方会保护你的，你都到这儿了还怕什么？你要是不说，以后更危险。"

小梅还在犹豫，方酌闭了闭眼，换了个问题："洪荣波手上的表是谁给他的？听说他遇到了能让他发财的贵人。"

"那手表我也不知道，他突然有一天和我显摆说那表是贵人送他的，我当时很生气，他整天不务正业，好高骛远，我本以为跟了个可靠的人，谁想到……我的命怎么就这么苦啊！"

小梅竟然哭起来了。

苏甄看到有突破口，继续说道："都是女人，我特别理解你，真的，那他说了具体是谁给他的吗？"

"没有，他就说遇到贵人，他总这么说，我当时也没在意。那时候我知道我怀孕了。"她低下头，"孩子不是洪荣波的，我就想和他摊牌，可他还欠我钱啊，没想到吧，那么大个老板竟然还欠我这种女人的钱，都是我没心眼，他那人什么事都做得出，还拿我的身份证贷款。"

小梅又哭出来。

"我当时很生气，找他要钱，不给我就报警抓他，把他那些烂事都说出去，他也有点不高兴，就说他这次赚的钱可以分给我一些。我只求他把欠的钱还上就行啊。具体是谁他没说，他只说有人让他做个活，大活，还问我知不知道勤天集团，我那时候也没在意。

"那天晚上他叫我找一个身高和他差不多的酒保，从夜总会门口走进去，还说要是以后有人问我，就说他那天一直在夜总会，还把车停在门前了。

"我那时猜到他干的肯定不是正经事，非常害怕，不想干，他就威胁我，说让我在夜总会干不下去。我那时急需要钱，我应该和老范商量的，可又怕老范说我，他早就让我和洪荣波分开，我没听他的，我不想听他长篇大论。

"所以我答应了洪荣波帮这个忙，但私下里跟踪过他，可他并没去特殊的地方，只来了夜总会，就在最里面的那个小包厢。我和夜总会的人打听，都说那包厢里从头到尾就洪荣波一个人在喝酒，只是有时候自言自语，和精神病似的。

"我以为他又耍我，可他确实给了我一万块，他从没出手这么阔绰过，我当时挺高兴，但欠款还有几万块，我让他都给我，他说事成之后给，所以……"

"所以你那天给他打了掩护。"

"对，那天晚上他来夜总会是快十二点的时候，我特意没去别的包厢，一直等着他，他进门后叫我去车里取个东西，还让我找东西盖住，是个小手提箱，我拿衣服包着，中间也没敢看。然后他就进了小包厢。我想跟进去，他没让，但我在门口看了，他拿报纸包着里面的东西塞到沙发下面，然后又从里面取出了什么，真的很诡异，包厢里明明就他一个人。

"他在里面不知道又干什么了，待了大概一个小时，出来时还是拿着那个箱子，像是很高兴。我问他刚才在干什么，他说秘密，还让我和他回家睡觉，说要给我钱，我就和他回去了。下车的时候他没拿手提箱，就拿了一个用报纸包着的东西，到家就让我给他整点吃的，自己喝上酒了，我从没见过他那么高兴，我就问那东西是什么。

"他把报纸一打开，里面是好几摞现金，得有个十几万吧。"

苏甄皱眉，有些惊讶，去趟包厢能拿到这么多钱？这是什么交易方式？

"我问他干什么了，这么多钱。"小梅想到这儿，一哆嗦，"洪荣波当时都喝高了，他说有人叫他敲诈勤天集团，还让我别说出去，说那人可神了，说我是他的同伙了。我一开始以为他喝多了说胡话，勤天集团啊，谁敢敲诈？可看到钱我又感觉他好像没说谎。他说我要是说出去，那个人就会弄死我。那时候催债的逼得很紧，我就说让他把钱给我一部分让我还债，还要两万块钱青春损失费，可洪荣波当时喝了酒，说我是贱人，还打了我。"

"我真的不是故意的，他让我欠了那么多钱，还打我。"小梅哭起来，"我就是一时冲动。"

洪荣波本就喝多了，小梅一推他，他就磕在了床头上，气急败坏地要打她。大概是这边动静太大了，回隔壁取东西的老范听见了，就过来阻止洪荣波，和他拉扯起来。洪荣波哪是老范的对手？两三下就倒了。

"老范是来帮我的，我一时鬼迷心窍，就想让洪荣波死，之前听人说吃头孢喝酒人会死，我那一刻真的是冲动了。"

第 187 章

追踪姜旭东

小梅大哭："洪荣波要是不死,我们都得被他祸害死,我一个,老范一个,这辈子都被他毁了。我让老范把他按住,找到家里的药箱,拿出头孢就往他嘴里塞。老范一开始还阻止我,是我说的,他要是不死,咱们迟早也要被他害死,洪荣波也拿老范的旅行社做了抵押,我们真是完了。"

"所以你们就把洪荣波弄死了?"

"我们逼他吃了头孢,又灌了他几瓶酒,想着这下该死得透透的了,谁想到第二天他没死,我就慌了,但老范说他有心脏病,要是不行,他就想别的办法把他弄死,叫我放心。"

"那钱呢?"

"都拿去还债了,我和老范的债,可还差几万块钱呢,老范本想着把旅行社变卖了,就和我回老家,但我不敢和老范说我怀了小召的孩子,我怕他不要我,所以我就赶紧去打胎了,可现在小召威胁我,他早就知道洪荣波是我杀的了,还管我要钱。我哪来的钱啊?又不敢和老范说。"

"我的命怎么这么苦?我真不是故意和小召好上的,是他勾引我,从小我就被人拐卖,他们都利用我,没有人真心爱过我,只有老范对我好,我却把他害了。警察同志,都是我干的,药是我塞的,老范不该有这样的下场,不该被我连累。"

小梅一直哭,被女警察带走了,苏甄叹着气:"给的现金,看来追踪不到什么了。"

"谁说的?那个包厢肯定有问题。"

下午他们就去了夜总会,不过在包厢没有搜出任何东西。

"你说洪荣波一个人在房间里是怎么和人沟通的?难道对方还能通灵?"

因为不能声张,刑警队只派了两个警察和苏甄他们一起找,此时四个人站在门口,烦躁极了。方酌突然起身,朝一堵墙走过去,夜总会的墙纸都是很花哨的颜色,只见方酌走到墙根处,比画着:"这里之前是放沙发的位置吧。"

"对。"

方酌皱眉,指着墙上一根垂着的如头发丝般纤细的银丝:"我知道他们是怎么沟通的了。"

185

苏甄诧异："这么细的丝，你怎么看到的？"

方酌指着灯："刚才反光了，估计对方也是很匆忙地撤离的。"

这叫匆忙？在苏甄看来已经收拾得非常仔细了。

"他们是怎么交流的？"

"如果是用手机通话，会留下痕迹，之前咱们查过洪荣波的通话记录，并没有可疑之处，所以说他们肯定不是用手机联系的。那么结合小梅看到的，再加上这个，"方酌挑眉，"原来是很简单的东西。对讲机知道吗？类似那种装置，洪荣波可以在指定频率上和他交流。"

苏甄一下明白过来："那他们交换的东西当时就放在了沙发下，小梅说第二天她来看的时候就没有了。"

"所以说，这个人能在这么短的时间内取走，又想到在沙发下做交易，应该是很熟悉这儿的人，不是这边的服务员也是来过的客人，赶紧排查到过这个房间的客人和工作人员。"

排查很快，看监控录像就行，可惜他们能想到的，对方肯定也想到了，监控录像已经被动过手脚，而且查看登记簿，来这儿的客人也没什么可疑的人。

"难道是这儿的服务员？不能吧，服务员入职什么的，多容易留下线索啊。"

方酌却摇头："咱们想到的对方肯定也想到了，客人虽多又杂，但是都会留下消费记录，毕竟这儿一晚上都要花几千块往上，若都用现金结账会引起别人怀疑，不好操作，查服务员吧。"

问了夜总会经理，最近还真有个新入职的服务员。

"大概半个月前吧，那人来这儿应聘，长得很不错的，可前几天突然不来了。不过我们这儿也不是什么正经的地方，有些人走了也不打招呼，可他干了半个月了，工资都没拿就走了，也是挺奇怪的。"

"有那个人的入职手续吗？"

"有。"

经理很配合警方，赶紧找入职记录。他们这儿还挺先进，资料都能在电脑上查到，很快出来信息了，入眼是一张一寸照片。

苏甄一愣，这不就是姜旭东吗？

苏甄脑子很乱，已经没有往下看的心思了。方酌瞟了苏甄一眼，继续问，这人显然是用的假名字和假身份证，地址肯定也是假的。

现在事情已经清楚了，无论是在A城的地下室，还是后来的京城，乃至桂林这边，都有姜旭东的影子。不难想象也许姜旭东一直跟在苏甄身边，不断地阻止他们、诱导他们，他一直是背后之人最好的帮手。

包括那块手表，现在苏甄也想明白了，他对方酌下手，知道手表暴露了，就给了洪荣波，想要嫁祸给他。苏甄心慌地看向四周，姜旭东一直在自己身边，一直在观察她、阻止她，可他在哪儿呢？

方酌继续询问："他毕竟在这儿上了半个月班，就没有和他熟悉的人吗？"

"他那个人性格很孤僻的，一直独来独往，也不怎么和别人说话。啊，不对，他和跟他换班的小伟好像说过话，他俩都是负责那个包厢的。"

经理赶紧找人叫小伟，此时夜总会还没到上班的时间，但也有些工作人员陆陆续续地来了，晚上五六点钟都是大家下班的时候，他们这边却刚刚上班。

小伟看到警察来还挺紧张，知道是问那个叫"阿郁"的人。

"哦，那人很怪的，我想着来回倒班，大家熟悉一下好工作，就想加他微信，可他说没微信，现代人竟然还有没微信的，我也就没理他。但他还挺大方的，有时候也不和我计较提成多少。

"我下班找他一起吃饭，他也说没空，我也不能总是热脸贴冷屁股啊，谁想到就在昨天吧，他突然联系我，说有事求我。他都好几天没来了，我还挺诧异，还问他咋不领工资，他再不来，这半个月的工资就领不了了，他说他家里有事，暂时不能来，回头再和经理请假。"

"昨天？"苏甄惊了，昨天姜旭东竟还敢联系夜总会的人，"他是和你打电话说的吗？"

"对，不过好像是用的公用电话。"

苏甄心一下揪起来："求你什么事？"

"他说今天，"小伟看看表，"让我去东汉路，找一个穿红衣服的老太太取个东西，还挺远的，而且那个时间已经是上班时间了，我其实想推辞，可他说那半个月的工资都给我了，所以我本打算一会儿请假去取呢。他说就是远房亲戚给的东西，他实在没空去。半个月工资可不少呢。"小伟的声音小了下去，紧张地问，"他……他是罪犯吗？"

"他具体让你去哪儿取？"

地方在很偏远的郊区。方酌等人也没耽误，直接就开车过去了。

正好是下班的点，就算他们走了外环也堵了半天，到的时候差一点就超过约定时间了，可根本没看到姜旭东说的穿红衣服的老太太，他留的手机号也是空号，他们又在约定的位置等了半个小时。"咱们别是被人耍了吧？"

第188章
顶楼

有警察决定先去四周打探一下。可就在这时，另一个警察的电话响了。

"什么？"他赶紧打手势让其他人过来看视频，"直播，勤天集团突然开新闻发布会，之前根本没通知媒体。"

视频一打开，正是蒋连本人，弹幕已经刷疯了，因为勤天集团突然以自己的医药公司的名义发布了一项重要的研究成果，是关于维诺拉病毒的，并且公布了许多数据，而这是国际卫生组织忽视的一种病毒。他做了具体的解读，还要成立什么基金会，但公布的主要原因是已经研究出治愈的配方，现寻求国内可能感染过这种病毒的志愿者，可以免费用药。

"蒋连是疯了吧，他和有关部门打过招呼了吗？"

"肯定没有，不然咱们早知道了。"

"他在视频里说了，后续会请有关部门进行核查。这是先斩后奏。"

"蒋连到底想干什么？"苏甄突然想到那天蒋连说的最后一句话，让他们过几天看新闻，"他早就计划好了。"

"之前他不是说要用研究成果把陈钟引出来吗？他这是？"

方酌眯起眼睛："一旦在媒体上将这一消息公布，蒋连就占优势了，还志愿者？全世界感染的人也没几个。他这么突然地公布，后续他说研究出来的成果有多大功效都没毛病，因为也没感染的人可用于检验了，卫生组织也会暗中排查有可能感染病毒的人，到时候……"

方酌没说下去，苏甄心里一沉，明白了蒋连的意图，到时候陈钟就陷入被动了。"没想到他玩这么大。"

"蒋连做事肯定有自己的目的。"方酌思考着，"他不会无缘无故让自己陷入麻烦里，警方就算排查也不一定能查到陈钟，蒋连到底想干吗？为什么不拿着成果直接找陈钟呢？"

电光石火间，方酌想到什么："糟了，赶紧往回走，咱们中计了。姜旭东肯定早就知道咱们在打听他，所以他故意把咱们引这么远，这儿是郊区，他是想把咱们支走。蒋连这么一公布，姜旭东就更不好下手了，所以背后之人肯定会趁这次机会，在警方插手前先下手。"

"咱们赶紧回去，给专案组的人打电话，叫他们联系蒋连，必须确定蒋连的位置。他就是个疯子，这是想激怒背后之人和他正面对峙。"

"蒋连也不傻，他肯定布好了局。"

"就算布好了局，他和背后之人还不一定谁笑到最后。而且你以为蒋连值得信任吗？现在也不能确定他不是那个提供线索的叛徒，这中间他们如果达成了什么协议，将咱们排除在外了，咱们可就成傻子了。"方酌眯起眼。

苏甄心里一抽，对啊，那个提供线索的人揭露背后之人的行为绝不是因为正义，肯定是有利益冲突。

车子开得飞快，虽然已经通知了专案组开始寻找蒋连，可他们把他的办公室、住处以及经常去的几个地方都找了，就是不知道他在哪儿直播的，而视频定位被高手屏蔽了，不知是蒋连还是那个背后之人屏蔽的。方酌在车上汗都下来了，拿起笔记本就开始破解屏蔽器，试图找到蒋连的位置。

"怎么样？"苏甄也紧张起来。

"可以破译，但需要时间，我就怕他们是故意拖着，找过去的时候，一切已经尘埃落定，咱们就永远不知道真相了。"

车子正好转了个大弯，轰鸣声很大。

"警队说找到了蒋连最后停留的位置。"有警察拿着手机说。

"是吗？告诉我在什么位置，我在屏蔽器里找一下破译方向。"

方酌破译了视频屏蔽的时候，他们也从郊区回到了市里，但因一路堵车，苏甄心里明白他们肯定耽误了时间，蒋连这个人比想象中更加狡猾，他是看准了时机和背后之人博弈。

然而当他们到了破译的地址时，谁都没想到，直播的地点竟然就在勤天集团顶楼的会议室。勤天集团近两年在蒋连大刀阔斧的改革下，制定了很多新型产业计划。但这些计划集团内部的古板老人并不认同，蒋连索性在桂林除了分公司，又搞了一个大厦，专门作为他即将发展的新型产业根据地。这座大厦最近刚投入使用，虽然是旧楼改造，但里面还能隐隐闻到装修味。

方酌扔下笔记本就往电梯里冲，苏甄也跟着跑，可到了会议室已人去楼空，直播的红色绒布、背景仪器都还在。方酌摸着直播的手机，发现还是热的，直播在他们来的路上刚刚结束。

整间屋子都没有扭打的痕迹。

"蒋连肯定在直播前就通知了姜旭东，然后设法绊住咱们，可他们现在在哪儿呢？"苏甄心里很慌。

方酌皱眉："你说蒋连约他见面会不会有别的打算？"

"你是说蒋连是那个提供线索的人，他做这么多事是为了和背后之人交易？可他要什么呢？他已经是集团的老总了，有什么得不到的？"苏甄很难想象蒋连还对什么有欲望，肯定不是金钱、地位，可除了这些还有什么呢？

"如果他不是提供线索的人呢？是否真的像他说的那样，他是为了赢？"

方酌摇头："我不相信，肯定还有别的事。"

警队的人手机又响了，马上打开看，只见勤天药业官方微博发的博文上了热搜，说集团将进军国内药品行业、保健品行业。

方酌冷笑："蒋连真是个商业鬼才，也许这才是他的目的，一个商人，还自尊心？还被挑衅？我看他是想利用背后之人给自己的集团造势。"

"可他到底去哪儿了呢？"

姜旭东又去哪儿了？

警方已经在楼里搜寻了，很快就有了消息："蒋连在天台上。"

第189章
U盘

蒋连竟然在大厦顶上，苏甄有种不好的预感，上去的时候，就看到蒋连坐在一把简易的椅子上，身边是袁昆和几个保镖，再没其他人。

"姜旭东呢？"苏甄瞪着眼睛。

"苏小姐在说什么？我听不懂。我刚开完新闻发布会，心里有些不平静，就到楼顶来抽根烟，怎么还有警察叔叔？太兴师动众了吧。"蒋连眯着眼，一副泰然自若的样子。

方酌皱眉："你在说谎，你开这个直播就是为了引出背后之人。指使洪荣波的人我们已经查到了，就是苏甄之前的丈夫，那个失踪了的姜旭东，他今晚故意引我们到郊区，就是为了来见你，你们到底有什么交易？到底要干什么？"

"方先生在说什么？我听不懂。"

"蒋连，说好要合作的，你配合一点。"

"方先生，我说了要和警方合作自然会合作，我都这么坦诚了，你在怀疑什么？至于今晚，我确实没见到什么人。他没来，我失策了。你看，若是他来了，一定会被困到这顶楼，这也是我之前的计划，可惜并没成功，我真有种挫败感。"

方酌得承认蒋连说的是实话，楼顶的风呼啸着，只有一个口能下楼，楼里都搜索了，没有任何可疑之人。

"可能是我高估对方了，他没这么快找到我；也可能是方先生太优秀了，破译得太快了，对方还没来得及过来。"

"蒋连，你别耍花样。"

"我耍什么花样？我集团那么大的秘密都和你们说了，我是诚心合作，怎么，觉得我在作秀？事实摆在眼前，只要他上到这儿来，根本下不去，我就是要抓他的，早就布置好了，可对方并没出现，真的让我很失望。"蒋连从怀里拿出一个U盘，"这里面就是治疗维诺拉病毒感染者的研究成果，可惜现在没有任何意义了，这是唯一的机会。

"既然对方不在乎了，我现在也将所有事坦白了，勤天集团以后就不会再被威胁、束缚，从此自由了，这东西就变得毫无意义。实验室已经毁了，这药的配方极其复杂，包含五十多种成分，研究了十几年，制作过程前前后后多达一百多步，所有资料都在这个U盘里了。当然我在这之前已经生产了一些药物交给卫生组织，他们可以研究，那些成药也可以拿给有需要的人吃。"

蒋连停顿了一下："但这些资料，我觉得除了对背后之人，对其他人来说都没意义吧，它本来就是我用来交换的筹码，现在不需要交换了，对方也不出现，算了吧。"

说着蒋连嘴角勾起一个邪笑，站起来毫无征兆地把手上的U盘朝楼下扔去。

众人皆惊，苏甄只觉得身边掠过一阵风，方酌在他扔出去的一瞬间就跑出去，毫不犹豫地去接U盘，这可是二十多层楼的楼顶。

"方酌！"

好在旁边的警察手疾眼快地一把抓住他的脚踝，不然他很可能就掉下去了，可最后他还是没抓住，那U盘和他就隔着一厘米的距离，他眼睁睁地看着它掉落到楼下。

"你疯了，蒋连？"

蒋连挑眉，眼神复杂地盯着他："我看是你疯了吧，你为这个配方连命都不要了。别说是为了全人类，资料我已经给卫生组织了，这个是用来和背后之人做交易的，你一个查案的人，一个自称无辜的人，怎么这么在意，连命都不要了？"

蒋连的话让在场的人一愣，全看向方酌，后者挣脱警察，过去一把拎起蒋连的领子："你个疯子。"

蒋连笑得极其变态："各位警官，现在知道该怀疑谁了吧？那个应该和我做交易的背后之人始终没出现，我当时就怀疑那个人就在你们之中。现在看来，果然啊。"

蒋连意有所指。

方酌反应过来:"你和姜旭东合作了,故意阴我?你故意的。"

"我阴你什么了?方先生,这U盘是你自己接的,连命都不顾,谁逼你了吗?在场的都是证人。"

"卑鄙。"

"这我就不明白了,方先生你怎么这么在乎这个U盘?说我陷害你?我陷害你什么了?"

方酌攥着拳头要打蒋连,周围人拉着他。苏甄在一边整个人都愣住了,此时想到什么,说:"方酌在意这个配方是因为他感染了这种病毒,他早就和专案组报备过了,蒋连,这一点你不知道吧?"

蒋连挑眉:"有这回事?"

方酌一把甩开拉他的人,走过去:"我少年时去过东南亚旅行,就是那个时候感染的。就是这么巧。怎么?想要陷害我,也要先调查清楚。"

蒋连的表情却十分微妙。

方酌气得够呛:"别被这个变态牵着鼻子走,他指不定和姜旭东合作了。"说着怒气冲冲地下了楼。

苏甄看场面尴尬,也跟着下去了。

电梯里静得出奇,方酌非常生气,苏甄在旁边不敢说话。

出了电梯,方酌着急地往外跑去找U盘,那U盘很小,从二十多层扔下来,不知道掉到哪儿去了。

苏甄停住了脚步,他那么急躁真的是因为自己的病情吗?不,他大可以吃蒋连的成药,他是为了云溪吧。

苏甄跟着找起来,她走得远了一些,计算着U盘可能掉落的位置。

夜晚街上车很多,苏甄迷迷糊糊的,没看红绿灯,差点被撞到,那司机停下来骂人,苏甄赶紧道歉躲开,可脚还是不停地在街道上慌张地走,直到有人拉着她的胳膊把她带到人行横道上。苏甄慌忙抬头,没承想竟是不久前见过的廖先生。

廖先生惊慌地说:"你干吗呢,苏甄?"

她一下恍惚了,这个情景和多年前第一次见到姜旭东时的情景重合。她心里一惊,可下一秒廖先生脸上的担心就收了起来,松了手,跟她拉开距离:"苏小姐,你怎么在这儿?"

"廖先生。"

苏甄瞪着眼看他,此时他还拄着拐杖,依然是之前见到的样子,缠着绷带,仿佛身上的伤永远都好不起来。苏甄摇头:"你怎么在这儿,廖先生?"

他举起手里提着的袋子:"孩子想吃东西,我就出来买。我就住在这附近。"

这附近高楼林立，苏甄茫然地看着，廖先生指着后面："那边有平房区。"说着不等苏甄回过神来，他就打了个招呼走了。

苏甄一惊，追过去。"廖先生，廖先生。"

可他始终没有停下，拄着拐杖，却走得飞快。

苏甄摔倒了对方都没停，她一直盯着那个背影，直到看不见。苏甄环顾四周，心想那个人怎么会出现在这个地方？刚才他出来的便利店正对着勤天大厦。她心跳极快，突然背后有人拍了她一下。"苏甄。"

是方酌。苏甄又转头去看廖先生消失的方向。

"你在干什么？"

"我……我不小心摔倒了。"

方酌无奈地把她拉起来。

"U盘找到了吗？"

"没有，我要回去调监控看看是不是掉车上了。"方酌的脸色非常不好。

"今天的事你怎么看？"他问苏甄，可她的心思已经不在这儿了。

"啊？"

"你怎么心不在焉的？"

"没有，我就是奇怪，蒋连怀疑那个人在咱们中间，所以刚才故意那样吗？"

"你也在怀疑我？"方酌眯起眼睛。

苏甄摇头："不，我在想，姜旭东为什么没有去楼顶见蒋连呢？"

"那明显是骗局，你觉得他会上当吗？刚才是我疏忽了。蒋连当然明白对方不会轻易上当，我总觉得刚才他的行为非常古怪，肯定还有别的事。"

两人往回走，方酌一边走一边给专案组的人打电话，苏甄则在旁边心不在焉的。

第190章

蒋连被劫

突然，方酌对着手机说："你说什么？"

苏甄心一下提起来，就听方酌气急败坏地说："不对劲，我就说不对劲，之前蒋连一定是在演戏，等警察走了以后再约姜旭东，这样就没人怀疑了，他肯定布好了局。可姜旭东也不是吃素的，肯定对他下手了，蒋连就是自作自受。"

方酌慌张地拿手机开始定位搜寻。

"怎么了？"

"刚才专案组的人要带蒋连回去做笔录，可他就上了一趟厕所，人就不见了。"

"什么？"

"那个蠢货，自以为聪明，还是被背后之人算计了。姜旭东，我非要把你找出来不可。"

苏甄心跳极快，快速地又看了一眼勤天集团大厦的方向，紧张地问："你怎么查啊？"

人不可能莫名其妙失踪，警方把楼下都围起来了，除非上天入地，不然准没离开那栋楼，所以劫持他的人肯定也还在楼里。

方酌直接拿手机入侵了摄像头，找了半天，终于看到蒋连进洗手间的画面，看了很久也没见他出来，可在里面就是找不到人，也没有机关。方酌又看楼周边的摄像头拍到的画面，看到一辆可疑的车，虽然觉得不可思议，但这是唯一的线索了。

警笛声乱成一团，他不由分说地拉着苏甄抢了警队的一辆私人车开了就跑，后面人追着，喊道："方酌，我命令你停下！"

可方酌就和疯了一样把车开起来，苏甄在副驾驶座，回头看到车主在原地不停地喊着，指着他们的车，后面有人开车追过来。

"你疯了吗？"

"我必须抓到他。"

他双眼通红，像是急了，根本没有平时的沉稳。苏甄有些发愣："你怎么这么激动？"

"屡次被耍，姜旭东是看我不顺眼吧。"

他突然冷笑着看了苏甄一眼，那一眼让她觉得冰冷极了。

苏甄此时心虚得一句话都说不出来，方酌却把一切看在眼里。

两人按监控录像追到废弃车场旁，发现车已被遗弃了。

"还是来晚了，这附近还没有监控。"

苏甄皱眉："你说蒋连故意做这局，是想抓姜旭东，难道姜旭东不知道吗？看来他就是想杀蒋连一个措手不及。"

后面追他们的车过来了。

"方酌，你有组织纪律吗？知不知道带着苏甄直接追踪非常危险？对方是穷凶极恶之人，蒋连那么狂，不也被人绑走了？这就是狂和轻敌的下场。"

方酌眼神极冷，嘲讽着："无组织无纪律？这话说得，我是你们的人吗？你们要是不行，我就自己想办法抓人，也不至于把人都弄丢了。"

"你什么意思？"

那警察生气极了，要上前，其他人拉着他叫他冷静，方酌却毫不给对方面子，指着对方的鼻子说："我的意思还不够明显吗？你们每次来得都不是时候，没一个有用的，人我自己抓吧，指望不上你们。"说着使劲踹了车一脚，头也不回地走了。

苏甄没想到方酌还有这样一面，他一向城府极深，从不跟人撕破脸，此时却爆发了。

"什么东西？他自己都没摆脱嫌疑，还在这儿吆五喝六！"那警察气得大喊。

苏甄看着方酌的背影，本能地不想跟上去，但方酌却回头："愣着干什么？走啊。"

苏甄只能尴尬地对四周的警察笑了笑，跟上去，却有些生气："你干吗发那么大脾气？"

方酌人都在崩溃边缘，半晌，回头看她，张张嘴，还是什么都没说出来，苏甄也生气了："有话直说。"

可还没等方酌开口，身后就有警察喊着："U盘找到了。"

一群人又把车开回勤天大厦。"应该就是这个，怎么找到的？"

"在那边的便利店旁边，可能是风刮过去的。"

方酌却一皱眉："等等，不对劲。"

他测试了一番，脸色阴了："这U盘已经被人复制过了，就在二十分钟之前。"

苏甄心里一沉，似乎明白了什么。方酌整个人都要气炸了："被人耍了，又被人耍了。"

警方这边乱成一团，勤天集团的老总在警方眼皮子底下被人劫持，这绝对是大新闻。蒋连就这么离奇失踪了，众人纷纷猜测，觉得是他得罪的人太多，被人抓走估计凶多吉少，勤天集团马上就要群龙无首了。

蒋连之前任命的副总全权代理他的工作，可不知是谁走漏了风声，董事会瞬间炸锅，有人故意煽动，隔天这事就上了新闻，勤天集团刚刚涨起来的股价就开始跌了。股东们开始不安，局势不容乐观，有几个老股东想要夺取总裁的位置，甚至有人联合外面的公司想一举吞并集团，勤天陷入危机。

可这些方酌都不感兴趣，他现在想的是，如果是姜旭东劫持了蒋连，这么久了，他们在哪儿？到底有什么不可告人的交易？按理来说姜旭东已经得到了他想要的，没有必要再劫持蒋连啊。而蒋连之前早就做好了和背后之人正面交锋的准备，为什么还会让勤天集团陷入这个境地？

警方那边忙着搜寻蒋连，因蒋连前一天开新闻发布会直播自己旗下药业对维诺拉病毒的研究成果，上了新闻，所以他失踪的消息一公布，马上上了热搜，引起了全民关注。刑警队那边压力非常大，要知道他去了一次厕所就失踪了，警方反复研究都觉得不可能。中间没有听到他呼救，人应该是没出这栋大厦，可有一辆可疑的车子离开大厦。

方酌也百思不得其解，只能反复研究U盘里的配方。

"苏甄，你是搞细胞研究的，像这种病毒，是可以改变人成长过程中体内的细胞的吧？"

这几天苏甄和他一直在看配方，但她不是药学专业的，虽然对上面的蒸馏过程、化学反应不陌生，但对药效不熟悉，他们甚至请了医生、专家来解读，但对方说从未见过如此复杂的制药过程。

按理来说一片药分析出成分就可以仿制，但按照这个配方却不能，而他们在蒋连留下的成药里，也只检测到了普通治头疼的配方，里面多了一些成分，可专家觉得并不一定能解决病毒的问题。但谁都对这病毒的变异不了解，也不敢妄下定论。

方酌更是如此，毕竟蒋连做这个病毒实验长达十几年，他应该最有发言权。

方酌一直对这药剂持怀疑态度，可既然医生都不敢下定论，方酌也没证据证明自己心里的疑惑。

此时苏甄皱眉："其实在你说了维诺拉病毒的特性之后，我也查了些资料，也不是没有出现过类似的病毒，但它们是会让人体器官产生病变，严重的甚至会让人长出正常人没有的东西，类似被辐射后的变异。

"可这个维诺拉病毒，它的影响范围非常小。你研究过，除了在东南亚那个海岸周边的几个村子曾出现过，全世界都没有再见到，所以世卫组织也没有关注，而且病毒在成人身上，除了偶尔引起高烧就没别的反应了，作用不大。病毒只作用于儿童和少年，也就是说这种病毒变异是人本身的成长因素引起的。

"要知道孩子在长大的过程中，骨骼的变化非常大，也就是说成长过程中的骨骼改变使得病毒变异。一般来说，骨骼生长与多种激素的变化密切相关，有生长激素、甲状腺激素、甲状旁腺激素、糖皮质激素、雌激素等等。这些成长激素发生改变，都会影响青少年的发育。

"可你看，以你为例，感染的人并没有过矮或过高，体态都正常，而且每个人后遗症不一样，有些人是头疼，有些人是幻听，有些人可能是情绪上容易激动。也就是说，这种病毒在生长激素的刺激下，影响的是人的大脑。"

第191章

昙花一现的病毒

苏甄比画着："大脑影响情绪的部分有杏仁核、海马区、下丘脑以及中脑等，我在查了大量资料后，觉得下丘脑的位置是最可能被这种病毒影响的。

"肿瘤、外伤都会使下丘脑受损，可你做过检查，身体很健康，一般的体检根本看不出你有什么毛病，所以说很可能是大脑细胞的一种病变，拍脑部片子的时候，看着也并不明显。所以，它可能是一种人类尚未研究到的新型生物，而这种病毒是在海啸过后出现的，相信你也研究过那几个村子的水土等各种元素，都很正常。

"但有资料记载，那场海啸后，海滩上曾出现一些长相奇怪的鱼类，应该是从深海冲上来的，所以我觉得这病毒实际上是一种人类尚未发现的新元素，存在于海的深处，被海啸带上来，沾染上了人类，结合人类的生长激素，产生了一种化学反应。

"可我一直有个疑问，蒋连的这种药表面上看是神经类药物，可这种病并不是神经类疾病，他是如何做到根治的？"

苏甄说完，方酌像是想通了什么："你说蒋连会不会根本没研究出根治这种病的药物，只是暂时抑制而已？就像我之前吃的那种，我现在非常怀疑我之前吃的抑制药物，就是他偷偷拿到暗网上卖的，是为了把背后之人引出来，所以你看他昨天控制住我，其实应该早就怀疑我了。"

"可你别忘了王斌，他是暗网中间人，而且明显是背后之人控制的人啊。"

方酌微微皱眉，觉得苏甄说得也很有道理。

苏甄继续道："我之前也怀疑过他说研究成功的事，可他都开了新闻发布会，就等于告诉了全世界，如果他作假，以后会被骂死的，他还想不想在制药业混了？"

这也是方酌一直想不通的地方。

"可是，苏甄，这病毒如果蒋连研究了十几年都没有结果，你觉得官方要研究多久？并且现在已经没有数据了，如果病毒感染者数量极少，研究就很困难，渐渐地这病毒也许就随着时代洪流而消失了。他既然能研究出抑制药物，他说自己已经研究出了能根治的，谁能反驳？更何况这病能不能根治，现在看来也只有背后之人能检验了。如果蒋连说谎，即便以后有人怀疑，也无法揭穿这谎言了。"

苏甄赞同。"刚才那医生也说了，制药过程太复杂，所以我还有点怀疑。"

"怀疑什么？"

"先不说能不能根治，我怀疑这个配方甚至都不是成药配方。"

方酌一惊，想透了。"苏甄，你觉得蒋连是什么样的人？"不等苏甄回答，方酌继续说："不按常理出牌，耐性极好，豁得出去，手段非凡。你觉得他一开始设这个局，仅仅是觉得我是背后之人，怀疑我吗？"

方酌摇头："不。那他想没想过，如果他因为什么事上了新闻，会给勤天集团造成损失呢？他那个人视集团如命，不可能没想到这一点。那他想没想过配方真的会被诡计多端的背后之人拿到呢？"

方酌越想越觉得可怕："你说蒋连那个配方会不会是假的？"

"那他为什么要拿假配方给对方呢？就算他拿别的药物的配方，背后之人也未必能分辨出真假，这药有什么意义？"

"那你说背后之人劫持他又有什么意义呢？东西已经拿到手了，劫持勤天集团的老总啊，岂不是更惹警方关注？没有道理啊。"

此时电视上正在播放经济新闻，似乎有别的公司开始对勤天集团出手了。方酌这几天也在关注勤天的动向，股东内外勾结，如果再找不到蒋连，勤天集团就要土崩瓦解了。

那些股东动作极快，仿佛是早有准备，方酌想到上次见蒋连时他说的找个机会，一并收拾，电光石火间，一下想明白了，惊讶有人手段竟这般高明，同时也怀疑是自己的想法太荒唐了。

想到此，他赶紧打开电脑，苏甄皱眉："你在干什么？"

方酌汗都下来了。

"果然。"他瘫在椅子上，"我们都被蒋连给骗了。"

原来蒋连在那U盘里放了追踪码，一旦有人复制或者下载，操作者必然会被隐形追踪，这一点方酌之前竟没注意到。

"而这个东西也有一点不好，就是我也可以反向追踪到蒋连。"

"可他不是被劫持了吗，难道？"苏甄也一下明白过来，"难道被劫持是蒋连自导自演的？"

"还不确定，但之前警方说了，在那里将人劫持走简直就是不可能的。"

方酌锁定了地点就往外冲。

"蒋连太狡猾了，他给复制U盘的人放的是单项追踪码，很难破译，必须用他的设备，才能追踪到复制U盘的人的位置。我现在只能追踪到大概方向。"

"咱们要不要通知专案组那边？"

方酌眯起眼，摇头："蒋连肯定还有别的猫腻，现在看蒋连和姜旭东所在的位置范围还不一样，说明蒋连知道他在哪儿，但还没动手。这很奇怪，蒋连既

198

然知道了位置为什么不行动呢？是怕打草惊蛇？"

方酌将车子开得很快，苏甄有些害怕："咱们就这么去找蒋连，不通知警方，可以吗？"

"通知，但警方必须比咱们晚一步，否则，我怕蒋连不说实话，他这个人太狡猾了。"

通过信号反向追踪到的蒋连的具体位置，竟然就在勤天集团的大厦里。

"难道蒋连从头到尾都没有离开过这栋楼？那辆车只是障眼法？"

怪不得警方之前说人丢得诡异。

"可警方不是已经把楼翻了个遍，也没找到人吗？"

方酌没回答，寻找着信号，在门口还看到了刑警队的人，他拉着苏甄躲过这些人的视线上了电梯。

信号显示蒋连在顶楼会议室，方酌也不管那么多，直接推门进去。里面还是那天开新闻发布会的场景，东西都没变。

"奇怪，信号就在这间会议室里。"可会议室一目了然，根本没人啊。

苏甄想到 A 城的密室，四处瞧着，可这里是顶楼，不可能有地下室之类的，难道这墙里还有隔层不成？

即便觉得荒唐，二人还是贴墙敲着，可就在这时，门外出现了一个熟人——袁昆。

第 192 章
蒋连的连环计

蒋连失踪后，袁昆在警局做完笔录就不见了，因为不是多重要的人，方酌就没关注他，此时他出现在门口让人很诧异。他的脸上还是那副不慌不忙的表情："方先生，苏小姐。"

"蒋连呢？我已经知道他之前是故意演戏了，在我告诉警方之前，他最好解释清楚，否则……"

"否则如何呢？所谓的被劫，不过是警方和你们的推断而已，我们总裁只是去做点自己的事，谁说我们被绑架了？"

苏甄眯起眼，还真是会钻空子。"这些话留着和警方说吧。"

199

"即便面对警方我也是这么说,我们总裁不过是在去警局做笔录的路上耽搁了,没必要和警方报备吧?至于绑架啊,失踪啊,都是你们说的不是吗?"

苏甄皱眉,最开始这绑架、失踪的话是如何传出来的?蒋连失踪才多久就被传得神乎其神。她不得不怀疑这谣言是蒋连的人散播出去的,他们是故意的,可就如袁昆所说,这都是猜测,只要律师嘴够厉害,警方就追究不到蒋连的责任。

"真是卑鄙。"

"什么卑不卑鄙的,结果才是最重要的。大家都是商人,对不对,方先生?"

"U盘你们是故意给姜旭东的,让他拿到以后追踪他的位置。可为什么不把他抓住,你们在干什么?我要见蒋连,我知道他的意图了,他不过是想利用这次机会将勤天集团跟他作对的老股东们一网打尽,真是好计谋啊!我方酌自命在商场上手段也是厉害的,可面对蒋连,我甘拜下风。"

"能让方先生甘拜下风,是我们总裁的荣幸,可时候还没到呢。"

方酌抢起椅子砸在地上:"我管他时间到没到,最好现在马上给我个解释,不然……"方酌拿出手机,"我来这里并没告诉警察,是想给你们机会,交换我想知道的事,但如果你们拖着不说,就别怪我告诉警察了,那蒋总的计划可就失败了。"

袁昆还没说话,他身后就有人鼓掌:"方先生果然是方先生,我都有点喜欢你了,脑子够用。我猜到有人会看破我的计谋,也猜到是你,但没想到这么快。我是还需要点时间,所以我不介意接受方先生的提议。"他看看手表,"大概还有两个小时吧,我可以和你聊一聊。"

蒋连竟然就这么大摇大摆地进来了。袁昆在后面把门带上,他找了个椅子坐下,跷着二郎腿,不慌不忙的。

方酌皱眉:"你为什么不收网?你已经用计让对方拿到U盘了,你也追踪到他的大概位置了。"

"方先生自己不也没过去吗?而是先来找我了。"蒋连似笑非笑。

苏甄皱眉,回头看方酌,他此时的表情非常奇怪。

"方先生既然猜到我躲起来了,自然也该猜到我在配方上动了手脚,所以需要时间让他慢慢地体会这配方的作用。"

"拿走配方的人是姜旭东,不是背后之人陈钟,他拿到了肯定会给陈钟带到实验室去,你要等到什么时候?"

"不,他应该没回基地。"他朝方酌扬着下巴,"很遗憾,我原本是想顺着他找到他们的基地,这样就可以把他们一网打尽,但很可惜,不知道是对方过于谨慎还是我想得太简单,那个拿走配方的人,似乎在自己做研究呢。"

"什么？"

苏甄感到不可思议，姜旭东没把配方给陈钟？也是，陈钟根本就不可能感染维诺拉病毒，难道有病的人是他？是姜旭东？可这么多年她从未发现姜旭东有头疼的症状啊。

"这些年我一直在给他们提供抑制的药物，他们看起来自然和常人一样，但那种抑制类药物有副作用，吃久了会使人心情低落，甚至出现抑郁、自杀倾向，苏小姐回忆一下，你丈夫有过这些表现吗？"

苏甄胸口上下起伏，一下坐在了椅子上，非常混乱。

"你怎么知道他在自己做实验？你看到他了？你找到他了，你在监视他？"

蒋连笑着："那个人比我想的聪明多了，像鱼一样四处游走，我还真没有逮到，但一直在我可控范围以内。我之所以知道他在偷偷做研究，是因为知道背后之人在这里有一个小的作坊，一个中药加工厂，而最近那个厂子采买了蒸馏设备。只需三天，以免出意外，我多给两天时间，五天，他绝对就是我想要的样子了。"

"你在配方里加了什么？"

蒋连哈哈大笑："我加了些破坏神经中枢的成分，外人是看不出来的，加入得很巧妙的。"

苏甄只觉得心脏剧烈地跳动，不可思议地回头看方酌："你也知道，你也早就猜到了？"

方酌看着苏甄，张张嘴想解释，后者退了一步："你们到底对他做了什么？"

"看来苏小姐还是对丈夫有感情啊，即便对方骗了你，利用你，还是对他念念不忘。哈哈哈，方先生，你私心可真重。"

方酌皱眉："别说废话，要知道他的具体位置，我必须有你的密码，快给我。"

"方先生破译不了？真是可笑，你在苏小姐面前装得未免太过了吧？"

方酌站起来："蒋连，不要再挑拨离间了，我承认我有私心，但我想控制姜旭东是为了找到云溪，你别在这儿扭曲我的意思。还有那个追踪码上叠加了新的密码，是高手设的，即便我可以破译，也要花很长时间，不值当。"

蒋连挑眉："哦？原来是这样。但很抱歉，方先生，那个所谓叠加的密码并不是我设的，我只放了追踪码，我猜是对方复制了U盘后，发现了我的追踪码，时间紧急无法解开追踪码，才在上面叠加了一个新的密码，锁住追踪码大部分功能，所以一直以来我也只知道对方的大概范围，并不知道具体位置。但我在配方里设了局，在最后一步，他一定会暴露位置的。"

他邪邪一笑："我收购了那个区域所有的花店，都进口了东南亚一种叫作

201

'勒花'的植物,那种花非常香,只要在空气中和药物中的某个成分结合,就会产生很奇妙的反应,到时候,哈哈哈哈。"

苏甄一下站起来:"你这疯子,会发生什么?"

"砰。"蒋连一笑,"爆炸知道吗?"

"你这个疯子,会伤到百姓的,我必须马上告诉警察,你快停手。"

苏甄要往外跑,却被袁昆推倒在地。苏甄回头去看方酌,可他并没动,而是奇怪地盯着蒋连。

蒋连似笑非笑:"放心,伤不到百姓的,但在做实验的他可就不能幸免了,不过应该炸不死,顶多残废。"

苏甄慌了,若真如他所说,姜旭东不仅会被破坏神经中枢,成为被随意控制的傀儡,还会因为爆炸而受伤。

蒋连真是够狠啊,苏甄想到那天他抓了自己和方酌严刑逼供的场景,想到被电击的感觉,感觉后背有一阵冷意。她一直恨姜旭东,怨姜旭东,可真要看他落得这么惨的下场吗?她做不到。"放我出去,我要告诉警察。"

"苏小姐你可想好了,告诉警察,警方一搜查,可就打草惊蛇了,他们找到他的时候可不会像我一样有这么多顾忌,如果对方反抗,可能直接就……"蒋连比了个开枪的手势,"'啪'的一下,当场击毙。因为在药物作用下,啧啧啧,他可能会袭警哟。"

"疯子,都是疯子。"苏甄浑身颤抖,回头,"方酌,方酌,求你。"可方酌却无情地把苏甄抓着他裤脚的手拿下来。苏甄绝望极了,摇着头。

"先送方先生和苏小姐去休息吧,在我勤天集团的大事完成前,你们不能出去,更不能联系警察。"他看看表,"还有一个半小时呢。我真期待。等警方这边的事料理好了,勤天集团的事收尾,背后之人那边我就可以收网了,哈哈哈哈。"

"你这个疯子,放开我,放开我。"

第193章

引蛇出洞

方酌和苏甄是被分开关起来的,苏甄被带到楼下有床的休息间。

苏甄来回踱步,不,她不能看着姜旭东出事,不能看着他残疾,她做不到,即便她恨他、怨他，她也要找姜旭东当面说清楚，他和她不该是这样的结局。

就算他要死，也要和自己当面说明白了再死，没她的允许，他不准死。

苏甄不想仔细思考自己的这份担心中是不是还有对姜旭东的感情在，她只是不想让悲剧发生。

可门被锁死了，出不去。

她趴在窗户边往下看，这里是十二层，呼啸的风吹过来，下面车水马龙。怎么办？苏甄四处张望，看到隔壁的窗户是开着的，她和方酌的房间是对着的，所以隔壁不可能是方酌。她回忆了一下之前在方酌的电脑上看到的勤天集团楼层图，隔壁应该是这一层的会议室或洗手间，和这边的窗户只有一步之遥，可这是十二楼啊。

苏甄咬牙把窗帘卸下来缠在自己腰上，当个简易保险，人后退了些，手都在发抖，一个起跳爬上窗户，她都不敢往下看，把身体往外探然后踩着窗框，使劲够隔壁开着的窗户把手。

苏甄从未想过自己会干这么出格的事，可现在来不及想那么多了，其间苏甄差一点滑下去，手臂都蹭出血了，可也不知哪儿来的动力，她竟然真的爬到了隔壁，确实是这个楼层的洗手间。

她也管不了自己是不是赤脚，手臂是不是受伤了，慌张地往楼下跑，害怕坐电梯被发现，是走楼梯下去的。

苏甄也不知姜旭东具体在哪儿，可觉得今天如果不通知姜旭东，他残了或死了，她这辈子都不会安宁，一路走一路想起两人曾经相处的种种细节，她又如何能忘了他呢？终究是平凡人，做不到狠心绝爱。

苏甄跑到对面的便利店，看了看四周，脚疼得不行，买了一双拖鞋，然后循着那天的印象往后走，可走了好久都看不到平房区，这里根本没有平房区，终于验证了本就已经知道的事。

苏甄茫然地站在马路上，时间嘀嘀嗒嗒地流逝，也许下一秒钟某一处就会发生爆炸，也许下一秒就是永别。

就在苏甄不知往哪里走的时候，路上突然冲出来一辆面包车，疾驰着朝她撞过来。苏甄吓了一跳，往旁边一跳，摔在路上，车子停了，有人要抓她上车。

苏甄吓坏了，惊恐地一口咬在那人的手臂上然后往前跑。怎么会突然有人要对她下手？谁的人？看那衣服，是蒋连的人吗？他们发现自己跑了？

苏甄直接拐到旁边的胡同里，这里车进不来，可那人却下车来追了。这儿是条倒闭的酒吧街，非常萧条，所以没什么人。她刚才着急地跑进胡同，此时才反应过来，这里更危险，可来不及换路了，她已经慌了，眼看人就要追过来，

203

苏甄退后，大叫："别过来，别过来。"

然而下一步，苏甄刚跑过的地方，一个垃圾桶突然炸了，后面的人毫无防备，垃圾炸得他们满身都是，纷纷用手去挡，在这一瞬间，苏甄被从旁边的拐角出来的一个人拽着就跑。"跟我走。"

苏甄抬头一看，竟然是廖先生。

苏甄茫然地跟着他跑，后面的人还在追。廖先生的拐杖此时已经不知道扔哪儿去了，身手敏捷，拉着苏甄翻过一堵后山墙暂时躲开了那些人，两人在墙壁后面大喘着气。苏甄眼泪直接流了下来。

廖先生皱眉："你什么时候发现的？"

苏甄摇着头，知道现在不是哭的时候，更不是叙旧的时候，但她控制不住地泣不成声，捶打着他的胸口，后者闭了闭眼，就任她打着。

苏甄抹了一把眼泪，摇着头："你快走，你应该已经知道复制的U盘蒋连动了手脚，你早被人监控了。他给你的配方是假的，你不要做实验，实验过程中会发生爆炸，快走。"

廖先生眼皮抖了抖，伸手将脸上贴着的伤疤假皮撕下，露出原本光洁的脸。

姜旭东消瘦了很多，那张脸再不是苏甄记忆里的样子，他不再是那个总是笑着哄她的男人，而是一个眼神锐利的陌生人。是啊，从头到尾，姜旭东都是在扮演一个好丈夫、好男人，从头到尾都是演的。

苏甄总想着再见他的那一天要质问他，想知道到底是怎么回事，到底发生了什么，他接近她想干什么，这些年他到底有没有真的爱过她，可此时说这些，似乎都太矫情了。

来不及说了，苏甄哽咽地看着他："头疼吗？我从不知你有这种病，是你吗？"

姜旭东手微颤，什么都没说出来，苏甄也不想说什么了。"你快走吧，这是你我最后一次见面了，以后你是否被抓，是生是死都和我没有任何关系了。"

苏甄要往外走，姜旭东一把将她拉回来："苏甄，跟我走吧。"

"什么？"

"我知道很多事你已知晓，我不需要多解释，我只想说，我对得起过去的人了，他们和我的家人一样，可我做得够多了，苏甄，我们什么都不管了，好不好？谁都不管了，我带你走，咱们跑到国外去，谁都找不到，就你和我，行吗？"

苏甄惊讶极了，还没回过神，外面已经有声音了。

苏甄推着他："你快走吧。"

姜旭东不肯松手："我知道时间紧迫，我有太多事没解释，但你相信我，我是真的爱你。我承认一开始接近你是有目的的，可你是我的妻子，永远都是。我当初在植物园留下我的身份信息就是在和陈钟谈条件，叫他不要伤害你，你要相信我所做的一切都是为了能和你光明正大地在一起。

"苏甄，我一直在你身边从未离开，我知道你很难理解我，但我真的是为了得到自由。只要治好我的病……不，陈钟已经答应我了，做完这一次，我就自由了。"

苏甄瞪着眼睛，外面的声音越来越近，她推着他："走吧。"

姜旭东没办法，只好松开她，可刚爬上墙壁，破败的院门就被踹开，为首的是蒋连和方酌。

"果然是一日夫妻百日恩啊，方酌，看到没有？我早说了，要想找到姜旭东，只能靠苏小姐。"

姜旭东不可思议地看向苏甄："是你带他们来的？"

苏甄心里一慌，摇头："我没有。"

蒋连笑着："这位叫什么来着？姜先生是吧？你太狡猾了，我蒋连都不得不佩服你，这些年几次和你交手，你都跑了，记得吗？你我至少交锋了四次。好在这一次，我做了万全的准备。"

姜旭东把苏甄拉到身后："你什么意思？"

蒋连大笑："我这个人做事从来都不止一个方案，其实这次能如此顺利，还多亏了方先生帮忙。"

苏甄下意识地去看方酌，后者躲避着她的目光。

苏甄却一下反应过来："那个U盘从楼上扔下，和后来发现里面有追踪码，反向追踪到蒋连，都是演戏？方酌你和他一起演戏骗我？"

"苏小姐不要说什么演戏，那U盘是'试金石'。"蒋连笑得邪魅。

方酌皱眉："蒋连，你用不着往我身上泼脏水。苏甄，在他扔下U盘的时候，我都不知道他的计划，我只是在……"他没说下去。

蒋连继续说道："方先生打开U盘发现被复制过了之后意识到了问题，来问我，我就问他要不要合作。其实方先生不也早就发现苏小姐的不对劲了吗？苏甄，方先生早就怀疑你。什么配方会爆炸，什么会残疾，哈哈哈，苏小姐，这些也就能骗到你，但我真是感动啊，试出了你和你丈夫对彼此的真心。若是他对你没有感情，也不会被引出来了。真是感天动地啊。"

"所以你故意说给我听？方酌，你和他一起欺骗我，就是为了让我出来找姜旭东？"

苏甄不可思议地看向方酌，后者却眼神极狠地盯着姜旭东："苏甄，我承认我有错，可你现在最好过来。"

苏甄摇着头，方酌脸色阴沉："我叫你过来，苏甄，你是傻子吗？你忘了姜旭东以前是怎么骗你的了？忘了他是什么人了？别他说两句好话就被骗走了。"

第194章
无法回头

苏甄颤抖着抬头看姜旭东，却没有动。

蒋连脸沉下来："姜旭东，是不是你杀了我堂哥？是不是你一直在威胁勤天集团？是不是你在搞人体实验，胁迫我在国外弄病毒实验室？"

"蒋连，你要点脸吧，什么叫威胁，胁迫？你不过是拿这些当借口罢了，当别人不知道你的私心吗？"

"那是你吗？还是你背后另有其人？"

"他背后的人是陈钟，他就是帮手，不过抓住他应该就知道其他人的下落了，云溪在哪儿？"方酌抢着问。

姜旭东看着几个保镖逐渐接近，却始终没有动。然而最后时刻，姜旭东突然眯起眼，一把搂住苏甄，在她耳边说："跟紧我。"

他手里突然拿出了遥控器："我在这附近埋了炸药，不然我也不会往这边跑，蒋连，我早就准备好了，你这人我不得不防。"

众人一愣，蒋连却笑着说："你在说谎。"

可姜旭东按了一下，院外的一个垃圾桶就炸了，姜旭东趁他们没反应过来，拉着苏甄踹翻一个防在角门处的保镖就冲出了院子。

蒋连在后面气急败坏地喊："追，他们跑不了的。"一边打电话给那边的警察让他们在巷子口堵人。

苏甄几乎是被他拖拽着走，心脏都要跳出嗓子眼了。"跑不了的，姜旭东，你跑不了了。自首吧。"

苏甄知道巷子口肯定已经有警察了，不知道是不是幻觉，甚至都听到了警笛声，后面的人也在追着，前后夹击。

此时夜幕深沉，他们跑不掉了，确切地说是姜旭东跑不掉了，可他却冷笑出声："那些人对我来说算什么？他们还嫩了点。我十几岁就被人追着打，怕什么？"

他握着苏甄的手腕，握得非常紧，苏甄只能跟着他跑，却见他根本没往出口去，而是躲到一个垃圾桶里，几乎是刚盖上盖子，就有人跑过来："看到他们往哪儿走了吗？"

"那边。"

"这边没路。"

一群人过去了，姜旭东捧着苏甄的脸，周围是腐烂的味道，他跟她额头相靠："对不起苏甄，我承认我接近你是有目的的，我不得不帮陈钟做事，这些年他变得很偏激，他就是想治好小南，那根本不可能，可我不能不管他。

"我是真心爱你的，当初在植物园留下我的证件，就是在警告陈钟不要动你，不然我就曝光他，但这件事让他生气了，他还是让你卷进来了，那份保险是他买的，这些我都不知道，原来他也早就在防着我们。

"他答应我干完最后一件事我就自由了，苏甄，和你在一起的这些年是我最开心的日子。我是真心喜欢你的，感情上我没有骗你。我知道这件事对你造成的冲击很大，可我当时就在想，如果我真正自由了，我们就可以光明正大地在一起了。我知道你不会再信我的话，可我就要自由了。"

"姜旭东，你自首吧，你把这些事说出来，也许还有机会。"

"什么机会？苏甄，我若是被抓住，就再也出不来了。为了隐藏身份，这些年我做了很多事，我早已经回不了头了，你明白吗？"

苏甄没有再说什么。

前路无光，身处危险中的爱人，真实和虚假交替的危险关系，她不知自己该不该相信他。"你走吧，我们以后就不要再见面了。"

苏甄想起什么，又看着他的眼睛，问："你把真正的廖先生的女儿怎么了？"

"那根本不是他的女儿，是一个病毒感染学教授的孩子，是人质，不然他们不会听话做实验的。那些孩子我们都没有伤害，我们也是从那个时候过来的，抱歉，苏甄。"

"梁教授呢，师母和孩子呢？"

苏甄不敢相信，做这一切的曾是她最爱的人。

姜旭东张张嘴，还没等说出来，那边就有声音。他不敢再待在垃圾桶里，可他不甘心，一把将苏甄抱起来："跟我走。"

苏甄挣扎着："我不会和你走的，你放弃吧，快走吧，你要是不走，我就叫人了。"

可苏甄话还没说完就被姜旭东打晕了。

苏甄醒来的时候是在急速行驶的车上，她是被身后追着的警车的警笛声吵醒的，旁边是双眼充血的姜旭东，他开的竟然是一辆警车。

"你抢了警车跑的？"

"蒋连比我想的更狡猾，他又算计了我，我刚才一出去就被扣住了，只好拿你当人质，可蒋连觉得我是做戏，是方酌制止了他们上前，我才有机会跑出来。"

苏甄茫然地看着姜旭东头上豆大的汗珠流下来，把车子开得飞快，此时他们已经在江桥上，后面四五辆警车闪着灯追着，这场景她只在电影里见过，此时身在其中，竟然异常地平静。"姜旭东，你自首吧，你逃不了了。"

"我好不容易得到自由，只要现在走了，我就自由了。我把事办完了，陈钟说这辈子不会再找我和云溪了。我真傻啊，苏甄，我应该早点走，云溪早就跑了，谁也找不到她，她一直都那么狠心，从小就是。我以前特别不理解她，她总闹着要分开，我以为她没有心，我们才是亲人啊，可我现在真的明白了，苏甄。"

姜旭东的眼泪流下来："我想和你在一起，只有我不是小东，我才能和你光明正大地在一起，不然这辈子都要活在阴暗的沟里。我竟然也奢望起光明了。"

车速越来越快，姜旭东哽咽着，绝望地说："苏甄，我这辈子就不配得到幸福吧。"

苏甄心痛得无法呼吸，摇着头，拉着他的手臂："你自首吧，好吗？你这样下去会死的。"

姜旭东回头看她，眼泪模糊了视线，突然微笑，那表情一如苏甄第一次见到他时的样子，憨厚而单纯。

"苏甄，答应我，等我好吗？我一定会回来的。那个时候，我们重新认识，你还能爱我吗？"

他绝望地回头望了望后面的警车，苏甄有种预感，这一瞬间，心里空了。

姜旭东突然一手松开方向盘，将苏甄拉过来狠狠吻在她的额头上，一滴泪滴在她唇边，混着鲜血的腥甜味道，她才看到姜旭东头上在慢慢渗下来一道一道的血，她捂住嘴。

刚才他在抢车的时候受了伤，再看他侧腹，血已经把衣服浸透，他中了枪。

"等我，苏甄。"

几乎是吻上她的一瞬间，车子一个漂移转弯，摩擦路面发出极大的声音，姜旭东探身将苏甄那侧的车门打开，用她身下的靠垫裹着她推下去，几乎是同一秒，车子冲破了江桥的护栏，朝着滚滚江水一跃而下。

苏甄觉得天旋地转，滚了好几圈，可还是看见了姜旭东的车飞出江桥，慢动作一般扎进江水里，她本能地喊着："姜旭东！"

警车停下，无数人趴在栏杆上往下看，有人冲过来抱着浑身疼痛的她。"苏甄，苏甄你没事吧？苏甄，救护车，救护车！"方酌急迫地大喊着，"快来人啊，救护车。"

第195章
下落不明

苏甄仿佛做了一个很长的梦，梦见很多她和姜旭东在一起的细节，梦见一切都是噩梦，她醒了，姜旭东把粥熬好了拿到她面前，还叫她小馋猫，苏甄抱住他："原来是噩梦啊，把我吓醒了。"

她泣不成声，直到听见有人喊她："苏甄，苏甄？"

她睁开眼，看着晃眼的灯，旁边是方酌和穿着白大褂的主治医生。医生交代了一些注意事项就出去了，方酌坐在她身边，此时应该是午后，斜阳照进来，屋内很明朗。

苏甄默默地坐起来，胳膊和腿上缠了纱布，却并不痛。

"药劲过了会痛的，好在只是骨头错了位，幸亏摔下来的时候有车垫子裹着你，不然那么快速地转弯，你肯定要骨折的。"

"他人呢？"

方酌眼神幽深："你才昏迷了一天而已，警局那边还在打捞，车找到了，尸体还没找到。"

"尸体？"

"从那么高的江桥坠落，车子都烂了，而且他之前中了枪，按出血量和时间算他也不可能存活了。江水很急，但捞到尸体只是早晚的事。"

苏甄双手抱住膝盖，这一刻竟然出奇地平静。

方酌看着她，叹了口气，想伸手抱抱她，苏甄躲开了。"我想一个人待着，可以吗？"

方酌尴尬地点头，半晌，犹豫着道："苏甄，我不是有心骗你的，但是……"

苏甄笑出来："你不是第一次骗我了，我也不是第一次被骗了，人和人来来往往不就是那么回事吗？"

方酌被她的话噎得什么都说不出，拉开门出去了，关上门的那一瞬间听到了里面隐忍的哭声。

整个事件中最大的赢家就是蒋连了,他利用这次机会,让集团包藏祸心的人暴露出来,将他们一网打尽,彻底整顿了集团,推进了制度改革,现在忙得不亦乐乎,仿佛背后之人的事对他来说都不重要了。他得到了自己想要的,这才是他的目的。

姜旭东的尸体始终没有打捞上来,只找到了他的一些衣服鞋子和部分血肉组织,有专家分析可能是那天上游泄洪,水流太快,尸体被撞碎了,连续几天都没有结果,就宣布他死亡了。

而在后续的调查里,警方找到了和姜旭东在一起的那个小女孩,她确实不是真正的廖先生的女儿,廖先生的女儿还在老家,廖先生家里人也不知道他出了事,经过DNA比对,植物园里那具烧焦的尸体,正是廖先生本人。

原来姜旭东根本没有离开那个小区,一直在苏甄身边,包括方酌的车祸,指使洪荣波敲诈,应该都是他干的。

可现在又能如何呢?怨恨也好,不甘心也罢,姜旭东已经死了。这世界上再也没有姜旭东了。

苏甄哭过,怨过,可又能左右什么呢?命运吗?太可笑了。

她甚至都没有想查下去的冲动了,跟方酌提出想回A城。

方酌却叹着气,告诉了她另一个消息:"如果你想回去,我尊重你的选择,但我要告诉你一件事。苏甄,其实之前在洪荣波事件中,我联系专案组组长的时候,就知道了一件事,但那时没敢和你说,因为咱们这边的案子已经很复杂了,脱不开身,就算你知道了也只能干着急,但现在我觉得有必要和你说实话了。"

苏甄皱眉,有种不好的预感:"说吧,我现在还有什么承受不了的?"

"专案组组长之所以亲自来这边,是因为陈立和田锋失踪了。"

"什么?怎么回事?你说的,咱们一组,他俩一组,咱俩负责吸引背后之人的视线,也确实做到了,姜旭东一直在这边,他俩假装出车祸,实际上暗中查访,怎么会失踪?"

"苏甄你要明白,我们做这个局,从一开始就只说是拖延时间,时间长了背后之人会不会知道他俩不在京城了?再者,别忘了,警方那边还有内奸呢,是谁还不知道呢。我和专案组沟通了,他们和魏然联系了,说他俩查了好几个自然保护区都没查到什么,最后去了朝阳保护区,那个保护区还没建完,非常大,有很多野生的山头,然后人进去就失踪了,毫无征兆。魏然那边已经派人大面积搜查了,可都没结果。"

方酌叹着气:"你知道的,蒋连说陈立有问题,所以组长觉得有必要亲自过去，若陈立真是背后之人，那么到了基地附近动了手也说不定。"

苏甄只觉得受不住了。"那田锋……"她不敢想象，"那现在怎么办？"

"这边的事解决得差不多了，姜旭东死得太突然，不然可以从他身上知道一些关于背后之人的事。现在也不能耽搁了，专案组组长暂时走不了，我已经申请明天先动身过去，但如果你想回 A 城，我……"

"我还回什么？田锋现在下落不明，我和你一起去。"

苏甄和姜旭东虽然只是短暂重逢，但还是从和他的对话中得到了很多信息，比如，背后之人真的是陈钟，还有云溪已经跑了，不再给背后之人做事，躲了起来，而陈钟做这一切就是为了让植物人冉兰醒过来。是什么样的感情可以让一个人变得这么执着而偏激？苏甄有预感，那一定是个复杂的故事，可惜时间太短，姜旭东未能完整地讲出来。

不知道关于云溪的消息对方酌来说是好是坏，本以为找到姜旭东就可以知道一些云溪的事，却没想到还是没有任何线索。

在去云南的路上，苏甄时不时地偷看一眼方酌，这个人又何尝不是执着和偏激的呢？

"方酌，你很爱云溪吧。说实话，不要说什么为了芯片，你的芯片走到这一步还重要吗？"

方酌突然笑了出来，茫然地看着车窗外："说实话，怎么说呢？好像从云溪出现在我眼前开始，我就看不到别人了。"

"真没想到还能从花花公子嘴里听到这种话，在认识她之前你接触的女人也不少吧，真替她们感到悲哀。"

方酌没解释："反正认识她以后，我就一个想法，想和她在一块，无论什么都阻挠不了我。这么多年我都执着于此，我也不知道这算不算爱，或许就是自私的占有欲吧。我从未想过她是否愿意，也不知道我这些努力是不是白费了。不是有老话说不撞南墙不回头，不见棺材不掉泪？或许到了那一步，命运逼着我放弃时，我才会回过神来，哦，我对她的感情好像并没有那么深。可现在……"

方酌笑笑，没有说下去，过了好一会儿才说："不管你信不信，她是我第一个女人。"说完又露出那副玩世不恭的样子。

苏甄冷笑着："鬼才信，你可是花名在外。"

"那都是有人嫉妒我故意乱说的，我这人专一得很。"

苏甄不理会他的玩笑，有时候她觉得方酌表现出来的玩世不恭像是在掩盖他真实的内心世界，叹了口气："那天姜旭东问我愿不愿意和他走。"

苏甄这些天除了做笔录时提过，再也没有说一次这个名字，此时主动开口，方酌有点意外。"你如何回答的？"

"我还什么都没回答呢，你们就来了。无论答应还是拒绝，我都欠了姜旭东一个答案，可这辈子再也没机会告诉他了。所以，方酌，我还是希望你给自己一个交代，别像我一样，最后这般戛然而止。"

方酌有些动容："人有时候就是这样，明知道没结果，还想继续走下去，仅仅是为了看一眼。"

第196章
自然保护区

苏甄、方酌还有另外两名警察一起先去了云南。他们下了飞机，魏然来接，他已经不像上次见到的那么意气风发，整个人相当憔悴，眼窝凹陷，眼眶发青，人也瘦了不少，看来已经很久没有休息好了。

"人是上个星期失踪的，就在这个朝阳自然保护区。我特意申请开了我们自己的车进去，怕走丢了，车上还安装了对讲机，能随时保持联系。我们在园区里进行了大面积的搜索，按照你师兄田锋的猜测，基地肯定和绿孔雀这种动物有关。"

魏然说着田锋的原话："师母肯定是和梁教授商量好的，给外界信号，这个信号我们专业的人才看得懂，背后之人肯定察觉不到，这是最稳妥的方法，而师母传达出的基因组合表明是绿孔雀，基地肯定在绿孔雀栖息比较多的地方。"

警方经过排查，最后锁定了三个保护区，前两个他们也是这么搜寻的，由于最后这个保护区面积大，他们从两个小的开始搜寻，很仔细，尤其是绿孔雀栖息比较多的那片树林，生怕遗漏什么。"那几天我们累死了，可毫无收获，没查到任何可疑的东西，我们也不敢大张旗鼓，怕打草惊蛇。那两个自然保护区被排除了，剩最大的这个，陈立断定就是这里，所以我们一次进去两辆车，陈立、田锋还有一个警察一辆车，另一辆车上除了我还有两个警察，我们还是用老方法，因为怕出危险，两辆车一起走，中间隔得不远，到了一个地点就下车搜寻。

"和前几次一样，还是没什么发现，我们打算上车继续走，结果我们的车都开出去了，他们的车还没动，对讲机信号有干扰，打电话也打不通，我下去叫人的时候发现那车上的三人都不见了，就这么突然没了。"

苏甄皱眉："突然没了，什么意思？你们没在一处找吗？"

"我们分两边搜索的，但距离不远，前后不超过五十米吧，但我们任没一个人注意到他们的动静。"

魏然回想着当时的场景，这几天他反复思索，几乎每一个瞬间都想了无数遍，就是不知道问题出在了哪儿。

当时他们几个人分两组在这一片区域找，自然保护区非常大，他们不只是找了绿孔雀所在的位置，全区都搜索了，因为找的时候低着头，所以根本没注意另外三个人，后来用车上的对讲机联络，可那一片似乎有什么信号干扰，改成打电话，可惜都不在服务区。

魏然到车边叫人，结果发现车里没人，之后又在四周找了，还是没人，他们当时就心里发毛。又叫了警局的人来连续找了两天两夜，都没结果，才报告这边人失踪了。

"你们不知道这自然保护区的情况，这几年这边开发了好几个自然保护区，都非常大，但这个还没投入营业，所以我们才把目标锁定在这儿。营业的自然保护区公园，都有明确的路标和规划，摄像头也到处都是，不可能被人钻了空子。

"而这边新建的，因为扩容，很多地方刚圈起来，动物还没统计有多少，大多是野生的，这里据说在抗战时期还挖过防空洞什么的，但具体无法考究。这儿的山很多是未开发的野山，所以我们判断对方也许是利用防空洞当了秘密地下实验室。这边摄像头也不多，信号也不好。"

苏甄和方酌打开了地形图。

魏然指着其中一处："人就是在这个湖附近失踪的。不说田锋，陈立和另外一个警察都是好手，如果被劫了，怎么着也会有声音，或者喊我们，可我们一点异样的声音都没听到，前后二十分钟不到吧，这三人就悄无声息地不见了。"

"湖里面打捞了吗？"方酌问道。

苏甄心一下提起来了，什么意思，难道三人落水淹死了不成？

"打捞了，可就算是落水了当时也会在湖面挣扎一段时间吧，但我们当时什么声音都没听到。以防万一，我们还是打捞了，下面有很多水草和浮游生物，真的看不出来这个湖里有这么多水草，我们想人是不是被水草缠住了，还潜水找了，但还是没有任何线索。

"而且，你们到实地就能看到了，那天刚下过雨，地面很泥泞，若是走到湖边不可能没有脚印，可几个人的脚印就在车附近，也就是说他们刚下车就不见了，而且还没走远。这也是我们百思不得其解的地方。"

方酌皱皱眉："你说突然有信号干扰？"

"对，所以车子上的对讲机不好使了。"

"咱们还是去现场吧。"

没再耽误时间，魏然两人加上他们四个，还是开着两辆车进保护区。

苏甄、方酌、魏然一辆，另外三个人在后面那辆车上。刚进自然保护区有个大门，是还没建好的服务区厕所什么的，接下来往里，能看见些动物，再进去就渐渐荒凉了，由于这边还没开发完，他们只能开车从草地上凹凸不平的地方走。

很快就过山，路在两座山的缝隙之间，山峰巍峨，林中鸟雀的叫声清脆极了，在这安静的山谷中回响，仿佛自己耳鸣了一般。

在城市里看惯了人挤人，一下到了深山老林，竟有种不适应的紧张感。

一路上魏然都在介绍当时他们走的路线，方酌皱眉打断："这里的地方志上有记载过什么吗？"

"有一些，但因自然灾害，保留的地方志非常少，只记载着这一带以前有山贼，建国后就被剿了。前些年附近有驴友失踪的情况，这地方这么偏，每年都有驴友过来探险，都是现在的小说、电视剧闹的。附近多是少数民族聚集地，我们还在山上看到过神庙。"

说话间，魏然给他们指着山上的一个亭子："考古专家说这个得有上百年了，里面是少数民族供奉的山神。在建自然保护区之前，还有老一辈人来这里祭拜，这边的少数民族以前以采药为生，经常上山，现在年轻人都出去打工了，只有老人才知道这些，说抗战的时候山里有防空洞。"

"这个防空洞官方不知道吗？"

"没有记载，知道的老人都是听说的，这几年这边才开发，山里沟沟壑壑的，有些民族语言不通，以前都不知道山里有这么多村子，跟世外桃源似的，开发的时候费了很大劲。"

"不过，圈建这里时的调研报告写了，当地居民说这边的山里可能有古墓，所以当时可能是把墓当防空洞了，但都只是传言，没人亲自进去过，也没人发现过。建保护区的时候提出过让考古队来看看，当时也有专家说看山地走势有可能有墓，但一直没找到。"

第 197 章
湖

苏甄听了惊讶地说:"所以其实你们怀疑,背后之人的实验室是建在了墓里?"

"这个可能性很大。而且咱们不是推断,后来去执行任务的郝亮警官有可能是陈钟冒充的吗?这个自然保护区的另一头是边境,正是 377 大案走私区域附近。"魏然皱眉,继续道,"在查 377 案的时候,有这样一段走私商贩的口供,我当时看着也没上心,但近日,想起来觉得可能和这边的事有关。"

"什么口供?"

"是一个小走私商说他们都是下线,只负责运输,上面还有几个大人物,也就是走私的头目,他们交易走货的时候经常进这山。"他指着前面两个挨在一起的山头,"所以我们推断当时陈钟知道这里有墓,被走私头目当作存货地,后来被他利用了。可惜当时的几个头目有的警方抓人时被击毙了,还有两个逃出国了一直没抓到,所以也没人知道这山里有什么,搜查过,也没查到。"

此时车子已经从这两座山的缝隙穿过去,到了山脚下。

"这两座山下面有缝,上面却是连在一起的,像是驼峰,一会儿车开上山能看见驼峰中间有个湖,非常小。"

苏甄本以为山上都是斜坡,却没想到一路平稳地开上去了,上面平整得像草原一样。

车子开出去很远,终于看到一个湖。此时是下午,夕阳洒在湖面上,景色美极了,光线反射出来,那湖面好像坠落人间的太阳,又像是一面镜子,湖面波纹荡漾,犹如仙境。苏甄被这景象震撼到了。

车子停下来。

"这就是那天他们失踪的地方。这几天没下雨,所以脚印还在。"魏然比画着陈立他们的车子当时停的位置。

附近确实有杂乱的脚印,根本没往湖边走,这二十分钟,就算有人劫持,可总要有车吧?劫到哪儿去了?难道见鬼了?

方酌在车上试对讲机:"这儿信号很正常啊。"

"可当时信号确实很乱,还有杂音。"

"这之后你们检查信号了吗?"

"查了,我们找了技术部的人在这儿做实验,可后来再也没有信号干扰了。"

"估计对方是怕泄露，把信号屏蔽器撤了，但足以证明人失踪时，他们这边有大的设备在运行，这一带你们看看，有没有监控或者监听设备？"

苏甄皱眉看着四周："地下？总不至于在土里吧？"

方酌走到湖边："也说不定，湖里有什么特殊发现吗？"

"这湖里鱼很少。当时下去的同事用水下记录仪录了，不是很清晰，但能看出个大概。"

方酌拿过来仔细查看着，过了一会儿说道："不对劲。"

"怎么了？"

"这么多水草，湖水应该很清澈才对，可下面特别浑浊。"

"当时我们下水的同事也是这么说的，但他说怕是水下有什么大型生物，要知道这种山里的湖都是有传说的。"

苏甄抬眉："什么传说？"

"东北有个长白山知道吧？"

"长白山天池水怪。"

"对，但没人见过，最科学的解释是有体形很大的鱼，要知道鱼只要不死，加上有充足的空间和食物，就能一直生长。"

"这个湖也有水怪传说？"

"村里的老人说过有水怪什么的。"

"这算不得线索吧。"苏甄哭笑不得，这种传说，多数是杜撰的，用来吸引游客。

"这里你们都打捞了吗？"

"这湖很大，我们也没往更深的地方去，除非把这个湖抽干。"

"这不现实。"

折腾一下午也没有什么发现，方酌还是没放弃追踪信号，他拿着信号检测仪绕着湖走，看天色晚了，一会儿不好下山，魏然想叫他们回去，方酌却摇头，魏然问他怎么了，他却做了个"嘘"的手势，示意大家上车，先离开这里。

车子开起来，方酌看着越来越远的湖说："你们想过没有，那天是陈立他们仨突然消失，而不是你们仨，为什么？"

魏然皱眉："对方的目标是田锋？田锋是搞细胞研究的，成绩不亚于梁教授。而那个警察和陈立是因为在他身边，被波及了。"

方酌却摇头："咱们已经查过了，没有任何监听和监控设备，而且田锋他们是偷偷过来查案的，你们也是突然来这湖边的，对方怎么就下手那么准，你们还没有察觉？"

苏甄一愣："你是说是偶然的？"

"我只是猜测，还有一种合理的解释是，蒋连之前说过他怀疑陈立是背后之人，所以不排除是陈立故意把田锋弄走的。"

苏甄心中惊讶，没等说话，方酌继续说："但如果不是陈立，那么他们仨就是被偶然弄走的。"

"那为什么是他们仨呢？"

"因为他们更接近湖边。"

魏然皱眉："你的意思是？"

"水往往能成为传播信号的载体，也可以帮助切断信号。所以我怀疑，水下有咱们不知道的设备，不然水不会这么浑浊的。刚才叫你们先撤，是怕咱们的声音被对方从水中听到，所以出来再说。

"我有一个想法，对方的信号很可能是运作中的仪器发出来的，那仪器总不见得一天二十四小时都不开吧？所以我打算晚上不回去了。刚才进来时看到服务区有帐篷，我想在这儿扎营，离湖远一点，最好人不要太多，我看就咱们仨扎一个帐子，剩下三个人在外围，随时联系。"

魏然想了想，给局里打了报告。

夜晚山里静得出奇，放大人心里的恐惧。

魏然提议轮流休息，可谁又能睡得着呢？苏甄心都提到嗓子眼了。他们不敢靠近湖边，而是利用遥控器把信号检测仪放在那边搜索，然而都过了半夜一点了，苏甄都有些昏昏欲睡了，还是没有什么发现。

"田锋之前来这边研究绿孔雀了吧？"苏甄问道。

魏然点头："他发现绿孔雀的基因有很强的活性，但和人体细胞互相排斥。"

"那利用人工智能修复呢？"方酌皱眉。

"因为咱们这边人工智能还不发达，已经联系京城那边调专家过来了，可人还没到呢，田锋他们就失踪了。"

三人陷入沉默，又聊了些案件进展，过了半晌，方酌看了一眼苏甄，问魏然："我上次拜托你查的事有消息了吗？"

"你是说云溪？之前我们一直在追踪骨灰堂的线索，可她再也没有出现在骨灰堂。不过我们之前跟踪过你说的徐曼妮的父母，徐曼妮的母亲前段时间住院了，人上了年纪，都是一些老人病，当时来了一些邻居看望，但并没有看到云溪，盯了一阵，没什么可疑的就没再盯了。"

方酌听到这儿，皱眉："这个消息最好通过电视台放出去。"

"为什么？"苏甄奇怪地说，"那是徐曼妮的父母，云溪只是用了徐曼妮的身份而已，他们没有多少感情的。"

"我总觉得上次去徐曼妮家里，那个母亲的表现很奇怪。你想想云溪早年

217

就没了父母,他们相处了那么久,还一起拍过照片,我觉得他们应该是有感情的。"

苏甄还要说什么,可方酌手边的检测仪突然闪了一下,三人一下就安静了。

半晌,苏甄哑着嗓子说:"是有信号干扰了吗?"

"不对劲。"方酌皱眉。

"怎么?"

"干扰信号的中心是靠近湖面的,信号是从湖里发出来的。"

第198章
入口

"这怎么可能,难道地下还有东西?"

"是不是水源对信号有干扰啊?"

方酌摇头:"湖边上的干扰信号都是弱的,只有湖中心是强的。"

魏然让后面的人开车送氧气瓶过来。

方酌皱眉:"人不宜太多,我怕打草惊蛇。"他指着魏然身上带着的一个对讲机:"这一带我都勘查过了,没有监听的东西,不然一定会有信号的。现在我无法判断下面的人能不能感受到上面的情况,所以下去的人最好少一点。"

魏然也不含糊,拿上氧气瓶第一个翻下去:"我先下去看看。"而这一次走到湖边也没有强烈的信号波动。

他拿上水下手电筒慢慢往下,光柱照到的地方,可以看到水草妖娆地摆动,都是大团大团的草。

魏然并不擅长潜水,在下面有些找不到方向,也不知该往哪儿走了,胡乱照着,突然什么东西"嗖"的一下从眼前过去,他用手电筒去照,却什么都没有,又往前游,结果又有白色的什么东西过去,最后他盯着一个地方,才看到是大团水草里速度极快地冒出来了白色泡泡,转着圈地出来,一闪而过。这时腰上的绳子在拉,魏然赶紧上去。

在水下体力消耗很大,离开危险范围,魏然大喘着气:"下面有泡泡冒上来,还有股吸力,下面好像有东西。"

"吸力?"方酌眯起眼睛,"水下应该有入口。"

魏然震惊，赶紧叫人开车去服务区通知其他警察支援。

方酌却皱眉："如果入口在水下，那么陈立他们是怎么进去的？河边没有脚印，你们也没听到任何动静，更没有氧气瓶。肯定还有别的方法进去。"

"可现在咱们找不到别的方法，只能从水下试了。"

事不宜迟，多拖延一分钟下面的人就多一分危险，苏甄、方酌、魏然三人决定先带着氧气瓶下去，本来他们是不想让苏甄下去的，可苏甄担心，在上面待着也不安心，更何况她不觉得自己弱，她在泰国潜过水，所以在救兵来之前他们仨先下去看看。

"这个氧气瓶顶多支撑十五分钟，若过了这条红线，咱们必须马上撤出来。"

即便苏甄学过潜水，也还是有些紧张。

魏然在水下打着手势，三人往下潜，看到那白色气泡速度很快地向上冒，下面的入口缝隙应该很小。

越往下，胸口压力越大。

他们看到一大团交错的水草，那气泡就是从中间的缝隙里涌出来的。

魏然用随身刀子割水草，看到下面有一个井盖样子的东西，竟然是青铜的，看起来年份很久了，苏甄很惊讶，这下面不会真是座古墓吧？

三人试图把井盖撬起来，可那东西纹丝不动，苏甄总觉得这里不是入口，不然一拉水不就都漏进去了？而且怎么拉都拉不动，细看似乎有铁链子缠在下面很深的地方。

而此时方酌指着标的位置，意思是时间快到了，先上去。

可就在上去的途中，苏甄脚一蹬，踩到了那块盖子，结果就有一股极大的吸力把她和水草一起横向吸出很远，前面的方酌和魏然因时间到了，一直往上游，并未注意到后面苏甄的状况。等方酌快上去的时候回头，才看到苏甄已经漂远了，他疯了一样地又往回游。

魏然赶不上他，看看时间，只能先上去。方酌甩掉了氧气瓶，游得极快，抓住了苏甄的一只手，和她一起被横向的巨大吸力卷进去，根本挣脱不了，像是掉到了滚筒洗衣机里，被甩来甩去。过了好一会儿，他们感觉自己跌进了一个空间，随后无数水草和泥土封住了他们被甩进来的洞口。

两人身上湿透，呛了水，咳了半晌，双眼都红了，缓过来看四周，他们进来的洞口在湖的侧面，苏甄去摸被糊住的洞口，是软的，被泥土和大量的水草堵住了，洞口外还在往里渗水，但不多，苏甄试图挖，但很快又有新的水草补上，把洞口堵得严严实实，而奇怪的是这个满是泥泞的一看就有人工开凿痕迹的洞里，竟然还有稀薄的氧气。

方酌皱眉看着："这里不像是现代人开凿的。"

"难道他们真的躲在一个墓里做实验？他们是怎么找到这种地方的？"

"别忘了，有传言说377大案的头目在这山里有藏违禁品的地方，恐怕就是这个古墓了。看这个墓，可能是宋代的。"

"你是怎么看出来的？"苏甄皱眉。

方酌指着上面的花纹雕刻："这类标志主要出现在宋墓里，我对古代历史很感兴趣。"

"你不是在国外长大的吗？"

苏甄说完，看到方酌撇嘴的样子，知道现在不是讨论喜不喜欢历史的时候，又试着挖洞口，可只是徒劳。"现在就咱俩。"

"魏然他们肯定会想办法救咱们的，先往里走吧，别耽误时间了。"

两人顺着一条只能弓着腰走的甬道往里走，走出一百多米，面前终于开阔起来，是一个很大的厅，中间有个石头雕像，这儿应该是通向主墓室的，可这个空间里堆放着一些黑色的大塑料袋，苏甄打开看到里面都是些废旧的实验用品，有摔碎的烧杯、试管、药剂盒之类的，堆了好几大包，看来是没及时处理的实验垃圾，这更验证了他们的想法。

两人继续往里走，突然闻到了一股很浓的消毒水味，混杂着什么东西腐烂的恶心味道，再往前又看到一堆黑色袋子，里面渗出恶臭的黄水，上面似乎喷了很多消毒液。

"这是什么东西？"

方酌查看，是一些动物的尸体，都被解剖过了。"他们为什么没处理这些尸体？不怕瘟疫吗？又是在这种地下。"苏甄觉得不可思议。

可方酌摇头道："不对劲，他们在这里做了这么多年实验，肯定有办法把这些东西销毁或运出去，可现在并没有，而且从堆积的数量看，有段时间了，我怀疑这个基地已经停止运转了，最起码不像以前那样运转了。"

"你是说人跑了？不应该，你看这些垃圾还有不少新鲜的。"

方酌皱眉："爱兰科技出事以后，背后之人本应该直接撤离，因为他肯定知道基地被发现是迟早的事，甚至派姜旭东等人拦住咱们，为的就是拖延时间。可你看看这些东西，若是真的撤离了还会有吗？说明这里肯定还有人。但理论上不应该啊，背后之人做事一贯滴水不漏，不留任何线索的，可现在里面是怎么回事，我真的不知道。"

然而正当他俩说话时，那墓门有动静，方酌迅速拉她躲到垃圾袋后面，就看到那古色古香的门被拉开，里面竟然是现代研究室才会配备的防盗门，和苏甄他们实验室的封闭门是一样的。此时门打开一条缝，一个穿着白大褂、戴着口罩的很瘦弱的年轻男人把一袋黑色的垃圾扔出来，然后又把门关上了。

苏甄和方酌对视了一眼，两人小心地摸过去，把耳朵贴在门上，可听不到任何声音，这门隔音效果很好。

"有办法开吗？"

苏甄皱眉，这扇门和他们实验室的门一样，所以，附近应该有输入密码的地方。她上上下下寻找，最后在不起眼的墙角找到了个暗花，抠开，里面是密码屏。

"这种锁，密码输错三次里面的人就会知道。"

方酌把冉兰的、陈钟的生日都输进去，可都不是，只有最后一次机会了，苏甄站在密码屏前，深呼吸一口气，输入了六个数字，门真的弹开了。

"你输了什么？"

"我们实验室的密码。这门既然和我们的一模一样，我猜应该是梁教授弄的，我试了试，密码和我们那扇门的一样。"

竟然猜对了，苏甄甚至有种感觉，从师母暗示绿孔雀基因开始，梁教授一直在指引他们找过来，苏甄心里有一种说不出的激动。

门弹出了一条小缝，里面是一个很大的实验室，非常空旷，中间有投影仪和屏幕，两边是实验台，上面都是精密仪器。此时大厅里站着刚才那个年轻男人和一个头发花白的老头，两人在做实验。

而另一边，苏甄看到了许久未见的梁教授。

第199章
钥匙

苏甄捂住嘴，鼻子发酸，生怕自己哭出来，方酌在旁边拉了拉她，指着大厅另一侧，苏甄惊讶地看到一个老教授，头上缠着纱布，还在流血，被绑在椅子上。

只听里面在和助手做实验的白发老头突然气愤地摔了一个烧杯："我都说了结合实验不可以这么做。"

他走到被绑着的老教授面前，拉起对方的领子："之前要不是你破坏了数据，实验一定成功了。现在要从头做，你知不知道因为你的倔强，实现科技进步又要延后了？"

那个奄奄一息的教授瞪着眼睛:"别痴心妄想了,这实验现在根本完成不了,不管你怎么做都不会成功的,你们太残忍了,竟然想用活人脑子做实验,我看你们是疯了。"

"你懂什么?"白发老头激动地说,"为了科学进步,牺牲一些无关紧要的人有什么不可以?他们应该感到光荣。等实验成功,震惊世界,这些牺牲的人会被称为英雄,他们本来活得毫无意义,现在我给了他们为人类进步做出贡献的机会,让他们拥有有意义的人生。"

"我看你就是个疯子。"

"你就是阻挠科技进步的绊脚石,以后会被钉到耻辱柱上的。还教授,狗屁教授,评职称的时候靠的都是什么东西?一点含金量都没有。你们凭什么瞧不起我?"白发老头越发疯狂,"我做了那么多伟大的实验,竟然处分我,凭什么?我一定要让他们心服口服,让所有人知道我才是真心为了科学的人。他们都是为了名利,根本不在乎人类最需要的东西,只有我,是真正为了科学事业,只有我。"

虚弱的老教授用力啐了一口:"就是因为有你这样的学术败类,不顾道德做非法实验,残害动物和人,科学才被人当成笑柄,你这是要被枪毙的,真是疯子。"

"你懂什么?"白发老头拿起手术刀就要往老教授身上刺,被另一边的梁教授抓住,"别浪费时间了,你不是要做完分离实验吗?"

梁教授其实也很害怕,他的手都在抖,但他依然装作生气的样子,只有熟悉他的苏甄才看得出来他的真实情绪。

那个白发老头倒是对梁教授很友好:"梁教授,您的分离实验做得最为完美,千万别让我失望啊,完美的细胞分离才能为移植打下基础,我有预感,这一次一定会成功。"

"可我需要助手。"那个年轻男人刚要开口,梁教授就皱眉道,"我习惯跟我徒弟田锋配合,你让他和我一起做实验。"

白发老头挑眉:"你想让田锋和你一起?"

"他多厉害,在美国是和摩尔教授一起做实验的,跟了我很多年,有他在才会成功。"

白发老头犹豫着,一边的助手也在游说他:"陆达教授,田锋在国外都很有名,你把他放出来吧,这样的人死了有些可惜,咱们人本来就很少了,常教授现在这样子也不可能再做实验了。"他指着奄奄一息的老教授。

被叫作陆达教授的人思索了一会儿:"可以,但另外两个就拿来做脑部实验吧。"

"这太残忍了。"梁教授皱眉,"用活人做实验,这不符合道德伦理。"

"什么道德?成功才是评判道德的标准。梁教授,你一直很听话,不要挑战我的底线,我一直敬你有真才实学,别让我失望。"

梁教授还要据理力争,小助手给他使眼色,叫他别多说了,梁教授就改了口:"实验还没进行到那个阶段,我的分离实验还要做一阵才行。"

"那儿不是有两个人吗?我明天先拿一个试试。"

苏甄这才发现旁边还有一个房间,门是玻璃的,此时上面还有血迹,里面似乎有人,不会就是田锋他们吧?

苏甄着急地想再往里看,方酌一下把她拉到门口,做着"嘘"的手势,可这边的动作还是引起了梁教授的注意,他离门比较近,往这边一看,大惊,同时惊慌地挡住门,直到陆达和助手去了另一边,梁教授才在背后比了个手势,意思是一点钟。

方酌赶紧把门关上,拉她回到墓道。

苏甄已经浑身颤抖:"咱们应该冲进去,难道还怕那个老头不成?"

"如果这么容易制住他,田锋他们怎么会被关起来?这里肯定有咱们不知道的机关,现在已经十二点五十分了,还有十分钟,梁教授叫咱们等,肯定有他的道理。"

果然过了一会儿,梁教授就拎着一袋垃圾出现在门口了,他朝门内看:"这时候陆达教授会睡觉,四个小时后才起来,你们是怎么找到这儿来的?"

"从监控录像里师母穿的衣服看出来的,田锋推测出了绿孔雀的基因。"

"这一点田锋已经告诉我了。"梁教授叹气,"这里面机关重重。"他指着棚顶:"上面都是高压液体毒气,一旦开关打开就会释放,那毒气的解药只有陆达有,他还有控制这里的钥匙,只要有人想逃,他就会打开开关,他手里还有枪。

"之前除了他,还有背后之人的保镖看着,他们手里都有枪,后来撤走了,我们想反抗,可已经有两个教授被他杀害了。他脑子有病,很疯狂的,如果不肯做实验,就要死,因为之前我们的家人都在他们手上,所以……"

"他那么老了还能威胁别人?"

"他手上有钥匙,控制着这里的机关,就算突然偷袭他,只要他两根手指那么一按,机关就会打开。他警惕性很高,睡觉时只要有人接近就会醒,之前那两个教授就是这么死的。谁也不知道他那机关的钥匙在哪儿,每次他的速度都很快。"他指着甬道另一头,"你们进来的这边出不去,这里只有一个出口。出去要借助气流,下面还有电波检测,气流可以向外把人送出去,也可以向内把人卷进来。田锋他们就是这么进来的。"

梁教授回忆着那天,那个被绑着的常教授和陆达起了争执,想要拨动开关出去，结果打开了内旋，把上面的人吸进来了，很巧，竟然是田锋他们。

"我们也想联合对付他，我一直在研制毒气的解药，只要有抑制那毒气的药物，就不怕他了，我甚至策反了那个助手小徐，其实他也是被陆达骗了，没想过陆达会杀人。可陆达很狡猾，抑制药物最重要的一个药剂被他锁在药剂房里，只有他的指纹能开门。"

"有什么我们可以帮忙的？"

梁教授叹着气："我这几天一直在劝说小徐，叫他偷药剂，可他本就胆子小，何况如果被发现，必死无疑，他就更不敢了。"

苏甄这才注意到梁教授的手在颤抖，应该是受过伤的后遗症，苏甄心疼得不行："教授。"

梁教授眼圈发红："你们不要掉以轻心，你看到田锋他们就知道了，那毒气不容小觑，只有先服了解毒剂才能抑制。"

方酌朝里面看："咱们这么多人，肯定有办法的，把陆达扣住。"

"根本来不及，他手太快，还没等掐死他，你就中毒了。"

话音未落，那边有脚步声，三人屏住呼吸，就看到那个年轻的助手小徐出来了，他看到这场面，瞪大眼睛，方酌一下捂住他的嘴，眼神狠厉地威胁："还想活命就别出声。"

小徐赶紧点头。

梁教授让方酌赶紧放开他："他是自己人，都是那个陆达干的。"

方酌问小徐："你注意过陆达的那个机关钥匙吗？"

小徐还是有点害怕，赶紧回答："我还在教授洗澡的时候去翻了他的衣服，根本没有，每次都没看到他是怎么做的，好像就是手指一捏，毒气就出来了，特别快。"小徐比画着。

几人从门缝往那边看，玻璃门里陆达在侧身睡觉。

方酌皱眉盯着："你们搞科学实验的人指甲都这么长吗？"

"陆达教授每次做实验都戴手套。"

"他每次动钥匙的时候手指除了捏，还有什么动作吗？"

小徐想了一下："好像打了响指。"

方酌沉吟了一番："如果我没猜错，机关钥匙应该在他手指的肉里。"

"什么？"

方酌皱眉："如果我的判断没错，他手里放的应该是我那人工智能芯片的复制品。"

第200章
陆达

据方酌说，他那芯片其中一个功能就是将人工智能和人体结合，但这个功能尚在实验阶段，看来背后之人，那个网络高手进行了系统改良。

"当年的设计理念是看外国大片产生的，我一开始的设计就是打响指作为开关，可这点我一直没成功，看来对方的能力在我之上。"

"那怎么办？你可以联网破译吗？"

方酌摇头："这里没有任何信号，就算有，我也不能在短时间内破译。"他眯起眼，"但可以用最原始的方法，把手剁了。"

"可如果手没了，就没人能打开机关了，咱们就出不去了。"小徐叹气，"这里向上向下的疏通管道，是唯一能出去的路。"

方酌过去查看，其实原理并不复杂，不过是升降机动力回旋，可惜这个开关设定就是打响指。

"看来只能偷药了，如果毒气不管用，他也没用了。"

"可如果不是他本人，根本不能打开门拿里面的药剂。"

"那个门什么时候他会开？"

梁教授皱眉："明天应该会开一次，他要做脑部实验，必备的药物必须从那里拿。"

"那就只有这次机会了。"

这一晚上苏甄度日如年，丝毫没有睡意。

第二天一早，他们趴在门口，听到里面的小徐声音有些大地说："陆教授您醒了？"

外面的人心都提了起来。

陆达走到受伤的老教授面前，冷哼："今天我做的实验要是成功了，就是打这些道貌岸然的高级教授的脸。你们评了院士又如何？不敌我这副教授的水平。不过只是头衔，真正有能力的人都被这种制度埋没了。我今天就要证明，我才是全国最厉害的脑科专家，叫那些鄙夷我、利用我的人看看，我才是第一圣手。"

他指挥着小徐布置手术台，苏甄在门外看到小徐已经在给昏迷的陈立推麻醉剂了。梁教授默默地在旁边给小徐使眼色，很认真地把需要用到的手术刀准备好。

陆达似乎很满意梁教授此时的配合。

他看看四周，走到药剂房门口，警惕地看了看其他人，用指纹开了锁，去找需要的药。梁教授打了个手势，苏甄激动极了，方酌按了按她，直接滚到桌后面，然后慢慢过去。

所有人都盯着方酌，屏住了呼吸。药剂房很小，要躲藏几乎不可能，苏甄觉得有些绝望，可方酌却出人意料地起身，双手抓着门廊上的杆子，吊上去，在陆达转身的时候正好躲过，苏甄长舒一口气，可还是不敢放松。

陆达转身，方酌游鱼似的从打开的门溜进去，那动作一气呵成，行云流水。

方酌此时在柜子上，陆达就在他下面，方酌指了指其中一个柜子，梁教授捂着心脏，点头。

众人屏住呼吸，眼看就要拿到了，可就在此时，陆达教授看向门外，皱眉道："你们在干什么？"

外面的人都惊讶地盯着他，他觉得奇怪，马上警惕起来，要回头，这屋子就这么大，只要一回头就会看到方酌，千钧一发之际，梁教授叫住他："陆教授。"阻止了他回头。方酌赶紧从上面跳下来躲到桌子下面。

"陆教授，我觉得我们还是需要探讨一下开颅的细节，不能盲目做手术。"

陆达眯起眼睛，还是回了头，可此时已经看不到人了，他皱皱眉："梁教授，我这人一向觉得实践出真知，纸上谈兵是你们这些顶着院士名头的人喜欢做的。"

梁教授气得浑身发抖："你这是在草菅人命。"

"注意你的措辞，我们是为伟大的科学做贡献，你竟然说草菅人命？这些人命值什么钱？只有为科技进步做出贡献的人才有资格说自己是个有用的人。"

"我看你就是疯了。"

梁教授豁出去了，为了转移他的视线，彻底爆发般地说："什么为了科技进步？你不过就是为了你的私心，你没评上职称该找自己的问题，你所谓为了科技进步，不过就是想给别人看看你的成绩，你根本不是真心为了科学，你就是为了你自己。只会抱怨制度不行，为什么不想想自己的问题？什么怀才不遇？你只会找借口安慰自己，实际上就是个彻头彻尾的失败者。"

梁教授说完这段话，身体都在抖，这无疑戳到了陆达的痛脚，他一下将手里的药剂摔在地上，吓得众人一激灵。

那边方酌比着"OK"，意思是拿到了，可他现在出不去。

梁教授紧张得往后退，还在说着扎心的话，陆达步步进逼，从房间里走出来，可很不巧，方酌跳出来的时候手一滑，倒在碎玻璃上，发出一声闷哼，陆达回头，瞪起眼睛："你是谁？"

众人皆惊，情急之下，梁教授将手里的药剂直接泼到陆达脸上，后者啊啊大叫，要打响指，千钧一发之际，方酌速度极快地扔出一把手术刀，扎在了他的手指上，让对方的响指没打起来。

陆达疯了似的大叫着："你们都去死吧！"

这一次，他忍痛打了个响指，梁教授惊恐地大喊着："捂住口鼻！"

可来不及了，苏甄瞬间觉得浑身无力，天旋地转。所有人都倒下了。

陆达一脚踹向小徐，小徐此时后悔不已，跪在地上哭求："教授，我是被他们逼的，放了我吧，放了我吧。"

"你们还敢和我斗？没用的东西，你们本身就没有任何价值，愚蠢的人，我让你们的生命有点意义，你们却白白浪费，真是烂泥扶不上墙。那好，我今天就让你们为科学献身吧。"他拿起手术刀就朝着梁教授冲过去，"好啊，好啊，你们这些人都别想走了，就留下陪我吧。"

苏甄绝望地躺在地上，这毒气真的让人一点力气都没有，现在要完了吗？外面的救援什么时候能到？

然而就在众人绝望之际，他们本以为已经晕过去的方酌突然一个暴起，直接一脚踹在陆达后背上。那人到底是个老头，趴在地上直接起不来了，用手指又打了个响指，疑惑地说："怎么对你不好使？"

方酌冷哼："我是拿着梁教授配好的药剂进去的，就怕出现这种情况，我们这么多人还奈何不了你这个疯老头了？真是笑话。"方酌放了最后一种药，自己就先喝了解毒剂，以防万一。

方酌开始给地上的每个人喂解毒剂，还把被绑着的田锋等人救出来，那个小警察脸色苍白，眼看就不行了。

"咱们得赶紧出去。"

"开关在他手指上，只有他能打开。"

方酌回身把老头拎起来，却震惊地发现他不知何时已把自己的手指砍断了。那老头哈哈大笑，变态一般："我把手指剁了，再也没有开关了，我看你们怎么出去。要我束手就擒，休想，就一起死吧。"

"你真是个疯子。"

"说，云溪在哪儿？"方酌还在追问这个问题。

"那个女的吗？哈哈哈哈，你猜啊。"

方酌一拳打过去。

"别把他打死了。"梁教授上前，"我的女儿和妻子在哪里？"

"在哪儿？都死了。"

"你说什么？"梁教授不敢相信，"你在说谎，你们拿他们当人质的。"

227

"那个人会把他们当人质，因为那人心太软了，对孩子还很呵护，真是没用的东西，像他这样的人，如何能成大事？要做脑部研究，就应该从人类大脑开始做，那个执着的人，空有这么好的想法，我告诉他，想要达到目的，为人就要狠一点，可那个人太优柔寡断了，我们早该分道扬镳。

"你们这些人的家属其实我早就转移了，还多亏了那个姑娘，那姑娘想要自由，想要脱离他的掌控，人心最好利用了，她还以为我也是被人逼迫的，哈哈哈哈，真是傻透了。我装作帮她逃走，实际上把人质都弄到我这边来了。梁教授，那个有哮喘的小姑娘是你女儿吧？你知道她在动手术之前的样子吗？那双眼睛跟小猫似的。"

第201章
寻找人质

梁教授上不来气，抓着他的领子："你把她怎么了？"

"知道小姑娘的大脑是什么样子的吗？我都制成了标本，哈哈哈哈。"

"你个死变态。"

梁教授一拳打在他脸上，那老头白发苍苍，满口鲜血："你们根本不是真心为了科学，想要进步，想要飞速发展，本身就要有流血牺牲的，你们懂什么？"

"你把他们弄哪儿去了？人呢？你把他们弄哪儿去了？"

"死了，都死了，这些失败将会奠定我最后的成功，我会成功的，我会成功的。"

方酌盯着他："云溪呢，云溪在哪儿？"

"她跑了，不过那个人一定知道她跑到哪儿去了。云溪很聪明，找到了一个背后之人永远无法对她下手的地方。"

"她到底在哪儿？你说啊，别整这些没用的了。"方酌双眼通红。

"想让我告诉你啊？那好啊，留下来给我陪葬啊。"说着陆达突然捡起地上切断的手指往嘴里塞。

梁教授急了："别让他吃了。"

但是晚了，手指已经在他肚子里了。

众人恨不得给他开膛破肚。陆达嘲讽地说："怎么的，手术刀就在你们面前，你们不是满口道德人性吗？现在不也想对我举刀？"

梁教授此时已经受不了任何刺激了，脸都发白了，苏甄扶着他，知道他心脏开始难受了。"我女儿在哪儿？你说谎，你把她们还给我，你个变态，你自己是孤家寡人，学术不精，是学术界的败类，就怨天尤人，伤害别人妻儿，你算什么教授？你根本不配当人。"

可就在这时，实验室里传来一阵声响，只感觉巨大的风刮过来。苏甄抬头，只见方酌拿出一枚小小的带血的芯片："在他切断手指的时候，我就把芯片拿出来了，这是我制作的芯片，我还需要别人操控？"

方酌用刚才接入芯片的手机快速连接出口位置，瞬间破译启动，而这边众人将陆达五花大绑，押回去审问。苏甄一下发现了不对劲："别让他死了，他好像要自杀。"

方酌掰开陆达的嘴，把东西垫到他舌下："在我面前玩咬舌自尽，太不自量力了。"

一股气流开启，几人一个接一个上去，苏甄上去之前回头看着实验室，那么多高科技的机关，真有种未来文明的感觉，可惜都是徒有其表，人类文明进步根本没有那么快，要脚踏实地一步步走。

不管装修得多么高科技，实验还是那些实验，又有什么意义？背后之人也好，这个疯子也罢，都是在痴心妄想。

也许有一天他们的设想真的会实现，人工智能可以操纵细胞再生，起死回生，可绝不是现在。

气流从离湖边三四十米的位置，悄无声息地把人运送上来。落在草地上的那一瞬，苏甄抬头看，天都亮了，一边有巨大的机器声响，是魏然在指挥人抽干湖里的水。

众人筋疲力尽，湖下面需要深度挖掘和考察，因为有文物，还请了考古队过来，但考古专家初步认定，里面的构造已经被破坏了，这是考古界的损失。

从里面拉出来的设备足足有五十多件，都是高精密仪器，是用之前老四通过特殊渠道从国外购买的零件组装的。据小徐交代，这里面除了细胞研究方面的一些仪器，还有很多脑部手术设备，本来人工智能设备更多，但背后之人撤走的时候都带走了，只留下几个坏的。

但那些都不是主要的，考察需要时间，现在人证就在眼前，陆达被二十四小时看管以防自杀。

警方第一时间就调出了他的身份资料，某大学的副教授，一生郁郁不得志，这和他的性格有很大关系，当然也查出了他在工作上确实受过委屈，被强权压迫过，把他的论文署名改成了别人的名字，为此他上访过，得罪了人，并没有结果，反而被嘲笑不自量力，可以说是非常惨了。

他在学校里一直评不上职称，水平属于平庸一类。警方在学校进行了走访调查，在别人的口中，他就是个存在感很低的人，谁能想到讲话都不会大声的副教授，竟然在外面做出这么惊天动地的事。

他交代，他遇到背后之人是一个很偶然的机会。"我只见过那人一次，还没看到他的正脸，和我接触过的，只有姜旭东和云溪。"

陆达回忆，那人一开始接触的不是他，而是学校里的另一位教授，就是抢了他获奖论文署名的那个。陆达因为论文一事一直盯着那位教授，想要找报复他的机会，结果发现一个年轻女孩子频繁接触他，以为有什么花边新闻，结果偶然听到他们谈论细胞学，那女孩子夸赞这位教授论文写得好，当时陆达就愤怒了。"那明明是我的东西，我才是有真才实学的。"

陆达就跟踪了云溪，被她发现了，没想到云溪看起来柔弱，却扣住了他，差点弄死他，陆达就说了实话，然后云溪就问他要不要加入一个实验。

"后来我发现这小姑娘根本什么都不懂，我每次和她说什么，她都和一个人联系，我就提出来想见那个人，说了我的想法，我觉得这是我一战成名的机会。"

陆达说到这儿，眼中还有光。

"你见到那个人了吗？"

"见到了，那个人很狡猾，我们中间隔着一层毛玻璃，我不知这人为什么不肯直接见我，我对他提出的用人工智能复原细胞的说法很感兴趣，当然我也说了很多条件满足不了，所以这想法只是天方夜谭。

"可那人说只要能成功，可以让植物人醒来，任何条件都不是问题。我当时以为他说大话，但很快他就把我要的几款药剂拿来了，那是违禁品，我不知这个人是干什么的，我一开始也很害怕，真的太疯狂了，我要什么，他都能弄来，包括助手，包括国内顶尖的细胞学教授们，那些我只能在网络上读其论文的大佬们，他都弄来了，给我打下手。"

渐渐地陆达也进入了疯癫的状态，他觉得有这么好的条件，一定能成功。可实验并不顺利，但一次次地攻破难题，他又觉得离目标越来越近了。

"真的就差一步了，我们已经发现了绿孔雀的细胞可以被人工智能复原，只要研究提取出细胞中的元素，运用到人脑中，也许就能成功了。"

审讯室里陆达根本不在乎自己要被判多少年，是否犯了杀人的罪行，是否会被枪毙，他只是一个劲地说自己的实验，可梁教授说那根本就是痴人说梦。

"确实绿孔雀的细胞和 DNA 有激活的可能性,但和人体并不兼容,这种试图改变人类基因的实验,涉及伦理等许多问题。"

"改变人类基因在未来也许会如蝴蝶效应一样使得人类走向灭亡,这不是一种成功,而是彻头彻尾的失败。也许背后之人早就看穿了陆达就是个废物,所以要撤离,可陆达好像疯了,他非要做这个实验,对方只好扔下他,把自己的人撤走了。"

梁教授说到这里,问道:"我的女儿,我的妻子,你们找到了吗?"

魏然等人摇头。

争分夺秒找人质的活动并没持续多久,警方很快按照陆达的交代找到学校的一个废弃实验室,在里面发现了几具尸体,被证实是之前陆达杀掉的两位教授的亲人,但里面并没有梁教授的妻子和孩子。追问陆达,他一直坚持说人都被他杀了,一个活口没留,根本不配合。梁教授已经住院了,苏甄只觉得要气炸了。

田锋皱眉思考着:"这个陆达昨天精神科已经鉴定过了,他有精神类疾病,类似妄想症,他说他用那些人做实验,实际上魏然说那几具尸体都是他拿东西砸死的,根本不是开颅手术失败死的,可见这人根本就不正常,很多事都是他自己想象的。"

"那师母和孩子到底在哪儿?"

"别忘了咱们是如何找到这个基地的,是通过师母在摄像头里给咱们的暗示。按照陆达交代他从云溪那儿骗走人质的时间算,那个时间师母和孩子在京城,并不在他手里,所以师母和孩子很可能还活着。可为什么这些人质的家属里,只有师母和她的孩子在京城呢?"

第 202 章
不敢

"别忘了姜旭东那边也有被扣下的教授和人质,因为他要做脑部病毒实验,而师母的专业没准用得到。"

一语惊醒梦中人,苏甄醒悟过来:"师母是机械设计专业的。"她想到了在爱兰科技的仓库里看到的圆形瓷盘,"那个不知名的仪器,会不会是他们找师母设计然后定制的？"

"可是在这个基地里并没有找到类似的仪器啊。"

他们把魏然统计的五十多件仪器都看过了，组成仪器的零件根本没有那种圆形瓷盘。

"也就是说师母和孩子很可能还在京城，还活着。"

"赶紧告诉梁教授，起码还有个希望啊。"

梁教授本就身体不好，这段时间压力太大，因为一直想着孩子和妻子，所以硬挺着，结果突闻噩耗，直接就脑出血了，还好发现得早，及时抢救了，可现在还没醒过来，大夫叫苏甄他们做好心理准备。

苏甄在梁教授的病床前泣不成声，看着这个如父如友的恩师，她心痛不已。"一定要找到师母和孩子。"

苏甄又去找了魏然，将现有的关于基地的资料和研究报告拿出来，试图从里面找到蛛丝马迹，可始终没有结果。

现在他们只能推断这些被抓来的教授的家属被秘密地转移了，而云溪当时并不知情。

苏甄又申请见陆达，可这疯子甚至开始给她描绘杀掉师母和孩子的细节，那么清晰，苏甄控制不住自己的情绪，抓过面前的记录本就朝他脸上砸，旁边的田锋死死抱住她，还有警察在旁阻止。

她眼泪横流，充满愤恨："你这个杀人魔，变态，自己没有亲人就祸害别人的亲人，什么为了科学？你就是个彻头彻尾的小人，一个躲在学术背后的胆小鬼。"

陆达却狂笑着，好像根本不在乎。

他突然毫无征兆地起身向前，抓住苏甄的肩膀，几乎要贴在她脸上，田锋和警察吓了一跳，没想到他突然发疯，虽然一瞬间就把他拉开了，苏甄还是吓得瞪大了眼睛，她甚至怀疑若是陆达手里有什么武器，刚才那一瞬间自己已经毙命了。

一边的警察压着他，叫人进来把他绑在椅子上，刚才是他们大意了。

陆达是个老者，身体在这次抓捕时都骨折了，又因为是重要证人，警方尽量不让他受罪，怕这么大岁数了，出事死了，毕竟想从他身上知道更多关于陈钟的事，所以之前疏忽了对他的束缚。

苏甄大喘着气，田锋摇头："这个人就是神经病，咱们走吧，问不出来什么的。"

他把苏甄拉出去，她仍浑身发抖，田锋很是担心，叫她先回去休息，剩下的他来查。

苏甄张张嘴，看着田锋担忧的眼神，说："梁教授现在这样，随时都……"

她眼泪流下来了："如果一直不知道师母和孩子的下落，又或者她们出事了怎么办？"

"事已至此，咱们尽力而为吧。"

"尽力？何为尽力啊？"

田锋以为苏甄吓到了，安慰着她，出门正好看到方酌，他这几天一直在魏然这边配合警方审问陆达，而苏甄一直在医院，两人已好几天没见了，此时看到苏甄脸色煞白，方酌皱眉，问："怎么了？"

田锋简单说了情况，方酌叹了口气："我觉得陆达应该没说实话，迄今为止他是和背后之人最接近的人了，除了姜旭东和云溪。他也是最了解姜旭东和云溪的人，他知道的事肯定不止他说的这点，但有一点我觉得他没说谎，他和陈钟应该分道扬镳了。"

"为什么这么说？"

"如果陈钟还在，这个基地不一定会暴露，而且陈钟提前撤走了，你也看见了这人就是个神经病，估计陈钟和他合作的时候也没想到他是这样的，后来撤走，其实就是把他当棋子。"

"那陈钟不怕暴露自己吗？"

"那个人做事滴水不漏，肯定留有后手。但我始终觉得以陈钟他们的人生经历应该做不出对孩子下手的事，可能人质的事就是这个变态做的，他们并不知道，或者说知道了，所以……"

"所以什么？"

"咱们一开始就在猜提供线索的那个人是谁，肯定是陈钟这伙人里的，而这伙人就是当初福利院的那几个孩子，你说有这种人生经历的人还会和陆达这种残害孩子的人同流合污吗？也许中间他们发现陆达的变态，想过跟他分道扬镳，但陆达捏着他们很多把柄，他们互相牵制，有人先受不了了，想要结束这一切，所以才会提供线索。"

"你怀疑提供线索的人是云溪？"

"只是猜测，我是说如果提供线索的人是云溪，有很多说得通的地方。比如，从陆达的话里可以听出，在人质的事上他骗了云溪，云溪后来会不知道吗？可能她知道了，想要阻止陆达继续杀人，但又不敢出面，因为要躲陈钟，所以就开始引我过来，一步步揭穿这件事。

"只有警方介入，陈钟才会放弃基地，因为陈钟可能早就知道陆达杀人，也没有阻止，陈钟的私心太重，他一心只想实验成功。

"而且，提供线索的人，都是悄无声息地将信件放在前台和我的别墅，说明

233

这个人很了解我，知道我的生活习惯，我之前就怀疑过云溪。"

"当然也不排除只是巧合，我只是猜测，因为蒋连也很有可能是放出线索的人。总之这个放出线索的人，这个背叛了陈钟的人，肯定是和陈钟背道而驰的，他们闹翻了，而咱们查到今天这些事，也正是因为他们不再团结，有了分歧，我们才找到破绽。

"苏甄，也许咱们就要胜利了，姜旭东也好，云溪也好，他们都不再帮陈钟做事。现在他孤身一人，虽然我们还没有找到他，但已经解开了大部分谜题，很快就会抓到他，结束这一切。没有枷锁后，我们会迎来新的生活，那时候才是真的自由。"

苏甄微微皱眉："自由？"她知道方酌一心想着云溪，也许找到云溪的那天，也是她和方酌分道扬镳的时候。

方酌点点头，往警局里面走了。

苏甄皱眉，有那么一瞬间想叫住方酌，可终究还是没开口，而是攥紧了拳头。

她和田锋出了警局，田锋要送她回酒店休息，苏甄想到之前梁教授和师母的结婚纪念日，他们送过小雏菊，师母和梁教授都很喜欢，说想再找个花店买一点，也许昏迷中的教授闻到雏菊香味会醒过来。

田锋在手机上搜到了花店，但距这里有两站地，提议打车过去，苏甄说累了，让他去买，自己先去医院看教授，田锋只好点头。

看着田锋上车走了，苏甄却一改刚才疲惫的样子，手都在发抖。她不想骗田锋，只是这一路的经验告诉她，这种时候不能相信任何人。

苏甄手心都是汗，手里的字条都被浸得有些湿，她慢慢打开，这字条正是刚才陆达接近自己时塞给自己的，可他和她都没有表现出来。

只见上面有歪七扭八的字，似乎是用血写上去的："想知道人质的下落，就想办法把我弄出看守所。"

苏甄恨不得现在就回去把陆达揪出来质问，他这是威胁、胁迫，也许就是诓骗她，可梁教授在医院里躺着，哪怕只有万分之一的可能性，苏甄都想要尝试。

警方已经想了很多办法，如果陆达始终咬死人被他杀了，不开口，那也许就真的永远都找不到师母和孩子了。苏甄不敢想，虽然知道也许陆达就是骗她，可她不敢拿师母和孩子的生命去赌。

第203章
敬自由

她此时有些后悔没告诉田锋了，拿出手机，又放下了。

她转身回到审讯室，到门口被人拦下来，说魏然和方酌在里面问话呢。

苏甄想了想，说："之前在基地发现的陆达做实验的数据报告，我想再看一看。"

那个警察是认识苏甄的，知道她是协助调查的专家，将她领到了资料库，文件有很高一摞，还有视频资料，旁边还堆着很多从实验室拿来的药剂，她皱皱眉，想说放这儿不安全，可回头警察已经走远。

苏甄在里面慢慢看着。说实话，虽然陆达是个神经病，但他脑子真的聪明，再加上找来了顶尖教授协助，可以说前期实验非常顺利。

他们先用比格犬做了实验，有视频记录，将绿孔雀的细胞进行分离和激活，人工智能迅速模仿激活后细胞分裂的时间和形式，之后将模仿的频率用于狗坏死的腿部细胞，进行同频激活。虽然狗腿有一些恢复的迹象，但只挺了不到三小时，那条狗就死了，这是非常残忍而危险的实验。若是为了站立几小时而付出生命的代价，这实验无疑是失败的。

但不得不说人工智能在这个实验中起到了很大作用。在实验记录里，陆达认为人工智能的自主性还是不够完善，让背后之人改进了芯片，这应该就是方酌所说的系统改良，虽离他们幻想的未来文明很远，但也是非常先进的了。

第二次实验使用了一只走私来的猴子，这一次猴子活了十个小时，进步很大。陆达那时候已经很疯狂了，觉得将来一定会成功，可那些教授快受不了了，视频里他直接将一个故意把药剂放错的教授一刀捅死了，血都溅到了镜头上。

记录有很多，每次都在进步，可陆达的实验始终没有成功，他的精神在崩溃边缘，逼得那些教授都要疯了。

后来记录有一段空白，似乎是陆达教授离开了，据他的口供，那个时候他因为想做人体实验，和背后之人产生了分歧，背后之人把人工智能设备都撤走了。

虽然关于人质的资料很少，但苏甄查了遇害者名单，还是发现了一些东西。警方记录了一部分教授名单，除了梁教授还有三位教授，可现在发现的遇害者之中，除了师母和孩子，还有一位已经被害的教授的家属也没有在里面，是他的小儿子和老母亲，陆达的口供也说都杀了，但并没有找到尸体，介于陆达有

235

妄想症，苏甄觉得那老母亲和小儿子可能还活着。

而且这个教授的老母亲虽然岁数很大，但以前在学术界也是一位权威脑科医生，所以苏甄觉得没找到的家属可能也是被带走做什么实验去了，极有可能还没有遇害。

苏甄越发地紧张起来，心里很乱，出门看到方酌从审讯室出来，问道："有什么新发现吗？"

方酌有些奇怪苏甄竟然还没走，皱皱眉："他还挺配合，但还是那些话，我都不知道他现在说的是真是假还是幻想了。他提了个要求，想要回他的项链，说如果把项链还给他，他可以考虑说出背后之人的一个特征。"

"项链？什么项链？"

"之前他一直戴在脖子上的一条老式卡扣项链，里面是他和去世妻子的照片。他们没有孩子，他们刚结婚没多久他妻子就身患重病去世了，他说在人生最后时刻想和妻子在一起。"

"这要求似乎不过分。"

"但他这人诡计多端，警方在检查项链，怕里面藏了什么东西。"

正说着话，魏然把东西带来了，东西放在塑料袋里，说检查了没有什么毛病，只是一般的金属项链。"不知道是什么材质的，好像是合金，看着挺像银制品，但不是纯银的。"

苏甄微微一愣，想到什么，看着魏然拿进去，叫住他："陆达什么时候送审？"

"这边笔录做得差不多了，但还有希望审问出别的线索，怎么着也要一个星期，有什么事吗？"

苏甄摇头。她想了想，盯着他手上的项链，接过，从塑料袋里拿出来打开，卡扣盒子里是陆达年轻时和妻子的结婚照，没想到年轻时的陆达竟有几分俊秀，和现在狰狞的样子完全不同，他的妻子也很漂亮，但照片已经泛黄。

"他一心想要治好他的妻子，可惜命不由人。"魏然感叹道。

苏甄摸了摸上面的照片，又放回去，魏然皱眉看看她，就把项链拿进去了。

苏甄刚要走，方酌转身："你等我一下，我有事找你。"她只好站在走廊里等他。

很快方酌就出来了，在审讯室的门开合的瞬间，苏甄看到陆达在警察的监视下把项链戴在了脖子上。

"在看什么？"

苏甄摇头："可一定要看好了，别又出现什么自杀的情况。"

"放心吧，警方现在二十四小时看着他。"

苏甄点头，发现方酌一直在注视着自己，奇怪地说："找我什么事？"

后者无奈地笑笑："到饭点了，对面有家西餐厅，请你吃饭。"

苏甄回头看了一眼审讯室的门，只好点头。

两人坐在餐厅里，落地窗对面就是警局，苏甄不知道这家高档西餐厅为什么开在这儿，人还挺多的，对面的警察们都很忙，很少有人来这儿慢悠悠地吃西餐，这些客人都是哪儿来的？

方酌看出她的疑惑，说："这附近有几个写字楼，很多白领，外加很多收费高的律师喜欢在这里和委托人谈生意，所以生意不错。这家店还是我的律师推荐给我的呢。他前天就到这边了。你也知道我身上总是出莫名其妙的事，律师得跟着。"

他把切好的牛排放在苏甄面前，后者却没有任何食欲。

"怎么不吃？"

她心里五味杂陈。

方酌笑了笑，举起红酒杯："敬我好吗？"

苏甄心里有点异样，总觉得方酌哪里不对劲。

"敬你什么？"

"敬我们吧。"

苏甄疑惑。

方酌没解释，笑笑："敬自由。"

背后之人

卷十一

窥夜

第204章
急救

苏甄听到自由又想起了姜旭东，有些心不在焉。

吃过饭，方酌问她："你一会儿要回去休息了吗？"

"我要去医院了。"

方酌点点头："我这边还有事。"他指着警局，"就不送你了。"

"你何时变得这么客气了？"苏甄笑笑，在路边招手打车。

方酌却一下拉住她："苏甄，我能抱抱你吗？"

她一愣，没等反驳，就跌进一个怀抱。

苏甄抬头，不知道他怎么了，可就在这时，警局里面一阵骚动，然后就听到有人说叫救护车。"来不及了，开警车送医院。"很快就有警察背着口吐白沫的陆达出来。

方酌下意识地看了一眼苏甄，后者则追着魏然问："怎么回事？"

"突然这样了，看来是心肌梗死。已经做过初步抢救，吃了硝酸甘油，要赶紧送医院。本来好好的，谁想到自己发病了。"

"他也是快七十岁的人了，经过这么一折腾，唉。"一边看管的警察感叹。

警车急忙往医院开，方酌也开车跟上，苏甄想了想，也上了车。

已经通知了医院，那边早就准备好急救床在门口等着，可谁想到医院大厅非常混乱，好像是有患者和医生产生了冲突，保安正在拉架，急救人员大喊着让开，可那些人打起来谁听啊？没办法，只好绕过去。

苏甄想跟着，可人太多了，自己身后的方酌一晃就不见了，好不容易挤过去，急救床已经被推进抢救室，转身看到了田锋，田锋惊讶地说："苏甄，你怎么才来？"

"刚才大厅怎么回事？"

"有家属闹事，都报警了。你怎么了？"

"陆达心脏病犯了，进医院了。"

"怪不得人更多了。"

警队的人怕出事，也跟着来了，正好遇到大厅闹事的，跟片警和保安一起拉着人，苏甄跑到急诊室门口的时候，里面的大夫正在训护士："胡闹什么？人都能拉错。"

"怎么了？"魏然大喘着气过来。

医生一看是警察，收敛了情绪，但脸色还是不好，警察跟着进急诊室一看，躺在急诊床上的根本不是陆达。

"人呢？"

"我们看着被推进来的，因为那老头身上还盖着警察的外套。"

"刚才大厅特别乱，从边上走过的时候，有人撞了一下，不会就是那时候换的吧？"

苏甄心里"咯噔"一下，只觉得心里有巨大的恐慌，是她在陆达的项链上涂了化学药剂，如果不是专业人士，闻不到上面的味道，可陆达应该知道有东西，那东西会引起老年人假性心梗。

苏甄想到什么，直接转身就跑。田锋跟在后面，她心跳极快，陆达骗了自己，他这么突然地跑了，根本没有告诉她师母和孩子的下落。

可跑回大厅，混乱的人群已经散了，苏甄觉得一定没那么巧，田锋看到她慌慌张张的，问："怎么了？苏甄你怎么了？"

此时警察也在盘问刚才抓起来的闹事人，那些人承认是有人给了他们钱叫他们在这儿闹事，说是一个很高很瘦的男人。苏甄拿出手机里的照片递过去："是他吗？"

魏然惊讶了。

那闹事的人竟然点头："对，就是他。"

手机里是方酌的照片。

苏甄一下就想通了，刚才方酌说什么自由，和自己道别，肯定是他帮陆达跑出去的，因为陆达知道云溪的下落。苏甄只觉得浑身颤抖。

她忍不住大哭起来，其他人不明所以："苏甄你怎么了？你知道什么？"

可她只有止不住的眼泪。

魏然自然也明白了是方酌帮着陆达逃跑的。

刚才这边的动静太大，惊动了在上面住院的陈立，他从电梯里出来，还推着挂输液瓶的架子，问道："怎么了，谁跑了？"

魏然说了情况，陈立差点气死："我早就说了不能信方酌，他这个人有问题，这都不是第一回了。"

陈立气炸了，拔了手上的针头，不顾自己还打着石膏，一把拉住苏甄："你知道他在哪儿对不对？"

241

苏甄只知道哭，田锋不乐意了，拦着陈立："你们警方找不到人赖我们干什么？要不是苏甄，你们都不知道是谁帮着陆达逃跑了，当务之急是赶紧追啊。"

那边乱成一团，陈立也管不了那么多了，和魏然一起去调监控，走访询问。

走廊一下空旷了，警察都去忙了，苏甄坐在椅子上，泣不成声，半响才开口："田锋，我被骗了。"

田锋只以为她说的是被方酌伤了心。

此时急诊室的医生也是一脸蒙："警察呢？这老头是哪儿来的？里面还穿着病号服，是住院部哪层的啊？"

苏甄听到声音，看到刚才被换的那个老头被人从急诊室推出来，他此时已经醒了，吓得哆哆嗦嗦的，说不出话，身上盖着警察的衣服。

那老头看起来有些痴呆，还流着口水，可推车经过苏甄身边的时候，他突然抓住她的手腕，她吓了一跳，可手一瞬间就松开了，老头被推走了，苏甄心跳极快，手都在发抖，打开老头塞过来的那张字条，田锋惊讶地问："这是什么？"

只见上面依然是红色的字迹："人在水周疗养院。"苏甄心中激动不已。

"什么水周疗养院？"

"田锋，师母和孩子在水周疗养院，咱们要赶紧去。"

田锋不知是什么意思，却也大概明白事情的严重性："刚才那个老头……"

"应该是陆达走之前布置好的，他的字迹我知道。"

苏甄没多说，但田锋明白了，示意她别再说了，不远处还有警察。

"这个消息最好告诉警察，但怎么解释你想好了吗？"

"解释什么？"陈立一直在不远处盯着他们，刚才他就发现苏甄不对劲，和魏然了解情况后更是盯紧了她。

苏甄张张嘴，陈立抢过她手里的字条。

"师母和孩子在水周疗养院，消息不一定是真的，但要赶紧去。"

田锋也急了："老师快挺不住了，找人要紧，这里距水周只有半小时车程，咱们开车去。"

他拉着苏甄就要走，陈立却叫住他，把腿上的石膏一拆："我也去。"

事不宜迟，三人开车直奔水周疗养院，在车上给魏然打电话叫人支援。一路上陈立问了苏甄细节，她说了实话，只在项链这件事上隐瞒了，是田锋拦下没让她说的，但苏甄明白陈立一定猜到是她做了手脚。

他们一点时间都没耽误，跟上级报告都是在车上进行的，所以不到半小时就到了水周疗养院，可苏甄并不知道师母被藏在哪儿了。

这边的警察早就准备好了，和医院沟通，院长战战兢兢地说院里不可能藏人，他们每天都会查房。

苏甄怀疑是藏到精神科了,可并没有,正好看到护士推着植物人从走廊过去,田锋一下想到什么:"你们说会不会在植物人那个区?最近有新住进来的病人吗?"

第205章 小护士

院长找了住院部主任查资料:"确实新进来了几个病人,还是同一个家属送来的,说是昏迷很久了,送进来后我们给他们做了体检,并没发现什么不对劲的地方,体征正常,但人始终没醒,就打营养液先照顾着,想和家属联系,觉得有必要送大医院继续医治,可家属联系不上了。"主任指着一份资料,"就是这个。"

苏甄看资料上没有照片,信息也和他们要找的人无关,问:"这几个人是同一个家属送来的?"

"对,一个男家属,说病人是他表哥和他阿姨以及侄女,是出车祸变成这样的。"

陈立却皱眉:"如果是亲戚,籍贯为什么是不同省份的?"

住院部主任一愣,之前根本没注意到,院长狠瞪了他一眼:"是我们的管理有问题。我们一定整改。"

主任和院长擦着汗,一个劲地表态,苏甄看他们的表情,觉得肯定是收了好处费的。

"带我们去见见人。"

那几人住在很偏的楼层。"因为无法自理的病患很多,没有病房,所以将他们放到这边了。"

苏甄看过去,另一边就是精神科住院部了,离得很近,见到一个年轻男人,看着很陌生,陈立打电话要另一个教授的家属照片过来比对,苏甄就跟着去了另一个病房查看。

她一看,直接捂住嘴,跑过去,田锋也惊讶地说:"师母。"

陈立闻声放下电话:"看来不用比对了,这个年轻男人就是另一位教授的家属。"

他问院长和主治医生:"还有一个小女孩呢?"

主任赶紧找其他住院记录，很快也找到了。

苏甄扑到床前，喊道："师母，师母。"

田锋比较理智："你们说她体征正常，就是没有苏醒？"

"对。"住院部的人说。

"你们就没怀疑过？"

"成这种状态的植物人情况非常复杂，有些人确实体征正常但昏迷，当然这个情况我们想通知家属，可家属联系不上了。他当时给了很多医药费，所以……"

院长被住院部主任气得头疼，指着他说："你这个人啊，我真是对你太宽容了。警察同志，我们一定整顿，一定整顿。"

陈立没心思听他们说这些，眯起眼睛。田锋已经在给她们做初步检查了，看着床尾的固定用药，并没有什么眼熟的，可却闻到了师母头上有一股香味。

"这是什么？"

苏甄也闻了一下，发现师母耳边有一点碎屑，小心地用镊子夹起来，又看了下用药记录，惊讶地瞪着眼睛："是劳拉西泮，这种药本身没什么问题，可植物人所输的营养液中的一种蛋白酶成分和劳拉西泮结合，就可使人深度昏迷。"

苏甄之所以知道，是因为之前系统地看了警方从实验基地搜到的陆达的研究数据，里面就有一种使人自然休眠的配方，比麻药要厉害，还可以保持脑部神经正常运转。

"这里肯定有他们的人，这种药的药效只能维持四十八个小时，即两天就要给她们用一次，不然人就会醒。"

陈立皱眉："把你们这边的医生、护士、护工的资料都拿出来。"

院长吓得赶紧叫人送资料，陈立等不及了，直接去了办公室，可是查了一遍，没有可疑的人。

然而这时，那边有人匆忙地来找住院部主任，看到警察，不敢吭声，院长只觉得头大，陈立看出端倪，抓过来问道："怎么了？"

那人看了一眼院长，说道："十三床的病人不见了，不知道是不是醒了。"

"不见了？"院长只觉得脑子"嗡"的一下，"之前也有病人突然醒来的情况，但病人昏迷这么多年，一般都会肌肉萎缩，也无法到处走啊，太危险了，赶紧调监控找啊。"

他和警方解释有些昏迷的患者随时可能苏醒，好在每个病房都有监控。

院长索性自己坐在电脑前查起了监控，却"咦"了一声："这监控怎么没了？"

苏甄想到什么："十三床，十三床的患者叫什么名字？"

"冉兰。"

"什么？"

田锋和陈立异口同声，电光石火间，苏甄想通了："糟了，劫走冉兰的肯定是陆达，他逃出来就是为了这个。"

苏甄彻底明白了："他一直在说谎，他根本没和背后之人闹掰，他肯定已经研究出了让冉兰醒过来的方法，这是和背后之人最后的交易，快，赶紧找人。"

陈立打电话给魏然，让他赶紧叫人封锁疗养院四周。"人什么时候不见的？"

"大概三十分钟之前。"

"赶紧查，人肯定还没跑出多远。"

人当然没跑出疗养院，因为门口的监控没有显示有可疑的人出来。

"人肯定就在这里。"陈立尽量让自己冷静分析着。若不是苏甄，警方其实一时发现不了应该来这儿找，所以他们要做什么实验肯定在这里就可以做。

陈立搓着脸，抓着院长的领子问："这医院有没有什么手术室？"

院长赶紧调出地图，陈立一间一间地搜。

魏然随后就赶到了，警察忙成一团，苏甄倒是整个人都松懈下来，警察刚才通知了他们有孩子的房间，她一个个找过去，最后路过冉兰那间病房，里面有一个小护士在收拾东西，看到苏甄在门口，一愣："你们是？"

苏甄点了点头："我们是这里病人的朋友，听说她不见了是吗？"

小护士点头："是的，护工发现的。"

她端着收拾好的东西出去。田锋正好来找，苏甄跑进来，一不小心撞翻了护士手里的托盘，东西撒了一地。

"对不起，对不起。"那护士赶紧收拾东西，匆忙地走了。

苏甄看着病房，里面收拾得很干净，仿佛病人不会回来了似的。最后看到床头柜上的花瓶，上面插着新鲜的山茶花，苏甄心里一震："刚才那个护士……"

田锋皱着眉在那儿想着什么："刚才那个护士的手指……"

"怎么了？"

"我在想这样的情况可以当护士吗？她的手指，"田锋比画着小拇指的位置，"好像缺了个角。"

苏甄脑子里仿佛有什么东西炸开了，急忙追出去，手都在抖，觉得不可思议，仿佛所有事都串联成了一条线。

她看着电梯数字显示向上，觉得对方肯定没坐电梯，于是转身往楼梯跑，田锋因为之前腿受伤，根本追不上她。

苏甄也不知哪里来的力气，顺着楼梯追下去，听到下面有脚步声，大喘着气喊："你停下，云溪，是你吧？"

对方脚步真的停了，苏甄往下走，看到楼梯转角的背影："你是云溪，是徐曼妮，是付岭西，对不对？"

可对方毫无征兆地转身，满脸狰狞地举起针头就冲着苏甄的脖子扎过来，千钧一发之际，楼梯门突然冲出来一个人，抓住了小护士的手腕，苏甄惊讶地说："方酌？"

第206章
关心则乱

方酌大喘着气，像是跑过来的。"云溪。"

云溪惊讶极了，半晌才反应过来，看了一眼他身后的苏甄，说："你放开。"她也不管那么多了，甩开方酌就往下跑。

"云溪，云溪，"方酌追过去拉她，"你知道我找了你多久吗？"

这一拉扯，小护士的假发掉落，她索性把脸上已经起皮的一层薄膜撕下来，露出了苏甄熟悉的脸庞。怪不得刚才看护士这么眼熟，虽然她用了易容手段改变了一些容貌，但五官都没变，只是苏甄刚才一时没有认出来而已。

云溪盯着方酌，眼神中透着无奈："你放开我吧。"

"云溪，我找了你好久。"

"你找我干什么？我知道你在找我，为了找我无所不用其极，可是，我想要的你根本给不了我，明白吗？"

"我们在一起的这么多年都很开心啊。"

"开心的一直是你，不是我，我早就受够了这种生活，我们回不去了。"

"谁说回不去？云溪，我找你就是想和你说，我可以给你自由，我早就计划好了，你不习惯在国内生活，咱们就出国，去哪个国家都行，你想要什么我都可以给你。"

"我想要的，就是从来没有认识过你。"

云溪甩开他，方酌愣在原地，看着她跑出楼了，才反应过来追出去。苏甄心里一惊，拉住他："方酌。"

后者皱眉:"苏甄,你怎么还在这儿?"

眼看要追不上了,方酌甩开苏甄想要继续追,她却拉住他的衣角:"别追了,她跑不掉的,警察已经把医院封锁了。"

"什么?"方酌不可思议地回头,"这边怎么会有警察?"

"是我说的,陆达说只要我帮他离开警局,就告诉我师母和孩子的下落。"

方酌一下明白过来,双眼发直,最后冷笑:"我终究是被陆达给骗了,我们所有人都被他给骗了。"

他再也没看苏甄一眼,往前跑,想要追上云溪,可惜云溪刚跑出楼的时候就被下面的警察给扣住了。她回头狠狠瞪着方酌:"是你吗,方酌?你算计我?"

"我没有,云溪我没有,你们这是干什么?放开她!云溪我没有,不是我。"

云溪苦笑,又突然释怀般无奈地笑出来,说了一句话,没有声音,所有人都没看懂,只有方酌愣了一下。

苏甄在警局坐了很久还在发抖,田锋给她讲了之后的事,警察一搜索,很快就在疗养院没什么人去的精神科楼下的小仓库里找到了陆达。

众人找到陆达的时候,他已经坐在地上,双眼呆滞,警察把他铐起来,他甚至都没有反抗。而旁边的手术台上是冉兰,她没有被开颅,而是静静地躺在那里。经过抢救,她恢复了生命体征,但医生还是在她的身体里检测到了特殊的不知名药剂。

警察还在地上找到了陆达的那条项链,经成分化验,证明项链就是他的配方的固体形态,是他配好的绿孔雀提取物,而运用的人工智能是一块新的芯片,警察一直在逼问他芯片是哪儿来的,可陆达已经完全不会说话了,整个人呆滞极了。

苏甄不用问都知道实验失败了,冉兰没有醒过来,只是陆达嘴里一直重复着:到底哪儿不对?到底哪儿不对?

那芯片苏甄自然知道是谁提供的,除了方酌还能是谁?可她没有说,陈立其实也猜得到。肯定是陆达许诺方酌告诉他云溪的下落,目的是叫他配合。

警方把方酌也扣起来了,可他完全不关心自己的案子,一点都不配合警方的讯问,一直要求见云溪,最后陈立叫苏甄去见了他。

"方酌。"

"云溪怎么样了?我上了陆达的当,你帮我跟云溪说,警察不是我带来的,陆达和背后之人早就达成协议,要完成实验,我被他摆了一道。他一方面告诉你人质在这儿引来警察,另一方面就是限制我,本来他说我帮他之后,就可以知道云溪在哪儿。

"直到实验失败我才发现不对劲,我质问他云溪的下落,他说就在这儿，我才想到我怎么这么傻，他早说过云溪躲在背后之人知道但不会伤害她的地方，那除了冉兰这儿还有哪儿呢？我太傻了，我应该早点带云溪远走高飞的。"

"方酌，方酌，你冷静一点。"苏甄叹了口气，"跑不了的，真的跑不了的，你想见见云溪吗？"

方酌点头又摇头，整个人特别崩溃，那是苏甄没见过的样子。

"方酌，你冷静一点，你不能先崩溃了，这不像你。云溪现在处于劣势，如果你心里想着她，该考虑的不是这些，你一向那么理智，现在是关心则乱，你要想想如何帮云溪，她只是从犯，你要找你的律师帮她，这样能判得轻一点，这才是当务之急。"

方酌点头，看向苏甄，半晌，搓了搓脸："是，关心则乱。"

苏甄这一刻又想起了姜旭东，此时她是真心希望方酌和云溪的结果不要像她和姜旭东那样。

另一边审云溪，也遇到了很大障碍，她闭口不言，油盐不进，苏甄提出想和云溪谈谈，一开始说什么都没用，但苏甄的最后一句话让云溪动容了，她说方酌找了她很久，这次并不是他引警察过来的，他还想见她。

苏甄都不知道自己说了些什么，就是把心里想的说出来了，没有像警察一样追问她真相，后来云溪终于开口："苏甄是吗？这一路上我听过很多你的事，姜旭东说的。"

苏甄抬头。

云溪笑着说："我和姜旭东再见面已经是好几年之后了，他变了，我也变了，所以说人要向前看，姜旭东絮絮叨叨说的都是认识你之后的事，我就知道他找到自己的幸福了，所以其实陈钟来找我们的时候，大家都不是很愿意，只是姜旭东比我更念旧、更重情义，他放不下陈钟。

"事到如今我还有什么好交代的？其实你们都查得差不多了，你能叫出'付岭西'这个名字，就说明你已经知道这中间的所有事了，还让我说什么？至于陈钟在哪儿，别说我不知道，就算知道我也不会说的，毕竟他曾经是我最亲的人。"

云溪流下一滴泪，笑出来："让你看笑话了，我以前叫小东哥哥，其实我该叫你一声嫂子。"

苏甄愣愣地看着她。

"姜旭东已经被抓了吧，其实我早就知道我们会走到这一步，我一直挣扎，可……这就是命吧。"

苏甄叹了口气："姜旭东已经死了。"

云溪眼中闪过一丝惊讶，随即又释然般地说："如果你们想听完这个故事，可以，但我要方酌也在场，这是条件。"

第207章

小岭村往事

这个条件警方自然可以答应。

那天方酌走进审讯室，和云溪四目相对，彼此却没有太多表情。他们之间的事复杂极了，情感纠葛绝没有他说的那么简单，云溪看到方酌的时候显得很轻松，相比之下方酌就显得没那么洒脱了。

"听他们说你找了我很久。"

方酌没有说话，而是直直地盯着她。

云溪看看在座的警察，最后把视线放在苏甄身上："苏小姐，从我第一次见到你……不，从我第一次听小东说起你开始，我就对你非常好奇，上次和你见面应该是我们第一次打照面，我却觉得对你十分熟悉，知道为什么吗？因为你和我很像。知道我的经历的人，都会觉得我说的是谎话吧。"

她笑出来，扫了一圈周围眼神警惕的警察，尤其是陈立。"其实不是。我在高中那会儿，和这位苏小姐最像，只不过，不一样的是她的样子是真实的，而我是装成这个样子的。什么样子呢？就是父母和谐，家庭经济条件不错，学习好，人缘好，有点小娇情、小个性，却被保护得很好的女孩子，这是我一辈子都羡慕的，却一辈子都成为不了的样子，不管我如何伪装，都掩盖不了我心里的痛苦，以及每次对别人微笑后的失落。"

云溪倒是没有藏着掖着，大概也觉得走到今天这一步，落到了警察手里，没有必要再反抗了。

"反正你们已经知道得差不多了，我就说啊，纸包不住火，那些事早晚要曝光的。"

云溪从小岭村说起。

"那时候小岭村穷啊，水周的旅游开发无疑给了周边村子一个机会，农村家庭不再只有一亩三分地可以种，很多人都去了水周工厂打工，我的父母也不例外，这一下村里有了不少留守儿童。

"然而刚开办的企业有很多问题，当时的蒋先生被招商引资的官方吹捧，可劳动人民只在乎到手的真金白银。

"其实也不是有多么不可调和的矛盾，可就是那么巧，企业管理人员和厂房工人发生了争执，罢工工人头目想要为工人们争取利益，那时候蒋先生还在国外考察项目，厂长没有报告上去，想要私下解决，结果酿成工厂大火，工人的违规操作引起了工厂大爆炸，死了不少人。

"因为水周刚开始发展，这事被官方压下去了，一旦闹得满城风雨，对水周发展影响很大。当时也上了新闻，但那个年代信息传播没现在这么快，并没引起大范围的讨论，勤天集团又积极赔偿，可难以解决的是留守儿童的问题，孩子的父母多数都是双职工，有些家庭一下就没了赚钱的主力，孩子成了孤儿。甚至有些家庭都没什么亲戚，家里只剩下老人和孩子。

"蒋先生也是为了平息事态，和官方协商，投资了养老院和福利院作为处理办法，那时水周各方面都不发达，官方便同意了。

"一共有二十多个孩子是完全没有亲人的，其中就有我、小东、小北，还有冉兰。"

云溪回忆过往时表情是非常放松的，也许在她眼里童年时伤痛虽多，但也有很多温暖的时刻。

"父母去世虽对留守的孩子来说是噩耗，但那么多年孩子们都习惯父母不在身边了，去福利院生活和在村里生活没有太大区别，我奶奶年纪本来就大了，她舍不得我去福利院，是我劝她去养老院的。其实我是自私，若她和我一起生活，我要照顾她，就没办法读书了。

"我们几个以前关系就好，一起上学，一起玩。冉兰和我性格不一样，她最胆小。小东以前有些大舌头，总把冉兰叫成小南，所以久而久之我们就叫她小南了，因为东南西北，我们的名字很搭不是吗？

"和陈钟认识是偶然，其实这么说不准确，我们很早就认识了，陈钟的父母在还没工厂时就出去打工了，没人管得了陈钟，他父母根本也不管，他也不爱读书，就打架，没几天就被学校劝退了。他比我们大好几岁，在村里他也没小伙伴，其他同龄人都上高中了，哪有像他一样混的？

"他父母好多年不回来，村里人都传他们死在外面了，也没人给他生活费，以前村里人可怜他，还给他一口吃的，后来都说他有小偷小摸的习惯，就没人理他了。陈钟后来去了水周城里，回来的时候骑着新摩托车，村里的人却说他在外面做了不正经的事，不让孩子跟他接近，我们也是怕他的。

"直到有一次，我们上山玩，小南从坡上滚下去了，谁都不敢下去救，陈钟不知从哪里冒出来，下去把小南背上来了。"

云溪回忆着，笑出来，表情复杂地说："孽缘就此开始了。"

她抬头看向方酌，很平静，苏甄却感觉到她心里暗藏着汹涌的波涛。

"一次村里的孩子们又议论那个恶霸陈钟，小南却生气地帮陈钟辩解，当时让他们都震惊了，小南说陈钟不坏，他救过自己，根本不是村里人说的那样，不知道村里人为何要这样对一个可怜的人。她说陈钟其实在城里很努力，在美发厅做学徒，在修车厂工作，不过是为了自己的温饱。世人的舌头就像是一把利剑，凭什么这么伤害努力的人？

"小南在帮陈钟说话的时候，不知道陈钟就在树后面骑着自行车经过。"

后来就一发不可收了。陈钟总来找小南，他们仨一开始也不太接受，可陈钟总带城里的零食回来，还带小东、小北去玩电脑。有次放学小东被高年级的人劫钱，还是陈钟帮他出头的，少年的感情就是这么单纯，也没什么大恩惠，就这么混在一起了。

有时候云溪也想不通，他们在陈钟眼里无论是年龄还是经历都和小孩子差不多，他比他们大四五岁呢，怎么就爱和他们一起玩？大概人的孤独只有自己知道吧。

东南西北中，他们五个好像天生就该在一起。所以就算是留守儿童时期，云溪说他们也并不寂寞。

而工厂爆炸，人们突闻噩耗，小岭村陷入了一种尴尬而悲伤的境地。

那天被车子拉到福利院的时候，小南说她看见陈钟了，就骑个自行车在车后面追他们。

福利院的生活没有想的那么难熬，和另外两个村子里的孩子在一起，他们四个还是抱团，虽然勤天集团给的物资很多，他们不缺吃少穿，可孩子之间难免争抢，孩子们很快就拉帮结派。

别的村年纪大的孩子要称王，欺负小东，小东气不过，和人家打架，福利院的人无法一碗水端平，本以为时间和做的那些补偿可以抚平伤痛，可伤口开始愈合的时候才会瘙痒。

小东是最先崩溃的，他大哭，让所有人心中都燃起了悲伤。小东甚至翻墙跑出了福利院，最后是被陈钟送回来的，小东哭着求陈钟带他走，说不想待在福利院里，可陈钟也是孩子，就算带他们跑了，能养得活吗？难道真的不读书了吗？

陈钟说他一定会想办法赚很多钱，给他们一个家，一个属于他们几个人的家，连小东都知道那是安抚的话，那时候陈钟才十七岁，未成年，他能干什么呢？

陈钟常来看他们，带零食给他们，可福利院的其他人也是有眼睛的，渐渐

251

地那个大孩子为了抢夺食物开始孤立他们。

一次矛盾被触发了。付岭西在学校拿了第一名，福利院院长也想搞鼓励制度，就把那批物资中最好的书包给她了，其实就是鼓励其他孩子也好好学习。可那些孩子人生经历巨变，都很敏感。那个大孩子私下抢了付岭西的书包，痛骂他们，刚才在领奖台上对那些勤天集团捐物资的人感恩戴德的干什么？那些都是勤天集团怕他们闹事派来安抚他们的"狗"，勤天集团是杀害他们父母的凶手，要不是勤天怕父母闹事耽误他们挣钱，也不会杀人灭口。

这些话在幼小的孩子心里就这样扎根了，那些阴谋论在脑海中逐渐成形。

第208章
蒋先生之死

云溪无奈地摇头："勤天集团是杀人凶手的这个想法在我们心里根深蒂固。小孩子懂什么？谁让他不舒服了，谁让他变得可怜了，谁就是凶手。"

小南平时胆子最小，最爱哭了，家破人亡的悲哀和恨，加上在福利院被人欺负，她的精神崩溃了，情绪正好在陈钟翻墙进来看她的时候爆发。

"本来我们就计划着跑的，就算没有那场火灾我们也会跑。"云溪说着，"那段时间陈钟好几次来脸色都不好，我们后来才知道他为了赚钱一天就睡四五个小时，早上送牛奶，上午下午打零工，晚上还要在网吧当网管。

"那时候他一个人在街上被混子欺负，总会跟别人打架，村里人进城看到就以为他在外混，看看人心多可笑，人永远只相信自己看到的，对别人的遭遇永远无法感同身受。

"陈钟攒了好几个月的钱想租一个大点的房子，结果钱还被人偷了，那次来陈钟是想和他们说这件事的，结果发现小南大哭，并且生病了。那个时候其实病毒就开始蔓延了，但谁都不懂。一个年龄最小的孩子最先开始发烧，他的母亲是这边的护工，带他去社区挂了水，本来看着好点了，结果半夜就发病，很吓人，都说胡话了。

"谁能想到一次感冒，那个最小的孩子就死了，紧接着其他孩子也生病了，小南也发烧了。"

云溪说到这儿，有些哽咽："有时候我在想，命运似乎就是这样，如果那天小南没有发烧,而是和我们一起去山上,就不会出事了,也就没有后来这么多事了。"

云溪抬头,将嗓子里的酸涩咽下去,看向方酌,笑出来:"所有人都觉得,是那个失去孩子的母亲精神恍惚忘掉关掉厨房的火,其实,她是故意的。"

云溪这话一出,在场所有人都安静了,她无奈地笑着摇头说:"那个女人心里怨恨,她觉得是一开始生病的那个孩子传染给她的儿子,她儿子才会死的。还有那个大孩子总是带头欺负她儿子,因为他们觉得护工是给勤天集团打工的,是杀害他们父母的帮凶,看看,孩子的世界就是这样子的。"

"你怎么知道是护工故意没关火?"

云溪苦笑:"那天,我们为了挣点钱,翻墙出去和陈钟上山挖笋,想拿到集市上去卖,我们也想为逃出这里攒点钱,小南本来也要去,可那天她发烧了,陈钟就让她休息,等我们回来,帮我们打掩护。

"在山上时陈钟说他的眼皮一直在跳,不放心小南,要先回去,回去的路上就看到有消防车往福利院的方向开,我们从后山下去,看到院里火很大,陈钟什么都不顾了,跑进去找小南,我们亲眼看到那个护工在掐小南的脖子,她把院里大部分孩子都杀了。陈钟踹了她一脚,把小南救出来,那时候小南已经昏迷了。

"当时消防车、救护车、警察都到了,还有记者什么的,有些孩子被救出来,院长从外面回来,要清点人数,我要跑下去,却被陈钟拦住了,他意识到这是个逃跑的好机会。

"可是我们没有能力让小南住医院,所以陈钟又默默地把小南放到了被救出来的那些孩子中间,很快就看到她被救护车拉走。我们本来计划等小南治好了,再偷偷把她接出去,可谁想到小南再也没醒过来。

"当时我们还不知道什么是植物人,陈钟偷偷去问过大夫,大夫说的就是鼓励家属的那些话,说什么人早晚有一天会醒来。

"即便伤心不已,可事已至此,我们能如何呢?而更让人气愤的是,那个害死孩子们的护工却没死,凭什么?根本没人知道她的行为,而我们就算说了,谁会信几个孩子的话?可能还会把我们抓回去,那我们再也没有自由了,所以……"

所以他们就决定当审判者。

一开始谁都没往那方面想,他们四个人狼狈地到了陈钟住的地方,很挤。那时候小东也开始发烧了,吃了药,可是一直不好。

那天付岭西和陈钟出去采买,在超市遇到了那个护工,听她和别人聊天才知道她获得了一大笔赔偿金,他们气得要死。

253

"那种杀人凶手竟然还有赔偿金。"

那天他俩看到她去银行取钱，确认存折上的金额，足足有五万块钱。那个年代五万元是好大一笔钱了，她害死人，还有补助，果然是勤天集团的走狗，孩子们对勤天集团恨之入骨。

他们那时候因为小东吃药，手里的钱都花光了，眼看就要吃不上饭了，自由的日子远比想象中要苦。房东还在往外撵人，他们怕暴露，连夜偷跑出去，又遭遇地痞。

"我们是迫不得已。"

说是迫不得已，其实也许早就有了这个心思。

先是付岭西敲门，她一个女孩子，对方没防备，那个护工开门认出了付岭西，以为见鬼了。

"之后陈钟和小北就把那个护工勒死了，还伪装成自杀的样子。

"我们不敢去银行取钱，她家里只有取出来的一万块钱，我们都拿走了。"

这一万块钱救了急，可也没用多久，地痞不断地欺负和勒索他们，小东吃药要钱，付岭西也开始有了症状。"那时候我痛得厉害，以为要死了。"

云溪笑出来，无奈地说："到了那种地步，人什么都不怕了，陈钟自责，觉得把我们救出来是害了我们，和地痞打了起来，把地痞戳瞎了。那些人就是欺软怕硬，后来再没人敢欺负我们了，陈钟在那条街出名了。"

"后来你们的病……"

"也不知是吃了太多药还是如何，反正后来就好了，但偶尔还是会头疼，可苦惯了的孩子谁在乎这个？我们经常跑去医院看小南，可她始终没醒，但清醒的人还要生活下去的。

"是我提出要上学，我不想一辈子当混子，我羡慕那些穿着校服，扎着马尾辫的女孩子，不读书的下场多惨，那些混子就能说明一切，可我们没有身份，也没有钱。"

这时候正巧新闻上播出了蒋先生新投资了项目的事。

小吃店里的人猜什么的都有，说警方最近在调查他，还有人传阴谋论，说福利院大火是有人想杀人灭口，越传越悬。

"陈钟跑到警局去看，真的看到那个蒋先生从警局出来，少年的恨就是这般，我们一直觉得父母是被他杀了的，既然有第一次就有第二次。"

云溪眼神空洞："勤天集团当时的老总，是我们杀的。"

第 209 章

那晚的真相

云溪苦笑："终于说出来了。这件事一直是我心里的负担，如果说那个护工死有余辜，可那位蒋先生……"

她摇头，说了过程。

他们都是小孩子，从别墅区一侧的栅栏就能钻进去，陈钟在外面给他们看着。他们很轻松地躲过摄像头，从树丛中穿过去了。

"还是我先去的，小姑娘让人没防备，我敲了窗子，那个蒋先生……"

云溪说到这儿，咬着嘴唇，她永远忘不了蒋先生开窗探出头的样子，他应该是看云溪眼熟，可云溪谎称自己是另一边别墅里的孩子，家里的大人不在，她饿了跑出来找吃的。小姑娘嘛，楚楚可怜的，总惹人同情，蒋先生从窗口把她抱进来，给她找吃的。

她怀里其实有一把刀，可她这时不敢了，害怕了，因为那个背影让她想起了自己的父亲。

他在前面和付岭西聊天，小东小北就进来了。陈钟是最后翻进来的。

可他们还是被发现了，蒋先生看到这几个孩子，要报警，他们都很害怕，陈钟就指责蒋先生是杀人凶手，后者立马知道他们是什么人了。

"到底是孩子，经验不足，一开始就漏了底，又不是什么专业杀手，还幻想着当什么英雄，为民除害，可真正到那时候，我们全都蒙了。其实不是我们动的手，可他也是因我们而死，所以他应该算我们杀的吧。

"蒋先生因被突然出现的孩子吓到，心脏病发，伸手要去拿桌子上的药，可陈钟不知想到了什么，把药拿走了。蒋先生求他，可陈钟始终没给，我们几个是看着蒋先生断气的。"

那是噩梦般的画面。"我有时候闭上眼还能想起蒋先生最后的眼神。可那时候我们不断给自己洗脑，告诉自己我们是替父母报仇，他是杀人凶手，我们是替天行道。"

"他的钱也是你们拿的？"

"对，我们当时看他死了，很惊慌，想逃跑，可陈钟还算冷静，把他弄成洗澡的时候病发的样子，经过他卧室的时候看到保险柜是打开的，里面有很多钱，我们一辈子也没见过那么多钱，后来看了应该有两百万，全是现金。

"我们找了个被单包着拿走了，我们一直很害怕，可很快就看到报纸上说蒋

255

先生是心脏病发死的，警方也没再盯着，我们才放下心来。"

苏甄心里震撼，没想到真相竟然是这样的，当初她和方酌在水周查案，苏甄一直猜测这几个孩子可能是被什么组织控制了，因为她根本就想不到这么小的孩子会杀人。这就是现实，看起来荒唐，可真相就是这样的。

"后来的事，你们都查得差不多了吧，有了钱，可以办很多事，我们去医院看小南的时候，听到徐曼妮的父母需要钱给孩子换肾，我就想到了用她的身份。其实后来想真是冒险啊，若那对父母稍微坏一点或者警惕一点，我们就全完了，这一路走来，我们这些人应该算是幸运的吧。"

云溪笑着："为了能上我想上的中学，陈钟跨区到另一条街上混，还和王跃生这样的人在一起。陈钟这人本来脑子就好，又那么小就出来混社会，很会看人脸色，说话很圆滑。他自己说过他在外是个鬼，只有我们把他当人。那段时间现在想来其实是很幸福的，我可以上学，放学了和他们在一起，有家人，也有人爱我，可我怎么就不知足呢？"

云溪说她看到学校里家境好的女生活得很快乐，她很羡慕，所以她也扮演着这样的角色，虽然父母是假的，一切都是假的，但那又如何呢？

可她仍嫉妒真正幸福的女孩子，有男孩子喜欢那些女生，她就设法破坏，勾引，现在看来自己就是什么白莲花，她就是觉得不公平，凭什么有人天生就有那么好的条件，而自己什么都没有？

青春期的孩子想法很偏激，她享受被男生捧着，有人为她打架的虚荣感，仿佛这份虚荣能让她忘却自己的身份是假的。

有同学看到过她和校外的人在一起，说三道四，她就开始害怕，不让陈钟他们接自己，也开始嫌弃小东小北他们不上学，跟他们都聊不到一块了。

"总之那时我就想摆脱这些人，过自己的日子，我提出来过，可陈钟不同意，小东小北也说我疯了，说一家人在一起不好吗。可我总觉得我和他们不一样。我那时可能是疯了，偏激得要命，一心想甩开他们，做了很多事。我后来想大学考得远一些，就能彻底摆脱他们，可意外还是发生了。"

变数就是那个同学王姗姗，她认识以前的徐曼妮，云溪怕她戳穿自己。

"所以冯朝那件事其实是你做的？"

"我没有，我没坏到那种程度，我那时心烦，约王姗姗本来是想跟她谈谈的，可那天医院的人说小南醒过来了，陈钟打电话给我，我们都去了疗养院，那天冯朝喝多了找我，我为了摆脱他，就谎称在学校，谁想到，谁想到……"

事情就是这般巧，冯朝喝多了，嗑了药，王姗姗被吓得精神失常，得了妄想症，不记得是谁干的了。

"小南根本没醒，我们空欢喜一场，学校那边却出事了。我第一个想到的就是冯朝，我们质问他，他说是我害他的，小北生气了，就和他打了起来。"

"小北早就看他不顺眼了吧？"陈立皱眉，问道。

云溪点头。

"说说小北吧，小东就是姜旭东，这个我们已经了解了，唯一不知道的就是张小北，据我们调查，他非常喜欢你吧。"

云溪看向陈立，承认了："他喜欢我，一直都喜欢我，对我特别好，我都知道，可我那时就想摆脱这些人，过自己的日子，所以也不会珍惜别人的喜欢，小北的喜欢只是让我感到窒息。他几乎把每一个接近我的男孩子都打了一顿。

"这件事发生后，小北就和陈钟商量以此威胁冯朝，但我们不能让冯朝真出事，他多少知道点我们的秘密，若是真的闹得鱼死网破，我们也讨不了好。本来王姗姗就有妄想症，一直在说她和家庭教师之间的事，我们就散播了一点谣言，可我真的没想到那个老师会自杀，陈钟也因为这件事受到很大打击。"

"他本身就是受过谣言伤害的人，自然知道那种被唾沫淹死的滋味，可他还是做了。"

"是的，他自责不已，把冯朝送进去后，我又提出了散伙，可陈钟还是不同意。其实那时我们的关系已经岌岌可危了。我知道我要是再和他们在一起，做的事迟早都要曝光，根本没有未来。"云溪苦笑着摇头，"我也不知道我是怎么想的。"

她为了自由什么都做了，故意勾引王跃生，她知道小北会拼命，那天晚上在包厢里，小北果然和王跃生争执起来，那个李经理拉架，场面乱成一团。

"我本意只是想攀上王跃生，摆脱陈钟去别的城市，可我没想到会是这个结果。"

那天晚上在包厢里，小北发了疯似的要弄死王跃生，他一直说徐曼妮是他的女朋友，他不允许任何人接近她，可场面太乱了，把拉架的李经理误杀了，众人都惊了，他们杀人了，虽然不是第一次，可这次还有个王跃生看见了。

陈钟应该是为了他们，动了对付王跃生的念头，王跃生自己也知道，就跑出去了，陈钟本来要追，但当时云溪也被误伤了。

她举起自己的小拇指："那时候我以为手指保不住了，吓疯了，他们着急给我处理伤口，没来得及追王跃生。"

"后来陈钟还是把王跃生弄死了，并且找了个酒吧女做假证，误导警方是王跃生把李经理杀了？"陈立皱眉，问道。

"对，可我们知道纸包不住火，因为郝亮已经盯住我们了，所以我再次提出来，大家分道扬镳，为了保命。"

这一次谁都没有反对，毕竟出的事太大了。

第 210 章

容貌的改变

"可我们能跑到哪儿去呢？整容是陈钟提出来的，他在街上混的时候听人说的，但当年国内这方面还不发达，水周没有，要去省城整，陈钟花了很多心思才找到了整容机构，让我们去，这边他来善后。

"那时郝亮盯得紧，我们都很害怕。就算改变了容貌又如何？警方早晚会查到我们。我知道若是真想摆脱嫌疑，就要和他们完全断绝关系，所以是我提出来的，我们分别去不同的机构整，整完了，也不要见面，分别上不同的火车，从此天南地北，不知道彼此的样子和身份，不知道彼此的去向，从此四个人分开，警方也就无从下手了。"

云溪说到这儿，所有人都震撼了。

"陈钟同意了吗？"

"他同意了，事情太大了，所有人都同意了，如果命都没了，谈什么亲情和在一起啊？陈钟把一部分钱留作小南的医药费，剩下的我们平分了，从此以后谁也不知道谁的去向，再不相见。

"其实只要有钱什么都好办，离开的那几年里我换了身份，上了大学，找了工作，我真以为从此就自由了，我就是云溪了，可万万没想到，陈钟当初联系整容机构的时候留了心眼，他是计算机高手，知道我们的长相后，这些年一直在追踪我们，知道我们在哪儿，他从一开始就没真的打算跟我们分开。可我们都被蒙在鼓里，直到有一天他联系我，说有事想和我商量。

"陈钟以前就很偏激，但那时我们在一起，他除了保护我们外，没有做出格的事，可多年之后再见面，他就变了，变得极其固执和不择手段了。估计他也明白小南再也醒不过来了吧，他真的很爱小南，其实说来他也是可怜人，只是我们不明白陈钟从哪儿得到了消息，说有办法能让小南醒来，这简直是痴心妄想。

"他也说了计划，叫我接近人工智能刚起步却有很大发展潜力的方天科技，说老总是个从国外归来的天才，叫我去接近方酌。"

云溪下意识地看向方酌，后者攥着拳头。

"我一开始以为他只是试一试，没多久就会放弃，可没想到陈钟把这件事越做越大，越做越疯狂。那天我拿走了方酌的芯片，是想彻底离开的，陈钟也答应我了，可我现在不信他，陈钟这些年变化很大，我其实有点害怕，所以我选择躲在小南这里，希望他不要对我下手。"

"你知道陈钟在哪儿吗？"

云溪摇头。

"说谎，你一定知道他在哪儿。"

云溪叹息着："陈警官，你既然知道我在说谎，就该明白我是不可能出卖陈钟的。"

"你想想自己，你身上也有命案，若你供出陈钟，戴罪立功，或许能判轻一点，将来你还有可能获得自由的。"

"自由于我而言，已经没有任何吸引力了。我这辈子兜兜转转，始终没有逃出这些事，谈何自由啊？"她的表情很耐人寻味，"我该说的不该说的都说完了，你们自己去抓人吧，我想这是我和过去最好的告别了，人不告别过去，永远都无法自由。"云溪倒非常平静。

"陈钟后来整容成了郝亮的样子，这一点你知道吧？"

"我知道。"云溪很坦然。

陈立拍着桌子："你最好老实回答，你还不明白自己的处境吗？"

"我这样就是因为太明白自己的处境了，陈警官。"

"那你说说张小北，怎么你们后续的故事里，只有姜旭东和你，张小北呢？"

"没有张小北了，他比我们聪明，没有去陈钟安排的整容机构，陈钟后续也没追踪到他，谁也不知道他去哪儿了，我要是有他当初一半清醒，也不会是今天这下场。"

"陈钟后来就没找过他？"

"去哪儿找啊？他不知道去地球的哪一边了，小时候他就说想去别的国家走走。"

"他那么喜欢你，你会不知道他的下落？"陈立总是能抓到问题的关键。

"陈警官，我说了你又不信，为什么还要问我呢？"

"那提供线索的人是不是你？是不是你为了逃离陈钟的掌控，故意留了线索给方酌，让警方揭穿这些事？"

"线索？"云溪皱眉，"你说我留了线索给你们，你们才找这些人？"

"对。"

云溪沉吟了一会儿，笑了笑："对，是我。"

"既然你都承认了，说明你也想摆脱陈钟，他到底在哪儿，以什么身份隐藏？"

云溪盯着陈立的眼睛，没有再回答。

审问到现在她只承认了自己的罪行，可始终不肯说陈钟的下落，案件陷入了僵局。最后专案组决定让方酊试试，他曾经和云溪关系亲密，可方酊刚才审问完出来后就一直沉默。

对专案组交代的事，他似乎也并没放在心上，陈立冲动地要揪方酊的领子，苏甄看不过去了，拦住陈立："我来和他说说吧。"

陈立看了一眼苏甄，指着方酊："你小子别耍花样。"说完叫人看着他。

苏甄叹了口气："方酊，你之前是和我告别吧，你帮着陆达出逃不就是为了得到云溪的下落，想和她远走高飞吗？"

方酊的眼神有些陌生，笑出来："我帮他逃出来？你不也帮忙了吗？陆达这人，一开始就没想放过所有人，他就是变态，他都没想放过他自己，只想实验成功，他的计划我竟然也没识破，不然我和云溪已经走了。"

"可你确定云溪真的想和你走吗？你太自以为是了。"

"我所做的一切都是为了和她在一起，你也说过，不试试怎么知道结局？"

苏甄默默退了一步："方酊，你觉得和云溪一起走得掉吗？警察是傻子吗？他们早已布下天罗地网。你的律师多厉害，在陆达这件事上，都可以说你是被挟持了，陈立也知道奈何不了你，所以你现在想的不该是你和她远走高飞这种不切实际的事，该想想怎么帮云溪。如果你真的爱她，就该说服她说出陈钟的下落，然后帮她打官司，也许没几年云溪就出来了，你们还能在一起。"

"云溪是不可能说出陈钟的下落的，就像姜旭东永远不可能说出陈钟的下落一样，永远都不会说的。你听完这个故事后还不明白他们之间的感情？即便云溪怨恨陈钟禁锢她的自由，可永远不会出卖他。"

"可这种自我感动的感情都是建立在别人的痛苦上的，这一路因为他们这些事死了多少人，害了多少人？"世界上竟然会有这种事，苏甄到现在都觉得不可思议。

"这就是你这样的家庭的孩子永远无法理解的吧。我需要消化，苏甄，不过你和陈立说，我会去劝云溪的，你说得对，我和她还有机会。"

"方酊，云溪说想和你单独谈谈。"走廊那头的陈立喊道。

可当方酊要进审讯室时，陈立却拦住他："按照惯例，你身上需要被检查一遍才能进去。"

陈立摆出一副公事公办的样子，方酊冷笑着摊开手："怎么检查？"

"不是我来检查，是这边的刑警检查。"

方酊微微皱眉，走过去，有人拿安检的东西在他身上扫着，连头发都没放过，仔细检查，苏甄疑惑："你们这是干什么？"

"苏甄，到今天你还相信方酊吗？"

第211章

云溪的反常

苏甄张张嘴，没有说出来，陈立却死盯着她："我觉得方酌有问题。"

"哪方面？"

"见到云溪后他尤为不对劲，我觉得他和云溪之间一定有咱们不知道的事。"

苏甄叹了口气："陈立，你喜欢过一个人吗？"

"什么？"

"方酌不对劲，是因为方酌太喜欢云溪了，那种感情是旁人无法理解的。"

"可你觉得正常吗？这个女人被问话时太平静了，就算知道大势已去，逃不出警察的手心，可未免交代得太彻底了，就好像，就好像准备好了一样。"

苏甄心中浮起一丝异样："准备好了？"

"对，事情这么复杂，时间跨度这么长，她却说得如此顺当，就好像她要说的这些话早就准备好了。"

"你是觉得云溪可能在说谎，故事根本不是这样的？不能啊，这和咱们发现的很多细节都对上了。"

"正因如此我才有一种预感，只是没证据，我总觉得，这些事听起来越顺理成章，越惹人怀疑，而且我总觉得云溪的状态不对。"

他这么一说，苏甄也有些疑惑。

此时方酌已经被检查完了，回头眼神复杂地看了陈立一眼就进了审讯室，苏甄还在发愣，就被陈立拉到了旁边的屋子里，这里能看到审讯室里的情况。

此时里面就剩云溪和方酌二人，当然他们也知道这房间外面有很多人都在看着他们。

这场景让苏甄想起了老四和岳凌的那次会面。陈立人都快贴到屏幕上了，苏甄知道他也想起了那次会面。在两人的对话中他们没有听出任何问题，很让人失望，云溪上来就向方酌道歉了。

"对不起方酌，我骗了你，偷了你的芯片，我一开始接近你就是为了盗用人工智能的成果。这是陈钟给我安排的任务，前情你也听了，我不想做这件事的，可陈钟的话我不得不从，他很偏激，如果我反抗，怕他会把当初的事说出来，揭露我的身份，当然我知道他不会这么做，但我们之间的感情很复杂的，所以对于接近你这件事，我向你道歉。"

"你除了接近我，还接近了很多人吧？陆达、医院的患者、我认识的云溪，只是你的其中一面吧，我有时候觉得你就跟千面女郎似的。"

"抱歉，方酌，我知道你要什么，但我不想骗你，我从来都没有爱过你。"

房间里一下静了。

方酌攥起拳头："可我们在一起时也有很多快乐时光不是吗？你就没有一次感动过吗？"

"有，在酒吧那次，你请人给我放烟花，我当时吓了一跳，你捧着花在众人的簇拥下问我愿不愿意做你女朋友，那一刻我挺感动的。我这个人一向缺爱，小时候父母不在身边，只有朋友、同学，我总希望我是被关注的那一个，以前我就是讨好型人格，这么多年能看透我的人不多，是我以前太贪心了。"

方酌有些激动："那你从头到尾都是骗我的？"

"也不算吧，说实话，你对我太好，这种好让人窒息，我和你说过，我不值得你对我那么好。"

"可我从头到尾都认为是值得的。"方酌情绪激动。

云溪打断他："方酌，小时候也有人和我说过同样的话，可最后不也是被我甩开？记不记得以前有人劝过你，说我是个没长心的女人，不值得留恋？"

"从什么时候开始的？"

"什么？"

"我问你是从什么时候开始觉得愧对我的？"

苏甄在屏幕这边都感觉到了方酌的卑微，那是她不曾见过的一面，原来，无论表面多强悍的人，都有软肋。

陈立却在一旁感叹着："这是我见过的最厉害的女人。方酌那样的人，竟然也被云溪拿捏得死死的。你看她刚才说话的结构，先是道歉，然后回忆过去，再谈论情感。苏甄，我审问过很多犯人，这是种心理战，而云溪显然是没学过心理学的，她是天生拿捏人的王者。"

苏甄茫然地望过去。

"你说方酌是什么人啊，够油滑，够有心机，可你看看他在云溪面前的样子，他不知道云溪在骗他吗？他知道，可他心甘情愿，你们女生可以说这是爱啊什么的，但在我看来，方酌这是被云溪洗脑了，看这样子绝对不是洗了一天两天，方酌和她在一起几年来着？"

陈立思索了一下，去翻资料："五六年？"他摇头，"在我看来像是洗了一辈子的样子。"

"为什么这么说？"

"云溪对他的这种支配绝对是根深蒂固的，我看过很多父母对子女洗脑，都没有云溪高深，云溪这个，是当局者知道，可还愿意听她的。"

苏甄叹了口气，没再说话，里面的人还在交谈。

"我问你，云溪，你是从什么时候开始觉得愧对我的？"

方酌追问着，情绪激动，云溪沉默了，方酌是觉得她对自己愧疚就意味着心里对他有一丝感情了。

"其实跟你在一起时间久了，我常常想起小时候，也有人对我像你这样好，可那时我觉得是理所当然的，后来我就后悔了，我不是说离开某个人后悔，自由一直是我向往的，我只是在想会不会再遇到一个人像他对我那样好，直到我遇到了你，方酌。大概就是你在台上给我放烟花，给我制造惊喜的时候吧，我对你有点愧疚。"

"可方酌，我只能说一句对不起了，我有自己的追求，拿走你的芯片我也很抱歉，可我能说的、能做的，仅仅是这些了，如果你不甘心……"云溪没说下去。

方酌也沉默了，那种沉默苏甄看着难受，就像她和姜旭东一样，她也想着见面时要痛骂他、指责他，可见到对方的时候却什么怨恨都没有了，大概自己也是被洗脑的那一个吧。

"我都交代了，方酌，你刚才也听见了，我这一辈子也就这样了，我其实是想好了，如果不交代清楚，警方也要继续查，也没意思。当然我不会出卖陈钟的，警方只能靠自己了，但陈钟在外面一天，这个故事就不会结束，你明白吗？还有，刚才那个姑娘苏甄，你喜欢她吧？"

方酌没说话，恢复了平静。

"我真羡慕她，你知道我年少时最想成为什么样的人吗？就是苏甄那样子的人。方酌，你好好配合警方，继续走你的路吧，我累了，现在被抓也挺好的，让我有机会讲出来，不然这故事将要困扰我一辈子。别怪我心狠。"

云溪站起来，在桌子那头探身想抚一下方酌的头发，可还没有碰到就收回了手，云溪跟警察说她想休息了。

方酌却自始至终盯着桌面一动不动。

陈立皱眉，一直盯着画面里的方酌，苏甄心里更沉重了。

云溪的表情像是在告别，这不是好事，从之前冯朝等人的事情上来看，云溪很可能为了不让警方从她嘴里知道陈钟的下落而自尽。

陈立却摇头："这不符合云溪的人设。"

"什么？"

"她不可能自尽，云溪一定还有事没说。"他皱着眉去找魏然，"看住方酌。"

263

第212章

没人陪我看烟花

接下来的几天，云溪都没有任何动静，连陈立都觉得奇怪。据看守的女警说，这些天为了防止发生意外，两个女警二十四小时轮番看守，甚至单独给她配备了医生，就算突发疾病也不用去医院治疗，确保云溪没有任何逃跑的可能。

而根据云溪的叙述，魏然开始从二十年前的整容机构下手，试图找到当时几个人的记录，找到陈钟的下落。

然而调查过程并不顺利，二十年前的整容技术不成熟，当时的整容机构很多只是小诊所，他们锁定的机构一共有四家，后来都倒闭了。警方兜兜转转查了很多资料才找到当时的几个医生，其中一个甚至已经在国外了，现在是个还挺有名的整形医生。

但他们都记得当年的事，主要是当时陈钟给了很多钱，他们印象深刻。

当时的诊所和医生是陈钟找的，那个年代这行业没有成一定规模，水周又是小地方，所以都是在省会城市找的。几个人约定整容后各自上不同的火车，从此谁也不知道谁的去向，谁也不认识谁，可云溪他们当时年纪太小，没什么心眼，不知道医生把整好的照片给了陈钟，以便他日后找人。那时候技术还不成熟，云溪只动了眼睛，换了发型和穿衣风格后看起来就和以前不一样了，后来似乎又自己找地方整了，那都是很多年后的事了，可因陈钟一直在追踪她，所以掌握了她的动向。

至于姜旭东，动的地方有点多，刚开始整容失败了，有一段时间姜旭东甚至就顶着那张奇怪的脸过活，一度抑郁，躲在网吧里过了好多年，再后来他自己在暗网上赚了钱，才又找了医生弄成现在的样子。

至于那个张小北，是唯一一个下落不明的人。一开始云溪说不知道他的下落，陈立并不相信，可找到当年的医生，也证实了张小北并未出现在医院。云溪说过张小北是他们这些人里最聪明的，肯定早就识破了陈钟的把戏，所以他的下落无人知晓，就像人间蒸发了似的，连陈钟都未查到他的踪迹。

云溪感叹张小北才是真正得到了自由。

至于陈钟，出国的那个医生说他确实整成了郝亮的样子，但手术并不成功，别说二十年前的水平，现在都不一定能把一个人完全整成另外一个人的样子。这一点苏甄他们感到很意外，既然手术并不成功，为何警察和郝亮的师父都没认出来是有人冒充的呢？

苏甄想到什么："陈立，你记不记得姜旭东假扮廖先生？"

她清楚地记得当时姜旭东从脸上把伤疤撕下来，还有云溪在医院撕下一层膜。

"你是说他找了地方易容？"

易容这种技术他只在武侠小说里看到过，现实中有吗？

"说是一种化装术更贴切吧。"

陈立还在疑惑，这点他们要具体调查，也就是说很可能陈钟易容的地点就在水周，毕竟时间紧迫，他要冒充郝亮。如果真的找到了，也许就能知道陈钟现在的样子，这是一个重大突破。

警方那边如火如荼地展开了调查，甚至再次审问了云溪，问她脸上的东西是从哪儿来的，云溪还是闭口不答，但陈立觉得查云溪藏起来的这段时间的活动轨迹，也许会有发现，毕竟这比查二十年前陈钟的行踪容易多了。

当然陈立也派人重点盯着方酌，生怕他那儿再出么蛾子，可方酌的活动轨迹非常简单，他除了每日坐在警局对面的咖啡厅里用电脑处理些公司的文件，就是来警局了解情况。

苏甄都看出方酌日渐消瘦了。她有些不忍，来到咖啡厅坐在他对面："公司很忙吗？"

方酌却非常淡然，笑着摇头："公司一旦弄起来，我这个总裁只要在一些关键问题上做决策就行了。"

他把电脑递过去，苏甄看到是他公司的文件，挑眉："你觉得我是陈立派来监视你的？"

"难道不是吗？"

苏甄叹着气："方酌，你要这样自我封闭到什么时候？"

"我没有自我封闭，我其实是想开了。关于云溪的案子，这几天我在让我的律师准备资料了，等案子查完，云溪就该判了吧？可我有把握让她待几年就出来。"方酌笑着摇头，"我帮到这儿，心也就安了，有些事我真的不能再管了，管太多，就是彼此的负担了。"

他从未如此坦然，一时之间苏甄竟有些分辨不出真假，突然想起了陈立说的"洗脑"，方酌真的能放下吗？

"别这样看我，四周都是陈立的眼线，你当我不知道？"

"你确定你不会帮云溪做什么事？她做的事绝对不止这些，这几年身上肯定有命案，不是靠你的律师就能出来的。"

方酌眼神幽深："那不然我能干什么，帮她越狱？苏甄，你太天真了，我有多大能耐帮一个重犯越狱？"

苏甄嘲讽地一笑:"我觉得你有办法。"

"那好,从今天起你就贴身跟着我,看我会不会这么做。"

方酌眼神空洞地看着对面的警局:"苏甄,想看烟花吗?"

"你想做什么?"

"怎么,你以为我会在这儿放烟花给云溪看?我还没那么矫情。一直在查案,日子都过糊涂了吧。现在是几号?"

苏甄皱眉,看手机日历:"9月29日。"

"后天就是国庆节了,每年国庆节各地都会放烟花,今年还是大庆,肯定会放的,以前看过吗?"

苏甄想了想,点头又摇头,小时候看过,但并没留下多愉快的记忆。父母带她去看,人太多了,她的鞋子被挤掉了,后来是父亲把她举过头顶她才看到。那双鞋子她到现在还记得,红色蝴蝶结的,她很喜欢,第一天穿就丢了一只,以至长大后对烟花都没什么好印象。

后来和姜旭东在江边看过有人放烟花求婚,可惜只放到一半就被城管制止了,一开始还觉得浪漫,后半段就只剩狼狈了。只是她不知道方酌此时说这个干什么。

"烟花确实没什么好看的,人太多了,水周这边的人又喜欢凑热闹,不看也罢,在房间里睡大觉也好。"

苏甄看方酌收拾电脑要回去了,突然不知道怎么想的,站起来问:"你想去看吗?"

方酌摇摇头:"没人陪我看。"

苏甄抿着嘴,什么都没说就离开了咖啡厅。

第213章
古法

苏甄去了医院,师母和孩子被找到后立马送到了医院,很快就醒了,做了笔录,她们很早就被人抓了,所以梁教授那时才火急火燎地把美国的田锋和摩尔教授请回来,申请这个荒唐的大项目。

梁教授本来也想报警的,但对方威胁得太紧,他怕孩子和妻子受伤,一边承受着巨大的压力，一边还要在亲近的苏甄他们面前演戏，不能让人发现。

苏甄想到梁教授当时的心情，心里有一丝酸涩。

"老梁也是真的希望实验能成功，不然也许就要这样过一辈子。后来觉得不能坐以待毙，就找了理由和他们商量让我俩见一面，老梁告诉我，他们要去的基地和绿孔雀有关，叫我想办法，一定要把消息放出去。"

师母说到这儿，看着病床上还未醒来的梁教授，落了泪。

是的，梁教授并没有醒，脑出血手术后他就一直没醒，甚至都不知道自己心心念念的人已经平安归来。

"师母，你见过背后之人吗？"

"见过。"

"什么？"

当时在给她做笔录的魏然和陈立都很惊讶："他长什么样子？"

"没见到正脸，隔着一层毛玻璃，可我觉得很熟悉。"

"熟悉，哪里熟悉？"

"说不上来。他身上有种我熟悉的中药味。"

"中药？"陈立皱眉，"你是在哪儿闻到过？当时在哪儿见到的人？"

"在A城。我和孩子去三亚，去飞机场的路上就被迷晕了，醒来就发现被关起来了，那个人隔着毛玻璃和我们说只要我们配合，就不会伤害我们。虽然隔着毛玻璃，但我闻到了一股很熟悉的中药味，哪里来的说不清楚。"

"那你记得关你的地方吗？"

"是个老房子，因为地脚线和我家的差不多。"

"为什么会觉得那种中药味熟悉？"

师母摇头："我不知道，大概中药味都差不多吧，就感觉有点熟悉。"

做完笔录后，陈立陷入沉思："毛玻璃，陆达也说过他和背后之人隔着一层毛玻璃见面。背后之人为什么不现身呢？你看云溪和姜旭东在和他人接触时都是直接出现的，只有这个人不是。"

"你说背后之人为何不暴露自己的面貌？他不是有易容的技术吗？完全可以易容后再见这些人，也不会被认出来啊，为什么不见呢？还有一点，陆达见他的时候在星城，师母见他的时候在A城，这两个城市离得非常近。"

"你是想说背后之人就躲在这一带？"

苏甄点头。

陈立却眯起眼："可这人出现在这么多地方，我甚至有点怀疑不是同一个人。"

"可根据咱们的调查，背后之人就是陈钟啊。除了陈钟还有谁呢？云溪、姜

267

旭东，还是藏起来的张小北？"

"就是觉得他们这些人整体都非常奇怪，有一种说不上来的感觉。"陈立陷入沉思。

最近的调查收获很大，他们似乎快接近真相了，可越接近就越觉得有层迷雾挡在眼前，事情越发地不清晰起来。

苏甄来到医院，看到师母正在收拾东西，师母决定带孩子和梁教授回A城。

"A城的医疗条件比这边强，希望老梁能醒过来。"

"梁教授要是知道您和孩子已经回来了，一定会醒的。"

师母面色苍白地笑笑，没说什么。

田锋说他送师母她们回去，其实潜台词是问苏甄要不要一起。

"苏甄，你搅进这个案子是因为姜旭东，现在他已经……"他叹了口气，"案子到现在已经和你无关了，后续的事是警察该查的，也不知道还要查多久，能不能查到，你总不能就这样一直耗着吧？现在梁教授回来了，研究所也给我打了电话，生活总要回到正轨，是不是？"

田锋眼中有满满的担忧，苏甄一时竟不知该说什么好。其实田锋说得很对，不应该再跟进这个案子了，对她来说姜旭东的事已经尘埃落定，该回归自己的生活了，至于真相，等破了案她来问问就好，可她还在犹豫什么呢？

"苏甄，你已经不小了，过了感情用事的年纪。姜旭东的事是意外，不代表你人生的失败，你还有大好的青春年华，何必为不值得的人停留呢？方酌也有他自己的生活，他和你本就是两个世界的人。"

"我没有。"苏甄本能地辩解，可在田锋的目光下低头，"我知道了，师兄，可陈立说在姜旭东的事上还有一些细节要调查，我……我不是找借口不走，是真的，你放心，等易容的事查明白了，我就回去，我不再跟这个案子了。"

"那好，我知道你一向是个有分寸的人，记住我的话，我先送师母回A城，如果你这边有变化，我再来。"

"不会有了。"苏甄摇摇头，"我还有什么可留恋的？也就是三五天，我就回去了。"

田锋笑着说："你长大了，苏甄。"

没再耽误，隔天田锋就先带着师母和孩子回去了。苏甄心里好像空了一块，收拾着他们没带走的七零八碎的东西，走出医院时还遇到了陈立，他是来拆石膏的。

"你好得这么快？"苏甄惊讶陈立的恢复能力。

"这些年习惯受伤了。"他看着苏甄手里的袋子，"田锋他们走了？"

"对,易容的事查得如何了?我等你们核对完关于姜旭东的细节也要回去了。"

陈立似乎对她的态度很意外:"你不继续跟了?"

苏甄摇头:"对我来说没有意义了。"

陈立张嘴又闭上,最后说:"也好,这样的生活本就不适合你,回到你原来的生活中也好。"

苏甄苦笑:"原来的生活,还回得去吗?"

陈立知道自己说错话了,一时有点尴尬:"易容的事,云溪虽不肯说,但我们查了她在疗养院做护士时的行踪,而且研究了她撕下来的面皮成分,不是化学合成的,而是用一种传统的材料——猪肚做的。"

"猪肚?"苏甄惊讶,那东西不是有味道吗,能往脸上糊?

"处理过没味了,工艺非常复杂,应该是手工做的,所以我们怀疑是民间老工艺,现在正在调查水周这边有没有这种类型的古法老手艺人。"

第214章

黑夜变白昼

"查得怎么样?"

陈立挑着眉毛:"不查不知道,水周这地方,周边有很多少数民族,别说易容,很多你听都没听过的老手艺都有,可惜现在大都失传了,要是不调查,都不知道还有这么多非物质文化遗产。

"魏然觉得这个事需要重视起来,可以和当地的一些部门联合保护非物质文化遗产,不管最后找没找到易容的人,也算是做了一件好事。你看事情往往就是这样,想找的东西不一定找得到,却能意外地发现很多重要的事,人生也是一样,是不是觉得我这工作还挺有意义?"

陈立难得开玩笑,苏甄半天才反应过来他是在逗自己。她笑着摇头:"陈立,你真应该去多读点笑话大全。"

没想到陈立脸红了,苏甄看到他这样子,笑出了声。

抬头看到街道上有人往树上挂彩灯,苏甄道:"明天就是国庆节了。"

"是啊,每年警察最累的时候就是国庆节,我师父是片警,要上街维持治安,有时也会抽调刑警队的人帮忙,这边也不例外,听说魏然他们今年就要去帮忙呢。"

"明天有烟花表演，要一起看吗？"

陈立一愣，惊讶地回头，苏甄笑笑："若你没时间就算了。"

"有，要一起吃晚饭吗？"

"好啊。"苏甄笑道。

第二天入夜，街上人就开始多了起来，估计到放烟花的时候交通都会瘫痪。

当地的警察都忙着维持治安，这时候就显得陈立很闲了，他是来配合这边的专案组调查的，维持治安的事他就用不着参与了。

那天晚上他特意对着镜子好好观察了一下自己这张脸，棱角分明，但常年风吹日晒，显得很粗糙，甚至还有小伤疤。

魏然赶着出门，看到他这样，还挺惊讶："难得啊，老陈你竟然还有在意脸的时候，我以为你都忘了自己长什么样了。今天要和苏小姐去看烟花吧？"说着扔给他一瓶发蜡。

"我才不用这东西。"

陈立对着镜子整理衣服，魏然翻白眼："懒得管你。"说完先出门了。陈立这时又把目光定在了发蜡上。

四处充满节日气氛，还有很多卖小红旗的。陈立想了想，买了两个。老远就看到苏甄穿条白色裙子站在桥头，陈立由衷感叹苏甄是真的好看，在一群人中自己总能一眼看到她，倒不是说有多惊艳，就是她身上那种恬静、与世无争的感觉很吸引人。

陈立不由得停住了脚步。

这样好的姑娘，却碰到诸多坎坷，若没姜旭东这档子事，她这辈子应该都不会做任何出格的事吧。

苏甄转头，惊讶地指着陈立的头发："你头上蹭到东西了。"说着拿出纸巾去擦。

陈立赶紧挡住，心里把魏然骂了一百八十遍，刚要把手里的小红旗递给苏甄，就有一个人上气不接下气地喊着："来晚了，抱歉，抱歉。"

陈立一愣，脸立马拉了下来："你还找了方酌？"

方酌翻着白眼："要不要这么明显啊，陈大警官？"

"你现在是重点怀疑对象。"

"因为蒋连的供词，你现在也是重点怀疑对象，你平时在我身边安插了多少人，警方在你身边就放了多少人，为什么那个魏然搬过来和你一块住，你心里没点数吗？"

两人互相瞪着，苏甄打着哈哈："好了好了，今天是国庆节，你俩能不吵架吗？咱们仨都是嫌疑人，就别嫌弃彼此了。"她看看表，"一会儿就要开始烟花表演了，再不走都抢不到好位置了。"

那两人冷哼一声，跟在苏甄后面，苏甄怕太尴尬，和他俩闲聊着："警局那边没事吗？"

"就算魏然被抽调走了，也加派了人看守，绝对跑不了。"

陈立看了一眼方酌，后者一副无所谓的表情。

苏甄笑笑，疑惑地问："方酌，你在看什么？"

桥上人很多，苏甄差点被一个小孩子撞到，方酌拉了她一下，笑着指着前面："我一直觉得水周这边最有打卡意义的景点就是大笨钟了，它就好像不属于这个城市一样。"

苏甄循声望去，确实，水周的代表性标志一个是游乐场的摩天轮，另一个是与之相对的大笨钟，修得很有欧洲风格，且大，在这个落后的县城里显得有些格格不入。

听说这个大笨钟也是勤天集团修建的，当时是想把下面开发成宫殿式酒店，可惜这项目没修完就停止了，因为前一任老总蒋先生去世了，只有这个大笨钟孤零零地立在这儿多年。苏甄想到云溪说的蒋先生之死，心里瞬间觉得这东西的颜色变得灰暗了。

"是的，虽然这钟后来被人换过颜色，但年久褪色，又变回以前那种灰暗的样子了。有人说很不吉利，送钟送终，蒋先生修完这个钟就去世了，所以接下来也没有再继续开发这个项目，勤天集团的总部也搬出了水周。有时候我在想，若是当年没阴错阳差发生这档子事，水周现在应该是一个有名的旅游城市了吧。这大概就是蝴蝶效应。"陈立感叹着。

苏甄望向大笨钟，想到在报纸上看到的今天放烟花的过程："好像今晚的烟花从游乐场开始放，一路向南，最后最大的经典烟花要在这座钟上方绽放，所以咱们去什么位置看呢？"

苏甄四处张望着，可显然已经晚了，他们走得太慢，还有一刻钟烟花就要开始放了，好位置都已经被占了。游乐场那边就别想了，几人索性往大笨钟的方向走去，可下面全是人。方酌看看四周，最后指着大笨钟下面一个小学的房顶："要不去那儿吧？"

陈立瞪了他一眼："我看你是疯了吧？"

"怎么了，你没看见一路上有多少人站在房顶上吗？"

"那是学校，你想进就进啊？"

"翻墙啊，陈立，好不容易能放纵一天，你能不端着吗？不然一会儿别人看烟花，你看后脑勺啊？"

苏甄倒很有兴趣："我小时候看别的同学逃课翻墙，自己都没有试过。"

"那就尝试一下吧。"

方酌带头翻墙，还怕管理员发现，其实多虑了，管理员也早就出去找好位置看烟花去了，校园里静悄悄的，陈立索性也不矫情了，拖着苏甄爬上去，此时烟花已经开始放了，由远及近，这里的位置极好，竟能看到全程。

今年的烟花设计得很独特，先是游龙戏凤，摩天轮那边炸开好几个花团，甚至炸出国庆的字样，苏甄惊讶地说："太好看了吧。"

没想到水周这小城市的烟花，竟然比Ａ城的要复杂好看得多，以前在Ａ城的新闻里看到的烟花就是那种普通的样子，这里的竟然花样极多。

下面的人也惊讶地叫起来，苏甄还听到有人喊着："今年的好不一样啊，来值了。"

烟花表演持续了大半个小时终于接近尾声，官方不让放得太久，怕人太多有危险。本来大家都看得有些疲劳了，没想到一条火舌擦亮了天际，朝大笨钟飞过来。

竟然还有惊喜，苏甄忍不住高呼，下面的人都惊呆了，竟然还有这般场景，他们从未见识过。

只见一条火舌蹿出无数分支，瞬间把天际照亮，本以为结束了，谁想到那落下的火舌又一下蹿高了，越来越高，也越来越大，此时已是晚上八点多，火舌升到最高处，所有人都屏住了呼吸。

只见又一条火舌在大笨钟上方炸开，犹如太阳一样，将黑夜照成白昼。

第 215 章

纵身火海

那场面震撼得苏甄说不出话来，只觉得眼睛发痛，下面也有人受不住了，用手挡，又舍不得错过这画面。

那么巨大的火团，应该是做的特效，怎么可能是真的火？可未免太逼真了，那火团越来越大，像是逐渐升起的太阳。

苏甄也渐渐开始担心了："那不会是真的吧？"如果是真的，这么大一团，下面这么多树，落下来会不会着火啊？

苏甄又觉得自己多虑了，应该就是特效。

在最高处，最大的一颗火团炸开了，无数像星辰一样的烟花往下落。

第一个发现不对的是陈立，崩出的烟花落在大笨钟下的树丛里，很快就冒烟了。"快躲开。"

下面的人被崩下来的火吓得乱窜，正下方那棵树"唰"的一下就着了。

底下的人大喊着乱跑，上面的火舌还在不断崩开。最远的一个崩到了桥那边，苏甄也吓到了。

陈立急忙找警察维持秩序，但根本打不通电话，那边已经乱了，警察都拦不住，这烟花怕是出事故了，以前也不是没出现过，还有记者在下面拍着，有人拿手机直播，场面一片混乱。

好在消防队早就准备好了，火一分多钟都不到就被灭了，主要集中在大笨钟这里。树上的一些火苗也灭了，可下面还发生了踩踏事故，警方忙得不行。

苏甄回头想叫方酌，结果发现他往另一边跑。"方酌，你去哪儿？"

方酌回头，指着前面，苏甄这才发现桥那边竟一片火光。

"怎么回事？"那边正是警局的方向。

苏甄跑过去的时候看到陈立惊慌地指挥着消防车过来。

"怎么回事啊？"

陈立摇头："不知道，没想到火崩得这么远，倒不是正好崩到局里，是把旁边的档案馆点着了，连带着烧到这边的。"好在警局消防设施多，可档案馆就没那么幸运了。

消防车一直在桥那头，此时因踩踏事件，那头乱成一团，堵住了路，消防车过不来。

里面的警察陆陆续续跑出来，旁边突然传来爆破声，众人全愣住了，有警察喊道："后面，后面。"和档案馆挨着的一楼房间，玻璃都崩碎了。可还没反应过来，又连着两声爆破声，声音越来越大，压下去的火苗一下蹿得老高，这一次直接烧到了三楼。

"怎么回事？"

"那边是临时库房，有从基地拿回来的仪器药品。"

陈立皱眉："这些危险品怎么还没送走？"

那警察也是一脸蒙："好像说还有没对上的东西，所以暂时……"

"快出来，里面的人都先出来。"

好在警局最近把不少人都送到看守所里了，只剩下几个，刚才也都出来了。

"还有陆达和云溪。"

因为案件特殊，这两人一直被关在这边严加看管。

273

然而就在这时，却有人捂着头上的血，在二楼窗口喊道："跑了，云溪跑了。"

"什么？"随着又一声爆破声，陈立一下将苏甄扑倒在地，与此同时，玻璃碴在苏甄脚踝上擦出一条血痕。

苏甄还没爬起来，陈立也不管身上受没受伤，喊着："往哪儿跑了？"

"房顶。"上面断断续续传来声音。

陈立喊着人，奇怪消防车怎么还没到，远远看去，发现消防车被人围住过不来。

"下面都是我们的人，她知道跑不了。"出口都是警察。可她为什么要往房顶跑呢，难道是想从上面走？可警局旁边只有已经着火的档案馆，没有其他地方可以下脚，苏甄有种不好的预感，四处看着："方酌不见了。"

"我刚才看到方酌先冲进去了。"有警察过来说。

"什么？"陈立感到不可思议。

"小赵他们还在往上追。"

"先撤出来，太危险了。"陈立喊着。

可来不及了，房顶的火圈中出现了警察的身影，而他们此时追着的，正是云溪。而她身后，拉着她胳膊的是被火光映得满脸通红的方酌。

苏甄一下捂住嘴。

"云溪，你跑不掉的，跟我走，我找律师帮你，豁出我这条命，你顶多判几年。"

"方酌，你一点都不了解我，没有自由对我来说太痛苦了，我不想从一个牢笼到另一个牢笼。"

云溪此时头发散乱了，却美得不可方物，苏甄只觉心中震撼，储藏室还在不断传出爆炸声，一声接一声。

看到消防车终于过来了，苏甄想到什么，拦住陈立，惊恐地说："告诉消防队不要直接洒水灭火，那里面有化学药剂，遇水反而会爆炸，刚才接二连三地爆炸就是因为化学反应。"

陈立一愣："那也不能任其烧着啊。"

苏甄想了想："要局部先浇上能抑制那种化学反应的稀释药剂苯达西丁，再全面洒水灭火，不然这些药剂合起来就好比炸弹了。"

陈立知道问题严重，暗骂那个把药剂都放在一处的，同时也很自责，他们根本不知道这些，此时也管不了那么多，赶紧找人布置。下面的人忙得不可开交，陈立抬头看警局顶楼，索性抓着一张防火毯冲了进去，苏甄在后面惊讶地说："小心。"

此时门廊下全是火,可陈立速度极快地冲进去,直接上了楼顶,很快就出现在方酌后面,但中间隔着火墙无法上前。

"云溪你跑不远的,最好束手就擒。方酌你给我躲开。"他说着举起了枪。

方酌张开手挡在云溪面前:"陈立,我会说服她的,你别开枪。"陈立却始终端着枪对着云溪。

方酌急得都快哭了:"云溪,云溪,我会帮你的,我会帮你的。你别做傻事。"

"谁都帮不了我的。"

"可你跑不了了。"

四周都是火苗,下面还在不断爆破,火已经烧得越来越密集,消防车要开始往上喷水,可谁想到这一喷,又有爆炸。苏甄大叫着:"里面还有化学成分!"她想到什么,"一定是仪器里还有存留。先不要洒水,先浇上稀释药剂苯达西丁。"

楼顶上的火越来越旺,开始往中心烧了,火把云溪和方酌团团围住,没路了。

后面的警察拉着陈立:"再不撤就来不及了,陈哥。"

陈立叫剩下的警察先撤,可他始终没动,拿枪指着云溪二人。

"云溪你跑不了了,现在回头还来得及,不然一会儿你会被烧死在这儿的。"

"在福利院的时候我就该被烧死,是陈钟把我救了出去,兜兜转转,没想到还是这个结局,是不是,方酌?"

云溪突然一笑,头发被风一吹,贴在脸上,火光映在她眼中,绝美。"谢谢你爱过我,方酌。从一开始,到现在。如果给我一次重来的机会,我一定选择和你在一起,因为你才是真正对我好的人。"

方酌似有预感,摇着头,眼泪不受控地流下来:"云溪,不要。"

"我这辈子都在不断地逃,这一次应该有个了结了吧。"

方酌伸手要抱她,却不想云溪毫无征兆地把方酌从四层楼上直接推下去,而与此同时,云溪朝着警局大楼和档案馆交界处火最旺,也是爆破频起的地方一跃而下。

世界在这一秒仿佛安静了。

"云溪。"

方酌掉落时看到了云溪纵身跳入火海的全过程,他张着手,无能为力,最后仰面跌在了消防队吹起来的泡沫垫子上。

他落下来的一瞬间,救护人员围上去,可他始终瞪着眼看那片火光,最后声嘶力竭地喊道:"云溪!"

第216章

伤逝

那一夜疯狂而荒唐，苏甄只要一闭眼就是云溪纵身火海的画面。

她印象尚且如此深刻，何况被云溪推下楼的方酌呢？那日之后方酌就住院了，发烧昏迷了足足五天。

他因为从上面摔下来，摔断了一根肋骨，手臂也骨折了，身上多处轻度烧伤，再加上受了刺激，高烧不退，第五天才渐渐恢复正常，只是他醒来后也没再说过话，而是眼神发直地看着天花板。

苏甄和他说了很多，可他始终没有任何回应。苏甄从病房出来正好遇到陈立，他身上也有多处烧伤，需要每天来换药，可他就跟打了鸡血似的，疯狂调查。

那天的事上了新闻，踩踏导致多人受伤，事故到现在还没处理完。

陈立总觉得那天的爆炸有问题，哪有那么巧的事？烟花正好崩到了那边，正好桥堵了消防车过不来，正好储藏室里的几种药剂发生爆炸，他觉得肯定不是巧合。

可从调查烟花公司开始就查不到任何线索。今年的烟花确实不是往年的公司提供的，但也是竞标来的，而且这公司为很多城市提供了节假日烟花，是个已经生产十几年的老公司。突然出了事故，对那家公司打击也很大，警方始终没有停止对他们的调查和审问。

另外，陈立重新检查了那天的路线以及监控录像，由于发生了踩踏事故，导致消防车无法及时过来这边，他甚至找每个受伤的当事人做了笔录，但没有任何不合理的地方。

最重要的就是警局的爆炸。

那天火是从隔壁档案馆烧过来的，火星从大笨钟那边崩过来，正好落在了档案馆楼上，这档案馆上面堆积了很多还没报废的桌椅，都是可燃物。多方面原因导致了悲剧的发生。

至于云溪那天是如何从被关押的屋子里出来的，据那个受了重伤，此时在医院治疗的女警察叙述，云溪听到外面在放烟花，说想看一看。那警察说她当时是动了恻隐之心。

这一点苏甄不意外，上次见云溪，就觉得她这个人很有意思，很会给人洗脑。只是现在说这么多也没用了，云溪已死，这个一生追求自由的女孩，终究为了自由而葬身火海。

可陈立非常怀疑这一点。苏甄倒觉得能理解，云溪的内心何尝不是在纠结？只是她太偏激了。

没想到这个故事查到现在，是以这样的方式结尾。

这世间不会发生童话世界里的奇迹，A城的田锋传来消息，梁教授病重，叫她速回。虽然苏甄早就有心理准备，但真到了这一天，她还是承受不住。

临回A城，苏甄向陈立说明情况，后者叹息着叫她节哀，说田锋那边肯定很忙，他叫他师父去机场接她，苏甄推辞，陈立却坚持。"之前田锋带你师母回去，我也是叫我师父接的，A城的内奸还没找到，为避免节外生枝，还是用自己人吧。"

苏甄这才想起那个内奸，深深地叹了口气，又回头看病房里依然如死人一样瞪着眼睛的方酌，张张嘴却说不出来什么了。陈立皱眉："放心，我会看着他，不会让他有事的。只是这案子到现在……"

苏甄也明白，这案子查到今天，他们知道了很多内幕，找到了很多线索，但终究是在陈钟身上绕弯子，找不到他的踪迹，而最主要的证人姜旭东、云溪都已经死了。这案子看起来取得了重大突破，实际上又一次陷入了僵局。

"你说陈钟到底以什么身份藏着呢？姜旭东和云溪死了他应该知道的吧，他会难过吗？"

那边魏然过来了，说是云溪尸体的DNA比对结果出来了。

事发突然，云溪的尸体几乎被炸碎了，警方用了大量技术手段，但只拼凑出了一只手，做了DNA比对，证实是她本人，其实这一步都是多余的，因为云溪是在所有人的注视下跳进爆炸点的。"两个证人都没个全尸，这案子，唉。"

魏然说着，苏甄听了心里却有些异样，可又说不出来哪里不对。

陈立他们要继续调查了，苏甄又看了一眼病房里的方酌，就默默地回了A城。

下了飞机，苏甄看到方琼，后者抱着她泪流不止："你怎么才回来？一声不吭就走了，给你打电话也不经常接。"

苏甄真有点恍如隔世的感觉，她离开这座城市其实也没多久，可像是一辈子没回来了，彼时自己还是个什么都不知道的研究员，再回来，却已物是人非。

方琼身后是陈立的师父——派出所民警张春恒。多日不见，他还是老样子，佝偻着背，难得没穿警服，更显老态了。

"张警官。"苏甄叫道。

"别叫我警官，叫我老张就行了。"老张笑笑，"苏小姐，上车吧，我送你们去医院。"

一路上方琼都在说苏甄的事，苏甄却异常平静，她的这个故事从派出所开始，到今天老张开车送她去医院看梁教授，仿佛又回到了原点。苏甄心里很难受，这种难受是无论如何都疏解不了的。

"苏小姐，节哀吧，这几日我一直在医院，梁教授始终昏迷着，没遭什么罪，其实这样走了，也没什么痛苦。"

苏甄点头："这些日子张警官您一直在医院，辛苦了。"

"别这么说，这是我的工作，刑警队那边忙不过来的时候也会抽调我们过去帮忙，还有啊，陈立那孩子担心，还特意叮嘱了我。"

苏甄刚到医院门口就看到了田锋，一见面就被他拥住。半晌，苏甄拍拍他："上去吧。"

师母、孩子，还有研究所的院长以及几个老教授都在。

苏甄本以为自己已经能平静地接受这一切了，可看到梁教授时还是忍不住哭了，把自己所有的不舍和委屈都哭出来了。随着苏甄的哭声，整个屋子的气氛变得格外沉重。

苏甄站在病房中间，师母拉着她："快过去，老梁就等着你呢。"

苏甄扑到梁教授身边，帮他捋着白发："老师，老师你看看我们啊。"

本以为梁教授会一直昏迷到生命结束，可弥留之际，他竟然睁开了双眼，看了众人一眼。

苏甄知道这是回光返照，喊着："老师。"

教授却伸出一只手抓住她，眼神里满是不甘。苏甄吓了一跳，老师何时有这大的力气？

师母扑上来，孩子扑上来，苏甄想让师母和老师最后说句话，可她起不来，因为老师紧紧地按着她的手。

苏甄一下明白过来什么："老师，老师，你有话要对我说吗？"

身边的检测仪"嘀"的一声，拉成一条直线，苏甄哭喊着："老师。"

梁教授去了，苏甄坐在走廊里看着他脸上盖着白布被推走，田锋一直陪在她身边，苏甄看着自己发红的手发呆。

"你说老师最后想和我说什么？"

"老师一直把你当女儿，最是放心不下你。"

苏甄摇头，老师的亲生女儿就在身边，为什么最后却死抓着她不放呢？他要说什么？一定是很重要的话。

"老师之前醒过吗？"

田锋叹息："之前醒了一次，只睁开眼一会儿，我当时在守夜，师母年纪大了，孩子还小，我让她们先回去了。我看老师醒了就去叫护士，回来的时候，老师再次昏迷了。怎么，你有什么想法？"

苏甄摇头，她就是觉得有些奇怪。她盯着自己的手，当时老师在她手心里画着什么，老师到底要说什么？

第 217 章
他的执念

苏甄紧张起来，老师应该是知道什么，可之前清醒的时候为什么不说呢？那就说明是他那次醒过来的时候发现了什么，可后来又昏迷了，苏甄心很乱："老师醒来那天大概是几号？"

田锋皱皱眉，看了一下手机："就是我们带他回来的那天晚上。"

苏甄算着日子："医生有没有说他为什么又昏迷了？"

"说是脑出血手术后本来就容易出现反复，原因不明。"他叹息着，"医生说梁教授在基地应该是受过伤，本来年纪就大了，再加上当时担心师母，外伤加内伤，能挺到今天就很不错了。"

苏甄心里沉重极了。

田锋忙里忙外料理后事，苏甄一边安抚师母一边收拾东西。主治医生也过来了，他是梁教授的朋友，苏甄怕惹师母伤心，出了门和主治医生聊了几句，特意问了一下老师第一次醒来时的情况。

最后，苏甄想了想，问道："大夫，你能帮我个忙吗？"

梁教授的葬礼很低调，主要是涉及背后的案子，警方现在还没公开，怕太多人打听，只有研究所的人参加了。从墓地回来后，苏甄整个人都非常阴郁，田锋发现了她的不对劲，以为她是难过，苏甄却和他说了一个决定。

田锋觉得不可思议："你疯了吗？你再说一遍，你要干吗？"

苏甄眼神从未如此坚毅过："我想继续做那个人工智能细胞激活的实验。"

"先不说那项目多荒唐，你忘了陆达研究了十几年都没有成功吗？你觉得你能成功吗？再说了，他是疯子，你不是，难道你也疯魔了不成？梁教授是被人威胁才组织起来这项目的，实际上根本没有被批准。"

"我知道没批，我会重新申请，当然不管批不批我都会继续做实验。

"之前咱们在分离实验上已经有了初步成功，而且在水周我看了从绿孔雀基

279

地带回的资料,这些年陆达做了很多次实验,都在不断进步,他的分析报告是非常珍贵的,可以说距成功只有一步之遥,咱们的优势在我和你可以做分离实验,可陆达那边,当时一些教授并不配合。

"十几年啊,咱们哪有十几年的时间花在这实验上?现在数据都是现成的,我觉得有必要做下去,也许就成功了。师兄,一旦实验成功,人类文明将会有巨大的进步,咱们搞科学研究不也是为了科技的进步吗?"

"你疯了,你疯了,你听听你说的话,不觉得熟悉吗?这不就是陆达说的话吗?"

田锋非常反对,苏甄却严肃地说:"师兄,即使你反对,我也会继续做下去的,但我希望你支持我,因为有你加入,我才会少走弯路。"

"你忘了梁教授是因为什么死的了吗?"

"正因如此,我才觉得实验数据不该白白浪费,总要有人做下去。"

田锋大喘着气看着她,双手搓着脸,像是在思考。

"你决定了?"

"我决定了,我刚才已经给陈立发了信息说明情况了,他还没有回我。"

"那好,资料陈立那边提供给你,这边我帮你做分离实验,可这个实验最重要的是什么?是人工智能。你上哪儿找好的人工智能专家去?你觉得上面不批准,会有人跟你合作吗?"

"我已经有合适的人选了。"

"谁?"

"方酌。"

田锋一脚踹翻了凳子,他一向温文尔雅,很少这样发脾气。

"我就是为了实验,田锋,别忘了咱们在学校里宣的誓,我们要为科学奉献自己的一生,不能逃避问题,不是吗?实验是实验,案子是案子,要分得清,方酌是最合适的人,那个芯片最初的发明者就是他。"

"若不是他,也不会有这么多烂事。"

"可若不是我那篇荒唐的论文,也不会有这些事,说白了都是因为我。"

苏甄说到这儿,声音哽咽,田锋控制着自己的情绪:"好,实验我加入,你还有没有其他人选?就咱们两个,还有摩尔教授,少个助手。"

"我已经有人选了,回头我就去和院长谈。"

"谁啊?"田锋实在想不出还有什么合适的人选。

苏甄勾起嘴角:"张美曦。"

苏甄在这边风风火火地准备实验,催着陈立传数据过来,却不想从陈立那儿听到了一个最新消息,他们在调查易容手艺,通过排查云溪生前的活动轨迹,找到了一家很小的美容美发店，很巧的是，那家店就在冯朝开的书店后面的胡同里。

苏甄想了想那地方，她和方酌去冯朝的书店的时候甚至还看到过。

那家的老板娘承认，她家有这个祖传手艺，到她奶奶那代差不多就失传了。据奶奶说祖上干这行的在清末及民国时期动不动就被灭口，老一辈不少都不干了，解放后就更没人学这些东西了。近几年化装流行起来，她妹妹和她才多少学了一点。可她奶奶也在几年前就过世了。

她妹妹比她手艺好，和奶奶学得多，在剧组当化装师。

警方给她看了云溪的照片，她说认得，当时云溪说想要换个脸。

"可我也没那水平，我说只能给她遮一遮，她也同意了。"再问姜旭东，她就说没见过了。

最后警方找到了她在剧组的妹妹，这个化装师跟着一个又一个剧组化装，天南海北地跑，找了好久才找到人。至于姜旭东，她有印象，因为他化的是特效装，她说是在A城拍戏的时候有人找到她，她当时还挺意外，都知道她能化特效装，但没几个人知道她的手艺是家里祖传的，可姜旭东好像知道，说是经人介绍，从水周来的，他给的钱很多，她也就没多问。警方拿陈钟整成郝亮的照片给她看，问她还有没有别人做过，那姑娘就不认得了。

水周美发店老板娘说以前她奶奶似乎接过类似的活，警方检查了老太太的遗物，发现了一个匣子，里面各个年代的东西都有，值钱的、不值钱的，解放前的油灯、仿古的匕首，甚至还有粮票。

老板娘说那匣子是奶奶很宝贝的东西，传了好几辈了。"头几年家里条件不好，还变卖过里头的项链呢。我奶奶说咱们这行有个规矩，怕被人灭口，所以祖师爷有训，每帮一个人做脸，就拿那人的一样东西，那人若是给就给，不给就偷，以防日后报复，这是凭证。

"这都是老一辈的观念了，我们现在接活只看钱，当然也是我们水平不行，我奶奶以前做的脸，就跟换了个人似的。"

陈立在那盒子里发现了一个警官证，上面的名字是郝亮。

"你见过这个客人吗？"

老板娘回忆了一下："如果我没记错，那人应该还给了很多钱，因为奶奶就是接了他的活，才给我开了这美发店。"

"后来这人又来过吗？"

老板娘摇头："那我就不知道了，不过我奶奶每做一张皮子都留一张一模一样的，制成了一个本子，说这是凭证。老一辈人的观念就是这样，只是我奶奶去世得急，也没交代，那本子不知道放在哪儿了。"

她领着警察到房间里看，搜查了也没有。"我早就搜过了，那东西也有点历史，想留个念想什么的，以后也能和人吹吹牛，可现在找不到了，不过咱们这儿也要动迁了，搬家的时候我好好找找。"

老板娘指着外面，这边大部分门脸已经歇业。

临门一脚没有查到，陈立差点要怄死了。

"苏甄你说，世界这么大，陈钟要是一直躲着，或者跑到国外去了，这案子是不是就永远成为悬案了？"

苏甄在电话这边沉默了良久，末了坚定地说："不会。"

陈立疑惑："为什么？"

"因为他有执念，他永远都不会放下让冉兰醒来这个念头，以前不会，现在也不会。"

第218章

实验成功

陈立皱眉，不知苏甄在说什么，后者直接告诉他，自己要做这个实验，数据什么的拿来。

陈立想了一下："组长说这边后续要调查的也没什么了，交给魏然就行，我们这几天就准备回A城了，所以资料我亲自拿过去。不过我听说你给我们队里打电话了，有事吗？"

"没什么，不过是提了一点自己的想法，这个实验，组长说派你保护我们，你有什么意见吗？"

陈立一愣："我没听明白，你说你要做什么实验？"

然而还没等他跳脚，手机就被人从身后抢过去，竟是病床上躺着的方酌，他像鬼一样出现在陈立身后，吓了陈立一跳。

方酌抢过电话，声音沙哑，苏甄听到很惊讶："方酌你……"

"你发的信息我看见了，我帮你。我会和陈立一起回去。"说着回病床收拾东西去了。

陈立皱眉盯着他骨瘦如柴的背影，对着电话说："你到底和他说什么了？"

苏甄这个实验比梁教授做得高调多了，她先申请实验项目审批，同时开始和各个部门的项目负责人打招呼,说后续会有需要他们帮忙的地方,只要大家齐心协力,都可以把名字写在最后的报告里。

国家级大实验带名字,这可是研究所里的人最喜欢的事。

这实验虽然之前闹得沸沸扬扬,研究所里的人议论纷纷,但实验可是摩尔教授带头做的啊,那可是很多人望尘莫及的项目,自然都心痒痒,一时之间这事就在圈里传开了,甚至有出圈的苗头。电视台几次来想采访,都被院长挡回去了,但越神秘的事情,网上议论得越多。

不管外面如何议论,苏甄他们几个已经进入了前所未有的工作状态。分离实验一次次失败又一次次重新开始做,方酌也特别配合,虽然失败了很多次,但他们的实验在一点点进步。

一天晚上都九点多了,田锋从封闭实验室出来,看到苏甄坐在椅子上闭目养神。"早点回去吧,实验哪是一天能做完的?"

"我只要一闭上眼脑子里就是梁教授。"

田锋拍着她,刚要说什么,苏甄的手机响了,是方酌。

"我想知道最新的进展,晚上一起吃个饭,还有陈立。"

三个人也不挑,随便找了个家常菜馆。方酌拿出手机:"我对背后之人改良后的芯片做了分析,动用了我公司最好的资源进行完善,我觉得我这边已经到极限了。"

苏甄点头,说自己这边也很顺利。

"听你们项目组的张美曦说,好像快成功了。"

苏甄挑眉,看向陈立,点头:"有前人打基础,我们也是沾了光,陆达怎么样了?"

"彻底废了,上次他差点把冉兰害死,这事对他打击很大,他一直魔怔似的说着不可能,一直在研究哪里出错了,人彻底完了。"

苏甄低着头戳菜:"也就是这个星期吧,估计就会出结果了,你和组里的人都说一下。其实陆达的实验已经接近成功了,他错就错在太心急,没有做好基本步骤,而我们这次在他的研究的基础上做了很多次实验。并且,我有个提议,我要招募志愿者,开始进行人体临床实验,这个消息要放给各个医院,让植物人的家属知道,然后筛选。"

陈立张张嘴,最后点头。

方酌在实验的最后阶段直接搬进了研究所,实验室特意给他开辟了一间人工智能机房,他带着助手对着十台电脑进行工作。

另一边,摩尔教授用瘫痪的兔子进行最后实验,找了国外著名脑科医生配合,全程二十个小时。这件事已经备受瞩目,所以他们决定将整个实验过程投屏在研究所大厅和专案组那边，让人能实时观看。

为此还抽调了片警维持秩序，还有刑警队的不少人在研究所附近进行维护，以防出现意外。

实验开始的时候，苏甄等工作人员都穿着纸尿裤，别说里面的实验员了，就连外面的人中途都累得眼花。台上的摩尔教授到最后都要站不住了，田锋接替他的位置继续，张美曦也受不了了，而苏甄、田锋，还有操控人工智能的方酌，一直坚持到结束。

最后宣布按计划完成了所有步骤，接下来就是等待了。

那只兔子只要活到第二天天亮，就意味着手术成功，意味着它可以继续活下去。

等待的时间里，田锋让苏甄回去好好休息，她不肯，就躺在实验室的桌子旁，这一觉她睡得很平静，可睡五个小时就醒了，其他人也都瞪着眼睛，一直在看着那只兔子。

实验过程还在投屏，研究所大厅、专案组的屏幕上一直没有停止播放，兔子在手术后六个小时就醒过来了，开始吃东西。外面执勤的警察都换了一拨了，那兔子的录像还没有停。

院长激动得都要哭了，说这是见证历史的一刻，将来这段长达三十个小时的录像将会震惊世界。

到规定时间的最后一刻，老院长都从家里出来到研究所看成果了，天亮了兔子依然活蹦乱跳，研究所里的人都疯了，专案组也疯了，之后就开始大肆招募志愿者，进行层层筛选，做临床实验。

大概是兔子给了所有人信心，知道能给植物人做手术，让其四十八小时后自然醒来，家属们都喜极而泣。

苏甄他们这项目创造了历史。

所里提议召开记者招待会，公布实验成功的消息，可苏甄几个人倒是对这事很冷淡，晚上吃饭的时候，陈立还问他们接下来要怎么做。

大概是这么久以来备受瞩目的实验终于成功，那天方酌多喝了几杯，话有点多，苏甄也难得喝了酒，开始讲实验原理。经过无数次分离实验后，他们发现绿孔雀的高度复活基因和人类的基因还是不兼容，所以他们换了一个思路，用人工智能转变这种基因再恢复，果然成功了。但前提是人工智能必须先匹配患者的基因，也就是说，必须他们几个人高度配合才行，少一个都不可以。

"最近我们打算做第二个临床实验，但因提取绿孔雀基因需要花大量时间，现有的绿孔雀提纯基因也就够再做一个患者的，这意味着不能大量推广。以现有的水平，三年只能做两次这种手术，即便要推广，也需要有关部门再次审批，顺利的话,也要至少十年才能推广出去。"

陈立叹息着,手机正好响了。"专案组打来的,我得回去一趟,你俩行吗?算了,我先送你们回去吧。"陈立最近已经恢复原职了。结果手机又响了,组里似乎有事催他。

苏甄挥手叫他走:"喝这么点酒还要人送,瞧不起人啊?我和方酌一会儿叫个代驾就行。"

陈立不放心,又打了电话给另外一个休假的警察,叫他来接,还特意嘱咐苏甄他们等人到了再走,可苏甄此时已经开始意识不清晰了。

两人勾肩搭背地出了饭店,此时已经很晚了,这条小吃街最近被城管管制,之前的小摊子都没了,只有地上的一摊油证明它们存在过,所以此时显得很荒凉,半天出租车都没一辆。

苏甄二人站在街边等着,还给方琼打了电话,可方琼说车在路上被人追尾了,要等一会儿才能来,他们只好坐下来。可没过一会儿,一辆车停下,熟悉的声音响起:"苏小姐、方先生,快上车吧。"

"张警官。"是陈立的师父老张。

"陈立有事先回队里了,说你俩酒量不行,叫人来接,他叫的小赵家里孩子生病了,要去医院,赶不过来,我正好给他们警队送资料,顺便就开车过来了。"

第 219 章
背后之人的真面目

"太麻烦您了,这么晚了还来接我们。"

"这算什么啊,你们是陈立的朋友,再说了,你们这个项目是警队现在最关注的,要保障你们的安全啊,赶紧上来吧。"

苏甄看了方酌一眼,后者似乎真喝多了,都站不起来了。老张下车把他扛到车上:"怎么喝这么多?"

苏甄叹气:"方酌之前因为云溪的事,一直绷着,现在实验成功,他就放松下来了。"

车子开起来,老张决定先送苏甄回去,一路上和她聊着天,问着实验的事,苏甄都一一回答了。

这辆车是陈立的,他因为今天出来喝酒,就把车停在了队里。老张正好开出来,车里乱七八糟的,苏甄甚至还闻到了一股特殊的味道,循着味在车后座摸到一个塑料袋子,隔着袋子就闻到了草味和土味,拿出来,发现里面是些杂乱的草药。

老张从后视镜里看过来:"哦,那个啊,之前我还说是不是丢了,原来在车里,正好,我回头拿过去。"

"这是什么啊?"

"之前陈立不是受过伤吗?有点旧疾,就是股骨头这里,我都跟他说了年轻时不保养,老了就会像我一样。"老张指着自己的腿,"我这条腿不是跛了吗?就是年轻时出任务,抓人时崴了,得了滑膜炎,后来就走路不利索。他当刑警总受伤,我就给他抓了点中药,他吃了一段时间就不肯吃了,说味太大。唉,年轻人就是不知好歹。"

苏甄一愣,顺了两根草药放进口袋,把其他的递到前面去,很快车子就到了小区楼下。看着车子走远,苏甄一下就清醒了,想了想,掉头去了梁教授家里。而转天所里就出了大事,惊动了刑警队。

张美曦指控陈立要抢夺实验资料,并拿出了证据,甚至有摄像头拍到了陈立在研究所附近打伤警队人员,他直接就被专案组扣下审问了。陈立百口莫辩,自己也说不清楚为什么大半夜会出现在那儿,还伤人,但显然这不是理由。

与此同时,师母也对苏甄拿过来的中药进行了辨认,指出就是毛玻璃后的背后之人身上的中药味,加上之前蒋连的证词,陈立现在是重点调查对象。这一调查,在太多细节上抓到了证据,甚至还查到了尹生出事前夕,陈立的行动轨迹都不对,他百口莫辩。

专案组的人连续几天轮番审问他,陈立最后都意识不清了,但始终不承认罪行。后来专案组组长决定用另一套方法,打感情牌,可除了他有些健忘的姥姥,他最亲近的人就是他师父张春恒了。

老张那天去看他,劝他都招了,陈立在老张面前直接就哭了。

审讯室外的苏甄看着,心脏都要跳出来了。

当天晚上陈立就发起了高烧。

证据已经很充分了,警方推测陈立就是张小北,至于背后之人到底是谁,只等着继续审问他,追踪背后之人的下落。

陈立被审讯期间,老张最为心急,四处找律师,可他找的律师哪有方酌的律师厉害?陈立始终不肯认罪,直到一次审讯后,陈立突然发狂,伤了看守,苏甄当时就在现场,被他的样子吓到了,她从未见过陈立如此。

那天大家都在，亲眼看到陈立双眸通红，像要吃人一般，最后被一枪打在了胸口，当场死亡。

虽然背后之人没被抓到，但这个案子也算是尘埃落定。

专案组开始准备结案，老张作为陈立家属，收了他的骨灰盒，从警局出来碰见苏甄，跟她打了个招呼："苏小姐。"

她看着老张为徒弟奔波，心中不忍："张警官。"

老张一个没站稳，手里的骨灰盒差点摔了，她一下扶住，可盒子上好像有什么东西刮了她一下，苏甄缩回手。

"怎么了，苏小姐？"

"没什么，这怪沉的，我送您回去吧。"

老张挥挥手："不碍事的，是我这个做师父的没教好，可我怎么也没想到会是陈立。"

"可惜背后之人没有抓到。"

"也行了，那人没有左右手了，估计也不会再出来闹事，这案子也算是暂时结了。苏小姐今后有什么打算？"

"我打算出国了。"苏甄叹息着。

"苏小姐不继续做实验了？不是已经成功了吗？应该继续帮助植物人苏醒，这是个大好事啊！"

"实不相瞒，这实验虽成功了，但推广起来很难，现在就剩最后一针了，这种针剂再想做出来又要提纯三年。除非国家投入大量人力物力在这方面加紧研究，提高提纯率，但那就不是我们小小研究所可以做的了，所以我想出国深造。"

"那最后一针你们打算给谁？"

"应该会捐出去，由国家决定。"

"这不公平吧，还有很多植物人的家属想要亲人苏醒。"

老张有些激动，苏甄盯着他的眼睛，他叹了口气："我就是觉得苏小姐这样的人才，不做实验了未免可惜。"

"一切都因我那荒唐的论文而起，我早就觉得我不该做研究员了，若不是之前的事，我早就离开研究所了，现在尘埃落定，就是我离开的时候了。"

苏甄伸手摸了摸陈立的骨灰盒，心中感慨万千，朝老张点了点头就转身离开，结果突然一阵头晕，只觉得天旋地转。她惊讶地回头，这里可是警局门口，她只感觉老张托住她，在她耳边说："苏小姐，你太激动了，我送你回去吧。"

苏甄心中大骇，不可思议地看向老张，可挣脱不了，身上无力，就像坠入了无边的深渊。

苏甄醒来的时候是在一间手术室里，四处都是消毒水的味道，而她身边躺着的正是张美曦。苏甄想要推醒她，却发现自己的手脚被绑着，只好用头去顶她："美曦，张美曦。"

张美曦醒来，吓得哇哇大叫："这是哪儿啊？"

"你没看见我也被绑着吗？"苏甄真想翻白眼，这女人总是成事不足，败事有余。

"怎么会被绑架？我老公最近升职了，一定是他的死对头干的，完了完了，看来咱们死定了。"

苏甄只想骂人，可当务之急不是和张美曦斗气，而是冷静下来找解决办法，她试了几次，跌跌撞撞地站起来。

这屋子很大，她起来才发现另一边的角落里还有人，是田锋和摩尔教授。此时张美曦再傻也明白过来了。"怎么都是咱们实验室的人啊？"

苏甄看着这实验室里的药品、仪器还有摆设，简直就是他们那个实验室的翻版，立马心里有数了，但又觉得不可思议，喊着田锋，可他和摩尔教授一直都没有醒来的迹象。

苏甄找了手术刀把自己和其他人身上的绳子割开，可就在这时，上锁的门开了，她看到方酌的脖子上被人顶着一把刀，慢慢地走进来，那人正是陈立的师父——张春恒。

"是你？"苏甄瞪着眼睛。

张春恒却一改往日的憨厚，冷笑着："明明有本事，却不去做，苏小姐，当你说要出国深造的时候，知道我有多失望吗？你们的实验已经成功，却不继续救人，都只是为了名利，没有真心地为这些可怜的、还未苏醒的人着想过。"

"你到底是谁？"

张春恒冷哼，没有接话，刀子顶着方酌，后者似乎浑身没力。"我被他下了药。"他想挥拳头，却不行。

"你以为你一个人能奈何得了我们这么多人？"苏甄把刀比在身前。

"苏小姐，我劝你还是冷静一些。"

"是你该冷静吧，我们可是五个人，而你只有一个。"

此时方酌突然甩开他手里的刀，跑到苏甄面前挡着，张春恒却笑了，打了个响指，只见实验室的四面墙落下，苏甄这才发现之前的墙壁是幕布，幕布落下后露出里面的玻璃柜，而每一个玻璃柜里都是一个昏迷的人。

"老公。"

张美曦最先扑过去，可隔着玻璃她无法接触到人，只能大哭："你到底是什么人啊？"

苏甄则惊讶地看着玻璃柜里的方琼，而另外两个玻璃柜里分别有一个小男孩和一个老妇人。苏甄认出小男孩是摩尔教授的侄子，前段时间刚回国，老太太是田锋老家的姨奶奶。

这么偏远的关系他都能挖出来，苏甄震惊地回头："你是陈钟？你就是背后操纵一切的人？怎么可能？"

第220章
抓人

苏甄感到不可思议，这么长时间以来，他们早就把张春恒当作自己人了，他还是陈立的师父，热心的老片警，人人都夸他是个老好人，怎么会是他呢？

"你抓我们来干什么？"

陈钟又打了个响指，实验室中间升起一台手术床，一个姑娘平静地躺在上面，苏甄惊讶："冉兰？"

怎么会呢？冉兰应该在云南，一直有警方看着。难道他们已经到云南了？不应该啊，自己才昏迷多久？

"云南的那个冉兰早就被我调包了，你以为我会让陆达那疯子直接拿我的小南做实验？那疯子失败了一次又一次，害死了多少无辜的动物，甚至都对人下手了，我会让小南涉险吗？不。"

"你才是真正的疯子，你知道你的执念害死了多少人吗？你计划这么多，就是为了这个？"

"什么叫'就'？你以为人人追求的都是名利地位吗？不，俗人才会在意那些，我从头到尾都只是希望我的小南能醒过来。"

他低头看着冉兰，不敢触碰她的脸庞。"她是世界上最好、最善良的姑娘，只有她不嫌弃我，只有她和我做朋友。我还记得我向她表白那天，她害羞地低下头，那是我最快乐的一天。我拼了命地挣钱，就是想接他们出去，小南说大家在一起才是家啊，福利院不是家。"

一滴泪滑过他脸上的沟壑，他的眼神清澈，仿佛回到少年时期，可在那苍老的脸上却显得诡异。

苏甄颤抖着说："所以你就计划了这一切，你就杀人？"

"我那么努力地赚钱,眼看就要实现梦想了,可那些地痞偷了我的钱,一下子什么都没有了。若是那钱还在,我早就带大家逃出来了,小南也不会遇到那些事,若是那个蒋先生没把病毒带回来,那个男孩不会死,那个残忍的女人也不会发疯烧了福利院,这都是因果,他们都该去死。

"可最后所有人都觉得圆满,为什么小北、小东他们都觉得圆满了?小南一直躺在这里,哪儿来的圆满?他们当初关系那么好,最后不都忘了小南?小西甚至说厌倦了这种日子,说她想重新开始,他们都去过自己的日子了,谁想过小南?

"小南以前日日夜夜惦记他们,我让她和我一起跑她都不肯,牵挂着朋友们,可这些人后来何曾牵挂过躺在疗养院的她?他们早就忘了,只有我一直记得,因为只有我知道那种被人遗忘的滋味。家人还躺在那儿,他们竟然要去追求自己的幸福?"

"所以你从一开始就布置好了,一直掌握着他们的行踪,想着有一天控制他们。"

"我没有控制,不过就是叫他们帮帮忙,难道小南的事他们不该出力吗?"

苏甄到今天才发现,陈钟才是一个真正的可怜人,他一直活在自己的世界里。

方酌皱眉,把她拉到身后:"苏甄,别和他废话了,我不信咱们几人对付不了他。把他擒住,看他会不会放人,还拿别人的亲朋做威胁,真是卑鄙。"

"卑鄙?方酌,你应该觉得自己可怜才对。看看其他人都有亲朋,只有你,什么都没有,你还叫嚣?我看你才是真的可怜人呢。"

陈钟仿佛透过方酌的眼睛看透了他的心:"我最起码还有小南,你呢?你想要的最后都没了。"

方酌嘴唇颤抖,攥着拳头要上前,陈钟又打了个响指,只见那玻璃后开始放一种白色气体。

"你干了什么?"

"这是慢性迷药,是以前陆达配的,少量吸入只会昏迷,可达到一定剂量神经中枢就会被破坏,直至死亡。我放得很慢,他们二十五个小时之后才会死。所以,抓紧时间吧,把最后一针用在小南身上,我会盯着你们的,你们手术的视频我看了几百遍,每一个步骤我都清楚极了。放心,脑外科医生就在隔壁,我也准备好了,所以别想糊弄我。"

张美曦已经崩溃了,趴在玻璃上一个劲地喊救命,吵得陈钟把她拎起来,可刀子在她眼前一晃,她就大哭,朝苏甄大叫:"都怪你叫我进项目组,都怪你。"

陈钟把田锋和摩尔教授弄醒，此时二人也惊讶极了。

"你们几个别废话了，快动手术，方酌你到这边来，别耍花样，你做的所有东西我都懂。"

"你既然这么了解人工智能，自己操作就好了，为什么要抓我过来？"方酌愤恨，可惜他此时使不上力气。

陈钟却掐着他的肩膀，叫他看着苏甄那边："我是叫你记着这一刻，方酌，看清楚了。"

他在方酌耳边说着什么，方酌手上一抖。

"你到底想干什么？"

"我只想要小南醒过来。你们只有二十五个小时，时间很紧迫，还是说要眼睁睁地看着你们的亲朋去死？"

苏甄浑身颤抖："你跑不了的，陈钟。"

"跑不跑得了你觉得对我来说重要吗？我这一生唯一的愿望就是小南能醒过来，再和我说一句'我等你回来'。"

陈钟永远记得那天小南站在福利院的窗口冲他笑："我等你们回来，晚饭我偷偷帮你们留着。陈钟，我给你留肉包子好不好？"

那是他最后一次见到会说话的小南。那天大火，他拼了命地往山下跑，他好后悔为什么跟他们说钱被抢了，为什么要和他们上山采药卖钱。若那天他一直在福利院，小南就不会是这个下场，她是那么好的姑娘，本应该有个美好的未来。

世上没有后悔药，可他一直解不开这个心结，一直在弥补。在网吧那段时间，和小东、小北他们在一起，他也曾忘掉这些烦恼，享受着有家人的快乐，那是他从小就没有过的感受，可后来他梦见小南和他说话，他又觉得这样享受幸福的自己是多么卑鄙和残忍，他竟然会忘掉小南定期做身体检查的日子。

那一刻他觉得自己不可以这么做了，在后来很长的时间里，他都幻想着有一天小南可以醒来，到时候他一定把大家重新聚在一起，可有些东西一旦开始就再也回不了头了。

苏甄看着玻璃柜里的亲朋，不得不颤抖地拿起手术刀，可张美曦心理素质本来就不好，此时早吓疯了，别说拿手术刀了，她站都站不起来。陈钟逼着几人做手术，可大家对着冉兰都沉默了。

苏甄看着安详地躺在手术台上的冉兰，突然觉得悲哀："陈钟，你可知道你的执念害死了多少人？尹生是你害死的吧，陈立也是，陈立的情况其实和尹生很像，是你下了药吧？"

陈钟眯起眼："你们不是推测陈立是张小北吗，怎么会这么问？"

苏甄抬头，眼神锐利："那是你误导我们的，陈立根本不是张小北，也不是替你做事的人，他是无辜的。"

陈钟皱眉："你怎么会突然这么认为？"

苏甄放下手术刀，正面对着陈钟，极其严肃，一改刚才的惧怕和恐慌："你跑不了了，陈钟，我们等的就是今天。"

"你什么意思？不可能有人知道这地方在哪儿，我早就布置好了，警方就算发现你们失踪肯定也是在几天后了，到时候一切都晚了。"

可话音未落，屋里就响起了报警器的声音。陈钟疑惑地拿手机看外面的监控，身后的门却突然打开了，只见一群警察冲进来用枪指着他，陈钟不可思议地看着为首的人。

那人眼中噙着泪花，端着枪指着他，正是本该成为他手下亡魂的陈立。

"你……？"

陈钟一下全都明白了："你们……你们是故意的？你们早就怀疑我了？"

"你跑不掉了。"陈立咬着牙喊道，"先把人带回去。"

四周的警察一拥而上。

第 221 章

供认不讳

陈立声音哽咽，陈钟却挣扎着："先给小南做手术，最后一针用在小南身上，我要她醒来，就算我求你们。"

他力气奇大，挣脱了警察的束缚，冲了过去，抓起那支苏甄特意放在实验室的针剂。由于他挣脱了，后面的刑警直接要开枪，陈立大喊着："不要开枪！"

可子弹更快，还是打在了他的肩膀上，陈钟瞪着眼睛倒下，手里的针剂也跌落，砸碎在他面前，甚至溅到了他脸上，他满眼都是绝望。

陈立不忍地别过头："把他扣起来。"

苏甄心里一阵翻腾，蹲下来。"陈钟，对不起，其实我们的实验根本没有成功，这药剂也不会让植物人醒过来，之前的一切都是假的，是为了引出背后之人演的戏。抱歉，人类离智能文明还很遥远。"

苏甄不知道这样告诉陈钟真相是不是太残忍了,那天之后陈钟就颓废了,久久没有开口。警方把他看得非常严,生怕他出逃或是自杀,但实际上,陈钟没有任何挣扎。最后还是陈立和他聊,他才肯开口。

他对自己做的事供认不讳,但也提出疑问:"你们是什么时候发现是我的?"

陈立忍不住哽咽,有另外的警察替他回答:"其实在你对苏小姐等人动手的时候我们才发现是你,之前也怀疑过,但没想到真是你。"

那位警察也是张春恒的熟人,有点不忍心,苏甄等人在审讯室外看得清楚。以前苏甄总觉得如果有一天抓住陈钟,她有无数问题要质问他,可此时此刻终于抓到了背后之人,她心里却没有任何质问的欲望。

该知道的他们都知道了,该了解的他们都了解了,一切都已落幕,苦苦追寻的结果也不过是眼前这般景象。你说他错了吗?他是错了,可未经他人苦,莫劝他人善,个人的苦个人知道,谁又有资格去评判?

此时苏甄站在玻璃窗后,看着里面苍老的人,心里有一种说不出来的感觉。

陈立强忍情绪:"师父,不,陈钟,你冒充郝亮执行任务是怎么回事?"

陈钟打断他:"不用问这些细节了,你们不是都已经查到了吗?你推断得很好,陈立,你比我想的更优秀。"

"优秀?你觉得你现在有资格说这句话吗?陈钟,我敬你是老师,我们认识这么多年,我曾当你是我的父亲,你对我的好难道都是假的吗?如果有真感情,为什么栽赃我,甚至忍心看我去死?在你心里我陈立到底是什么人?"

苏甄知道心里最难过的就是陈立,他们策划引出背后之人的时候,陈立一开始从未怀疑过张春恒,那是他最信任的人啊,可是这样的人竟然就是他们一直苦苦追查的真凶。

陈钟突然笑了。

"你笑什么?尹生也是你害死的,我早该想到,可我压根就没怀疑过你。"

陈立痛不欲生,想到因自己疏忽而导致尹生死亡,心中生出一团怒火和悲哀。

陈钟始终没有回答他的问题,苏甄在玻璃窗外看得明白。也许陈钟对这个徒弟有过感情,只是和他心中的小南比起来不算什么。

苏甄进了审讯室,陈钟才把头抬起来:"你们为什么没有怀疑陈立呢?我始终想不明白苏小姐是如何判断的。"

"是啊,蒋连都说他查了那么多年查到了陈立,其实你一开始就打算利用陈立吧,假装对他好,还有尹生等人,就是为了万一出事这些人能够顶包。"

"苏小姐,我一直以为你是这群人中最天真无邪的。"

"这跟天真无邪没有任何关系,陈钟,一切证据看起来确实指向陈立,甚至在尹生出事那天他的嫌疑最大,包括那个中药……"苏甄看着陈钟的眼睛,"但我知道陈立一定不是内奸。"

"为什么?"

"因为梁教授的死有问题。"

苏甄的话让在场的人都愣住了,这些事她只和专案组组长讲过。"陈钟,是你杀了梁教授对不对?中间梁教授醒过一回,可后来又昏迷了,这对脑出血的患者来说是正常的,所以医生也不会特意验血,但我发现了问题。我让医生在尸体火化前做了一项检查,发现梁教授身体里有一种特殊药物,这种药物和当时田锋在地下室被注射的药剂是同一种东西。

"当时田锋昏迷住院,本来当天晚上就该醒来,医生还很奇怪他身体里的这种成分没有随着代谢降下去,反而上升了,以为是他对药物过敏,产生了特殊反应。其实,细想那天你就在医院,是你偷偷给田锋注射的吧?因为你需要时间策划让尹生顶罪,不能让警察查到你。

"也就是说,给梁教授下药的内奸就在医院,而当时陈立人还在云南呢,所以无论如何也不可能是他,而是当天在医院执勤的人。

"梁教授像我的父亲一般,他是被人害死的,我却不能说出来,你知道这段时间我是怎么过的吗?我的心有多痛?不,你这样的人根本不会明白。

"我忍,因为我一定要把背后之人找出来,我想过内奸可能是那个从未露面的张小北,却没想到内奸就是你,不过好在,你现在已经坐在这里了。"

"所以真的是你们在演戏,实验没有成功?"

"是的,从来没有成功过。从我一开始决定要继续做实验起就是假的,组织实验前,我和组长打好招呼了,这事只有少数人知道,连研究所的人都被骗过了,为了不让外人看出来,我甚至找了那个胆小鬼张美曦加入项目组,因为她根本不知道结果是什么,而且还会到处宣扬,这才会达到我们想要的效果,把你给引出来。"

陈钟抬头:"苏小姐,你真的比我想象中聪明,我一直以为你是那种……"

"那种什么?我是正经在读博士,你觉得我傻吗?"

苏甄瞪着眼睛,尽量不让眼泪落下来,眼神变得坚毅,盯着陈钟。

杀人诛心,这一刻苏甄心里感受到报复的痛快,可终究敌不过梁教授被人害死这件事的痛苦,敌不过自己一路走来心里受到的伤害。

"苏小姐,"在苏甄离开房间之前,陈钟叫住她,"苏小姐,实验真的没有可能成功吗?"

陈钟的声音里带着哽咽和希冀,甚至有淡淡的绝望。苏甄停下脚步,却没回头:"没可能。"

苏甄关上门,将这一切都关在里面,却再也支撑不住,靠着门滑下,眼泪顺着脸颊止不住地流。

这个故事终于要落幕了。

第222章
面具

陈钟对自己做的事一一承认,很多细节都对上了。他和几个小伙伴在水周约好整容后再也不见面,跟其他人分道扬镳后,他就找到王跃生的藏身之处——其实很好找,他太了解王跃生了。

他把王跃生弄死后藏在了老家后院的墙下,陈钟无数次回想为什么会把尸体藏在那儿,他说几乎都没思考就想到了那儿,也许那个家是他心里最痛恨的地方吧,所以他把不想再见的人都埋在那里。

之后他就解决了那个警察,因为郝亮已经知道了那晚发生的事,酒吧女一定会把他们供出来,所以他撞了郝亮,把他拖回家,进行简单的处理后,又把他送进医院。那段时间他整容失败了,好在之前找人做了易容的面皮,可以暂时顶替。

他冒充郝亮躲进疗养院,想消停一段时间再带小南离开,可他整容后由于药物过敏造成肌肉组织局部损坏,不得不进行多次容貌修复,只能暂时躲在疗养院里休养,郝亮则被他换了身份,常年喂药使其昏迷,当作植物人藏在了隔壁。在疗养院那几年,他每天去看小南,在这样平淡的日子里他都快忘了一切了,直到有一天一个植物人在睡梦中去世了,陈钟害怕小南也这样离开。

这时候正好队长找他出任务,他本不想去,可在疗养院不知听谁说的,边境有走私的神牌可以起死回生,他虽觉得荒诞,可还是去了,但哪有什么神牌,都是骗人的,这些年他什么方法都用过了,可小南始终没有醒来。

再后来他利用身份之便,帮岳凌做大了走私违禁药的生意,毕竟剩下的钱不多了,他必须有钱才能带小南去更好的医院,之后的事,就是苏甄他们知道的了。

陈钟看了苏甄写的那篇论文,十分震撼,接下来的几年他开始疯狂实施计划，一发不可收。其实这中间他也想过会失败，也觉得荒唐，可用他的话来说，除了这个念头，还有什么能支撑他活下去呢？

关于云溪和姜旭东等人，陈钟没多说什么，听到他俩都死了，又是没有全尸的死法，他只是笑了笑，什么都没有说。

苏甄奇怪他为什么笑，陈钟摇头，只说了一句话："小西还是那个小西，从未变过。"

苏甄不明白他这句话的意思，方酌却叹息道："云溪这一辈子追求的都是自由，想逃离这些人，可陈钟这辈子追求的都是大家在一起，他们本身就不是一路人。"

最后的最后警方问了陈钟一个问题，关于他的容貌，他们处理过，发现陈钟脸上没有面皮，他这苍老的、看起来有五十岁的面孔就是他自己本来的样子。

对此陈钟苦笑，他整容失败后为了掩盖身份，换上了做好的面皮，可后来几次发炎，下面的肉溃烂了，面皮就和肉长在了一起，最后成为谁都不认识的样子。

"不是有句话说面具戴久了就摘不下来了吗？在我看来，面具戴久了，你就变成了你伪装的样子。"

这案子就这样落幕了，开始扑朔迷离，过程紧张刺激，结尾令人唏嘘。

这世界上千千万万的人，每个人有每个人的悲欢，但生活还要继续。

苏甄回研究所上班，虽然所里还有人非议，但那些人又有多重要？至于方酌，他继续开他的公司，偶尔来找她。

此时已结案一个月有余了，陈钟那边都判了，死缓。虽然只过了一个月，可苏甄却感觉仿佛过了一辈子那么漫长。

方琼看她发呆，推了推她，指着另一边，她们此时在研究所的食堂吃中饭，远远看到田锋端着盘子过来了，他朝方琼打招呼，转头对苏甄说："上午小圆和你说了吗？实验室要改造，不设单独小实验室了，要合并成大的项目实验室，你赶紧把柜子里的东西收拾了。"

苏甄点头："说了，我柜子里也没什么东西，得有大半年没开过了，之前忙，东西都在休息室放着，里面应该也没什么，我一会儿就去。"

田锋笑着："对了，这个星期师母请咱们吃饭。"他叹着气，"她和孩子，下星期就去国外了。"

苏甄沉默，用筷子戳着米饭，点头。

田锋看了一眼方琼，后者给他使眼色，借口有事先回公司了，暗暗给田锋比了个加油的手势。

田锋看着方琼离开，鼓起勇气说："摩尔教授下个月要回美国了，问我回不回去。"

"你要回美国?"

田锋犹豫着,问:"苏甄,你愿不愿意和我出国?"

"让我考虑一下可以吗?"

"好。"

下午苏甄想起来要收拾实验室的柜子,就去了那边,里面的仪器都搬走了,苏甄有些感叹,以前梁教授带着他们做过很多项目,此时已是人走茶凉。

由于太久没打开自己实验室的柜子,钥匙都找不到了,她索性找了把钳子把锁剪开,看到里面就两件衣服和一包过期零食,还有个布包,苏甄就说难怪找不到这个布包了,原来在这里。

她把东西都抱出来,可没抱住,一下掉在地上,包里的东西撒出来,苏甄一愣,竟然有一些碎玻璃,突然想到那次方酌住院,她帮他去公寓拿东西时不小心打碎了他的相框,后来偷偷买了个新的放回去,碎了的当时就放进这个包里了。

苏甄把玻璃捡起来,又看到包里露出一张照片的角,想起当时看到他相框后面夹着这张照片,自己顺手放包里了,此时拿出来看,是烧了一半的照片,上面有个红房顶。

只是,看到照片的一瞬间,苏甄心里一抖,红房顶,她一下想到什么,翻开手机里的相册,找到了那张提供线索的人发来的几个孩子在红色房顶的福利院前的合照。

第223章
你永远都不会明白的事

苏甄手颤抖着,跌跌撞撞地走出去,一边走一边打电话,陈立正在警局整理资料,看到她有些意外:"苏甄?"

她迫不及待地说:"你们这里的技术科能鉴定照片是否是合成的吗?"

陈立一愣:"怎么了?"

"我有事找你帮忙。"

警局技术科,苏甄、陈立在门外紧张地等着,没一会儿里面的人出来了:

"这张合照是电脑合成的，可因技术非常好，很难分辨出来，也是你们提出来后，我才找到一个细节。"

他指着照片一处。

陈立皱眉，感到不可思议："你说这张福利院合照是电脑合成的？"

"对。"

陈立惊讶地看向苏甄："你知道什么，这是什么意思？"

"陈立，你想过没有，那个提供线索的人到底是谁？"

在抓到陈钟后这个人似乎不重要了，当然他们也问过陈钟，他说他也不知道。苏甄他们之前分析过可能是蒋连，也可能是云溪，当然苏甄还怀疑过是整个案件中从未露过面的张小北，但云溪和陈钟都说他们整容之后张小北就失去踪迹了。

陈钟口述："我算计了那么多，唯一没有算到的就是张小北。"

他比他们都聪明，想到了陈钟会在整容的医院做手脚，所以他压根没有去，至于去哪儿了，这么多年都没有任何踪迹，也许他出国了，真的得到了自由。似乎张小北这个人再也没被他们在意过，可此时苏甄有一种强烈的感觉。她拿出那张被烧了一半的照片，上面是和合照里一模一样的红色房顶。

陈立感到不可思议。

苏甄抬头："你有没有想过，如果一个人可以避开摄像头、避开调查，神不知鬼不觉地把信件放在办公桌上，还有一种可能，那就是，是方酌本人放的线索。"

陈立心里一震，马上从之前的物证里找出一个老旧本子，这个本子之前苏甄都没见过。

"水周那家美发店老板娘在拆迁时找到了她奶奶藏的复制人面的本子，里面有几张我本以为是和这个案子无关的。"

陈立将面皮情况输入电脑进行复原，苏甄惊得一下子捂住了嘴。

"可这些也不足以证明那个人就是方酌。"另一个警察皱眉。

陈立突然想到什么，打了个电话，查着蛛丝马迹。苏甄却收到了短信，竟然是方酌约自己喝咖啡，就在警局对面的咖啡厅。

苏甄有些诧异，把手机递给陈立，后者皱眉，点点头。

苏甄出现在咖啡厅的时候，方酌已坐在落地窗前的位置，搅动着一杯热美式。苏甄点了一杯可可奶，也坐下来。

方酌笑着："怎么这副表情？"

苏甄盯着他，始终没说话，却不想他先开口："我最近回了一趟公寓，很久没去了，发现相框是换过的，里面的旧照片也不见了。"

没想到他会直接说这个。

苏甄从包里拿出那半张照片，放在他面前。方酌笑出来："没想到我处心积虑，最后是这个小细节露馅了。苏甄，其实我这些天想过，如果始终没露任何马脚，日子就这样过下去也不错。"

苏甄觉得荒唐："你就是张小北？"

方酌没否认，反问："你怎么那么确定呢？其实一张旧照片说明不了什么，我自认为其他地方做得滴水不漏。"

"一旦这个细节对上了，其他所有事都能说通了，包括云溪对你说的话，我当时还觉得奇怪，可你和她在一起过，我只以为是她偷了你的芯片对你觉得愧疚，但现在想来云溪当时应该是认出你了吧，认出你就是小北，所以才会和你说那些似是而非的话。"

苏甄目光炯炯，方酌竟耸耸肩，没有任何辩解："苏甄，我还是喜欢你傻一点，但正因你的聪明很像云溪，所以我才会对你动心。"

他看向对面的警察局："陈立之所以肯让你出来见我，也是有自信我在警察局对面跑不了吧？无所谓，反正现在已经尘埃落定，说出来也没什么，我就是张小北。"

他看着苏甄的眼睛："我其实一直不能理解云溪为什么想要离开我，以前就是，她故意惹那些男孩子为她打架，我一开始以为她是想让我吃醋，后来发现根本不是，她说和我在一起太窒息了，难道我爱她有错吗？我不过是珍惜她。可也许我这人本身就偏激，外加脑子……"

他指着脑袋："那病毒让我有的时候根本无法控制自己。她屡次提出分道扬镳，好在陈钟一直拦着，那一次因为王跃生、郝亮的事，我们不得不分开，可我知道陈钟不是那么好说话的人，他一定留了一手，所以我根本没去整容。

"我找那个老太太买了几张脸，变换着各种身份一直陪在云溪身边，看着她上大学，看她工作，看她游历人间。

"她喜欢奶油小生，我就是她身边的小奶狗；她喜欢肌肉男，我就在健身房装作和她偶遇。她喜欢什么人我就变成什么人，这样就可以永远和她在一起了。

"我自认为伪装得很好，这样她可以拥有自由，我可以拥有她，何乐而不为？可偏偏陈钟比我们这些感染了病毒的人还要偏激，找到云溪逼她去接近方酌，那好，无所谓，我就变成方酌。"

他深吸一口气，眼中有泪光，苏甄觉得难以置信，没想到竟还有这样的故事。

方酌继续道："也许那时候她就认出我了，她肯定很早就认出了我，所以才又一次逃离。"

他闭了闭眼:"苏甄,我这辈子都无法回头了,很多事你永远不会明白的。"

这时苏甄的手机在下面振动,是陈立发来的信息,说他查到了水周烟花公司曾租借过方天科技的仓库,他怀疑那次的烟花事件是方酌策划的。

"是你杀了云溪?不可能。"

苏甄此时已经分不清眼前这个人是真的爱云溪,还是想报复云溪了。

"事实如何,苏甄你觉得呢?"

"警方已经查到你了,会逮捕你,你跑不了了,最起码烟花公司的证据已经找到了。"

"就那么想看我被抓吗?不过,苏甄,警方永远都抓不到我的。"

"你还想说你的律师厉害吗?这个案子特殊,你心里明白这次找律师也没用。"

方酌却笑着,没有过多解释。

苏甄看对面陈立已经带人过来,说:"你已经被包围了,跑不了了。"

第 224 章
谁才是真正的背后之人

"真的吗?"

方酌笑了笑,看了一眼马上就要过来的警察,突然抓过苏甄,贴在她耳边说了一句"再见",起身快步朝后面的洗手间跑去。

与此同时,陈立带着人破门而入,拿着枪,看了一眼苏甄指的厕所,赶紧进去,结果,里面竟然没有人。

"怎么可能?"

苏甄亲眼看到他进了男厕所,这里的洗手间甚至没有窗户,没有后门,他是如何消失的?

陈立叫人把咖啡厅所在的整条街都围住,这简直是对警方的挑衅和侮辱,嫌疑人竟然在他们的眼皮子底下消失了。

方酌确实消失了,警方找了很久都没有找到。

方酌的公司也乱成一团,不过真正的张小北是不在乎什么公司的吧,因为他在乎的永远都是那份得不到的感情。

陈立虽气，但最后案子也只好这样结了。张小北这个人，甚至连真正的长相都没人知道，所以这辈子想抓到他也几乎不可能了。

后来有一次陈立约苏甄出来吃饭，郁闷地喝了很多酒，突然问她："苏甄，你觉得这案子最大的 boss 是谁，陈钟，还是张小北？"

苏甄看着面前的烧烤摇头："谁知道呢？也许是云溪。"

陈立一愣："你的意思是？"

"云溪的死应该是有问题的吧。"

"你怎么知道？"

陈立就是因为不甘心，一直在调查，结果发现了一个很别扭的地方。

"我在调查方酌和云溪在一起那几年的事，几乎问了他们公司所有的人，有个老员工说方酌曾为了哄女朋友开心，表演过一个魔术，让云溪以为公司前面的喷水池爆炸了，吓了她一跳，然后方酌突然抱着一束玫瑰花从里面走出来。据说他这个魔术是特意去国外学的。"

"而且云溪的尸体为什么只找到一只手？就算是炸碎了，肯定也有身体其他部位的碎肉，但没有，你觉得云溪是真死还是假死？"

苏甄摇头。

"那你是从什么时候开始怀疑的？"

"在方酌……不，张小北失踪后，我曾回过一次水周。"苏甄说。

陈立很意外："你回去过？"

"对，你猜我在水周遇见谁了？"苏甄眯起眼，"王语嫣。原来她没有打掉和冯朝的孩子，那孩子都长大了。"

陈立感到不可思议。

苏甄回忆着和王语嫣见面的情景。

当时她看着王语嫣说："时过境迁，我突然明白了很多事，我之前就一直在想陈钟这样的人是从哪个渠道看到我那篇论文的，那篇论文就算是登在非专业杂志上，不是这个圈子的人也很少去看。后来我发现京城细胞研究中心建设的时候，你的前夫是那边的包工头，他肯定会拿一些这方面的杂志回去。"

王语嫣让保姆抱走了孩子："苏小姐，事到如今，你还想说什么？"

"我那篇论文当初是你拿给陈钟看的吧？"

"这重要吗？"

"重要。也许没人注意，当初你说被家暴，其实是你算计了你前夫，想要得到他的钱，出警记录说有路人看不过要替你出头，警察来了那个人就走了，我后来查了那次出警时的监控录像，那个出手帮你的人是陈钟吧。"

王语嫣睫毛颤抖，脸上依然带着温婉的笑容："我不明白你在说什么，苏小姐。"

"你是真不明白还是装糊涂都无所谓了,反正已尘埃落定。"

"是吗?"

在苏甄离开之前,王语嫣突然开口:"案子闹那么大,我也打听过,但苏甄你知道在网吧的时候,那个张小北多喜欢徐曼妮吗?他试图把网吧炸掉,只为了变一个魔术给她看,那女人就是个祸水,若没有她,我和冯朝也不会走到今天。"

苏甄收起和王语嫣对话的回忆,无奈地拿起酒杯,看着对面的陈立:"所以云溪到底死没死谁知道呢?这整个案件里,最大的受益者又是谁呢?但这些从此和咱们都没有关系了,陈立,别执着于这些,有些人你是永远都捉摸不透的。"

尾声

一年后。

方琼和王启明的婚礼热闹非凡,苏甄提着伴娘裙子匆匆地往另一边跑:"陈立呢?他的伴郎花还在我这儿呢,赶紧给他送进去。"

今天人真的很多,方琼升职后,王启明就跳槽了,在另一家公司竟然也成了总经理。现在他们夫妻赚钱赚到手软,就连结婚这天两人都还打着电话处理业务,堪称劳模夫妻。

苏甄一把夺下方琼的电话:"你马上要入场了,怎么还想着工作?"

"哎哟喂我的祖宗,这生意我可不能叫王启明抢去了。"

"你俩都结婚了,还竞争呢?"

"那当然,夫妻就是亦敌亦友才有意思。"

两人终于进入大礼堂,婚礼开始,苏甄看着好友终于找到自己的幸福,内心一阵感动。一边的张美曦凑到她身边:"怎么的,羡慕啊?田锋追你追了那么久,要是我早嫁了,你还在那儿端着,真是会装。"

苏甄笑出来,自打项目组一事后,她俩的关系竟缓和了,虽然说话还是互撑模式,但她知道张美曦的意思,叹了口气:"我呢,就是喜欢端着,体会让人追我的感觉,怎么,嫉妒啊?"

"我嫉妒什么？我老公又有钱又帅。"张美曦神神秘秘地凑到苏甄耳边，"不过，听说咱们所最近要和国外一家人工智能公司合作，这个公司的负责人是个中国人，还长得特别帅。"

她竖起大拇指。苏甄知道张美曦说话一向喜欢夸大其词，撇着嘴。

"不信啊？"她说着，四处看着，"听说新郎的公司最近也在和那个人合作，我老公说的。你说今天那帅哥来没来啊？"

苏甄偷偷翻白眼，指着一边："你老公可坐在这儿呢，收敛点。"

"怕什么？帅哥就是全人类共享资源。长那么帅干什么用的？不就是让人看的吗？"

正说着话，婚礼到了高潮时刻——扔捧花。张美曦一把将苏甄推到争抢捧花的人当中，还给她比了个加油的手势，苏甄都要被气死了，结果没想到现在年轻人结婚的欲望这么大，捧花扔过来，好几个小伙子、大姑娘跳起来抢，把苏甄撞得往后仰，好在一下被人接住。

四目相对，苏甄看那眸子，有种古怪的熟悉感。

只见对方笑着伸手："你好，是苏小姐吧？刚才听合作方的人介绍说您是他太太研究所的同事，我是美国归巢人工智能公司的何栋，很高兴认识你，之后和你们研究所会有深度合作。"

苏甄一愣，对方看她直勾勾地看着自己，笑着问："我脸上有什么东西吗？"

"你给我的感觉好熟悉。"

对方挑眉："苏小姐都是这么跟人搭讪的吗？有些老套，不过我还挺喜欢的。"

苏甄一愣，想着自己说的话真是让人误会，赶紧摆手："不好意思啊，刚才……"

"没事，其实我在第一次看到苏小姐的时候，也觉得一见如故呢，上辈子我们认识也说不定。"

苏甄心里生出一丝异样的感觉，对方却勾起嘴角，微微一笑。